JOHN GRISHAM

DIE WÄCHTER

JOHN GRISHAM

DIE WÄCHTER

ROMAN

Aus dem Amerikanischen
von Bea Reiter, Imke Walsh-Araya und
Kristiana Dorn-Ruhl

HEYNE‹

Die Originalausgabe erschien unter dem Titel
The Guardians
bei Doubleday, New York

Verlagsgruppe Random House FSC® N001967

Copyright © 2019 by Belfry Holdings, Inc.
Copyright © der deutschsprachigen Ausgabe by
Wilhelm Heyne Verlag, München,
in der Verlagsgruppe Random House GmbH,
Neumarkter Str. 28, 81673 München
Redaktion: Oliver Neumann
Umschlaggestaltung und Motiv: Nele Schütz Design, München,
unter Verwendung von AdobeStock/irontrybex
Herstellung: Helga Schörnig
Satz: Vornehm Mediengestaltung GmbH, München
Druck und Bindung: GGP Media GmbH, Pößneck
Printed in Germany

ISBN 978-3-453-27221-7

www.heyne.de

Für James McCloskey,
den »Befreier«

I

Duke Russell hat die grauenvollen Verbrechen, für die er verurteilt worden ist, nicht begangen. Trotzdem soll er in einer Stunde und vierundvierzig Minuten hingerichtet werden. Wie immer in diesen entsetzlichen Nächten scheint die Uhr schneller zu ticken, je näher die letzte Stunde kommt. Ich habe schon zwei dieser Countdowns in anderen Bundesstaaten mitgemacht. Einer wurde bis zum Schluss heruntergezählt, und mein Mandant sprach seine letzten Worte. Der andere wurde wie durch ein Wunder in letzter Minute abgebrochen.

Die Uhr soll ruhig ticken – es wird nichts geschehen, jedenfalls nicht heute Abend. Die Leute, die Alabama regieren, werden es vielleicht eines Tages schaffen, Duke die Henkersmahlzeit zu servieren und ihm dann eine Nadel in den Arm zu stecken, aber nicht heute. Er sitzt erst seit neun Jahren im Todestrakt. Der Durchschnitt in diesem Bundesstaat liegt bei fünfzehn Jahren. Zwanzig ist nicht ungewöhnlich. Beim 11. Bezirksgericht in Atlanta wird ein Antrag auf Aufschub herumgereicht, und wenn er innerhalb einer Stunde auf dem Schreibtisch des richtigen Mitarbeiters landet, wird die Hinrichtung nicht stattfinden. Duke wird zu den Schrecken der Einzelhaft zurückkehren und den nächsten Tag erleben.

Er ist seit vier Jahren mein Mandant. Unterstützung bekommt er von einer Großkanzlei in Chicago, deren Anwälte viele Stunden ehrenamtlicher Arbeit für ihn leisten, sowie einer Initiative gegen die Todesstrafe, die in Birmingham ansässig und schlichtweg überfordert ist. Vor vier Jahren, als ich zu dem Schluss kam, dass Duke unschuldig ist, bin ich als Frontmann dazugestoßen. Zurzeit habe ich fünf Fälle, alles Fehlurteile, jedenfalls meiner Meinung nach.

Einen meiner Mandanten habe ich sterben sehen. Ich glaube immer noch, dass er unschuldig war. Ich konnte es nur nicht rechtzeitig beweisen. Einer ist genug.

Zum dritten Mal an diesem Tag betrete ich Alabamas Todestrakt und bleibe an dem Metalldetektor vor der ersten Tür stehen, neben dem zwei finster dreinblickende Gefängniswärter ihr Revier bewachen. Einer von ihnen hält ein Klemmbrett in der Hand und starrt mich an, als hätte er seit meinem letzten Besuch vor zwei Stunden meinen Namen vergessen.

»Post, Cullen Post«, sage ich zu dem Schwachkopf. »Für Duke Russell.«

Er überfliegt das Klemmbrett, als enthielte es Informationen von entscheidender Bedeutung, findet, was er sucht, und nickt dann in Richtung einer Plastikschale, die auf einem kurzen Laufband steht. Ich lege Aktenkoffer und Handy hinein, wie vorhin schon.

»Uhr und Gürtel?«, erkundige ich mich wie ein echter Klugscheißer.

»Nein«, stößt er zwischen zusammengebissenen Zähnen hervor. Ich mache zwei Schritte durch den Metalldetektor – und wieder ist es einem Anwalt, der sich für die Aufklärung von Fehlurteilen einsetzt, gelungen, den Todestrakt ohne Waffen zu betreten. Ich nehme Aktenkoffer und Handy und folge dem anderen Wärter durch einen kahlen Gang zu einer Wand aus Gitterstäben. Er nickt, steckt einen Schlüssel in den Schließmechanismus, die Gitterstäbe schieben sich zur Seite, und wir marschieren durch einen zweiten Gang noch tiefer hinein in das deprimierende Gebäude. Hinter der nächsten Ecke warten einige Männer vor einer fensterlosen Stahltür. Vier von ihnen stecken in Uniformen, zwei tragen Anzüge. Einer der beiden Letzteren ist der Gefängnisdirektor.

Er kommt mit ernstem Blick auf mich zu. »Haben Sie eine Minute Zeit?«

»Eine schon, aber mehr nicht«, erwidere ich. Wir rücken ein Stück von der Gruppe ab, damit wir uns unter vier Augen unterhalten können. Der Direktor ist kein schlechter Mensch, er macht nur seinen Job, in dem er ziemlich neu ist, und daher hat er noch nie eine Hinrichtung durchgeführt. Außerdem ist er der Feind, und egal, was er will, von mir wird er es nicht bekommen.

Wir stecken die Köpfe zusammen wie zwei gute Freunde. »Wie sieht es aus?«, flüstert er.

Ich blicke mich um, als wollte ich die Situation einschätzen. »Also, für mich sieht es aus wie eine Hinrichtung.«

»Post, was soll das? Unsere Anwälte sagen, wir haben grünes Licht.«

»Ihre Anwälte sind Idioten. Dieses Gespräch haben wir schon einmal geführt.«

Der Direktor seufzt. »Wie stehen die Chancen?«

»Fünfzig-fünfzig«, erwidere ich. Es ist gelogen.

Das verwirrt ihn, und er weiß nicht so recht, wie er reagieren soll.

»Ich würde jetzt gern mit meinem Mandanten sprechen«, sage ich.

»Aber natürlich.« Er ist lauter geworden, als wäre er frustriert. Da nicht der Eindruck entstehen darf, dass er mir irgendwie entgegenkommt, stürmt er wutentbrannt davon. Die Wärter treten zurück, und einer von ihnen öffnet die Stahltür der Todeszelle.

Duke liegt mit geschlossenen Augen auf einer schmalen Pritsche. Zur Feier des Tages gestatten ihm die Regeln einen kleinen Farbfernseher, daher kann er einschalten, was er möchte. Der Ton ist abgestellt, und über den Bildschirm flimmern Bilder eines Waldbrands im Westen. Der Countdown für seine Hinrichtung ist keine Meldung in den landesweiten Nachrichten wert.

Jeder Bundesstaat, in dem es die Todesstrafe gibt, hat seine eigenen albernen Rituale für eine Hinrichtung, die so viel Drama wie möglich erzeugen sollen. In Alabama sind Besuche von Angehörigen mit Vollkontakt erlaubt, die in einem großen Besucherzimmer stattfinden. Um zehn Uhr abends wird der Verurteilte in die Todeszelle gebracht, die direkt neben dem Raum liegt, in dem er hingerichtet wird. Sein Anwalt und ein Geistlicher dürfen ihm Gesellschaft leisten, sonst niemand. Seine Henkersmahlzeit wird gegen 22.30 Uhr serviert, und er kann bestellen, was er möchte, mit Ausnahme von Alkohol.

»Wie geht es Ihnen?«, frage ich, als er sich aufsetzt und lächelt.

»So gut wie noch nie. Gibt es Neuigkeiten?«

»Noch nicht, aber ich bin nach wie vor optimistisch. Wir sollten bald etwas hören.«

Duke ist ein 38-jähriger Weißer, und bevor er wegen Vergewaltigung und Mord verhaftet wurde, bestand sein Vorstrafenregister aus zwei Anklagen wegen Alkohol am Steuer und ein paar Strafzetteln für zu schnelles Fahren. Keine Spur von Gewalttätigkeit. Früher feierte er die Nächte durch und war immer auf Radau aus, aber nach neun Jahren in Einzelhaft ist er erheblich ruhiger geworden. Mein Job besteht darin, ihn aus dem Gefängnis zu holen, was mir im Moment wie ein verrückter Traum vorkommt.

Ich nehme die Fernbedienung und wechsle die Kanäle, bis ich einen Regionalsender aus Birmingham erwische, lasse den Ton aber auf stumm geschaltet.

»Sie scheinen aber sehr zuversichtlich zu sein«, sagt er.

»Ich kann's mir leisten. Ich bin nicht derjenige, den die hinrichten wollen.«

»Sehr witzig, Post.«

»Entspannen Sie sich, Duke.«

»Entspannen?« Er schwingt die Füße vom Bett auf den Boden und lächelt wieder. In Anbetracht der Umstände sieht er eigentlich *sehr* entspannt aus. »Können Sie sich noch an Lucky Skelton erinnern?«, fragt er.

»Nein.«

»Vor ungefähr fünf Jahren haben sie ihn gekriegt, aber davor hat er drei Henkersmahlzeiten bekommen. Er ist dreimal über die Planke gelaufen, bevor sie ihn hinuntergestoßen haben. Pizza mit Salami und Cherry Cola.«

»Und was haben Sie bestellt?«

»Steak mit Pommes, dazu ein Sixpack Bier.«

»Das Bier werden Sie vermutlich nicht bekommen.«

»Post, werden Sie mich hier rausholen?«

»Heute Abend nicht, aber ich arbeite dran.«

»Wenn ich rauskomme, werde ich schnurstracks in eine Bar marschieren und so lange Bier trinken, bis ich umfalle.«

»Ich komme mit. Ah, da ist der Gouverneur.« Als er ins Bild kommt, stelle ich den Ton am Fernseher lauter.

Er steht hinter einer Reihe von Mikrofonen und wird von grellem Kameralicht angestrahlt. Dunkler Anzug, Krawatte mit Paisley-Muster, weißes Hemd, jedes gefärbte Haar akkurat mit Gel in Form gebracht. Eine Wahlkampfwerbung auf zwei Beinen. Mit dem gebührenden Ernst in der Stimme sagt er: »Ich habe Mr. Russells Fall mit aller Sorgfalt geprüft und mich ausführlich mit den Ermittlern beraten. Darüber hinaus habe ich mich mit der Familie von Emily Broone getroffen, dem Opfer von Mr. Russells Verbrechen. Ihre Angehörigen haben sich vehement gegen jegliche Form von Gnade ausgesprochen. Nachdem ich sämtliche Aspekte dieses Falls berücksichtigt habe, bin ich zu der Entscheidung gekommen, das Urteil nicht aufzuheben. Der Gerichtsbeschluss bleibt bestehen, die Hinrichtung wird stattfinden. Das Volk hat gesprochen. Das Gnadengesuch von Mr. Russell wird hiermit abgelehnt.« Der Gouverneur verkündet das mit so viel Dramatik wie möglich, dann verbeugt er sich und geht langsam rückwärts, weg von den Kameras. Seine Vorstellung ist beendet. Keine Zugabe. Vor drei Tagen hat er mir fünfzehn Minuten seiner Zeit für eine Audienz gewährt und dann anschließend seine Lieblingsreporter über unser »privates« Gespräch informiert.

Wenn seine Prüfung des Falls so gründlich wie behauptet gewesen wäre, hätte er gewusst, dass Duke Russell nichts mit der Vergewaltigung und dem Mord an Emily Broone vor elf Jahren zu tun hatte. Ich schalte den Ton wieder auf stumm und sage: »Was für eine Überraschung.«

»Hat er denn schon mal jemanden begnadigt?«, will Duke wissen.

»Natürlich nicht.«

Jemand klopft an die Tür und öffnet sie. Zwei Gefängniswärter kommen herein, einer schiebt den Rollwagen mit der Henkersmahlzeit vor sich her. Sie lassen den Wagen stehen und verschwinden. Duke starrt das Steak, die Pommes frites und ein sehr schmales Stück Schokoladenkuchen an. »Kein Bier«, stellt er fest.

»Lassen Sie sich den Eistee schmecken.«

Er setzt sich auf das Bett und greift zum Besteck. Das Essen riecht köstlich, und plötzlich fällt mir auf, dass ich seit vierundzwanzig Stunden nichts mehr in den Magen bekommen habe. »Möchten Sie ein paar Pommes?«, fragt er.

»Nein danke.«

»Ich kann das nicht alles essen. Aus irgendeinem Grund habe ich keinen großen Appetit.«

»Wie war der Besuch Ihrer Mutter?«

Duke steckt sich ein großes Stück Steak in den Mund und kaut langsam. »Nicht sehr schön, wie Sie sich vorstellen können. Viele Tränen. Es war ziemlich schlimm.«

Als das Handy in meiner Tasche vibriert, ziehe ich es heraus. »Es geht los«, sage ich nach einem Blick auf die Anruferkennung. Ich lächle Duke zu und nehme das Gespräch entgegen. Am anderen Ende ist ein Referendar vom 11. Bezirksgericht, den ich ziemlich gut kenne. Er teilt mir mit, dass sein Chef gerade einen Beschluss unterschrieben habe, der einen Aufschub der Hinrichtung anordne, mit der Begründung, dass mehr Zeit benötigt werde, um festzustellen, ob Duke Russell ein faires Verfahren bekommen habe. Ich frage, wann der Aufschub bekannt gegeben werde, und er antwortet: sofort.

Ich schaue meinen Mandanten an. »Die Hinrichtung wurde aufgeschoben. Heute Abend wird man Ihnen keine Nadel in den Arm stecken. Wie lange brauchen Sie, um das Steak zu essen?«

»Fünf Minuten«, erwidert er mit einem breiten Grinsen und schneidet sich noch ein Stück Fleisch ab.

»Können Sie mir zehn Minuten geben?«, bitte ich den Referendar. »Mein Mandant würde gern seine Henkersmahlzeit beenden.« Nach einigem Hin und Her einigen wir uns auf sieben Minuten. Ich bedanke mich, beende das Gespräch und gebe eine Telefonnummer ein. »Beeilen Sie sich«, sage ich währenddessen zu Duke. Er hat plötzlich den Appetit wiedergefunden und schaufelt sich das Essen mit großem Vergnügen in den Mund.

Der Architekt von Dukes Fehlurteil ist ein Kleinstadt-staatsanwalt namens Chad Falwright. Zurzeit wartet er ein paar Hundert Meter weiter im Verwaltungsgebäude des Gefängnisses auf den Moment, den er für die Krönung seiner Karriere hält. Er geht davon aus, dass man ihn um 23.30 Uhr zusammen mit der Familie Broone und dem örtlichen Sheriff zu einem Kleintransporter des Gefängnisses begleiten und zum Todestrakt fahren wird, wo dann alle in einen kleinen Raum mit einem großen, von einem Vorhang verhüllten Glasfenster geführt werden. Dort werden sie, so denkt Falwright, auf den Augenblick warten, wo Duke mit ein paar Injektionskanülen in den Armen auf die Bahre geschnallt wird und sich auf dramatische Weise der Vorhang öffnet.

Für einen Staatsanwalt gibt es nichts Befriedigenderes, als einer Hinrichtung beizuwohnen, für die er verantwortlich ist.

Falwright wird dieser befriedigende Moment allerdings verwehrt bleiben.

Er nimmt das Gespräch sofort entgegen. »Post hier«, melde ich mich. »Ich bin im Todestrakt und habe schlechte Neuigkeiten für Sie. Das 11. Bezirksgericht hat gerade einen Aufschub gewährt. Sieht ganz so aus, als müssten Sie mit eingezogenem Schwanz nach Verona zurückkriechen.«

»Was zum Teufel …?«, bringt er heraus.

»Sie haben richtig verstanden. Ihr Fehlurteil wird gerade zerlegt, und so nah wie jetzt werden Sie Dukes Hinrichtung nie wieder kommen. Ich muss allerdings zugeben, dass es ziemlich knapp war. Das 11. Bezirksgericht hat Zweifel daran, dass es ein faires Verfahren war, deshalb wird es an die erste Instanz zurückverwiesen. Es ist vorbei, Falwright. Tut mir leid, dass ich Ihnen den großen Moment verderbe.«

»Soll das ein Witz sein, Post?«

»Na klar ist das ein Witz. Hier im Todestrakt geht es immer sehr lustig zu. Sie hatten Ihren Spaß, als Sie sich den ganzen Tag lang mit den Reportern unterhalten haben, und jetzt habe ich eben meinen Spaß.« Würde ich sagen, dass ich diesen Kerl hasse, wäre das eine gigantische Untertreibung.

Ich beende das Gespräch und sehe Duke an, der immer noch sein Essen in sich hineinschaufelt. »Kann ich meine Mutter anrufen?«, bittet er mich mit vollem Mund.

»Nein. Im Todestrakt dürfen nur Anwälte mit dem Handy telefonieren. Aber sie wird es schon bald erfahren. Beeilen Sie sich.« Er spült das Steak mit Eistee hinunter und nimmt den Schokoladenkuchen in Angriff. Ich mache den Ton des Fernsehers mit der Fernbedienung lauter. Während Dukes Gabel über den Teller kratzt, stellt sich irgendwo auf dem Gefängnisgelände ein völlig außer Atem geratener Reporter in Positur und verkündet stotternd, dass ein Aufschub der Hinrichtung gewährt worden sei. Er sieht verwirrt aus, und um ihn herum bricht hektische Aktivität aus.

Nach ein paar Sekunden klopft es an der Tür, und der Gefängnisdirektor kommt herein. Er wirft einen Blick auf den Fernseher und sagt: »Ich nehme an, Sie haben es schon gehört?«

»Richtig. Tut mir leid, dass die Party abgesagt ist. Ihre Jungs können nach Hause gehen. Und bitte rufen Sie den Bus für mich.«

Duke wischt sich mit dem Hemdsärmel den Mund ab und beginnt zu lachen. »Sie sehen ziemlich enttäuscht aus«, sagt er zum Direktor.

»Nein, genau genommen bin ich erleichtert.« Es ist klar, dass der Direktor lügt. Auch er hat den ganzen Tag über mit Reportern geredet und das Rampenlicht genossen. Und plötzlich endet sein triumphaler Lauf über das Spielfeld, weil er kurz vor der Torlinie den Ball verliert.

»Ich bin dann weg«, verabschiede ich mich und gebe Duke die Hand.

»Danke, Post«, sagt er.

»Ich melde mich.« An der Tür drehe ich mich noch einmal zu dem Direktor um. »Bitte richten Sie dem Gouverneur schöne Grüße aus.«

Ich werde von einem Wärter aus dem Gebäude nach draußen geführt, wo mir kalte Nachtluft entgegenschlägt. Ein zweiter Wärter bringt mich zu einem nicht gekennzeichneten Kleintransporter des Gefängnisses, der ein paar Meter entfernt auf mich wartet. Ich steige ein und ziehe die Tür zu. »Haupttor«, sage ich zu dem Mann am Steuer.

Auf der Fahrt durch das weitläufige Gelände der Holman Correctional Facility überfallen mich schlagartig Müdigkeit und Hunger. Und Erleichterung. Ich schließe die Augen, atme tief durch und versuche, das Wunder zu begreifen, dass Duke den nächsten Tag erleben wird. Ich habe ihm das Leben gerettet. Aber wir werden ein zweites Wunder brauchen, um ihn aus dem Gefängnis zu holen.

Aus Gründen, die nur jenen Menschen bekannt sind, die diesen Ort leiten, waren alle Gefangenen in den letzten fünf Stunden in ihren Zellen eingesperrt, als bestünde die Gefahr, dass wütende Häftlinge auf die Idee kommen, sich wie beim Sturm auf die Bastille zusammenzurotten und den Todestrakt zu stürmen, um Duke zu retten. Der Einschluss ist mittlerweile beendet, die Aufregung vorbei. Das zusätzliche Wachpersonal, das angefordert worden war, um die Ordnung aufrechtzuerhalten, befindet sich auf dem Heimweg, und ich will jetzt nur noch von hier weg. Ich habe mein Auto auf einem kleinen Parkplatz in der Nähe des Haupttors geparkt, wo die Fernsehcrews gerade dabei sind, zusammenzupacken und nach Hause zu fahren. Ich bedanke mich bei dem Fahrer, steige in meinen kleinen Ford-SUV und ergreife die Flucht. Weil ich telefonieren will, halte ich nach drei Kilometern auf dem Highway vor einem kleinen Supermarkt, der bereits geschlossen hat.

Mark Carter ist weiß, dreiunddreißig Jahre alt und lebt in einem kleinen, gemieteten Haus in Bayliss, sechzehn Kilometer von Verona entfernt. In meinen Akten befinden sich Fotos seines Hauses, seines Pick-ups und seiner aktuellen Partnerin, die bei ihm wohnt. Carter hat vor elf Jahren Emily Broone vergewaltigt und ermordet. Ich muss es nur noch beweisen.

Mit einem Wegwerfhandy rufe ich die Nummer seines Mobiltelefons an, die ich eigentlich nicht haben dürfte. Nachdem es fünfmal geklingelt hat, meldet er sich. »Hallo?«

»Spreche ich mit Mark Carter?«

»Wer will das wissen?«

»Sie kennen mich nicht, aber ich rufe aus dem Gefängnis an. Duke Russell hat gerade einen Aufschub bekommen, daher muss ich Ihnen leider mitteilen, dass der Fall noch nicht abgeschlossen ist. Sitzen Sie gerade vor dem Fernseher?«

»Wer sind Sie?«

»Ich bin mir sicher, dass Sie gerade mit Ihrer fetten Freundin zusammen auf Ihrem fetten Hintern vor dem Fernseher sitzen und inständig hoffen, dass Duke endlich für das Verbrechen hingerichtet wird, das Sie begangen haben. Sie sind ein Dreckskerl, Carter, und würden seelenruhig dabei zusehen, wie er für etwas stirbt, was Sie getan haben. Was sind Sie doch für ein Feigling.«

»Sagen Sie mir das ins Gesicht.«

»Oh, das werde ich, Carter, das werde ich – in einem Gerichtssaal. Ich werde die Beweise finden, und dann wird es nicht mehr lange dauern, bis Duke aus dem Gefängnis kommt und Sie seinen Platz einnehmen. Ich werde Sie kriegen.«

Bevor er noch etwas sagen kann, beende ich das Gespräch.

2

Da Benzin geringfügig billiger ist als billige Motels, verbringe ich ganze Nächte damit, über leere Straßen zu fahren. Und jedes Mal wieder verspreche ich mir, dass ich später schlafen werde, als könnte ich demnächst in eine Art Winterstarre verfallen. Ich mache zwar häufig ein Nickerchen, aber ich schlafe nicht oft, ein Zustand, an dem sich so schnell nichts ändern wird. Ich habe mir eine schwere Last aufgebürdet: Unschuldige, die im Gefängnis verrotten, während draußen Vergewaltiger und Mörder frei herumlaufen.

Duke Russell wurde in einem verschlafenen Nest voller Hinterwäldler verurteilt. Die Hälfte der Geschworenen kann nur mit Mühe lesen, und ausnahmslos alle ließen sich von zwei aufgeblasenen Pseudosachverständigen in die Irre führen, die Chad Falwright in den Zeugenstand gerufen hatte. Der erste Gutachter war ein pensionierter Zahnarzt aus einer Kleinstadt in Wyoming, und auf welch verschlungenen Wegen er nach Verona, Alabama, gelangte, ist ein Kapitel für sich. Mit viel Autorität, einem teuren Anzug und einem beeindruckenden Wortschatz sagte er aus, die drei kleinen Wunden auf Emily Broones Armen seien von Dukes Zähnen verursacht worden. Dieser Clown bestreitet seinen Lebensunterhalt damit, landesweit als Sachverständiger auszusagen, immer für den Staatsanwalt und immer für ein hohes Honorar. In seinem kranken Hirn ist eine Vergewaltigung erst dann brutal genug, wenn es dem Vergewaltiger irgendwie gelingt, das Opfer so heftig zu beißen, dass er Zahnabdrücke hinterlässt.

Eine derart haltlose und lächerliche Theorie hätte im Kreuzverhör zerlegt werden müssen, aber Dukes Anwalt war entweder betrunken oder machte ein Nickerchen.

Der zweite Gutachter arbeitete im kriminaltechnischen Labor des Bundesstaates. Sein Spezialgebiet ist Haaranalyse. An Emilys Leiche wurden sieben Schamhaare gefunden, und dieser Typ redete den Geschworenen ein, dass sie von Duke stammen. Doch das ist falsch. Sie stammen vermutlich von Mark Carter, aber das wissen wir nicht. Noch nicht. Die Landeier, die für die Ermittlungen zuständig waren, hatten nur mäßiges Interesse daran, Carter als Verdächtigen zu behandeln, obwohl er der Letzte war, mit dem Emily in der Nacht, in der sie verschwand, gesehen wurde.

Die Analyse von Bissspuren und Haaren hat in fast allen modernen Rechtssystemen einen schlechten Ruf. Beide Sparten gehören zu jenem erbärmlichen und ständig variierenden Wissensgebiet, das Anwälte, die gegen Fehlurteile ankämpfen, verächtlich als Pseudowissenschaft bezeichnen. Nur Gott allein weiß, wie viele Unschuldige wegen unqualifizierten Gutachtern und ihren haltlosen Theorien langjährige Haftstrafen verbüßen müssen.

Jeder Verteidiger, der sein Geld wert ist, hätte die beiden Sachverständigen im Kreuzverhör auseinandergenommen, aber Dukes Anwalt war die dreitausend Dollar, die der Staat ihm gezahlt hat, nicht wert. Genau genommen war er überhaupt nichts wert. Er hatte nur wenig Erfahrung in Strafrecht, stank während des gesamten Verfahrens nach Alkohol, war grundsätzlich unvorbereitet, hielt seinen Mandanten für schuldig, bekam im Jahr nach dem Prozess dreimal eine Anzeige wegen Trunkenheit am Steuer, wurde aus der Anwaltskammer ausgeschlossen und starb schließlich an Leberzirrhose.

Und ich soll jetzt die Scherben aufsammeln und für Gerechtigkeit sorgen.

Allerdings hat mich niemand dazu abkommandiert, diesen Fall zu übernehmen. Ich habe mich wie immer freiwillig gemeldet.

Ich fahre auf der Interstate in Richtung Montgomery, das ich in zweieinhalb Stunden erreichen werde, und habe Zeit, meinen Gedanken nachzuhängen. Wenn ich jetzt an einem Motel halten würde, könnte ich sowieso nicht schlafen. Ich bin noch viel zu aufgedreht von dem Wunder in letzter Minute, das ich gerade aus dem Hut gezaubert habe. Ich schicke dem Referendar in Atlanta eine SMS, in der ich mich bei ihm bedanke. Die nächste SMS geht an meine Chefin, die jetzt hoffentlich im Bett liegt.

Sie heißt Vicki Gourley und arbeitet im Büro unserer kleinen Stiftung, das im historischen Stadtzentrum von Savannah liegt. Sie hat Guardian Ministries vor zwölf Jahren mit eigenem Geld gegründet. Vicki ist gläubige Christin und leitet ihre Arbeit direkt aus den Evangelien ab. Jesus hat gesagt, dass man an die Gefangenen denken soll. Sie verbringt nicht viel Zeit mit Besuchen in Gefängnissen, arbeitet aber fünfzehn Stunden am Tag, um unschuldig einsitzende Häftlinge freizubekommen. Vor Jahren war sie Geschworene einer Jury, die einen jungen Mann des Mordes schuldig gesprochen und zum Tod verurteilt hatte. Zwei Jahre später stellte sich heraus, dass es ein Fehlurteil gewesen war. Der Staatsanwalt hatte entlastende Beweise zurückgehalten und einen Gefängnisspitzel zum Meineid angestiftet. Die Polizei hatte Beweise untergeschoben und die Geschworenen angelogen. Als der wirkliche Mörder anhand seiner DNA identifiziert wurde, verkaufte Vicki ihren Betrieb, der Teppiche und Parkettböden verlegt, an ihre Neffen und gründete dann mit dem Geld Guardian Ministries.

Ich war ihr erster Angestellter. Mittlerweile haben wir noch einen weiteren. Außerdem nehmen wir die Dienste eines freien Mitarbeiters namens François Tatum in Anspruch. Ein fünfundvierzig Jahre alter Schwarzer, dem als Teenager klar wurde, dass er sich das Leben im ländlichen Georgia vielleicht einfacher machte, wenn er sich nicht François, sondern Frankie nannte. Anscheinend hatte seine Mutter zumindest teilweise haitianisches Blut in den Adern, weshalb sie ihren Kindern französische Vornamen gab, die in ihrem entlegenen Winkel der englischsprachigen Welt jedoch alles andere als geläufig waren.

Frankie war der Erste, den ich aus dem Gefängnis geholt habe. Als ich ihn kennenlernte, verbüßte er in Georgia eine lebenslange Haftstrafe für einen Mord, den er nicht begangen hatte. Damals arbeitete ich als Priester der Episkopalkirche bei einer kleinen Gemeinde in Savannah. Wir leisteten Seelsorgearbeit im Gefängnis, und Frankie war einer der Häftlinge. Er war geradezu besessen von seiner Unschuld und sprach von nichts anderem. Er war intelligent, außerordentlich belesen und hatte sich seine enormen juristischen Fachkenntnisse selbst beigebracht. Nach zwei Besuchen hatte er mich überzeugt.

In der ersten Phase meiner juristischen Laufbahn habe ich Leute verteidigt, die sich keinen Anwalt leisten konnten. Ich hatte Hunderte Mandanten, und nach kurzer Zeit war ich an einem Punkt, an dem ich alle für schuldig hielt. Es kam mir nie in den Sinn, dass es Menschen gab, die zu Unrecht verurteilt worden waren. Mit Frankie änderte sich diese Einstellung. Ich stürzte mich in Ermittlungen zu seinem Fall, und bald war mir klar, dass es mir vielleicht gelingen würde, seine Unschuld zu beweisen. Dann traf ich Vicki, und sie bot mir einen Job an, mit dem ich noch weniger verdienen würde als mit meiner Arbeit als Seelsorger. Woran sich bis heute nichts geändert hat.

François Tatum wurde der erste Mandant von Guardian Ministries. Nach vierzehn Jahren im Gefängnis hatte seine Familie den Kontakt zu ihm abgebrochen. Freunde gab es nicht mehr. Die bereits erwähnte Mutter hatte ihn und seine Geschwister vor der Haustür einer Tante abgeladen und ward nie wieder gesehen. Seinen Vater kennt er nicht. Als ich Frankie im Gefängnis begegnete, war ich sein erster Besucher in zwölf Jahren. Das klingt alles ganz furchtbar, aber es gab einen Silberstreifen am Horizont. Nach seiner Freilassung und Rehabilitierung bekam Frankie eine Menge Geld vom Staat Georgia und den lokalen Behörden, die ihn hinter Gitter gebracht hatten. Und da keine geldgierigen Familienangehörigen oder Freunde vorhanden waren, gelang es ihm, nach seiner Freilassung unterzutauchen wie ein Geist, der spurlos verschwindet. Er hat eine kleine Wohnung in Atlanta, ein Postfach in Chattanooga und verbringt den größten Teil seiner Zeit auf der Straße, wo er die Weite der Landschaft genießt. Sein Geld ist bei verschiedenen Banken in mehreren Südstaaten versteckt, damit es niemand findet. Beziehungen geht er aus dem Weg, weil er von allen tiefe Wunden davongetragen hat. Und weil er immer Angst hat, dass jemand versucht, ihm in die Tasche zu greifen.

Frankie vertraut mir und sonst niemandem. Als seine diversen Gerichtsverfahren beendet waren, wollte er mir ein großzügiges Honorar zahlen. Ich lehnte ab. Er hat sich jeden Cent des Geldes verdient, indem er das Gefängnis überlebt hat. Als ich bei Guardian anfing, habe ich ein Armutsgelübde abgelegt. Meine Mandanten überleben mit

Mahlzeiten für zwei Dollar pro Tag, und an allen Ecken und Enden zu sparen ist das Mindeste, was ich tun kann.

Östlich von Montgomery halte ich an einer Lkw-Raststätte in der Nähe von Tuskegee. Es ist kurz vor sechs Uhr morgens und noch dunkel. Auf der Kiesfläche vor dem Gebäude parken dicht an dicht große Sattelschlepper, deren Motoren weiterlaufen, während die Fahrer schlafen oder frühstücken. Die Raststätte ist brechend voll, und als ich eintrete, schlägt mir der Duft von Speck und Würstchen entgegen. Im hinteren Teil winkt jemand. Frankie hat eine Sitznische für uns ergattert.

Da wir im ländlichen Alabama sind, begrüßen wir uns mit Händeschütteln und nicht mit einer kurzen Umarmung, die wir anderswo vielleicht in Erwägung ziehen würden. Zwei Männer, einer schwarz, der andere weiß, die sich in einer gut besuchten Raststätte in den Armen liegen, könnten ein oder zwei Blicke auf sich ziehen, was uns aber im Prinzip egal wäre. Frankie hat mehr Geld als sämtliche Gäste zusammen, und er ist immer noch so schlank und schnell wie zu seiner Zeit im Gefängnis. Aber er fängt keine Schlägerei an. Er wirkt so ruhig und selbstsicher, dass es gar nicht erst dazu kommt.

»Glückwunsch«, begrüßt er mich. »Das war ja ziemlich knapp.«

»Duke hatte schon mit seiner Henkersmahlzeit angefangen, als der Anruf kam. Dann musste er sehr schnell essen.«

»Aber du warst doch so zuversichtlich.«

»Hab nur so getan. Reine Routine als Anwalt. In Wirklichkeit hat sich mir fast der Magen umgedreht.«

»Da wir gerade davon sprechen: Du bist bestimmt am Verhungern.«

»Stimmt. Ich habe übrigens Carter angerufen, als ich aus dem Gefängnis raus war. Ich konnte nicht anders.«

Frankie runzelt leicht die Stirn. »Okay … Ich bin mir sicher, dass es einen Grund dafür gab.«

»Keinen guten. Ich war so sauer, dass ich mich nicht beherrschen konnte. Der Kerl sitzt da und zählt die Minuten, bis Duke hingerichtet wird. Kannst du dir das vorstellen? Sieht zu, wie ein Unschuldiger für das Verbrechen, das man selbst begangen hat, hingerichtet wird. Wir müssen ihn drankriegen, Frankie.«

»Das werden wir.«

Als eine Kellnerin zu uns an den Tisch kommt, bestelle ich Rührei und Kaffee. Frankie entscheidet sich für Pfannkuchen mit Würstchen.

Er weiß so viel über meine Fälle wie ich selbst. Er liest sämtliche Akten, Gesprächsnotizen, Gutachten und Verhandlungsprotokolle. Spaß haben ist für Frankie gleichbedeutend damit, in Orte wie Verona, Alabama, zu fahren, wo ihn niemand kennt, und Informationen auszugraben. Er ist furchtlos und unerschrocken, aber er geht kein Risiko ein, weil er sich nicht erwischen lassen will. Sein neues Leben gefällt ihm viel zu gut, und seine Freiheit hat vor allem deshalb eine so große Bedeutung für ihn, weil er lange ohne sie auskommen musste.

»Wir müssen uns irgendwie Carters DNA beschaffen«, sage ich.

»Ist klar. Ich arbeite dran. Boss, du brauchst mal eine Pause.«

»Erzähl mir was Neues. Und wie wir beide sehr genau wissen, kann ich mir seine DNA nicht mit illegalen Mitteln beschaffen.«

»Aber ich, oder?« Er lächelt und trinkt einen Schluck Kaffee. Die Kellnerin bringt mir meine Tasse.

»Vielleicht. Wir sollten später darüber reden. In den nächsten Wochen wird Carter wegen meines Anrufs ziemlich beunruhigt sein. Das wird ihm guttun. Irgendwann macht er einen Fehler, und dann schnappen wir ihn uns.«

»Wo fährst du jetzt hin?«

»Savannah. Ich bleibe ein paar Tage dort, dann muss ich nach Florida.«

»Florida? Seabrook?«

»Ja, Seabrook. Ich habe beschlossen, den Fall zu übernehmen.«

Frankies Gesicht verrät nie viel. Er blinzelt nicht oft, und seine Stimme klingt ruhig, fast schon monoton, als würde er jedes Wort auf die Waagschale legen. Um im Gefängnis zu überleben, brauchte er ein Pokergesicht. Außerdem gab es häufig Phasen, in denen er einsam war. »Bist du dir sicher?«, fragt er. Ihm ist anzusehen, dass er Zweifel an dem Fall in Seabrook hat.

»Der Mann ist unschuldig. Und er hat keinen Anwalt.«

Unser Essen kommt, und wir sind erst einmal mit Butter, Ahornsirup und Chilisauce beschäftigt. Der Fall in Seabrook liegt jetzt schon seit drei Jahren bei uns im Büro, während wir, die Mitarbeiter, darüber diskutieren, ob wir ihn übernehmen sollen oder nicht. In unserer Branche ist das nichts Ungewöhnliches. Es überrascht wenig, dass Guardian mit Post von Gefängnisinsassen aus fünfzig Bundesstaaten überschwemmt wird, die alle behaupten, unschuldig zu sein. Die überwiegende Mehrheit ist es nicht, deshalb prüfen wir alles ganz genau und sind sehr wählerisch. Wir nehmen nur die Fälle, bei denen wir uns weitgehend sicher sind, dass es ein Justizirrtum war. Trotzdem machen wir Fehler.

»Das da unten könnte ziemlich gefährlich sein«, sagt Frankie.

»Ich weiß. Wir reden schon lange über den Fall. In der Zwischenzeit zählt er die Tage, die er für jemand anderes im Knast sitzt.«

Frankie kaut auf einem Pfannkuchen herum und nickt leicht. Er ist immer noch nicht überzeugt.

»Frankie, haben wir zu einem guten Kampf jemals nein gesagt?«, frage ich.

»Vielleicht ist es dieses Mal besser zu verzichten. Du lehnst doch jeden Tag Fälle ab, oder? Der hier ist gefährlicher als andere. Es gibt genug potenzielle Mandanten für dich.«

»Du wirst doch nicht etwa zum Weichei?«

»Nein. Ich will nur nicht, dass dir etwas passiert. Mich sieht niemand, Boss. Ich lebe und arbeite im Schatten. Aber auf den Schriftsätzen steht dein Name. Wenn du an einem Ort wie Seabrook zu graben anfängst, wirst du vielleicht ein paar sehr unangenehmen Zeitgenossen auf die Füße treten.«

»Umso mehr ein Grund dafür, den Fall zu übernehmen«, erwidere ich lächelnd.

Als wir die Raststätte verlassen, ist die Sonne aufgegangen. Auf dem Parkplatz verabschieden wir uns mit einer kurzen Umarmung. Ich habe keine Ahnung, wohin er fahren wird, und das ist das Schöne an Frankie. Er wacht jeden Morgen als freier Mann auf, dankt Gott dafür, dass er Glück gehabt hat, steigt in seinen Pick-up aus der neuesten Modellreihe und folgt der Sonne.

Seine Freiheit gibt mir Kraft und treibt mich an. Wenn Guardian Ministries seinen Fall nicht übernommen hätte, würde er im Gefängnis verrotten.

3

Zwischen Opelika, Alabama, und Savannah gibt es keine direkte Route. Ich verlasse die Interstate und schlängle mich über zweispurige Straßen durch das Zentrum von Georgia, auf denen es im Lauf des Vormittags immer verkehrsreicher wird. Ich bin nicht zum ersten Mal in dieser Gegend. In den letzten zehn Jahren bin ich auf fast jedem Highway gefahren, der sich durch den »Todesgürtel« zieht, von North Carolina bis Texas. Einmal hätte ich fast einen Fall in Kalifornien übernommen, aber Vicki legte ihr Veto ein. Ich mag keine Flughäfen, und Guardian hätte es sich sowieso nicht leisten können, mich hin- und herfliegen zu lassen. Ich verbringe unzählige Stunden im Auto, mit viel schwarzem Kaffee und Hörbüchern. Dabei wechsle ich zwischen Phasen, in denen ich lange und gründlich nachdenke, und hektischen Gesprächen am Telefon.

In einer Kleinstadt komme ich am Gericht des Countys vorbei und sehe, wie drei junge Anwälte in ihren besten Anzügen in das Gebäude eilen. Es ist noch gar nicht so lange her, da hätte ich einer von denen sein können.

Ich war dreißig Jahre alt, als ich meine Anwaltskarriere zum ersten Mal hingeworfen habe, und das aus gutem Grund.

Der Morgen begann mit der grauenhaften Nachricht, dass zwei sechzehnjährige weiße Jugendliche – ein Junge, ein Mädchen – mit durchgeschnittener Kehle aufgefunden worden waren. Beiden Opfern hatte man die Genitalien verstümmelt. Offenbar hatten sie an einem abgelegenen Ort im County geparkt und waren dort von einer Gruppe schwarzer Jugendlicher überfallen worden, die ihr Auto stahlen. Der Wagen wurde wenige Stunden später gefunden. Ein Mitglied der Gang war geständig. Details der Tat sollten zu einem späteren Zeitpunkt folgen.

Das Übliche in den Morgennachrichten von Memphis. Die Gewalttaten der letzten Nacht wurden abgestumpften Zuschauern präsentiert, die mit der großen Frage lebten: »Wie viel können wir noch ertragen?« Aber dieses Verbrechen war selbst für Memphis schockierend.

Brooke und ich verfolgten die Nachrichten im Bett, wie immer mit dem ersten Kaffee des Tages in der Hand. »Das könnte übel werden«, murmelte ich nach dem ersten Bericht.

»Das *ist* übel«, korrigierte sie mich.

»Du weißt, was ich meine.«

»Wirst du einen von ihnen bekommen?«

»Fang schon mal an zu beten«, erwiderte ich. Als ich unter der Dusche stand, war mir schlecht, und ich überlegte, ob ich ins Büro gehen sollte oder nicht. Ich hatte keinen Appetit und ließ das Frühstück sausen. Auf dem Weg zur Tür klingelte mein Handy. Mein Vorgesetzter sagte, ich solle mich beeilen. Ich verabschiedete mich mit einem Kuss von Brooke und sagte: »Drück mir die Daumen. Wird ein langer Tag.«

Die Pflichtverteidiger sind im Gebäude des Criminal Justice Complex im Stadtzentrum von Memphis untergebracht. Als ich um acht Uhr morgens unsere Abteilung betrat, war es dort so still wie in einer Leichenhalle. Ich hatte den Eindruck, als würden sich alle in ihren Büros verkriechen und jeglichen Blickkontakt vermeiden. Minuten später rief uns unser Vorgesetzter in den Konferenzraum. Ich war mit fünf anderen Anwälten für Schwerverbrechen zuständig, und da wir in Memphis arbeiteten, gab es jede Menge Mandanten für uns. Mit dreißig war ich der Jüngste, und als ich mich umsah, wusste ich, dass gleich mein Name fallen würde.

»Anscheinend sind sie zu fünft gewesen«, sagte mein Chef. »Inzwischen sind alle festgenommen worden. Alter zwischen fünfzehn und siebzehn. Zwei sind geständig. Es sieht danach aus, dass sie die beiden Opfer auf dem Rücksitz des Autos, das dem Jungen gehört, beim Sex überrascht haben. Vier der fünf Angeklagten sind Anwärter bei einer Gang, den Ravens, und um vollwertiges Mitglied zu werden, muss man ein weißes Mädchen vergewaltigen. Eines mit blonden Haaren. Crissy Spangler war blond. Der Anführer, ein gewisser Lamar Robinson, hat die Befehle gegeben. Der Junge, Will Foster, wurde an einen Baum gebunden und musste mit ansehen, wie sie das Mädchen nacheinander vergewaltigt haben. Als er keine Ruhe geben wollte, haben sie ihm die Genitalien verstümmelt und die Kehle durchgeschnitten. Wir bekommen noch Fotos von der Polizei.«

Wir standen stumm vor Entsetzen da, als uns klar wurde, was das zu bedeuten hatte. Mein Blick wanderte zu einem der Fenster. Mit dem Kopf voraus auf den Parkplatz zu springen kam mir wie das einzig Vernünftige vor.

»Sie haben Wills Auto gestohlen und, schlau wie sie sind, auf der South Third eine rote Ampel überfahren«, fuhr der Chef fort. »Die Polizei hat den Wagen, in dem drei von ihnen saßen, angehalten, Blutspuren entdeckt und alle festgenommen. Zwei haben angefangen zu reden und die Tat in allen Details beschrieben. Sie behaupten, dass es die anderen gewesen sind, aber ihr Geständnis belastet alle fünf. Die Obduktionen werden heute Vormittag durchgeführt. Selbstverständlich stecken wir bis über beide Ohren in dem Fall mit drin. Der erste Gerichtstermin ist für heute, vierzehn Uhr, angesetzt, und es wird mit Sicherheit ein Riesenzirkus werden. Überall sind Reporter, und Details sickern durch wie verrückt.«

Ich schob mich langsam in Richtung Fenster. »Post, Sie vertreten einen Fünfzehnjährigen namens Terrence Lattimore«, hörte ich meinen Chef rufen. »Soweit wir wissen, hat er noch kein Wort gesagt.«

Nachdem er die anderen Jugendlichen an meine Kollegen verteilt hatte, gab er Anweisungen: »Sie fahren sofort ins Gefängnis und suchen Ihre Mandanten auf. Informieren Sie die Polizei darüber, dass keine Verhöre stattfinden, wenn Sie nicht dabei sind. Die Jungs sind Gangmitglieder und werden vermutlich nicht sehr kooperativ sein, jedenfalls jetzt noch nicht.« Er sah uns, die Pechvögel, der Reihe nach an und sagte: »Tut mir leid.«

Eine Stunde später lief ich durch den Eingang des Gefängnisses, als eine Frau – vermutlich eine Reporterin – rief: »Vertreten Sie einen dieser Mörder?«

Ich tat so, als würde ich sie ignorieren, und ging weiter.

Terrence Lattimore wartete in einem kleinen Besucherraum auf mich. Er trug Hand- und Fußfesseln und war an einen Metallstuhl gekettet. Als wir allein waren, erklärte ich ihm, dass mir sein Fall zugewiesen worden sei und ich ihm einige Fragen stellen müsse, nur ein paar grundlegende Sachen für den Anfang. Seine Antwort waren ein Grinsen und ein wuterfüllter Blick. Er war zwar erst fünfzehn, aber ein ganz harter Junge, der schon alles gesehen hatte. Kampferprobt in allem, was mit Gangs, Drogen und Gewalt zu tun hatte. Er hasste mich und alle anderen Menschen mit weißer Haut. Er sagte, er habe keine Adresse, und riet mir, mich von seiner Familie fernzuhalten. Sein Vorstrafenregister enthielt zwei Schulverweise und vier

Anklagen beim Jugendgericht, bei denen immer Gewalt mit im Spiel gewesen war.

Gegen Mittag war ich so weit, dass ich den Fall abgeben und mir einen anderen Job suchen wollte. Ich war nur deshalb drei Jahre zuvor Pflichtverteidiger geworden, weil ich keine Stelle bei einer Anwaltskanzlei finden konnte. Nach drei Jahren, in denen ich in die Abgründe unseres Strafjustizsystems geblickt hatte, stellte ich mir die schwierige Frage, warum ich eigentlich Jura studiert hatte. Ich konnte mich beim besten Willen nicht mehr daran erinnern. Bei meiner Arbeit traf ich täglich auf Leute, mit denen ich außerhalb des Gerichtssaals jeglichen Kontakt vermieden hätte.

Mittagessen kam nicht infrage, weil wir uns sicher waren, dass wir keinen Bissen hinunterbringen würden. Die fünf von uns, die für diesen Fall ausgewählt worden waren, trafen sich mit dem Vorgesetzten und sahen sich die Fotos vom Tatort und die Obduktionsberichte an. Wenn ich etwas im Magen gehabt hätte, wäre es auf dem Fußboden gelandet.

Was zum Teufel machte ich da mit meinem Leben? Ich war Strafverteidiger, und die Frage »Wie kannst du jemanden vertreten, von dem du weißt, dass er schuldig ist?« hing mir zum Hals raus. Ich hatte immer eine Standardantwort parat, die ich im Studium gelernt hatte: »Jeder hat das Recht darauf, von einem Anwalt verteidigt zu werden. Das steht in der Verfassung.«

Aber ich glaubte nicht mehr daran. In Wahrheit gibt es Verbrechen, die so abscheulich und grausam sind, dass der Mörder entweder hingerichtet werden sollte, wenn man die Todesstrafe für richtig hält, oder lebenslänglich hinter Gitter kommen sollte, wenn man die Todesstrafe nicht für richtig hält. Als ich nach der Besprechung das Büro meines Chefs verließ, war ich mir nicht mehr sicher, was ich für richtig hielt.

Ich ging in mein winziges Büro, das aber wenigstens eine Tür hatte, die man abschließen konnte. Am Fenster stehend, starrte ich auf das Straßenpflaster unter mir und stellte mir vor, wie ich in die Tiefe sprang und zu irgendeinem exotischen Strand davonschwebte, wo das Leben großartig war und das einzige Problem, über das ich mir Sorgen machen musste, darin bestand, den nächsten kalten Drink zu beschaffen. Seltsamerweise kam Brooke in dem Traum nicht vor. Ich wachte auf, als das Telefon auf meinem Schreibtisch klingelte.

Allerdings hatte ich nicht geträumt, sondern Halluzinationen gehabt. Plötzlich lief alles wie in Zeitlupe ab, und ich bekam nur mit Mühe ein Hallo heraus. Die Stimme am anderen Ende gehörte zu einer Reporterin, die ein paar Fragen zu den Morden hatte. Sie glaubte tatsächlich, ich würde mit ihr über den Fall sprechen. Ich legte auf. Eine Stunde verging, und ich kann mich nicht erinnern, in dieser Zeit irgendetwas getan zu haben. Ich fühlte mich wie betäubt, mir war übel, und ich wollte einfach nur aus dem Gebäude rennen. Aber ich weiß noch, dass ich Brooke angerufen und ihr erzählt habe, dass ich einen von den fünfen erwischt hatte.

Der erste Gerichtstermin um vierzehn Uhr wurde von einem kleinen Saal in einen größeren verlegt, der aber immer noch nicht groß genug war. Aufgrund der hohen Kriminalitätsrate gab es in Memphis viele Polizisten, und an dem Nachmittag waren die meisten von ihnen im Gebäude. Sie postierten sich vor den Türen und durchsuchten jeden Reporter und jeden Zuschauer. Im Gerichtssaal stellten sie sich zu zweit nebeneinander am Mittelgang auf und bildeten ein Spalier an allen drei Wänden.

Will Fosters Cousin war bei der Feuerwehr von Memphis. Er kam mit einer Handvoll Kollegen, die aussahen, als würden sie jeden Moment zum Angriff übergehen. Ein paar Schwarze drückten sich in eine Ecke auf der anderen Seite des Saals, so weit von den Familien der Opfer entfernt wie möglich. Überall waren Reporter, allerdings ohne Kameras. Anwälte, die bei diesem Termin nichts zu tun hatten, liefen neugierig hin und her.

Ich betrat den Geschworenenraum durch den Lieferanteneingang und schob mich durch die Tür, um einen Blick auf das Gedränge zu werfen. Der Saal war brechend voll, die ungeheure Spannung fast mit Händen greifbar.

Der Richter kam, setzte sich und rief den Saal zur Ordnung. Dann wurden die fünf Angeklagten hereingeführt, alle in orangefarbenen Overalls und aneinandergekettet. Die Zuschauer starrten sie wie gebannt an. Die Gerichtszeichner griffen zu ihren Stiften. Einige Polizisten formierten sich in einer Reihe hinter den fünf Angeklagten und bildeten auf diese Weise einen Schutzschild. Die Jugendlichen standen vor der Richterbank und starrten auf ihre Füße. Hinten im Saal brüllte eine laute, kräftige Stimme: »Lasst sie frei, verdammt! Lasst sie frei!« Zwei Polizisten rannten zu dem Mann und sorgten dafür, dass er Ruhe gab.

Eine Frau schrie auf und brach in Tränen aus.

Ich stellte mich hinter Terrence Lattimore neben meine vier Kollegen. Dabei warf ich einen Blick auf die Leute, die in den ersten beiden Reihen saßen. Es waren offenbar Angehörige und Freunde der Opfer, und sie starrten mich mit unverhohlenem Hass an.

Mein Mandant hasste mich. Die Familie und die Freunde seiner Opfer hassten mich. Was zum Teufel hatte ich in diesem Gerichtssaal verloren?

Der Richter ließ den Hammer niedersausen und sagte: »Ich werde die Ordnung in diesem Gerichtssaal aufrechterhalten. Die Angeklagten erscheinen heute zum ersten Mal vor mir, und Zweck dieses Termins ist es, ihre Identität festzustellen und mich zu vergewissern, dass sie von einem Rechtsbeistand vertreten werden. Sonst nichts. Wer von Ihnen ist Lamar Robinson?«

Robinson hob den Kopf und murmelte etwas.

»Wie alt sind Sie, Mr. Robinson?«

»Siebzehn.«

»Mit Ihrer Vertretung wurde Julie Showalter vom Büro der Pflichtverteidiger beauftragt. Haben Sie sich mit ihr getroffen?«

Meine Kollegin trat einen Schritt vor und stellte sich zwischen Robinson und den neben ihm stehenden Angeklagten. Da alle aneinandergekettet waren, kamen die Anwälte nicht näher an sie heran. Hand- und Fußfesseln wurden im Gerichtssaal üblicherweise abgenommen, und die Tatsache, dass dies heute nicht geschah, sagte eine Menge über die Laune des Richters aus.

Robinson warf einen Blick auf Julie, die rechts neben ihm stand, und zuckte mit den Schultern.

»Mr. Robinson, möchten Sie von Ms. Showalter vertreten werden?«

»Kann ich einen schwarzen Anwalt haben?«, fragte er.

»Sie können jeden beauftragen, den Sie wollen. Haben Sie denn genug Geld für einen privaten Anwalt?«

»Vielleicht.«

»In Ordnung, das werden wir dann später bereden. Der Nächste, Terrence Lattimore.« Terrence starrte den Richter an, als würde er ihm die Kehle durchschneiden wollen.

»Mr. Lattimore, wie alt sind Sie?«

»Fünfzehn.«

»Haben Sie Geld für einen eigenen Anwalt?«

Kopfschütteln. Nein.

»Möchten Sie, dass Mr. Cullen Post vom Büro der Pflichtverteidiger Sie vertritt?«

Er zuckte mit den Schultern, es war ihm egal.

Der Richter sah mich an. »Mr. Post, haben Sie sich mit Ihrem Mandanten getroffen?«

Doch Mr. Post konnte nicht antworten. Ich machte den Mund auf, aber es kam kein Ton heraus. Ich trat einen Schritt zurück, den Blick unverwandt auf den Richter geheftet, der mich verblüfft ansah. »Mr. Post?«

Im Gerichtssaal war es vollkommen ruhig, doch in meinen Ohren klingelte es, ein schriller, durchdringender Ton, der keinen Sinn ergab. Meine Knie bestanden aus Gummi, ich bekam nur noch mühsam Luft. Ich machte noch einen Schritt nach hinten, dann drehte ich mich um und zwängte mich durch die Mauer aus Polizisten. Ich schaffte es bis zur Schranke, stieß das Schwingtor vor meinen Beinen auf und rannte durch den Mittelgang. Dabei rempelte ich einen Polizisten nach dem anderen an, aber keiner versuchte, mich aufzuhalten. Der Richter rief so etwas Ähnliches wie »Mr. Post, wo wollen Sie hin?«. Mr. Post wusste es nicht.

Ich taumelte durch die Tür, ließ den Saal hinter mir und rannte schnurstracks zur Herrentoilette, wo ich mich in einer der Kabinen einschloss, über die Kloschüssel beugte und mich übergab. Ich würgte und spuckte, bis ich nichts mehr im Magen hatte, dann ging ich zu einem der Waschbecken und spritzte mir Wasser ins Gesicht. Mir ist noch vage in Erinnerung, dass ich den Fahrstuhl genommen habe, aber ich hatte jegliches Gefühl für Zeit, Raum, Geräusche oder Bewegung verloren. Bis heute habe ich keine Ahnung, wie ich aus dem Gebäude gekommen bin.

Plötzlich saß ich in meinem Wagen und nahm die Poplar Avenue in Richtung Osten, aus dem Stadtzentrum hinaus. Ohne es zu wollen, überfuhr ich eine rote Ampel und konnte gerade noch einen heftigen Zusammenstoß mit einem anderen Fahrzeug verhindern. Hinter mir begannen wütende Autofahrer zu hupen. Irgendwann fiel mir auf, dass ich meinen Aktenkoffer im Gerichtssaal vergessen hatte, was ein breites Grinsen bei mir auslöste. Ich sah ihn nie wieder.

Die Eltern meiner Mutter lebten auf einer kleinen Farm sechzehn Kilometer westlich von Dyersburg, Tennessee, meiner Heimatstadt. Am späten Nachmittag kam ich dort an. Ich hatte jegliches Zeitgefühl verloren und kann mich nicht daran erinnern, den Entschluss gefasst zu haben, nach Hause zu fahren. Meine Großeltern waren überrascht, mich zu sehen, wie sie später erzählten, aber bald wurde ihnen klar, dass ich Hilfe brauchte. Sie fragten mich aus, aber ich reagierte auf sämtliche Fragen nur mit einem leeren, starren Blick. Irgendwann steckten sie mich ins Bett und riefen Brooke an.

Am späten Abend verfrachteten mich ein paar Rettungssanitäter in einen Krankenwagen. Mit Brooke an meiner Seite fuhren wir drei Stunden zu einer psychiatrischen Klinik in der Nähe von Nashville. In Memphis waren keine Betten verfügbar, aber ich wollte sowieso nicht in die Stadt zurück. In den nächsten Tagen begann ich eine Therapie mit Medikamenten und langen Sitzungen bei Seelenklempnern und lernte allmählich, mit meinem Nervenzusammenbruch umzugehen. Nach einem Monat wurde ich darüber in Kenntnis gesetzt, dass die Versicherungsgesellschaft nicht mehr für die Kosten aufkommen werde. Es war Zeit zu gehen, und ich war inzwischen so weit, dass ich die Klinik verlassen konnte.

Ich weigerte mich, in unsere Wohnung in Memphis zurückzukehren, und zog bei meinen Großeltern ein. Während dieser Zeit beschlossen Brooke und ich, unsere

Beziehung zu beenden. Ungefähr nach der Hälfte unserer dreijährigen Ehe war uns beiden klar geworden, dass wir nicht den Rest unseres Lebens miteinander verbringen konnten und dass es viel Kummer und Leid geben würde, wenn wir es trotzdem versuchten. Zu der Zeit setzten wir uns nicht damit auseinander, und es gab nur selten Streit. Irgendwie fanden wir in jenen dunklen Tagen auf der Farm den Mut, offen darüber zu reden. Wir liebten uns immer noch, waren aber schon dabei, uns auseinanderzuleben. Zuerst vereinbarten wir eine einjährige Trennung auf Probe, aber das ließen wir bald sein. Ich habe Brooke nie vorgeworfen, dass sie mich wegen meines Zusammenbruchs verlassen hat. Ich wollte unsere Ehe beenden und sie auch. Wir sind mit gebrochenem Herzen auseinandergegangen, schworen aber, Freunde zu bleiben. Selbst das haben wir nicht geschafft.

Als Brooke mein Leben verließ, klopfte Gott an die Tür. Er kam in Gestalt von Father Bennie Drake, dem episkopalischen Priester meiner Heimatgemeinde in Dyersburg. Bennie war ungefähr vierzig, cool und hip und pflegte mitunter eine sehr anzügliche Ausdrucksweise. Er trug die meiste Zeit ausgewaschene Jeans, aber immer zusammen mit Priesterkragen und einem schwarzen Jackett, und wurde schnell zum Lichtblick in der Zeit meiner Genesung. Am Anfang kam er jede Woche einmal, doch bald wurden daraus fast tägliche Besuche, und ich fieberte unseren langen Gesprächen auf der Veranda geradezu entgegen. Ich vertraute ihm sofort und gestand, dass ich nicht wieder als Anwalt arbeiten wollte. Ich war erst dreißig und suchte nach einer anderen Möglichkeit, Menschen zu helfen. Ich wollte nicht den Rest meines Lebens damit verbringen, Menschen auf Schadenersatz zu verklagen, Schuldige zu verteidigen oder unter dem Druck, den die Arbeit in einer

Kanzlei mit sich brachte, zu malochen. Je besser ich Bennie kennenlernte, desto mehr wollte ich so sein wie er. Er sah etwas in mir und schlug mir vor, zumindest darüber nachzudenken, Priester zu werden. Wir verbrachten viel Zeit mit langen Gebeten und noch längeren Gesprächen, und allmählich begann ich, meine Berufung zu spüren.

Acht Monate nach meinem letzten Erscheinen vor Gericht zog ich nach Alexandria, Virginia, und trat in das dortige Priesterseminar ein, an dem ich die nächsten drei Jahre studierte. Um Geld zu verdienen, nahm ich einen Job als wissenschaftlicher Mitarbeiter in einer Großkanzlei in Washington, D.C., an, für zwanzig Stunden in der Woche. Ich hasste und verachtete meine Arbeit, aber es gelang mir, das zu verbergen. Jede Woche wurde ich daran erinnert, warum ich den Anwaltsberuf aufgegeben hatte.

Mit fünfunddreißig Jahren wurde ich zum Priester geweiht und bekam eine Stelle bei einer Episkopalgemeinde in der Drayton Street im historischen Stadtzentrum von Savannah. Der Vikar war ein wunderbarer Mann namens Luther Hodges, der schon seit Jahren Seelsorgearbeit in einem Gefängnis leistete. Sein Onkel war hinter Gittern gestorben, und er war fest entschlossen, jenen zu helfen, die man vergessen hatte. Drei Monate nachdem ich nach Savannah gezogen war, lernte ich Mr. François Tatum kennen, eine wahrhaft vergessene Seele.

Als ich Frankie zwei Jahre später aus dem Gefängnis holte, war das der aufregendste Moment meines Lebens. Ich hatte meine Berufung gefunden. Und durch göttliche Fügung hatte ich auch Vicki Gourley kennengelernt, eine Frau, die ihre eigene Mission hatte.

4

Guardian Ministries ist in einem alten Lagerhaus in Savannahs Broad Street untergebracht. Der Rest des riesigen Gebäudes wird von der Firma genutzt, die Vicki vor Jahren verkauft hat. Das Lagerhaus gehört ihr immer noch, und sie vermietet es an ihre Neffen, die weiterhin Teppiche und Parkettböden verlegen. Der größte Teil der Mieteinnahmen wird von Guardian geschluckt.

Es ist schon fast Mittag, als ich den Wagen parke und unsere Büroräume betrete. Ich erwarte keine begeisterte Begrüßung und bekomme sie auch nicht. Es gibt keine Empfangsdame und keinen Empfangsbereich für unsere Mandanten. Sie sitzen alle im Gefängnis. Wir haben keine Sekretärinnen, weil wir uns das nicht leisten können. Wir tippen unsere Briefe selbst. Wir heften Unterlagen ab, vereinbaren Termine, gehen ans Telefon, kochen Kaffee und tragen den Müll raus.

Über Mittag besucht Vicki fast immer ihre Mutter, die in einem Pflegeheim ein Stück die Straße hinunter lebt, und isst dort mit ihr. Ihr penibel aufgeräumtes Büro ist leer. Ich werfe einen Blick auf ihren Schreibtisch, auf dem kein einziges Blatt Papier schräg liegt. Auf einem Sideboard dahinter steht ein gerahmtes Farbfoto von Vicki und Boyd, ihrem verstorbenen Mann. Er hat die Firma gegründet, und als er jung starb, hat Vicki sie übernommen und wie eine Tyrannin geführt, bis das Rechtssystem sie so anwiderte, dass sie Guardian gründete.

Auf der anderen Seite des Korridors liegt das Büro von Mazy Ruffin, Leiterin unserer Prozessabteilung und Braintrust der Organisation. Sie sitzt auch nicht an ihrem Schreibtisch; vermutlich fährt sie gerade Kinder in der Gegend herum. Sie hat vier, und in der Regel findet man die Kleinen nachmittags irgendwo in den Räumen von Guardian auf dem Fußboden. Wenn die Kinderkrippe geöffnet ist, schließt Vicki leise ihre Tür. Ich auch, falls ich im Büro bin, was nur selten vorkommt. Als wir Mazy vor vier Jahren eingestellt haben, hatte sie zwei nicht verhandelbare Bedingungen. Die erste war die Erlaubnis, ihre Kinder mit ins Büro bringen zu dürfen, wenn es sein musste. Sie konnte es sich nicht leisten, die Kinder den ganzen Tag betreuen zu lassen. Die zweite war ihr Gehalt. Sie brauchte fünfundsechzigtausend Dollar im Jahr, um überleben zu können, keinen Penny weniger. Vicki und ich verdienten zusammengenommen weniger als diese Summe, aber wir ziehen auch keine Kinder groß und machen uns keine Gedanken um unser Gehalt. Wir haben beiden Bedingungen zugestimmt, und Mazy ist immer noch das bestbezahlte Mitglied unseres Teams.

Sie war ein Schnäppchen. Mazy ist in einer berüchtigten Sozialbausiedlung im Süden Atlantas aufgewachsen. Zeitweise war sie obdachlos, allerdings erzählt sie nicht viel darüber. Einem Lehrer an ihrer Highschool fiel auf, wie intelligent sie ist, und er förderte sie nach Kräften. Sie nahm das College und im Anschluss daran ein Jurastudium in Angriff, immer mit Vollstipendien und fast perfekten Noten. Jobangebote von Großkanzleien lehnte sie ab, stattdessen beschloss sie, Menschen zu helfen, die die gleiche Hautfarbe wie sie hatten, indem sie für die Bürgerrechtsorganisation NAACP Legal Defense Fund arbeitete. Diese Karriere war zu Ende, als ihre Ehe zerbrach. Ein Freund von mir erwähnte ihren Namen, als wir nach einem zweiten Anwalt suchten.

Die Domäne dieser beiden Alphaweibchen ist das Erdgeschoss. Wenn ich hier bin, gehe ich sofort nach oben in den ersten Stock, wo ich mich in einem kleinen, vollgestopften Zimmer verkrieche, das mir als Büro dient. Gegenüber liegt der Konferenzraum, allerdings gibt es bei Guardian nicht sehr viele Konferenzen. Manchmal benutzen wir ihn für beeidete Aussagen oder Besprechungen mit einem rehabilitierten Mandanten und seiner Familie.

Ich betrete den Konferenzraum und schalte das Licht ein. In der Mitte steht ein langer, ovaler Esstisch, den ich für hundert Dollar auf einem Flohmarkt gekauft habe, mit zehn nicht zueinander passenden Stühlen, die im Lauf der Jahre dazugekommen sind. Was dem Raum an Stil und Geschmack fehlt, macht er durch seinen Charakter mehr als wett. An einer Wand – unserer Wall of Fame – hängen acht große, gerahmte Porträts der Menschen, die wir aus dem Gefängnis geholt haben, angefangen mit Frankie. Ihre lächelnden Gesichter sind das Herz und die Seele unserer Organisation. Sie geben uns Kraft und spornen uns an, weiterzumachen, gegen das System zu kämpfen, für Freiheit und Gerechtigkeit einzutreten.

Nur acht. Tausende wie sie warten noch. Unsere Arbeit wird nie zu Ende sein, und auch wenn diese Tatsache entmutigend erscheinen mag, so ist sie doch eine große Motivation für uns.

An einer anderen Wand hängen fünf kleinere Fotos unserer aktuellen Mandanten, alle in Gefängniskleidung. Duke Russell in Alabama. Shasta Briley in North Carolina. Billy Rayburn in Tennessee. Curtis Wallace in Mississippi. Little Jimmy Flagler in Georgia. Drei Schwarze, zwei Weiße, eine Frau. Hautfarbe und Geschlecht haben keine

Bedeutung für unsere Arbeit. Dazu kommt eine bunte Mischung gerahmter Zeitungsfotos, die jene glorreichen Momente zeigen, in denen wir unschuldige Mandanten aus dem Gefängnis begleiten. Auf den meisten davon bin ich zu sehen, zusammen mit anderen Anwälten, die uns geholfen haben. Mazy und Vicki sind auf einigen wenigen abgebildet. Das strahlende Lächeln der Menschen auf den Fotos wirkt ansteckend.

Ich gehe die Treppe hoch zu meinem Penthouse. Ich wohne in drei Zimmern im obersten Stockwerk, für die ich keine Miete bezahlen muss. Die Einrichtung werde ich nicht beschreiben. Die beiden Frauen in meinem Leben, Vicki und Mazy, wagen sich nicht einmal in die Nähe der Wohnung. Ich verbringe hier im Schnitt zehn Nächte im Monat, und es fällt sofort auf, dass ich alles vernachlässige. Meine Wohnung würde allerdings noch viel chaotischer aussehen, wenn ich die ganze Zeit hier wäre.

Ich dusche in meinem kleinen Bad, dann lasse ich mich aufs Bett fallen.

Nach zwei Stunden im Koma werde ich von Geräuschen aus dem Erdgeschoss geweckt. Ich ziehe mich an und wanke die Treppe hinunter. Mazy begrüßt mich mit einem strahlenden Lächeln und einer Umarmung. »Gut gemacht«, sagt sie immer wieder.

»Es war verdammt knapp. Duke war schon dabei, sein Steak zu essen, als der Anruf kam.«

»Hat er es aufgegessen?«

»Natürlich.«

Daniel, ihr vierjähriger Sohn, rennt auf mich zu und will mich auch umarmen. Er hat keine Ahnung, wo ich gestern Abend war oder was ich dort gemacht habe, er will einfach so von mir in den Arm genommen werden. Vicki hört uns reden und stürmt aus ihrem Büro. Noch mehr Umarmungen, noch mehr Glückwünsche.

Als Albert Hoover dann in North Carolina hingerichtet wurde, haben wir in Vickis Büro gesessen und geweint. Das hier ist entschieden besser.

»Ich mache uns einen Kaffee«, sagt Vicki.

Ihr Büro ist etwas größer als das von Mazy und nicht mit Spielzeug und Klapptischen mit Stapeln von Brettspielen und Malbüchern vollgestopft, deshalb benutzen wir es für eine kurze Lagebesprechung. Da ich während des Countdowns gestern Nacht mit beiden telefonisch in Kontakt war, kennen sie fast alle Details. Ich informiere sie über mein Treffen mit Frankie, und wir diskutieren den nächsten Schritt in Dukes Fall. Plötzlich haben wir keine Fristen mehr, kein Hinrichtungsdatum, keinen Countdown am Horizont, und der schlimmste Druck ist weg. Fälle mit Todeskandidaten ziehen sich über Jahre hin, es geht extrem langsam voran, bis von einem Tag auf den anderen ein Termin für die Hinrichtung angesetzt wird. Dann wird es auf einmal hektisch. Wir arbeiten rund um die Uhr, und wenn ein Aufschub gewährt wird, wissen wir, dass Monate, ja vielleicht Jahre bis zum nächsten Alarm vergehen werden. Aber wir lassen nicht nach und gönnen uns keine Ruhe, denn unsere Mandanten sind unschuldig und kämpfen darum, den Albtraum Gefängnis zu überleben.

Wir reden eine Weile über die anderen vier Fälle, bei denen es keinen Termindruck gibt.

Dann spreche ich ein heikles Thema an: »Was ist mit dem Budget, Vicki?«

Wie immer lächelt sie und sagt: »Wir sind pleite.«

»Ich muss telefonieren«, wirft Mazy ein. Sie steht auf, drückt mir einen Kuss auf die Stirn und verabschiedet sich mit den Worten: »Gute Arbeit, Post.«

Mazy spricht nicht gern über das Budget, und Vicki und ich respektieren das. Sie verlässt den Raum und geht in ihr Büro.

»Wir haben von der Cayhill-Stiftung einen Scheck über fünfzigtausend bekommen, was reichen dürfte, um für ein paar Monate die Rechnungen zu bezahlen«, informiert mich Vicki. Zur Finanzierung des laufenden Betriebs brauchen wir etwa eine halbe Million Dollar im Jahr. Diese Summe bekommen wir, indem wir bei kleinen gemeinnützigen Organisationen und einigen Einzelpersonen anklopfen und sie um Geld bitten. Wenn ich mich dazu überwinden könnte, Fundraising zu betreiben, würde ich den halben Tag mit Telefonaten, Briefeschreiben und Vorträgen verbringen. Es gibt einen direkten Zusammenhang zwischen dem Geldbetrag, der uns zur Verfügung steht, und der Anzahl von Unschuldigen, die wir aus dem Gefängnis holen können, aber ich habe weder die Zeit noch das Bedürfnis, jemanden anzubetteln. Vicki und ich haben vor langer Zeit beschlossen, dass wir mit den Problemen eines großen Mitarbeiterstabs und dem ständigen Druck, Geld beschaffen zu müssen, nicht umgehen könnten. Eine kleine, schlanke Organisation ist uns lieber.

Einen Unschuldigen aus dem Gefängnis zu holen kann Jahre dauern und kostet mindestens zweihunderttausend Dollar. Wenn wir zusätzliches Geld brauchen, gelingt es uns immer irgendwie, die Summe aufzutreiben.

»Mach dir keine Sorgen«, sagt sie. »Wir dürften noch Zuschüsse bekommen, und ich bin gerade dabei, ein paar Spender auf die Nerven zu gehen. Wir schaffen das. Wie immer.«

»Ich werde morgen ein paar Telefonate machen«, verspreche ich. Sosehr ich es auch hasse, ich zwinge mich dazu, jede Woche einige Stunden damit zu verbringen, Anwälte anzurufen, die unsere Arbeit unterstützen, und sie um Geld zu bitten. Außerdem habe ich ein kleines Netzwerk von Kirchengemeinden, die uns hin und wieder Spenden zukommen lassen.

»Ich vermute mal, dass du nach Seabrook fahren wirst«, meint Vicki.

»Stimmt. Ich habe mich entschieden. Der Fall liegt jetzt schon seit drei Jahren bei uns, und ich bin die Diskussionen leid. Wir sind alle der Meinung, dass er unschuldig ist. Er sitzt seit zweiundzwanzig Jahren im Gefängnis und hat keinen Anwalt. Niemand kümmert sich um seinen Fall. Das sollten wir jetzt tun.«

»Mazy und ich sind dabei.«

»Danke.« Die endgültige Entscheidung darüber, ob wir einen Gefangenen vertreten oder nicht, treffe ich. Wir prüfen jeden Fall lange und ausgiebig und machen uns so gut wie möglich mit den Fakten vertraut, und wenn einer von uns strikt dagegen ist, lassen wir es sein. Seabrook quält uns schon eine ganze Weile, vor allem weil wir uns sicher sind, dass unser künftiger Mandant hereingelegt wurde.

»Ich mache heute Abend Brathühnchen«, sagt Vicki.

»Großartig. Ich habe schon auf eine Einladung gewartet.« Sie lebt allein und kocht gern, und wenn ich in der Stadt bin, treffen wir uns für gewöhnlich abends in ihrem gemütlichen kleinen Bungalow, der vier Blocks vom Lagerhaus entfernt liegt, und essen zusammen. Vicki macht sich Sorgen um meine Gesundheit und meine Essgewohnheiten. Mazy macht sich Sorgen um mein Liebesleben, aber da ich keines habe, kann es mir auch keine Probleme bereiten.

5

Seabrook ist eine Kleinstadt im dünn besiedelten, ländlichen Nordflorida, weit weg von den riesigen Neubaugebieten und Seniorenwohnsiedlungen. Nach Tampa fährt man zwei Stunden Richtung Süden, nach Gainesville eine Stunde Richtung Osten. Obwohl man in fünfundvierzig Minuten an der Golfküste ist, sind Floridas sonst so rührige Bauunternehmer nie auf den Landstrich dort aufmerksam geworden. Mit seinen elftausend Einwohnern ist Seabrook Sitz von Ruiz County und das Zentrum für fast alle kommerziellen Geschäfte in einer vernachlässigten Region. Der Bevölkerungsschwund wurde durch ein paar Rentner aufgehalten, die von den niedrigen Lebenshaltungskosten in den Trailerparks angezogen wurden. Die Main Street, in der nur wenige Gebäude leer stehen, hält sich tapfer, und am Stadtrand haben sich sogar ein paar große Verbrauchermärkte angesiedelt. Das bestens erhaltene Gerichtsgebäude im Kolonialstil ist gut besucht. Etwa zwei Dutzend Anwälte kümmern sich um die rechtlichen Angelegenheiten des Countys.

Vor zweiundzwanzig Jahren wurde einer von ihnen tot in seiner Kanzlei aufgefunden, und ein paar Monate lang beherrschte Seabrook zum ersten und einzigen Mal in seiner Geschichte die Schlagzeilen. Der Anwalt hieß Keith Russo und war zum Zeitpunkt seines Todes siebenunddreißig Jahre alt. Seine Leiche wurde auf dem Boden hinter dem Schreibtisch entdeckt, und alles war voller

Blut. Man hatte ihm zweimal mit einer Schrotflinte in den Kopf geschossen, von seinem Gesicht war nicht mehr viel übrig. Die Tatortfotos waren grauenhaft, sogar ekelerregend, zumindest für einige der Geschworenen. An jenem verhängnisvollen Tag im Dezember arbeitete er noch spät abends und war allein in der Kanzlei. Kurz bevor er starb, war die Stromversorgung zu dem Gebäude unterbrochen worden.

Keith war seit elf Jahren in Seabrook als Anwalt tätig gewesen, zusammen mit seiner Partnerin und Ehefrau Diana Russo. Kinder gab es nicht. In den Anfangsjahren der Kanzlei hatten sie noch als Allgemeinanwälte gearbeitet, aber beide wollten sich verbessern und der Tretmühle entkommen, die das Verfassen von Testamenten und Urkunden und die Beantragung von einvernehmlichen Scheidungen bedeutete. Sie wollten Prozessanwälte sein und vom lukrativen Schadenersatzsystem Floridas profitieren. In dieser Nische herrschte jedoch ein erbitterter Konkurrenzkampf, und sie hatten Mühe, die großen Fälle an Land zu ziehen.

Diana war beim Friseur, als ihr Mann ermordet wurde. Sie fand seine Leiche drei Stunden später, da er nicht nach Hause kam und auch nicht ans Telefon ging. Nach seiner Beerdigung lebte sie zurückgezogen und trauerte monatelang. Sie schloss die Kanzlei, verkaufte das Gebäude und schließlich auch ihr Privathaus. Dann ging sie nach Sarasota zurück, wo sie aufgewachsen war. Sie bekam zwei Millionen Dollar aus Keiths Lebensversicherung und erbte seinen Anteil an ihrem gemeinsamen Vermögen. Die Lebensversicherung wurde von den Ermittlern kurz diskutiert, aber nicht weiter als Spur verfolgt. Das Ehepaar hatte bereits zu Beginn seiner Ehe Lebensversicherungen für beide abgeschlossen. Für Diana existierte eine identische Police.

Ursprünglich gab es keine Verdächtigen, bis Diana den Namen eines gewissen Quincy Miller ins Spiel brachte, ein ehemaliger Mandant der Kanzlei, noch dazu ein sehr verärgerter. Vier Jahre vor dem Mord hatte Keith den Mandanten bei dessen Scheidung vertreten, allerdings war der mehr als unzufrieden mit dem Ergebnis. Der Richter brummte Quincy höhere Unterhaltszahlungen für dessen Exfrau und Kinder auf, als er sich leisten konnte, was schließlich sein Leben ruinieren sollte. Da Quincy das Honorar für eine Berufung nicht aufbringen konnte, ließ Keith die Angelegenheit fallen und beendete die Vertretung, woraufhin die Frist für die Berufung verstrich. Als Lkw-Fahrer für eine Firma aus der Region verdiente Quincy recht gut, aber er verlor den Job, da seine Exfrau die Lohnschecks aufgrund von Zahlungsverzug pfänden ließ. Er meldete Insolvenz an und verschwand aus der Gegend. Aber er wurde erwischt, nach Seabrook zurückgebracht und wegen Nichtzahlung ins Gefängnis geworfen. Drei Monate saß er hinter Gittern, bevor der Richter ihn laufen ließ. Quincy ergriff erneut die Flucht und wurde abermals verhaftet, weil er in Tampa Drogen verkaufte. Er verbüßte ein Jahr seiner Haftstrafe und bekam dann Bewährung.

Es ist nicht weiter überraschend, dass er für all seine Probleme Keith Russo verantwortlich machte. Die meisten Anwälte der Stadt waren insgeheim der Meinung, dass Keiths Mandantenvertretung etwas energischer hätte ausfallen können. Keith hasste Scheidungssachen, und als angehender Prozessanwalt hielt er es für unter seiner Würde, sie zu übernehmen. Diana zufolge kam Quincy mindestens zweimal in die Kanzlei, bedrohte die Mitarbeiter und verlangte, seinen ehemaligen Anwalt zu sprechen. Sie behauptete außerdem, Quincy habe unter ihrer Privatnummer bei ihnen angerufen und Drohungen ausgestoßen, sie und ihr Mann seien aber nicht so beunruhigt gewesen, dass sie es für notwendig gehalten hätten, sich eine neue Nummer zu besorgen.

Die Mordwaffe wurde nie gefunden. Quincy schwor, nie eine Schrotflinte besessen zu haben, aber seine Exfrau sagte der Polizei, sie glaube, er habe eine. Der Durchbruch in dem Fall kam zwei Wochen nach dem Mord, als die Polizei einen Durchsuchungsbeschluss erwirkte und Quincys Wagen beschlagnahmte. Im Kofferraum wurde eine Taschenlampe mit winzigen Flecken auf der Linse gefunden. Man ging davon aus, dass es sich dabei um Blut handelte. Quincy beharrte darauf, die Taschenlampe nie gesehen zu haben, aber seine Exfrau sagte, sie glaube, dass sie ihm gehöre.

Im Handumdrehen wurde eine Theorie aufgestellt, und der Mord war gelöst. Die Polizei glaubte, dass Quincy den Überfall sorgfältig geplant hatte und so lange wartete, bis Keith einmal spät abends arbeitete und allein war. An einem Zählerschrank hinter der Kanzlei unterbrach Quincy die Stromversorgung und betrat das Gebäude durch die nicht verschlossene Hintertür. Da er mehrfach dort gewesen war, wusste er, wo Keith zu finden war. Mit einer Taschenlampe in der Hand, die er bei sich führte, um in der Dunkelheit etwas sehen zu können, stürmte er in Keiths Büro, gab zwei Schüsse aus der Schrotflinte ab und floh. Angesichts des vielen Blutes am Tatort lag es nahe, dass zahlreiche Gegenstände im Büro damit bespritzt wurden.

In einer Seitenstraße zwei Blocks weiter sah eine Drogensüchtige namens Carrie Holland einen Schwarzen wegrennen. Er schien einen Stock oder etwas Ähnliches in der Hand zu haben. Quincy ist schwarz. Die Einwohner Seabrooks sind zu achtzig Prozent Weiße, zu zehn Prozent Schwarze und zu zehn Prozent Latinos. Carrie konnte Quincy nicht identifizieren, schwor aber, dass er genauso groß und genauso gebaut war wie der Mann, den sie gesehen hatte.

Quincys Pflichtverteidiger gelang es, einen Wechsel des Verhandlungsortes durchzusetzen, und der Prozess fand im benachbarten County statt. Es war zu dreiundachtzig Prozent weiß. In der Jury saß genau ein Schwarzer.

Der Dreh- und Angelpunkt des Falls war die Taschenlampe, die die Polizei im Kofferraum von Quincys Wagen gefunden hatte. Ein Sachverständiger für Blutspurenanalyse aus Denver sagte aus, dass er sich aufgrund der Lage der Leiche, der mutmaßlichen Flugbahn der Geschosse aus der Schrotflinte, der Körpergröße von Opfer und Täter und der großen Menge an Blut, das man auf Wänden, Boden, Bücherregalen und Sideboard gefunden hatte, sicher sei, dass die Taschenlampe beim Abfeuern der Schrotflinte im Raum gewesen sei. Die geheimnisvollen Flecken auf dem Glas der Taschenlampe wurden als Rückwärtsspritzer bezeichnet. Sie waren zu klein für einen Test, daher gab es auch keine Übereinstimmung mit Keiths Blut. Ungeachtet dessen versicherte der Sachverständige den Geschworenen, dass es sich bei den Flecken definitiv um Blut handle. Bemerkenswerterweise gab der Sachverständige zu, dass er die Taschenlampe genau genommen gar nicht gesehen hatte. Er habe sie aber anhand mehrerer Farbfotos, die von den Ermittlern aufgenommen worden waren, »gründlich« untersucht. Was daran lag, dass die Taschenlampe Monate vor dem Prozess verschwunden war.

Diana sagte aus, ihr Mann habe seinen ehemaligen Mandanten gut gekannt und Angst vor ihm gehabt. Mehrmals habe er ihr gegenüber erwähnt, dass er sich vor Quincy fürchte, und deshalb zeitweise sogar eine Waffe bei sich getragen.

Carrie Holland hätte bei ihrer Aussage nur noch mit dem Finger auf Quincy zeigen müssen. Sie bestritt, zu einer Aussage für die Staatsanwaltschaft gezwungen worden zu sein, und ferner, dass man ihr im Gegenzug ein Entgegenkommen bei einer anhängigen Strafanzeige hinsichtlich eines Drogendelikts angeboten habe.

Während Quincy auf seinen Prozess wartete, wurde er in ein Gefängnis in Gainesville verlegt. Es gab keine Erklärung für die Verlegung. Er blieb eine Woche dort und wurde dann nach Seabrook zurückgebracht. In Gainesville musste er sich eine Zelle mit einem Spitzel namens Zeke Huffey teilen, der später aussagte, Quincy habe mit dem Mord geprahlt und sei stolz auf sich gewesen. Huffey kannte Details des Mordes, er wusste, wie viele Schüsse abgegeben worden waren, und konnte das Kaliber der Schrotflinte nennen. Um seine Aussage ein wenig aufzupeppen, erzählte er den Geschworenen, Quincy habe ihm lauthals lachend geschildert, wie er am nächsten Tag an die Küste gefahren sei und die Waffe ins Meer geworfen habe. Im Kreuzverhör bestritt Huffey, einen Deal mit dem Staatsanwalt abgeschlossen zu haben, um seine Haftstrafe zu reduzieren.

Der zuständige Ermittler sagte aus, dass man weder am Tatort noch am Stromzähler hinter der Kanzlei Fingerabdrücke von Quincy gefunden habe. Anschließend durfte er Vermutungen anstellen und behaupten, dass »der Angreifer wahrscheinlich Handschuhe trug«.

Ein Rechtsmediziner präsentierte im Rahmen seiner Aussage vergrößerte Farbfotos des Tatorts. Der Verteidiger legte wiederholt Einspruch ein und sagte, die Fotos seien in höchstem Maße nachteilig für den Angeklagten, aber der Richter gestattete ihre Verwendung trotzdem. Mehrere der Geschworenen reagierten schockiert, als sie die überaus anschaulichen Bilder von Keith sahen, der blutüberströmt am Boden lag und so gut wie kein Gesicht mehr hatte. Die Todesursache war klar ersichtlich.

Aufgrund seiner Vorstrafen und anderer juristischer Probleme machte Quincy keine Aussage. Sein Anwalt war ein Anfänger namens Tyler Townsend, Pflichtverteidiger und noch keine dreißig Jahre alt. Die Tatsache, dass er davor nie einen Mandanten verteidigt hatte, dem die Todesstrafe drohte, hätte bei einer Revision normalerweise Fragen aufgeworfen, wurde in Quincys Fall jedoch nicht als Problem gesehen. Bei der Verteidigung zeigte sich Townsend überaus hartnäckig. Er attackierte jeden Zeugen des Staatsanwalts und jedes Beweisstück. Er äußerte Zweifel an den Aussagen der Sachverständigen und ihren Schlussfolgerungen, legte die Schwachstellen in ihren Theorien bloß und machte sich über die Leute des Sheriffs lustig, da sie die Taschenlampe, das wichtigste Beweisstück, verloren hatten. Er fuchtelte mit Farbfotos der Taschenlampe vor den Geschworenen herum und bestritt, dass die winzigen Flecken auf der Linse tatsächlich Blut waren. Er machte Carrie Holland und Zeke Huffey lächerlich und bezichtigte sie der Lüge. Er deutete Diana gegenüber an, dass sie keineswegs eine unschuldige Witwe sei, und brachte sie beim Kreuzverhör zum Weinen, wozu es allerdings keiner großen Anstrengung bedurfte. Er wurde wiederholt vom Richter belehrt, ließ sich davon aber nicht einschüchtern. Seine Verteidigung war so enthusiastisch, dass die Geschworenen ihre Verachtung für ihn mitunter nicht verbergen konnten. Der Prozess artete zur Show aus, als der junge Townsend die Staatsanwälte beleidigte, es dem Richter gegenüber an Respekt mangeln ließ und die Zeugen der Anklage beschimpfte.

Die Verteidigung präsentierte ein Alibi für den Angeklagten. Laut einer Frau namens Valerie Cooper war

Quincy zum Zeitpunkt des Mordes mit ihr zusammen gewesen. Sie war alleinerziehende Mutter und lebte in Hernando, eine Stunde südlich von Seabrook entfernt. Sie hatte Quincy in einer Bar kennengelernt und eine On-Off-Beziehung mit ihm begonnen. Sie beteuerte, Quincy sei bei ihr gewesen, aber der Staatsanwalt schüchterte sie im Zeugenstand ein und stellte ihre Glaubwürdigkeit infrage. Als er eine Verurteilung wegen eines Drogendelikts ansprach, brach sie zusammen.

Während seines überaus leidenschaftlichen Schlussplädoyers benutzte Tyler Townsend zwei Requisiten – eine Schrotflinte Kaliber 12 und eine Taschenlampe – und argumentierte, dass es so gut wie unmöglich gewesen sei, zwei Schüsse auf das Opfer abzugeben, während man beides in der Hand hielt. Die Geschworenen, von denen die meisten auf dem Land aufgewachsen waren, schienen das zu verstehen, aber das spielte letztlich keine Rolle. Townsend hatte Tränen in den Augen, als er die Jury um einen Freispruch bat.

Er bekam ihn nicht. Die Geschworenen verschwendeten keine Zeit und sprachen Quincy nach kurzer Beratung des Mordes schuldig. Die Strafe erwies sich als komplizierter, da die Jury zu keinem Entschluss kommen konnte. Selbst nach zwei Tagen heftiger und hitziger Diskussionen gab der einzige Schwarze nicht nach und beharrte auf einer lebenslänglichen Freiheitsstrafe ohne die Möglichkeit einer Strafaussetzung zur Bewährung. Die elf Weißen waren schwer enttäuscht, dass sie kein Todesurteil aussprechen konnten.

Quincys Revisionsanträge nahmen den in solchen Fällen üblichen zähen Verlauf, und seine Verurteilung wurde von jeder Instanz bestätigt. Er beteuert jetzt seit zweiundzwanzig Jahren seine Unschuld, aber niemand hört ihm zu.

Tyler Townsend war am Boden zerstört und kam nie über seine Niederlage hinweg. Seabrook wandte sich gegen ihn, und seine noch junge Kanzlei fand keine Mandanten mehr. Kurz nachdem alle Rechtsmittel in Quincys Fall ausgeschöpft waren, gab er auf und zog nach Jacksonville, wo er als Pflichtverteidiger in Teilzeit arbeitete, bevor er schließlich den Beruf wechselte.

Frankie hatte ihn in Fort Lauderdale ausfindig machen können, wo er allem Anschein nach ein schönes Familienleben führt und zusammen mit seinem Schwiegervater Einkaufszentren baut. Wir werden vorsichtig sein müssen, wenn wir mit ihm Kontakt aufnehmen, aber darin haben wir Übung.

Diana Russo ist nie nach Seabrook zurückgekehrt, und soweit wir wissen, hat sie auch nicht wieder geheiratet. Aber ganz sicher sind wir uns da nicht. Vicki hat sie vor einem Jahr auf Martinique ausfindig gemacht, mithilfe eines privaten Sicherheitsdiensts, mit dem wir gelegentlich zusammenarbeiten. Unsere Spione könnten tiefer graben und uns weitere Informationen verschaffen, aber dafür wollen sie mehr Geld, und im Moment können wir die zusätzliche Ausgabe nicht rechtfertigen. Es wäre Zeitverschwendung, wenn wir versuchen würden, mit Diana zu reden.

Unser Ziel ist es, Quincy Miller aus dem Gefängnis zu holen und sein Urteil aufheben zu lassen. Den wahren Mörder zu finden hat keine Priorität. Damit uns Ersteres gelingt, müssen wir die Anklage auseinandernehmen. Für die Aufklärung des Verbrechens ist jemand andres zuständig, aber nach zweiundzwanzig Jahren kann man getrost davon ausgehen, dass niemand mehr an dem Fall arbeitet. Der Mord wurde aufgeklärt. Die Staatsanwaltschaft hat eine Verurteilung erreicht. Und die Wahrheit spielt keine Rolle.

6

Quincy hat die letzten acht Jahre in einer Haftanstalt namens Garvin Correctional Institute in der Nähe von Peckham verbracht, einer Kleinstadt auf dem Land, die ungefähr eine Stunde nördlich des Ballungsraums von Orlando liegt. Vor vier Monaten bin ich zum ersten Mal hier gewesen, als Priester, der seelsorgerische Arbeit im Gefängnis leistet. Damals trug ich mein altes schwarzes Hemd und meinen Kragen. Es ist erstaunlich, dass ich als Geistlicher erheblich mehr Respekt bekomme denn als Anwalt, zumindest in Gefängnissen.

Den Kragen trage ich auch heute wieder, nur um sie an der Nase herumzuführen. Vicki hat den Papierkram erledigt, und ich bin jetzt ganz offiziell Quincys Anwalt. Der Wärter an der Eingangskontrolle liest die Dokumente durch, starrt auf meinen Kragen, hat Fragen, ist aber zu verwirrt, sie zu stellen. Ich übergebe mein Handy, werde durch ein paar Scanner geschleust und warte dann eine Stunde lang in einem schmutzigen Besucherraum, wo ich in einigen Klatschmagazinen blättere und mich wieder einmal frage, in was für einer Zeit wir eigentlich leben. Schließlich werde ich abgeholt und folge einem Wärter aus dem ersten Gebäude hinaus zu einem Fußweg, der an einem Zaun mit Stacheldraht vorbeiführt. Ich habe schon so viele Gefängnisse von innen gesehen, dass mich die triste Umgebung nicht mehr schockieren kann. In vielerlei Hinsicht sind sie alle gleich schlimm: wuchtige Betongebäude ohne Fenster,

Freiganghöfe mit Männern in identischer Kleidung, die die Zeit totschlagen, finster blickende Wärter, die mich voller Verachtung anstarren, weil ich ein Eindringling bin, der dem Abschaum helfen will. Wir gehen in eine andere Abteilung und betreten einen lang gestreckten Raum mit einer Reihe Kabinen. Bei einer öffnet der Wärter die Tür, und ich trete ein.

Quincy ist schon da, auf der anderen Seite eines dicken Plastikfensters. Die Tür schließt sich, wir sind allein. Um die Besuche so schwierig wie möglich zu machen, gibt es keine Öffnungen in der Trennwand, und wir sind gezwungen, uns über klobige Telefone zu unterhalten, die mindestens drei Jahrzehnte alt sind. Wenn ich meinem Mandanten ein Dokument geben möchte, muss ich einen Wärter rufen, der es zuerst begutachtet und dann auf die andere Seite bringt.

Quincy lächelt und klopft mit der Faust an die Scheibe. Ich erwidere den Gruß, und damit haben wir uns offiziell die Hand geschüttelt. Er ist jetzt einundfünfzig, doch wenn seine grau melierten Haare nicht wären, könnte man ihn für vierzig halten. Er macht jeden Tag Krafttraining, betreibt Karate, versucht, den Gefängnisfraß zu vermeiden, bleibt schlank und meditiert. Er greift zu dem Telefonhörer auf seiner Seite und sagt: »Mr. Post, als Erstes möchte ich mich dafür bedanken, dass Sie meinen Fall übernehmen.« Tränen schießen ihm in die Augen, und er ringt um Fassung.

Quincy hat seit mindestens fünfzehn Jahren keinen Anwalt und keinen Rechtsbeistand gleich welcher Art mehr gehabt. Niemanden draußen in Freiheit, der versucht, seine Unschuld zu beweisen. Aus Erfahrung weiß ich, dass diese Belastung fast unerträglich ist. Ein korruptes System hat ihn hinter Gitter gebracht, und es gibt niemanden, der dagegen ankämpft. Was für einen Unschuldigen schon schlimm genug ist, aber ohne eine Stimme fühlt er sich ganz und gar hilflos.

»Nichts zu danken«, erwidere ich. »Es ist mir eine Ehre, hier zu sein. Nennen Sie mich bitte einfach Post, wie die meisten meiner Mandanten.«

Noch ein Lächeln. »Abgemacht. Und ich bin Quincy.«

»Der Papierkram ist erledigt, daher bin ich jetzt ganz offiziell an Bord. Gibt es Fragen dazu?«

»Ja. Sie sehen eher wie ein Prediger oder so aus. Warum tragen Sie den Kragen?«

»Weil ich episkopalischer Priester bin und weil dieser Kragen mir manchmal mehr Respekt verschafft.«

»Wir hatten mal einen Prediger, der auch so einen Kragen getragen hat. Ich hab nie verstanden, warum.«

Quincy wurde im Glauben der afroamerikanischen Bischöflichen Methodistenkirche großgezogen, deren Prediger und Bischöfe ebenfalls einen Kragen haben. Als Teenager hörte er auf, die Gottesdienste seiner Gemeinde zu besuchen. Mit achtzehn heiratete er seine Freundin, weil sie schwanger war, aber die Ehe verlief von Anfang an nicht gut. Zwei weitere Kinder folgten. Ich weiß, wie sie heißen, wo sie wohnen und wer ihr Arbeitgeber ist. Ich weiß auch, dass sie seit dem Prozess nicht mehr mit ihrem Vater gesprochen haben. Seine Exfrau hat gegen ihn ausgesagt. Er hat einen Bruder, Marvis, der ihn einmal im Monat besucht und hin und wieder einen Scheck über eine kleine Summe schickt.

Quincy hat Glück, dass er noch lebt. Ein schwarzer Geschworener hat ihm das Leben gerettet. Andernfalls wäre er im Todestrakt gelandet, zu einer Zeit, wo Florida einen Gefangenen nach dem anderen hinrichten ließ.

Guardian hat eine Akte über Quincy angelegt, die wie immer ziemlich dick ist, und wir wissen eine Menge über ihn.

»Und was machen wir jetzt, Post?«, fragt er mit einem Lächeln.

»Wir haben eine Menge zu tun. Wir fangen mit dem Schauplatz des Verbrechens an und recherchieren alles.«

»Das ist lange her.«

»Stimmt, aber Keith Russo ist weiterhin tot, und die Leute, die gegen Sie ausgesagt haben, sind weiterhin am Leben. Wir werden sie finden, versuchen, ihr Vertrauen zu gewinnen, und sehen, was sie heute zu sagen haben.«

»Was ist mit dem Spitzel?«

»Die Drogen haben ihn nicht umgebracht, was ziemlich überraschend ist. Huffey sitzt wieder, dieses Mal in Arkansas. Bis jetzt hat er neunzehn von seinen einundvierzig Lebensjahren im Gefängnis verbracht, immer wegen Drogendelikten. Ich werde ihn besuchen.«

»Sie glauben doch wohl nicht, dass er zugeben wird, gelogen zu haben?«

»Vielleicht doch. Bei Gefängnisspitzeln weiß man nie. Professionelle Lügner lachen gern über ihre Märchen. Im Laufe seiner bedauernswerten Karriere hat er in mindestens fünf anderen Fällen den Spitzel gespielt, immer für eine kleine Gegenleistung der Polizei. Er hat nichts zu gewinnen, wenn er bei den Lügen bleibt, die er der Jury bei Ihrem Prozess erzählt hat.«

»Ich werde nie vergessen, wie sie den Jungen reingebracht haben, geschniegelt und gestriegelt, mit einem weißen Hemd und Krawatte. Zuerst hab ich ihn gar nicht erkannt. Es war Monate her, seit wir in derselben Zelle gesessen hatten. Und als er dann angefangen hat, über mein Geständnis zu reden, wollte ich ihn anbrüllen. Es war klar, dass die Cops ihm Einzelheiten der Tat gesteckt hatten — die unterbrochene Stromversorgung, die Taschenlampe, solche Sachen. In dem Moment wusste ich, dass ich erledigt bin. Den Geschworenen konnte man ansehen, dass sie es geschluckt haben. Alles. Jede einzelne Lüge, die er ihnen erzählt hat. Und wissen Sie was, Post? Als ich Huffey zuhörte, habe ich gedacht: Der Junge hat geschworen, die Wahrheit zu sagen. Und der Richter soll dafür sorgen, dass alle Zeugen die Wahrheit sagen. Aber der Staatsanwalt weiß, dass sein Zeuge lügt. Er weiß, dass der Typ einen Deal mit den Cops gemacht hat, um seinen Arsch zu retten. Alle wissen es, alle, nur diese Idioten von der Jury nicht.«

»Ich sage es zwar nicht gern, Quincy, aber so etwas kommt ständig vor. In diesem Land sagen jeden Tag Gefängnisspitzel im Zeugenstand aus. Andere zivilisierte Staaten verbieten das, aber hier ist es erlaubt.«

Quincy schließt die Augen und schüttelt den Kopf. »Wenn Sie diesen Drecksack sehen, richten Sie ihm von mir aus, dass ich ihn nicht vergessen habe.«

»An Rache zu denken bringt uns nicht weiter. Das ist reine Energieverschwendung.«

»Kann schon sein, aber hier drin habe ich viel Zeit zum Nachdenken. Werden Sie mit June reden?«

»Wenn sie mit uns reden will.«

»Ich wette, sie wird sich weigern.«

Seine Exfrau hat drei Jahre nach dem Prozess wieder geheiratet, sich scheiden lassen und dann noch einmal geheiratet. Frankie hat sie in Tallahassee ausfindig gemacht, wo sie unter dem Namen June Walker lebt. Offenbar hat sie etwas Stabilität im Leben gefunden und ist jetzt die zweite Frau von Otis Walker, der als Elektriker auf dem Campus der Florida State University arbeitet. Sie leben in einem Mittelklasseviertel, in dem überwiegend Schwarze wohnen, und haben ein Kind zusammen. June hat fünf Enkel aus ihrer ersten Ehe, die Quincy nicht einmal von Fotos kennt. Seine drei Sprösslinge hat er seit dem Prozess nicht mehr gesehen. Für ihn sind sie immer noch Kleinkinder, die nie erwachsen geworden sind.

»Warum sollte sie nicht mit mir reden wollen?«

»Weil sie auch gelogen hat. Alle haben gelogen. Auch die Sachverständigen.«

»Ich bin mir nicht so sicher, dass die Sachverständigen bewusst gelogen haben. Sie haben einfach die Fakten nicht verstanden und falsche Gutachten erstellt.«

»Egal, was es war, Sie werden es schon herausfinden. Aber dass June gelogen hat, weiß ich. Sie hat gelogen, als sie das mit der Schrotflinte und der Taschenlampe gesagt hat, und sie hat auch gelogen, als sie den Geschworenen weismachen wollte, ich wäre in der Mordnacht in der Stadt unterwegs gewesen.«

»Und warum hat sie gelogen?«

Quincy schüttelt den Kopf, als wäre meine Frage dumm. Er legt den Telefonhörer auf dem Tisch ab, reibt sich die Augen und nimmt ihn dann wieder in die Hand. »Wir lagen ständig im Krieg miteinander. Wir hätten nie heiraten sollen, und die Scheidung war unvermeidbar. Russo hat mich dabei ganz gewaltig reingeritten, und irgendwann konnte ich den Unterhalt für sie und die Kinder nicht mehr zahlen. June hatte keinen Job, und es ging ihr nicht gut. Als ich im Rückstand war, hat sie mich verklagt, immer wieder. Die Scheidung war übel, aber nicht annähernd so übel wie das, was danach kam. Wir haben uns nur noch gehasst. Als ich für den Mord verhaftet wurde, habe ich ihr ungefähr vierzigtausend Dollar geschuldet. Vermutlich tue ich das immer noch. Aber sie kann mich ja wieder verklagen.«

»Dann war es also Rache?«

»Wohl eher Hass. Post, ich habe nie in meinem Leben eine Schrotflinte besessen. Überprüfen Sie das.«

»Haben wir schon. Wir konnten nichts finden.«

»Hab ich doch gesagt.«

»Was aber nichts zu bedeuten hat, vor allem nicht hier in Florida. Es gibt hundert andere Möglichkeiten, sich eine Waffe zu beschaffen.«

»Wem glauben Sie? Mir oder dieser Lügnerin?«

»Quincy, wenn ich Ihnen nicht glauben würde, wäre ich nicht hier.«

»Ich weiß, ich weiß. Die Schrotflinte verstehe ich ja vielleicht noch, aber die Taschenlampe? Warum hat sie wegen der Taschenlampe gelogen? Ich hatte das Ding vorher nie gesehen. Sie konnten es ja nicht einmal beim Prozess vorzeigen.«

»Na ja, wenn wir davon ausgehen, dass Verhaftung, Strafverfolgung und Verurteilung sorgfältig geplant waren, um einem Unschuldigen etwas anzuhängen, müssen wir auch davon ausgehen, dass die Polizei Druck auf June ausgeübt hat. Sie sollte bezeugen, dass die Taschenlampe Ihnen gehört. Und Junes Motiv war Hass.«

»Wie hätte ich es anstellen sollen, ihr das ganze Geld zu zahlen, wenn ich im Todestrakt sitze?«

»Gute Frage, aber für die Antwort darauf müsste ich mich in Junes Gedanken versetzen.«

»Oh, bitte, tun Sie sich das nicht an. Die ist komplett durchgeknallt.«

Wir müssen beide lachen. Er steht auf und streckt sich.

»Post, wie lange bleiben Sie heute?«, fragt er dann.

»Drei Stunden.«

»Halleluja. Wissen Sie was? Meine Zelle ist knapp zwei auf drei Meter, ungefähr so groß wie dieses kleine Dreckloch hier. Mein Zellengenosse ist ein Weißer aus dem Süden. Sitzt wegen Drogen. Kein schlechter Kerl, auch kein schlechter Zellengenosse, aber können Sie sich vorstellen, zehn Stunden am Tag mit einem anderen Menschen zusammen in einem Käfig zu verbringen?«

»Nein.«

»Wir haben seit über einem Jahr kein Wort miteinander geredet.«

»Warum nicht?«

»Wir können uns nicht ausstehen. Nichts gegen Weiße an sich, Post, aber es gibt einfach jede Menge Unterschiede. Ich höre gern Motown, er steht auf diesen Country-Scheiß. Meine Seite der Zelle ist wie aus dem Ei gepellt. Er ist ein Chaot. Ich rühre keine Drogen an. Er ist die Hälfte der Zeit bekifft. Aber lassen wir's gut sein. Tut mir leid, dass ich es erwähnt habe. Ich hasse es, wenn jemand andauernd rumjammert. Ich bin so froh, dass Sie hier sind, Post. Sie können sich das gar nicht vorstellen.«

»Und ich freue mich darüber, dass ich Ihr Anwalt sein kann.«

»Aber warum? Sie verdienen doch nicht viel Geld, oder? Sie können nicht viel verdienen, wenn Sie Leute wie mich vertreten.«

»Über mein Honorar haben wir eigentlich noch gar nicht gesprochen.«

»Schicken Sie mir eine Rechnung. Und dann können Sie mich verklagen.«

Wir lachen.

Quincy setzt sich wieder, den Telefonhörer zwischen Schulter und Hals geklemmt. »Jetzt mal im Ernst. Wer bezahlt Sie?«

»Ich arbeite für eine gemeinnützige Organisation, und um Ihre Frage zu beantworten: Nein, ich verdiene nicht viel. Aber um Geld geht es mir nicht.«

»Gott segne Sie, Post.«

»Diana Russo hat ausgesagt, dass Sie mindestens zweimal in die Kanzlei gekommen sind und Keith bedroht haben. Stimmt das?«

»Nein. Ich war während meiner Scheidung ein paarmal in der Kanzlei, aber das hat aufgehört, als die Sache durch war. Als Keith am Telefon nicht mehr mit mir reden wollte, bin ich ein einziges Mal in die Kanzlei gegangen, und da habe ich mir dann tatsächlich überlegt, ob ich einen Baseballschläger mitnehmen und ihm den Schädel einschlagen soll. Aber die Rezeptionistin am Empfang sagte, er sei nicht da, er habe bei Gericht zu tun. Was gelogen war, denn sein Auto, ein schicker schwarzer Jaguar, stand hinter der Kanzlei. Ich wusste, dass die Kleine lügt, und wollte eine Szene machen, hab es dann aber gelassen. Ich habe den Mund gehalten und bin gegangen. Danach bin ich nie wieder dort gewesen. Das ist die Wahrheit, Post, das schwöre ich. Ich schwöre es. Diana hat gelogen, so wie alle anderen.«

»Sie hat ausgesagt, dass Sie mehrmals bei ihr zu Hause angerufen und Keith bedroht hätten.«

»Noch mehr Lügen. Anrufe kann man zurückverfolgen, Post. So dumm bin ich nicht. Mein Anwalt, Tyler Townsend, wollte sich die Verbindungsnachweise von der Telefongesellschaft beschaffen, aber Diana hat das verhindert. Dann hat er versucht, einen Beschluss vom Richter zu bekommen, doch dafür war während des Prozesses zu wenig Zeit. Und nach meiner Verurteilung hat der Richter sich dann geweigert, das anzuordnen. Wir haben die Verbindungsnachweise bis heute nicht. Ach, übrigens, haben Sie schon mit Tyler geredet?«

»Noch nicht, aber er steht auch auf meiner Liste. Wir wissen, wo er jetzt wohnt.«

»Guter Mann, Post, richtig guter Mann. Der Junge hat mir geglaubt und wie ein Löwe gekämpft. Ich weiß, dass Anwälte einen schlechten Ruf haben, aber er war ein guter.«

»Haben Sie noch Kontakt zu ihm?«

»Jetzt nicht mehr, es ist zu lange her. Wir haben uns jahrelang Briefe geschrieben, auch dann noch, als er schon nicht mehr als Anwalt gearbeitet hat. In einem seiner Briefe meinte er, dass ihn mein Fall gebrochen hat. Tyler wusste, dass ich unschuldig bin, und als ich verurteilt wurde, hat er den Glauben an das System verloren. Er will nichts mehr damit zu tun haben. Vor ungefähr zehn Jahren ist er einmal hier vorbeigekommen, und ich habe mich sehr über seinen Besuch gefreut, aber es hat alte Wunden aufgerissen. Er hat tatsächlich geweint, als er mich gesehen hat.«

»Hat er eine Hypothese, wer der wahre Mörder sein könnte?«

Quincy lässt den Hörer sinken und starrt an die Decke, als wäre die Frage zu kompliziert für ihn. Dann hält er ihn wieder ans Ohr. »Post, trauen Sie diesen Telefonen?«

Es verstößt gegen das Gesetz, wenn ein Gefängnis bei vertraulichen Gesprächen zwischen einem Anwalt und seinem Mandanten mithört, aber es kommt vor. Ich schüttle den Kopf. Nein.

»Ich auch nicht«, sagt er. »Aber meine Briefe an Sie sind geheim, richtig?«

»Richtig.« Korrespondenz, bei der es um juristische Angelegenheiten geht, darf vom Gefängnis nicht geöffnet werden, und ich habe die Erfahrung gemacht, dass man es auch gar nicht erst versucht. Man kann viel zu leicht feststellen, ob sich jemand an einem Umschlag zu schaffen gemacht hat.

Quincy benutzt Zeichensprache, um mir mitzuteilen, dass er mir schreiben wird. Ich nicke.

Die Tatsache, dass er seit zweiundzwanzig Jahren in einem Gefängnis sitzt, in dem er vor der Außenwelt sicher sein müsste, und trotzdem beunruhigt ist, sagt einiges aus.

Jemand – aber eben nicht Quincy – hat den Mord ausgeheckt, nach Plan durchgezogen und ist dann entwischt. Anschließend wurde die Tat Quincy angehängt, wozu mehrere Beteiligte erforderlich waren. Wer immer die Schlüsselfiguren auch waren und sind, sie sind schlau. Es wird vielleicht unmöglich sein, sie zu finden, aber wenn ich nicht glauben würde, dass wir Quincys Unschuld beweisen können, würde ich jetzt nicht hier sitzen.

Sie sind immer noch da draußen, und Quincy denkt immer noch an sie.

Die drei Stunden vergehen wie im Flug. Wir unterhalten uns über alles Mögliche: Bücher – er liest zwei oder drei pro Woche; Guardians Mandanten – er ist fasziniert von denen, die wir aus dem Gefängnis geholt haben; Politik – er hält sich mit Zeitungen und Magazinen auf dem Laufenden; Musik – er hört gern Motown-Songs aus den 1960er-Jahren; Strafvollzug – er wettert gegen ein System, das so wenig zur Rehabilitierung der Gefangenen tut; Sport – er hat einen kleinen Farbfernseher und sieht sich alle Spiele an, sogar Hockey. Als der Wärter an meine Tür klopft, verabschiede ich mich und verspreche, bald wieder zu kommen. Unsere Fäuste berühren die Scheibe, und Quincy bedankt sich noch einmal bei mir.

7

Der Chevrolet Impala, der Otis Walker gehört, parkt auf einem Mitarbeiterparkplatz hinter einer Industrieanlage am Rand des Campus. Frankie steht mit seinem Wagen ganz in der Nähe und wartet. Der Chevy ist Modelljahr 2006, wurde von Otis gebraucht gekauft und mit einem Kredit finanziert. Vicki hat die Unterlagen dazu. June, seine zweite Frau, fährt eine Limousine von Toyota, die vollständig abbezahlt ist. Ihr sechzehnjähriger Sohn hat noch keinen Führerschein.

Fünf Minuten nach siebzehn Uhr verlässt Otis mit zwei Kollegen das Gebäude und geht in Richtung Parkplatz. Frankie steigt aus und überprüft einen Reifen. Die Kollegen verabschieden sich und schlendern zu ihren Autos. Als Otis die Tür seines Wagens öffnen will, steht Frankie plötzlich neben ihm und sagt: »Mr. Walker, haben Sie kurz Zeit?«

Otis ist misstrauisch, aber Frankie ist ein Schwarzer mit einem freundlichen Lächeln und Otis nicht der erste Fremde, den er anspricht. »Vielleicht.«

Frankie hält ihm die Hand hin. »Ich heiße Frankie Tatum und führe Ermittlungen für einen Anwalt in Savannah durch.«

Jetzt ist Otis noch misstrauischer. Er reißt die Tür auf, wirft seine Lunchbox auf den Sitz, schließt sie wieder und meint nur: »Okay.«

Frankie reißt gespielt defensiv die Hände hoch. »Ich

komme in Frieden. Ich suche nur nach Informationen zu einem alten Fall.«

Ein Weißer hätte ihm jetzt eine Abfuhr erteilt, aber Frankie wirkt harmlos. »Sprechen Sie weiter, ich höre zu«, erwidert Otis.

»Ihre Frau hat Ihnen sicher von ihrem ersten Mann erzählt. Quincy Miller.«

Der Name sorgt dafür, dass Otis ein wenig die Schultern hängen lässt, aber er ist neugierig genug, das Gespräch fortzusetzen. »Nicht viel«, antwortet er. »Das ist lange her. Was haben Sie mit Quincy zu tun?«

»Der Anwalt, für den ich arbeite, hat seine Vertretung übernommen. Wir sind davon überzeugt, dass Quincy der Mord untergeschoben wurde, und versuchen, das zu beweisen.«

»Na, dann viel Glück! Quincy hat seine gerechte Strafe bekommen.«

»Nein, Mr. Walker. Quincy ist unschuldig und sitzt seit zweiundzwanzig Jahren für das Verbrechen eines anderen im Gefängnis.«

»Das glauben Sie wirklich?«

»Ja. Und der Anwalt, für den ich arbeite, auch.«

Otis überlegt einen Moment. Er hat keine Vorstrafen und war nie im Gefängnis, aber sein Cousin sitzt eine Haftstrafe wegen eines tätlichen Angriffs auf einen Polizeibeamten ab. Im weißen Amerika sind Gefängnisse gute Orte, an denen schlechte Menschen für ihre Verbrechen bezahlen. Im schwarzen Amerika werden sie viel zu oft als Verwahranstalten benutzt, um Minderheiten von der Straße zu bekommen.

»Und?«, sagt Otis. »Wer hat den Anwalt umgebracht?«

»Das wissen wir nicht, und vielleicht werden wir es auch nie erfahren. Aber wir versuchen, die Wahrheit herauszufinden und Quincy aus dem Gefängnis zu holen.«

»Ich weiß nicht, ob ich Ihnen da helfen kann.«

»Sie vielleicht nicht, aber Ihre Frau. Sie hat damals gegen Quincy ausgesagt. Ich bin mir sicher, dass sie Ihnen alles darüber erzählt hat.«

Otis zuckt mit den Schultern und sieht sich verstohlen um. »Kann sein, aber das ist lange her. Sie hat seit Jahren nicht mehr von Quincy gesprochen.«

»Kann ich mit ihr reden?«

»Worüber?«

»Über ihre Aussage. Mr. Walker, sie hat nicht die Wahrheit gesagt. Sie hat den Geschworenen erzählt, Quincy besitze eine Schrotflinte Kaliber 12. Das war die Mordwaffe. Aber die hat jemand anderem gehört.«

»Hören Sie, ich habe June Jahre nach dem Mord kennengelernt. Und bevor sie mich getroffen hat, war sie mit einem anderen verheiratet. Ich bin Nummer drei, verstehen Sie? Ich weiß, dass sie eine Menge Probleme hatte, als sie jünger war, aber unser Leben ist gerade ziemlich gut. Das Letzte, was sie jetzt gebrauchen kann, sind Schwierigkeiten wegen Quincy Miller.«

»Otis, ich bitte Sie um Hilfe. Das ist alles. Keine zwei Stunden von hier versauert ein schwarzer Bruder im Gefängnis. Die weißen Cops und der weiße Staatsanwalt und die weißen Geschworenen haben gesagt, dass er einen weißen Anwalt umgebracht hat. Aber so war das nicht.«

Otis spuckt aus, lehnt sich gegen die Fahrertür und verschränkt die Arme vor der Brust.

Frankie versucht es noch einmal. »Ich habe vierzehn Jahre in Georgia gesessen, für einen Mord, den ich nicht begangen habe. Ich weiß, wie das ist, okay? Ich hatte Glück und bin rausgekommen, aber ich habe ein paar unschuldige Männer zurückgelassen. Männer wie Sie und ich. Von uns sitzen eine Menge im Gefängnis. Das System ist manipuliert, und es ist gegen uns, Otis. Wir wollen Quincy nur helfen.«

»Und was hat June damit zu tun?«

»Hat sie Ihnen je von der Taschenlampe erzählt?«

Otis überlegt kurz und schüttelt dann den Kopf. Frankie will vermeiden, dass das Gespräch abbricht, und sagt: »Es gab eine Taschenlampe mit Blutspuren. Die Cops haben behauptet, sie stamme vom Tatort. Quincy hat sie nie gesehen und nie angefasst. June hat der Jury erzählt, er habe eine, die sehr ähnlich aussehe. Das stimmt nicht, Otis. Das ist nicht wahr. Außerdem hat sie zu den Geschworenen gesagt, Quincy sei in der Tatnacht irgendwo in Seabrook gewesen. Auch das stimmt nicht. Er war bei einer Freundin, die eine Stunde entfernt gewohnt hat.«

Otis ist seit siebzehn Jahren mit June verheiratet und dürfte sehr genau Bescheid darüber wissen, dass sie es mit der Wahrheit nicht so genau genommen hat. Warum sollte Frankie also um den heißen Brei herumreden?

»Sie bezeichnen sie als Lügnerin?«, sagt Otis.

»Nein, nicht die June von heute. Aber Sie haben selbst gesagt, dass sie damals anders war. Sie und Quincy haben Krieg gegeneinander geführt. Er hat ihr eine Menge Geld geschuldet, das er nicht zahlen konnte. Die Cops haben sie dazu gedrängt, in den Zeugenstand zu treten und mit dem Finger auf ihn zu zeigen.«

»Das ist lange her.«

»Verdammt richtig. Fragen Sie Quincy, wie lange. Er sitzt seit zweiundzwanzig Jahren im Gefängnis.«

»Angenommen, June hat damals nicht die Wahrheit gesagt. Sie erwarten doch wohl nicht, dass sie das jetzt zugibt?«

»Ich will nur mit ihr reden. Ich weiß, wo sie arbeitet. Ich hätte dort hingehen können, aber so etwas machen wir nicht. Das ist kein Überfall, Otis. Ich respektiere Ihre Privatsphäre und bitte Sie, das Ganze kurz mit June zu besprechen. Das ist alles.«

»Es fühlt sich aber wie ein Überfall an.«

»Was hätte ich tun sollen? Eine E-Mail schicken? Ich muss jetzt weiter. Reden Sie mit ihr, und finden Sie heraus, was sie dazu sagt.«

»Ich weiß, was sie dazu sagen wird. Sie will nichts mehr mit Quincy Miller zu tun haben.«

»So einfach ist das leider nicht.« Frankie drückt ihm eine Visitenkarte von Guardian Ministries in die Hand. »Hier steht meine Telefonnummer drauf. Ich bitte Sie nur um einen Gefallen, Otis.«

Otis nimmt die Karte und liest Vorder- und Rückseite. »Haben Sie etwas mit Religion zu tun?«

»Nein. Der Mann, der die Organisation leitet, ist der Anwalt, der mich aus dem Gefängnis geholt hat. Außerdem ist er Priester. Und ein guter Mensch. Alles, was er tut, ist, Unschuldige aus dem Gefängnis zu holen.«

»Ein Weißer?«

»Exakt.«

»Der Mann muss ganz schön was draufhaben.«

»Sie würden ihn sympathisch finden. Und June auch. Geben Sie uns eine Chance, Otis.«

»Ich würde nicht darauf wetten.«

»Danke für Ihre Zeit.«

»Nichts zu danken.«

8

Guardian hat mehrere Werbebroschüren drucken lassen, die wir je nach Anlass verwenden. Ist unsere Zielperson ein Weißer, benutze ich die, auf der vorn und hinten mein lächelndes Gesicht zu sehen ist. Mit Priesterkragen. Nehmen wir Kontakt zu einer weißen Frau auf, setzen wir einen Flyer mit Vickis Foto ein. Schwarze bekommen den mit Mazy, Arm in Arm mit einem der schwarzen Häftlinge, die wir aus dem Gefängnis geholt haben. Wir sagen gern, dass die Hautfarbe keine Rolle spielt, aber das stimmt nicht immer. Wir benutzen sie oft, um Türen zu öffnen.

Da Zeke Huffey weiß ist, schicke ich ihm die Broschüre mit meinem Konterfei, zusammen mit einem blumig formulierten Brief, in dem steht, dass seine missliche Lage unserer kleinen Stiftung zu Ohren gekommen ist und wir ihm gern eine helfende Hand reichen möchten. Zwei Wochen später bekomme ich einen handgeschriebenen Brief auf liniertem Papier, in dem er sich für mein Interesse bedankt. Ich lasse die übliche Antwort folgen und erkundige mich, ob er etwas brauchte. Er braucht Geld, was nicht weiter überraschend ist. Ich schicke ihm über einen Onlineanbieter zweihundert Dollar und danach einen weiteren Brief, in dem ich anfrage, ob er damit einverstanden sei, dass wir ihn besuchen. Selbstverständlich ist er einverstanden.

Zeke ist Berufsverbrecher und hat bereits in drei Bundesstaaten im Gefängnis gesessen. Ursprünglich kommt er aus Tampa, aber wir haben keine Spur von seiner Familie dort finden können. Mit fünfundzwanzig hat er geheiratet. Seine Frau ließ sich umgehend scheiden, als er wegen Drogenhandels verurteilt wurde. Soweit wir wissen, hat er keine Kinder, und wir gehen davon aus, dass er nicht oft Besuch bekommt. Vor drei Jahren wurde er in Little Rock, Arkansas, festgenommen, und zurzeit sitzt er im Land der unbegrenzten Möglichkeiten fünf Jahre ab.

Seine Karriere als Spitzel begann mit dem Prozess von Quincy Miller. Er war achtzehn, als er aussagte. Einen Monat nach dem Prozess wurde die Anklage wegen eines Drogendelikts gegen ihn reduziert, und er kam frei. Der Deal funktionierte so wunderbar, dass er ihn immer wieder durchzog. In jedem Gefängnis gibt es einen Junkie, der seine Haftzeit verkürzen will. Mit dem richtigen Nachhilfeunterricht von Cops und Staatsanwälten kann ein Spitzel mit seinem Meineid sehr effektiv sein. Geschworene kommen gar nicht auf die Idee, dass ein Zeuge auf die Bibel schwört, die Wahrheit zu sagen, und ihnen dann eine an den Haaren herbeigezogene Geschichte erzählt, die von vorn bis hinten erfunden ist.

Dieser Tage sitzt Zeke in einem Satellitengefängnis inmitten von Baumwollfeldern im Nordosten von Arkansas ein. Ich bin mir nicht sicher, warum man Satellit dazu sagt. Es ist ein Gefängnis mit der üblichen tristen Architektur und Umzäunung. Bedauerlicherweise wird die Haftanstalt von einem gewinnorientierten Unternehmen aus einem anderen Bundesstaat betrieben. Das bedeutet, dass die Wärter hier sogar noch schlechter verdienen, es noch weniger von ihnen gibt, das grauenhafte Essen noch schlechter ist, der Gefängnisladen den Insassen noch mehr Geld für alles abknöpft, angefangen bei Erdnussbutter bis hin zu Toilettenpapier, und es so gut wie keine medizinische Versorgung gibt. Ich habe den Verdacht, dass in den

Vereinigten Staaten alles Freiwild für Geschäftemacher ist, einschließlich des Bildungswesens und des Strafvollzugs.

Ich werde in einen Raum geführt, in dem eine Reihe geschlossener Kabinen für Anwaltsbesuche stehen. Ein Wärter sperrt mich in der für mich vorgesehenen Kabine ein. Ich setze mich und starre auf eine dicke Trennwand aus Plexiglas. Minuten vergehen, eine halbe Stunde verstreicht, aber ich habe es nicht eilig. Die Tür auf der anderen Seite der Kabine öffnet sich, und Zeke Huffey kommt herein. Er lächelt mich an, während der Wärter ihm die Handschellen abnimmt. »Warum sind wir in einer Anwaltskabine?«, fragt er und starrt auf meinen Priesterkragen.

»Es freut mich, Sie kennenzulernen, Zeke. Danke, dass Sie sich die Zeit genommen haben.«

»Oh, davon habe ich jede Menge. Ich wusste nicht, dass Sie Anwalt sind.«

»Ich bin Anwalt und Priester. Wie behandelt man Sie hier?«

Er lacht und zündet sich eine Zigarette an. Die Kabine hat natürlich keine Lüftung. »Ich habe schon mehr als genug Gefängnisse von innen gesehen, aber das ist das schlimmste«, antwortet er. »Es gehört dem Staat, wird aber an ein Unternehmen namens Atlantic Corrections Corporation verpachtet. Schon mal davon gehört?«

»Ja. Ich habe bereits mehrere Anstalten dieser Firma besucht. Ziemlich übel, stimmt's?«

»Eine Rolle Klopapier kostet vier Dollar. Es sollte ein Dollar sein. Sie geben uns eine Rolle pro Woche, aber das Zeug ist so rau wie Schleifpapier und sorgt dafür, dass man Schwierigkeiten beim Gehen bekommt. Ich hatte Glück, dass Sie mir das Geld geschickt haben. Vielen Dank, Mr. Post. Einige meiner Kumpel hier sehen keinen Cent von draußen.«

An Zekes Hals kriechen hässliche Gefängnis-Tattoos hoch. Er hat tief liegende Augen und eingefallene Wangen, die charakteristischen Merkmale eines Junkies von der Straße, der sich fast sein ganzes Leben lang mit billigen Drogen betäubt hat.

»Ich werde Ihnen noch mehr Geld schicken, wenn ich kann«, verspreche ich. »Aber wir arbeiten mit einem begrenzten Budget.«

»Wer ist *wir,* und warum sind Sie wirklich hier? Ein Anwalt kann mir nicht helfen.«

»Ich arbeite für eine gemeinnützige Organisation, die Unschuldige aus dem Gefängnis holt. Einer unserer Mandanten ist Quincy Miller. Können Sie sich noch an ihn erinnern?«

Er lacht in sich hinein und stößt eine Rauchwolke aus. »Dann sind Sie unter Vortäuschung falscher Tatsachen hier, habe ich recht?«

»Soll ich wieder gehen?«

»Das hängt davon ab, was Sie von mir wollen.« Als Berufsverbrecher weiß Zeke, dass das Spiel sich gerade geändert hat. Ich will etwas haben, was nur er besitzt, und er denkt bereits darüber nach, wie er daraus Kapital schlagen kann. Er spielt das Spiel nicht zum ersten Mal.

»Fangen wir mit der Wahrheit an«, sage ich.

Er lacht wieder. »Wahrheit, Gerechtigkeit und die amerikanische Lebensart. Sie sind ein Idiot, Mr. Post, wenn Sie an einem Ort wie dem hier nach der Wahrheit suchen.«

»Das ist mein Job, Zeke. Es ist die einzige Möglichkeit, wie wir Quincy aus dem Gefängnis bekommen. Wir wissen beide, dass Sie ein erfahrener Spitzel sind, der die Geschworenen in Quincys Prozess angelogen hat. Er hat Ihnen gegenüber kein Geständnis abgelegt. Die Einzelheiten der Tat haben Sie von den Cops und dem Staatsanwalt, die Ihre Aussage mit Ihnen geprobt haben. Die Jury hat Ihnen die Geschichte abgenommen, und Quincy sitzt jetzt seit zweiundzwanzig Jahren hinter Gittern. Es wird Zeit, ihn dort rauszuholen.«

Er lächelt, als würde er mir aus reiner Höflichkeit zuhören. »Ich habe Hunger. Können Sie mir eine Cola und ein paar Erdnüsse besorgen?«

»Aber natürlich.« Selbst an einem Ort wie diesem ist es nichts Ungewöhnliches, wenn Besucher Snacks kaufen. Ich klopfe an die Tür und warte, bis ein Wärter kommt und mir öffnet. Er bringt mich zu einigen Verkaufsautomaten, wo ich anfange, Vierteldollarmünzen in die Schlitze zu stecken. Zwei Dollar für einen Softdrink, je einen Dollar für zwei kleine Päckchen Erdnüsse. Der Wärter bringt mich zur Kabine zurück, und ein paar Minuten später taucht er auf Zekes Seite wieder auf und gibt ihm die Getränkedose und die kleinen Tüten.

»Danke«, sagt Zeke und trinkt einen Schluck.

Es ist wichtig, das Gespräch am Laufen zu halten, daher frage ich: »Wie hat die Polizei Sie dazu gebracht, gegen Quincy auszusagen?«

»Mr. Post, Sie wissen doch, wie das läuft. Die Cops suchen immer nach Zeugen, vor allem wenn sie keine Beweise haben. Ich kann mich nicht mehr an alle Einzelheiten erinnern. Es ist schon lange her.«

»Stimmt. Und für Quincy ist es lange her, dass er ein freier Mann war. Denken Sie eigentlich jemals an ihn? Sie wissen, wie schlimm es im Gefängnis ist. Halten Sie manchmal inne und bedauern, dass Sie mitgeholfen haben, einen Unschuldigen für den Rest seines Lebens hinter Gitter zu bringen?«

»Eigentlich nicht. Dazu bin ich viel zu beschäftigt.«

»Quincy hat noch eine Chance, aus dem Gefängnis zu

kommen. Es ist vielleicht aussichtslos, aber das Risiko besteht immer. Das ist mein Job, Zeke, und ich weiß, was ich tue. Wir brauchen Ihre Hilfe.«

»Meine Hilfe? Was soll ich denn tun?«

»Sagen Sie die Wahrheit. Unterschreiben Sie einfach eine beeidete Erklärung, in der Sie zugeben, dass Sie in dem Prozess gelogen haben, weil die Cops und die Staatsanwaltschaft Ihnen einen Deal angeboten haben.«

Er kaut auf einer Handvoll Erdnüsse herum und starrt auf den Boden.

Ich versuche es noch einmal. »Zeke, ich weiß, was Sie jetzt denken. Sie denken, dass Florida weit weg ist und Sie keine Lust haben, in einen so alten Fall verwickelt zu werden. Sie denken, dass die Cops und der Staatsanwalt Sie wegen Meineid anklagen und Ihnen eine zusätzliche Haftstrafe dafür aufbrummen werden. Aber das wird nicht passieren. Die Verjährungsfrist für Meineid ist längst abgelaufen. Außerdem ist keiner von damals mehr da. Der Sheriff ist in Pension gegangen. Der Staatsanwalt auch. Der Richter ist gestorben. Das System in Florida hat keinerlei Interesse mehr an Ihnen. Sie haben nichts zu gewinnen und nichts zu verlieren, wenn Sie mithelfen, Quincy aus dem Gefängnis zu holen. Eigentlich brauchen Sie gar nicht darüber nachzudenken, Zeke. Tun Sie, was richtig ist. Sagen Sie die Wahrheit, und Ihr Leben wird einfach weitergehen.«

»Mr. Post, ich komme in siebzehn Monaten hier raus, und ich werde nichts tun, was meine Entlassung gefährden könnte.«

»Arkansas ist es egal, was Sie vor zweiundzwanzig Jahren in einem Gerichtssaal in Florida gemacht haben. In diesem Bundesstaat haben Sie keinen Meineid geleistet. Den Leuten hier ist das alles völlig gleichgültig. Sobald Sie auf Bewährung draußen sind, geht es nur noch darum, den nächsten Mann für Ihre Zelle zu finden. Sie wissen, wie das läuft, Zeke. Sie sind ein Profi in dem Spiel.«

Er ist dumm genug, bei diesem Kompliment zu lächeln. Ihm gefällt die Vorstellung, alles im Griff zu haben. Er nippt an seiner Cola, zündet sich noch eine Zigarette an und sagt schließlich: »Ich weiß nicht. Für mich hört sich das ziemlich riskant an. Warum sollte ich mich darauf einlassen?«

»Warum nicht? Sie schulden den Cops und den Staatsanwälten nichts. Diese Leute kümmert es nicht, was aus Ihnen wird, Zeke. Sie stehen auf der anderen Straßenseite. Tun Sie etwas Gutes, für jemanden, dem es genauso geht wie Ihnen.«

Eine lange Pause entsteht. Zeit spielt keine Rolle. Als die erste Packung mit Erdnüssen leer ist, reißt Zeke die zweite auf. »Ich wusste gar nicht, dass es Anwälte gibt, die so etwas wie Sie tun«, sagt er schließlich. »Wie viele Unschuldige haben Sie schon aus dem Gefängnis geholt?«

»Acht in den letzten zehn Jahren. Zurzeit haben wir sechs Mandanten, einschließlich Quincy.«

»Können Sie mich auch rausholen?«, fragt er, was wir beide ziemlich lustig finden.

»Wenn ich glauben würde, dass Sie unschuldig sind, würde ich es versuchen.«

»Wäre vermutlich Zeitverschwendung.«

»Vermutlich. Können Sie uns helfen, Zeke?«

»Wann soll das Ganze stattfinden?«

»Wir arbeiten intensiv an dem Fall. Wir stellen Ermittlungen an und tragen alles zusammen, was wir für eine Wiederaufnahme des Verfahrens brauchen. Aber wie Sie sich sicher denken können, geht das nur langsam voran. Was Sie angeht, besteht eigentlich keine Eile, aber ich würde gern in Kontakt bleiben.«

»Dagegen habe ich nichts, Mr. Post, und ich würde mich freuen, wenn Sie in Ihrem Budget noch ein paar Dollar für mich finden könnten. Erdnüsse und eine Cola sind in dem Loch hier ein Festmahl.«

»Ich werde Ihnen noch einmal Geld schicken, Zeke. Und wenn Sie ein paar Minuten Zeit finden, denken Sie bitte über Quincy nach. Sie sind ihm etwas schuldig.«

»Da haben Sie recht.«

9

Carrie Holland war neunzehn Jahre alt, als sie den Geschworenen in Quincys Prozess erzählte, sie habe einen Schwarzen gesehen, der zum Tatzeitpunkt durch eine dunkle Straße gerannt sei. Er sei genauso groß und genauso gebaut gewesen wie Quincy und habe etwas bei sich gehabt, was ein Stock oder etwas Ähnliches gewesen sein könnte. Sie sagte, sie sei gerade dabei gewesen, ihr Auto vor einem Wohnblock zu parken, als sie zwei laute Knallgeräusche aus der Richtung von Russos Kanzlei drei Blocks weiter gehört und gesehen habe, wie ein Mann weglief. Im Kreuzverhör wurde sie von Tyler Townsend in die Mangel genommen. Sie wohnte nicht in dem Apartmentgebäude, sagte aber, sie sei dort gewesen, um eine Freundin zu besuchen. Wie hieß die Freundin? Als Carrie zögerte, reagierte Tyler mit gespieltem Unglauben und machte sich über sie lustig. Er sagte: »Nennen Sie mir den Namen der Freundin, damit ich sie in den Zeugenstand rufen kann«, doch da legte der Staatsanwalt Einspruch ein, dem der Richter stattgab. Im Verhandlungsprotokoll sah es so aus, als könnte Carrie sich nicht an den Namen erinnern.

Townsend schoss sich auf die dunkle Straße ein, in der es keine Beleuchtung gab. Mithilfe einer Straßenkarte veranschaulichte er den Standort der verschiedenen Gebäude und die Entfernung von Carries Wagen zu Russos Kanzlei und folgerte daraus, dass sie das, was sie zu sehen behauptet hatte, nicht gesehen haben *konnte*. Er stritt so lange mit ihr, bis der Richter eingriff und Townsend anwies, damit aufzuhören.

Im Jahr davor war gegen Carrie Anklage wegen eines Drogendelikts erhoben worden, und Tyler konfrontierte sie damit. Er fragte, ob sie Drogen genommen habe, bevor sie in den Zeugenstand getreten sei, und deutete an, sie sei immer noch abhängig. Er wollte wissen, ob es richtig sei, dass sie eine Beziehung zu einem Deputy des Sheriffs von Ruiz County gehabt habe. Das verneinte sie. Da sich das Kreuzverhör immer mehr in die Länge zog, wies der Richter Townsend an, die Sache zu beschleunigen. Der protestierte und wandte ein, der Staatsanwalt lasse sich viel mehr Zeit als er, woraufhin der Richter ihm eine Strafe wegen Missachtung des Gerichts androhte, und das nicht zum ersten Mal. Als Tyler mit Carrie Hollands Kreuzverhör fertig war, hatte er zwar Zweifel an ihrer Glaubwürdigkeit aufkommen lassen, aber er hatte sie auch so übel beschimpft, dass sie den Geschworenen leidtat.

Nicht lange nach dem Prozess zog Carrie weg. Eine Weile lebte sie in der Nähe von Columbus, Ohio, wo sie heiratete, zwei Kinder bekam, sich scheiden ließ und schließlich von einem Tag auf den anderen verschwand. Vicki brauchte ein ganzes Jahr, um mithilfe von Onlinerecherchen herauszufinden, dass sie unter dem Namen Carrie Pruitt im Westen von Tennessee auf dem Land lebt. Sie arbeitet in einer Möbelfabrik bei Kingsport und wohnt mit einem Mann namens Buck in einem Trailer, der in der Nähe einer Landstraße steht.

Man muss es Carrie hoch anrechnen, dass sie es geschafft hat, nie wieder Ärger mit dem Gesetz zu bekommen. Ihr Vorstrafenregister enthält lediglich eine Verurteilung wegen eines Drogendelikts in Seabrook, die nie gelöscht wurde. Wir gehen davon aus, dass Carrie weder drogen-

noch alkoholsüchtig ist, was in unserer Branche immer von Vorteil ist.

Vor einem Monat ist Frankie hingefahren und hat die übliche diskrete Aufklärungsarbeit geleistet. Er hat Fotos gemacht, von Carries Trailer und dem Grundstück, auf dem er steht, von der Fabrik, in der sie arbeitet. Von einem Privatdetektiv aus Kingsport hat er erfahren, dass einer ihrer Söhne beim Militär ist und der andere in Knoxville lebt. Buck hat keine Vorstrafen. Seltsamerweise war Bucks Vater früher Pastor einer kleinen Kirchengemeinde, die etwa dreißig Kilometer vom Stellplatz des Trailers entfernt angesiedelt war. Die Familienverhältnisse sind vermutlich einigermaßen stabil.

Außerdem besteht eine hohe Wahrscheinlichkeit, dass weder Buck noch sonst jemand im Umkreis von fünfhundert Kilometern etwas über Carries Vergangenheit weiß. Das erschwert die Sache. Warum sollte sie nach über zwanzig Jahren auf ihre kurze Begegnung mit Quincy Miller zurückkommen und damit vielleicht ihr Leben durcheinanderbringen?

Ich treffe mich in einem Café in Kingsport mit Frankie. Nachdem wir Waffeln bestellt haben, sprechen wir über die Fotos. Der Trailer liegt sehr abgelegen, und es gibt einen eingezäunten Zwinger, in dem Buck ein paar Jagdhunde hält. Er fährt natürlich den obligatorischen Pick-up. Carrie hat einen Honda. Vicki hat die Nummernschilder überprüft und bestätigt, dass die Fahrzeuge ihnen gehören. Keiner der beiden ist im Wählerverzeichnis eingetragen. Unter einem Schutzdach neben dem Trailer steht ein Angelboot mit Außenbordmotor. Buck verbringt offenbar viel Zeit mit Jagen und Angeln.

»Mir gefällt das nicht«, meint Frankie, während er die Fotos durchgeht.

»Ich habe schon Schlimmeres gesehen«, sage ich, was auch der Wahrheit entspricht. Ich habe an eine Menge Türen geklopft, bei denen ich damit rechnen musste, entweder von einem Dobermann oder einer Schrotflinte in Empfang genommen zu werden. »Gehen wir mal davon aus, dass Buck nichts über ihre Vergangenheit weiß und noch nie etwas von Quincy gehört hat. In dem Fall können wir auch davon ausgehen, dass sie das Ganze nicht an die große Glocke hängen will.«

»Der Meinung bin ich auch. Deshalb solltest du sie nicht zu Hause besuchen.«

»Wann fährt sie zur Arbeit?«

»Ich weiß es nicht, aber sie fängt um acht an und hört um fünf auf. In der Mittagspause bleibt sie im Gebäude. Sie verdient ungefähr neun Dollar in der Stunde. Sie hat keinen Job im Büro, sondern steht am Fließband. Du kannst also nicht während der Arbeitszeit mit ihr reden.«

»In Gegenwart ihrer Kollegen würde sie sowieso nichts sagen. Wie sieht der Wetterbericht für Samstag aus?«

»Klar und sonnig. Perfekter Tag zum Angeln.«

»Hoffentlich.«

Bei Tagesanbruch am Samstag steht Frank etwa zwei Kilometer vom Trailer entfernt vor einem Minimarkt, an dem es auch Benzin gibt, und tankt seinen Pick-up auf. Es ist unser Glückstag, jedenfalls glauben wir das für einen Moment. Buck und ein Freund fahren vorbei, das Angelboot auf einem Anhänger hinter sich, also wollen sie zu einem See oder einem Fluss. Frankie ruft mich an, und ich wähle sofort die im Telefonbuch gelistete Nummer von Carries Festnetzanschluss.

Am anderen Ende meldet sich eine verschlafen klingende Frauenstimme. »Ms. Pruitt, mein Name ist Cullen Post«, sage ich freundlich. »Ich bin Anwalt aus Savannah, Georgia. Hätten Sie kurz Zeit für mich?«

»Wie heißen Sie? Was wollen Sie?« Jetzt ist sie hellwach.

»Cullen Post. Ich würde mich gerne mit Ihnen unterhalten, über einen Prozess, in dem Sie vor langer Zeit ausgesagt haben.«

»Sie haben sich verwählt.«

»Damals hießen Sie Carrie Holland und haben in Seabrook, Florida, gewohnt. Ich habe sämtliche Unterlagen über den Prozess, Carrie, aber ich bin nicht gekommen, um Sie in Schwierigkeiten zu bringen.«

»Ich sagte doch, Sie haben sich verwählt.«

»Ich vertrete Quincy Miller. Er sitzt seit zweiundzwanzig Jahren Ihretwegen im Gefängnis. Mir dreißig Minuten Ihrer Zeit zu geben ist das Mindeste, was Sie tun können.«

Carrie legt auf. Zehn Minuten später halte ich vor dem Trailer. Frankie ist in der Nähe, für den Fall, dass auf mich geschossen wird.

Nach einer Weile öffnet Carrie die Tür und kommt auf die schmale Veranda. Sie ist sehr schlank und trägt enge Jeans. Die blonden Haare hat sie zu einem Pferdeschwanz gebunden. Selbst ohne Make-up sieht sie nicht schlecht aus, doch durch das Rauchen haben sich tiefe Falten in die Haut um Mund und Augen gegraben. Sie hält eine Zigarette in der Hand und wirft mir einen wütenden Blick zu.

Ich trage den Priesterkragen, aber das beeindruckt sie nicht sonderlich. »Tut mir leid, dass ich Sie einfach so überfalle«, sage ich lächelnd. »Aber ich war zufällig in der Gegend.«

»Was wollen Sie?«, fragt sie und zieht an der Zigarette.

»Ich möchte meinen Mandanten aus dem Gefängnis holen, und an der Stelle kommen Sie ins Spiel. Hören Sie,

84

ich will Sie nicht in Verlegenheit bringen oder belästigen. Ich könnte wetten, dass Buck noch nie etwas von Quincy Miller gehört hat, stimmt's? Das kann ich Ihnen nicht verübeln. Ich würde auch nicht darüber reden. Aber Quincy sitzt immer noch, für einen Mord, den er nicht begangen hat. Er hat niemanden umgebracht. Sie haben keinen Schwarzen vom Tatort wegrennen sehen. Sie haben ausgesagt, weil die Cops Sie unter Druck gesetzt haben, richtig? Sie waren mit einem der Polizisten befreundet, und deshalb kannte man Sie. Die Cops brauchten einen Zeugen, und Sie hatten damals ja dieses kleine Drogenproblem, nicht wahr, Carrie?«

»Wie haben Sie mich gefunden?«

»Sie verstecken sich nicht gerade.«

»Verschwinden Sie, sonst rufe ich die Polizei.«

Ich reiße die Hände hoch, als würde ich mich ergeben. »Kein Problem. Das ist Ihr Grundstück. Ich gehe.« Ich werfe eine Visitenkarte auf das Gras und sage: »Hier ist meine Nummer. Meine Arbeit macht es mir unmöglich, Sie einfach zu vergessen, daher werde ich wiederkommen. Ich verspreche Ihnen, dass ich Sie nicht auffliegen lasse. Ich will nur reden, Carrie, das ist alles. Vor zweiundzwanzig Jahren haben Sie etwas Schreckliches getan, und jetzt ist es an der Zeit, das wiedergutzumachen.«

Carrie rührt sich nicht von der Stelle und sieht mir nach, während ich wegfahre.

Der Brief von Quincy ist mit der Hand geschrieben, in akkuraten großen Druckbuchstaben. Er muss Stunden dafür gebraucht haben:

LIEBER POST,

ICH MÖCHTE MICH NOCH MAL BEI IHNEN BEDAN-
KEN, DASS SIE MEINEN FALL ÜBERNOMMEN HABEN.
SIE WISSEN GAR NICHT, WAS ES BEDEUTET, HINTER
GITTERN ZU SITZEN UND NIEMANDEN ZU HABEN, DER
EINEM GLAUBT. ICH BIN PLÖTZLICH EIN ANDERER
MENSCH GEWORDEN, UND DAS ALLES NUR WEGEN
IHNEN. UND JETZT MACHEN SIE SICH BITTE AN DIE
ARBEIT UND HOLEN SIE MICH HIER RAUS.

SIE HABEN MICH GEFRAGT, OB MEIN WUNDERBARER
JUNGER ANWALT TYLER TOWNSEND EINE VERMUTUNG
ZU DEM WAHREN MÖRDER HATTE. JA, ER HATTE EINE.
ER HAT MIR OFT ERZÄHLT, DASS ES IN DEM TEIL VON
FLORIDA EIN OFFENES GEHEIMNIS WAR, DASS KEITH
RUSSO UND SEINE FRAU SICH MIT DEN FALSCHEN LEU-
TEN EINGELASSEN HABEN. UNTER IHREN MANDANTEN
WAREN AUCH DROGENHÄNDLER. DIE BEIDEN HATTEN
ANGEFANGEN, EINE MENGE GELD ZU VERDIENEN,
UND DAS BLIEB NICHT UNBEMERKT. IN SEABROOK
IST NICHT VIEL GELD ZU MACHEN, NICHT EINMAL
FÜR ANWÄLTE, UND DIE LEUTE SIND MISSTRAUISCH
GEWORDEN. DER SHERIFF, PFITZNER, WAR SELBST
KRIMINELL, UND TYLER SAGTE, ER WAR AN DEN DRO-
GENGESCHÄFTEN BETEILIGT. UND VERMUTLICH AUCH
AN DEM MORD.

ICH WEISS GANZ SICHER, DASS JEMAND DIESE
VERDAMMTE TASCHENLAMPE IN DEN KOFFERRAUM
MEINES AUTOS GELEGT HAT, UND ICH WEISS AUCH,
DASS ES PFITZNER WAR. DIE BEWEISE FÜR DEN MORD
SIND MIR UNTERGESCHOBEN WORDEN. ALLE WUSSTEN,
DASS MAN EINEN SCHWARZEN IN SEABROOK SCHNEL-
LER VERURTEILEN WÜRDE ALS EINEN WEISSEN, UND
DAMIT LAGEN SIE JA AUCH ABSOLUT RICHTIG.

EIN FREUND EMPFAHL MIR, WEGEN MEINER SCHEIDUNG ZU RUSSO ZU GEHEN. ES WAR KEIN GUTER RAT. ER WOLLTE VIEL ZU VIEL GELD VON MIR UND HAT AUCH NOCH VERDAMMT SCHLECHTE ARBEIT GEMACHT. ETWA NACH DER HÄLFTE DES VERFAHRENS IST MIR DANN KLAR GEWORDEN, DASS ER GAR KEIN SCHEIDUNGSANWALT SEIN WOLLTE. ALS DER RICHTER MIR DEN UNTERHALT FÜR MEINE EXFRAU UND DIE KINDER AUFGEBRUMMT HAT, SAGTE ICH ZU RUSSO, DAS SOLL WOHL EIN WITZ SEIN. ICH KANN DAS AUF KEINEN FALL ALLES BEZAHLEN. WISSEN SIE, WAS ER GEANTWORTET HAT? ICH SOLL FROH SEIN, DASS ES NICHT MEHR GEWORDEN IST. DER RICHTER WAR EIN EIFRIGER KIRCHGÄNGER UND HATTE ETWAS GEGEN MÄNNER, DIE HINTER DEN FRAUEN HER SIND. MEINE EX HATTE BEHAUPTET, ICH WÜRDE MICH DURCH SÄMTLICHE BETTEN VÖGELN. RUSSO TAT SO, ALS HÄTTE ICH MIR DAS ALLES SELBST ZUZUSCHREIBEN.

DABEI WAR RUSSO SELBST EIN FRAUENHELD. ABER GENUG DAMIT. ER IST TOT.

TYLER WUSSTE NICHT, WARUM RUSSO UMGEBRACHT WURDE, ABER DA ER MIT EINER DROGENBANDE GESCHÄFTE MACHTE, KÖNNTE ES DURCHAUS SEIN, DASS ER SIE IRGENDWIE AUFS KREUZ GELEGT HAT. VIELLEICHT HAT ER ZU VIEL VON DEM GELD FÜR SICH BEHALTEN. VIELLEICHT WAR ER EIN SPITZEL. VIEL-LEICHT WOLLTE SEINE FRAU NICHT ALLES VERLIEREN, WAS SIE HATTEN. ICH HABE SIE EIN PAARMAL GETROF-FEN, ALS ICH IN DER KANZLEI WAR, UND KONNTE SIE NICHT LEIDEN. EINE KNALLHARTE FRAU.

NACH DEM PROZESS HAT TYLER DROHUNGEN BEKOMMEN, UND ER HATTE WIRKLICH ANGST. IRGENDWANN HABEN SIE ES DANN GESCHAFFT, IHN

AUS DER STADT ZU VERTREIBEN. ER SAGTE, DASS ES IN
SEABROOK EIN PAAR SEHR BÖSE MENSCHEN GIBT UND
ER DESHALB WEGZIEHT. JAHRE SPÄTER, ALS SÄMT-
LICHE REVISIONSVERFAHREN BEENDET WAREN, UND
ER NICHT MEHR MEIN ANWALT WAR, ERZÄHLTE ER
MIR, DASS IN SEABROOK EIN DEPUTY DES SHERIFFS
UMS LEBEN GEKOMMEN WAR. ER GLAUBTE, DASS ES
ETWAS MIT DEM MORD AN RUSSO UND DROGENHÄND-
LERN ZU TUN HATTE. ALLES NUR SPEKULATIONEN.
DAS WAR ALSO TYLERS THEORIE DARÜBER, WER
RUSSO WIRKLICH GETÖTET HAT. AUSSERDEM GLAUBTE
ER, DASS RUSSOS FRAU VERMUTLICH AUCH ETWAS
DAMIT ZU TUN HATTE. ABER DAS IST ALLES SCHON
VIEL ZU LANGE HER, UM ES BEWEISEN ZU KÖNNEN.

NOCH EINMAL VIELEN DANK, POST. ICH HOFFE,
DIESER BRIEF NÜTZT IHNEN ETWAS, UND ICH HOFFE
AUCH, SIE BALD WIEDERZUSEHEN. VIEL ERFOLG.

IHR MANDANT UND FREUND,
QUINCY MILLER

10

Der Sachverständige für Blutspurenanalyse, der in Quincys Prozess ausgesagt hat, war ein ehemaliger Detective aus Denver namens Paul Norwood. Er hatte bei der Mordkommission gearbeitet, und nachdem er sich ein paar Jahre an Tatorten herumgetrieben hatte, gab er seine Dienstmarke zurück, kaufte sich ein paar teure Anzüge und nannte sich Experte. Das Studium hatte er abgebrochen, und da er keine Zeit hatte, einen Abschluss in Kriminologie oder einem anderen Fach zu machen, das etwas mit richtiger Naturwissenschaft zu tun hat, besuchte er einige Seminare und Workshops für Spurensicherung und las Bücher und Zeitschriften, die andere Experten geschrieben haben. Er war ein Schwätzer mit einem beeindruckenden Wortschatz und stellte fest, dass es einfach war, Richter davon zu überzeugen, dass er sich in seinem Fachgebiet auskannte. Nachdem er als forensischer Sachverständiger zugelassen war, erkannte er, dass es sogar noch einfacher war, Geschworene schlichten Gemüts davon zu überzeugen, dass seine Gutachten auf exakter Wissenschaft beruhten.

Norwood war nur einer von vielen. In den 1980ern und 1990ern nahmen Zeugenaussagen von Sachverständigen stark zu, da alle möglichen selbst ernannten Koryphäen durchs Land zogen und Geschworene mit ihren fadenscheinigen Gutachten beeindruckten. Hinzu kam, dass Mitarbeiter der Spurensicherung in populären TV-Krimiserien als brillante Detektive dargestellt wurden, die komplexe Verbrechen mittels unfehlbarer Wissenschaft lösen konnten, was alles nur noch schlimmer machte. Die Berühmtesten unter ihnen warfen einen Blick auf eine blutüberströmte Leiche und fanden dann innerhalb von ein oder zwei Stunden den Namen des Mörders heraus. Im wirklichen Leben wurden durch zweifelhafte Theorien über Blutspritzer, Brandstiftung, Bissspuren, Textilfasern, Glasbruch, Kopf- und Schamhaare, Schuhabdrücke, Ballistik und sogar Fingerabdrücke Tausende von Angeklagten verurteilt und weggesperrt.

Gute Verteidiger zweifelten die Glaubwürdigkeit dieser Sachverständigen an, hatten aber kaum Erfolg damit. Die Richter waren häufig von der Wissenschaft überfordert und hatten nur wenig oder überhaupt keine Zeit, sich in dieses Fachgebiet einzuarbeiten. Wenn ein vorgeschlagener Zeuge ein Mindestmaß an Schulung vorweisen konnte und zu wissen schien, wovon er sprach, durfte er aussagen. Im Lauf der Zeit gingen Richter dazu über, Zeugen, die in anderen Verfahren in anderen Bundesstaaten als Sachverständige ausgesagt hatten, automatisch für seriös zu halten. Revisionsgerichte machten den neuen Trend mit, indem sie Urteile bestätigten, ohne die Wissenschaft hinter der Forensik anzuzweifeln, und so das Ansehen der Sachverständigen steigerten. Je länger ihre Referenzlisten wurden, desto mehr Theorien benutzten sie in ihren Gutachten, um über Schuld oder Unschuld zu entscheiden.

Und je öfter Paul Norwood vor Gericht aussagte, desto klüger wurde er natürlich. Ein Jahr vor Quincys Prozess 1988 nahm Norwood an einem Seminar über Blutspurenanalyse mit vierundzwanzig Unterrichtsstunden teil, das von einem privaten Unternehmen in Kentucky angeboten wurde. Er bestand den Kurs, bekam eine Bescheinigung, um seine Fortbildung nachweisen zu können, und fügte seinem wachsenden Repertoire ein weiteres Fachgebiet hinzu. Nach kurzer Zeit beeindruckte er Geschworene mit seinen wissenschaftlichen Kenntnissen über die komplexe Verteilung von Blut bei Tötungsdelikten. Er spezialisierte sich auf Blutspurenanalyse, Tatortrekonstruktion, Ballistik und Haaranalyse. Er machte Werbung für seine Dienste, vernetzte sich mit Strafverfolgungsbehörden und Staatsanwälten und schrieb sogar ein Buch über Spurensicherung. Sein Ansehen wuchs, und er bekam immer mehr Aufträge.

Während seiner fünfundzwanzigjährigen Karriere als Sachverständiger sagte Norwood in Hunderten Strafprozessen aus, immer für die Staatsanwaltschaft und immer gegen den Angeklagten. Und immer für ein hohes Honorar. Dann kamen DNA-Analysen auf, was Norwoods Geschäftsmodell gefährdete. Sie veränderten nicht nur die Zukunft von strafrechtlichen Ermittlungen, sondern sorgten auch dafür, dass die Pseudowissenschaft, mit der Norwood und seinesgleichen hausieren gegangen waren, unter Beschuss geriet. In mindestens der Hälfte der Fälle, bei denen unschuldige Männer und Frauen mithilfe einer DNA-Analyse freikamen, war eine zweifelhafte Forensik der Grundstein für die Beweisführung der Anklage gewesen.

In einem einzigen Jahr, 2005, wurden drei Urteile, bei denen Norwood im Prozess als Sachverständiger ausgesagt hatte, aufgehoben, nachdem DNA-Analysen seine fehlerhaften Methoden und Gutachten entlarvt hatten. Seine drei Opfer hatten zusammen neunundfünfzig Jahre hinter Gittern gesessen, eines sogar im Todestrakt. Bei einem Prozess 2006 wurde er quasi dazu gezwungen, in den Ruhestand zu gehen. Nachdem er seine übliche Blutspurenanalyse erläutert hatte, wurde er im anschließenden Kreuzverhör so brüskiert wie noch nie zuvor. Der Verteidiger ging jedes einzelne der drei Fehlurteile des vorangegangenen Jahres mit ihm durch. Die Befragung war brillant, brutal und sehr aufschlussreich. Der Angeklagte wurde freigesprochen. Der wahre Mörder wurde kurze Zeit später gefunden. Und Norwood musste aufhören. Aber es war zu spät. Der Schaden war bereits angerichtet. Quincy Miller war wegen Norwoods Analyse der blutbefleckten Taschenlampe verurteilt worden, die dieser natürlich nie gesehen hatte. Norwoods überaus scharfsinnige Analyse des Falls bestand darin, große Farbfotos des Tatorts und der Taschenlampe in Augenschein zu nehmen. Das wichtigste Beweisstück hielt er nie in Händen, stattdessen verließ er sich auf Bilder davon. Und bei seiner Aussage verkündete er im Brustton der Überzeugung, dass es sich bei den Blutflecken auf der Linse der Taschenlampe um Rückwärtsspritzer aus den Einschusswunden handle, durch die Keith Russo zu Tode gekommen sei.

Die Taschenlampe verschwand vor dem Prozess.

Norwood weigert sich, mit mir über den Fall zu reden. Ich habe ihm zweimal geschrieben. Einmal hat er geantwortet und mir mitgeteilt, er werde nicht darüber sprechen, nicht einmal am Telefon. Er behauptet, gesundheitliche Probleme zu haben, der Fall sei schon lange her, sein Gedächtnis sei nicht mehr das beste und so weiter. Ein Gespräch mit ihm wäre wohl sowieso nicht sehr produktiv. Bis jetzt wurden mindestens sieben Urteile, an denen Norwood beteiligt war, aufgehoben, und er muss regelmäßig als Aushängeschild für alles herhalten, was durch Pseudowissenschaften schiefgelaufen ist. Anwälte, die mit Fällen zu tun haben, auf die die Todesstrafe steht, schießen sich besonders gern auf ihn ein. Er ist sogar verklagt worden. Blogger lassen kein gutes Haar an ihm, weil er so viel Leid angerichtet hat. Revisionsrichter schildern bis ins Detail, was in seiner erbärmlichen Karriere alles danebengegangen ist. Eine Gruppe, die sich um Häftlinge mit Fehlurteilen kümmert, versucht, ein Vermögen an Spendengeldern aufzubringen, um alle seine Fälle überprüfen zu lassen, was aber sehr schwierig sein dürfte. Wenn ich eine Audienz bei Norwood bekäme, würde ich ihn bitten, sich von seiner Arbeit zu distanzieren und Quincy zu helfen, aber bis jetzt hat er noch keinen Funken Reue gezeigt.

Mit oder ohne Norwood, wir haben keine Wahl und müssen unsere eigenen forensischen Wissenschaftler beauftragen. Aber die Besten sind teuer.

Ich bin für einige Tage in Savannah, weil es ein paar dringende Probleme gibt. Vicki, Mazy und ich sitzen im Konferenzraum und reden über Spurensicherung. Auf dem Tisch vor uns liegen die Lebensläufe der vier Kandidaten, die in die engere Auswahl gekommen sind. Alle sind renommierte Kriminologen mit tadellosen Referenzen. Wir werden mit zweien anfangen und ihnen den Fall schicken. Der billigste Kandidat will fünfzehntausend Dollar für eine Überprüfung und Beratung. Das Honorar des teuersten beträgt dreißigtausend Dollar und ist nicht verhandelbar. Da Initiativen zur Aufhebung von Fehlurteilen in den letzten zehn Jahren stark zugenommen haben, sind diese Jungs bei Gruppen, die sich für die Rechte unschuldig Verurteilter engagieren, heiß begehrt.

Unsere Nummer eins ist Dr. Kyle Benderschmidt von der Virginia Commonwealth University in Richmond. Er unterrichtet seit Jahrzehnten und hat einen der führenden Fachbereiche für Forensische Wissenschaften im Land aufgebaut. Ich habe mit anderen Anwälten gesprochen, die geradezu von ihm schwärmen.

Wir versuchen, fünfundsiebzigtausend Dollar in unserer Kriegskasse zu haben, um Gutachter, Privatdetektive und

Anwälte finanzieren zu können, falls es notwendig sein sollte. Juristen bezahlen wir nur sehr ungern, und im Laufe der Jahre haben wir viel Übung darin bekommen, Prozessanwälte, die unserer Sache wohlwollend gegenüberstehen, zu ehrenamtlicher Arbeit für uns zu überreden. Inzwischen haben wir landesweit ein loses Netzwerk aus solchen Anwälten aufgebaut. Einige Wissenschaftler reduzieren ihr Honorar, wenn sie einem Unschuldigen damit helfen können, aber das kommt nicht oft vor.

Benderschmidts Standardhonorar sind dreißigtausend Dollar. »Haben wir so viel Geld?«, frage ich Vicki.

»Aber natürlich«, sagt sie lächelnd und optimistisch wie immer. Wenn wir es nicht haben, wird sie sich später ans Telefon setzen und ein paar Spender auftreiben.

»Dann sollten wir ihm den Auftrag geben«, sage ich. Mazy stimmt mir zu. Wir widmen uns dem zweiten Sachverständigen.

»Post, es sieht ganz danach aus, dass du bei diesem Fall wieder mal nur sehr langsam vorankommst«, sagt Mazy. »Bei June Walker, Zeke Huffey und Carrie Holland hast du dir schon eine blutige Nase geholt. Bis jetzt will niemand mit dir reden.«

Wie in allen Firmen gibt es auch bei Guardian jede Menge nett gemeinter Hänseleien. Vicki und Mazy kommen gut miteinander aus, gehen sich aber so weit wie möglich aus dem Weg. Und kaum bin ich in der Stadt, werde ich zum leichten Ziel. Wenn wir uns nicht alle so gernhätten, würden wir uns vermutlich mit Steinen bewerfen.

»Findest du?«, antworte ich lachend. »Hatten wir eigentlich jemals einen Fall, bei dem es von Anfang an schnell ging?«

»Wir sind kein Hase, sondern eine Schildkröte«, wirft Vicki ein. Das ist einer ihrer Lieblingssprüche.

»Genau«, sage ich. »Es hat drei Jahre gedauert, bis wir den Fall übernommen haben. Du erwartest doch nicht etwa, dass wir Quincy in einem Monat draußen haben, oder?«

»Ich will lediglich ein paar Fortschritte sehen«, erwidert Mazy.

»Ich habe meinen Charme noch nicht spielen lassen.« Mazy lächelt etwas gequält. »Wann fährst du nach Seabrook?«

»Weiß ich nicht. Ich schiebe es so lange wie möglich hinaus. Niemand dort ahnt, dass wir uns um den Fall kümmern, und ich würde mich gern im Hintergrund halten.«

»Wie hoch ist der Angstfaktor?«, erkundigt sich Vicki.

»Schwer zu sagen, aber er ist definitiv vorhanden. Wenn Russo von einer Drogenbande umgebracht wurde, sind die Jungs mit Sicherheit noch in der Gegend. Und der Mörder ist einer von ihnen. Wenn ich da auftauche, werden sie es vermutlich erfahren.«

»Das klingt sehr riskant, Post«, meint Mazy.

»Ist es auch, aber ganz ohne Risiko sind die wenigsten unserer Fälle. Unsere Mandanten sitzen im Gefängnis, weil jemand anders abgedrückt hat. Und dieser Jemand läuft frei herum, weil die Cops den Falschen angeklagt haben. Dass ein Anwalt, der seinen Mandanten rehabilitieren will, in dem alten Fall herumwühlt, ist das Letzte, was sie wollen.«

»Sei vorsichtig«, bittet mich Vicki. Es ist offensichtlich, dass die beiden sich hinter meinem Rücken große Sorgen um mich machen.

»Ich bin immer vorsichtig. Kochst du heute Abend?«

»Tut mir leid. Bridge.«

»Bei uns gibt es Pizza aus dem Gefrierschrank«, sagt Mazy. Sie kocht nicht gern, und mit vier Kindern im Haus ist sie Stammkundin in der Tiefkühlabteilung des Supermarkts.

»Ist James da?«, frage ich. Mazy und ihr Mann haben sich vor ein paar Jahren getrennt und versucht, sich scheiden zu lassen. Es hat nicht funktioniert, aber zusammenleben funktioniert bei den beiden auch nicht. Sie weiß, dass es mich wirklich interessiert und ich nicht aus Neugier frage. »Er kommt und geht und verbringt viel Zeit mit den Kindern.«

»Ich bete für euch.«

»Ich weiß, Post. Und wir beten für dich.«

Ich habe keine Lebensmittel in meiner Wohnung, weil ich sie fast immer vergesse und dann irgendwann die verdorbenen Reste entsorgen muss. Da ich von keiner meiner Kolleginnen zum Essen eingeladen werde, arbeite ich bis weit in den Abend hinein und mache dann einen langen Spaziergang durch das historische Zentrum. In zwei Wochen ist Weihnachten, und die Nachtluft ist kühl. Ich bin jetzt seit zwölf Jahren in Savannah, kenne mich in der Stadt aber immer noch nicht aus. Ich bin viel zu oft weg, als dass ich ihren Charme und ihre lange Geschichte schätzen lernen könnte, und es ist schwierig, Freundschaften zu pflegen, wenn man ständig unterwegs ist. Aber mein erster Freund ist zu Hause und kann Gesellschaft gut gebrauchen.

Luther Hodges hat mich eingestellt, als ich noch auf dem Priesterseminar war, und nach Savannah gelockt. Inzwischen hat er sich zur Ruhe gesetzt, und seine Frau ist vor einigen Jahren gestorben. Er lebt in einem kleinen Cottage, das dem Bistum gehört, zwei Blocks vom Chippewa Square entfernt. Er wartet schon auf der Veranda, begierig darauf, aus dem Haus zu kommen.

»Hallo, Padre«, sage ich, während ich ihn umarme.

»Hallo, mein Sohn«, erwidert er. Das ist unsere übliche Begrüßung.

»Du siehst dünn aus«, meint er. Er macht sich Sorgen wegen meines Lebensstils – schlechte Ernährung, wenig Schlaf, viel Stress.

»Tja, das kann ich von Ihnen nicht behaupten«, erwidere ich.

Er tätschelt seinen Bauch. »Zu viel Eiscreme. Ich kann einfach nicht die Finger davon lassen.«

»Ich bin am Verhungern. Lassen Sie uns gehen.«

Wir haken uns unter und schlendern durch die Whitaker Street. Luther ist jetzt fast achtzig, und bei jedem Besuch fällt mir auf, dass er sich ein bisschen langsamer bewegt. Er hinkt etwas und bräuchte eigentlich ein neues Kniegelenk, ist aber der Meinung, dass Ersatzteile nur etwas für alte Knacker sind. »Man muss sich gegen das Alter wehren« ist einer seiner Lieblingssprüche.

»Wo bist du gewesen?«, erkundigt er sich.

»Das Übliche. Hier und da.«

»Erzähl mir von dem Fall.« Luther ist fasziniert von meiner Arbeit und will auf dem Laufenden gehalten werden. Er kennt die Namen von Guardians Mandanten und verfolgt im Internet, wie die Fälle sich entwickeln.

Ich spreche über Quincy Miller und den üblichen langsamen Start. Luther lauscht aufmerksam und sagt wenig, wie immer. Wie viele von uns haben einen echten Freund, der sich für unsere Arbeit interessiert und stundenlang zuhören kann? Ich bin froh, dass es Luther Hodges gibt.

Ich fasse das Wichtigste zusammen, ohne etwas Vertrauliches preiszugeben, und frage nach seiner Arbeit. Er verbringt jeden Tag Stunden damit, Männern und Frauen zu schreiben, die hinter Gittern sitzen. Das ist sein seelsorgerisches Amt, und er nimmt es sehr ernst. Er führt penibel Buch und archiviert Kopien der gesamten Korrespondenz. Alle, die auf Luthers Liste stehen, bekommen Briefe und

Karten zum Geburtstag und zu Weihnachten. Wenn er wohlhabend wäre, würde er sein ganzes Geld Gefangenen geben.

Zurzeit stehen sechzig Häftlinge auf seiner Liste. Einer ist letzte Woche gestorben. Ein junger Mann in Missouri hat sich erhängt, und Luther versagt die Stimme, als er mir davon erzählt. Der Gefangene hatte in mehreren Briefen von Selbstmord gesprochen, und Luther hatte sich Sorgen gemacht. Er rief mehrmals im Gefängnis an und versuchte, Hilfe zu bekommen, was aber zu nichts führte.

Wir gehen zum Fluss hinunter und schlendern über das Kopfsteinpflaster der River Street. Unser Lieblingsbistro ist ein Fischrestaurant, das es schon seit Jahrzehnten gibt. Bei meinem ersten Besuch in der Stadt habe ich mit Luther hier zu Mittag gegessen. »Ich lade dich ein«, sagt er an der Tür.

Er weiß, wie es um meine Finanzen bestellt ist. »Wenn Sie darauf bestehen«, antworte ich.

.

II

Der Campus der Virginia Commonwealth University liegt mitten in der Stadt und ist so weitläufig angelegt, dass er den größten Teil von Richmonds Zentrum auszumachen scheint. An einem nasskalten Nachmittag im Januar mache ich mich auf den Weg zum Fachbereich für Forensische Wissenschaften in der West Main Street. Dr. Kyle Benderschmidt leitet den Fachbereich seit zwei Jahrzehnten und hat hier das Sagen. Seine Büroräume erstrecken sich über eine ganze Ecke der Etage. Eine Sekretärin bietet mir Kaffee an, den ich natürlich nicht ablehne. Studenten kommen und gehen. Um genau fünfzehn Uhr erscheint der renommierte Kriminologe und begrüßt mich mit einem Lächeln.

Dr. Benderschmidt ist Anfang siebzig, schlank und voller Energie, und er kleidet sich immer noch so wie zu seinen Studentenzeiten. Gestärkte Khakihose, Pennyloafer, Hemd mit Button-down-Kragen. Obwohl er als Gutachter sehr gefragt ist, unterrichtet er immer noch gern und hält jedes Semester zwei Seminare. Gerichtssäle mag er nicht, weshalb er es vermeidet, in den Zeugenstand zu treten. Wir wissen beide, dass es Jahre dauern kann, bis es zu einer Wiederaufnahme des Verfahrens kommt – wenn wir es überhaupt so weit schaffen. In der Regel sieht er sich einen Fall an, schreibt ein Gutachten mit seinen Erkenntnissen und nimmt sich dann den nächsten Auftrag vor, während die Anwälte ihre Arbeit tun.

Ich folge ihm in einen kleinen Konferenzraum. Auf dem Tisch liegt das Material zu dem Fall, das ich ihm vor drei Wochen geschickt habe: Fotos und schematische Darstellungen des Tatorts, Fotos der Taschenlampe, der Obduktionsbericht und das komplette Verhandlungsprotokoll, fast tausendzweihundert Seiten.

Ich zeige auf den Stapel. »Und? Was meinen Sie?«

Er lächelt und schüttelt den Kopf. »Ich habe alles gelesen, und ich weiß wirklich nicht, wie Mr. Miller überhaupt verurteilt werden konnte. Aber das ist ja nichts Ungewöhnliches. Was ist mit der Taschenlampe passiert?«

»In dem Geräteschuppen, den die Polizei als Asservatenkammer benutzt hat, ist ein Feuer ausgebrochen. Sie wurde nie gefunden.«

»Schon klar, das habe ich gelesen. Aber was ist wirklich passiert?«

»Das wissen wir nicht. Wir haben noch keine Ermittlungen zu dem Brand angestellt und werden es vermutlich auch nicht können.«

»Angenommen, das Feuer wurde absichtlich gelegt, und jemand wollte, dass die Taschenlampe verschwindet. Ohne sie gibt es keine Verbindung zu Miller. Was gewinnt die Polizei dadurch, dass sie ein Beweisstück vernichtet und den Geschworenen vorenthält?«

Ich fühle mich wie ein Zeuge, der im Kreuzverhör auseinandergenommen wird. »Gute Frage«, antworte ich und trinke einen Schluck Kaffee. »Da wir mit Hypothesen arbeiten, können wir vielleicht Folgendes annehmen: Die Polizei wollte nicht, dass der Sachverständige der Verteidigung die Taschenlampe genauer untersucht.«

»Aber die Verteidigung hatte keinen Gutachter hinzugezogen«, wendet er ein.

»Natürlich nicht. Der Angeklagte war mittellos, daher

wurde ihm ein Pflichtverteidiger zugewiesen. Der Richter wollte keine Mittel für einen Sachverständigen der Verteidigung genehmigen. Die Cops haben vermutlich damit gerechnet, aber sie wollten kein Risiko eingehen. Sie dachten, sie könnten jemanden wie Norwood finden, der kein Problem damit hatte, nur anhand der Fotos eine Analyse und ein paar wilde Spekulationen anzustellen.«

»Klingt plausibel.«

»Dr. Benderschmidt, das sind alles nur Vermutungen. Zum gegenwärtigen Zeitpunkt haben wir leider nicht mehr zu bieten. Vielleicht gehören die vielen kleinen Blutspritzer zu jemand anderem.«

»Genau«, sagt er lächelnd, als hätte er schon einen Verdacht. Er nimmt ein vergrößertes Foto der fünf Zentimeter großen Glaslinse in die Hand. »Wir haben das mit allen möglichen Bildbearbeitungsprogrammen untersucht und vergrößert. Ich und einige meiner Kollegen. Ich bin mir nicht einmal sicher, ob die Flecken menschliches Blut oder überhaupt Blut sind.«

»Wenn es kein Blut ist, was dann?«

»Das lässt sich nicht feststellen. Mich stört, dass die Taschenlampe nicht am Tatort sichergestellt wurde. Wir wissen nicht, wo sie hergekommen ist oder wie das Blut – falls es Blut ist – auf die Linse gelangt ist. Es ist so wenig davon vorhanden, dass es fast unmöglich ist, irgendetwas festzustellen.«

»Wenn es tatsächlich Rückwärtsspritzer sind, wären dann nicht auch an der Schrotflinte und sogar am Täter Anhaftungen von Blut zu finden gewesen?«

»Sehr wahrscheinlich, aber das werden wir nie erfahren. Weder die Schrotflinte noch die Kleidung des Täters konnten sichergestellt werden. Wir wissen jedoch, dass es eine Schrotflinte war, wegen der Schrotmunition. Zwei Schüsse auf derart beengtem Raum verursachen eine enorme Menge an Blut. Das dürften bereits die Fotos beweisen. Aber es überrascht mich, dass der Täter keine blutigen Fußabdrücke hinterlassen hat, als er das Büro verließ.«

»Die Polizei hat keine Fußabdrücke gefunden.«

»Dann würde ich sagen, dass der Täter sich sehr viel Mühe gegeben hat, um nicht erkannt zu werden. Keine Fingerabdrücke, also trug er vermutlich Handschuhe. Keine Schuh- oder Stiefelabdrücke, daher hatte er vermutlich eine Art Überzug an den Sohlen. Klingt für mich nach einem Mörder, der bereits Erfahrung hat.«

»Es könnte ein Bandenmord gewesen sein, ausgeführt von einem Profikiller.«

»Das fällt in Ihr Ressort. Darüber kann ich nicht spekulieren.«

»Kann man eine Schrotflinte mit einer Hand abfeuern, während man in der anderen die Taschenlampe hält?«, frage ich, obwohl die Antwort ziemlich offensichtlich ist.

»Höchst unwahrscheinlich. Aber es ist eine kleine Taschenlampe mit einer fünf Zentimeter großen Linse. Es wäre möglich, die Taschenlampe in der einen Hand zu halten und mit der Hand dann den Vorderschaft der Schrotflinte zu stützen. Falls Sie der Hypothese der Anklage folgen wollen. Aber ich bezweifle, dass die Taschenlampe am Tatort gewesen ist.«

»Norwood hat ausgesagt, dass es sich bei der Substanz auf der Taschenlampe um Blut und Rückwärtsspritzer handelt.«

»Norwood hat sich mal wieder geirrt. Er sollte selbst hinter Gittern sitzen.«

»Haben sich Ihre Wege schon einmal gekreuzt?

»O ja. Zweimal. Ich habe zwei Gutachten von ihm widerlegt, und die entsprechenden Urteile wurden aufgehoben.

Allerdings sitzen beide Männer noch im Gefängnis. Auf dem Höhepunkt seiner Karriere war Norwood ein gefragter Mann, einer von vielen. Er hat sich zum Glück zur Ruhe gesetzt, aber es sind noch jede Menge dieser Typen aktiv und gut im Geschäft. Mir wird schlecht, wenn ich nur daran denke.«

Benderschmidt ist ein lautstarker Kritiker der Einwochenseminare, in denen Polizeibeamte, Privatdetektive und eigentlich jeder, der das Geld dafür hat, eine schnelle Schulung samt Abschlussbescheinigung erhalten und sich dann Experten nennen.

»Es ist grob fahrlässig von ihm gewesen, den Geschworenen weiszumachen, dass es sich bei diesen Flecken um Blut handelt, das angeblich von Russo stammt«, fährt er fort. »Es gibt keine wissenschaftliche Möglichkeit, das nachzuweisen.« Angewidert schüttelt er den Kopf.

Norwood erzählte der Jury, dass Rückwärtsspritzer maximal einen Meter zwanzig weit geschleudert werden könnten, was damals eine allgemein anerkannte Annahme war. Daher sei der Lauf in der Nähe des Opfers gewesen. Das stimme nicht, sagt nun Benderschmidt. Denn über welche Distanz sich Blutspritzer in einem Raum verteilen, variiere je nach Art der Schussverletzung sehr stark, und dass Norwood eine so präzise Angabe gemacht habe, sei schlichtweg Unsinn gewesen. »Es gibt einfach zu viele Variablen, als dass man hier eine eindeutige Meinung abgeben könnte.«

»Und wie sieht Ihre Meinung aus?«

»Dass es keine wissenschaftliche Grundlage für das gibt, was Norwood den Geschworenen erzählt hat. Dass es keine Möglichkeit gibt festzustellen, ob die Taschenlampe überhaupt am Tatort gewesen ist. Dass diese Flecken vielleicht überhaupt kein Blut sind. Viele Meinungen, Mr. Post. Ich werde das Ganze mit ein paar Fachbegriffen garnieren, die keinen Zweifel aufkommen lassen.«

Er wirft einen Blick auf die Uhr und sagt, er müsse telefonieren. Er will wissen, ob es mir etwas ausmache. Natürlich nicht. Während er weg ist, hole ich ein paar Notizen aus meinem Aktenkoffer, ein paar Fragen, die ich nicht beantworten kann. Er auch nicht, aber ich will wissen, was er darüber denkt. Schließlich bezahlen wir ihn dafür. Nach fünfzehn Minuten kommt er mit einem Kaffee in der Hand wieder.

»Was stört Sie an dem Fall?«, frage ich. »Vergessen wir die Wissenschaft, und spekulieren wir ein bisschen.«

»Das macht fast genauso viel Spaß wie die Wissenschaft«, sagt er mit einem Grinsen. »Erste Frage: Wenn es die Cops waren, die die Taschenlampe im Kofferraum von Quincys Wagen deponiert haben, warum haben sie nicht auch die Schrotflinte dazugelegt?«

Dieselbe Frage habe ich mir schon hundertmal gestellt. »Vielleicht haben sie befürchtet, nicht beweisen zu können, dass die Schrotflinte ihm gehört. Ich bin mir sicher, dass die Waffe nicht registriert war. Vielleicht war es auch schwieriger, sie im Kofferraum zu deponieren. Die Taschenlampe ist erheblich kleiner und leichter und lässt sich einfacher irgendwo hinlegen. Sheriff Pfitzner hat ausgesagt, er habe sie bei der Durchsuchung des Kofferraums gefunden, bei der mehrere andere Cops dabei waren.«

Benderschmidt hört aufmerksam zu und nickt. »Das klingt überzeugend.«

»Es wäre ganz einfach gewesen, die Taschenlampe hervorzuholen und in den Kofferraum fallen zu lassen. Mit einer Schrotflinte wäre das schon umständlicher gewesen.«

Er nickt immer noch. »Das nehme ich Ihnen ab. Nächste Frage: Der Gefängnisspitzel hat ausgesagt, Miller sei am nächsten Tag an die Golfküste gefahren und habe die Schrotflinte ins Meer geworfen. Warum hat er dann nicht auch gleich die Taschenlampe verschwinden lassen? Beide Gegenstände waren am Tatort. An beiden Gegenständen klebte Blut. Warum hat Miller nicht die Schrotflinte *und* die Taschenlampe entsorgt? Das ergibt keinen Sinn.«

»Darauf habe ich keine Antwort«, erwidere ich. »Und meiner Meinung nach ist das ein eklatanter Fehler in dem Märchen, das die Cops dem Spitzel eingebläut haben.«

»Und warum im Meer? Das Wasser ist flach, außerdem herrscht Ebbe und Flut.«

»Es ergibt überhaupt keinen Sinn«, sage ich.

»Richtig. Nächste Frage: Warum wurde eine Schrotflinte benutzt? Sie ist viel zu laut. Der Täter hat Glück gehabt, dass niemand die Schüsse gehört hat.«

»Na ja, Carrie Holland hat ausgesagt, sie habe etwas gehört, aber sie ist nicht glaubwürdig. Vielleicht haben sie die Schrotflinte benutzt, weil ein Mann wie Miller zu so einer Waffe gegriffen hätte. Ein Profi hätte eine Pistole mit Schalldämpfer benutzt, aber sie wollten die Spuren keinem Profi unterschieben. Sie wollten Miller reinlegen.«

»Genau. War Miller dafür bekannt, dass er öfter jagen ging?«

»Überhaupt nicht. Er sagt, er sei noch nie in seinem Leben auf der Jagd gewesen.«

»Besaß er Waffen?«

»Er hat mir gegenüber angegeben, zwei Pistolen im Haus gehabt zu haben, zum Schutz vor Einbrechern. Seine Frau hat vor Gericht ausgesagt, er besitze eine Schrotflinte, aber sie ist ebenfalls nicht glaubwürdig.«

»Sie sind ziemlich gut, Mr. Post.«

»Danke. Ich habe so meine Erfahrungen auf der Straße gemacht. Sie aber auch, Dr. Benderschmidt. Jetzt, wo Sie den Fall kennen, würde ich gern Ihre Version der Ereignisse hören. Ignorieren Sie die Wissenschaft, und erzählen Sie mir, wie der Mord Ihrer Meinung nach passiert ist.«

Er steht auf, geht zum Fenster und starrt eine Weile hinaus. »Hinter dem Ganzen steckt jemand mit Köpfchen, Mr. Post, und deshalb werden Sie das Verbrechen vermutlich nicht aufklären können, es sei denn, es geschieht ein Wunder. Diana Russo hat eine überzeugende Geschichte über den Streit zwischen Miller und ihrem Mann erzählt. Ich glaube, sie hat dabei übertrieben, aber die Geschworenen haben ihr geglaubt. Sie hat mit dem Finger auf einen Schwarzen in einer weißen Stadt gezeigt. Der außerdem ein Motiv hatte. Die Drahtzieher wussten genug über Spurensicherung an einem Tatort, um die Taschenlampe als Verbindung zu Miller zu benutzen. Der wahre Täter hat keine nachweisbaren Spuren hinterlassen, was sehr ungewöhnlich ist und eine Menge über das Niveau der Planung aussagt. Falls er tatsächlich einen Fehler gemacht hat, haben die Cops den übersehen oder vielleicht auch vertuscht. Nach zweiundzwanzig Jahren sind alle Spuren kalt, und es sieht so aus, dass der Fall unmöglich zu lösen ist. Mr. Post, Sie werden den Mörder nicht finden, aber vielleicht werden Sie beweisen können, dass Ihr Mandant unschuldig ist.«

»Könnte er auch schuldig sein?«

»Dann haben Sie also Zweifel?«

»Ich habe immer Zweifel. Das hält mich nachts wach.«

Benderschmidt setzt sich wieder hin und trinkt einen Schluck Kaffee. »Das kann ich mir nicht vorstellen. Das Motiv ist zu schwach. Er mag seinen ehemaligen Anwalt gehasst haben, aber ihm den Schädel wegzuschießen ist eine sichere Fahrkarte in den Todestrakt. Miller hatte ein Alibi. Es gibt nichts, was ihn mit dem Tatort in Verbindung bringt. Ich gehe davon aus, dass er es nicht getan hat.«

»Das freut mich zu hören«, erwidere ich. Benderschmidt ist kein sentimentaler Mensch und hat öfter für die Anklage als für die Verteidigung ausgesagt. Er ist ein ehrlicher Mensch und scheut sich nicht, einen Kollegen zu kritisieren, wenn er anderer Meinung ist. Wir unterhalten uns noch ein paar Minuten über berühmte Fälle, in denen es um Blutspritzer ging, dann ist es an der Zeit zu gehen.

»Vielen Dank, Dr. Benderschmidt«, sage ich, während ich meine Sachen zusammensuche. »Ich weiß, dass Ihre Zeit kostbar ist.«

»Sie bezahlen dafür«, sagt er lächelnd. Da hat er recht. Dreißigtausend, um genau zu sein.

»Noch etwas, Mr. Post«, fügt er hinzu, als ich schon an der Tür bin. »Das fällt jetzt überhaupt nicht in mein Fachgebiet, aber die Situation dort unten könnte unangenehm werden. Es geht mich zwar nichts an, aber Sie sollten vorsichtig sein.«

»Danke.«

12

Das nächste Ziel auf meiner Liste ist ein Gefängnis. Es heißt Tully Run und liegt versteckt am Fuß der Blue Ridge Mountains im Westen Virginias. Ich bin zum zweiten Mal hier. Dank Internet gibt es inzwischen Hunderttausende verurteilter Sexualstraftäter. Mit dem normalen Strafvollzug kommen sie aus vielen Gründen nicht klar. Fast alle Bundesstaaten versuchen sie deshalb in separaten Haftanstalten unterzubringen. In Virginia werden die meisten nach Tully Run geschickt.

Der Mann heißt Gerald Cook. Männlicher Weißer, dreiundvierzig Jahre alt, sitzt zwanzig Jahre ab, weil er seine beiden Stieftöchter missbraucht haben soll. Da es so viele andere potenzielle Mandanten gibt, habe ich immer versucht, keine Sexualstraftäter zu vertreten. Aber ich habe in meinem Metier auch gelernt, dass einige von ihnen tatsächlich unschuldig sind.

In seiner Jugend hat Gerald es richtig krachen lassen; er war ein trinkfester Hinterwäldler, der keiner Schlägerei aus dem Weg ging und den Frauen nachjagte. Vor neun Jahren erwischte er die falsche und heiratete sie auch noch. Sie blieben ein paar stürmische Jahre zusammen, in denen sie immer abwechselnd am Aus- oder Einziehen waren. Beide hatten Schwierigkeiten damit, ihre Jobs zu behalten, und Geld war permanent ein Problem. Eine Woche nachdem seine Frau die Scheidung eingereicht hatte, gewann Gerald hunderttausend Dollar in der Staatslotterie von Virginia und versuchte, es geheim zu halten. Seine Nochehefrau hörte umgehend davon, und ihre Anwälte waren begeistert. Gerald ergriff mitsamt seinem Gewinn die Flucht, und die Scheidung schleppte sich dahin. Um seine Aufmerksamkeit und wenigstens einen Teil des Geldes zu bekommen, heckte sie mit ihren Töchtern, die damals elf und vierzehn waren, einen Plan aus – und warf ihm vor, die beiden missbraucht zu haben, wovon vorher nie die Rede gewesen war. Die Mädchen unterschrieben beeidete Erklärungen, in denen sie behaupteten, über einen längeren Zeitraum hinweg von ihrem Stiefvater vergewaltigt und sexuell belästigt worden zu sein. Gerald wurde verhaftet, ins Gefängnis geworfen und konnte nur gegen eine maßlos überhöhte Kaution bis zur Verhandlung freikommen. Vergeblich beteuerte er, unschuldig zu sein.

In Virginia ist eine Verteidigung bei einer solchen Anklage schwierig. Im Prozess wurden beide Mädchen in den Zeugenstand gerufen. In ihrer herzzerreißenden Aussage schilderten sie die furchtbaren Dinge, die ihr Stiefvater ihnen vorgeblich angetan hatte. Gerald konterte mit einer eigenen Aussage, aber da er ein Hitzkopf war, gab er einen schlechten Zeugen ab. Er wurde zu zwanzig Jahren verurteilt. Als er seine Strafe antrat, war von seinem Lotteriegewinn nichts mehr übrig.

Keine der Stieftöchter beendete die Highschool. Die Ältere wechselt erstaunlich oft die Partner und ist mit einundzwanzig Jahren bereits zum zweiten Mal verheiratet. Die Jüngere hat ein Kind und arbeitet für den Mindestlohn in einem Fast-Food-Restaurant. Ihre Mutter hat einen Kosmetiksalon am Stadtrand von Lynchburg und zudem eine große Klappe. Unserem Privatdetektiv dort liegen beeidete Erklärungen von zwei ehemaligen Kundinnen vor, die ausgesagt haben, dass sie ständig Geschichten darüber erzähle, wie sie Gerald mit den falschen Anschuldigungen hereingelegt habe. Außerdem haben wir die beeidete Erklärung eines Exfreunds, der etwas Ähnliches erzählt. Sie hat ihn dermaßen eingeschüchtert, dass er ausgezogen ist.

Wir sind vor zwei Jahren auf Gerald aufmerksam geworden, nachdem er uns einen Brief aus dem Gefängnis geschrieben hat. Wir bekommen etwa zwanzig davon in der Woche, schaffen es aber nicht, alle sofort zu bearbeiten. Vicki, Mazy und ich verbringen so viel Zeit wie möglich damit, alles zu lesen und die Verurteilten auszusortieren, denen wir nicht helfen können. Die überwiegende Mehrheit der Zuschriften stammt von schuldigen Häftlingen, die viel Zeit dafür haben, ihre Unschuld zu beteuern und lange Briefe zu verfassen. Ich habe immer einen Stapel dabei und lese sie, wenn ich eigentlich schlafen sollte. Bei Guardian gibt es eine Regel: Wir beantworten jeden Brief.

Geralds Geschichte klang plausibel, daher schrieb ich zurück. Wir tauschten ein paar Briefe aus, und er schickte uns seine Akte und das Verhandlungsprotokoll. Nachdem wir erste Ermittlungen angestellt hatten, gelangten wir zu der Überzeugung, dass er vermutlich die Wahrheit sagt. Ich habe ihn vor einem Jahr besucht und fand ihn auf Anhieb unsympathisch. Gerald bestätigte, was ich aufgrund unserer Korrespondenz bereits wusste: Er ist von Rachegedanken besessen. Sein Ziel ist es, freizukommen und seine Exfrau und ihre Töchter entweder zu verprügeln oder ihnen Drogen unterzuschieben, damit sie hinter Gitter wandern, was ich für wahrscheinlicher halte. Er träumt davon, sie eines Tages im Gefängnis zu besuchen. Ich habe versucht, ihn davon abzubringen, und ihm erklärt, dass wir gewisse Erwartungen an unsere Mandanten haben, wenn diese wieder in Freiheit sind, und dass wir auf keinen Fall jemandem helfen werden, der vorhat, Vergeltung zu üben.

Die meisten Häftlinge, die ich im Gefängnis besuche, wirken bedrückt und sind dankbar für ein persönliches Gespräch. Gerald dagegen ist von Anfang an aggressiv. Er starrt mich durch das Plexiglas hindurch an, schnappt sich den Telefonhörer und sagt:»Warum haben Sie so lange gebraucht, Post? Sie wissen doch, dass ich unschuldig bin. Holen Sie mich hier raus!«

»Schön, Sie zu sehen, Gerald«, antworte ich lächelnd. »Wie geht es Ihnen?«

»Hören Sie mit dem Schwachsinn auf. Ich will wissen, was Sie da draußen unternehmen, während ich mit einem Haufen Perverser hier drinsitze. Ich halte mir die Schwuchteln jetzt seit sieben Jahren vom Leib, und es hängt mir verdammt noch mal zum Hals raus.«

»Gerald, vielleicht sollten wir uns ein anderes Mal unterhalten«, entgegne ich ruhig.»Sie schreien mich jetzt schon an, und ich finde das überhaupt nicht gut. Sie bezahlen mich nicht. Ich arbeite umsonst. Wenn Sie sich nicht beruhigen können, werde ich gehen.«

Gerald lässt den Kopf hängen und beginnt zu weinen. Ich warte geduldig, während er versucht, sich zusammenzureißen. Er wischt sich mit den Hemdsärmeln die Tränen aus dem Gesicht und vermeidet Blickkontakt.»Ich bin doch unschuldig, Post«, stößt er hervor.

»Das glaube ich Ihnen ja. Sonst wäre ich nicht hier.«

»Das Miststück hat die Mädchen zum Lügen angestiftet, und die drei lachen immer noch darüber.«

»Das glaube ich Ihnen auch, Gerald. Aber es wird sehr lange dauern, Sie hier herauszuholen. Es gibt einfach keine Möglichkeit, die Sache zu beschleunigen. Wie ich Ihnen bereits gesagt habe, ist es ziemlich einfach, einen Unschuldigen zu verurteilen, und so gut wie unmöglich, ihn zu rehabilitieren.«

»Das ist so verdammt falsch!«

»Ich weiß. Gerald, ich werde Ihnen jetzt sagen, was für ein Problem ich habe. Wenn Sie morgen freikämen, würden Sie, glaube ich, etwas sehr Dummes tun. Ich habe Sie mehrmals davor gewarnt, an Rache zu denken, und wenn Sie immer noch vorhaben, ihre Exfrau zu bestrafen, werde ich Ihren Fall nicht übernehmen.«

»Ich werde meine Exfrau nicht umbringen, Post, das verspreche ich Ihnen. Ich werde nichts tun, was mich wieder an so einen Ort wie den hier bringen könnte.«

»Aber?«

»Was aber?«

»Aber was würden Sie tun, Gerald?«

»Ich werde mir was ausdenken. Sie hat es verdient, eine Weile im Gefängnis zu sitzen, nach dem, was sie mir angetan hat. Ich komme einfach nicht darüber weg.«

»Das müssen Sie aber, Gerald. Sie müssen weit weg gehen und sie vergessen.«

»Das kann ich nicht, Post. Ich muss die ganze Zeit an dieses verlogene Miststück denken. Und an ihre Töchter. Ich hasse sie wie die Pest. Ich sitze unschuldig hinter Gittern, und sie sind da draußen und lachen über mich. Wo ist da die Gerechtigkeit?«

Ich bin gezwungenermaßen vorsichtig, daher bin ich noch nicht sein Anwalt. Obwohl Guardian fast zwanzigtausend Dollar und zwei Jahre für die Ermittlungen aufgewendet hat, haben wir den Fall nicht offiziell übernommen.

An Gerald hat mich von Anfang an einiges gestört, und ich habe mir einen Fluchtweg offengelassen. »Sie wollen immer noch Rache, stimmt's?«

Seine Unterlippe zittert, ihm schießen wieder die Tränen in die Augen. Er starrt mich an und nickt.

»Es tut mir leid, Gerald, aber ich passe. Ich werde Sie nicht vertreten.«

Von einem Moment auf den anderen bekommt er einen Wutanfall. »Das können Sie nicht machen, Post!«, brüllt er in den Hörer, dann schleudert er ihn von sich und wirft sich gegen die Plexiglasscheibe. »Nein! Das können Sie nicht machen, verdammt! Ich werde hier drin sterben!« Er fängt an, mit der Hand auf das Plexiglas einzuschlagen. Ich weiche erschrocken zurück.

»Post, Sie müssen mir helfen! Sie wissen, dass ich unschuldig bin! Sie können nicht einfach wieder gehen und mich meinem Schicksal überlassen! Ich bin unschuldig! Ich bin unschuldig, und das wissen Sie!«

Die Tür hinter mir wird aufgerissen, ein Gefängniswärter stürmt herein. »Setz dich hin!«, schreit er Gerald an, der mit beiden Fäusten gegen das Plexiglas hämmert. Der Wärter brüllt ihn an, als die Tür hinter Gerald geöffnet wird und ein zweiter Wärter erscheint. Er packt Gerald und zerrt ihn von der Trennscheibe weg. Als ich meine Seite der Kabine verlasse, schreit Gerald: »Ich bin unschuldig, Post! Ich bin unschuldig!«

Seine Stimme dröhnt mir immer noch in den Ohren, während ich vor dem Gefängnis in mein Auto steige und wegfahre.

Vier Stunden später betrete ich das Gelände des North Carolina Correctional Institute for Women (NCCIW) in Raleigh. Das Parkgelände ist bis auf den letzten Platz besetzt, und wie immer bin ich fassungslos angesichts der Unsummen an Geld, die in diesem Land für den Strafvollzug ausgegeben werden. Es ist ein Riesengeschäft, das in einigen Bundesstaaten einer Lizenz zum Gelddrucken gleichkommt und in jeder Stadt und Gemeinde, die das

Glück hat, ein Gefängnis zu bekommen, unzählige Arbeitsplätze schafft. In den Vereinigten Staaten sitzen über zwei Millionen Menschen hinter Gittern, und es bedarf einer Million Angestellter und achtzig Milliarden Dollar aus Steuergeldern, um sie zu versorgen.

Das NCCIW sollte geschlossen werden, so wie alle Frauengefängnisse. Es gibt nicht viele Frauen, die kriminell sind. Die meisten haben lediglich den Fehler gemacht, sich den falschen Freund auszusuchen.

North Carolina schickt seine weiblichen Todeskandidaten ins NCCIW. Zurzeit gibt es sieben. Unsere Mandantin Shasta Briley ist eine davon. Sie wurde wegen Mord an ihren drei Kindern verurteilt, etwa dreißig Kilometer von dem Ort entfernt, wo sie jetzt in Haft sitzt.

Shasta ist ein weiteres trauriges Beispiel für Kinder, die nie eine Chance hatten. Sie war ein Crack-Baby, das zu Pflegeeltern und in Waisenhäuser und dann zu Verwandten in einer Sozialbausiedlung abgeschoben wurde. Sie brach die Schule ab, bekam ein Kind, lebte bei einer Tante, arbeitete hin und wieder zum Mindestlohn, bekam noch ein Kind, wurde drogensüchtig. Nach der Geburt ihres dritten Kindes hatte sie endlich einmal Glück und fand ein Zimmer in einer Unterkunft für Obdachlose, wo ein Therapeut sie dabei unterstützte, von ihrer Sucht loszukommen. Ein Mann, der Mitglied einer Kirchengemeinde war, gab ihr einen Job und kümmerte sich um sie und die Kinder. Irgendwann konnte sie eine kleine Wohnung in einem Zweifamilienhaus mieten. Doch jeder Tag war ein Kampf für sie, und schließlich wurde sie wegen ungedeckter Schecks verhaftet. Sie verkaufte ihren Körper für Geld und fing schließlich an, mit Drogen zu handeln.

Ihr Leben war ein Albtraum, und deshalb konnte man sie auch so einfach verurteilen.

Vor acht Jahren brach mitten in der Nacht ein Feuer in ihrer Wohnung aus. Sie entkam durch ein Fenster, mit Schnittwunden und Verbrennungen, und lief schreiend um das Haus herum, während Nachbarn angerannt kamen, um zu helfen. Ihre drei Töchter kamen bei dem Brand ums Leben. Die Tragödie löste eine Welle der Hilfsbereitschaft aus. Die Beerdigung war herzzerreißend und schaffte es in die Lokalnachrichten. Dann kam der Brandermittler in die Stadt. Als er das Wort *Brandstiftung* aussprach, war Schluss mit Mitgefühl.

Bei Shastas Prozess bewies die Anklage, dass sie in den Monaten vor dem Brand mehrere Versicherungen abgeschlossen hatte: drei Lebensversicherungen über jeweils zehntausend Dollar für ihre Kinder und eine Hausratversicherung für ihre Wohnung, ebenfalls über zehntausend Dollar. Das Gutachten des Brandermittlers war eindeutig. Shastas Vergangenheit machte keinen guten Eindruck: Vorstrafen, drei Kinder von drei verschiedenen Männern sowie Drogenkonsum und Prostitution. In der Brandnacht hatten Nachbarn der Polizei erzählt, sie habe versucht, in das brennende Haus zu gelangen, aber die Flammen hätten schon zu heftig gewütet. Nachdem die These von der Brandstiftung bekannt geworden war, wollten die meisten Nachbarn das jedoch nicht mehr bezeugen. Im Prozess sagten drei aus, Shasta habe während des Brandes einen gleichgültigen Eindruck gemacht. Einer durfte die Vermutung äußern, sie habe vermutlich unter Drogen gestanden.

Sieben Jahre später verbringt sie ihre Tage allein in einer Zelle und hat nur wenig Kontakt zu Menschen. In Frauengefängnissen ist Sex eine gängige Währung, doch bis jetzt haben die Wärter sie in Ruhe gelassen. Sie ist sehr dünn, isst wenig, liest stundenlang in der Bibel und alten

Taschenbüchern und spricht mit leiser Stimme. Zwischen uns befindet sich ein Drahtgitter, daher brauchen wir keine Telefone. Shasta bedankt sich für mein Kommen und fragt nach Mazy.

Wegen ihrer vier Kinder verlässt Mazy Savannah nur selten, aber sie war bereits zweimal hier und hat sich auf Anhieb gut mit Shasta verstanden. Die beiden schreiben sich jede Woche und telefonieren einmal im Monat miteinander. Inzwischen weiß Mazy mehr über Brandstiftung als die meisten Experten.

»Gestern habe ich einen Brief von Mazy bekommen«, sagt sie lächelnd. »Es hört sich so an, dass es ihren Kindern gutgeht.«

»Ihren Kindern geht es großartig.«

»Ich vermisse meine Töchter, Mr. Post. Das ist das Schlimmste an dem Ganzen. Ich vermisse meine Kinder.«

Zeit ist heute nicht wichtig. In diesem Gefängnis dürfen Anwälte so lange bleiben, wie sie wollen, und Shasta ist froh, aus ihrer Zelle zu kommen. Wir reden über ihren Fall, Mazys Kinder, das Wetter, die Bibel, Bücher, alles, was sie interessiert. »Haben Sie das Gutachten gelesen?«, frage ich nach einer Stunde.

»Jedes Wort. Zweimal. Dr. Muscrove scheint zu wissen, wovon er redet.«

»Das hoffe ich.« Muscrove ist unser Experte für Brandstiftung, der die Ermittlungen der Anklage als falsch entlarvt hat. Er ist der festen Überzeugung, dass das Feuer nicht absichtlich gelegt wurde. Anders formuliert, es gab kein Verbrechen. Aber einen wohlwollenden Richter zu finden, der das Gutachten liest, wird schwierig. Die beste Chance, die wir haben, besteht darin, kurz vor der Hinrichtung eine Begnadigung durch den Gouverneur zu erlangen, aber auch das ist sehr unwahrscheinlich.

Während wir reden, muss ich daran denken, dass wir den Fall vermutlich verlieren werden. Von unseren sechs Mandanten hat Shasta Briley die schlechtesten Überlebenschancen.

Ich versuche, mit ihr über Muscroves Gutachten zu sprechen, aber die Fachsprache und die Wissenschaft dahinter sind manchmal selbst für mich schwer verständlich. Shasta wechselt das Thema und erzählt von dem Liebesroman, den sie gerade liest, und ich gehe bereitwillig darauf ein. Ich wundere mich oft darüber, wie viele Bücher einige der Gefangenen während ihrer Haft lesen.

Ein Wärter kommt zu mir und macht mich darauf aufmerksam, wie spät es ist. Shasta und ich haben uns drei Stunden lang unterhalten. Wir legen die Hände auf das Gitter und verabschieden uns. Wie immer bedankt sie sich dafür, dass ich da war.

13

Zur Zeit des Mordes an Russo war Bruno McKnatt Polizeichef von Seabrook. Unseren Recherchen zufolge hatte er nicht viel mit den Ermittlungen zu tun. In Florida ist Strafverfolgung Sache des County-Sheriffs, der sich für jedes Verbrechen zuständig erklären kann, auch wenn es sich in einem der Stadtbezirke zugetragen hat. In der Praxis werden die Ermittlungen in den größeren Orten allerdings von der lokalen Polizeibehörde durchgeführt. Russo wurde zwar innerhalb der Stadtgrenzen von Seabrook ermordet, aber McKnatt wurde von dem langjährigen Sheriff Bradley Pfitzner beiseitegedrängt, der von Amts wegen das Recht dazu hatte.

McKnatt war von 1984 bis 1990 Polizeichef, dann wechselte er zur Polizei von Gainesville. Dort geriet seine Karriere ins Stocken, und schließlich verdiente er sein Geld als Immobilienmakler. Vicki machte ihn in einer einfachen Seniorenwohnsiedlung in der Nähe von Winter Haven ausfindig. McKnatt ist jetzt sechsundsechzig und bezieht zwei Renten, eine aus seiner Zeit als Polizeibeamter und eine von der Sozialversicherung. Er ist verheiratet und hat drei erwachsene Kinder, die weit verstreut in Südflorida wohnen. Unsere Akte über ihn ist ziemlich dünn, weil er wenig mit den Ermittlungen zu tun hatte. Er hat nicht im Prozess ausgesagt, und sein Name wird nicht oft erwähnt.

Die Kontaktaufnahme zu McKnatt ist mein erster richtiger Vorstoß in Seabrook. Er stammt nicht aus der Stadt und hat nur ein paar Jahre dort gelebt. Ich gehe davon aus, dass er nicht viele Bekannte zurückgelassen hat und wenig Interesse an dem Mord hatte. Ich habe mich am Tag vor meiner Ankunft telefonisch bei ihm gemeldet, und allem Anschein nach hat er nichts dagegen, sich mit mir zu unterhalten.

Sunset Village besteht aus einer Ansammlung gepflegt wirkender Trailer, die in ordentlichen Kreisen um ein Clubhaus in der Mitte angeordnet. sind. Vor jedem Mobilheim steht ein Schatten spendender Baum neben einer betonierten Fläche, und jedes Fahrzeug ist mindestens zehn Jahre alt. Die Bewohner scheinen sich außerhalb ihrer beengten Unterkunft wohler zu fühlen, jedenfalls sitzen die meisten auf der Terrasse vor ihrem Zuhause und halten ein Schwätzchen. Viele Trailer sind mit behelfsmäßig gebauten Rampen für Rollstühle ausgestattet. Als ich um den ersten Kreis herumfahre, werde ich aufmerksam beobachtet. Einige der älteren Herrschaften winken mir freundlich zu, aber die meisten starren meinen Ford-SUV mit Nummernschildern aus Georgia so intensiv an, als hätte ich hier absolut nichts zu suchen. Ich parke neben dem Clubhaus, steige aus und bleibe für einen Moment stehen, um einigen Senioren zuzusehen, die unter einem großen Pavillon mit einer sehr langsamen Partie Shuffleboard beschäftigt sind. Andere spielen Dame, Schach oder Domino.

Mit seinen sechsundsechzig Jahren gehört McKnatt, der eine blaue Baseballkappe mit dem Logo der Atlanta Braves trägt, eindeutig zu den jüngeren Bewohnern. Ich gehe zu ihm und stelle mich vor. Wir setzen uns an einen Picknicktisch vor einer Wand, an der jede Menge Poster und Reklamezettel hängen. McKnatt ist übergewichtig, scheint aber einigermaßen gesund zu sein. Wenigstens braucht er keinen Sauerstoff.

»Mir gefällt es hier«, sagt er, als müsste er sich rechtfertigen. »Die Leute sind in Ordnung und kümmern sich umeinander. Niemand hat viel Geld, daher braucht man den anderen auch nichts vorzuspielen. Wir versuchen, aktiv zu bleiben, und es gibt jede Menge Angebote.«

Ich antworte mit etwas Abgedroschenem, einer Bemerkung darüber, wie nett es hier aussieht. Falls er misstrauisch ist, lässt er es sich nicht anmerken. Er will reden und scheint stolz darauf zu sein, einen Besucher zu haben. Wir unterhalten uns ein paar Minuten über seine Karriere bei der Polizei, und schließlich kommt er zur Sache.

»Warum interessieren Sie sich für Quincy Miller?«

»Er ist mein Mandant. Ich versuche, ihn aus dem Gefängnis zu holen.«

»Das ist alles lange her.«

»Zweiundzwanzig Jahre. Haben Sie Quincy gekannt?«

»Bis zum Mord nicht.«

»Sind Sie am Tatort gewesen?«

»Selbstverständlich. Pfitzner war schon dort, er muss ziemlich schnell gekommen sein, und bat mich, Mrs. Russo nach Hause zu bringen. Sie hatte die Leiche gefunden und die Polizei gerufen. Die Arme war völlig aufgelöst, aber das können Sie sich ja denken. Ich habe sie nach Hause gefahren und bin bei ihr geblieben, bis ein paar Freunde von ihr gekommen sind. Es war schrecklich. Dann bin ich wieder zum Tatort. Pfitzner hatte wie immer das Kommando übernommen und brüllte Befehle. Ich sagte, wir sollten vielleicht lieber die State Police holen, wozu wir in solchen Fällen verpflichtet sind, aber Pfitzner meinte, das werde er später veranlassen.«

»Und? Hat er?«

»Am nächsten Tag. Hat sich Zeit gelassen. Er wollte nicht, dass jemand anders den Fall übernimmt.«

»Wie war Ihr Verhältnis zu Pfitzner?«

Er lächelt, aber es wirkt alles andere als freundlich. »Ich werde ehrlich zu Ihnen sein«, sagt er, als wäre er das bis jetzt nicht gewesen. »Pfitzner hat mich feuern lassen, daher habe ich absolut nichts für ihn übrig. Er war seit zwanzig Jahren Sheriff des Countys, als die Stadt mich als Polizeichef eingestellt hat, und er hat weder mich noch sonst einen Beamten meiner Behörde respektiert. Er hat in dem County mit eiserner Faust regiert und wollte nicht, dass ihm jemand anders mit einer Dienstmarke ins Gehege kommt. So war das damals.«

»Warum hat man Sie entlassen?«

McKnatt schnaubt und sieht zu den alten Männern hinüber, die Shuffleboard spielen. Schließlich zuckt er mit den Schultern. »Kleinstadtpolitik«, sagt er. »Ich hatte etwa ein Dutzend Männer unter mir, Pfitzner doppelt so viele. Er hatte ein großes Budget, alles, was er wollte, und ich bekam das, was übrig blieb. Wir sind nie gut miteinander ausgekommen, weil er mich für eine Bedrohung hielt. Als er einmal einen Deputy gefeuert hat, habe ich den Mann eingestellt, und Pfitzner wurde stocksauer. Sämtliche Politiker hatten Angst vor ihm. Er hat ein paar Beziehungen spielen lassen, und ich wurde entlassen. Ich konnte gar nicht schnell genug aus der Stadt abhauen. Sind Sie schon in Seabrook gewesen?«

»Noch nicht.«

»Sie werden nicht viel finden. Pfitzner ist schon lange in Pension, und ich bin mir sicher, dass er alle Spuren verwischt hat.«

Das ist eine schwere Anschuldigung, und ich habe den Eindruck, McKnatt legt es darauf an, dass ich nachfrage. Aber den Gefallen tue ich ihm nicht. Es ist unser erstes Gespräch, und ich will nicht zu neugierig wirken. Ich muss

Vertrauen aufbauen, und das dauert. Genug von Sheriff Pfitzner. Ich werde zu gegebener Zeit wieder auf ihn zu sprechen kommen.

»Haben Sie Keith Russo gekannt?«, frage ich.

»Natürlich. Ich habe alle Anwälte gekannt. Seabrook ist nicht sehr groß.«

»Was haben Sie von ihm gehalten?«

»Clever, arrogant, keiner, den ich zum Freund haben wollte. Einmal hat er zwei von meinen Männern bei einem Prozess ziemlich übel mitgespielt, und das hat mir nicht gefallen. Aber vermutlich hat er nur seine Arbeit gemacht. Er hatte Ambitionen, wollte viel verdienen, und ich glaube, er war auf dem besten Weg dazu. Irgendwann fuhr er plötzlich einen neuen schwarzen Jaguar, vermutlich der einzige in der Stadt. Angeblich hatte er einen großen Fall unten in Sarasota gewonnen und ordentlich Geld dafür bekommen. Er war ein Angeber.«

»Und seine Frau, Diana?«

Er schüttelt den Kopf, als hätte er Schmerzen. »Die arme Frau. Ich glaube, ich hatte immer eine Schwäche für sie. Können Sie sich vorstellen, was sie durchgemacht haben muss, als sie seine Leiche gefunden hat? Sie war völlig fertig.«

»Nein, das kann ich nicht. War sie eine gute Anwältin?«

»Ich glaube, sie hatte einen guten Ruf. Beruflich hatte ich nie etwas mit ihr zu tun. Aber sie sah verdammt gut aus. Eine richtige Schönheit.«

»Haben Sie den Prozess verfolgt?«

»Nein. Er wurde nach Butler County verlegt, und während der Dienstzeit konnte ich nicht dort hinfahren.«

»Haben Sie damals geglaubt, dass Quincy Miller den Mord begangen hat?«

Er zuckt mit den Schultern. »Ja, natürlich. Ich hatte keinen Grund, das zu bezweifeln. Soweit ich mich erinnern kann, gab es ein starkes Motiv für die Tat, irgendein Streit oder so. Und gab es nicht auch eine Zeugin, die gesehen hat, wie er vom Tatort weggerannt ist?«

»Ja, aber sie konnte ihn nicht zweifelsfrei identifizieren.«

»Aber hat man denn nicht die Tatwaffe in Millers Auto gefunden?«

»Nicht ganz. Man hat eine Taschenlampe mit Blutspuren dort gefunden.«

»Und die DNA stimmte überein, richtig?«

»Nein. 1988 gab es noch keine DNA-Analysen. Außerdem ist die Taschenlampe verschwunden.«

McKnatt denkt einen Moment darüber nach, und es ist offensichtlich, dass er sich an die wichtigen Details nicht mehr erinnern kann. Er ist zwei Jahre nach dem Mord aus Seabrook weggezogen und hat versucht, den Ort zu vergessen. »Ich dachte immer, es wäre ein klarer Fall gewesen«, sagt er. »Aber Sie scheinen nicht der Meinung zu sein.«

»Stimmt. Sonst wäre ich jetzt nicht hier.«

»Und was lässt Sie nach all den Jahren glauben, dass Miller unschuldig ist?«

Ich will nicht über meine Annahmen sprechen, jedenfalls jetzt noch nicht. Vielleicht später. »Die Beweisführung der Anklage hat sich als nicht stichhaltig erwiesen«, sage ich vage. »Haben Sie den Kontakt zu Leuten in Seabrook aufrechterhalten, nachdem Sie weggezogen sind?«

Er schüttelt den Kopf. »Eigentlich nicht. Ich habe nicht sehr lange dort gelebt und bin dann, wie ich schon sagte, etwas überstürzt weg. Es war nicht gerade der Höhepunkt meiner Karriere.«

»Kannten Sie einen Deputy namens Kenny Taft?«

»Aber natürlich, ich habe sie alle gekannt, einige gut, manche weniger gut. Ich habe in der Zeitung gelesen, dass er ums Leben gekommen ist. Damals war ich in Gainesville bei der Drogenfahndung. Ich kann mich noch an das Foto von ihm erinnern. Ein guter Mann. Warum fragen Sie nach ihm?«

»Zurzeit interessiere ich mich für alles. Kenny Taft war der einzige schwarze Deputy, der für Pfitzner gearbeitet hat.«

»Drogenhändlern ist es egal, ob jemand schwarz oder weiß ist, vor allem dann, wenn es zu einer Schießerei kommt.«

»Da haben Sie recht. Ich wollte nur wissen, ob Sie ihn kennen.«

Ein älterer Herr in Shorts, schwarzen Socken und roten Sportschuhen kommt zu uns und stellt zwei Pappbecher mit Limonade vor uns auf den Tisch. »Danke, Herbie«, sagt McKnatt. »Wird aber auch Zeit.«

»Ich schicke dir eine Rechnung«, blafft Herbie ihn an.

Wir trinken einen Schluck und verfolgen die immer noch im Zeitlupentempo ablaufende Shuffleboard-Partie.

»Wenn Miller nicht der Mörder von Russo war, wer war es dann?«, sagt McKnatt.

»Ich habe keine Ahnung, und wir werden es vermutlich nie erfahren. Meine Aufgabe besteht lediglich darin, zu beweisen, dass Miller den Mord nicht begangen hat.«

Er schüttelt den Kopf und lächelt. »Viel Glück dabei. Wenn es jemand anders war, hatte er zweiundzwanzig Jahre lang Zeit, wegzulaufen und sich zu verstecken. Das nenne ich eine kalte Spur.«

»Eiskalt«, stimme ich lächelnd zu. »Aber das ist bei allen meiner Fälle so.«

»Und das ist alles, was Sie tun? Alte Fälle lösen und Leute aus dem Gefängnis holen?«

»Richtig.«

»Wie viele waren es bisher?«

»Acht in den letzten zehn Jahren.«

»Und alle acht waren unschuldig?«

»Ja. So unschuldig wie Sie und ich.«

»Wie oft haben Sie den wahren Mörder gefunden?«

»Es sind nicht alles Morde gewesen, aber in vier Fällen haben wir den Schuldigen ermitteln können.«

»Tja, dann viel Glück mit dem hier.«

»Danke. Ich werde es brauchen.« Ich wechsle das Thema und fange an, über Sport zu reden. McKnatt ist ein großer Fan der Florida Gators und stolz darauf, dass sein Basketballteam gerade am Gewinnen ist. Wir sprechen über das Wetter, den Ruhestand und ein wenig über Politik. McKnatt ist nicht unbedingt der Hellste und scheint kein großes Interesse an dem Mord zu haben.

Nach einer Stunde bedanke ich mich dafür, dass er sich Zeit für mich genommen hat, und frage ihn, ob ich wiederkommen könne.

Natürlich, meint er, froh darüber, einen Besucher zu haben.

Als ich losfahre, fällt mir auf, dass McKnatt mich nicht vor Seabrook und der dubiosen Vergangenheit der Stadt gewarnt hat. Und obwohl er Sheriff Pfitzner nicht leiden konnte, hat er nicht einmal eine Andeutung darüber gemacht, dass Korruption mit im Spiel gewesen sein könnte.

Da steckt mit Sicherheit mehr dahinter.

14

Zwei Monate nach unserem zähen Start gibt es den ersten Lichtblick in Form eines Telefonanrufs von Carrie Holland Pruitt. Sie will reden. Am Sonntagmorgen breche ich vor Tagesanbruch auf und fahre sechs Stunden nach Dalton, Georgia, das etwa in der Mitte zwischen Savannah und Kingsport, Tennessee, liegt. Die Lkw-Raststätte ist direkt neben der Interstate 75, und ich bin nicht zum ersten Mal hier. Ich parke meinen Wagen so, dass ich den Eingang im Blick habe, und warte auf Frankie Tatum. Wir telefonieren, und zwanzig Minuten später hält er neben mir. Ich sehe zu, wie er das Restaurant betritt.

Er sucht sich eine Sitznische ganz hinten aus, bestellt Kaffee und ein Sandwich und schlägt eine Zeitung auf. Auf einem Tisch an der Wand stehen die übliche Sammlung an Gewürzen und Ketchupflaschen sowie ein Spender mit Papierservietten. Frankie hält die Zeitung davor, nimmt sich die Salz- und Pfefferstreuer und ersetzt sie durch unsere, billige Teile, die man in jedem Supermarkt kaufen kann. Ganz unten in unserem Salzstreuer steckt ein kleines Aufnahmegerät. Als sein Sandwich kommt, streut er etwas Salz darüber, um sicherzugehen, dass das kleine Gefäß keinen Verdacht erregen wird. Er schickt mir eine SMS, in der er mir mitteilt, dass alles gut aussehe, das Restaurant sei nicht allzu voll.

Um dreizehn Uhr, der für unser Treffen vereinbarten Zeit, schicke ich Frankie eine SMS und bitte ihn, langsam zu essen. Keine Spur von Bucks Pick-up oder Carrie Pruitts Honda. Ich habe Farbfotos der Fahrzeuge in meiner Akte und die Kennzeichen aus Tennessee auswendig gelernt. Um 13.15 Uhr sehe ich, wie der Pick-up in der Ausfahrt der Interstate abbremst, und informiere Frankie per SMS. Ich steige aus meinem SUV, gehe ins Restaurant und nicke Frankie zu, der an der Theke steht und seine Rechnung bezahlt. Eine Kellnerin räumt seinen Tisch ab, und ich frage sie, ob ich ihn haben kann.

Carrie hat Buck mitgebracht, was ich für ein gutes Zeichen halte. Sie hat ihm offenbar von ihrer Vorgeschichte erzählt und braucht seine Unterstützung. Buck ist ein kräftiger Mann mit muskulösen Armen, einem grau melierten Bart und – wie ich fälschlicherweise annehme – einer jähzornigen Ader. Sobald die beiden in der Tür stehen, springe ich auf und winke sie zu mir. Wir stellen uns etwas unbeholfen vor, und ich deute auf den Tisch. Ich bedanke mich bei Carrie für ihr Kommen und lade die beiden zum Mittagessen ein. Da ich selbst am Verhungern bin, bestelle ich Rührei und Kaffee. Carrie und Buck entscheiden sich für Hamburger und Pommes frites.

Buck starrt mich argwöhnisch an. Bevor ich zur Sache kommen kann, sagt er: »Wir haben im Internet nach Ihnen gesucht. Guardian Ministries. Die Wächter und Hüter sozusagen. Sind Sie Prediger oder Anwalt?«

»Beides«, erwidere ich mit einem Lächeln. Dann erzähle ich ein wenig von meiner Vergangenheit.

»Mein Daddy war auch Prediger«, sagt er stolz.

Wissen wir. Sein Daddy hat sich vor vier Jahren zur Ruhe gesetzt, nach dreißig Jahren als Prediger bei einer kleinen Kirchengemeinde außerhalb von Blountville. Ich heuchle Interesse, und wir unterhalten uns eine Weile über Theologie light. Ich vermute, dass Buck schon vor langer Zeit vom Glauben abgefallen ist. Trotz seiner rustikalen Erscheinung hat er eine angenehme Stimme und ein umgängliches Wesen.

»Mr. Post, aus vielen guten Gründen habe ich Buck nur wenig über meine Vergangenheit erzählt«, sagt Carrie. »Bitte, nennen Sie mich Post«, sage ich. Sie lächelt, und wieder fallen mir ihre schönen Augen und bemerkenswerten Gesichtszüge auf. Sie ist geschminkt und hat die blonden Haare zu einem Pferdeschwanz gebunden. Mit ihrem Aussehen hätte sie in einem anderen Leben mehr und bessere Chancen gehabt.

»Okay, das Wichtigste zuerst«, sagt Buck. »Woher wissen wir, dass wir Ihnen vertrauen können?« Das fragt er einen Mann, der ihn und seine Frau gerade heimlich aufnimmt … Bevor ich antworten kann, sagt er: »Carrie hat mir erzählt, was damals passiert ist, was sie getan hat, und wir machen uns natürlich Gedanken darüber, sonst wären wir jetzt nicht hier. Aber für mich sieht das so aus, als könnte es Ärger geben.«

»Was wollen Sie wirklich?«, fragt sie.

»Die Wahrheit«, sage ich.

»Sie sind jetzt nicht verkabelt oder so?«, will Buck auf einmal wissen.

Ich reiße empört die Hände hoch, als hätte ich nichts zu verbergen. »Ich bitte Sie. Ich bin doch kein Cop. Wenn Sie mich abtasten wollen – nur zu.«

Die Kellnerin kommt mit der Kaffeekanne, und wir verstummen schlagartig.

Als sie wieder weg ist, setze ich das Gespräch fort. »Nein, ich bin nicht verkabelt. So arbeite ich nicht. Was ich will, ist ganz einfach. Im Idealfall sagen Sie mir die Wahrheit, und anschließend unterschreiben Sie eine beeidete Erklärung, mit der ich dann irgendwann Quincy Miller helfen kann.

Ich rede auch mit anderen Zeugen, von denen ich genau das Gleiche will – die Wahrheit. Ich weiß, dass die meisten Zeugenaussagen im Prozess von den Cops und dem Staatsanwalt erfunden wurden, und versuche mir ein korrektes Bild zu verschaffen. Ihre Aussage wird mit Sicherheit eine große Hilfe sein, aber sie ist nur Teil des großen Ganzen.«

»Was ist eine beeidete Erklärung?«, fragt Buck.

»Eine Aussage, deren Richtigkeit beschworen wird. Ich werde die Erklärung formulieren, und Sie können das Dokument beide lesen. Dann werde ich es geheim halten, bis ich es brauche. Niemand in Kingsport wird je davon erfahren. Seabrook ist viel zu weit weg.«

»Muss ich vor Gericht aussagen?«, fragt Carrie.

»Sehr unwahrscheinlich. Angenommen, ich kann einen Richter davon überzeugen, dass Quincy kein faires Verfahren bekommen hat. Was, wenn ich ehrlich bin, ziemlich aussichtslos sein dürfte. Aber falls es mir gelingt, wäre es vielleicht möglich, dass der Staatsanwalt versucht, ihn noch einmal für den Mord zu verurteilen. Was mehrere Jahre dauern könnte. Falls es tatsächlich dazu kommt, könnten Sie als Zeugin aufgerufen werden, was aber so gut wie ausgeschlossen ist, da Sie ja keinen Schwarzen vom Tatort haben wegrennen sehen, richtig?«

Sie nickt nicht und schweigt erst einmal. Als unsere Bestellung kommt, sind wir für eine Weile mit unserem Essen beschäftigt. Buck möchte Ketchup haben. Keiner der beiden verlangt nach Salz oder Pfeffer. Ich lasse Salz auf meine Eier rieseln und stelle den Streuer mitten auf den Tisch.

Carrie knabbert an einer Fritte und vermeidet Blickkontakt. Buck nimmt seinen Hamburger in Angriff. Die beiden haben offenbar lange über die Situation gesprochen, ohne eine Entscheidung zu treffen. Ich muss wohl etwas nachhelfen. »Wer hat Sie zu der Aussage überredet?«, frage ich. »Sheriff Pfitzner?«

»Mr. Post, ich werde mit Ihnen reden und Ihnen sagen, was passiert ist, aber es wäre mir lieber, nicht in die ganze Sache hineingezogen zu werden«, sagt Carrie. »Ich werde mir sehr genau überlegen, ob ich eine beeidete Erklärung unterschreibe.«

»Sie können nichts von dem wiederholen, was sie sagt, stimmt's?«, fragt Buck, während er sich mit einer Papierserviette über den Mund wischt.

»Ich kann nichts davon vor Gericht wiederholen, wenn Sie das meinen. Ich kann mit meinen Mitarbeitern darüber reden, aber das ist auch schon alles. Von einem Zeugen wird ein Richter immer eine beeidete Erklärung verlangen.«

»Ich mache mir Sorgen wegen meinen Jungs«, sagt Carrie. »Sie wissen nichts davon. Ich würde mich furchtbar schämen, wenn sie herausfinden, dass ihre Mutter vor Gericht gelogen und einen Mann ins Gefängnis geschickt hat.«

»Das verstehe ich, Carrie«, erwidere ich. »Aber vielleicht sind sie ja auch stolz darauf, dass Sie jetzt mithelfen wollen, einen Unschuldigen aus dem Gefängnis zu holen. Wir haben alle einmal Mist gebaut, als wir zwanzig waren, aber manche Fehler lassen sich korrigieren. Sie machen sich Sorgen wegen Ihrer Jungs – aber denken Sie an Quincy Miller. Er hat drei Kinder, die er seit zweiundzwanzig Jahren nicht mehr gesehen hat. Und fünf Enkel, die er gar nicht kennt, nicht einmal von einem Foto.«

Die beiden überlegen und hören für einen Moment zu essen auf. Sie sind überfordert und eingeschüchtert, aber ihre Gedanken überschlagen sich.

»Wir haben die Unterlagen, und daraus geht hervor, dass das gegen Sie laufende Verfahren wegen eines Drogendelikts einige Monate nach dem Prozess eingestellt wurde«, sage ich. »Pfitzner hat Sie überredet, in den Zeugenstand zu treten und auszusagen, und dafür hat der Staatsanwalt versprochen, das Verfahren einzustellen. Habe ich recht?«

Sie holt tief Luft und sieht Buck an, der mit den Schultern zuckt und meint: »Erzähl's ihm. Wir sind nicht fünf Stunden gefahren, um Hamburger zu essen.«

Carrie will einen Schluck aus ihrer Kaffeetasse nehmen, aber ihre Hände zittern. Sie stellt die Tasse wieder hin und schiebt ihren Teller ein paar Zentimeter von sich weg. Dann starrt sie vor sich hin ins Leere und beginnt zu reden. »Ich war damals mit einem Deputy namens Lonnie befreundet. Wir haben beide Drogen genommen, jede Menge Drogen. Ich wurde erwischt, aber er hat dafür gesorgt, dass ich nicht sofort ins Gefängnis musste. Dann wurde der Anwalt ermordet, und ein paar Wochen später sagte Lonnie zu mir, er hätte sich da was überlegt. Ich sollte behaupten, dass ich gesehen hätte, wie ein Schwarzer von der Kanzlei des Anwalts weggerannt ist, dann würde man die Drogenanklage fallen lassen. Einfach so. Er hat mich zu Pfitzner gebracht, und ihm habe ich die Geschichte erzählt. Am nächsten Tag haben mich Lonnie und Pfitzner zu einem Termin beim Staatsanwalt begleitet. Ich weiß nicht mehr, wie der hieß.«

»Burkhead. Forrest Burkhead.«

»Genau, das war der Mann. Ihm habe ich die Geschichte dann noch mal erzählt. Er hat alles aufgenommen, aber kein Wort wegen der Anklage gesagt. Als ich Lonnie später danach gefragt habe, hat er gesagt, dass der Deal von Pfitzner und Burkhead ausgehandelt wurde und ich mir keine Sorgen machen soll. Lonnie und ich haben ständig gestritten, vor allem über Drogen. Ich bin jetzt seit vierzehn Jahren clean, Mr. Post.«

»Großartig. Herzlichen Glückwunsch.«

»Ohne Buck hätte ich das nicht geschafft.«

»Ich trinke ganz gern mal ein Bier, aber von Drogen habe ich immer die Finger gelassen«, sagt Buck. »Ich wusste ganz genau, dass mein Daddy mich erschießen würde.«

»Sie haben mich dann für den Prozess nach Butler County gefahren. Und ich habe ausgesagt. Ich hatte ein schlechtes Gewissen, aber ich wollte nicht für ein paar Jahre im Gefängnis landen. Da dachte ich mir, entweder ich oder Quincy Miller. Jeder ist sich selbst der Nächste, stimmt doch, oder? In den Jahren danach habe ich versucht, den Prozess zu vergessen. Dieser junge Anwalt hat sich die ganze Zeit über mich lustig gemacht.«

»Tyler Townsend.«

»Ja. Den Mann werde ich in meinem ganzen Leben nicht vergessen.«

»Und dann haben Sie die Stadt verlassen?«

»Ja. Als der Prozess vorbei war, hat Pfitzner mich in sein Büro kommen lassen, sich bedankt, mir tausend Dollar in bar in die Hand gedrückt und gesagt, ich soll verschwinden. Er sagte, wenn ich innerhalb von fünf Jahren nach Florida zurückkäme, würde er mich verhaften lassen, weil ich die Geschworenen angelogen hätte. Unglaublich. Einer seiner Deputys hat mich nach Gainesville gefahren und in einen Bus nach Atlanta gesetzt. Ich war nie wieder in Seabrook und will auch nie wieder dorthin. Ich habe nicht einmal meinen Freunden gesagt, wo ich war. Ich hatte sowieso nicht viele. Der Abschied war nicht schwer.«

Buck, der offenbar ein paar von den Lorbeeren ernten möchte, mischt sich ein. »Als Carrie mir das vor ein paar Wochen erzählt hat, habe ich zu ihr gesagt: Du musst die Wahrheit sagen. Der Mann sitzt deinetwegen hinter Gittern.«

»Ihr Vorstrafenregister enthält immer noch eine Verurteilung wegen einer Drogensache«, sage ich zu Carrie.

»Das war die erste, ein Jahr vorher.«

»Sie sollten den Eintrag löschen lassen.«

»Ich weiß, aber das ist schon so lange her. Buck und mir geht es gut. Wir arbeiten beide hart und können unsere Rechnungen bezahlen. Ich will mich wirklich nicht mehr mit der Vergangenheit beschäftigen.«

»Wenn Carrie eine beeidete Erklärung unterschreibt, kann man sie dann in Florida wegen Meineid anklagen?«, fragt Buck.

»Nein, das ist alles schon verjährt. Außerdem interessiert sich niemand mehr dafür. Es gibt einen neuen Sheriff, einen neuen Staatsanwalt, einen neuen Richter.«

»Wann soll das Ganze über die Bühne gehen?«, fragt Carrie. Sie ist offensichtlich sehr erleichtert darüber, die Wahrheit gesagt zu haben.

»So etwas braucht Zeit. Monate, vielleicht auch Jahre, falls es überhaupt dazu kommt. Zuerst müssen Sie die beeidete Erklärung unterschreiben.«

»Das macht sie«, sagt Buck, dann beißt er wieder in seinen Hamburger. »Nicht wahr?«, fügt er mit vollem Mund hinzu.

»Ich muss darüber nachdenken«, sagt Carrie.

»Hör zu, wenn wir nach Florida müssen, werde ich dich hinfahren und jedem was auf die Nase geben, der Ärger macht«, sagt Buck.

»Es wird keinen Ärger geben, das kann ich Ihnen versichern. Der einzige Nachteil für Sie, Carrie, besteht darin, dass Sie es Ihren Söhnen sagen müssen. Der Rest Ihrer Familie und Ihre Freunde werden es vermutlich nie erfahren. Selbst wenn Quincy Miller morgen freikommen sollte – wen in Kingsport, Tennessee, interessiert das?«

Buck nickt zustimmend und beißt noch einmal in seinen Hamburger. Carrie nimmt sich eine weitere Fritte. »Ihre Jungs sind großartig, alle beide«, sagt Buck. »Meine zwei sind ein bisschen wild, aber ihre sind in Ordnung. Und wie Sie schon gesagt haben, Mr. Post, ich wette, sie werden stolz auf dich sein.«

Sie lächelt, aber ich bin mir nicht sicher, ob sie die beeidete Erklärung unterschreiben wird. Buck, mein neuer Verbündeter, ist allerdings sehr zuversichtlich.

Ich esse meine Eier und frage Carrie über die Drogenszene in Seabrook zu ihrer Zeit dort aus. Kokain und Gras seien am beliebtesten gewesen, und Lonnie habe immer Nachschub gehabt. Ihre Beziehung sei sehr stürmisch gewesen, sie hätten sich wiederholt getrennt und dann wieder versöhnt, und mit den anderen Deputys habe sie nichts zu tun gehabt, obwohl einige mit kleinen Mengen gedealt hätten. Sie behauptet, nichts von Pfitzners angeblicher Beteiligung am Drogenhandel gewusst zu haben.

Als der Tisch abgeräumt wird, bitte ich um die Rechnung. Ich bedanke mich bei den beiden und sage zu Carrie, dass ich es sehr mutig von ihr finde, mit mir gesprochen zu haben. Ich verspreche ihr, die beeidete Erklärung erst dann zu schreiben, wenn sie sich dazu entschlossen hat, das Dokument zu unterzeichnen. Auf dem Parkplatz verabschieden wir uns, und die beiden fahren weg. Ich drehe mich um und gehe ins Restaurant zurück, um meine Baseballkappe zu holen, die ich absichtlich auf dem Tisch habe liegen lassen. Als gerade niemand in meine Richtung sieht, tausche ich die Salz- und Pfefferstreuer durch die beiden in meiner Tasche aus.

Fünf Kilometer von der Raststätte entfernt verlasse ich die Interstate und fahre auf den Parkplatz eines Einkaufszentrums. Sekunden später hält Frankie neben mir, steigt aus und setzt sich zu mir auf den Beifahrersitz. Er hält ein kleines Aufnahmegerät in der Hand und sagt mit einem breiten Grinsen: »Klar und deutlich.«

Justizopfer aus dem Gefängnis zu holen ist mitunter ein schmutziges Geschäft. Wir haben es mit Zeugen zu tun, die gelogen haben, Polizisten, die Beweise untergeschoben haben, Sachverständigen, die Geschworene getäuscht haben, und Staatsanwälten, die zum Meineid angestiftet haben. Wir, die Guten, stellen häufig fest, dass wir unsere Mandanten nur retten können, wenn wir uns selbst die Hände schmutzig machen.

Sollte Carrie Holland Pruitt sich weigern, eine beeidete Erklärung zu unterschreiben, werde ich eine Möglichkeit finden, ihre Aussage in die Gerichtsakte aufnehmen zu lassen. Es wäre nicht das erste Mal.

15

Wir machen uns die Hände noch schmutziger. Frankie hat einen Privatdetektiv in Birmingham beauftragt, Mark Carter zu beschatten, den Mann, der Emily Broone vergewaltigt und ermordet hat. Er lebt in der kleinen Stadt Bayliss, sechzehn Kilometer von Verona, Alabama, entfernt, wo Duke Russell verurteilt wurde. Carter verkauft Zugmaschinen für einen Händler in Verona, und die meisten Arbeitstage lässt er in einem Bumslokal ausklingen, wo er sich mit seinen Freunden auf ein paar Biere und zum Poolbillard trifft.

Er sitzt an einem Tisch und trinkt Bud Light aus der Flasche, als ein Mann im Vorbeigehen stolpert und mitten in die kleine Gruppe stürzt. Flaschen fliegen durch die Gegend, Bier wird verschüttet. Der Mann steht auf und entschuldigt sich mehrmals. Für einen Moment ist die Stimmung am Kippen. Er sammelt die halb leeren Flaschen ein, bestellt noch eine Runde und entschuldigt sich wieder. Dann bringt er vier neue Flaschen an den Tisch und macht einen Witz. Carter und seine Freunde lachen. Alles ist wieder in Ordnung, als der Mann, unser Privatdetektiv, sich in eine Ecke zurückzieht und sein Handy hervorholt. In seiner Jackentasche steckt die Bierflasche, aus der Carter getrunken hat.

Am nächsten Tag bringt Frankie die Flasche in ein Labor in Durham und übergibt sie einem Techniker, zusammen mit einem Schamhaar, das wir aus einer Polizeiakte haben mitgehen lassen. Guardian bezahlt sechstausend Dollar für einen Expresstest. Die Ergebnisse sind großartig. Wir haben jetzt den DNA-Nachweis, der Carter mit der Vergewaltigung und dem Mord in Verbindung bringt.

Bei Dukes Prozess wurden von der Staatsanwaltschaft sieben Schamhaare als Beweis vorgelegt. Sie wurden angeblich am Tatort sichergestellt, an Emilys Körper. Duke musste Proben seiner Schambehaarung abgeben. Der Sachverständige der Anklage sagte mit großer Bestimmtheit aus, dass sie mit den am Tatort gefundenen Schamhaaren übereinstimmten, was ein eindeutiger Beweis dafür sei, dass Duke Emily vergewaltigt habe, bevor er sie erwürgt habe. Ein zweiter Sachverständiger sagte aus, dass er sie außerdem während der Tat mehrmals gebissen habe.

In oder an der Leiche wurden keine Samenspuren gefunden. Der Staatsanwalt Chad Falwright ließ sich dadurch nicht irritieren und erklärte den Geschworenen gegenüber, Duke habe vermutlich ein Kondom benutzt. Dafür gab es keinen Beweis, ein Kondom wurde nie gefunden, aber für die Jury klang das absolut logisch. Um ein Todesurteil zu bekommen, musste Falwright Mord plus Vergewaltigung beweisen. Das Opfer war nackt und wurde vermutlich sexuell missbraucht, was aber nicht ganz eindeutig festzustellen war. Die Schamhaare wurden zum entscheidenden Beweis.

In einem jener seltenen Momente, in denen Dukes Anwalt zur Abwechslung einmal nüchtern war, beantragte er beim Gericht, die Kosten dafür zu übernehmen, dass er einen eigenen Gutachter für Haaranalyse beauftrage. Das Gericht lehnte ab. Entweder wusste der Anwalt nichts über DNA-Tests, oder er wollte sich schlicht nicht die Mühe machen, welche durchführen zu lassen. Vielleicht ging er auch davon aus, dass das Gericht sie nicht genehmigen würde. Daher wurden die sieben Schamhaare nie genetisch untersucht.

Aber sie wurden als Beweismittel verwendet. Die Aussage des Sachverständigen schickte Duke in den Todestrakt. Drei Monate später fehlten nur noch zwei Stunden, und er wäre hingerichtet worden.

Jetzt haben wir die Wahrheit.

Verona liegt genau in der Mitte von Alabama, in tristem, dünn besiedeltem Flachland, das mit Kiefernwäldern überzogen ist. Für die fünftausend Einwohner hat jemand, der einen Lkw mit Papierholz fährt, einen guten Job und jemand, der im Supermarkt Lebensmittel in Plastiktüten steckt, einen schlechten. Einer von fünf hat überhaupt keinen Job. Der Ort ist deprimierend, andererseits führt mich meine Arbeit fast immer in Gegenden, an denen die Zeit vorbeigegangen ist.

Chad Falwright hat sein Büro im Gerichtsgebäude, ganz in der Nähe des Verhandlungssaals, in dem Duke vor neun Jahren verurteilt wurde. Ich bin schon einmal dort gewesen und würde es vorziehen, nie wieder hinzumüssen. Die Besprechung wird nicht freundlich verlaufen, aber das bin ich gewohnt. Die meisten Staatsanwälte hassen mich, was auf Gegenseitigkeit beruht.

Wie vereinbart, betrete ich um 13.58 Uhr Falwrights Büro und lächle seine Sekretärin freundlich an. Ich spüre sofort, dass sie mich auch nicht leiden kann. Falwright hat natürlich zu tun, und sie deutet auf einen Stuhl, über dem das grauenhafte Porträt eines mürrisch dreinblickenden und hoffentlich bereits toten Richters hängt. Zehn Minuten verstreichen, in denen sie eifrig auf ihrer Tastatur herumhackt. Aus Falwrights Büro ist kein Laut zu hören. Fünfzehn Minuten. Nach zwanzig Minuten stehe ich auf und sage: »Wir haben einen Termin um zwei Uhr vereinbart. Ich hatte eine lange Anfahrt, also was zum Teufel ist hier los?«

Sie wirft einen Blick auf das alte Telefon vor sich. »Er spricht immer noch mit einem Richter.«

»Weiß er, dass ich hier bin?«, frage ich so laut, dass Falwright es hören muss.

»Ja.«

Ich setze mich wieder und warte weitere zehn Minuten. Dann gehe ich zur Tür von Falwrights Büro und klopfe laut. Bevor er oder sie etwas sagen kann, stürme ich hinein und finde Falwright nicht am Telefon, sondern an einem Fenster stehend, allem Anschein nach völlig in den Anblick der pulsierenden Stadt unter ihm versunken.

»Falwright, wir hatten zwei Uhr vereinbart. Was soll das?«

»Tut mir leid, Post. Ich habe mit einem Richter telefoniert. Kommen Sie rein.«

»Ich hätte nichts dagegen. Ich bin fünf Stunden gefahren, um herzukommen. Und würde ein Mindestmaß an Höflichkeit sehr begrüßen.«

»Entschuldigung«, sagt er sarkastisch und lässt sich in seinen dick gepolsterten Ledersteuhl fallen. Er ist ungefähr so alt wie ich und hat die letzten fünfzehn Jahre damit verbracht, Kleinkriminelle vor Gericht zu bringen, hauptsächlich Crystal-Meth-Kocher und die Leute, die mit dem Zeug dealen. Der Mord an Emily ist bis jetzt sein aufregendster Fall gewesen. Vor drei Monaten, als die Uhr am Ticken und der Termin für die Hinrichtung angesetzt war, hat er sich jeden Fernsehreporter in Sichtweite gekrallt und von der schweren Belastung erzählt, die sein Job für ihn bedeute.

»Kein Problem.« Ich setze mich.

»Was haben Sie auf dem Herzen?«, fragt er mit einem Blick auf die Uhr.

»Wir haben ein paar DNA-Analysen durchgeführt«, sage ich. Es gelingt mir, meine verkniffene Miene beizubehalten. Ich will ihm das Ergebnis um die Ohren hauen und bin auf seine Reaktion gespannt. »Wir wissen jetzt, wer der wahre Mörder ist. Duke Russell ist es nicht.«

Er steckt es ziemlich gut weg. »Ach nein!«

»Ach ja! Wir haben uns eine DNA-Probe des Mörders beschafft und mit den Schamhaaren aus der Anklage verglichen. Die Proben stimmen überein. Schlechte Nachrichten, Falwright. Sie haben den Falschen verurteilt.«

»Sie haben unser Beweismaterial manipuliert?«

»Großartig. Meine Sünden machen Ihnen anscheinend mehr zu schaffen als Ihre eigenen. Falwright, Sie hätten fast einen Unschuldigen hinrichten lassen. Machen Sie sich um mich keine Sorgen. Ich bin nur der Typ, der die Wahrheit herausgefunden hat.«

»Wie haben Sie es angestellt, ein Schamhaar zu stehlen?«

»Das war ganz einfach. Sie haben mir die Akte gegeben, schon vergessen? Vor einem Jahr, draußen im Gang. Zwei Tage lang habe ich in einem winzigen Raum geschwitzt und bin die Beweise durchgegangen. Dabei muss wohl eins von den Schamhaaren an meinem Finger kleben geblieben sein. Und nach einem Jahr hat es immer noch niemand bemerkt.«

»Sie haben ein Schamhaar gestohlen! Nicht zu fassen.«

»Ich habe es nicht gestohlen. Ich habe es mir nur geliehen. Sie wollten keine genetische Untersuchung durchführen lassen, aber irgendjemand musste es tun. Sie können mich gern vor Gericht bringen, es ist mir egal. Sie haben zurzeit ganz andere Probleme.«

Er atmet heftig aus und lässt die Schultern hängen. Eine

Minute vergeht, in der er seine Gedanken ordnet. »Okay«, sagt er schließlich. »Wer hat sie umgebracht?«

»Der Mann, mit dem sie kurz vor ihrem Tod zusammen gesehen wurde. Mark Carter. Sie kannten sich von der Highschool. Die Cops hätten gegen ihn ermitteln sollen, was sie aber aus irgendeinem Grund nicht getan haben.«

»Woher wissen Sie, dass er es war?«

»Wir haben uns eine DNA-Probe von ihm beschafft.«

»Wie das?«

»Eine Bierflasche. Er trinkt gern Bier und lässt überall leere Flaschen stehen. Wir haben eine davon untersuchen lassen. Eine Kopie der Testergebnisse habe ich Ihnen mitgebracht.«

»Sie haben auch noch eine Bierflasche gestohlen?«

»Sie können mich dafür ebenfalls vor Gericht bringen und weiterhin Ihre Spielchen spielen. Werfen Sie einen Blick in den Spiegel, und geben Sie endlich auf. Ihr Fehlurteil geht in die Binsen, und Sie werden eine Menge unangenehmer Fragen beantworten müssen.«

Er setzt ein albernes Grinsen auf und wirft mir den Lieblingsspruch jedes Staatsanwalts an den Kopf: »Sicher nicht, Post, ich glaube immer noch an meinen Fall.«

»Dann sind Sie ein Idiot, Falwright. Aber das haben wir schon vor langer Zeit gewusst.« Ich werfe eine Kopie des Gutachtens auf seinen Schreibtisch und gehe zur Tür.

»Moment mal, Post«, ruft er mir nach. »Wir sollten erst unser Gespräch beenden. Angenommen, Sie sagen die Wahrheit – was, ähm, kommt als Nächstes?«

Ich setze mich wieder und lassen meine Fingerknöchel knacken. Duke wird früher herauskommen, wenn ich Falwright überreden kann zu kooperieren. Wenn er mir Knüppel zwischen die Beine wirft, was Staatsanwälte eigentlich immer tun, wird es Monate und nicht Wochen dauern, bis mein Mandant das Gefängnis verlassen kann.

»Es gibt eine Möglichkeit, wie wir beide am besten aus der Sache herauskommen, Falwright, und über meine Strategie lasse ich nicht mit mir reden. Ausnahmsweise halte einmal ich alle Karten in der Hand. Es gibt noch sechs andere Schamhaare. Wir lassen sie ebenfalls untersuchen, dann wissen wir eine Menge mehr. Wenn alle sieben Schamhaare nicht von Duke stammen, kommt er frei. Wenn alle sieben Schamhaare Carter als den Täter entlarven, haben Sie einen neuen Fall. Wenn Sie der zusätzlichen DNA-Analyse zustimmen, wird alles reibungslos verlaufen. Wenn Sie das Ganze blockieren, werde ich bei einem Gericht in Alabama einen Antrag stellen, vermutlich verlieren und dann vor ein Bundesgericht gehen. Irgendwann wird die Analyse genehmigt werden, und das wissen Sie.«

Die Realität holt Falwright ein, und er wird wütend. Er schiebt seinen Stuhl nach hinten und geht in Gedanken versunken zum Fenster. Er atmet heftig, bewegt den Kopf hin und her, bis sein Nacken knackt, und streicht sich über das Kinn. Was dann dabei herauskommt, sollte mich eigentlich überraschen, tut es aber nicht. Nicht mehr. »Ich sehe vor mir, wie beide Emily vergewaltigen – abwechselnd«, sagt er.

»Falwright, Sie sehen den Himmel nicht, weil Sie ihn nicht sehen wollen.« Ich stehe auf und gehe zur Tür.

»Ich glaube an meinen Fall.«

»Sie haben zwei Wochen. Wenn Sie dann immer noch Wahnideen haben, werde ich meinen Antrag auf DNA-Analyse stellen. Außerdem werde ich Jim Bizko von der *Birmingham News* ein Interview geben. Wie Sie wissen, hat er die Berichterstattung zu dem Fall gemacht, und wir kennen uns gut. Wenn ich ihm erzähle, von wem die DNA stammt, dann landen Sie auf der Titelseite, aber es werden mit Sicherheit nicht die Schlagzeilen sein, von denen Sie träumen. Bizko und ich werden einen kompletten Idioten aus Ihnen machen. Was nicht schwierig sein dürfte.«

Ich reiße die Tür auf. Falwright steht schwer atmend am Fenster und starrt mich an. Er sieht aus, als wäre er vom Blitz getroffen worden. Am liebsten hätte ich ein Foto von ihm geschossen.

Ich verlasse Verona fluchtartig und mache mich auf den langen Weg in den Todestrakt. Duke weiß noch nichts von den DNA-Ergebnissen. Ich will es ihm persönlich sagen.

16

Es besteht keine Notwendigkeit für mich, nach Seabrook zu fahren. Sämtliche Protagonisten in Quincys Prozess sind entweder gestorben, im Ruhestand, geflohen oder unter geheimnisvollen Umständen verschwunden. Ich habe keine Ahnung, vor wem ich Angst haben sollte, trotzdem werde ich ein ungutes Gefühl nicht los.

Also schicke ich Frankie auf Spähtrupp. Er verbringt zwei Tage und zwei Nächte vor Ort und schleicht sich durch die Schatten, wie nur er es vermag. Sein mündlicher Bericht ist wie immer sehr direkt:»Nicht viel los hier, Boss.«

Dann verlässt er die Stadt und fährt nach Deerfield Beach, das in der Nähe von Boca Raton liegt. Er zieht durch die Straßen, recherchiert im Internet und sieht sich ein paar Objekte an. Kurz darauf wirft er sich in einen teuren Anzug und macht einen Telefonanruf. Tyler Townsend willigt ein, sich mit ihm in einem neuen Einkaufszentrum zu treffen, das seine Firma gerade baut. Riesige Schilder verkünden, dass jede Menge freie Flächen zu mieten seien. Frankie behauptet, er und ein Partner suchten nach Immobilien in bester Lage, um dort ein Sportgeschäft zu eröffnen. Das Unternehmen sei neu und noch ohne Internetpräsenz.

Townsend ist freundlich, wirkt aber etwas misstrauisch. Er ist inzwischen fünfzig und hat den Anwaltsberuf vor langer Zeit aufgegeben, was eine kluge Entscheidung war.

Er ist mit Immobilien in Südflorida reich geworden und kennt sich in seiner Branche aus. Seine Frau und er haben drei Teenager und ein großes Haus. Letztes Jahr haben sie achtundfünfzigtausend Dollar Grundsteuer dafür bezahlt. Er fährt ein schickes Importauto und trägt teure Anzüge. Frankies Tarnung fliegt nach kurzer Zeit auf. Als die beiden ein tausenddreihundert Quadratmeter großes Ladengeschäft mit noch feuchtem Putz betreten, fragt Townsend: »Wie war noch mal der Name Ihrer Firma?«

»Kein Name, keine Firma. Ich bin unter Vorspiegelung falscher Tatsachen hier, aber es ist trotzdem wichtig.«

»Sind Sie ein Cop?«

»Nichts dergleichen. Ich bin ein ehemaliger Strafgefangener, der vierzehn Jahre in einem Gefängnis in Georgia gesessen hat, für einen Mord, den jemand anders begangen hat. Ein junger Anwalt hat meinen Fall übernommen und bewiesen, dass ich unschuldig bin. Er hat mich aus dem Gefängnis geholt, und Georgia hat mir eine Menge Geld für meine Zeit hinter Gittern zahlen müssen. Manchmal arbeite ich für diesen Anwalt. Das dürfte das Mindeste sein, was ich tun kann.«

»Hat unser Treffen zufällig etwas mit Quincy Miller zu tun?«

»Ja. Der Anwalt hat seine Vertretung übernommen. Wir wissen, dass er unschuldig ist, und Sie auch.«

Townsend holt tief Luft und beginnt tatsächlich zu lächeln, aber nur für einen Moment. Er geht zu einem großen Fenster, und Frankie folgt ihm. Sie sehen ein paar Bauarbeitern zu, die gerade den Parkplatz asphaltieren. »Und Ihr Name?«, will Townsend wissen.

»Frankie Tatum.« Er gibt Townsend eine von Guardians Visitenkarten, die dieser sich von beiden Seiten ansieht. »Wie geht es Quincy?«

»Er sitzt jetzt seit zweiundzwanzig Jahren. Ich habe nur vierzehn Jahre als Unschuldiger im Knast verbracht, und irgendwie ist es mir gelungen, nicht verrückt zu werden. Jeder Tag ist ein Albtraum.« Townsend gibt die Visitenkarte zurück, als würde er Beweise vernichten wollen. »Hören Sie, ich habe wirklich keine Zeit für so etwas. Ich weiß nicht, was Sie wollen, aber ich will nichts damit zu tun haben, okay? Es tut mir leid, aber Quincy ist ein abgeschlossenes Kapitel für mich.«

»Sie waren ein guter Anwalt, Tyler. Sie waren noch ein Anfänger, aber Sie haben für Quincy gekämpft.«

Er lächelt und zuckt mit den Schultern. »Und verloren. Jetzt gehen Sie bitte.«

»Natürlich. Das ist Ihr Eigentum. Mein Boss ist ein Anwalt namens Cullen Post. Sie können ihn gern überprüfen. Er hat acht Leute aus dem Gefängnis geholt, und das hat er nur geschafft, weil er ein Nein nicht gelten lässt. Er will unter vier Augen mit Ihnen reden, Tyler. Post kennt sich aus, und er wird nicht lockerlassen. Sie können sich eine Menge Zeit und Mühe sparen, wenn Sie sich für ein Viertelstündchen mit ihm treffen.«

»Er ist in Savannah?«

»Nein. Er steht da drüben auf der anderen Straßenseite.« Frankie deutet in meine Richtung.

Townsend, Frankie und ich gehen um die Ecke in ein Restaurant, das Townsends Firma baut. Es ist noch nicht fertig eingerichtet, die Arbeiter sind gerade dabei, Stühle aus Kartons zu holen. In der Straße dahinter stehen lauter neue Gebäude: Autohändler, Fast-Food-Restaurants und Drive-ins, Ladenzeilen, Tankstellen und einige Bankfilialen. Ein Musterbeispiel für Floridas Immobilienboom. Wir stellen uns möglichst weit weg von den Arbeitern in eine Ecke. »Legen Sie los«, sagt Townsend.

Ich habe den Eindruck, dass unser Gespräch schlagartig zu Ende sein könnte, daher lasse ich den Small Talk sein und komme sofort zur Sache. »Lässt sich beweisen, dass Quincy unschuldig ist?«

Er überlegt und schüttelt dann den Kopf. »Hören Sie, ich will nichts mit der Sache zu tun haben. Vor Jahren habe ich alles versucht, um seine Unschuld zu beweisen. Was mir aber nicht gelungen ist. Das war in einem anderen Leben. Heute habe ich drei Kinder, eine schöne Frau, Geld, keine Sorgen. Ich will nicht einmal mehr darüber sprechen. Tut mir leid.«

»Wo lauert die Gefahr, Tyler?«

»Oh, das werden Sie schon noch herausfinden. Ich meine, ich hoffe nicht, um Ihretwillen jedenfalls. Sie bringen sich da in eine schlimme Lage.«

»Alle meine Fälle bringen mich in eine schlimme Lage.« Er schnaubt, als hätte ich keine Ahnung. »Aber nicht so.«

»Wir sind ungefähr gleich alt, Tyler, und wir haben den Anwaltsberuf zur gleichen Zeit aufgegeben, weil wir uns keine Illusion mehr gemacht haben. Meine zweite Karriere hat nicht so richtig funktioniert, und dann habe ich eine neue Berufung gefunden. Ich verbringe meine gesamte Zeit damit, nach einer Spur zu suchen, die uns weiterbringt. Quincy braucht Ihre Hilfe. Jetzt.«

Townsend holt tief Luft und hat offensichtlich genug. »Mir ist klar, dass Sie bei Ihrer Arbeit aggressiv vorgehen müssen, aber bei mir beißen Sie damit auf Granit, Mr. Post. Auf Wiedersehen. Lassen Sie mich in Ruhe, und kommen Sie nie wieder her.« Er dreht sich um und verlässt das Gebäude.

Chad Falwright geht zum Angriff über, was keine Überraschung ist. Er wird einer DNA-Analyse der anderen sechs

Schamhaare nicht zustimmen. Er hält sie jetzt unter Verschluss, zusammen mit den übrigen Beweismitteln. Und um mir zu zeigen, was für ein knallharter Staatsanwalt er ist, droht er mit einer Anklage wegen Beweismittelbetrug. Die Manipulation von Beweisen ist in Alabama verboten, so wie in allen Bundesstaaten, allerdings sind die Strafen dafür sehr unterschiedlich. Falwright schreibt, dass mir bis zu einem Jahr Gefängnis droht.

Wegen eines einzigen Schamhaars.

Außerdem hat er vor, bei den Anwaltskammern von Alabama und Georgia Beschwerden wegen Verstoß gegen die Standespflichten einzureichen. Darüber kann ich nur lachen. Es ist nicht das erste Mal, dass mir ein Staatsanwalt droht, und Falwrights Kollegen waren dabei um einiges kreativer.

Mazy verfasst einen dicken Antrag auf Wiederaufnahme des Verfahrens, der prozessrechtlich gesehen zuerst in Alabama eingereicht werden muss, und zwar in Verona. Einen Tag bevor wir den Antrag stellen, fahre ich nach Birmingham und treffe mich mit Jim Bizko, dem erfahrenen Reporter, der die Berichterstattung zu Dukes Prozess übernommen hatte. Er verfolgte den Fall weiter, als der sich durch die verschiedenen Instanzen schleppte, und äußerte Zweifel an der Fairness des Verfahrens. Insbesondere Dukes Verteidiger wurde von ihm scharf kritisiert. Als der arme Kerl an Leberzirrhose starb, schrieb Jim einen Artikel über ihn, in dem er andeutete, dass neue Ermittlungen zu dem Mord angebracht seien. Er freut sich wie ein Kind darüber, dass Duke durch eine DNA-Analyse entlastet wurde. Ich sage ihm noch nicht, dass Mark Carter der Mörder ist. Das werde ich später tun.

Einen Tag nachdem wir den Antrag gestellt haben, veröffentlicht die *Birmingham News* auf der ersten Seite des

Lokalteils einen langen Artikel von Jim. Chad Falwright wird darin folgendermaßen zitiert: »Ich bin nach wie vor fest davon überzeugt, dass wir den Richtigen haben, und ich arbeite mit aller Kraft daran, Duke Russell, einen skrupellosen Mörder, möglichst bald hinrichten zu lassen. Eine DNA-Analyse spielt in diesem Fall keine Rolle.«

Nach zwei weiteren Gesprächen mit Otis Walker, beide telefonisch, ist Frankie der Meinung, dass June Walker nichts mit Quincy Miller zu tun haben will. Offenbar hat die chaotische Scheidung tiefe Wunden bei ihr hinterlassen, und sie will auf keinen Fall mit der Sache in Verbindung gebracht werden. Außer unschönen Erinnerungen und der Peinlichkeit, mit alten Lügen konfrontiert zu werden, gibt es für sie nichts dabei zu gewinnen.

Otis bittet Frankie, sie in Ruhe zu lassen.

Er verspricht es. Fürs Erste wird er sich daran halten.

17

Zurzeit arbeiten dreiundzwanzig Anwälte in Seabrook, und wir haben für jeden eine dünne Akte angelegt. Etwa die Hälfte war schon in der Stadt, als Russo ermordet wurde. Der älteste Advokat ist ein einundneunzig Jahre alter Gentleman, der immer noch jeden Tag selbst in seine Kanzlei fährt. Letztes Jahr sind zwei neue dazugekommen, die zusammen eine Kanzlei gegründet haben. Alle sind weiß, sechs von ihnen Frauen. Die finanziell erfolgreichsten Vertreter des Berufsstandes scheinen zwei Brüder zu sein, die seit zwanzig Jahren Insolvenzen betreuen. Der überwiegende Teil der örtlichen Anwaltschaft kommt offenbar gerade so über die Runden, wie in fast allen Kleinstädten.

Glenn Colacurci saß früher im Senat von Florida. Sein Wahldistrikt bestand aus Ruiz County und zwei weiteren Bezirken. Zum Zeitpunkt des Mordes hatte er seine dritte Amtszeit angetreten. Keith Russo war ein entfernter Verwandter von ihm. Beide kamen aus demselben italienischen Viertel in Tampa. Vor seiner Karriere als Senator leitete Colacurci die größte Anwaltskanzlei der Stadt. Keith stellte er ein, nachdem der gerade sein Jurastudium beendet hatte. Als Keith nach Seabrook kam, brachte er seine Frau mit, aber Colacurci hatte keine Stelle für sie. Keith blieb nicht lange, und ein Jahr später wurde die Kanzlei Russo gegründet, die in zwei Büroräumen über einer Bäckerei in der Main Street residierte.

Colacurci habe ich mir ausgesucht, weil seine Akte ein bisschen dicker als die der anderen Anwälte ist und weil er vermutlich mehr über Keith weiß. Von allen praktizierenden Anwälten in der Stadt wird er sich am besten an die Geschehnisse erinnern können. Am Telefon sagt er, er könne eine halbe Stunde für mich erübrigen.

Als ich zum ersten Mal durch Seabrook fahre, kommt es mir vor, als würde ich die Stadt bereits kennen. Es gibt aus meiner Sicht nicht viele Sehenswürdigkeiten: das Bürogebäude, das Keith und Diana Russo gehört hat, der Ort, an dem das Verbrechen geschehen ist; die Straße dahinter, wo Carrie Holland angeblich einen Schwarzen wegrennen sah; das Gericht. Ich parke auf der Main Street direkt davor und beobachte den trägen Fußgängerverkehr. Wie viele von den Leuten erinnern sich an den Mord? Wie viele haben Keith Russo gekannt? Quincy Miller? Wissen sie, dass die Stadt sich geirrt und einen Unschuldigen ins Gefängnis geschickt hat? Natürlich nicht.

Als es Zeit ist, schließe ich mich den Passanten auf dem Gehsteig an und laufe einen halben Block bis zur Kanzlei. Auf dem Schild vor den Fenstern steht in dicken schwarzen Buchstaben in abblätternder Farbe: Glenn Colacurci, Rechtsanwalt. Eine alte Glocke bimmelt, als ich eintrete. Eine getigerte Katze, anscheinend nicht mehr die jüngste, lässt sich von einem Sofa fallen und wirbelt eine Staubwolke auf. Rechts von mir steht ein antiker Sekretär mit einer mechanischen Underwood-Schreibmaschine, als würde gleich eine grauhaarige Sekretärin zurückkommen und mit dem Tippen weitermachen. Es riecht nach altem Leder und kaltem Tabakrauch, nicht gänzlich unangenehm, aber eine gründliche Reinigung würde sicher nicht schaden.

Bemerkenswerterweise taucht inmitten eines früheren Jahrhunderts eine umwerfend aussehende junge Asiatin im

Minirock auf, lächelt mich an und sagt: »Guten Morgen. Kann ich behilflich sein?«

Ich erwidere das Lächeln. »Ja. Mein Name ist Cullen Post. Ich habe gestern mit Mr. Colacurci gesprochen, und wir haben für heute Morgen einen Termin vereinbart.«

Sie schafft es, gleichzeitig zu lächeln und die Stirn zu runzeln, und geht zu einem etwas moderneren Schreibtisch. »Davon hat er mir nichts gesagt. Es tut mir leid. Ich bin übrigens Bea.«

»Ist er da?«

»Ja, natürlich. Ich sage ihm Bescheid. Er hat nicht so viel zu tun.« Sie lächelt wieder und schwebt davon. Einen Moment später kommt sie zurück und bringt mich in den hinteren Teil der Kanzlei, wo ich das große Büro betrete, in dem Colacurci mit Sicherheit schon seit Jahrzehnten Hof hält. Er steht neben dem Schreibtisch, als würde er sich freuen, einen Besucher zu haben, und wir stellen uns kurz vor. Colacurci deutet auf ein Ledersofa und sagt dabei zu Bea: »Bringen Sie uns bitte Kaffee.« Dann humpelt er unter Zuhilfenahme eines Stocks zu einem Sessel, in den zwei Leute passen würden. Er ist fast achtzig, und sein Alter sieht man ihm auch an. Er hat ein paar Kilo zu viel auf den Rippen, einen weißen Bart und einen zerzausten Schopf weißer Haare, die dringend einen Schnitt bräuchten. Trotzdem macht er mit der rosa Fliege und den roten Hosenträgern einen gepflegten Eindruck.

»Sind Sie Priester oder so etwas in der Art?«, fragt er mit einem Blick auf meinen Kragen.

»Ja. Episkopalisch.« Ich rattere die Kurzfassung über Guardian herunter. Während ich rede, stützt Colacurci sein mit flaumigen Barthaaren überzogenes Kinn auf den Griff seines Stocks und hört aufmerksam zu. Er blickt mich mit grünen, leicht blutunterlaufenen Augen unverwandt an. Bea bringt den Kaffee, und ich trinke einen Schluck. Lauwarm, vermutlich Instantkaffee.

Als sie den Raum verlässt und die Tür hinter sich zuzieht, sagt Colacurci: »Warum steckt ein Priester seine Nase in einen alten Fall wie den von Quincy Miller?«

»Gute Frage. Ich wäre nicht hier, wenn ich ihn nicht für unschuldig halten würde.«

Das scheint ihn zu amüsieren. »Interessant«, murmelt er. »Ich hatte nie ein Problem mit Millers Verurteilung. Soweit ich mich erinnern kann, gab es einen Augenzeugen.«

»Nein. Eine junge Frau namens Carrie Holland hat ausgesagt, sie habe einen Schwarzen vom Tatort wegrennen sehen, mit einem Gegenstand in der Hand, der eine Schrotflinte gewesen sein könnte. Sie hat gelogen. Sie war ein Junkie und hat einen Deal mit den Behörden gemacht, um nicht ins Gefängnis zu müssen. Inzwischen hat sie zugegeben, dass sie gelogen hat. Und sie war nicht die einzige Lügnerin bei dem Prozess.«

Colacurci hebt die Hand und streicht sich die langen Haare aus dem Gesicht. Sie glänzen fettig und sehen ungewaschen aus. »Interessant.«

»Standen Sie Keith sehr nahe?«

Er lächelt verhalten. »Was wollen Sie von mir?«

»Nur ein paar Hintergrundinformationen. Haben Sie den Prozess verfolgt?«

»Nein. Ich hatte es vor, aber dann wurde er nach Butler County verlegt. Ich war damals noch Senator und sehr beschäftigt. Hier haben sieben Anwälte praktiziert, wir waren die größte Kanzlei in der Gegend, und ich hatte keine Zeit dafür, in einem Gerichtssaal zu sitzen und anderen Anwälten bei der Arbeit zuzusehen.«

»Keith war ein Verwandter von Ihnen, richtig?«

»Gewissermaßen. Sehr weit entfernt. Ich kannte seine

Familie unten in Tampa. Er hat mir so lange in den Ohren gelegen, bis ich ihm einen Job gegeben habe, aber er hat nicht hierhergepasst. Er wollte, dass ich auch seine Frau einstelle, doch das wollte ich nicht. Er ist ein Jahr oder so geblieben, dann hat er eine eigene Kanzlei gegründet. Das hat mir nicht gefallen. Wir Italiener legen sehr viel Wert auf Loyalität.«

»War er ein guter Anwalt?«

»Warum ist das jetzt noch wichtig?«

»Ich bin nur neugierig. Quincy hat erzählt, dass Keith bei seiner Scheidung schlechte Arbeit geleistet hat, und die Gerichtsakte scheint das zu bestätigen. Der Staatsanwalt hat den Streit hochgespielt, um ein Motiv nachzuweisen, was ich für ziemlich weit hergeholt halte. Kann ein Mandant so unzufrieden sein, dass er seinem Anwalt das Gesicht wegschießt?«

»Mir ist das noch nie passiert.« Er lacht lauthals los. Ich lache pflichtschuldig mit. »Aber ein paar verrückte Mandanten hatte ich auch schon. Vor Jahren ist hier einmal ein Mann mit einer Pistole aufgetaucht. Er war stocksauer wegen eines Scheidungsfalls. Jedenfalls behauptete er, eine Pistole zu haben. Jeder Anwalt hier im Gebäude hatte eine Waffe, und es hätte böse ausgehen können, aber eine hübsche Sekretärin hat den Mann dann beruhigt. Ich habe schon immer große Stücke auf hübsche Sekretärinnen gehalten.«

Alte Anwälte erzählen lieber Geschichten aus ihrem Berufsleben, statt zum Mittagessen zu gehen, und mir wäre nichts lieber, als wenn er jetzt so richtig in Fahrt käme. »Sie hatten damals eine große Kanzlei«, sage ich.

»Für den hiesigen Teil Floridas war sie groß. Sieben, acht, manchmal sogar zehn Anwälte, ein Dutzend Sekretärinnen, Büros im oberen Stockwerk, Mandanten, die bis vor den Eingang Schlange gestanden haben. Damals ging es hier ziemlich hektisch zu, aber irgendwann hatte ich keine Lust mehr auf das ganze Drama. Die Hälfte meiner Zeit habe ich damit verbracht, den Schiedsrichter für meine Angestellten zu spielen. Waren Sie je als Anwalt tätig?«

»Ich praktiziere jetzt, allerdings mit einer anderen Spezialisierung. Vor Jahren habe ich als Pflichtverteidiger gearbeitet, aber einen Burn-out erlitten. Ich fand zum Glauben, und Gott hat mich ins Priesterseminar geführt. Ich wurde Geistlicher, und dann habe ich im Rahmen meiner seelsorgerischen Tätigkeit im Gefängnis einen Unschuldigen kennengelernt. Was mein Leben verändert hat.«

»Haben Sie ihn freibekommen?«

»Ja. Und nach ihm sieben weitere. Zurzeit bearbeite ich sechs Fälle, und Quincys ist einer davon.«

»Ich habe irgendwo gelesen, dass etwa zehn Prozent aller Gefängnisinsassen unschuldig sind. Trifft das Ihrer Meinung nach zu?«

»Zehn Prozent ist vielleicht etwas hoch gegriffen, aber es gibt Tausende, die unschuldig hinter Gittern sitzen.«

»Ich weiß nicht, ob ich das glauben soll.«

»Die meisten Weißen glauben das nicht, aber unter den Schwarzen gibt es dafür umso mehr, die die Zahl für richtig halten.«

Während seiner achtzehn Jahre im Senat hat Colacurci stets für die Interessen von Gesetzesvertretern gestimmt. Für die Todesstrafe, für das Recht auf Waffenbesitz, ein tapferer Kämpfer gegen Drogen und williger Spender für alles, was Polizei und Staatsanwälte haben wollten. »Für Strafrecht hatte ich nie etwas übrig. Damit kann man kein Geld verdienen.«

»Aber Keith hat mit Kriminellen viel Geld verdient, nicht wahr?«

Er runzelt die Stirn, als hätte ich etwas Verbotenes gesagt. »Keith ist seit über zwanzig Jahren tot«, sagt er schließlich. »Warum interessieren Sie sich so für seine Kanzlei?«

»Weil mein Mandant ihn nicht umgebracht hat. Das war jemand anders, jemand mit einem anderen Motiv. Wir wissen, dass Keith und Diana Russo Ende der Achtziger Drogenhändler vertreten haben und einige der Mandanten aus der Gegend von Tampa waren. Die Typen würden gute Verdächtige abgeben.«

»Vielleicht, aber ich bezweifle, dass sie nach all den Jahren zu reden anfangen.«

»Waren Sie mit Sheriff Pfitzner befreundet?«

Das bringt mir noch ein Stirnrunzeln ein. Auf nicht sehr subtile Art habe ich Pfitzner gerade mit den Drogenhändlern in Verbindung gebracht, und Colacurci weiß jetzt, in welche Richtung meine Ermittlungen gehen. Er holt tief Luft, atmet heftig aus und sagt: »Bradley und ich waren nie befreundet. Er hat sein Ding gemacht und ich meins. Wir waren hinter denselben Wählern her, sind uns aber aus dem Weg gegangen. Ich habe mich aus Strafsachen herausgehalten, daher hatten wir nur selten etwas miteinander zu tun.«

»Wo ist er jetzt?«, erkundige ich mich.

»Tot, nehme ich an. Er ist schon vor Jahren von hier weggezogen.«

Pfitzner ist nicht tot, sondern führt ein schönes Leben auf den Florida Keys. Er ging nach zweiunddreißig Jahren als Sheriff in Pension und verließ die Stadt. Seine Vierzimmereigentumswohnung in Marathon ist schätzungsweise 1,6 Millionen Dollar wert. Kein schlechter Ruhestand für einen Staatsdiener, der nie mehr als sechzigtausend Dollar im Jahr verdient hat.

»Sie glauben, dass Pfitzner etwas mit Keith zu tun hatte?«, fragt Colacurci.

»O nein. Das wollte ich damit nicht sagen.«

O doch. Aber Colacurci will den Köder nicht schlucken. Er kneift die Augen zusammen. »Diese Augenzeugin behauptet, Pfitzner habe sie überredet, im Zeugenstand zu lügen?«

Falls Carrie Holland ihre Falschaussage zurücknimmt, wird das in eine Gerichtsakte aufgenommen, die jeder einsehen kann. Zum jetzigen Zeitpunkt möchte ich meinem Gesprächspartner allerdings noch nichts davon erzählen. »Mr. Colacurci, das alles ist streng vertraulich«, sage ich deshalb.

»Natürlich, natürlich«, stimmt er mir sofort zu. Bis vor fünfzehn Minuten war er ein Fremder für mich, und vermutlich wird er zum Telefonhörer greifen, bevor ich meinen Wagen erreicht habe.

»Sie hat Pfitzner nicht namentlich erwähnt, sondern nur gesagt, es seien die Cops und der Staatsanwalt gewesen. Ich habe keinen Grund, Pfitzner zu verdächtigen.«

»Das ist gut. Der Mord wurde vor zwanzig Jahren aufgeklärt. Sie verschwenden Ihre Zeit, Mr. Post.«

»Vielleicht. Wie gut haben Sie Diana Russo gekannt?«

Colacurci verdreht die Augen, als wäre es das Letzte, worüber er sich unterhalten will. »Gar nicht gut. Ich habe von Anfang an Abstand zu ihr gehalten. Sie wollte für mich arbeiten, aber damals haben wir keine Anwältinnen eingestellt. Für Diana war das eine Beleidigung. Sie konnte mich nicht ausstehen. Als Keith gekündigt hat, war ich froh darüber, aber wir waren noch nicht fertig miteinander. Er ging mir noch eine Weile gewaltig auf die Nerven.«

»Wie das?«

Er starrt an die Decke, als müsste er überlegen, ob er mir die Geschichte erzählen soll oder nicht. Da er ein alter Anwalt ist, kann er nicht anders, er muss es mir sagen. »Das war so«, beginnt er, während er es sich bequem macht. »Damals haben wir alle Fälle in Ruiz County bearbeitet, bei denen es um Schadenersatz ging. Autounfälle, fehlerhafte Produkte, ärztliche Kunstfehler, Böswilligkeit, einfach alles. Wenn sich jemand verletzt hat, kam er hierher, und manchmal bin ich auch ins Krankenhaus gegangen. Keith wollte ein Stück vom Kuchen abhaben, weil es kein Geheimnis ist, dass man nur so zu Geld kommt. Die Großkanzleien in Tampa verdienen ganz gut, aber verglichen mit Schadenersatzfällen sind das Peanuts. Als Keith bei mir kündigte, hat er einen Fall gestohlen, er hat den Mandanten einfach mitgenommen, und wir haben uns fürchterlich gestritten. Er war pleite und brauchte das Geld, aber der Fall gehörte meiner Kanzlei. Ich drohte, ihn zu verklagen, und wir lagen uns zwei Jahre lang in den Haaren. Irgendwann war er dann damit einverstanden, mir die Hälfte des Honorars abzutreten, aber es gab böses Blut. Diana war daran auch nicht unbeteiligt.«

Streit ist in Anwaltskanzleien an der Tagesordnung, und es geht immer ums Geld. »Haben Sie und Keith sich jemals versöhnt?«

»Mehr oder weniger, aber das hat Jahre gedauert. Seabrook ist eine kleine Stadt, und die Anwälte kommen in der Regel gut miteinander aus. In der Woche bevor Keith ermordet wurde, waren wir zusammen Mittag essen und haben uns prächtig verstanden. Keith war ein netter Junge, der hart gearbeitet hat. Vielleicht ein bisschen zu ehrgeizig. Seine Frau habe ich allerdings nie gemocht. Aber sie kann einem schon leidtun. Das arme Mädchen hat ihn mit weggeschossenem Gesicht gefunden. Dabei war er so ein gut aussehender Mann. Es hat sie schwer getroffen. Sie ist nie darüber weggekommen, und irgendwann hat sie alles verkauft und ist fortgezogen.«

»Kein Kontakt seitdem?«

»Nein.« Er wirft einen Blick auf die Uhr, als würde ein weiterer hektischer Tag vor ihm liegen. Es ist klar, was er damit sagen will. Wir beenden das Gespräch nach exakt dreißig Minuten, und ich bedanke mich bei ihm und gehe.

18

Bradley Pfitzner regierte das County zweiunddreißig Jahre lang und setzte sich dann zur Ruhe. Während seiner Karriere vermied er Skandale und führte seine Behörde mit eiserner Hand. Alle vier Jahre wurde er wiedergewählt, entweder ganz ohne Gegenkandidaten oder mit schwacher Opposition. Sein Nachfolger war einer der Deputys; er blieb sieben Jahre im Amt, bevor er aufgrund von gesundheitlichen Problemen zurücktrat. Der aktuelle Sheriff heißt Wink Castle. Sein Büro befindet sich in dem modernen Gebäude aus Glas und Metall, in dem sämtliche lokalen Strafverfolgungsbehörden untergebracht sind – Sheriff, örtliche Polizei und Gefängnis. Vor dem Bau am Stadtrand parken ein Dutzend Streifenwagen, die in auffälligen Farben lackiert sind. In der Lobby wimmelt es nur so von Cops, Zivilangestellten und betrübten Verwandten, die Häftlinge besuchen wollen.

Ich werde in Castles Büro geführt, wo er mich mit einem Lächeln und einem festen Händedruck begrüßt. Er ist um die vierzig und hat das lockere Auftreten eines Lokalpolitikers. Zum Zeitpunkt des Mordes an Russo lebte er noch nicht im County, daher hoffe ich, dass keine Altlasten von damals vorhanden sind.

Nach ein paar Minuten Small Talk über das Wetter fragt er: »Es geht um Quincy Miller? Ich habe mir gestern Abend noch schnell die Akte angesehen, um auf dem neuesten Stand zu sein. Sind Sie Priester oder so etwas in der Art?«

»Anwalt und Geistlicher«, antworte ich und erkläre kurz, was wir bei Guardian tun. »Ich übernehme alte Fälle, bei denen es um Fehlurteile geht.«

»Viel Glück mit dem hier.«

»Es ist immer schwierig, Sheriff«, erwidere ich mit einem Lächeln.

»Schon klar. Und wie wollen Sie beweisen, dass Ihr Mandant nicht der Mörder von Keith Russo ist?«

»So wie immer. Ich begebe mich an den Ort des Geschehens und fange an zu graben. Ich weiß, dass die meisten Zeugen der Anklage im Prozess gelogen haben. Die Beweise sind bestenfalls zweifelhaft.«

»Zeke Huffey?«

»Der Inbegriff eines Gefängnisspitzels. Ich habe ihn in einer Haftanstalt in Arkansas ausfindig gemacht und gehe davon aus, dass er seine Aussage widerrufen wird. Er lebt quasi davon, zu lügen und seine Unwahrheiten dann zurückzunehmen, was für diese Jungs nichts Ungewöhnliches ist. Carrie Holland hat mir bereits die Wahrheit gesagt – sie wurde von Pfitzner und Burkhead, dem Staatsanwalt, zu einer Falschaussage gedrängt. Die beiden sind ihr bei einer anhängigen Strafanzeige wegen eines Drogendelikts entgegengekommen. Nach dem Prozess hat Pfitzner ihr tausend Dollar gegeben und geraten, die Stadt zu verlassen. Sie ist seitdem nie wieder hier gewesen. June Walker, Quincys Exfrau, lebt inzwischen in Tallahassee, weigert sich aber, mit uns zusammenzuarbeiten. Sie hat gegen Quincy ausgesagt und gelogen, weil sie wegen der Scheidung verärgert war. Es hat eine Menge Lügen gegeben, Sheriff.«

Für Castle ist das alles neu, und er hört mir interessiert zu. Dann schüttelt er den Kopf. »Sie haben trotzdem einen weiten Weg vor sich. Es gibt keine Mordwaffe.«

»Stimmt. Quincy hat nie eine Schrotflinte besessen. Der Schlüssel zu dem Ganzen ist natürlich die blutbespritzte Taschenlampe, die kurze Zeit nach dem Mord auf rätselhafte Weise verschwunden ist.«

»Was ist damit passiert?«

Das sollte ich eigentlich ihn fragen, schließlich ist er der Sheriff. »Sagen *Sie* es mir. Pfitzner zufolge wurde sie bei einem Brand vernichtet, der ausgerechnet dort ausgebrochen ist, wo das Beweismaterial gelagert wurde.«

»Bezweifeln Sie das?«

»Ich bezweifle alles, Sheriff. Der Sachverständige der Anklage, ein gewisser Mr. Norwood, hat die Taschenlampe nie gesehen. Seine Aussage war haarsträubend.« Ich öffne meinen Aktenkoffer, ziehe ein paar Dokumente heraus und lege sie auf Castles Schreibtisch. »Das ist unsere Zusammenfassung des Beweismaterials. Sie werden darin ein Gutachten von Dr. Kyle Benderschmidt finden, einem renommierten Kriminologen, der erhebliche Zweifel an Norwoods Aussage äußert. Haben Sie sich die Fotos der Taschenlampe angesehen?«

»Ja.«

»Dr. Benderschmidt ist der Meinung, dass es sich bei den Flecken auf der Linse aller Wahrscheinlichkeit nach nicht einmal um menschliches Blut handelt. Außerdem wurde die Taschenlampe nicht am Tatort gefunden. Wir wissen nicht genau, wo sie hergekommen ist, und Quincy schwört, dass er sie noch nie gesehen hat.«

Der Sheriff nimmt das Gutachten und blättert es in aller Ruhe durch. Als es ihm zu langweilig wird, wirft er es auf den Schreibtisch. »Ich werde es mir heute Abend genauer ansehen. Was erwarten Sie in dieser Sache von mir?«

»Helfen Sie mir. Ich werde einen Antrag auf Wiederaufnahme stellen, auf der Grundlage von neuen Beweisen. Er wird Gutachten unserer Sachverständigen enthalten sowie die Aussagen der Zeugen, die gelogen haben. Nehmen Sie die Ermittlungen in dem Mordfall wieder auf. Es würde uns enorm helfen, wenn das Gericht weiß, dass auch die Einheimischen an ein Fehlurteil glauben.«

»Mr. Post, ich bitte Sie! Der Fall wurde bereits vor über zwanzig Jahren abgeschlossen, lange bevor ich in die Stadt gekommen bin.«

»Wir bearbeiten ausschließlich alte Fälle, Sheriff, alte Fälle mit kalten Spuren. Das liegt in der Natur der Sache. Die meisten Akteure sind nicht mehr da – Pfitzner und Burkhead haben sich zur Ruhe gesetzt, der Richter ist tot. Sie können den Fall aus einer neuen Perspektive untersuchen und dazu beitragen, einen Unschuldigen aus dem Gefängnis zu holen.«

Castle schüttelt den Kopf. »Ich glaube nicht. Ich kann mir nicht vorstellen, in der Sache aktiv zu werden. Bis zu Ihrem Anruf gestern hatte ich mir den Fall ja noch nicht einmal angesehen.«

»Gerade deshalb sollten Sie die Ermittlungen wiederaufnehmen. An dem, was vor zwanzig Jahren schiefgelaufen ist, kann man Ihnen nicht die Schuld geben. Sie werden der Gute sein, der versucht, das Richtige zu tun.«

»Müssen Sie den wahren Mörder finden, um Miller aus dem Gefängnis zu holen?«

»Ich muss nur Quincys Unschuld beweisen, das ist alles. Bei knapp der Hälfte unserer Fälle gelingt es uns, den wahren Täter festzunageln, aber eben nicht immer.«

Der Sheriff schüttelt nach wie vor den Kopf. Jetzt lächelt er nicht mehr. »Ich glaube nicht, dass es möglich sein wird, Mr. Post. Erwarten Sie wirklich von mir, dass ich einen meiner überarbeiteten Detectives von seinen aktuellen Fällen abziehe und in einem zwanzig Jahre alten Mordfall ermitteln lasse, den die Leute hier längst vergessen haben? Ich bitte Sie.«

»Den Hauptteil der Arbeit übernehme ich, Sheriff. Das ist meine Aufgabe.«

»Und was wäre *meine* Aufgabe?«

»Kooperieren Sie. Werfen Sie mir keine Knüppel zwischen die Beine.«

Castle lehnt sich zurück und verschränkt die Hände hinter dem Kopf. Er starrt an die Decke. Minuten vergehen. »Was tun die Einheimischen für gewöhnlich bei Ihren Fällen?«, fragt er schließlich.

»Sie versuchen, alles zu vertuschen. Sie mauern. Verstecken Beweise. Bekämpfen mich mit allen Mitteln. Fechten alles an, was ich bei Gericht beantrage. In diesen Fällen steht zu viel auf dem Spiel, und es wurden so ungeheuerliche Fehler gemacht, dass niemand zugeben will, sich getäuscht zu haben. Unschuldige Männer und Frauen sitzen jahrzehntelang hinter Gittern, während die wahren Täter frei herumlaufen und häufig erneut morden. Hier geht es um gewaltige Justizirrtümer, und bis jetzt habe ich noch keinen Polizisten oder Staatsanwalt getroffen, der den Mut hatte zuzugeben, dass er Mist gebaut hat. Der Fall mit Quincy liegt etwas anders, weil alle, die für das Fehlurteil verantwortlich sind, nicht mehr greifbar sind. Sie, Sheriff, können zum Helden werden.«

»Ich habe kein Interesse daran, zum Helden zu werden. Den Zeitaufwand dafür kann ich nicht verantworten. Ich habe genug andere Probleme, um die ich mich kümmern muss.«

»Das glaube ich Ihnen, aber Sie können kooperieren und mir meine Arbeit erleichtern. Sheriff, ich will einfach nur die Wahrheit herausfinden.«

»Ich weiß nicht. Lassen Sie mich darüber nachdenken.«

»Mehr verlange ich auch nicht von Ihnen, fürs Erste jedenfalls.«

Castle holt tief Luft. Ich habe ihn nicht überzeugen können, und er wird die Ermittlungen definitiv nicht wiederaufnehmen. »Sonst noch etwas?«

»Na ja, es gibt da noch eine andere Sache, die möglicherweise ein weiteres Puzzleteil ist. Kennen Sie die Umstände von Kenny Tafts Tod? Das ist etwa zwei Jahre nach dem Mord passiert.«

»Natürlich. Er war der letzte Beamte, der im Dienst ums Leben gekommen ist. Sein Foto hängt draußen an der Wand.«

»Ich würde gern einen Blick in die Fallakte werfen, ohne mich auf das Gesetz zur Informationsfreiheit und diesen ganzen Mist berufen zu müssen.«

»Sie glauben, dass sein Tod etwas mit Quincy Miller zu tun hat?«

»Das bezweifle ich. Ich suche nur nach Informationen, Sheriff. Das ist alles, was ich tue, und ich finde dabei immer Überraschendes.«

»Lassen Sie mich auch darüber nachdenken.«

»Danke.«

Lieutenant Jordan, der Leiter der Feuerwehr, ist ein alter Veteran mit grauen Haaren und Bierbauch und gibt sich nicht annähernd so freundlich wie der Sheriff. In der Feuerwache, die zwei Blocks von der Main Street entfernt liegt, gibt es offensichtlich nicht viel zu tun. Zwei seiner Männer bringen ein Löschfahrzeug in der Einfahrt auf Hochglanz, und eine betagte Sekretärin schiebt Formulare auf ihrem Schreibtisch hin und her. Irgendwann kommt Jordan herein, und nachdem wir ein paar steife Nettigkeiten ausgetauscht haben, führt er mich in einen engen Raum, in dem mehrere Reihen Aktenschränke stehen, die wohl noch aus den 1940er-Jahren stammen. Er braucht einen Moment, um sich zu orientieren, und sucht so lange, bis er den Auszug für 1988 gefunden hat. Er öffnet ihn, wühlt durch ein paar verstaubte Akten und holt das heraus, was ich haben will.

»Soweit ich mich erinnern kann, war der Brand nicht der Rede wert«, sagt er, während er die Akte auf den Tisch legt. »Bedienen Sie sich.« Dann verlässt er den Raum.

Zum Zeitpunkt des Mordes war das Polizeirevier ein paar Hundert Meter von hier entfernt in einem alten Gebäude untergebracht, das inzwischen abgerissen wurde. Wie an vielen anderen Orten war es auch in Ruiz County nicht ungewöhnlich, Beweismaterial von Tatorten dort zu lagern, wo gerade Platz war. Auf der Suche nach alten Akten bin ich schon durch Dachböden und stickige Keller von Gerichtsgebäuden gekrochen.

Aufgrund fehlenden Stauraums nutzte Pfitzner damals einen hölzernen Geräteschuppen, der hinter dem Polizeirevier aufgestellt war. In der Akte finde ich ein Schwarz-Weiß-Foto des Schuppens, das vor dem Brand aufgenommen wurde. Er hatte nur eine Tür, an der ein schweres Vorhängeschloss hing. Keine Fenster. Ich schätze, dass er etwa zehn Meter lang, drei bis vier Meter breit und etwas über zwei Meter hoch war. Auf einem Foto, das den Schuppen nach dem Brand zeigt, sind lediglich verkohlte Holzreste zu erkennen.

Der erste Alarm ging morgens um 3.10 Uhr ein. Als die Feuerwehrleute eintrafen, brannte der Schuppen lichterloh. Die Flammen wurden innerhalb weniger Minuten gelöscht, aber es war nichts mehr zu retten. Als Brandursache wurde *unbekannt* in der Akte angegeben.

Das Feuer war nicht der Rede wert, wie Jordan bereits

gesagt hatte. Anscheinend wurde die Taschenlampe, die im Kofferraum von Quincys Auto gefunden wurde, dabei zerstört. Man konnte keine Überreste davon finden. Praktischerweise hatte Pfitzner Obduktionsberichte, Zeugenaussagen, schematische Darstellungen des Tatorts und Fotos in seinem Schreibtisch im Revier weggeschlossen. Er hatte, was er brauchte, um Quincy Miller verurteilen zu lassen.

Der Brand ist vorerst eine Sackgasse.

19

Einmal in der Woche rufe ich Carrie und Buck an und frage, ob sie ihre Meinung geändert haben. Ihnen wird klar, dass ich nicht lockerlassen werde, und mit der Zeit geben sie nach. Ich versichere den beiden wiederholt, dass Carrie kein Risiko eingeht, wenn sie mit mir zusammenarbeitet, und langsam entwickelt sich so etwas wie ein Vertrauensverhältnis.

Wir treffen uns in einem Diner in der Nähe von Kingsport und bestellen Omeletts. Carrie liest die beeidete Erklärung, die Mazy aufgesetzt hat, dann geht Buck sie Wort für Wort durch. Ich beantworte die stets gleichen Fragen darüber, was als Nächstes passieren wird und so weiter, und nach einer Stunde, in der ich ihr immer wieder gut zurede, unterschreibt sie das Dokument.

Auf dem Parkplatz verabschiede ich mich mit einer Umarmung von Carrie. Buck will auch eine haben. Wir sind jetzt Freunde, und ich danke ihnen dafür, dass sie den Mut haben, Quincy zu helfen. Unter Tränen trägt sie mir auf, ihn für sie um Vergebung zu bitten. Schon passiert, erwidere ich.

Meine Mutter hat die Familiefarm geerbt, die in der Nähe von Dyersburg, Tennessee, liegt, meiner Heimatstadt. Sie ist dreiundsiebzig, und seit dem Tod meines Vaters vor zwei Jahren lebt sie allein. Wegen ihres fortgeschrittenen Alters mache ich mir Sorgen um sie, aber sie ist gesünder als ich und alles andere als einsam. Sie macht sich Sorgen um mich, wegen meines unsteten Lebens und der Tatsache, dass ich keine feste Beziehung habe. Nur widerwillig hat sie sich damit abgefunden, dass die Gründung einer Familie nicht zu meinen Prioritäten zählt und es eher unwahrscheinlich ist, dass ich Enkelkinder in die Welt setzen werde. Meine Schwester hat ihr drei geschenkt, aber sie leben weit von ihr entfernt.

Sie isst kein Fleisch und ernährt sich von dem, was sie auf ihrem Land anbaut. Ihr Garten ist legendär und könnte Hunderte Menschen versorgen, was genau genommen auch so ist. Sie fährt ganze Wagenladungen frisches Obst und Gemüse zur örtlichen Tafel. Zum Abendessen gibt es mit Reis und Pilzen gefüllte Tomaten, dicke weiße Bohnen und einen Kürbisauflauf. Obwohl genug auf dem Tisch steht, isst meine Mutter wie ein Vögelchen und trinkt nur Tee und Wasser. Sie ist fit und agil und weigert sich, Tabletten zu schlucken. Während sie ihr Gemüse auf dem Teller hin und her schiebt, drängt sie mich, noch einmal zuzugreifen. Sie ist der Meinung, dass ich zu dünn bin, aber ich winke immer ab. Das höre ich von anderen auch oft.

Nach dem Essen setzen wir uns auf die Veranda vor dem Haus und trinken Pfefferminztee. Seit ich nach meinem Nervenzusammenbruch vor so vielen Jahren längere Zeit hier verbracht habe, hat sich nicht viel verändert. Wir sprechen über diese dunklen Tage. Auch über Brooke, meine Exfrau. Die beiden haben sich sehr gemocht und sind noch jahrelang in Verbindung geblieben. Meine Mutter hat es Brooke am Anfang übel genommen, dass sie mich nach meinem Zusammenbruch verlassen hat, aber irgendwann konnte ich sie davon überzeugen, dass unsere Trennung bereits an unserem Hochzeitstag abzusehen war. Brooke hat einen erfolgreichen Unternehmer geheiratet. Sie haben vier Kinder, die inzwischen Teenager sind, und Mutter wird ein bisschen wehmütig, weil sie sich vorstellt, was hätte sein können. Sobald sich die Gelegenheit dazu ergibt, wechsle ich das Gesprächsthema.

Meinem unkonventionellen Lebensstil zum Trotz ist meine Mutter stolz auf das, was ich tue, obwohl sie nicht viel vom Strafjustizsystem versteht. Sie findet es deprimierend, dass es so viel Kriminalität gibt, dass so viele Menschen im Gefängnis sitzen, dass so viele Familien auseinandergerissen werden. Ich habe Jahre gebraucht, um sie davon zu überzeugen, dass es Tausende Unschuldiger gibt, die einfach weggesperrt wurden. Wir haben zum ersten Mal die Möglichkeit, über Quincy Miller zu sprechen, und sie hört mir aufmerksam zu, während ich Details schildere. Ein ermordeter Anwalt, ein korrupter Sheriff, ein Drogenkartell, ein unschuldiger Mann, dem Beweise untergeschoben wurden. Zuerst kann sie es gar nicht glauben, aber dann zieht die Geschichte sie in ihren Bann. Ich habe keine Bedenken, dass ich ihr vielleicht zu viel erzähle. Schließlich sitzen wir auf einer dunklen Veranda irgendwo auf dem Land in Tennessee, weit weg von Florida. Außerdem: Wem sollte sie es weitersagen? Ich vertraue ihr. Sie kann Geheimnisse für sich behalten.

Wir machen mit meinen anderen Mandanten weiter: Shasta Briley im Todestrakt in North Carolina, verurteilt wegen einer Brandstiftung, bei der ihre drei Töchter ums Leben kamen; Billy Rayburn in Tennessee, verurteilt aufgrund der fragwürdigen Diagnose Schütteltrauma, nachdem er gestürzt war, während er das Baby seiner Freundin auf dem Arm hielt; Duke Russell, der immer noch im Todestrakt in Alabama sitzt; Curtis Wallace, verurteilt in Mississippi wegen Entführung, Vergewaltigung und Ermordung einer jungen Frau, die er nie getroffen hat; und

Little Jimmy Flagler, der siebzehn und geistig zurückgeblieben war, als Georgia ihn mit einer lebenslangen Haftstrafe ins Gefängnis schickte.

Diese sechs Fälle sind mein Leben und meine Karriere. Ich lebe jeden Tag mit ihnen, und häufig bin ich es leid, an sie zu denken und über sie zu reden. Ich lenke das Gespräch wieder auf meine Mutter und frage sie, wie ihre Pokerrunde läuft. Einmal in der Woche spielt sie mit ihren Freundinnen, und obwohl die Einsätze nicht groß sind, nehmen die Damen es sehr ernst. Zurzeit ist sie mit 11,50 Dollar im Plus. Die Schulden werden an Weihnachten eingelöst, bei einer Party, auf der sie alle Hemmungen verlieren und Alkohol trinken – billigen Champagner. Mit einer anderen Gruppe spielt sie zweimal im Monat Bridge, aber Poker ist ihr lieber. Sie ist Mitglied in zwei Lesekreisen – einer mit Damen aus ihrer Kirchengemeinde, in dem es ausschließlich um theologische Themen geht, und einer mit Bekannten, die Belletristik bevorzugen. Manchmal lesen sie sogar Liebesromane. Sie unterrichtet eine Klasse in einer Sonntagsschule, liest Senioren in einem Altersheim vor und engagiert sich in so vielen gemeinnützigen Organisationen, dass sie manchmal den Überblick verliert. Kürzlich hat sie sich ein Elektroauto gekauft, und sie erklärt mir ausführlich, wie es angetrieben wird.

Mehrmals im Jahr kommt Frankie Tatum zum Abendessen vorbei. Die beiden sind enge Freunde, und meine Mutter liebt es, für ihn zu kochen. Er war letzte Woche hier, und sie erzählt mir von seinem Besuch, was das Gespräch wieder auf meine Arbeit bringt. Es gab Zeiten, wo sie mich dazu drängte, mit dieser »Phase« abzuschließen und eine finanziell einträglichere Karriere einzuschlagen, vielleicht in einer richtigen Anwaltskanzlei, aber mit diesen Diskussionen ist inzwischen Schluss. Ihre Rente reicht für ein sorgenfreies Leben, sie hat keine Schulden und schickt Guardian jeden Monat einen Scheck über eine kleine Summe.

Sie geht jeden Abend Punkt zehn Uhr zu Bett und schläft acht Stunden. Nachdem sie mir einen Kuss auf den Scheitel gedrückt hat, lässt sie mich auf der Veranda zurück, wo ich stundenlang in der kühlen, stillen Nacht sitze und an meine Mandanten denke, die auf schmalen Stockbetten und Pritschen hinter Gittern schlafen müssen.

Menschen, die unschuldig sind.

20

Vor einem Monat haben Gefängniswärter nach einem Tipp Zeke Huffeys Zelle durchsucht und ein selbst gebasteltes Messer entdeckt. Bei solchen Aktionen werden fast immer Drogen gefunden, was aber nie große Konsequenzen hat. Eine Waffe dagegen ist ein schweres Vergehen, weil dadurch die Wärter gefährdet werden. Zeke musste für eine Weile in die »Höhle«, eine unter der Erde liegende Abteilung, in der auffällige Gefangene mit Einzelhaft bestraft werden. Seine Träume von einer vorzeitigen Entlassung auf Bewährung sind geplatzt. Stattdessen muss er noch länger sitzen.

Ich werde an der Eingangskontrolle erwartet, von einem Mann in Anzug, der wohl stellvertretender Direktor oder etwas in der Art ist. Ich bringe die Sicherheitsprüfung hinter mich und werde dann in Begleitung eines Wärters zu einem Gebäude gebracht, das etwas abseits vom Zellentrakt liegt. Der stellvertretende Direktor nickt und runzelt die Stirn, woraufhin sich sämtliche Türen vor uns öffnen. Ich gehe eine Treppe hinunter und betrete einen quadratischen, fensterlosen Raum, in dem es sehr feucht ist. Zeke ist bereits da, er sitzt auf einem Metallstuhl und trägt Fußfesseln, die an einen Eisenring im Boden gekettet sind. Zwischen uns befindet sich keine Trennwand. Handschellen wurden ihm nicht angelegt, und nachdem er sich von dem Schock erholt hat, mich zu sehen, begrüßt er mich mit einem laschen Händedruck.

Als der Wärter hinausgeht und die Tür mit einem lauten Knall hinter ihm ins Schloss fällt, fragt Zeke: »Was machen Sie hier?«

»Ich will Sie besuchen. Sie haben mir gefehlt.«

Er schnaubt und schweigt. Offenbar fällt ihm keine Antwort ein. Häftlingen in der Höhle ist Besuch verboten. Ich ziehe eine Packung Zigaretten aus der Tasche. »Wollen Sie eine?«

»Klar!«, sagt er, plötzlich wieder ganz der Junkie. Als ich ihm eine reiche, fallen mir seine zitternden Hände auf. Ich zünde die Zigarette mit einem Streichholz an. Zeke schließt die Augen und zieht kräftig, um möglichst viel Nikotin in die Lunge zu befördern. Er bläst eine Rauchwolke an die Decke und nimmt den nächsten Zug. Nach dem dritten schnipst er die Asche auf den Boden und bringt ein Lächeln zustande.

»Wie sind Sie hier reingekommen, Mr. Post? In dem Loch hier ist der Zutritt für Besucher verboten.«

»Das weiß ich. Ich habe einen Freund in Little Rock.«

Zeke raucht die Zigarette bis zum Filter herunter, drückt die Kippe an der Wand aus und sagt: »Haben Sie noch eine?«

Ich zünde noch eine für ihn an. Er ist blass und mager, erheblich dünner als bei meinem letzten Besuch, und quer über seine Kehle zieht sich ein neues Tattoo. Das Nikotin beruhigt ihn, seine Hände zittern nicht mehr so stark.

»Sie wollen Ihnen noch ein paar Monate aufbrummen, Zeke«, sage ich. »Es war ziemlich dumm von Ihnen, das selbst gebastelte Messer in der Zelle zu verstecken.«

»Das meiste von dem, was ich tue, kann man als dumm einstufen, Mr. Post. Und das wissen Sie. Kluge Leute leben nicht so wie ich.«

»Stimmt. Quincy Miller ist ein kluger Kerl, Zeke, und er

sitzt schon sehr lange. Ihretwegen. Es wird Zeit, den Mann aus dem Gefängnis zu holen, finden Sie nicht auch?«

Seit meinem letzten Besuch sind einige Briefe hin und her gegangen, und Guardian hat ihm einen weiteren Scheck über eine kleine Summe geschickt. Aber dem Ton seiner Korrespondenz nach will er nicht zugeben, dass er gelogen hat. Er ist der Meinung, bei unserer noch jungen Beziehung das Sagen zu haben, und wird versuchen, uns in jeder Hinsicht zu manipulieren.

»Ich weiß nicht, Mr. Post. Das ist schon lange her. Ich bin mir gar nicht sicher, ob ich mich noch an die Details erinnern kann.«

»Die Details habe ich hier in einer beeideten Erklärung, Zeke. Und die sollen Sie unterschreiben. Erinnern Sie sich noch an einen alten Kumpel namens Shiner? Ein Junkie, mit dem Sie in Georgia gesessen haben?«

Er lächelt. »Na klar erinnere ich mich an Shiner. Was für eine Lusche.«

»Und er erinnert sich an Sie. Wir haben ihn in der Nähe von Atlanta ausfindig gemacht. Es geht ihm gut. Viel besser als Ihnen. Er hat eine Therapie gemacht, und bis jetzt hat er es geschafft, nicht wieder mit dem Gesetz in Konflikt zu geraten. Uns liegt eine von Shiner unterschriebene beeidete Erklärung vor, in der er aussagt, dass Sie beide oft mit Ihrer Karriere als Gefängnisspitzel geprahlt haben. Er hat uns erzählt, dass Sie über Quincy Miller gelacht haben. Und den Jungen namens Preston, der immer noch in Dothan sitzt. Shiner hat uns auch darüber informiert, dass Sie bei Ihrer Falschaussage in einem Mordprozess in Gulfport großen Spaß hatten. Kelly Morris verbüßt jetzt Ihretwegen eine lebenslange Freiheitsstrafe. Wir haben diese Fälle überprüft, Zeke, wir haben die Verhandlungsprotokolle mit Ihren Aussagen gelesen. Shiner sagt zur Abwechslung einmal die Wahrheit.«

Er starrt mich an und schnipst wieder die Asche von seiner Zigarette. »Na und?«

»Es wird Zeit, dass Sie Farbe bekennen und Quincy helfen. Was keine Konsequenzen für Sie haben wird. Sie werden keine Haftstrafe dafür absitzen müssen. In Florida hat man Sie vor Ewigkeiten vergessen, was ich Ihnen auch schon mehrfach gesagt habe. Den Leuten dort ist es vollkommen egal, wenn Sie jetzt zugeben, dass Sie in Quincys Prozess gelogen haben.«

Zeke drückt den Stummel von Zigarette Nummer zwei aus und fragt nach Nummer drei. Ich zünde sie für ihn an. Er nimmt einen kräftigen Zug und sorgt dafür, dass der Dunst über uns noch dichter wird. »Ich weiß nicht, Mr. Post«, meint er sarkastisch. »Ich mache mir Sorgen um meinen Ruf.«

»Sehr witzig. Ich würde meine Zeit nicht damit verschwenden, mir deshalb Gedanken zu machen. Ich habe einen Deal für Sie, Zeke, aber nach fünfzehn Minuten werde ich mein Angebot zurückziehen. Wie ich schon sagte, habe ich einen Freund in Little Rock, jemand mit einer Menge Einfluss, sonst würde ich jetzt nicht hier sitzen. Niemand in der Höhle darf Besuch bekommen, richtig? Ich werde Ihnen den Deal erklären. Arkansas hat vor, Ihre Haftstrafe um sechs Monate zu verlängern, als Strafe für das selbst gebastelte Messer. Das wären dann insgesamt einundzwanzig weitere Monate in dem Loch hier. Mein Freund kann dafür sorgen, dass das verschwindet, alles, bis auf drei Monate. Eineinhalb Jahre lösen sich in Luft auf, einfach so. Sie müssen nur die beeidete Erklärung unterschreiben, das ist alles.«

Er zieht an der Zigarette, schnipst die Asche auf den Boden und starrt mich ungläubig an. »Ist nicht Ihr Ernst.«

»Es ist mein voller Ernst. Sie tun das, was Sie sowieso

tun sollten, als anständiger Mensch jedenfalls, der Sie nicht sind, wie wir beide wissen. Und Quincy kommt frei.«

»Kein Richter wird ihn rauslassen, nur weil ich zwanzig Jahre später sage, dass ich gelogen habe.«

»Das lassen Sie mal meine Sorge sein. Bei solchen Fällen hilft jeder einzelne Beweis. Sie können sich vermutlich nicht mehr an eine gewisse Zeugin namens Carrie Holland erinnern. Sie hat damals ebenfalls gelogen, aber im Gegensatz zu Ihnen hat sie den Mumm, das zuzugeben. Ich habe ihre beeidete Erklärung dabei, wenn Sie einen Blick hineinwerfen wollen. Diese Frau hat Mut, Zeke. Es wird Zeit, ein Mann zu sein und zur Abwechslung einmal die Wahrheit zu sagen.«

»Mr. Post, ich hatte gerade angefangen, Sie zu mögen.«

»Bemühen Sie sich nicht. So sympathisch bin ich nicht, und außerdem ist es mir egal. Ich will das Netz aus Lügen entwirren, mit dem Quincy ins Gefängnis gebracht wurde, mehr nicht. Wollen Sie jetzt achtzehn Monate weniger oder nicht?«

»Woher weiß ich, dass ich Ihnen vertrauen kann?«

»Es klingt irgendwie merkwürdig, das Wort *Vertrauen* aus Ihrem Mund zu hören. Ich bin ehrlich. Ich lüge nicht. Sie werden wohl eine Münze werfen müssen.«

»Geben Sie mir noch eine Kippe.«

Ich zünde die vierte Zigarette für ihn an.

Er ist jetzt ruhig und wirkt berechnend. »Diesen Deal, kann ich den schriftlich haben?«

»Nein, so funktioniert das nicht. Sämtliche Gefängnisse in Arkansas sind überbelegt, und man will dringend Abhilfe schaffen. Die Bezirksgefängnisse sind ebenfalls zu voll, in einigen schlafen die Häftlinge zu sechst in einer Zelle, und die da oben brauchen Platz. Denen ist egal, was mit Ihnen passiert.«

»Das haben Sie richtig erkannt.«

Ich werfe einen Blick auf meine Uhr. »Ich habe dreißig Minuten, Zeke. Die Zeit ist fast um. Ja oder nein?

Er überlegt und raucht. »Wie lange muss ich in der Höhle bleiben?«

»Sie kommen morgen raus, das verspreche ich Ihnen.«

Zeke nickt, und ich schiebe ihm die beeidete Erklärung hin. Ausgehend von der Annahme, dass er nicht viel liest, ist der Text sehr einfach formuliert, kein Wort enthält mehr als drei Silben. Mit der Zigarette im Mundwinkel und Rauch um die Nase, der ihm in den Augen brennt, liest er ihn sorgfältig durch. Asche rieselt auf sein Hemd, und er wischt sie weg. Nach der letzten Seite wirft er die Kippe weg und sagt: »Das ist so in Ordnung für mich.«

Ich gebe ihm einen Kugelschreiber.

»Versprochen, Post?«

»Versprochen.«

Der beste Strafverteidiger in Arkansas ist ein Freund von mir, mit dem ich bereits bei einem anderen Fall zusammengearbeitet habe. Der Cousin seiner Frau ist Senator und Vorsitzender des Haushaltsausschusses und daher für die Finanzierung sämtlicher Behörden zuständig, einschließlich des Strafvollzugs. Ich bitte nur ungern jemanden um einen Gefallen, weil ich mich selten revanchieren kann, aber in unserer Branche geht es nicht ohne ein gutes Netzwerk. Hin und wieder lasse ich meine Beziehungen spielen, und dann geschieht ein Wunder.

Als ich die Baumwollfelder im Nordosten von Arkansas hinter mir lasse, rufe ich Vicki an und erzähle ihr die Neuigkeiten. Sie ist begeistert und rennt sofort in Mazys Büro, um es ihr zu sagen.

Nachdem der Albtraum Quincy vorbei war, heiratete June erneut. Ihr zweiter Versuch mit einem Mann namens James Rhoad gestaltete sich etwas weniger chaotisch als der erste, war aber nicht von langer Dauer. Zu dem Zeitpunkt hatte sie ihr Leben nicht im Griff, sie war immer noch psychisch labil und drogenabhängig. Frankie machte Rhoad in Pensacola ausfindig. Er hatte nichts Gutes über seine Exfrau zu sagen, und nach ein paar Bier rückte er mit der Geschichte heraus, auf die wir gehofft hatten.

Vor ihrer Heirat lebten die beiden eine Weile zusammen, und in dieser kurzen Phase der ersten Verliebtheit tranken sie zu viel und rauchten Crack, wenn auch nie vor den Kindern. Mehr als einmal verspottete June Quincy, einen Mann, den sie bis in alle Ewigkeit hassen würde. Sie gestand Rhoad, gelogen zu haben, um ihren Exmann ins Gefängnis zu bringen, und von Sheriff Pfitzner und Forrest Burkhead, dem Staatsanwalt, dazu ermuntert worden zu sein.

Zuerst wollte Rhoad sich aus allem heraushalten, aber Frankie kann sehr hartnäckig sein. Das gehört einfach dazu. Irgendwo auftauchen, die Zeugen kennenlernen, ein Vertrauensverhältnis aufbauen und sie immer wieder subtil daran erinnern, dass einem Unschuldigen schweres Unrecht zugefügt worden ist. In diesem Fall von Weißen in einer rückständigen Kleinstadt.

Frankie versicherte Rhoad, dass der nichts Unrechtes getan und keine Schwierigkeiten zu erwarten habe. June habe gelogen und sei nicht bereit, ihren Fehler einzugestehen. Er, Rhoad, könne eine unschätzbare Hilfe sein.

In einer anderen Kneipe und wiederum nach mehreren Bieren willigte er ein, eine beeidete Erklärung zu unterschreiben.

21

In den letzten drei Monaten haben wir versucht, so unauffällig wie möglich vorzugehen. Wir wissen nicht, ob den Männern, die Keith Russo umgebracht haben, aufgefallen ist, dass wir nach Informationen suchen. Das ändert sich, als wir im Namen Quincy Millers den Antrag auf Wiederaufnahme stellen.

Mazys Schriftsatz ist daumendick, meisterhaft geschrieben und brillant erläutert, wie immer. Er beginnt mit einer vollständigen Demontage von Paul Norwoods Sachverständigengutachten über die Blutspuren. Sie zweifelt seine Referenzen an und sagt ein paar sehr unschöne Dinge über ihn. Sie geht in allen Einzelheiten die sieben Fälle durch, in denen er mit dem Finger auf unschuldige Männer zeigte, die später durch DNA-Analysen entlastet wurden. Sie macht mehr als deutlich, dass diese sieben Männer insgesamt achtundneunzig Jahre im Gefängnis gesessen hatten, wenn auch keiner so lange wie Quincy Miller.

Nachdem Mazys Schriftsatz Norwood quasi in seinem eigenen Blut hat ertrinken lassen, greift sie mit der echten Wissenschaft an, und Dr. Kyle Benderschmidt rückt in den Mittelpunkt. Seine tadellosen Referenzen werden genannt und denen Norwoods gegenübergestellt. Benderschmidts Gutachten beginnt mit einer gehörigen Portion Skepsis: Die Taschenlampe ist die einzige Verbindung zu Quincy, sie wurde aber nicht am Tatort sichergestellt. Es gibt keinen Beweis dafür, dass sie sich zum Zeitpunkt des Mordes im selben Raum befunden hat. Es gibt keinen Beweis dafür, dass die winzigen Flecken auf der Glaslinse tatsächlich menschliches Blut sind. Es ist unmöglich, anhand der Fotos festzustellen, ob es sich bei den kleinen, orangefarbenen Punkten überhaupt um Blut handelt. Es ist unmöglich, den Winkel festzustellen, in dem die Schüsse abgefeuert wurden. Es ist unmöglich, herauszufinden, wie der Täter die Taschenlampe beim Abfeuern der Schüsse gehalten hat, falls er sie denn überhaupt in der Hand hatte. Jede Menge Unmöglichkeiten. Norwoods Aussage war sachlich falsch, wissenschaftlich unbewiesen, gegen jede Vernunft und juristisch gesehen unverantwortlich. Er ging von entscheidenden Fakten aus, die nicht belegt waren, und wenn er dabei auf unbekannte Variablen traf, erfand er einfach etwas dazu.

Die Zusammenfassung von Benderschmidts Erkenntnissen ist überzeugend, schlüssig und stellt einen neuen Beweis dar. Aber wir haben noch mehr.

Unser zweiter Sachverständiger ist Dr. Tobias Black, ein renommierter Kriminologe aus San Francisco. Er hat ein weiteres Gutachten erstellt, unabhängig von Benderschmidt. Dr. Black hat die Fotos und andere Beweisstücke untersucht und das Prozessprotokoll gelesen. Seine Verachtung für Norwood und die Pseudowissenschaftler unter seinen Kollegen ist bei jedem seiner Worte zu spüren. Seine Schlussfolgerungen sind dieselben.

Mazy schreibt wie eine Nobelpreisträgerin, und wenn man sie mit den Fakten bewaffnet, ist das Ergebnis unangreifbar. Falls ich jemals ein Verbrechen begehen sollte, möchte ich auf keinen Fall, dass sie wütend auf mich ist.

Sie kritisiert die Ermittlungen von Sheriff Pfitzner. Unter Berufung auf das Gesetz zur Informationsfreiheit hat sie sich Akten von Floridas State Police verschafft. In einem Memo beschwerte sich ein Ermittler über Pfitzners autoritären Führungsstil und seine Bemühungen, die alleinige Kontrolle über den Fall zu behalten. Pfitzner habe sich jegliche Einmischung von außen verbeten und sich geweigert, mit der State Police zusammenzuarbeiten. Mangels konkreter Beweise, die Quincy mit dem Tatort in Verbindung brachten, musste Pfitzner eigene fabrizieren. Ohne die State Police darüber in Kenntnis zu setzen, beschaffte er sich einen Durchsuchungsbeschluss für Quincys Auto, in dessen Kofferraum er dann praktischerweise die Taschenlampe fand.

Mazy macht mit den lügenden Zeugen weiter und verweist auf die beeideten Erklärungen von Carrie Holland Pruitt, Zeke Huffey, Tucker Shiner und James Rhoad. Sie hält sich noch zurück, geht aber unbarmherzig mit den Lügnern ins Gericht. Einen vernichtenden Kommentar zu der Praxis, bei der Strafverfolgung Aussagen von Gefängnisspitzeln zu verwenden, bringt sie in diesem Teil des Schriftsatzes auch noch unter.

Als Nächstes beschäftigt sich Mazy mit der Frage des Motivs und hebt in diesem Zusammenhang den Umstand hervor, dass Quincys angeblicher Streit mit Keith Russo eher anekdotischer als faktischer Natur war. Sie verweist auf die beeidete Erklärung einer ehemaligen Mitarbeiterin am Empfang der Anwaltskanzlei, die sich nur an einen einzigen Besuch des aufgebrachten Mandanten erinnern kann, der lediglich etwas beunruhigt gewesen sei. An den zweiten und weitaus bedrohlicher verlaufenen Besuch, den Diana Russo den Geschworenen geschildert hatte, kann sie sich nicht erinnern. Die Polizei wurde zu keinem Zeitpunkt gerufen. Genau genommen gab es keine Belege dafür, dass sich Mitarbeiter der Kanzlei über Quincys Verhalten beschwert hätten. Auch für die angeblichen Drohungen am Telefon lagen keine Beweise vor. Diana verhinderte, dass die Verteidigung sich die Verbindungsnachweise des Ehepaars beschaffte, die inzwischen vernichtet wurden.

Im letzten Teil des Schriftsatzes geht es um Quincys Aussage. Und da er im Prozess nicht in den Zeugenstand getreten ist, kann er seine Version jetzt in einer eigenen beeideten Erklärung erzählen. Er bestreitet jegliche Beteiligung an der Tat, bestreitet, dass er jemals eine Schrotflinte Kaliber 12 besessen oder abgefeuert hat und etwas über die Taschenlampe gewusst zu haben, bevor ihm Fotos davon im Gerichtssaal gezeigt wurden. Er bestreitet, in der Mordnacht in Seabrook gewesen zu sein. Sein Alibi war und ist seine ehemalige Geliebte, Valerie Cooper, die zu keiner Zeit von der Aussage abgewichen ist, dass er in jener Nacht bei ihr war. Eine beeidete Erklärung von Valerie ist in der Anlage enthalten.

Der Schriftsatz besteht aus vierundfünfzig Seiten eindeutiger und logischer Schlussfolgerungen und lässt kaum Zweifel daran – zumindest nach Meinung sämtlicher Mitarbeiter von Guardian Ministries –, dass Florida den Falschen für die Tat verurteilt hat. Er sollte von kundigen und unvoreingenommenen Richtern gelesen werden, die erschüttert und entsetzt reagieren und unverzüglich handeln, um ein Fehlurteil zu korrigieren, aber dazu kommt es nie.

Wir reichen den Antrag bei Gericht ein und warten. Nach drei Tagen ist klar, dass die Presse kein Interesse hat, was uns nicht weiter überrascht. Schließlich ist der Fall seit zweiundzwanzig Jahren abgeschlossen.

Da ich nicht als Anwalt in Florida zugelassen bin, ziehen wir Susan Ashley Gross hinzu, eine alte Freundin von mir, die das Central Florida Innocence Project leitet. Ihr Name steht ganz oben auf den Dokumenten, über meinem und Mazys. Jetzt ist es offiziell, dass wir Quincy Miller vertreten.

Ich schicke eine Kopie des Antrags und des Schriftsatzes an Tyler Townsend und hoffe auf eine Reaktion.

Drüben in Alabama löst Chad Falwright sein Versprechen ein, mich und nicht den wahren Mörder vor Gericht zu bringen. Er legt bei der Anwaltskammer von Alabama, bei der ich nicht einmal Mitglied bin, eine Beschwerde wegen Verstoß gegen die Standespflichten ein, und eine zweite in Georgia, wo meine Zulassung als Anwalt eingetragen ist. Falwright will mich aus den Kammern ausschließen lassen, weil ich Beweise manipuliert haben soll. Weil ich mir ein Schamhaar ausgeliehen habe.

Das ist alles nichts Neues für mich. Es ist ärgerlich und mitunter ziemlich einschüchternd, aber ich kann mich jetzt nicht darauf konzentrieren. Duke Russell sitzt immer noch die Strafe für Mark Carter ab, und das hält mich nachts wach. Ich rufe einen befreundeten Anwalt in Birmingham an, der schon ganz wild auf den Kampf mit Falwright ist. Um die Beschwerde in Georgia wird sich Mazy kümmern.

Ich sitze gerade oben im Konferenzraum und arbeite mich durch einen Stapel verzweifelter Briefe aus diversen Gefängnissen, als Mazy laut losschreit. Ich springe auf, stürze die Treppe hinunter und renne in ihr Büro, wo sie und Vicki auf den Monitor ihres Computers starren. Die Nachricht wurde in einer ausgefallenen, fett ausgezeichneten Schrift verfasst, die schwer zu entziffern ist, aber der Inhalt ist eindeutig.

Ihr Antrag in Poinsett County liest sich interessant, aber Kenny Taft wird darin mit keinem Wort erwähnt. Vielleicht wurde er gar nicht von

Drogenhändlern erschossen. Vielleicht wusste er
zu viel. (Die Nachricht wird fünf Minuten nach
dem Öffnen verschwinden. Sie kann nicht zurück-
verfolgt werden. Versuchen Sie's gar nicht erst.)

Wir glotzen die Nachricht an, bis sie langsam verblasst und
die Seite leer ist. Vicki und ich lassen uns auf Stühle fallen
und starren die Wände an. Mazy hämmert auf die Tastatur
ein und sagt schließlich: »Die Website nennt sich Patty's
Porch. Für zwanzig Dollar im Monat, per Kreditkarte zu
zahlen, bekommt man dreißig Tage lang Zugang zu einem
privaten Chatroom, wo Nachrichten vertraulich, temporär
und nicht zurückzuverfolgen sind.«

Ich habe keine Ahnung, wovon sie spricht.

Sie fängt wieder an zu tippen und meint dann. »Scheint
legal und ziemlich harmlos zu sein.«

»Können wir auf die Nachricht antworten?«, fragt Vicki.

»*Wollen* wir darauf antworten?«, frage ich.

»Ja, können wir«, sagt Mazy. »Für zwanzig Dollar.«

»Das gibt das Budget nicht her«, sagt Vicki sofort.

»Der Absender benutzt die Adresse cassius.clay.444. Wir
könnten zahlen und ihm eine Nachricht schicken.«

»Nicht jetzt«, sage ich. »Er will nicht reden, und er wird
nicht mehr sagen. Wir sollten erst darüber nachdenken.«

Anonyme Tipps gehören zu unserem Spiel dazu, und sie
sind eine hervorragende Möglichkeit, eine Menge Zeit zu
verschwenden.

Kenny Taft war siebenundzwanzig Jahre alt, als er 1990 in
einem abgelegenen Teil von Ruiz County getötet wurde.
Er war der einzige schwarze Deputy in Pfitzners Truppe
und hatte seit drei Jahren dort gearbeitet. Er und sein Partner Gilmer wurden von Pfitzner zu einem Grundstück

geschickt, das vermutlich von Kokainschmugglern als Zwischenstation benutzt wurde, die aber zu dem Zeitpunkt nicht in dem Gebiet sein sollten. Taft und Gilmer rechneten nicht damit, in Schwierigkeiten zu geraten. Ihr Auftrag lautete, sich ein bisschen umzusehen, worum angeblich das Büro der DEA in Tampa gebeten hatte. Es bestand nur eine geringe Wahrscheinlichkeit, dass das Grundstück tatsächlich ein Umschlagplatz für Drogen war, und sie sollten lediglich hinfahren, einen Blick darauf werfen und anschließend einen Bericht schreiben.

Gilmer zufolge, der mit leichten Verletzungen überlebte, gerieten sie in einen Hinterhalt, während sie um drei Uhr morgens langsam über eine Schotterstraße fuhren. Der Wald war an dieser Stelle sehr dicht, und sie konnten niemanden erkennen. Die ersten Schüsse bohrten sich seitlich in das Zivilfahrzeug, mit dem sie unterwegs waren, dann wurde die Heckscheibe getroffen. Gilmer hielt an und hechtete aus dem Wagen in den Straßengraben. Kenny Taft warf sich ebenfalls aus dem Fahrzeug, wurde aber sofort in den Kopf getroffen und starb noch vor Ort. Er hatte keine Zeit, seinen Dienstrevolver zu ziehen. Als der Beschuss aufhörte, kroch Gilmer zum Auto zurück und holte Hilfe.

Die Täter verschwanden spurlos. Beamte der DEA glaubten, dass es Drogenhändler gewesen seien. Monate später sagte ein Informant angeblich, die Schützen hätten nicht gewusst, dass es sich bei den Opfern um Cops gehandelt habe. Auf dem Grundstück sei eine Menge Kokain versteckt gewesen, nur ein Stück die Straße hinunter, und sie seien gezwungen gewesen, ihre Bestände zu schützen.

Der Informant sagte angeblich auch, dass die Täter irgendwo in Südamerika untergetaucht seien. Viel Glück bei der Suche.

22

Ich erhalte einen erbosten Anruf von Otis Walker. Anscheinend empört sich seine Ehefrau June darüber, dass ihr zweiter Ehemann James Rhoad bei Gericht schlecht über sie geredet hat. Ich erkläre ihm geduldig, dass wir noch gar nicht bei Gericht waren, sondern eine von Rhoad unterzeichnete beeidete Erklärung eingereicht haben, der zufolge sich June darüber lustig gemacht hat, wie sie vor Gericht gelogen und Quincy ins Gefängnis gebracht hat.

»Er hat sie eine Lügnerin genannt?« Otis tut überrascht. »Vor einem Geschworenengericht?«

»Nein, Mr. Walker, nicht vor Gericht, nur auf Papier.«

»Warum das denn?«

»Weil wir ihn darum gebeten haben. Wir versuchen, Quincy aus dem Gefängnis zu holen, weil er den Anwalt damals nicht umgebracht hat.«

»Und Sie bezeichnen meine Frau June als Lügnerin?«

»Wir sagen, dass sie damals vor Gericht gelogen hat.«

»Kommt auf das Gleiche hinaus. Mir fehlt das Verständnis, dass Sie nach zwanzig Jahren diese alten Geschichten ausgraben wollen.«

»Sie haben völlig recht. Es ist eine lange Zeit. Fragen Sie mal Quincy.«

»Ich rede wohl am besten mit einem Anwalt.«

»Nur zu. Geben Sie ihm meine Telefonnummer, ich bin gern bereit, mich mit ihm zu unterhalten. Aber das Geld können Sie sich sparen.«

Von Patty's Porch bekommt Mazy folgende Nachricht:

Der Salty Pelican ist eine alteingesessene Strand-
bar in Nassau auf den Bahamas. Seien Sie nächsten
Dienstag um zwölf Uhr da; es ist wichtig. (Die
Nachricht wird fünf Minuten nach dem Öffnen automatisch gelöscht. Jeder Versuch, den Absender
herauszufinden, ist sinnlos.)

Ich schnappe mir eine Kreditkarte, gehe auf Patty's Porch,
bezahle, melde mich als joe.frazier.555 an und schicke
meine Nachricht: *Soll ich eine Waffe oder einen Leibwächter
mitbringen?*

Zehn Minuten später trifft die Antwort ein: *Nein, ich
komme in friedlicher Absicht. Das Lokal ist immer voll, wir sind
also unter Leuten.*

Ich antworte: *Wie erkennen wir uns?*

Das klappt schon. Sorgen Sie dafür, dass Ihnen niemand folgt.

Okay. Bis dann.

Die Debatte artet fast in einen Streit aus. Mazy ist fest
davon überzeugt, dass ich mich auf keinen Fall auf ein
Treffen mit einem Wildfremden einlassen soll. Vicki gefällt
die Sache auch nicht. Ich vertrete den Standpunkt, dass wir
das Risiko aus offensichtlichen Gründen eingehen müssen.
Diese Person weiß viel über die Sache und will uns helfen. Außerdem will sich der Unbekannte im Ausland mit
mir treffen, zumindest für mich ein Hinweis, dass wirklich
etwas zu holen sein könnte.

Obwohl es zwei gegen einen steht, mache ich mich auf
den Weg nach Atlanta. Vicki versteht sich meisterhaft darauf, die billigsten Flüge, Hotels und Schrottmietwagen zu
finden, und bucht mich auf eine Turbo-Prop-Maschine

von den Bahamas, die zwei Zwischenlandungen hinlegt, bevor wir auch nur das amerikanische Staatsgebiet verlassen. Es gibt nur eine einzige Flugbegleiterin, die grundsätzlich nicht lächelt und offenkundig keine Absicht hat, sich von ihrem Notsitz zu erheben.

Da ich kein Gepäck habe, werde ich am Zoll durchgewinkt und suche mir ein Taxi aus einer langen Schlange aus. Es ist ein Oldtimer, ein Cadillac aus den 1970ern, aus dessen Radio Bob Marley dröhnt, um Touristen wie mich zu erfreuen. Der Fahrer raucht einen Joint, damit für das nötige Lokalkolorit gesorgt ist. Da der Verkehr kaum von der Stelle kommt, hält sich die Gefahr einer tödlichen Kollision in Grenzen. Als wir in einem gigantischen Stau endgültig festsitzen, reicht es mir. Ich steige aus, bezahle und lasse mir von ihm den Weg erklären.

Der *Salty Pelican* ist eine alte Bar mit durchhängenden Deckenbalken und Strohdach. An der Decke drehen sich große Ventilatoren, die kaum einen Luftzug zustande bringen. Echte Bahamaer sitzen dicht gedrängt an einem Tisch und spielen lautstark Domino. Offenbar wird gezockt. Andere werfen in einer Ecke Darts. Es gibt mehr Weiße als Einheimische, und das Lokal ist offenbar bei Touristen beliebt. Ich hole mir an der Theke ein Bier und setze mich an einen Tisch unter einem Schirm, gerade einmal drei Meter vom Wasser entfernt. Ich trage eine Sonnenbrille und eine Baseballkappe und versuche, unauffällig meine Umgebung zu beobachten. Im Lauf der Jahre habe ich mich zu einem ziemlich guten Ermittler entwickelt, aber als Spion bin ich eine Niete. Falls mir jemand gefolgt ist, so ist mir zumindest nichts aufgefallen.

Zwölf Uhr kommt und geht, während ich auf das Wasser starre.

»Hallo, Post«, sagt jemand hinter mir. Tyler Townsend

tritt neben mich. Er stand ganz oben auf meiner Kandidatenliste.

»Hallo«, sage ich, ohne seinen Namen zu nennen, und gebe ihm die Hand. Er setzt sich mit einer Flasche Bier an den Tisch. Er trägt ebenfalls Sonnenbrille und Kappe und sieht aus, als wäre er zum Tennis unterwegs. Sonnengebräunt und attraktiv, mit nur wenigen grauen Strähnen. Wir sind etwa gleich alt, aber er wirkt jünger. »Kommen Sie oft her?«, frage ich.

»Ja, uns gehören zwei Einkaufszentren in Nassau, deswegen glaubt meine Frau, ich wäre geschäftlich hier.«

»Und warum sind wir wirklich hier?«

»Gehen wir ein paar Schritte«, sagt er und erhebt sich. Wir schlendern schweigend am Hafen entlang, bis wir eine große Pier mit Hunderten Jachten erreichen. »Kommen Sie mit«, sagt er. Wir steigen auf eine tiefer liegende Plattform, und er deutet auf ein echtes Prachtstück. Das rund fünfzehn Meter lange Boot ist dafür ausgelegt, weit draußen auf dem Meer die Fächerfische zu fangen, die nachher ausgestopft an den Wänden hängen. Er springt an Bord und reicht mir die Hand, damit ich nicht das Gleichgewicht verliere.

»Gehört die Ihnen?«, frage ich.

»Zusammen mit meinem Schwiegervater. Lassen Sie uns rausfahren.« Er nimmt zwei Bier aus einer Kühlbox, setzt sich auf den Kapitänsstuhl und startet die Maschinen. Ich lehne mich auf einer gepolsterten Sitzbank zurück und atme die Salzluft ein, während wir durch den Hafen tuckern. Schon bald sprüht mir die Gischt ins Gesicht.

Tyler wuchs in Palm Beach als Sohn eines prominenten Prozessanwalts auf. Acht Jahre lang studierte er an der University of Florida Politikwissenschaften und Jura mit der Absicht, später zu Hause in die Kanzlei der Familie einzutreten. Sein Leben geriet aus der Bahn, als sein Vater von einem betrunkenen Autofahrer getötet wurde – eine Woche bevor er die Zulassungsprüfung als Anwalt hätte ablegen sollen. Tyler setzte ein Jahr aus, kam wieder auf die Beine, bestand die Prüfung und fand in Seabrook Arbeit.

Da ihm eine Stelle immer sicher gewesen war, hatte er sich an der Uni keine besondere Mühe gegeben. Seine Ergebnisse im Grundstudium waren eher dürftig. Es dauerte fünf turbulente Jahre, bis er den Bachelor in der Tasche hatte. Mit seinem Abschluss lag er im unteren Drittel seines Jahrgangs, und dort gefiel es ihm sehr gut. Er galt als feierwütiges Großmaul, das vom Ruf seines prominenten Vaters lebte. Als er plötzlich Arbeit suchen musste, bekam er nur mit Mühe überhaupt ein Vorstellungsgespräch. Eine Immobilienfirma in Seabrook stellte ihn ein, aber dort hielt er es nur acht Monate aus.

Um sich die Fixkosten leisten zu können, teilte er sich ein Büro mit anderen Anwälten. Die Rechnungen konnte er nur bezahlen, weil er jede Pflichtverteidigung auf der Prozessliste annahm. Ruiz County war zu klein für ein eigenes Pflichtverteidigerbüro, und die Verteidiger wurden von den Richtern für jeden Fall einzeln ernannt. Dass Tyler sich um jeden Auftritt vor Gericht riss, wurde ihm zum Verhängnis, als der Russo-Mord die Stadt in Aufruhr versetzte. Jeder andere Anwalt war entweder abgetaucht oder hielt sich bedeckt, und so wurde Tyler als Verteidiger von Quincy Miller bestellt, der bereits am Tag seiner Festnahme als schuldig galt.

Für einen achtundzwanzigjährigen Anwalt mit begrenzter Erfahrung im Gerichtssaal war seine Verteidigung geradezu meisterhaft. Er kämpfte leidenschaftlich, zog jedes einzelne Beweismittel in Zweifel, legte sich mit den Zeugen der Anklage an und war felsenfest von der Unschuld seines Mandanten überzeugt.

Als ich zum ersten Mal das Verhandlungsprotokoll las, fand ich seine Frechheit im Gerichtssaal amüsant. Beim dritten Durchgang wurde mir jedoch klar, dass er mit seiner Politik der verbrannten Erde vermutlich die Geschworenen vor den Kopf gestoßen hatte. Trotzdem hatte der Junge enormes Potenzial als Prozessanwalt.

Dann gab er seinen Beruf auf.

Wir fahren in gemächlichem Tempo an der Küste von Paradise Island entlang und legen an einem Hotelkomplex an. »Wir überlegen, ob wir die Anlage übernehmen sollen«, sagt Tyler, während wir über die Pier zum Hotel gehen. »Sie ist zu verkaufen. Ich will expandieren und von den Einkaufszentren wegkommen. Mein Schwiegervater ist eher konservativ.«

Ein Immobilienhai aus Florida, der sich konservativ verhält?

Ich nicke, als wäre das faszinierend. Von Geldgesprächen bekomme ich Migräne. Sobald von Finanzen, Märkten, Hedgefonds, Unternehmensbeteiligungen, Risikokapital, Basispunkten, Immobilien, Wertpapieren und so die Rede ist, schalte ich ab. Da ich keinen Cent besitze, ist mir komplett egal, wie andere ihre Finanzen regeln.

Wir schlendern wie Touristen aus dem kalten Norden der USA durch die Lobby und fahren mit dem Aufzug in den zweiten Stock, wo Tyler eine große Suite hat. Ich folge ihm zu einer Terrasse mit fantastischer Aussicht auf den Strand und das Meer dahinter. Er holt zwei Bier aus einem Kühlschrank, und wir setzen uns und reden.

»Ich bewundere Sie für das, was Sie tun, Post«, beginnt er. »Wirklich. Ich war gezwungen, Quincy im Stich zu lassen, aber ich habe nie geglaubt, dass er Keith Russo auf dem Gewissen hat. Ich denke immer noch oft an ihn.«

»Wer war es dann?«

Er atmet durch und nimmt einen tiefen Zug aus der Flasche. Er blickt auf den Ozean hinaus. Wir sitzen unter einem großen Sonnenschirm, und das einzige Zeichen menschlichen Lebens in unserer Nähe ist ein Lachen irgendwo am Strand. Er sieht mich an. »Sind Sie verkabelt, Post?«, fragt er.

Heute nicht. Glücklicherweise.

»Jetzt machen Sie mal einen Punkt, Tyler. Ich bin kein Cop.«

»Das ist keine Antwort auf meine Frage.«

»Nein. Ich bin nicht verkabelt. Soll ich mich ausziehen?«

Er nickt. »Ja.«

Ich nicke ebenfalls, kein Problem. Ich stehe auf und ziehe mich bis auf die Boxershorts aus. Er beobachtet mich genau, bis er genug gesehen hat. »Das reicht«, sagt er schließlich.

Ich ziehe mich an und setze mich wieder zu meinem Bier.

»Tut mir leid, Post, aber ich kann nicht vorsichtig genug sein. Das werden Sie später verstehen.«

Ich hebe beide Hände. »Hören Sie, Tyler, ich habe keine Ahnung, was in Ihrem Kopf vorgeht, deswegen halte ich jetzt den Mund und lasse Sie reden, okay? Sie wissen ja, dass ich wie ein Grab schweige. Die Leute, die Keith Russo auf dem Gewissen haben, sind immer noch da, irgendwo, und haben Angst vor der Wahrheit. Aber mir können Sie vertrauen.«

Er nickt. »Das ist mir klar. Sie haben mich gefragt, wer Russo umgebracht hat, aber ich weiß es nicht. Ich habe eine plausible These, sogar eine sehr überzeugende These, und wenn ich Ihnen meine Geschichte erzählt habe, werden Sie mir sicherlich zustimmen.«

Ich trinke einen Schluck. »Ich bin ganz Ohr.«

Er holt tief Luft, wie um sich zu beruhigen. Alkohol ist in diesem Moment wichtig, also leere ich meine Flasche. Er holt zwei weitere Bier aus dem Kühlschrank, lehnt sich auf seinem Stuhl zurück und blickt auf den Ozean hinaus. »Ich kannte Keith Russo, und zwar ziemlich gut. Er war etwa zehn Jahre älter als ich und hatte hochfliegende Pläne. Die Kleinstadt war ihm für seine Träume schon zu eng geworden. Ich fand ihn nicht besonders sympathisch, und das ging nicht nur mir so. Er und seine Frau verdienten Geld mit der Vertretung von Drogendealern in Tampa und hatten dort sogar eine Wohnung. In Seabrook ging das Gerücht um, dass sie ihre Zelte abbrechen, die Provinz hinter sich lassen und in die obere Liga aufsteigen wollten. Er und Diana blieben für sich, als wären sie zu gut für die anderen, die sich mühsam ihre Brötchen verdienten. Gelegentlich mussten sie sich mit Scheidungen, Konkursen, Testamenten oder Kaufverträgen die Hände schmutzig machen, wenn die Geschäfte nicht so richtig liefen, aber diese Tätigkeit war unter ihrer Würde. Was Keith für Quincy bei dessen Scheidung abgeliefert hat, war erbärmlich, und Quincy war mit Recht verärgert. Sie haben sich den idealen Sündenbock ausgesucht, stimmt's? Verärgerter Mandant dreht durch und bringt arbeitsscheuen Anwalt um.«

»Der Plan ist aufgegangen.«

»Ja, das ist er. Die Stadt stand unter Schock. Quincy wurde festgenommen, und alle waren erleichtert. Alle Anwälte tauchten ab, bis auf mich, und ich bekam den Job. Ich hatte keine Wahl. Zuerst hielt ich ihn für schuldig, aber dann überzeugte er mich vom Gegenteil. Ich übernahm seine Verteidigung, und damit war ich ruiniert.«

»Sie haben vor Gericht hervorragende Arbeit geleistet.«
Er winkt ab. »Interessiert mich nicht mehr. Das war in
einem anderen Leben.« Er stützt sich auf die Ellbogen und
beugt sich vor, als würde es jetzt richtig ernst. »Ich werde
Ihnen sagen, was mir passiert ist, Post. Die Geschichte habe
ich bisher niemand erzählt, nicht einmal meiner Frau, und Sie
dürfen auf keinen Fall darüber reden. Das werden Sie auch
gar nicht wollen, weil es viel zu gefährlich ist. Die Sache war
so. Nach der Verhandlung war ich emotional und körperlich
am Ende. Die Verhandlung und das Urteil fand ich unmöglich, das ganze System widerte mich an. Aber nach einigen
Wochen erwachte der alte Kampfgeist in mir, weil ich Revision einlegen musste. Ich habe Tag und Nacht gearbeitet und
mir eingeredet, ich könnte den Obersten Gerichtshof von
Florida umstimmen, was kaum jemals vorkommt.«

Er trinkt einen Schluck und lässt den Blick über den
Ozean schweifen.

»Die andere Seite hat mich nicht aus den Augen gelassen.
Das wusste ich einfach. Ich fühlte mich nirgends sicher,
nicht am Telefon, nicht in meiner Wohnung oder im Büro,
nicht im Auto, einfach nirgends. Zweimal erhielt ich einen
anonymen Anruf. *Lassen Sie die Finger davon.* Das war alles.
Einfach nur: *Lassen Sie die Finger davon.* Ich konnte nicht
einmal zur Polizei gehen, weil ich der nicht traute. Pfitzner
hatte das Sagen, und er stand auf der anderen Seite. Vielleicht war die Stimme am Telefon sogar seine.

Fünf oder sechs Monate nach der Verhandlung, während
ich an der Revision arbeitete, luden mich zwei Studien-
kollegen, die wussten, dass ich mal rausmusste, zum Bonefishing nach Belize ein. Haben Sie das mal ausprobiert?«

Ich hatte noch nie von Bonefishing gehört. »Nein.«

»Das ist ein Riesenspaß. Man lauert den Grätenfischen
im seichten Salzwasser auf, das geht hier vor den Bahamas

und in ganz Mittelamerika hervorragend. Die Gewässer vor Belize gehören zu den besten überhaupt. Meine Kumpel luden mich also dorthin ein, und ich brauchte wirklich dringend Erholung. Bonefishing ist echte Männersache – keine Ehefrauen, keine Freundinnen, jede Menge Alkohol. Ich fuhr also mit. Am zweiten Abend gingen wir auf eine Strandparty nicht weit von unserer Unterkunft. Jede Menge Einheimische, ein paar Frauen, viele Gringos, die zum Angeln und Saufen gekommen waren. Es ging ziemlich zur Sache. Wir kippten Bier und Rumpunsch, aber nicht bis zur Bewusstlosigkeit. Es war kein Komasaufen wie am College. Aber jemand mischte mir etwas in den Drink und verschleppte mich. Wohin weiß ich nicht, das werde ich wohl nie erfahren. Ich erwachte auf dem Boden einer fensterlosen Betonzelle. Unerträglich heiß, die reinste Sauna. Mir platzte fast der Kopf, und ich musste mich übergeben. Auf dem Boden stand eine kleine Flasche Wasser, die ich hinunterkippte. Ich war bis auf meine Boxershorts nackt. Stundenlang saß ich auf dem heißen Fußboden und wartete. Dann öffnete sich die Tür, und zwei knallharte Gestalten mit Pistole in der Hand kamen auf mich zu. Sie schubsten mich herum, verbanden mir die Augen, fesselten mir die Handgelenke zusammen und ließen mich vielleicht eine halbe Stunde lang einen unbefestigten Pfad entlangmarschieren. Ich stolperte, war am Verdursten, und alle drei Meter beschimpfte mich einer der Schläger auf spanisch und schubste mich weiter. Als wir anhielten, banden sie mir ein Seil um die Handgelenke und zogen mich an den Armen in die Höhe. Es tat höllisch weh, und ein Jahr später musste ich deswegen an der Schulter operiert werden, aber an später dachte ich damals nicht. Ich prallte gegen Holzbalken, während ich in die Höhe gezogen wurde, bis ich oben auf einem Turm landete, wo mir die Augenbinde abgenommen wurde, damit ich die Aussicht genießen konnte. Wir befanden uns am Rand eines Teichs oder sumpfigen Altwassers oder so, ungefähr so groß wie ein Fußballfeld. Das zähflüssige Wasser war braun und wimmelte von Krokodilen. Unmengen von Krokodilen. Außer mir standen drei bis an die Zähne bewaffnete Typen auf der Plattform, die extrem unfreundlich wirkten, und zwei dünne Jungs, die höchstens achtzehn waren. Sie hatten dunkle Haut und waren splitternackt. Zwischen dem Turm und einem Baum auf der anderen Seite war eine Art Seilrutsche befestigt, die in den Teich eintauchte. Ohne die Krokodile hätte es nach einem sommerlichen Badespaß ausgesehen. Ohne die Krokodile. Mein Kopf hämmerte, und das Herz sprengte mir fast den Brustkorb. Die Kerle befestigten einen Rupfensack voller blutiger Hühner an der Seilrutsche und ließen ihn in die Tiefe sausen. Das auf das Wasser tropfende Blut trieb die Krokodile zur Raserei. Als der Sack mitten über dem Teich anhielt, zog eine der Wachen an einem Seil, und die toten Hühner plumpsten in einem Haufen auf die Krokodile. Sie waren wohl am Verhungern, weil sie völlig außer Rand und Band gerieten.

Nachdem die Vorspeise vertilgt war, wurde es Zeit für den Hauptgang. Sie schnappten sich den ersten unterernährten kleinen Latino und hängten ihn mit den Handgelenken an die Seilrutsche. Er schrie, als sie ihn mit Fußtritten vom Turm stießen, und schrie noch lauter, während er über den Teich rauschte. Als er in der Mitte anhielt, hingen seine Zehen vielleicht drei Meter über den Krokodilen. Der arme Junge heulte und zeterte. Es war furchtbar, einfach nur furchtbar. Langsam drehte eine der Wachen eine Kurbel und ließ ihn hinunter. Er strampelte verzweifelt, das können Sie sich ja vorstellen. Er trat mit den Füßen und schrie um sein Leben, aber bald waren seine Füße im Wasser, und die Krokodile fingen an, Fleisch und Knochen zu zerfetzen. Der Wachmann kurbelte immer weiter, und der Junge hing immer tiefer. Ich sah zu, wie ein Mensch bei lebendigem Leib gefressen wurde.«

Er trinkt einen Schluck und sieht auf das Meer hinaus.

»Post, es gibt keine Worte für die Angst, das totale Entsetzen, die einen packen, wenn man etwas so Unbeschreibliches sieht und weiß, dass man selbst gleich an der Reihe sein wird. Ich pinkelte mir in die Hose. Ich dachte, ich würde ohnmächtig werden. Ich wollte springen, aber die Männer hielten uns fest. Eine solche Angst erleben nur wenige Menschen. Vor einem Erschießungskommando zu stehen muss furchtbar sein, aber zumindest ist man gleich tot. Bei lebendigem Leib gefressen zu werden, na ja.

Als sie den zweiten Jungen an die Seilrutsche hängten, hatte auch ich das Offensichtliche kapiert: Ich war als Letzter ausgewählt worden, damit ich sah, was mit den ersten beiden passierte. Ein Albtraum.

Parallel dazu lief noch etwas anderes. Zu meiner Rechten, auf der anderen Seite eines kleinen Gebäudes, hörte ich Gelächter. Stimmen von Männern, die das sportliche Ereignis genossen, und ich fragte mich, wie oft sich diese Runde hier traf, um ihren Spaß zu haben. Ich machte eine Bewegung zum Rand der Plattform hin, aber ein Wachmann riss mich an den Haaren zurück und drückte mich gegen das Geländer. Diese Muskelprotze waren völlig skrupellos, und selbst wenn es etwas gebracht hätte, hätte ich nicht die Kraft gehabt, mich zu wehren. Ich versuchte wegzusehen, aber die Wache packte mich wieder am Haar und zischte: ›Sieh hin! Hinsehen!‹

Dann stießen sie den zweiten Jungen vom Turm. Er schrie noch lauter, und während sie ihn über den Kroko-

dilen baumeln ließen, zappelte er und rief: ›Maria! Maria!‹
Als sie anfingen, ihn hinunterzulassen, schloss ich die
Augen. Das Geräusch reißenden Fleisches und brechen-
der Knochen war ekelerregend. Schließlich verlor ich das
Bewusstsein, aber das half mir nichts. Sie droschen auf
mich ein, zerrten mich auf die Beine, hängten mich an die
Seilrutsche und stießen mich vom Turm. Wieder hörte ich
Gelächter. Als sie mich mitten über dem Teich anhielten,
sah ich nach unten. Ich strengte mich an, es nicht zu tun,
aber ich konnte nicht anders. Nur Blut, Knochenstücke,
Körperteile, und die rasenden Krokodile, die nach mehr
gierten. Als ich merkte, wie ich hinuntergelassen wurde,
musste ich an meine Mutter und meine Schwester denken,
die nie erfahren würden, was mir zugestoßen war. Und das
war gut so. Ich schrie nicht, ich weinte nicht, aber ich trat
unwillkürlich mit den Füßen um mich. Als das erste Kro-
kodil nach meinem Fuß sprang, hörte ich einen lauten Ruf
auf spanisch. Es ging wieder nach oben.

Sie ließen mich vom Turm herab und legten mir die
Augenbinde wieder an. Zum Laufen war ich zu schwach,
sodass sie mich mit einem Golfcart befördern mussten. Ich
wurde wieder in dieselbe Zelle geworfen, wo ich mich
auf dem Betonboden zusammenrollte und mindestens
eine Stunde lang weinte und schwitzte, bevor die Wachen
zurückkehrten. Einer der Männer schlug mich nieder und
drehte mir den Arm auf den Rücken, während der andere
mir etwas spritzte. Als ich aufwachte, war ich wieder in
Belize und lag auf der Ladefläche eines Pick-ups, der von
zwei Polizeibeamten gefahren wurde. Wir hielten am
Gefängnis, und ich folgte ihnen ins Innere des Gebäudes.
Einer gab mir einen Becher Kaffee, während der andere mir
erklärte, meine beiden Freunde machten sich große Sorgen
um mich. Man habe ihnen gesagt, ich sei wegen Trunken-

heit in der Öffentlichkeit festgenommen worden, und für mich sei es am besten, bei dieser Geschichte zu bleiben.

Als ich wieder klar denken konnte und zurück in meiner Unterkunft war, sprach ich mit meinen Freunden, um die zeitliche Abfolge zu rekonstruieren. Ich erzählte ihnen, ich wäre im Gefängnis gewesen, keine große Sache, geradezu ein Abenteuer. Die Entführung hatte etwa vierzig Stunden gedauert, und ich bin mir sicher, dass ich an Bord eines Bootes, eines Hubschraubers und eines Flugzeugs gewesen war, aber meine Erinnerung war nebelhaft. Die Drogen. Ich wollte nur noch raus aus Belize und nach Hause. Nie wieder werde ich mich den Behörden eines Landes der Dritten Welt ausliefern. Und das Bonefishing habe ich auch aufgegeben.«

Er legt eine Pause ein und trinkt von seinem Bier. Ich bin zu schockiert, als dass ich viel sagen könnte, und murmle nur: »Wahnsinn.«

»Ich habe immer noch Albträume. Meiner Frau muss ich irgendeine Ausrede auftischen, wenn ich schreiend aufwache. Es lauert direkt unter der Oberfläche.«

Ich kann nur den Kopf schütteln.

»Zu Hause in Seabrook war ich zu nichts mehr zu gebrauchen. Ich konnte weder essen noch trinken und hielt es im Büro nicht mehr aus. Ich habe mich im Schlafzimmer eingesperrt und versucht einzudösen, immer mit geladener Waffe. Ich war so erschöpft, dass ich kurz vor dem Zusammenbruch stand, weil ich nicht schlafen konnte. Wieder und immer wieder habe ich die beiden Jungen gesehen und ihre Schreie gehört, ihre panischen Rufe, die entsetzliche Raserei der hungrigen Krokodile, die brechenden Knochen und das Lachen in der Ferne. Ich musste oft an Selbstmord denken, Post, das können Sie mir glauben.«

Er leert seine Flasche und holt sich eine neue aus dem Kühlschrank.

»Irgendwie habe ich mir eingeredet, alles wäre nur ein Traum gewesen, ausgelöst durch zu viel Alkohol und Drogen im Drink«, sagt er, als er wieder sitzt. »Ein Monat verging, und ich kam allmählich wieder auf die Beine. Dann habe ich das hier mit der Post bekommen.«

Er greift nach einer Mappe, die mir zuvor nicht aufgefallen ist.

»Das habe ich noch nie jemandem gezeigt«, sagt er, während er sie öffnet.

Er gibt mir ein zwanzig mal fünfundzwanzig Zentimeter großes Farbfoto. Es zeigt Tyler, der in Boxershorts an der Seilrutsche hängt, die Füße nur Zentimeter über dem gierig aufgerissenen Schlund und den spitzen Zähnen eines großen Krokodils. Das Entsetzen in seinem Gesicht ist unbeschreiblich. Es ist eine Nahaufnahme, nichts im Hintergrund, was Anhaltspunkte für Ort oder Zeit liefern würde.

Ich starre das Bild an, dann wandert mein Blick zu Tyler. Er wischt sich eine Träne von der Wange.

»Ich muss telefonieren«, sagt er mit schwacher Stimme. »Es ist geschäftlich. Nehmen Sie sich noch ein Bier, ich bin in einer Viertelstunde wieder da. Das war noch nicht alles.«

23

Ich schiebe das Foto in die Mappe und lege sie auf den Tisch, auf Nimmerwiedersehen, wie ich hoffe. Dann gehe ich zum Terrassenrand und blicke auf den Ozean hinaus. Meine Gedanken überschlagen sich so, dass ich unmöglich einen einzigen herauspicken und analysieren kann. Über allem aber steht Angst. Angst, die Tyler dazu getrieben hat, seinen Beruf aufzugeben. Angst, die der Grund dafür ist, dass er nach wie vor nicht über seine Geheimnisse spricht. Angst, die meine Knie selbst zwanzig Jahre nach seiner Entführung weich werden lässt.

Ich bin so in meine Gedanken versunken, dass ich nicht höre, wie er auf die Terrasse zurückkommt. Als er mich anspricht, zucke ich zusammen. »Drängt sich Ihnen irgendein Gedanke auf, Post?« Er steht mit einem schwarzen Kaffee im Pappbecher neben mir.

»Warum haben die Sie nicht einfach umgebracht? Niemand hätte je davon erfahren.«

»Die Frage liegt auf der Hand, und ich hatte zwanzig Jahre Zeit, darüber nachzudenken. Die plausibelste Antwort ist, dass sie mich brauchten. Sie hatten ihre Verurteilung. Quincy sollte für immer im Gefängnis verschwinden. Wahrscheinlich bereitete ihnen die Revision Kopfzerbrechen, und nachdem ich sie eingelegt hatte, wollten sie mich in die Knie zwingen. Und ich habe ihnen den Gefallen getan. Ich habe in meinem Revisionsantrag alle offensichtlichen Rechtsfragen angesprochen, aber sehr zurückhaltend formuliert. Ich bin eingeknickt. Ich habe den Schriftsatz mit der Post geschickt. Sie haben ihn bestimmt gelesen, oder?«

»Natürlich, ich habe alles gelesen. Ich fand Ihren Antrag in Ordnung.«

»Rechtlich gesehen, ja, aber das war nur pro forma. Nicht dass es eine Rolle gespielt hätte. Der Oberste Gerichtshof von Florida hätte die Verurteilung niemals aufgehoben, da hätte ich schreiben können, was ich wollte. Quincy ahnte nichts davon. Er sah mich immer noch als Kämpfer gegen das Unrecht, das ihm widerfahren war, dabei hatte ich längst aufgegeben.«

»Der Gerichtshof hat das Urteil einstimmig bestätigt.«

»Keine Überraschung. Ich habe routinemäßig Beschwerde beim Obersten Bundesgerichtshof eingelegt. Wurde selbstverständlich zurückgewiesen. Ich habe Quincy gesagt, es sei vorbei.«

»Deswegen haben Sie auch keinen Wiederaufnahmeantrag gestellt?«

»Deswegen, und weil damals keine neuen Beweismittel vorlagen. Ich warf das Handtuch und verabschiedete mich. Es versteht sich von selbst, dass ich keinen Cent sah. Zwei Jahre später stellte Quincy mit Unterstützung eines Mithäftlings, der sich Rechtskenntnisse angeeignet hatte, aus dem Gefängnis heraus selbst seine Anträge, aber es ist nichts dabei herausgekommen.«

Er dreht sich um, geht wieder zum Tisch und setzt sich. Die Aktenmappe legt er auf einen freien Stuhl. Ich schließe mich ihm an, und wir sitzen lange schweigend da. »Allein die Logistik, Post«, sagt er schließlich. »Überlegen Sie mal. Die Leute wussten, dass ich in Belize angeln war, sie wussten, wo ich mich aufhalten würde, also müssen sie meine Telefone abgehört haben. Damals gab es noch kein Internet, sie konnten sich nicht in E-Mails einhacken. Denken Sie nur, wie viele Personen im Einsatz gewesen sein müssen, um mir K.-o.-Tropfen in den Drink zu mischen, mich zu verschleppen, auf ein Boot oder Flugzeug zu verladen und zu diesem Lager zu verfrachten, wo sie Menschen zum Spaß an Krokodile verfüttern. Die Seilrutsche war ziemlich raffiniert, und es wimmelte nur so von hungrigen Krokodilen.«

»Eine gut organisierte Bande.«

»Ja, eine mit viel Geld und anderen Ressourcen, Kontakten zur örtlichen Polizei, vielleicht auch den Grenzbeamten, mit allem, was ein Drogenschmuggler der Spitzenklasse so braucht. Mich haben sie jedenfalls überzeugt. Ich zog die Revision bis zum Ende durch, aber danach war ich ein Wrack. Schließlich machte ich eine Therapie und erzählte meinem Therapeuten, dass ich von Leuten bedroht werde, die ihre Drohungen jederzeit wahr machen könnten, und den Druck nicht mehr aushalte. Mit seiner Hilfe habe ich die Sache durchgestanden und bin schließlich aus der Stadt weggezogen. Brauchen Sie noch weitere Beweise, dass es nicht Quincy war, der Russo umgebracht hat?«

»Nein. Aber das wusste ich schon.«

»Es ist ein Geheimnis, von dem niemand je erfahren wird, Post. Und es ist der Grund, warum ich niemanden dabei unterstützen werde, Quincys Unschuld zu beweisen.«

»Sie wissen also mehr, als Sie sagen?«

Er überlegt eine Weile, während er den Kaffee schlürft. »Sagen wir, ich weiß einiges.«

»Was können Sie mir über Brad Pfitzner erzählen? Ich nehme an, Sie kannten ihn zu der Zeit ziemlich gut.«

»Es gab damals Verdächtigungen gegen Pfitzner, aber darüber wurde nur im Flüsterton gesprochen. Manche der auf Strafrecht spezialisierten Anwälte, unter anderem ich, bekamen von den Gerüchten mehr mit. Am Golf gibt es einen kleinen Hafen namens Poley's Inlet. Er liegt in Ruiz County, unterstand also seiner Kontrolle. Den Gerüchten zufolge duldete er, dass die Drogen dort an Land gebracht und in abgelegenen Gegenden gelagert wurden, bevor sie zum Verkauf nach Norden, Richtung Atlanta, geschafft wurden. Wie gesagt, das waren Gerüchte. Pfitzner wurde nie erwischt, nie angeklagt. Nach meinem Wegzug habe ich die Vorgänge aus der Ferne beobachtet und die Verbindung zu einigen befreundeten Anwälten in Seabrook gehalten. Das FBI hat Pfitzner nie zu fassen bekommen.«

»Und Kenny Taft?«

»Taft kam, kurz nachdem ich weggezogen war, ums Leben. Es gingen Gerüchte um, dass sich die Sache nicht so zugetragen habe, wie Pfitzner behauptete. Aber wie bei Russo leitete Pfitzner die Ermittlungen und konnte die Geschichte schreiben, wie es ihm gefiel. Er machte großes Aufheben davon, dass er einen seiner Männer verloren hatte. Eine pompöse Beerdigung, Trauerzug, Polizeibeamte aus der ganzen Gegend, die die Straßen säumten. Ein prunkvoller Abschied von einem gefallenen Helden.«

»Ist Taft für uns wichtig?«

Er verstummt und blickt auf das Meer hinaus. Für mich ist das Antwort genug. »Ich weiß nicht«, sagt er jedoch. »Es könnte was dran sein.«

Ich will ihn nicht drängen. Ich habe schon viel mehr erfahren, als ich erwartet hatte, und es war hoffentlich nicht unser letztes Gespräch. Ich nehme zur Kenntnis, dass er über Kenny Taft nicht sprechen will, und wechsle das Thema. »Und warum musste Keith Russo ausgeschaltet werden?«

Er zuckt mit den Schultern, als läge die Antwort auf der Hand. »Er hat etwas getan, was der Bande missfiel, und das war die Quittung dafür. Informanten fangen sich sehr schnell eine Kugel ein. Vielleicht hat ihn die Antidrogen-behörde, die DEA, unter Druck gesetzt und umgedreht. Nachdem Russo aus dem Weg geschafft und Quincy für den Mord verurteilt worden war, haben die Geschäfte schnell wieder ihren gewöhnlichen Lauf genommen. Sie wollten, dass das Urteil Bestand hat, und ich bin angeln gegangen.«

»Pfitzner lebt als Pensionär auf den Florida Keys, in einer schönen Eigentumswohnung, deren Wert vom County mit 1,6 Millionen veranschlagt wurde«, sage ich. »Nicht schlecht für einen Sheriff, der zu seinen besten Zeiten sechzigtausend im Jahr verdient hat.«

»Und noch nicht mal einen Highschool-Abschluss hat, also vermutlich auch kein besonders gewiefter Kapitalanle-ger ist. Ich wette, seine Beute liegt zum Großteil irgendwo auf Offshorekonten. Seien Sie bei Ihren Nachforschungen vorsichtig, Post. Vielleicht stoßen Sie auf Dinge, die Sie nie wissen wollten.«

»Herumzuwühlen gehört zu meinem Job.«

»Aber nicht zu meinem. Für mich ist das alles Geschichte. Ich habe ein gutes Leben mit einer wunderbaren Frau und drei Kindern. Das war das letzte Mal, dass ich mit Ihnen zusammengearbeitet habe. Viel Erfolg, aber ich will Sie nie wiedersehen.«

»Verstanden. Danke für das Treffen.«

»Sie können die Suite gern nutzen. Wenn Sie hierblei-ben, können Sie morgen früh mit dem Taxi zum Flughafen fahren.«

»Danke, aber ich mache mich mit Ihnen auf den Weg.«

24

Gemäß Artikel 13A-10-129 des Strafgesetzbuches des Staates Alabama macht sich eine Person, die in einem offiziellen Verfahren »Beweismittel entfernt oder verfälscht«, der Manipulation von Beweismitteln schuldig. Und obwohl es sich nur um ein Vergehen handelt, kann es mit einer Freiheitsstrafe bis zu einem Jahr oder mit einer Geldstrafe bis zu fünftausend Dollar geahndet werden. Normalerweise würde der Erstatter der Strafanzeige, also in diesem Fall Staatsanwalt Chad Falwright, bei einem Vergehen einfach eine beeidete Erklärung vorlegen, in der er mich der Straftat beschuldigt, und beim Sheriff die Ausstellung eines Haftbefehls gegen mich beantragen.

Aber Falwright hat Angst, weil der größte Erfolg seiner glanzlosen Karriere zu seinem größten Desaster zu werden droht. Er will im nächsten Jahr wiedergewählt werden – nicht dass jemand scharf auf seinen Job wäre –, und wenn bekannt wird, dass er Duke Russell eines Mordes angeklagt hat, den ein anderer begangen hat, und fast hingerichtet hätte, könnte er durchaus ein paar Stimmen verlieren. Also schlägt Falwright zurück, und zwar mit aller Macht. Statt sich dem hehren Ziel der Wahrheitsfindung zu verschreiben und ein Unrecht aufzuklären, greift er mich an, weil ich versuche, ihm seinen Irrtum nachzuweisen und einen Unschuldigen zu entlasten.

Um zu beweisen, was für ein harter Bursche er ist, beruft er in Verona eine Anklagejury ein und lässt gegen mich

Anklage wegen Manipulation von Beweismitteln erheben. Er ruft Jim Bizko bei der *Birmingham News* an und prahlt mit dieser großartigen Leistung. Da Bizko wiederum Falwright nicht ausstehen kann, erkundigt er sich, wieso der nicht alle sieben Schamhaare für einen DNA-Test zur Verfügung stelle. Die Anklage wird in der Zeitung mit keinem Wort erwähnt.

In Alabama habe ich einen Freund namens Steve Rosenberg, einen radikalen Anwalt aus New York, der in den Süden gezogen ist und sich der fremden Umgebung auffällig wenig angepasst hat. Er betreibt in Birmingham eine gemeinnützige Organisation und verteidigt Dutzende zum Tode Verurteilte.

Rosenberg ruft Falwright an, und die beiden beschimpfen sich ausführlich – nicht zum ersten Mal. Als sich der Staub legt, wird vereinbart, dass ich zu Falwright ins Büro gehe, um mich zu stellen, und nach Abwicklung der Formalitäten sofort vor einem Richter erscheine, um Freilassung gegen Kaution zu beantragen. Selbst wenn ich ein oder zwei Nächte im Gefängnis verbringen muss, lässt mich das kalt. Wenn meine Mandanten Jahrzehnte in grauenvollen Haftanstalten absitzen müssen, werde ich einen Kurzaufenthalt in einem Bezirksgefängnis schon überleben.

Es ist meine erste Anklage, und ich bin sehr stolz darauf. In meinem Regal steht ein Buch über berühmte Anwälte, die der Kampf für ihre Mandanten ins Gefängnis gebracht hat, und es wäre mir eine Ehre, zu diesem erlesenen Kreis zu gehören. Rosenberg hat einmal in Mississippi wegen Missachtung des Gerichts eine ganze Woche abgesessen. Er lacht immer noch darüber und behauptet, er habe dort neue Mandanten aufgelesen.

Wir treffen uns vor dem Gerichtsgebäude und begrüßen uns mit einer Umarmung. Steve ist an die sechzig und sieht mit zunehmendem Alter immer radikaler aus. Das dichte, graue Haar ist schulterlang und ungepflegt. Außerdem trägt er mittlerweile einen Ohrring und eine kleine Tätowierung über der Halsschlagader. Als Jugendlicher hat er sich auf den Straßen von Brooklyn herumgeprügelt, und als Anwalt ist er diesem Stil treu geblieben. Er hat vor nichts Angst und genießt es, in die historischen Gerichtsgebäude der Provinznester des tiefen Südens einzufallen und die Einheimischen aufzumischen.

»So ein Affentheater wegen eines lausigen Schamhaars?«, witzelt er. »Ich hätte dir eins von mir leihen können.«

»Die sind bestimmt alle grau«, kontere ich.

»Es ist einfach lächerlich.« Wir betreten das Gerichtsgebäude und gehen nach oben zu Falwrights Büro. Der Sheriff wartet mit zwei Deputys, von denen einer eine Kamera hält. Um ihre Gastfreundschaft unter Beweis zu stellen, haben sich die lokalen Amtsträger bereit erklärt, die Formalitäten im Gerichtsgebäude zu erledigen, damit ich gar nicht erst ins Gefängnis muss, zumindest für den Augenblick. Meine Fingerabdrücke habe ich schon vor zwei Tagen übersandt. Ich posiere für mein Verbrecherfoto, bedanke mich beim Sheriff, den die Sache zu langweilen scheint, und warte auf Falwright. Als wir endlich in sein Büro geführt werden, macht keiner von uns Anstalten, irgendwem die Hand zu geben. Rosenberg und ich hassen diesen Menschen, und das Gefühl beruht auf Gegenseitigkeit. Selbst die üblichen Höflichkeitsfloskeln kommen uns kaum über die Lippen, und Falwright wirkt unruhig, geradezu nervös.

Bald wissen wir auch, warum. Um ein Uhr betreten wir den Hauptgerichtssaal und nehmen am Tisch der Verteidigung Platz. Falwright setzt sich mit ein paar Untergebenen an den Tisch der Anklage. In diesem Gerichtssaal herrscht ein verknöchertes Fossil namens Leon Raney, der bei Dukes Verhandlung den Vorsitz führte und ihm nie eine Chance gab. Zuschauer sind keine anwesend. Niemand interessiert sich für uns. Es geht bloß um ein Schamhaar, das ein Anwalt aus Georgia, der sich für die Aufklärung von Justizirrtümern einsetzt, an sich genommen hat. Falwrights Plan, öffentliches Aufsehen zu erregen, schlägt auch diesmal fehl.

Statt eines übellaunigen alten weißen Mannes in schwarzer Robe nimmt eine höchst attraktive schwarze junge Frau in rotbrauner Robe am Richtertisch Platz und begrüßt uns lächelnd. Richterin Marlowe teilt uns mit, sie sei die Vertretung für Richter Raney, der letzte Woche einen Schlaganfall erlitten habe und bis auf Weiteres im Krankenstand sei. Sie komme aus Birmingham und sei auf Anordnung des Obersten Gerichtshofs des Staates Alabama hier. Allmählich wird uns klar, warum Falwright so nervös ist. Ein unvoreingenommener Schiedsrichter, und schon ist sein Heimvorteil dahin.

Der erste Punkt auf Richterin Marlowes Tagesordnung ist mein erstes Erscheinen vor Gericht und die Frage, ob ich Kaution stellen kann. Sie nickt der Stenografin zu, damit sie mitprotokolliert.

»Ich habe die Anklage gelesen, Mr. Falwright«, beginnt sie in freundlichem Ton. »Aber an der Sache scheint mir nicht viel zu sein. Sie haben doch bestimmt Besseres zu tun. Mr. Rosenberg, ist Ihr Mandant noch im Besitz des Schamhaars, das für den DNA-Test verwendet wurde?«

Rosenberg ist aufgesprungen. »Selbstverständlich. Ich habe es hier vor mir liegen, und wir würden es gern an Mr. Falwright oder an die Stelle zurückgeben, in deren Obhut sich die Akte mit den Beweismitteln befindet. Mein Mandant hat weder manipuliert noch gestohlen. Er hat sich nur eines der Schamhaare ausgeborgt. Er war dazu gezwungen, weil sich Mr. Falwright weigert, DNA-Tests durchzuführen.«

»Kann ich es mal sehen?«, fragt sie.

Rosenberg reicht ihr eine kleine Plastiktüte. Ohne sie zu öffnen, inspiziert sie diese mit angestrengtem Blick, bis sie endlich etwas sieht, und legt sie beiseite. Sie runzelt die Stirn. »Das ist ja wohl ein Witz«, sagt sie kopfschüttelnd zu Falwright.

Falwright erhebt sich unsicher und stottert los. Er ist hier seit zwanzig Jahren Staatsanwalt und hat während seiner gesamten beruflichen Laufbahn unter dem Schutz eines Gesinnungsgenossen gestanden, der ebenso rechts außen ist wie er selbst und nichts für Leute übrighat, die eines Verbrechens angeklagt sind. Plötzlich soll er fair spielen – und kennt die Regeln nicht.

»Das ist eine ernste Sache«, tönt er mit gespielter Empörung. »Der Angeklagte Mr. Post gibt zu, Beweismittel aus den Akten entnommen zu haben, Akten, die unter besonderem Schutz stehen, Akten, die unantastbar sind.« Falwright liebt große Worte und versucht gern, die Geschworenen damit zu beeindrucken, aber den Verhandlungsprotokollen entnehme ich, dass er häufig den falschen Begriff erwischt.

»Wenn ich den Bericht richtig verstehe, ist erst nach über einem Jahr aufgefallen, dass das betreffende Schamhaar gefehlt hat, und das auch nur, weil Mr. Post Sie darauf hingewiesen hat«, erwidert die Richterin.

»Wir können nicht alle alten Akten im Auge behalten …«

Sie hebt die Hand und schneidet ihm das Wort ab. »Mr. Rosenberg, wollen Sie einen Antrag stellen?«

»Ja. Ich beantrage, das Verfahren gegen Mr. Post einzustellen.«

»Dann ergeht hiermit ein entsprechender Beschluss«, sagt sie sofort.

Falwright bleibt der Mund offen stehen. Er stammelt etwas Unverständliches und lässt sich auf seinen Sitz plumpsen. Sie bedenkt ihn mit einem Blick, bei dem mir ganz mulmig wird, dabei bin ich doch aus dem Schneider. Die Richterin greift nach einem weiteren Papierstapel. »So, Mr. Rosenberg, ich habe hier Ihren Antrag auf Wiederaufnahme des Verfahrens gegen Duke Russell, den Sie vor zwei Monaten gestellt haben. Da ich die zuständige Richterin bin und das auch auf unbestimmte Zeit bleiben werde, schlage ich vor, wir befassen uns jetzt mit diesem Antrag. Sind Sie dazu bereit?«

Wir beide, Rosenberg und ich, würden am liebsten laut lachen. »Selbstverständlich«, dröhnt Rosenberg.

Falwright ist kreidebleich geworden und rappelt sich nur mit Mühe hoch. »Mr. Falwright?«, sagt sie.

»Auf keinen Fall! Das geht jetzt nicht. Die Staatsanwaltschaft hat noch keine Erwiderung eingereicht. Da können wir uns nicht einfach mit dem Antrag befassen.«

»Wenn ich Ihnen das sage, befassen Sie sich mit dem Antrag. Die Staatsanwaltschaft hatte zwei Monate Zeit für eine Erwiderung, wieso dauert das so lang? Solche Verzögerungen sind unfair und unzumutbar. Bitte setzen Sie sich.« Sie nickt Rosenberg zu, und beide setzen sich. Alle holen tief Luft.

Sie räuspert sich. »Es geht hier um den einfachen Antrag der Verteidigung, alle sieben am Tatort entnommenen Schamhaare einem DNA-Test zu unterziehen. Die Verteidigung ist bereit, die Kosten für die Tests zu übernehmen. DNA-Tests, um Verdächtige und Angeklagte zu belasten oder zu entlasten, sind heute allgemein üblich. Wenn ich mich nicht irre, weigert sich die Staatsanwaltschaft, vertreten durch Ihr Büro, Mr. Falwright, jedoch, diese Tests zuzulassen. Warum? Wovor haben Sie Angst? Wenn Duke

Russell durch die Tests als Täter ausgeschlossen werden kann, haben wir es mit einem Fehlurteil zu tun. Wenn Mr. Russell dadurch belastet wird, liefert Ihnen das jede Menge Munition, um zu belegen, dass das Verfahren gegen ihn fair war. Ich habe die Akte gelesen, Mr. Falwright, die vierzehnhundert Seiten des Verhandlungsprotokolls und alles andere. Mr. Russells Verurteilung beruhte auf Bissspuren und Haaranalyse, zwei Methoden, die sich immer wieder als absolut unzuverlässig erwiesen haben. Ich ordne DNA-Tests für alle sieben Haare an.«

»Dagegen werde ich Beschwerde einlegen«, sagt Falwright und macht sich nicht mehr die Mühe aufzustehen.

»Wie bitte? Haben Sie dem Gericht etwas mitzuteilen?«

Falwright erhebt sich. »Dagegen werde ich Beschwerde einlegen.«

»Das habe ich nicht anders erwartet. Was haben Sie gegen DNA-Tests, Mr. Falwright?«

Rosenberg und ich wechseln ungläubige Blicke und amüsieren uns nicht schlecht. In unserem Geschäft haben wir selten die Oberhand und erleben fast nie, dass ein Richter einem Staatsanwalt die Leviten liest. Wir können unsere Verblüffung kaum verbergen.

Falwright steht immer noch. »Es ist einfach unnötig«, stammelt er. »Duke Russell wurde in einem fairen Verfahren von unvoreingenommenen Geschworenen in genau diesem Gerichtssaal hier verurteilt. Wir verschwenden nur Zeit.«

»Ich verschwende keine Zeit, Mr. Falwright. Aber ich habe den Eindruck, dass Sie das tun. Sie verschleppen den Fortgang des Verfahrens und versuchen, das Unvermeidliche hinauszuzögern. Der Manipulationsvorwurf ist ein neuerlicher Beweis dafür. Ich habe die Tests angeordnet, und wenn Sie wirklich Beschwerde dagegen einlegen, verschwenden Sie nur noch mehr Zeit. Ich schlage vor, Sie kooperieren, und wir bringen die Sache hinter uns.«

Sie mustert Falwright mit einem durchbohrenden Blick, der ihn völlig aus der Fassung bringt.

»Ich will alle sieben Schamhaare innerhalb der nächsten Stunde hier auf meinem Tisch sehen«, sagt sie, da ihm nichts mehr einfällt. »Falls sie spurlos verschwinden, würde das einigen Leuten verdächtig gut in den Kram passen.«

»Aber ...«, will Falwright protestieren.

Sie lässt den Hammer niedersausen. »Die Sitzung ist geschlossen.«

Selbstverständlich kooperiert Falwright nicht. Er wartet bis zum letztmöglichen Augenblick, um dann gegen den Beschluss Beschwerde einzulegen, und die Sache landet beim Obersten Gerichtshof des Bundesstaates, wo es locker ein Jahr dauern kann, bis sich jemand damit befasst. Die Richter am Obersten Gerichtshof stehen bei ihren Entscheidungen nicht unter Termindruck und sind für ihre Langsamkeit berüchtigt, besonders bei Wiederaufnahmeverfahren. Vor Jahren hat der Gerichtshof Dukes Verurteilung in der ersten Instanz bestätigt und einen Termin für seine Hinrichtung festgelegt, später wurde sein erster Wiederaufnahmeantrag abgelehnt. Die meisten Richter an den Revisionsgerichten der Einzelstaaten und des Bundes verabscheuen derartige Fälle, weil sie sich jahrzehntelang hinziehen können. Wenn sie einmal zu dem Schluss gekommen sind, dass ein Angeklagter schuldig ist, ändern sie nur ungern ihre Meinung, auch wenn neue Beweismittel vorliegen.

Also warten wir. Rosenberg und ich diskutieren, ob wir Druck machen sollen, um sicherzugehen, dass Richterin Marlowe die Sitzung leitet. Wir befürchten, dass Richter

Raney gesund wird und ins Amt zurückkehrt, obwohl das unwahrscheinlich ist. Er ist Anfang achtzig, im besten Alter für einen Bundesrichter, aber nicht jung genug für einen Beamten, der gewählt wird. Tatsache ist jedoch, dass wir ohne DNA-Tests keine Chance haben.

Ich fahre wieder nach Holman und besuche Duke in der Todeszelle. Es ist über drei Monate her, dass ich zuletzt bei ihm war und ihm gesagt habe, wir hätten den wahren Mörder gefunden. Die Euphorie von damals ist längst verflogen. Im Augenblick schwankt seine Stimmung zwischen blanker Wut und tiefer Depression. Unsere Telefonate sind kein Vergnügen.

Gefängnis ist für diejenigen, die es verdient haben, ein Albtraum. Für die, die es nicht verdient haben, bedeutet es einen täglichen Kampf darum, nicht den Verstand zu verlieren. Insassen, die aus heiterem Himmel erfahren, dass es Beweise für ihre Unschuld gibt, und trotzdem in Haft bleiben, treibt die Situation in den Wahnsinn.

25

Ich fahre auf einer zweispurigen Landstraße in östlicher Richtung, in Mississippi oder Alabama, das lässt sich nicht genau sagen, weil die Kiefernwälder überall gleich aussehen. Mein Ziel ist Savannah. Ich war seit drei Wochen nicht zu Hause und brauche eine Pause. Da summt mein Handy, und laut Anruferkennung ist es Glenn Colacurci, der alte Anwalt aus Seabrook.

Er ist es nicht selbst; seine attraktive Sekretärin Bea ist am Apparat, die wissen will, wann ich wieder in der Gegend bin. Glenn wolle mit mir reden, aber lieber nicht in Seabrook.

Drei Tage später betrete ich *The Bull,* eine beliebte Kneipe in Gainesville. In einer Nische hinten im Lokal sehe ich Bea, die mir zuwinkt und Anstalten macht, ihren Platz für mich zu räumen. Ihr gegenüber sitzt Anwalt Colacurci, der sich ordentlich in Schale geworfen hat. Blauer Seersuckeranzug, gestärktes weißes Hemd, gestreifte Fliege, Hosenträger.

Bea verabschiedet sich mit einer Entschuldigung, und ich setze mich auf ihren Platz. Die Kellnerin teilt uns mit, der Barkeeper habe ganz zufällig gerade Sangria nach einem eigenen Spezialrezept hergestellt, den sollten wir unbedingt probieren. Wir bestellen zwei Gläser.

»Ich liebe Gainesville«, sagt Glenn. »In einem anderen Leben habe ich hier sieben Jahre lang gewohnt. Tolle Stadt. Tolle Uni. Wo haben Sie noch mal studiert, Post? Ist mir entfallen.«

Ich kann mich nicht erinnern, es ihm gegenüber erwähnt zu haben. »University of Tennessee. Sie kennen ›Rocky Top‹, das Kampflied der Footballmannschaft?«

Er verzieht das Gesicht leicht. »Nicht mein Lieblingssong.«

»Dafür bin ich kein Fan der Florida Gators.«

»Kann ich mir denken.«

Wir haben es geschafft, das Thema Wetter zu überspringen, das in den Südstaaten mindestens die ersten fünf Minuten jedes informellen Gesprächs zwischen zwei Männern einnimmt, bevor sie zum Football übergehen, der durchschnittlich fünfzehn Minuten lang diskutiert wird. Ich werde geradezu unhöflich, weil ich auf keinen Fall noch mehr Zeit verschwenden will.

»Vergessen wir den Football. Deshalb sind wir nicht hier.«

Die Kellnerin bringt uns zwei beeindruckende Gläser mit rosa Sangria auf Eis.

»Nein, das stimmt«, sagt er, als sie weg ist. »Meine Sekretärin hat Ihren Antrag im Internet gefunden und mir eine Kopie ausgedruckt. Ich selbst hab's nicht so mit Computern. Interessante Lektüre. Gut begründet, gut argumentiert, sehr überzeugend.«

»Danke. Das ist unser Geschäft.«

»Hat mich an die Zeit vor zwanzig Jahren erinnert. Nach der Ermordung von Kenny Taft wurde spekuliert, die Geschichte habe sich nicht so abgespielt, wie Pfitzner behauptet hat. Es ging das Gerücht um, Taft sei von seinen eigenen Leuten, Pfitzners Männern, in einen Hinterhalt gelockt worden. Vielleicht war unser lieber Sheriff in Drogengeschäfte verwickelt, wie Sie ja vermuten. Vielleicht wusste Taft zu viel. Auf jeden Fall ist die Sache zwanzig Jahre her. Keine Spur von den Killern, keinerlei Beweise.«

Ich nicke höflich, während er zunehmend in Fahrt kommt. Ich nuckle an meinem Strohhalm, und er folgt meinem Beispiel.

»Tafts Partner war ein Junge namens Brace Gilmer, der nur leicht verletzt wurde, Streifschuss oder so, aber nichts Ernstes. Ich kannte seine Mutter, weil ich sie früher mal in einem Prozess vertreten habe. Nicht lange nach Tafts Tod hat Gilmer die Stadt verlassen und ist nie zurückgekehrt. Vor Jahren lief mir seine Mutter über den Weg, und wir haben einen netten Plausch gehalten. Sie sagte mir damals, vielleicht vor fünfzehn Jahren, dass Brace dachte, sie hätten es auch auf ihn abgesehen gehabt, er habe einfach Glück gehabt. Er und Taft waren im selben Alter, beide siebenundzwanzig, und kamen gut miteinander aus. Taft war der einzige schwarze Deputy und hatte nicht viele Freunde. Außerdem wusste er etwas über den Russo-Mord, zumindest glaubte Gilmer das. Haben Sie zufällig mit ihm geredet?«

»Nein, haben wir nicht.« Wir können ihn nicht finden. Normalerweise spürt Vicki jeden innerhalb von vierundzwanzig Stunden auf, aber bisher ist uns Brace Gilmer durch die Lappen gegangen.

»Das habe ich mir schon gedacht. Seine Mutter ist vor einer ganzen Weile weggezogen. Ich habe sie letzte Woche in einem Altersheim in der Nähe von Winter Haven ausfindig gemacht. Sie ist älter als ich und hat gesundheitliche Probleme, aber wir haben uns am Telefon sehr nett unterhalten. Sie müssen mit Gilmer sprechen.«

»Möglich«, sage ich vorsichtig. Gilmer steht im Moment ganz oben auf meiner Liste.

Glenn schiebt eine seiner Visitenkarten über den Tisch. Auf die Rückseite ist der Name *Bruce Gilmer* gekritzelt. Und eine Adresse in Sun Valley.

»Idaho?«, sage ich.

»Er war bei den Marines und hat ein Mädchen von dort kennengelernt. Seine Mutter denkt, er könnte etwas zugeknöpft sein. Er hat es mit der Angst zu tun bekommen, deswegen ist er damals weggezogen.«

»Und hat seinen Namen geändert.«

»Sieht ganz so aus.«

»Warum gibt seine Mutter seine Adresse weiter, wenn er nicht reden will?«, frage ich.

Er macht mit dem Zeigefinger eine Kreisbewegung in Ohrhöhe, um anzudeuten, dass sie nicht mehr alle Tassen im Schrank hat. »Ich muss sie wohl an einem guten Tag erwischt haben.« Er lacht, als wäre er besonders schlau gewesen, und zieht kräftig und ausdauernd an seinem Strohhalm. Ich trinke einen Schluck. Glenns große Nase ist gerötet, und seine Augen tränen wie bei einem Säufer. Ich spüre den Alkohol allmählich.

»Vor ein paar Wochen saß ich mit einem anderen alten Schlachtross von Anwalt, den Sie nicht kennen, in Seabrook bei ein paar Drinks. Wir waren mal Partner, aber er praktiziert nicht mehr, seit seine Frau gestorben ist und ihm ein nettes Sümmchen hinterlassen hat. Ich habe ihm erzählt, dass wir uns treffen und welche Thesen sie vertreten und so, und ich habe ihm eine Kopie von Ihrem Antrag gegeben. Er sagt, er habe immer schon den Verdacht gehabt, dass Pfitzner den Falschen erwischt hat, weil er den Falschen erwischen wollte. Keith wusste zu viel und musste aus dem Weg geräumt werden. Ehrlich gesagt, erinnere ich mich aber nicht, dass zum Zeitpunkt des Mordes solche Gerüchte in Umlauf gewesen wären.«

Der alte Tratsch bringt mir gar nichts. Wenn eine Stadt vorschnell ihr Urteil gefällt hat, fangen manche im Laufe der Jahre an zu grübeln. Die meisten sind jedoch einfach nur erleichtert, dass jemand verurteilt wurde und dass das Verfahren abgeschlossen ist.

Ich habe, was ich brauche, und kann mir nicht vorstellen, dass noch etwas Nützliches kommt. Während Glenn sein Glas leert, werden seine Lider immer schwerer. Wahrscheinlich nimmt er sein Mittagessen jeden Tag in flüssiger Form ein und döst dann den ganzen Nachmittag.

Wir verabschieden uns mit Handschlag wie alte Freunde. Ich biete an zu zahlen, aber er will noch mehr Sangria trinken. Als ich gehe, taucht wie aus dem Nichts Bea auf und verabschiedet mich mit einem strahlenden Lächeln.

Kenny Taft hinterließ seine schwangere Frau Sybil und ein zweijähriges Kind. Nach seinem Tod kehrte Sybil in ihre Heimatstadt Ocala zurück, wurde Lehrerin, heiratete noch einmal und bekam ein zweites Kind.

Frankie fährt nach Ocala, macht sich diskret auf die Suche und spürt ihr Haus auf, ein schönes Gebäude mit versetzten Wohnebenen in einem Vorort. Vicki hat ihre Hausaufgaben gemacht, und wir wissen, dass Sybil mit einem Highschool-Direktor verheiratet ist. Ihr Haus ist mit einhundertsiebzigtausend Dollar veranlagt, und im vergangenen Jahr haben sie Steuern in Höhe von achtzehntausend Dollar gezahlt. Es gibt eine Hypothek, die seit acht Jahren läuft. Beide Autos wurden mit Bankdarlehen finanziert. Offenbar führt sie mit ihrem Ehemann ein ruhiges Leben in einem netten Viertel.

Und Sybil will nicht, dass Unruhe in das Leben kommt. Wie sie Frankie am Telefon sagt, will sie nicht über ihren verstorbenen Ehemann reden. Kennys tragischer Tod sei über zwanzig Jahre her, und es habe lange gedauert, bis sie darüber hinweggekommen sei. Die Tatsache, dass die Verantwortlichen nie gefunden worden seien, mache das

Ganze noch schlimmer. Nein, sie wisse nichts, was nicht schon damals bekannt gewesen sei. Frankie hakt nach, was aber gar nicht gut ankommt. Dann ist die Leitung tot. Er erstattet mir Bericht, und wir beschließen, sie für den Augenblick in Ruhe zu lassen.

Drei Tage ohne Zwischenstopp mit dem Auto von Savannah nach Boise zu fahren wäre einfacher gewesen, als zu fliegen. Wegen der Wetterbedingungen irgendwo unterwegs sitze ich dreizehn Stunden lang in Atlanta am Flughafen fest, während ein Flug nach dem anderen gestrichen wird. Ich schlage mein Lager in der Nähe einer Bar auf und beobachte, wie die Gestrandeten dort auflaufen und Stunden später wieder hinaustorkeln. Wieder einmal bin ich froh, dass Alkohol mich noch nie in Versuchung geführt hat. Schließlich schlage ich mich bis Minneapolis durch, wo ich erfahre, dass mein Flug nach Boise überbucht ist. Ich warte und warte und ergattere schließlich den letzten Platz. Wir treffen um halb drei morgens in Boise ein, und ich komme natürlich nicht an den reservierten Mietwagen, weil der Schalter der Mietwagenfirma geschlossen ist.

Das ist zwar alles enorm nervig, aber eigentlich kein großes Problem. Ich habe keine Termine in Sun Valley. Bruce Gilmer weiß nicht, dass ich unterwegs bin.

Vicki ist es wieder einmal gelungen, auch in dieser beliebten Urlaubsgegend ein richtig billiges Motel zu finden. Im Morgengrauen schleppe ich mich in eine heruntergekommene Touristenfalle im benachbarten Ketchum und schlafe Stunden über Stunden.

Gilmer arbeitet in einer Hotelanlage in Sun Valley als Golfplatzmanager. Wir wissen nicht viel über ihn, aber da nirgends eine Scheidung eines Brace oder Bruce Gilmers eingetragen ist, gehen wir davon aus, dass er noch mit derselben Frau verheiratet ist. Vicki konnte keinen Hinweis darauf finden, dass Brace seinen Namen offiziell in Bruce geändert hätte. Auf jeden Fall hat er Seabrook vor gut zwanzig Jahren ein für alle Mal hinter sich gelassen. Inzwischen ist er siebenundvierzig, ein Jahr jünger als ich.

Auf der Fahrt von Ketchum nach Sun Valley kann ich den Blick nicht von der Gebirgslandschaft wenden. Das Wetter ist traumhaft. Als ich in Savannah abgeflogen bin, war es fünfunddreißig Grad warm und schwül. Hier ist es bestimmt fünfzehn Grad kühler, und von Feuchtigkeit keine Spur.

Zu der exklusiven Hotelanlage haben nur Mitglieder Zutritt, ein kleines Problem. Aber der Priesterkragen hilft immer. Ich lege ihn an und halte am Tor. Dem Wachmann erzähle ich, ich hätte einen Termin mit Bruce Gilmer. Er überprüft sein Klemmbrett, während sich hinter uns eine Autoschlange bildet. Die meisten sind wahrscheinlich Golfer, die endlich zum Abschlag wollen. Schließlich gibt er mir einen Besucherausweis und winkt mich durch.

Am Golfshop frage ich nach Mr. Gilmer und lasse mir den Weg beschreiben. Sein Büro ist in einem versteckt liegenden Gebäude untergebracht, vor dem Traktoren, Rasenmäher und Bewässerungsvorrichtungen herumstehen. Ich frage einen Arbeiter, und er zeigt auf einen Mann, der unter einem Balkon steht und telefoniert. Unauffällig trete ich hinter ihn und warte. Als er das Handy wegsteckt, sage ich: »Entschuldigen Sie, sind Sie Bruce Gilmer?«

Er fährt herum, bemerkt den Priesterkragen und geht wohl davon aus, dass ich eine Art Pastor bin und nicht ein Anwalt, der in seiner Vergangenheit herumschnüffelt. »Der bin ich. Und Sie?«

»Cullen Post von Guardian Ministries.« Ich halte ihm meine Karte hin. Ich habe das so oft getan, dass mein Timing perfekt ist.

Er mustert die Karte und streckt mir langsam die Hand hin. »Freut mich.«

»Gleichfalls.«

»Was kann ich für Sie tun?«, fragt er lächelnd. Der Mann arbeitet schließlich in einem Dienstleistungsunternehmen. Der Kunde ist König und so.

»Ich bin Priester der Episkopalkirche und außerdem ein Rechtsanwalt, der sich für die Opfer von Justizirrtümern einsetzt. Ich arbeite mit Mandanten, die zu Unrecht verurteilt wurden, und versuche, sie aus dem Gefängnis zu holen. Menschen wie Quincy Miller. Er ist inzwischen mein Mandant. Haben Sie ein paar Minuten für mich?«

Das Lächeln erlischt, und er wirft einen Blick in die Runde. »Um worüber zu reden?«

»Kenny Taft.«

Er gibt einen Laut von sich, der halb Stöhnen, halb Lachen ist, und lässt die Schultern hängen. »Das kann ja wohl nicht wahr sein«, murmelt er und blinzelt ungläubig.

»Hören Sie, ich will Ihnen nichts Böses. Ich will Ihnen weder Angst einjagen noch Ihre Tarnung auffliegen lassen. Kenny Taft wusste etwas über den Mord an Keith Russo, und vielleicht hat er sein Wissen mit ins Grab genommen, vielleicht aber auch nicht. Ich suche nur nach Spuren, Mr. Gilmer.«

»Bruce, bitte.« Er deutet mit dem Kopf auf eine Tür. »Gehen wir in mein Büro.«

Zum Glück hat er keine Sekretärin. Er verbringt die meiste Zeit im Freien, und sein unaufgeräumtes Büro sieht aus, als würde er lieber Sprinkler reparieren als Briefe tippen. Überall liegt irgendein Schrott herum, und an den Wänden hängen mit Reißzwecken befestigt alte Kalender. Er deutet auf einen Stuhl und lässt sich selbst auf dem hinter dem Metallschreibtisch fallen.

»Wie haben Sie mich gefunden?«, fragt er.

»Ich war gerade in der Gegend.«

»Im Ernst.«

»Sie leben ja nicht direkt im Untergrund, Bruce. Was ist übrigens aus Brace geworden?«

»Wie viel wissen Sie?«

»Eine Menge. Ich weiß, dass Keith Russo nicht von Quincy Miller umgebracht wurde. Hinter dem Mord hat eine Bande gesteckt, Drogenhändler, die vermutlich von Pfitzner gedeckt wurden. Ich bezweifle, dass derjenige, der letztlich abgedrückt hat, je gefunden wird, aber darum geht es mir auch nicht. Mein Job ist es, zu beweisen, dass es nicht Quincy war.«

»Viel Glück dabei.« Er nimmt seine Kappe ab und fährt sich mit den Fingern durch das Haar.

»Unsere Aussichten sind nie besonders gut, aber wir gewinnen öfter, als wir verlieren. Ich habe acht meiner Mandanten aus dem Gefängnis geholt.«

»Und das ist Ihr einziger Job?«

»Ganz genau. Im Augenblick habe ich sechs Mandanten, einschließlich Quincy. Kannten Sie ihn eigentlich?«

»Nein. Er ist in der Gegend um Seabrook aufgewachsen, wie Kenny Taft. Ich dagegen bin aus Alachua. Wir sind uns nie über den Weg gelaufen.«

»Dann hatten Sie nichts mit den Ermittlungen in der Mordsache zu tun?«

»Nein, rein gar nichts. Pfitzner hatte das Sagen und hat alles an sich gerissen.«

»Kannten Sie Russo?«

»Eigentlich nicht. Ich wusste, wer er war, weil ich ihn ab und zu am Gericht gesehen habe. Seabrook ist eine kleine Stadt. Sind Sie sich wirklich sicher, dass Quincy Miller ihn nicht umgebracht hat?«

»Hundertprozentig.«

Er überlegt einen Augenblick. Seine Hand- und Augenbewegungen sind ruhig. Er zuckt nicht mit der Wimper. Der Schock, dass ihn jemand aus der Vergangenheit aufgespürt hat, ist überwunden, und er scheint sich keine großen Sorgen zu machen.

»Ich habe eine Frage, Bruce. Halten Sie sich immer noch versteckt?«

Er lächelt. »Eigentlich nicht. Das ist alles schon ewig her. Meine Frau und ich sind damals Hals über Kopf weg, haben geradezu fluchtartig die Stadt verlassen, und in den ersten Jahren hatte ich tatsächlich Angst, dass mich jemand aufspürt.«

»Aber warum? Warum sind Sie weg, und wovor hatten Sie Angst?«

»Sehen Sie, Post, ich weiß nicht, ob ich darüber reden will. Ich kenne Sie nicht, Sie kennen mich nicht. Ich habe den ganzen Ballast in Seabrook gelassen, und da kann er von mir aus auch bleiben.«

»Ich verstehe. Nur habe ich keinen Grund, jemand von unserer Unterhaltung zu erzählen. Sie waren im Quincy-Fall kein Zeuge. Ich könnte Sie nicht zwingen, nach Seabrook zurückzukehren, selbst wenn ich es wollte. Sie haben nichts zu sagen, was ich vor Gericht verwerten könnte.«

»Warum sind Sie dann hier?«

»Weil ich glaube, dass Kenny Taft etwas über den Mord an Russo wusste, und verzweifelt versuchte herauszufinden, was das war.«

»Kenny kann nicht mehr reden.«

»Da haben Sie recht. Aber hat er Ihnen je etwas über Russo erzählt?«

Bruce überlegt lange und angestrengt und schüttelt schließlich den Kopf. »Ich kann mich an nichts erinnern«, sagt er, aber ich bezweifle, dass er die Wahrheit sagt. Ihm ist nicht wohl bei der Sache, was mich nicht weiter überrascht. Er wechselt das Thema. »Ein Bandenmord, so was wie ein Auftragskiller?«

»Etwas in der Art.«

»Wie können Sie sich da sicher sein? Ich dachte, es steht fest, dass Miller den Anwalt umgebracht hat.«

Wie ich mir sicher sein kann? Das Bild von Tyler, der nur Zentimeter über den Krokodilen hängt, blitzt vor mir auf. »Ich kann Ihnen nicht alles sagen, was ich weiß, Bruce. Ich bin Anwalt, und meine Arbeit ist zum Großteil vertraulich.«

Plötzlich will er mich loswerden. »Sie müssen es ja wissen. Hören Sie, ich bin im Augenblick ziemlich beschäftigt.« Er wirft einen Blick auf die Uhr und tut nicht sehr überzeugend so, als hätte er etwas Dringendes zu tun.

»Alles klar«, sage ich. »Ich bin noch ein paar Tage in der Gegend, hab mir freigenommen. Können wir uns noch einmal unterhalten?«

»Worüber?«

»Ich wüsste gern, was in der Nacht passiert ist, in der Kenny getötet wurde.«

»Was soll das Ihrem Mandanten bringen?«

»Das weiß man nie, Bruce. Meine Aufgabe ist es, immer wieder nachzuhaken. Sie haben meine Nummer.«

26

Ich fahre mit dem Lift auf den Bald Mountain und steige die tausendfünfhundert Meter gemächlich zu Fuß ab. Ich bin völlig außer Form, habe aber jede Menge Ausreden dafür. Nummer eins ist mein Nomadenleben, das einen täglichen Besuch im Fitnessstudio unmöglich macht. Die billigen Motels, die Vicki für mich auftreibt, haben so etwas nicht im Angebot. Nummer zwei ist die Tatsache, dass ich viel zu oft sitze, statt zu stehen oder zu gehen. Mit achtundvierzig spüre ich zunehmend meine Hüften, und ich weiß, dass das den endlosen Stunden hinter dem Lenkrad geschuldet ist. Andererseits esse und trinke ich so wenig wie möglich und habe nie geraucht. Bei meinem letzten Gesundheitscheck vor zwei Jahren war der Arzt mit mir zufrieden. Vor Jahren hat er mir gesagt, das Geheimnis eines langen, gesunden Lebens sei, so wenig Nahrung wie möglich zu sich zu nehmen. Bewegung sei wichtig, könne aber den Schaden nicht ausgleichen, den zu viele Kalorien anrichten würden. Ich versuche, seinen Rat zu befolgen.

Meine Wanderung feiere ich aber in einem wunderschönen Skihotel weit unten am Berg, wo ich mir einen Cheeseburger und zwei Bier einverleibe, während ich die Sonne genieße. Im Winter kann es hier bestimmt recht ungemütlich werden, aber Mitte Juli ist es das reinste Paradies.

Ich rufe im Büro von Bruce Gilmer an, erwische aber nur seinen Anrufbeantworter. Ich werde ihn heute und morgen nerven und dann wieder abreisen. Ich kann mir nicht vorstellen, dass ich noch einmal herkomme. Alle weiteren Gespräche werden wir am Telefon erledigen, falls überhaupt.

In Ketchum finde ich eine Bibliothek und richte mich häuslich ein. Ich habe jede Menge Lesestoff, unter anderem die Bewertung eines potenziellen neuen Mandanten in North Carolina durch Guardian. Joey Barr sitzt seit sieben Jahren wegen einer Vergewaltigung im Gefängnis, die es gar nicht gab, wie er schreibt. Sein Opfer ist ebenfalls dieser Meinung. Beide schwören, dass ihre Beziehung völlig einvernehmlich war. Joey ist schwarz, das Mädchen weiß, und als beide siebzehn waren, wurden sie vom Vater des Mädchens, einem üblen Typen, miteinander im Bett erwischt. Er drängte seine Tochter dazu, Anzeige zu erstatten und Joey zu beschuldigen, und machte so lange Druck, bis der Junge von einem ausschließlich mit Weißen besetzten Geschworenengericht verurteilt worden war. Die Mutter des Mädchens, die vom Vater geschieden war und nichts für ihn übrighatte, nahm sich nach Joeys Verurteilung der Sache an. Mutter und Tochter versuchen seit fünf Jahren, die Berufungsgerichte und alle anderen, die es hören wollen, von Joeys Unschuld zu überzeugen.

So sieht meine tägliche Lektüre aus. Den Luxus, einen Roman zu Ende zu lesen, habe ich mir seit Jahren nicht mehr gegönnt.

Die schlauen Köpfe bei Guardian sind davon überzeugt, dass Duke Russell kurz vor der Freilassung steht und wir uns eine neue Aufgabe suchen müssen.

Ich sitze in einem stillen Leseraum im Hauptgeschoss der öffentlichen Bibliothek von Ketchum und habe mich mit meinen Papieren an einem kleinen Tisch ausgebreitet, als wäre ich hier zu Hause. Da vibriert mein Telefon. Bruce hat Feierabend und will reden.

Er kutschiert uns in einem Golfcart auf einem asphaltierten Weg über den Golfplatz. Es ist einiges los, die Golfer nutzen das fantastische Wetter und genießen den wolkenlosen Himmel. Bruce hält auf einer Anhöhe über einem prächtigen Fairway und zieht die Bremse an.

»Einfach nur schön«, sage ich und genieße den Blick auf die Berge in der Ferne.

»Spielen Sie?«, fragt er.

»Nein. Noch nie. Sie haben wahrscheinlich ein niedriges Handicap.«

»Früher schon, jetzt nicht mehr. Keine Zeit. Eine Runde dauert vier Stunden, das bekomme ich nicht hin. Ich habe heute Morgen mit meinem Anwalt gesprochen. Er ist da unten, auf dem zehnten Grün.«

»Was hat er gesagt?«, frage ich.

»Nicht viel. Hier ist mein Angebot, Post. Ich werde nichts sagen, was mich in die Sache hineinziehen könnte, wobei ich sowieso nicht viel weiß. Ich unterschreibe keine beeidete Erklärung, und ich ignoriere jede Ladung. Die Gerichte in Florida können mir sowieso nichts.«

»Ich verlange auch nichts dergleichen.«

»Gut. Sie haben gesagt, Sie wollen über die Nacht reden, in der wir in den Hinterhalt geraten sind. Wie viel wissen Sie?«

»Wir haben eine Kopie der Akte der State Police in Florida. Sie wissen schon, das Gesetz zur Informationsfreiheit. Wir kennen also die grundlegenden Fakten und Ihre Aussage gegenüber den Ermittlern.«

»Gut. Ich habe damals nicht alles gesagt, das können Sie sich ja denken. Ich hatte einen Streifschuss an der Schulter und lag ein paar Tage im Krankenhaus, bevor ich mit irgendwem sprach. Da hatte ich Zeit zum Nachdenken. Wissen Sie, Post, ich bin mir sicher, dass Pfitzner den Hinterhalt gelegt und dafür gesorgt hat, dass wir in die Falle gehen. Kenny war mit Sicherheit das eigentliche Ziel, aber diese Leute haben auch versucht, mich zu töten, und wenn ich nicht so viel Glück gehabt hätte, wäre ihnen das gelungen.«

»Glück?«

Er hebt die Hand, als wollte er mich um Geduld bitten. »Wir waren auf einer schmalen Schotterstraße mit dichtem Wald auf beiden Seiten unterwegs. Es war stockfinster, drei Uhr morgens. Wir wurden von beiden Seiten und von hinten beschossen, es waren also mehrere Angreifer. Es war furchtbar. Wir fuhren so vor uns hin, rissen Witze und ahnten nichts Böses, und plötzlich wurde die Heckscheibe zerschmettert, durch die Seitenfenster pfiffen die Kugeln, und es war der Teufel los. Wie, weiß ich nicht mehr, aber ich habe das Auto angehalten, den Schalthebel in Parkstellung gerammt und mich in einen Graben fallen lassen, während mir die Kugeln um die Ohren flogen, die von meiner Tür abprallten. Ich hörte, wie Kenny getroffen wurde. In den Hinterkopf. Ich hatte meinen Dienstrevolver geladen und entsichert, aber es war stockfinster. So plötzlich, wie es angefangen hat, war auch wieder Schluss. Aber ich hörte, wie sich diese Leute zwischen den Bäumen bewegten. Die Killer zogen sich nicht zurück. Sie kamen immer näher. Ich spähte durch die Gräser, sah eine Silhouette und feuerte. Treffer. Ich war zu meiner Zeit ein guter Schütze. Ein Mann schrie und fluchte, Post, und zwar nicht auf spanisch. O nein. Ich höre sofort, wenn jemand aus Florida ist, und der arme Kerl kam mit Sicherheit aus der Gegend von Seabrook. Plötzlich hatten sie ein Problem – einen schwer verwundeten, vielleicht toten Komplizen. Er brauchte Hilfe, aber wo sollten sie hin? Mir war das egal. Aber sie gaben auf, zogen sich zurück, verschwanden im Wald. Ich wartete und wartete und merkte irgendwann, dass ich am linken Arm blutete. Nach ein paar Minuten, vielleicht waren es fünf, vielleicht auch dreißig, bin ich um das Auto herumgekrochen und nach Kenny gesehen. Es war ein grauenhaftes Blutbad. Die Kugel war am Hinterkopf eingetreten und hatte ihm beim Austritt das halbe Gesicht weggerissen. Er muss sofort tot gewesen sein. Außerdem hatte er mehrere Einschüsse am Rumpf. Ich nahm seine Waffe, robbte im Graben vielleicht sechs Meter weit und verschanzte mich da. Ich lauschte lange, hörte aber nichts, nur die Geräusche der Nacht. Kein Mond, nur Dunkelheit. Dem Protokoll der Einsatzzentrale nach habe ich den Hinterhalt um 04. 02 Uhr gemeldet. Kenny war tot. Pfitzner war als Erster vor Ort, was mir sehr merkwürdig vorkam. Genau wie in Russos Büro.«

»Wahrscheinlich war er selbst im Wald und hat die ganze Aktion dirigiert«, sage ich.

»Wahrscheinlich. Ich wurde ins Krankenhaus gebracht, damit meine Wunden versorgt werden konnten, aber es war nichts Ernstes. Nur ein paar Kratzer. Trotzdem ließ ich mir Medikamente geben, die mich völlig ruhigstellten. Ich sagte den Ärzten, dass ich für ein paar Tage mit niemandem reden wollte, und sie hielten mir alle vom Leib. Als Pfitzner schließlich mit anderen Polizeibeamten im Gefolge auftauchte, erwähnte ich nichts von dem Gangster, den ich getroffen habe und dessen Muttersprache ganz bestimmt nicht Spanisch gewesen ist.«

»Warum nicht?«

»Pfitzner wollte uns beide umbringen, Post. Kenny wollte er aus dem Weg räumen, weil er zu viel wusste, und da ich mit im Auto saß, musste ich auch beseitigt werden. Er konnte nicht das Risiko eingehen, einen Zeugen am Leben zu lassen. Stellen Sie sich das mal vor. Ein vom Volk gewählter Sheriff, dem die ganze Stadt vertraut, lockt zwei seiner Männer in einen Hinterhalt, um sie umbringen zu lassen. Das ist Bradley Pfitzner.«

»Wissen Sie, dass er noch lebt?«

»Das ist mir egal. Die Geschichte ist über zwanzig Jahre her.«

»Was haben Sie ihm im Krankenhaus gesagt?«

»Alles, bis auf die Tatsache, dass ich einen seiner Killer angeschossen habe. Das habe ich noch nie jemandem erzählt, und wenn Sie es weitersagen, streite ich es sofort ab.«

»Sie haben also immer noch Angst?«

»Nein, Post. Ich habe keine Angst. Ich will nur keinen Ärger.«

»Sie wissen nichts Näheres über den Mann, den Sie getroffen haben?«

»Nichts. Das war vor den Zeiten des Internets, da war die Suche nicht so einfach. Ich habe zumindest herausgefunden, dass an dem Tag zwei Personen mit Schusswunden in das staatliche Krankenhaus von Tampa eingeliefert wurden. Einer der Männer war von einem Eindringling angeschossen worden, der später gefasst wurde. Der andere war tot in einem Durchgang gefunden worden. Ich konnte nichts beweisen, deswegen habe ich das Interesse verloren. Ungefähr um diese Zeit beschlossen meine Frau und ich wegzuziehen.«

»Wie hat Pfitzner Sie danach behandelt?«

»Wie immer. Er war immer sehr professionell, der perfekte Cop, ein guter Vorgesetzter, der viel von Disziplin hält. Nach Kennys Beerdigung gab er mir einen Monat bezahlten Urlaub und tat alles, um sein Mitgefühl zu zeigen. Das war das Gefährliche an ihm. Die Bürger bewunderten ihn, niemand konnte sich vorstellen, dass er korrupt war.«

»Wussten seine Leute davon?«

»Wir hatten unsere Zweifel. Pfitzner hatte zwei Brutalos im Einsatz, Chip und Dip. Die beiden waren Brüder, üble Schläger, die für ihn die Drecksarbeit erledigten. Arnie hatte Pferdezähne, und ein Schneidezahn war gesplittert, daher wurde er hinter seinem Rücken Chip genannt. Amos hatte normale Zähne, aber eine dicke Unterlippe, weil er ständig einen ordentlichen Packen Kautabak im Mund hatte, deshalb der Spitzname Dip. Die beiden hatten ein paar Leute von ihrer Einheit an der Hand, die auch Geld von der Drogenmafia nahmen, aber all das lief getrennt von der täglichen Arbeit als Hüter des Gesetzes. Wie gesagt, Pfitzner leistete als Sheriff gute Arbeit. Irgendwann, lange bevor ich auf der Bildfläche erschien, war die Versuchung zu groß geworden, und er hat angefangen, Drogengeld zu nehmen. Er hielt den Hafen frei, ließ zu, dass das Zeug an Land gebracht wurde, stellte Sicherheitsbereiche zur Verfügung, wo es gelagert werden konnte, und so weiter. Ich bin mir sicher, dass er sich eine goldene Nase verdient hat, und Chip, Dip und die anderen kamen bestimmt auch nicht zu kurz. Wir anderen hatten ein gutes Gehalt und prima Sozialleistungen.«

Bruce winkt zwei attraktiven Damen in einem Golfcart zu, und die beiden winken zurück. Er fährt hinter ihnen her um ein Fairway herum, biegt dann ab und nimmt eine kleine Brücke, die zu einem versteckten Platz unter Bäumen führt. »Was wusste Kenny?«, frage ich, als wir es uns gemütlich gemacht haben.

»Ich weiß es nicht, er hat nie etwas gesagt. Einmal hat er eine Andeutung gemacht, aber das Gespräch nie zu Ende geführt. Sie wissen von dem Feuer, das jede Menge Beweismittel zerstört hat, einschließlich der Asservate in der Russo-Sache?«

»Ja, ich habe den Bericht gelesen.«

»Als Kind wollte Kenny Spion werden. Etwas merkwürdig für einen schwarzen Jungen aus einem kleinen Nest in Florida, aber er liebte Spionageromane und -magazine. Da sich die CIA nie bei ihm gemeldet hat, wurde er Polizist. Mit technischen Spielereien kannte er sich wirklich gut aus. Zum Beispiel hatte ein Freund von ihm den Verdacht, dass seine Frau ihn betrügt. Er bat Kenny um Hilfe, und der hat binnen Minuten bei dem Freund die Telefonleitung angezapft. Jedes Gespräch wurde aufgezeichnet, und der Typ hörte sich das Band jeden Tag an. Es dauerte nicht lange, bis er mitbekam, wie seine Liebste mit ihrem Romeo flirtete und ein Treffen vereinbarte. Kennys Freund erwischte die beiden im Bett und schlug den Kerl grün und blau. Seine Frau bekam auch etwas ab. Kenny war ziemlich stolz auf sich.«

»Aber was hat er gehört?«

»Irgendwas über das vernichtete Beweismaterial. Ein paar Tage vor dem Russo-Mord war irgendwo im County ein weißes Mädchen vergewaltigt worden, und das Opfer hatte zwar das Gesicht des Täters nicht gesehen, war sich aber sicher, dass es ein Weißer gewesen war. Dringend verdächtig war ein Neffe von Chip und Dip. Das Beweismaterial in der Vergewaltigungssache war zusammen mit den ganzen anderen Asservaten ausgelagert worden, weil im alten Polizeirevier kein Platz war. Bei dem Brand wurde es zerstört, zusammen mit anderem wertvollem Beweismaterial. Irgendwann während einer Kaffeepause spätabends sagte Kenny mal, das Feuer sei kein Unfall gewesen. Ich wollte mehr wissen, aber dann hatten wir einen Einsatz und mussten los. Ich habe ihn später danach gefragt, und da hat er gesagt, er hätte gehört, wie Chip und Dip davon sprachen, das Gebäude abzufackeln.«

Er verstummt, und es folgt eine lange Pause.

»Das ist alles?«, frage ich, als ich merke, dass er mit seiner Geschichte am Ende ist.

»Das ist alles, Post, das kann ich beschwören. In den Jahren, die seitdem vergangen sind, habe ich überlegt, ob Kenny die Telefone im Büro angezapft hatte. Er hatte den Verdacht, dass Pfitzner und seine Leute in Drogengeschäfte verwickelt waren, und wollte Beweise. Die Drogenfahndung schnüffelte herum, und angeblich sollte das FBI hinzugezogen werden. Hätten wir alle auffliegen können? Hätte Pfitzner gesungen und uns die Sache angehängt? Ich weiß es nicht, ich kann nur vermuten, dass Kenny spioniert und etwas gehört hat.«

»Das ist eine ziemlich wilde These.«

»Stimmt.«

»Und Sie haben keine Ahnung, was er gehört haben könnte?«

»Nicht die geringste. Keinen blassen Schimmer.« Er lässt das Golfcart an, und wir setzen unsere Tour über den Golfplatz fort. Hinter jeder Biegung erwartet uns ein neuer Panoramablick auf Berge und Täler. Wir überqueren reißende Bäche auf schmalen Holzbrücken. Am dreizehnten Abschlag stellt er mir seinen Anwalt vor, der wissen will, wie es läuft. Als wir sagen, dass es bestens laufe, ist er schon wieder mit seinen Golfpartnern unterwegs, offenbar weit mehr an seinem Spiel interessiert als an den Angelegenheiten seines Mandanten. Am Clubhaus bedanke ich mich bei Gilmer für seine Zeit und Gastfreundschaft. Wir versichern uns gegenseitig, bald wieder miteinander reden zu wollen, wissen aber beide, dass es nie dazu kommen wird.

Es war eine lange, interessante Reise, doch besonders produktiv war mein Besuch nicht. Das ist in meinem Geschäft nicht ungewöhnlich. Falls Kenny Taft etwas wusste, hat er es mit ins Grab genommen.

27

Nach dem Gesetz des Staates Florida müssen Wiederaufnahmeanträge im County gestellt werden, in dem der Verurteilte in Haft ist, nicht dort, wo die Verhandlung stattgefunden hat. Da Quincy im Augenblick in Garvin einsitzt und es vom Gefängnis eine halbe Stunde bis zur Kleinstadt Peckham ist, die wiederum mindestens eine Stunde von jeglicher Zivilisation entfernt liegt, ist ein ländliches Bezirksgericht für ihn zuständig, an dem ein Richter herrscht, der nichts von Wiederaufnahmeverfahren hält. Ich kann es ihm nicht verübeln. Seine Prozessliste ist rappelvoll mit sinnlosen Anträgen von Knastanwälten, die sich im Gefängnis ein paar Straßen weiter abrackern.

Das Gerichtsgebäude von Poinsett County ist eine schäbige, moderne Kreation, die von einem unterbezahlten Architekten entworfen worden sein muss. Der große Gerichtssaal ist dunkel, fensterlos und wirkt mit seiner niedrigen Decke geradezu klaustrophobisch. Der abgetretene Teppichboden ist dunkelbraun. Die Holzvertäfelung und die Einrichtung sind dunkelbraun gestrichen. Ich war schon in mindestens hundert Gerichtssälen in einem Dutzend Staaten, aber der verliesartige Raum hier ist mit Abstand der deprimierendste.

Die Staatsanwaltschaft wird vom Justizminister des Bundesstaates vertreten, einem Menschen, dem ich nie begegnen werde, weil zwischen ihm und mir etwa tausend Untergebene stehen. Erwischt hat es eine gewisse Carmen

Hidalgo, die nun Quincys Antrag am Hals hat. Vor fünf Jahren hat sie ihr Jurastudium in Stetson mit mittelmäßigen Ergebnissen abgeschlossen. Unsere Akte über sie ist dünn, weil wir nicht allzu viel wissen müssen. Ihre Erwiderung auf unseren Antrag war eine Routineantwort nach einer Vorlage, in der nur die Namen geändert wurden.

Sie ist fest davon überzeugt, dass sie gewinnen wird, vor allem in Anbetracht der Arbeitseinstellung des Mannes am Richtertisch. Richter Jerry Plank hat schon vor Jahren innerlich gekündigt und träumt nur noch von seiner Rente. Großzügigerweise hat er einen vollen Tag für unseren Termin reserviert, obwohl wir bestimmt keine acht Stunden brauchen werden. Weil sich niemand für einen Fall interessiert, der mittlerweile dreiundzwanzig Jahre zurückliegt, ist der Gerichtssaal leer. Selbst die beiden Justizangestellten wirken gelangweilt.

Wir warten ab und behalten die Sache im Auge. Frankie Tatum sitzt allein sechs Reihen hinter uns, Vicki Gourley fünf Reihen hinter der Staatsanwaltschaft. Beide tragen winzige Videokameras, die über ihre Handys aktiviert werden können. An der Tür gibt es keine Sicherheitskontrollen. In dieser Stadt und in diesem County hat niemand je von Quincy Miller gehört. Falls uns irgendwelche finsteren Gestalten im Visier haben, wer auch immer die sein mögen, könnte das ihre erste Gelegenheit sein, uns in Aktion zu sehen. Gerichtsverhandlungen sind öffentlich. Jeder kann nach Belieben kommen und gehen.

Meine Mitanwältin ist Susan Ashley Gross, die Kämpferin vom Central Florida Innocence Project. Vor sieben Jahren stand Susan Ashley an meiner Seite, als wir Larry Dale Kline in Miami aus dem Gefängnis holten. Er war der zweite zu Unrecht Verurteilte, dessen Unschuld Guardian beweisen konnte, für sie war es der erste. Ich würde sofort um Susan Ashleys Hand anhalten, aber sie ist fünfzehn Jahre jünger als ich und inzwischen glücklich verlobt. Letzte Woche habe ich beantragt, Quincys Anwesenheit beim Termin zu erlauben. Er muss nicht dabei sein, aber ich dachte, er würde sich freuen, mal rauszukommen. Erwartungsgemäß hat Richter Plank das abgelehnt. Er hat im Vorfeld jeden unserer Anträge abgewiesen, und wir sind uns sicher, dass er eine Wiederaufnahme ablehnen wird. Mazy arbeitet bereits an der Berufung.

Es ist schon fast zehn Uhr, als Richter Plank endlich aus einer versteckten Tür hinter dem Richtertisch auftaucht und seinen Platz einnimmt. Ein Gerichtsdiener rattert die üblichen Ermahnungen herunter, während wir verlegen herumstehen. Ich sehe mich um und zähle die Anwesenden. Neben Vicki und Frankie sind noch vier Zuschauer im Raum, und ich frage mich, wieso sie sich für den Termin interessieren. Niemand in Quincys Familie weiß davon. Bis auf einen Bruder hat kein Angehöriger in den letzten Jahren Kontakt zu Quincy aufgenommen. Keith Russo ist seit dreiundzwanzig Jahren tot, und seine Familie ist davon überzeugt, dass sein Mörder längst im Gefängnis sitzt.

Einer der Zuschauer ist ein etwa fünfzigjähriger Weißer, der einen teuren Anzug trägt. Ein weiterer Weißer, etwa vierzig, hat ein schwarzes Jeanshemd an. Der dritte Weiße muss um die siebzig sein und ist mit seiner gelangweilten Miene ein typischer Stammgast, der sich keine Verhandlung entgehen lässt. In der ersten Reihe hinter uns sitzt eine weiße Frau, die einen Notizblock in der Hand hält, wie eine Journalistin. Wir haben unsere Anträge bereits vor Wochen eingereicht und keine einzige Anfrage von der Presse erhalten. Ich kann mir nicht vorstellen, wer über eine Verhandlung in einem vergessenen Fall im Niemandsland von Florida berichten wollte.

Susan Ashley Gross erhebt sich und ruft Dr. Kyle Benderschmidt von der Virginia Commonwealth University als Zeugen auf. Seine Gutachten und Schlussfolgerungen sind in einer dicken beeideten Erklärung enthalten, die wir zusammen mit unserem Antrag eingereicht haben, aber wir haben beschlossen, das Geld zu investieren und ihn persönlich auftreten zu lassen. Seine Referenzen sind einwandfrei, und als Susan Ashley ihn seinen Werdegang schildern lässt, sieht Richter Plank Carmen Hidalgo an. »Haben Sie irgendwelche ernsthaften Zweifel an der Qualifikation des Sachverständigen?«, erkundigt er sich.

Sie erhebt sich und sagt nur: »Nein.«

»Gut. Dann wird er als Sachverständiger für die Analyse von Blutflecken zugelassen. Fahren Sie fort.«

Anhand der vier Farbvergrößerungen im Format zwanzig mal fünfundzwanzig, die in der Verhandlung vorgelegt wurden, stellt Susan Ashley unserem Zeugen Fragen zur Untersuchung der Taschenlampe und der winzigen Flecken einer roten Substanz auf dem Glas.

Richter Plank unterbricht. »Was ist mit der Taschenlampe passiert? In der Verhandlung wurde sie nicht vorgelegt, soweit ich weiß.«

Der Zeuge zuckt mit den Schultern, weil er sich dazu nicht äußern darf. Susan Ashley springt ihm bei. »Dem Verhandlungsprotokoll zufolge hat der Sheriff ausgesagt, sie sei etwa einen Monat nach dem Mord bei einem Brand zerstört worden, zusammen mit anderen Beweismitteln, die die Polizei ausgelagert hatte.«

»Es gibt also keine Spur davon?«

»Unseres Wissens nicht. Der Sachverständige der Anklage, Mr. Norwood, kam nach Prüfung derselben Fotos zu dem Schluss, auf der Linse der Taschenlampe würden sich Spritzer mit dem Blut des Opfers befinden. Zu diesem

Zeitpunkt existierte die Taschenlampe bereits schon nicht mehr.«

»Wenn ich Sie richtig verstehe, vertreten Sie die Ansicht, die Taschenlampe sei die einzige stichhaltige Verbindung zwischen Mr. Miller und dem Tatort und er sei nur zum Hauptverdächtigen geworden, weil die Taschenlampe in seinem Kofferraum gefunden wurde. Die Geschworenen hätten diesen Beweis dann als ausreichend für einen Schuldspruch angesehen.«

»Das ist richtig.«

»Fahren Sie fort.«

Benderschmidt zerlegt Norwoods aberwitzige Aussage nach Strich und Faden. Sie entbehre jeder wissenschaftlichen Grundlage, weil Norwood keine Ahnung von Blutspurenanalyse habe. Benderschmidt verwendet mehrfach das Wort *unverantwortlich* für das, was Norwood den Geschworenen aufgetischt hat. Es sei unverantwortlich gewesen zu behaupten, der Mörder habe die Taschenlampe mit einer Hand gehalten und mit der anderen die Schrotflinte Kaliber 12 abgefeuert. Dafür gebe es keinen Beweis, genauso wenig dafür, wo Keith gesessen oder gestanden habe, als er erschossen wurde, oder dafür, wo sich der Mörder aufgehalten habe. In Anbetracht der kleinen Menge sei es unverantwortlich gewesen, zu behaupten, die Flecken seien tatsächlich Blut. Es sei unverantwortlich gewesen, die Taschenlampe überhaupt zu verwenden, weil sie gar nicht am Tatort aufgefunden worden sei.

Nach einer Stunde ist Richter Plank erschöpft und braucht eine Pause. Es ist nicht klar, ob er wirklich fast eindöst, aber sein Blick wirkt glasig. Frankie setzt sich unauffällig in die hinterste Reihe, direkt an den Gang. Als die Verhandlung unterbrochen wird und Plank verschwindet, verlassen die Zuschauer den Saal. Dabei werden sie von Frankie gefilmt.

Nach einer Zigarette, einem Toilettenbesuch und wahrscheinlich einem Nickerchen setzt Richter Plank die Verhandlung widerwillig fort, und Benderschmidt tritt erneut in den Zeugenstand. Aufgrund seiner Untersuchungen bezweifle er, dass tatsächlich Blut vom Opfer weg rückwärts auf die Linse gespritzt sei. Anhand einer Zeichnung von Russos Büro und mithilfe anderer Fotos vom Tatort erklärt Benderschmidt, in Anbetracht der Position der Tür und des vermuteten Standorts des Schützen sowie der Lage von Keiths Leiche und unter Berücksichtigung der enormen Menge von Blut und Weichteilmasse, die auf die Wände und Regale dahinter gelangt sei, halte er es für unwahrscheinlich, dass durch den Aufprall der beiden Schrotladungen Blut in Richtung des Mörders geschleudert worden sei. Seine Überzeugung untermauert Benderschmidt mit Fotos anderer Tatorte, wo das Opfer mit einer Schrotflinte Kaliber 12 erschossen wurde.

Es ist das reinste Blutbad, und nach einigen Minuten hat der Richter genug. »Machen wir weiter, Ms. Gross. Ich glaube nicht, dass uns Bilder anderer Verbrechen voranbringen.«

Wahrscheinlich hat er recht. Das Kreuzverhör spult Carmen Hidalgo routiniert herunter und punktet nur, als sie Benderschmidt dazu bringt, zuzugeben, dass Blutspurensachverständige oft unterschiedlicher Meinung sind – wie alle Experten.

Als der Zeuge entlassen wird, sieht Richter Plank auf die Uhr, als hätte er heute Vormittag harte Arbeit geleistet.

»Wir unterbrechen die Verhandlung bis vierzehn Uhr. Ich hoffe, nach der Mittagspause können Sie etwas Neues vorlegen, Ms. Gross.« Er lässt den Hammer niedersausen und verschwindet, und ich werde das Gefühl nicht los, dass er seine Entscheidung bereits getroffen hat.

Wie in den meisten Bundesstaaten kommt auch in Florida eine Wiederaufnahme nur in Betracht, wenn neue Beweise vorliegen. Nicht bessere Beweise. Nicht glaubwürdigere Beweise. Die Geschworenen in Quincys Verfahren haben den Vortrag von Norwood, einem angeblichen Experten für Blutspurenanalyse, gehört und waren ausnahmslos überzeugt – trotz der heftigen Attacke des jungen Tyler Townsend, der Norwoods Qualifikation und Gutachten als äußerst dürftig entlarvte.

Mit Kyle Benderschmidt und Tobias Black, unserem zweiten Experten für Blutspurenanalyse, legen wir tatsächlich Beweise vor, die besser sind, aber nicht neu. Richter Planks Äußerung ist höchst aufschlussreich.

Als der Mann im Designeranzug und der Mann im schwarzen Jeanshemd das Gericht getrennt verlassen, stehen sie unter Beobachtung. Wir haben zwei Privatdetektive engagiert, um sie im Auge zu behalten. Frankie hat sie bereits informiert und telefoniert jetzt. Vicki sitzt in einem Diner, von denen es in der Nähe des Gerichts nur zwei gibt. Ich gehe zum anderen und lasse mich an der Theke nieder. Frankie kommt aus dem Gerichtsgebäude und geht zu seinem Auto, das er auf einem Parkplatz in der Nähe abgestellt hat. Mr. Designeranzug steigt in eine elegante schwarze Limousine, einen Mercedes mit Kennzeichen aus Florida. Mr. Jeanshemd steigt in einen grünen BMW, ebenfalls mit Kennzeichen aus Florida. Sie fahren im Abstand von zwei Minuten in der Innenstadt los und treffen sich auf dem Parkplatz eines Einkaufszentrums an der Hauptausfallstraße. Als wäre das nicht auffällig genug, steigt das Jeanshemd in den Mercedes, und beide rauschen davon. Schlampig.

Als ich den Bericht höre, flitze ich zum anderen Diner,

wo Vicki in einer Nische vor einem unberührten Korb Pommes frites sitzt. Sie telefoniert gerade mit Frankie. Der Mercedes fährt auf dem Highway 19 in südlicher Richtung, und unser Detektiv hat sich an seine Fersen geheftet. Er gibt das Kennzeichen durch, und Vicki geht an die Arbeit. Wir bestellen Eistee und Salate. Wenige Minuten darauf trifft Frankie ein.

Der Feind hat sein Gesicht gezeigt.

Der Mercedes ist auf einen Nash Cooley aus Miami zugelassen. Vicki mailt diese Informationen an Mazy zu Hause, und beide lassen die Computer heiß laufen. Nach wenigen Minuten wissen wir, dass Cooley Partner in einer auf Strafrecht spezialisierten Kanzlei ist. Ich rufe zwei mir bekannte Anwälte in Miami an. Susan Ashley Gross, die im Gerichtssaal ein Sandwich isst, lässt ihre Beziehungen spielen. Mazy telefoniert mit einem Bekannten, der in Miami Anwalt ist. Vicki tippt wie wild. Frankie genießt sein überbackenes Käse-Thunfisch-Sandwich mit Pommes frites.

Cooley und Jeanshemd halten an einem Fast-Food-Restaurant in Eustis, einer zwanzig Minuten entfernten Kleinstadt mit achtzehntausend Einwohnern. Die Sache wird immer offensichtlicher. Die beiden wollten sich die Verhandlung nicht entgehen lassen, aber nicht zusammen gesehen oder erkannt werden, daher sind sie zum Essen in die nächste Stadt gefahren. Während sie im Restaurant sitzen, übernimmt der andere Detektiv. Als Cooley von Eustis in unsere Richtung zurückfährt, folgt ihm in sicherem Abstand ein zweiter Wagen.

Cooley ist Partner in einer Kanzlei mit zwölf Anwälten, die seit vielen Jahren Drogenhändler vertritt. Wie nicht anders zu erwarten, hält sich die Kanzlei bedeckt und veröffentlicht auf ihrer Website kaum Informationen. Diese Leute machen keine Werbung, weil sie das nicht nötig haben. Cooley ist zweiundfünfzig, hat in Miami studiert und eine blütenweiße Weste ohne eine einzige Beschwerde bei der Anwaltskammer. Das Foto auf der Website ist mindestens zehn Jahre alt und müsste dringend ausgetauscht werden, aber auch das ist nicht ungewöhnlich. Eine erste oberflächliche Rechercherunde fördert nur eine interessante Geschichte über die Kanzlei zutage. 1991 wurde der Gründer der Kanzlei mit aufgeschlitzter Kehle in seinem Pool gefunden. Der Mord wurde nie aufgeklärt. Wahrscheinlich ein unzufriedener Mandant.

Es wird zwei Uhr und später, ohne dass sich Richter Plank blicken lassen würde. Vielleicht sollten wir eine der Justizangestellten losschicken, um nachzusehen, ob er das Zeitliche gesegnet hat oder nur ein Nickerchen hält. Nash Cooley kommt herein und setzt sich hinten in den Saal, ohne zu ahnen, dass wir wissen, wie seine Kinder heißen und wo sie studieren. Kurz darauf taucht das schwarze Jeanshemd auf und setzt sich ganz weit weg von Cooley. Dilettanten.

Wir schicken ein Videostandbild von Jeanshemd an einen Hightech-Sicherheitsdienst in Fort Lauderdale und bestellen Expresslieferung. Die Gesichtserkennungssoftware der Firma ist darauf ausgelegt, die zahlreichen Datenbanken des Unternehmens zu durchsuchen, aber das erweist sich als unnötig. Die erste Datenbank ist die der Strafvollzugsbehörde des Staates Florida, und die Suche hat nicht mehr als elf Minuten in Anspruch genommen. Das schwarze Jeanshemd heißt Mickey Mercado, ist dreiundvierzig Jahre alt, hat eine Adresse im vornehmen Coral Gables und ist ein verurteilter Schwerverbrecher mit doppelter Staatsangehörigkeit – mexikanisch und US-amerikanisch. Im zarten Alter von neunzehn Jahren bekam Mercado sechs Jahre – natürlich wegen Drogenhandel. 1994 stand er wegen

Mord vor Gericht. Da sich die Geschworenen nicht einigen konnten, kam er ungeschoren davon.

Während wir auf Richter Plank warten, sitzt Vicki im Diner, bestellt einen Kaffee nach dem anderen und durchforstet das Internet. Später wird sie uns berichten, dass Mercado selbständiger privater Sicherheitsberater ist. Was auch immer das sein mag.

Zu wissen, mit was für Leuten wir es zu tun haben, ist ein ziemlicher Schock, und statt friedlich im Gerichtssaal zu sitzen, würden wir uns gern umdrehen, sie mit Namen ansprechen und fragen, was sie hier zu suchen haben. Aber dafür sind wir zu routiniert. Wenn möglich, sollte man den Gegner nie in die Karten sehen lassen. Im Augenblick haben Cooley und Mickey keine Ahnung, dass wir ihren Namen, ihre private Anschrift, ihr Kennzeichen, ihre Sozialversicherungsnummer und ihren Arbeitsplatz kennen und mit unseren Nachforschungen noch lange nicht am Ende sind. Selbstverständlich gehen wir davon aus, dass sie eine Akte über mich, Guardian und die wenigen Mitarbeiter der Organisation haben. Frankie ist nur ein Schatten, der nicht zu fassen ist. Er hält sich im Gang vor dem Gerichtssaal auf, beobachtet, bleibt ständig in Bewegung. In der Stadt gibt es kaum Schwarze, und er will nicht auffallen.

Als Richter Plank um 14.17 Uhr erscheint, weist er Susan Ashley an, unseren nächsten Zeugen aufzurufen. Diese Art von Verhandlung birgt keine Überraschungen, und so weiß jeder, dass Zeke Huffey wieder in Florida ist. Die Überraschung ist, dass er sich bereit erklärt hat, persönlich als Zeuge zu erscheinen, wenn wir sein Flugticket bezahlen. Außerdem musste ich ihm schriftlich versichern, dass sein Meineid verjährt ist und er daher keine Strafverfolgung zu befürchten hat.

Im Augenblick genießt Zeke seine Freiheit. Uns ist klar, dass dieser Zustand nicht von Dauer sein wird, aber zumindest redet er davon, sein Leben in Ordnung zu bringen. Er hebt die Hand und schwört, die Wahrheit zu sagen, wie er es schon so oft vor Gericht getan hat, um dann als gewiefter Gefängnisspitzel das Blaue vom Himmel herunterzulügen. Er spricht über seinen Zellengenossen Quincy Miller, der angeblich damit geprahlt haben soll, seinem Anwalt das Gehirn weggeblasen und die Flinte Kaliber 12 in den Golf von Mexiko geworfen zu haben. Zeke sagt, als Belohnung für seine Falschaussage sei die Strafe für seine Drogendelikte auf die Dauer der bereits verbüßten Untersuchungshaft beschränkt worden. Ja, er bedaure, was er Quincy damit angetan habe, und habe es schon lange wiedergutmachen wollen.

Zeke ist kein schlechter Zeuge, aber das Problem liegt auf der Hand. Er hat so oft gelogen, dass niemand, und schon gar nicht der Richter, sicher sein kann, dass er jetzt die Wahrheit sagt. Trotzdem ist seine Aussage für uns wichtig, weil der Widerruf einer Zeugenaussage einen neuen Beweis darstellt. Mit Zekes persönlicher Aussage und Carrie Hollands beeideter Erklärung haben wir ausreichend Munition und Argumente, die dafür sprechen, dass Quincy keinen fairen Prozess hatte. Wenn es uns gelingt, das Verfahren wieder aufzurollen, können wir den Geschworenen überzeugende wissenschaftliche Beweise vorlegen. Norwood und seinesgleichen würden wir nicht einmal in die Nähe des Gerichtssaals lassen. Wir träumen davon, die Tatsachen einem neuen Geschworenengericht zu präsentieren.

Im Kreuzverhör hat Carmen Hidalgo leichtes Spiel mit Zeke und führt ihm seine lange, schillernde Laufbahn als Gefängnisinformant vor Augen. Sie hat die beglaubigten

Protokolle von fünf Gerichtsverhandlungen aus den letzten sechsundzwanzig Jahren vorliegen, in denen Zeke die Geschworenen angelogen hat, um nicht ins Gefängnis zu wandern. Er gibt zu, in der einen Sache gelogen zu haben, in der anderen angeblich nicht. Er verwechselt die Verfahren und kann sich nicht erinnern, welche Lüge er in welcher Sache erzählt hat. Es macht keinen Spaß, sich das anzuhören. Der Richter hat sehr bald die Nase voll, aber das Gemetzel geht weiter. Ms. Hidalgo hat sich warmgelaufen und erweist sich als erstaunlich überzeugend.

Um 15.30 Uhr gähnt Richter Plank, blinzelt und verabschiedet sich offenbar innerlich. Er ist erschöpft und kann sich kaum wach halten. Ich flüstere Susan Ashley zu, sie soll Schluss machen, damit wir hier wegkommen.

28

Am Tag, nachdem Vicki und ich nach Savannah zurückgekehrt sind, setzen wir uns im Konferenzraum mit Mazy zusammen, um den Fall Revue passieren zu lassen. Genau wie in Alabama gibt es in Florida in Wiederaufnahmeverfahren keine bestimmte Frist für richterliche Entscheidungen, sodass Plank durchaus das Zeitliche segnen könnte, bevor irgendein Beschluss ergeht. Wir hegen den Verdacht, dass seine Meinung ohnehin feststeht. Da wir keinerlei Möglichkeit haben, die Sache zu beschleunigen, wäre jeder Versuch, Druck auf ihn auszuüben, kontraproduktiv.

Wir gehen davon aus, dass wir unter Beobachtung stehen, was eine lebhafte Diskussion auslöst. Wir sind uns darüber einig, dass alle digitalen Dateien und Kommunikationen besser gesichert werden müssen. Das wird rund dreißigtausend Dollar kosten, Geld, das in unserem knappen Budget nicht vorgesehen ist. Unsere Gegner verfügen über unbegrenzte Mittel und können sich die beste Spionagesoftware leisten.

Ich bezweifle sehr, dass sie in Savannah herumschnüffeln, um zu sehen, was wir treiben. Das wäre öde und würde keine nützlichen Informationen liefern. Wir sind uns jedoch einig, dass wir wachsamer sein müssen und nicht immer dieselbe Routine befolgen dürfen. Es wäre ein Kinderspiel gewesen, mir nach Nassau zu folgen und mein Treffen mit Tyler Townsend zu beobachten. Dasselbe gilt für Sun Valley und Bruce Gilmer. Allerdings haben wir erst nach diesen Reisen unseren Antrag gestellt und damit unsere Namen offiziell zu Protokoll gegeben. Inzwischen wissen wir mehr über Nash Cooley. Wir haben alle frei zugänglichen Informationen über seine Autos, seine Immobilien und seine beiden Scheidungen. Sagen wir nur, er verdient eine Menge Geld und lebt auf großem Fuß. Sein Haus in Coral Gables wird auf 2,2 Millionen Dollar geschätzt. Mindestens drei Autos laufen auf seinen Namen, alles deutsche Luxusimporte. Seine Kanzlei, Varick & Valencia, sitzt in einem brandneuen Hochhaus im Zentrum von Miami und hat Niederlassungen auf Grand Cayman und in Mexico City. Einem Freund von Susan Ashley zufolge lassen sich manche Drogenanwälte in Südflorida ihre Honorare auf Offshorekonten überweisen. Normalerweise würden sie nicht erwischt, aber gelegentlich bekomme das FBI einen von ihnen wegen Steuerhinterziehung dran. Diese Quelle sagt, Varick & Valencia habe sich seit vielen Jahren auf zwielichtige Geschäfte und Mandanten spezialisiert, die gefahrlos Geld waschen wollten. Zwei der Seniorpartner der Kanzlei seien routinierte Prozessanwälte, die zahlreiche Erfolge zu verbuchen hätten. 1994 hätten sie Mickey Mercado in einem Mordprozess verteidigt und die Geschworenen so verwirrt, dass keine einstimmige Entscheidung zustande gekommen sei.

Mir ist nicht klar, warum Nash Cooley eine sechsstündige Autofahrt auf sich genommen hat, um sich in die Verhandlung unseres Wiederaufnahmeverfahrens zu setzen. Wenn er sich mein Gesicht in Ruhe ansehen wollte, hätte er nur auf unsere Website gehen müssen, auch wenn die nicht sehr aufregend ist. Für Susan Ashley gilt dasselbe. Alle Anträge, Schriftsätze, Beschlüsse und Verfügungen sind frei zugänglich und im Internet problemlos zu finden. Warum geht jemand wie er das Risiko ein aufzufliegen?

Die Gefahr war da draußen auf dem platten Land vielleicht nicht besonders groß, aber immerhin haben wir ihn identifiziert. Ich kann nur vermuten, dass ein Mandant ihm den Auftrag erteilt hat.

Mickey Mercado ist ein Berufsverbrecher und hat wahrscheinlich für ein Kartell gearbeitet, seit er erwachsen ist. Welches Kartell, das wissen wir nicht genau. Er und zwei andere waren einmal angeklagt, einen Drogenhändler bei einem aus dem Ruder gelaufenen Deal getötet zu haben, aber das FBI hatte nicht genügend gegen ihn in der Hand.

Ist er jetzt hinter mir her?

Ich weise die Damen darauf hin, dass es Quincy Miller nicht hilft, wenn wir paranoid werden. Unsere Aufgabe ist es, seine Unschuld zu beweisen, nicht notwendigerweise, den wahren Mörder aufzuspüren.

Ich habe den Kolleginnen nicht alles gesagt. Wie so oft. Die Geschichte von Tyler und den Krokodilen behalte ich lieber für mich. Das Bild bekommt man nie wieder aus dem Kopf.

Einen großen Teil des Tages verbringen wir damit, unsere Gedanken und Argumente in Bezug auf Tyler auszutauschen. Zum einen fühle ich mich verpflichtet, ihn zumindest zu warnen, dass wir unter Beobachtung stehen. Andererseits könnte ihn schon eine solche Kontaktaufnahme in Gefahr bringen. Das gilt auch für Gilmer, aber er weiß nicht so viel wie Tyler.

Letztlich kommen wir zu dem Schluss, dass wir das Risiko eingehen müssen. Ich gehe auf die Website von *Patty's Porch*, bezahle die Monatsgebühr von zwanzig Dollar und schicke eine Nachricht, die sich nach fünf Minuten selbst löschen wird.

Noch einmal Nassau — wichtig.

Nach fünf Minuten habe ich immer noch keine Antwort. In den nächsten drei Stunden schicke ich dieselbe Nachricht viermal, höre aber nichts.

Nach Einbruch der Dunkelheit verlasse ich das Büro und gehe in der drückenden Hitze ein paar Hundert Meter. Die Tage sind lang und schwül, und in der Stadt wimmelt es nur so von Touristen. Wie üblich, hat Luther Hodges es im Haus nicht ausgehalten und wartet auf der Veranda.

»Hallo, Padre«, rufe ich.

»Hallo, mein Sohn.« Wir umarmen uns auf dem Gehsteig, witzeln ein bisschen über ergrautes Haar und nicht mehr ganz so schlanke Taillen und marschieren los. Nach einigen Minuten merke ich, dass ihn etwas belastet.

»Texas tötet morgen wieder einen Menschen«, erklärt er.

»Das tut mir leid.«

Luther ist ein unermüdlicher Kämpfer gegen die Todesstrafe mit einer einfachen Botschaft: Wenn wir uns alle einig sind, dass es falsch ist, einen Menschen zu töten, warum lassen wir dann zu, dass der Staat es tut? Wenn eine Hinrichtung ansteht, schreiben er und seine Mitstreiter die üblichen Briefe, telefonieren, protestieren im Internet und demonstrieren manchmal auch vor dem Gefängnis. Er verbringt Stunden im Gebet und trauert um Mörder, die er überhaupt nicht kennt.

Uns ist nicht nach feiner Küche zumute, deshalb gehen wir in einen Diner und bestellen Sandwichs. Wie immer zahlt er für mich mit. »Und jetzt erzähl, was es bei Quincy Neues gibt«, sagt er grinsend, kaum dass wir uns gesetzt haben.

Seit Guardian die Arbeit aufgenommen hat, haben wir achtzehn Fälle neu aufgerollt, was in acht davon zu einer Rehabilitierung geführt hat. Ein Mandant wurde hingerichtet. Sechs Verfahren laufen noch. Drei wurden von uns abgeschlossen, weil wir zu der Überzeugung gelangt sind, dass unsere Mandanten tatsächlich schuldig waren. Wenn wir in unserer Einschätzung einen Fehler machen, schreiben wir den Fall ab und wenden uns dem nächsten zu.

Aus diesen achtzehn Verfahren haben wir gelernt, dass uns früher oder später der Zufall auf die Sprünge helfen wird. In diesem Fall tritt er in Gestalt von Len Duckworth auf den Plan, der auf Sea Island lebt, etwa eine Stunde südlich von Savannah. Er war mit dem Auto gekommen, und als er an unserer Rezeption niemand vorfand, steckte er bei Vicki den Kopf zur Tür herein und sagte hallo. Vicki war höflich wie immer, aber sehr beschäftigt. Doch schon nach wenigen Minuten holte sie mich dazu. »Das könnte wichtig sein«, meinte sie. Wir lassen uns mit einer frischen Kanne Kaffee im Konferenzraum oben nieder. Vicki und Mazy machen sich Notizen, ich höre erst einmal nur zu.

Duckworth ist um die siebzig, sonnengebräunt und durchtrainiert, der Inbegriff des wohlhabenden Rentners, der viel Zeit für Golf und Tennis hat. Vor einigen Jahren ist er mit seiner Frau nach Sea Island gezogen, und beide sind noch sehr aktiv. Er stammt aus Ohio, sie aus Chicago, aber beide lieben das warme Wetter. Er war FBI-Beamter, als der Kongress 1973 die DEA zur Bekämpfung der Drogenkriminalität gründete, was ihm spannender zu sein schien als sein damaliger Schreibtischjob. Er wechselte von einer Behörde zur anderen und verbrachte sein restliches Berufsleben bei der DEA, wo er unter anderem zwölf Jahre lang für Nordflorida zuständig war.

Seit Monaten versuchen wir erfolglos, an DEA-Unterlagen aus den 1980ern zu kommen. Die DEA hütet ihre Archive genauso sorgsam wie das FBI und das ATF – das Bureau of Alcohol, Tobacco, Firearms and Explosives – und andere Polizeibehörden. Ein Antrag, den Vicki unter

Berufung auf das Gesetz zur Informationsfreiheit gestellt hatte, kam zurück – mit einem Antwortschreiben, in dem bis auf die Artikel jedes Wort geschwärzt war.

Heute ist wirklich unser Glückstag. »Ich weiß viel über das Drogengeschäft von damals«, sagt Duckworth. »Über manche Dinge kann ich reden, über andere nicht.«

»Mich würde interessieren, warum Sie hergekommen sind«, erwidere ich. »Wir versuchen seit sieben Monaten erfolglos, an DEA-Akten und -Notizen zu kommen.«

»Dabei wird nicht viel herauskommen, weil sich die DEA immer darauf beruft, dass es sich um laufende Ermittlungen handelt. Egal wie lange ein Fall schon schmort, die DEA rückt grundsätzlich nichts heraus. Selbst wenn man dagegen klagt, darauf lassen sie es ankommen. Das war schon damals so.«

»Wie viel können Sie uns sagen?«

»Auf jeden Fall kann ich über den Mord an Keith Russo sprechen, weil die Sache seit über zwanzig Jahren abgeschlossen ist und nicht direkt mit der DEA zu tun hatte. Ich kannte Keith, und zwar ziemlich gut, weil wir ihn umgedreht hatten. Er war einer unserer Informanten, und das hat ihn das Leben gekostet.«

Vicki, Mazy und ich sehen uns an, während wir das sacken lassen. Der einzige Mensch auf diesem Planeten, der bestätigen kann, dass Keith Russo ein Informant war, sitzt auf einem unserer alten, zusammengestoppelten Stühle und trinkt seelenruhig unseren Kaffee.

»Wer hat ihn umgebracht?«, frage ich versuchsweise.

»Weiß ich nicht, aber nicht Quincy Miller. Es war ein vom Kartell bestellter Auftragsmord.«

»Von welchem Kartell?«

Er überlegt kurz und trinkt dabei einen Schluck Kaffee. »Sie haben mich gefragt, warum ich hier bin. Ich habe gehört, dass Sie sich für Millers Rehabilitierung einsetzen, und finde Ihre Arbeit sehr ehrenwert. Dass damals der Falsche verurteilt wurde, war kein Zufall. Ich verfüge über jede Menge Hintergrundinformationen, die ich weitergeben kann, ohne gegen Geheimhaltungspflichten zu verstoßen. In erster Linie wollte ich aber mal rauskommen. Meine Frau geht gerade in der Nähe shoppen, und wir treffen uns später zu einem schönen Mittagessen.«

»Wir haben den ganzen Tag Zeit«, sage ich.

»Gut, dann zunächst ein bisschen Geschichte. Mitte der 1970er-Jahre, als die DEA gegründet wurde, wurde das Land von Kokain überschwemmt, das tonnenweise mit Schiffen, Flugzeugen, Lkws, wie auch immer, herangeschafft wurde. Die Nachfrage war unersättlich, die Gewinne waren gewaltig, und die Produzenten und Schmuggler kamen kaum hinterher. Sie bauten in ganz Mittel- und Südamerika riesige Organisationen auf und horteten ihr Geld auf Banken in der Karibik. Florida mit seinen dreizehnhundert Kilometern Küste und Dutzenden Häfen wurde zum Haupteintrittspunkt. Miami wurde zum Spielfeld der Schmuggler. Südflorida wurde von einem kolumbianischen Kartell kontrolliert, das immer noch im Geschäft ist. Mit der Gegend dort unten hatte ich nichts zu tun. Ich war für Orlando und das Gebiet nördlich davon zuständig, wo 1980 das mexikanische Saltillo-Kartell den Kokainhandel weitgehend beherrschte. Saltillo besteht noch, aber das Kartell wurde mit einer größeren Organisation verschmolzen. Die meisten Bosse kamen in einem Drogenkrieg ums Leben. Bei diesen Banden herrscht ein ständiges Auf und Ab, und die Zahl der Todesopfer ist atemberaubend. Die Brutalität ist unfassbar. Ich will Sie nicht damit langweilen.«

»Nein, lieber nicht«, sagt Vicki.

Vor meinen Augen taucht blitzartig ein Bild von Tyler

Townsend und den gefräßigen Krokodilen auf.»Wir wissen relativ viel über Sheriff Pfitzner und die Vorgänge in Ruiz County«, sage ich.

Duckworth schüttelt lächelnd den Kopf, als hätte ich ihn an einen alten Freund erinnert.»Wir haben den Kerl nie geschnappt. Unseres Wissens war er der einzige Sheriff in Nordflorida, der mit dem Kartell unter einer Decke steckte. Wir hatten ihn im Visier, als es Russo erwischte. Danach hat sich alles geändert. Einige unserer wichtigsten Informanten wurden plötzlich sehr schweigsam.«

»Wie haben Sie es geschafft, Russo umzudrehen?«

»Keith war ein interessanter Typ. Sehr ehrgeizig. Keinen Bock mehr auf das Leben in der Kleinstadt. Auf das große Geld aus. Ein verdammt guter Anwalt. Er hatte einige Mandanten aus dem Drogenmilieu in der Gegend um Tampa und St. Petersburg und hatte sich einen gewissen Ruf erworben. Ein Informant berichtete uns, er würde hohe Honorare in bar einstreichen, die er nur teilweise oder gar nicht versteuerte und zum Teil auf Offshorekonten verschob. Wir sahen uns einige seiner Steuererklärungen an, und es war offensichtlich, dass er viel mehr ausgab, als er in Seabrook in der Main Street verdiente. Wir haben uns mit ihm zusammengesetzt und ihm mit einer Anklage wegen Steuerhinterziehung gedroht. Er wusste, dass er schuldig war, und wollte nicht alles verlieren. Außerdem hatte er für Mandanten Geld gewaschen, vor allem für die Leute vom Saltillo-Kartell. Dazu kaufte er über Offshorestrohfirmen Immobilien in Florida und kümmerte sich selbst um den gesamten Papierkram. Kein besonders komplexes Zeug, aber er wusste, was er tat.«

»Hat er seiner Frau erzählt, dass er Informant ist?«

Wieder ein Lächeln, noch ein Schluck. Duckworth könnte stundenlang Kriegsgeschichten erzählen.»Da wird es wirklich interessant. Keith hatte eine Schwäche für Frauen. In Seabrook hielt er sich zurück, aber in Tampa ging es richtig zur Sache. Er und Diana hatten dort eine Wohnung, angeblich aus beruflichen Gründen, aber Keith nutzte sie für ganz andere Zwecke. Bevor wir ihn umdrehten, hatten wir uns richterliche Beschlüsse besorgt und Wanzen in der Wohnung, in der Kanzlei und sogar bei ihm zu Hause versteckt. Wir haben alles mitgehört, sogar Keiths Telefonate mit seinen Geliebten. Dann erlebten wir eine ziemliche Überraschung. Offenbar hatte Diana beschlossen, sich zu revanchieren. Ihr Typ war einer ihrer Drogenmandanten, ein Schönling, der in Miami für das Saltillo-Kartell arbeitete, Ramón Vásquez. Ramón hat Diana mehrfach heimlich in Seabrook besucht, während sich Keith in Tampa abrackerte. Sie können sich vorstellen, in welcher Verfassung die Ehe war. Um Ihre Frage zu beantworten, wir waren uns nie sicher, ob Keith seine Frau eingeweiht hat, dass er mit uns zusammenarbeite. Wir haben ihn natürlich davor gewarnt.«

»Was ist aus Diana geworden?«, fragt Vicki.

»Irgendwie hat das Kartell herausgefunden, dass Keith für uns arbeitet. Ich habe den dringenden Verdacht, dass ein anderer Informant, ein Doppelagent, einer unserer Leute, ihn gegen Geld ans Messer geliefert hat. Es ist ein schmutziges Geschäft, in dem sich die Loyalitäten von Tag zu Tag ändern können. Bares auf die Hand und die Angst, bei lebendigem Leib verbrannt zu werden, bringen viele Leute dazu, die Seite zu wechseln. Keith wurde aus dem Weg geräumt, und Diana verließ schließlich die Stadt.«

»Und Ramón?«, fragt Mazy.

»Er und Diana lebten eine Weile in Tampa zusammen und zogen dann weiter nach Süden. Wir waren uns damals nicht sicher, aber wir vermuteten, dass er seine Karriere als

Drogenschmuggler zumindest teilweise aufgegeben hatte, auf jeden Fall hielt er sich von schmutzigen Geschäften fern. Mein letzter Stand ist, dass die beiden immer noch zusammen sind und irgendwo in der Karibik leben.«

»Mit viel Geld«, sage ich.

»Ja, mit jeder Menge Geld.«

»War sie in den Mord verwickelt?«, fragt Mazy.

»Das konnte ihr nie nachgewiesen werden. Sie wissen ja von der Lebensversicherung und den gemeinsamen Bankkonten, aber daran ist nichts Ungewöhnliches.«

»Warum haben Sie Pfitzner und das Kartell nicht auffliegen lassen?«, frage ich.

»Nach dem Mord hatten wir plötzlich nichts mehr in der Hand. Wir hätten noch ein oder zwei Monate für einen vernichtenden Schlag gebraucht, der jede Menge Leute vor Gericht gebracht hätte, unter anderem Pfitzner. Wir hatten einen langen Atem gehabt, eigentlich zu lang, aber wir mussten uns mit der Staatsanwaltschaft da unten herumschlagen. Sie waren überlastet und so, kamen einfach nicht in die Gänge. Sie wissen selbst, wie das läuft. Nach dem Mord tauchten unsere Informanten unter, und wir standen mit leeren Händen da. Das Kartell hatte erst einmal genug und zog sich für eine Weile zurück. Pfitzner ging schließlich in Rente. Ich wurde nach Mobile versetzt, wo ich bis zum Ende meines Berufslebens blieb.«

»Von wem lässt ein Kartell solche Morde ausführen?«, fragt sich Mazy.

»Die haben jede Menge Auftragskiller an der Hand, und diese Leute zeichnen sich nicht gerade durch ihr Feingefühl aus. Das sind Bestien, die einem Menschen lieber mit der Axt den Kopf abhacken, als ihn mit einer Kugel zu erledigen. Eine Ladung Schrot ins Gesicht ist für die gar nichts. Ihre Morde sind ein Gemetzel, weil sie das so wollen. Wenn sie Spuren hinterlassen, ist ihnen das egal. Niemand findet sie, weil sie längst wieder in Mexiko oder Panama sind, irgendwo im Dschungel.«

»Der Russo-Tatort war doch sauber«, gibt Mazy zu bedenken. »Keinerlei Spuren.«

»Ja, aber die Ermittlungen hat Pfitzner geleitet.«

»Mir ist nicht klar, warum Sie Pfitzner nicht das Handwerk legen konnten«, sage ich. »Wenn es stimmt, was Sie sagen, sicherte er den Hafen und die Kokainlager, schützte die Dealer, und Sie hatten Informanten wie Keith. Warum konnten Sie ihn nicht auffliegen lassen?«

Duckworth holt tief Luft und verschränkt die Hände hinter dem Kopf. Er starrt an die Decke und lächelt nachdenklich. »Das ist wohl die größte Enttäuschung meines Berufslebens«, erwidert er. »Wir wollten den Mann unbedingt kriegen. Einer von uns, ein Polizeibeamter, der sich bestechen lässt und mit den übelsten Gestalten aller Zeiten unter einer Decke steckt. Der Kokain nach Atlanta, Birmingham, Memphis, Nashville, in den gesamten Südosten pumpt. Und wir hätten es schaffen können. Wir hatten die Bande unterwandert. Wir hatten Material zusammengetragen. Wir hatten Beweise. Der Staatsanwalt in Jacksonville war das Problem. Wir konnten ihn einfach nicht dazu bewegen, schnell genug zu handeln und die Sache vor die Anklagejury zu bringen. Er wollte unbedingt das Sagen haben, hatte aber keine Ahnung. Dann wurde Russo ermordet. Ich denke immer noch an diesen Menschen, den Staatsanwalt. Später wollte er Kongressabgeordneter werden, aber ich habe ihn selbstverständlich nicht gewählt. Als ich zuletzt von ihm gehört habe, hat er die Krankenhäuser nach Unfallopfern abgegrast, die er vertreten konnte, und seine schmierige Visage grinste von den Plakatwänden am Straßenrand.«

»Und das Kartell gibt es noch?«, fragt Mazy.

»Zum großen Teil, zumindest als ich in Rente ging. Ich bin seit fünf Jahren nicht mehr auf dem Laufenden.«

»Und was ist mit den Leuten, die den Mord an Russo in Auftrag gegeben haben?«, sagt Mazy. »Wo sind die jetzt?«

»Das weiß ich nicht. Einige sind bestimmt tot, andere im Gefängnis, manche haben sich in eine Villa irgendwo auf der Welt zurückgezogen. Und manche sind noch im Geschäft.«

»Aber warum beobachten sie uns?«, fragt Vicki.

Duckworth beugt sich vor und trinkt einen Schluck. Er überlegt eine ganze Weile, weil er versteht, dass wir beunruhigt sind. »Ich kann natürlich nur spekulieren«, sagt er schließlich. »Diese Leute wollen nicht, dass Quincy Miller rehabilitiert wird.« Er sieht mich an. »Ich habe eine Frage an Sie. Wenn Ihr Mandant freikommt, wird das Verfahren in der Mordsache dann wieder aufgerollt?«

»Wahrscheinlich nicht. In etwa der Hälfte unserer Fälle gelingt es uns, den wahren Täter zu finden, in der anderen Hälfte nicht. Hier ist es höchst unwahrscheinlich. Der Mord ist ewig her, das Beweismaterial verschwunden. Der wahre Mörder lebt, wie Sie sagen, irgendwo weit weg.«

»Oder er ist tot«, sagt Duckworth. »Auftragsmörder werden bei den Kartellen nicht alt.«

»Warum sollten sie uns dann beobachten?«, fragt Vicki.

»Warum nicht? Das ist doch kein großer Aufwand. Die bei Gericht gestellten Anträge sind alle öffentlich zugänglich. Vielleicht wollen sie einfach nur auf dem Laufenden bleiben.«

»Haben Sie je von einem Drogenanwalt aus Miami namens Nash Cooley gehört?«, frage ich.

»Ich glaube nicht. Gehört er zu einer Kanzlei?«

»Varick und Valencia.«

»Natürlich. Die gibt es schon lange. Sind in der Branche bestens bekannt. Warum fragen Sie?«

»Nash Cooley war letzte Woche im Gerichtssaal, als wir unseren Antrag begründet haben.«

»Er war Ihnen also bekannt?«

»Nein, aber wir konnten ihn identifizieren. Er war mit einem seiner Mandanten dort, einem gewissen Mickey Mercado.«

Als guter Polizist würde Duckworth gern fragen, wie wir die beiden identifiziert haben, aber er hält sich zurück und lächelt nur.»Tja, an Ihrer Stelle wäre ich vorsichtig. Sie können davon ausgehen, dass Sie tatsächlich beobachtet werden.«

29

Wenn man Steve Rosenberg glauben will, hat Richterin Marlowe deutlich mehr Einfluss, als wir dachten. Er hegt den Verdacht, dass sie das Berufungsgericht des Staates Alabama zu einem wahren Rekordtempo angetrieben hat. Kaum zwei Monate nach dem Gerichtstermin in Verona bestätigt das Gericht einstimmig Richterin Marlowes Anordnung, die sieben Schamhaare einem DNA-Test zu unterziehen. Weiterhin ergeht der Beschluss, die Kosten für die Tests der Staatsanwaltschaft unter Chad Falwright aufzuerlegen. Zwei Detectives fahren das Beweismaterial zu dem Labor in Durham, wo wir Mark Carters Speichel haben testen lassen. Drei Tage lang starre ich beschwörend mein Telefon an, bis sich die Richterin höchstpersönlich bei mir meldet.

»Mr. Post, es sieht so aus, dass Sie recht hatten«, sagt die schönste Frauenstimme, die ich je gehört habe, mit ihrer kristallklaren, völlig akzentfreien Aussprache. »Ihr Mandant konnte durch die DNA-Tests ausgeschlossen werden. Alle sieben Schamhaare stammen von Mr. Carter.«

Ich bin in Vickis Büro, und mein Gesicht verrät mich. Ich schließe einen Augenblick lang die Augen, während Vicki Mazy wortlos umarmt.

»Heute ist Dienstag«, fährt die Richterin fort. »Können wir für Donnerstag einen Termin ansetzen?«

»Selbstverständlich. Und vielen Dank.«

»Sie brauchen sich nicht bei mir zu bedanken, Mr. Post. Unser Rechtssystem steht tief in Ihrer Schuld.«

Das sind die Augenblicke, für die wir leben. Der Staat Alabama hätte fast einen Unschuldigen hingerichtet, es ging nur um zwei Stunden. Duke Russell würde bereits auf dem Friedhof liegen, wenn es uns und unsere Arbeit und unseren Kampf gegen Fehlurteile nicht geben würde. Aber feiern können wir später. Ich breche sofort in Richtung Westen auf, nach Alabama, wobei ich ununterbrochen am Telefon hänge. Falwright will nicht mit mir reden und ist natürlich im Augenblick sehr beschäftigt. Da er mit Sicherheit versuchen wird, Sand ins Getriebe zu streuen, und durch und durch inkompetent ist, kann es sein, dass ihm Mark Carter entwischt. Soweit wir wissen, ahnt Carter nichts von den DNA-Tests. Steve Rosenberg überredet den Justizminister, Falwright anzurufen und zur Räson zu bringen. Der Justizminister erklärt sich außerdem bereit, die Polizei zu informieren, damit sie Carter im Auge behält.

Am späten Mittwochvormittag liegt Duke Russell auf der Pritsche, die seit zehn Jahren die seine ist, und liest ein Taschenbuch, als ein Gefängniswärter durch die Stangen hereinschaut.

»He, Duke. Du musst los.«

»Wohin?«

»Nach Hause. Eine Richterin in Verona will dich sehen. In zwanzig Minuten ist Abfahrt. Pack deine Sachen.«

Der Wärter zwängt eine billige Sporttasche durch die Stangen, und Duke fängt an, seine Habseligkeiten zu verstauen: Socken, T-Shirts, Boxershorts, zwei Paar Sportschuhe, Waschzeug. Er besitzt acht Taschenbücher, und da er jedes mindestens fünfmal gelesen hat, beschließt er, sie für den nächsten Insassen dazulassen. Genau wie seinen kleinen Schwarz-Weiß-Fernseher und den Ventilator.

Als er in Handschellen, aber ohne Fußfesseln seine Zelle verlässt, brechen seine Kameraden in Jubelrufe aus und applaudieren. Am Ausgang haben sich die anderen Wärter versammelt, um ihm auf den Rücken zu klopfen und ihm alles Gute zu wünschen. Mehrere begleiten ihn nach draußen, wo ein weißer Gefängnisbus wartet. Duke verlässt den Todestrakt, ohne sich noch einmal umzudrehen. Am Verwaltungsgebäude der Holman Correctional Facility steigt er in einen Streifenwagen um, und es geht los. Als das Gefängnisgelände hinter ihnen liegt, hält das Auto, und der Beamte auf dem Beifahrersitz steigt aus. Er öffnet die rückwärtige Tür, schließt die Handschellen auf und fragt Duke, ob er etwas essen möchte. Duke lehnt ab. Er ist so aufgewühlt, dass es ihm den Appetit verschlagen hat.

Vier Stunden später trifft er im Bezirksgefängnis ein, wo ich mit Steve Rosenberg und einem Anwalt aus Atlanta auf ihn warte. Wir haben den Sheriff davon überzeugt, dass Duke freikommen wird, weil er tatsächlich unschuldig ist, und können auf seine Unterstützung zählen. Für unsere kleine Besprechung überlässt er uns sein enges Büro. Ich erkläre meinem Mandanten, was ich weiß, und das ist nicht alles. Richterin Marlowe hat vor, morgen seine Verurteilung aufzuheben und die Haftentlassung anzuordnen. Chad Falwright, dieser Idiot, droht damit, erneut Klage zu erheben, und zwar nicht nur gegen Duke, sondern auch gegen Mark Carter. Seiner bizarren neuen These zufolge sollen die beiden die Vergewaltigung und Ermordung von Emily Broone gemeinsam begangen haben.

Dabei kennen sich die beiden gar nicht. So unfassbar es ist, überrascht bin ich nicht. Wenn Staatsanwälte in die Enge getrieben werden und angeschlagen sind, ziehen sie häufig frei erfundene Schuldvorwürfe aus dem Hut. Die

Tatsache, dass Mark Carters Name in dem Verfahren gegen Duke vor zehn Jahren nicht einmal erwähnt wurde, wird diesen Unsinn entkräften. Richterin Marlowe ist auf dem Kriegspfad und wird sich das nicht bieten lassen. Außerdem übt der Justizminister von Alabama Druck auf Falwright aus, damit er endlich Ruhe gibt.

Trotzdem steht es in seiner Macht, Klage zu erheben, und das beunruhigt mich. Er könnte Duke kurz nach der Entlassung erneut festnehmen lassen. Als ich versuche, meinem Mandanten diese Wechselfälle des Rechtssystems zu erklären, regt er sich so auf, dass wir das Gespräch abbrechen müssen. Ich überlasse ihn der Obhut des Sheriffs, der ihm für seine letzte Nacht in Gefangenschaft seine schönste Zelle gibt.

Steve und ich fahren nach Birmingham und setzen uns bei einem Drink mit Jim Bizko von der *Birmingham News* zusammen. Die Geschichte brennt ihm unter den Nägeln, und er hat unter seinen Kollegen entsprechende Gerüchte in Umlauf gebracht. Der Tag morgen wird der reinste Zirkus werden, verspricht er uns.

Wir essen spät zu Abend und suchen uns ein billiges Motel weit weg von Verona, wo wir uns nicht sicher fühlen würden. Das Opfer hat eine große Familie, und wir haben anonyme Drohanrufe erhalten. Auch das gehört zu unserem Geschäft.

Noch vor dem Morgengrauen wird Mark Carter festgenommen und in das Gefängnis eines angrenzenden Bezirks gebracht. Das erzählt der Sheriff uns, als wir in den Sitzungssaal kommen, um uns für die Verhandlung vorzubereiten. Während wir warten und sich die Reihen hinter uns allmählich füllen, sehe ich aus dem Fenster und stelle fest, dass die auffällig lackierten Übertragungswagen der Fernsehsender vor dem Gerichtsgebäude warten. Um 8.30 Uhr erscheint Chad Falwright mit seinem kleinen Team und wünscht uns einen guten Morgen. Ich frage ihn, ob er immer noch vorhat, meinen Mandanten erneut anzuklagen. Er grinst überheblich und verneint. Er gibt sich endgültig geschlagen und hat über Nacht, vermutlich nach einem unerfreulichen Telefonat mit dem Justizminister, beschlossen, die Segel zu streichen.

Duke trifft mit seiner uniformierten Eskorte ein und strahlt über das ganze Gesicht. Er trägt ein marineblaues Sakko, das ihm zu groß ist, ein weißes Hemd und eine Krawatte, die zu einem faustgroßen Knoten gebunden ist. Er sieht fantastisch aus und genießt den Augenblick jetzt schon. Seine Mutter sitzt hinter uns in der ersten Reihe, zusammen mit mindestens einem Dutzend Verwandter. Auf der anderen Gangseite haben Jim Bizko und weitere Journalisten Platz genommen. Noch erlaubt Richterin Marlowe, dass fotografiert wird, und die Kameras klicken.

Punkt neun Uhr nimmt sie ihren Platz am Richtertisch ein und wünscht allen einen guten Morgen. »Bevor wir beginnen, möchte ich die Öffentlichkeit und die Presse auf Wunsch von Sheriff Pilley darüber informieren, dass ein im County ansässiger Mann namens Mark Carter heute Morgen in seinem Haus in Bayliss festgenommen wurde. Er wird beschuldigt, Emily Broone vergewaltigt und ermordet zu haben. Er befindet sich in Gewahrsam und wird in etwa einer Stunde hier im Saal erscheinen. Mr. Post, ich glaube, Sie möchten einen Antrag stellen.«

Ich erhebe mich lächelnd. »Ja, das ist richtig. Im Namen meines Mandanten Duke Russell beantrage ich, das in dieser Sache ergangene Urteil aufzuheben und Mr. Russell sofort freizulassen.«

»Womit begründen Sie Ihren Antrag?«

»Mit dem Ergebnis der durchgeführten DNA-Tests. Alle sieben am Tatort gefundenen Schamhaare wurden untersucht. Mr. Russell kann demnach ausgeschlossen werden. Alle sieben stammen von Mr. Carter.«

»Wenn ich den Sachverhalt richtig im Kopf habe, war Mr. Carter der letzte Mensch, mit dem das Opfer lebend gesehen wurde, nicht wahr?« Sie bedenkt Falwright mit einem vernichtenden Blick.

»Das ist richtig.« Ich bemühe mich, mir meine Schadenfreude nicht anmerken zu lassen. »Mr. Carter wurde allerdings weder von der Polizei noch von der Staatsanwaltschaft je ernsthaft als Verdächtiger in Betracht gezogen.«

»Danke. Mr. Falwright, haben Sie Einwände gegen diesen Antrag?«

Er erhebt sich hastig. »Keine Einwände seitens der Staatsanwaltschaft«, erwidert er fast im Flüsterton.

Die Richterin blättert in ihren Papieren und lässt sich Zeit. »Mr. Russell, würden Sie sich bitte erheben?«, sagt sie schließlich.

Er steht auf und sieht sie verwirrt an.

»Mr. Russell«, sagt sie, nachdem sie sich geräuspert hat. »Ihre Verurteilung wegen Vergewaltigung und Mord wird hiermit aufgehoben. Eine erneute Anklage ist nicht möglich. Ich war an Ihrem Verfahren nicht beteiligt, aber ich fühle mich geehrt, dass ich heute an Ihrer Rehabilitierung mitwirken kann. Der Justiz ist ein schwerer Fehler unterlaufen, und Sie haben dafür teuer bezahlt. Sie wurden vom Staat Alabama zu Unrecht verurteilt und ein Jahrzehnt lang inhaftiert. Diese Jahre kann Ihnen niemand zurückgeben. Ich entschuldige mich im Namen des Staates, bin mir aber bewusst, dass ich damit das Ihnen widerfahrene Unrecht nicht ansatzweise wiedergutmachen kann. Ich hoffe dennoch, dass Sie sich eines Tages an meine Entschuldigung erinnern und darin einen gewissen Trost finden werden. Ich wünsche Ihnen, nachdem dieser Albtraum nun hinter Ihnen liegt, ein langes und glückliches Leben. Mr. Russell, Sie können gehen.«

Seine Familie hinter uns ringt nach Atem, Ausrufe werden laut. Duke beugt sich vor und stützt sich mit beiden Händen auf den Tisch. Ich stehe auf und lege den Arm um den schluchzenden Mann. Dabei fällt mir auf, wie zerbrechlich und dünn er unter dem alten Sportsakko ist, das jemand anderem gehört hat.

Falwright verschwindet durch eine Seitentür, zu feige, sich persönlich zu entschuldigen. Wahrscheinlich wird er den Rest seiner Tage als Staatsanwalt behaupten, Duke sei nur aufgrund eines Formfehlers freigekommen.

Vor dem Sitzungssaal stellen wir uns den Kameras und beantworten Fragen. Duke sagt nicht viel. Er will nur nach Hause und Spareribs essen, die Spezialität seines Onkels. Ich habe auch nicht viel zu sagen. Die meisten Anwälte träumen von einem solchen Augenblick, aber für mich ist es ein bittersüßes Gefühl. Einerseits ist es ungeheuer befriedigend, einen Unschuldigen zu retten. Andererseits bin ich wütend und frustriert, weil das System solche Fehlurteile zulässt. Dabei wären fast alle vermeidbar.

Warum sollen wir feiern, dass ein Unschuldiger auf freien Fuß kommt?

Ich schlängle mich durch die Menge und gehe mit meinem Mandanten zu dem kleinen Zimmer, wo Jim Bizko auf uns wartet. Ich habe ihm ein Exklusivinterview versprochen, und Duke und ich reden uns alles von der Seele. Bizko beginnt mit Fragen zu seiner Beinahehinrichtung vor sieben Monaten. Bald lachen wir über Dukes Henkersmahlzeit und seine verzweifelten Versuche, Steak und Kuchen zu verputzen, bevor er wieder in die Zelle musste.

Das Lachen fühlt sich gut und natürlich an – genau wie die Tränen.

Nach einer halben Stunde überlasse ich die beiden sich selbst und kehre in den Gerichtssaal zurück, wo die Zuschauer auf den nächsten Akt des Dramas warten. Richterin Marlowe nimmt ihren Platz am Richtertisch ein, und alle Anwesenden setzen sich. Auf ihr Nicken hin öffnet ein Gerichtsdiener die Seitentür. Mark Carter wird in Handschellen und dem üblichen orangefarbenen Overall vorgeführt. Er sieht sich um, stellt fest, dass der Saal mehr als voll ist, entdeckt seine Familie in der ersten Reihe und wendet den Blick ab. Er setzt sich an den Tisch der Verteidigung und starrt angestrengt auf seine Schuhe.

Richterin Marlowe richtet den Blick auf ihn.

»Sind Sie Mark Carter?«, fragt sie.

Er nickt.

»Bitte stehen Sie auf, wenn ich mit Ihnen spreche, und antworten Sie laut und deutlich.«

Widerstrebend erhebt er sich, als könnte er damit irgendetwas beeinflussen. »Ja, der bin ich.«

»Haben Sie einen Anwalt?«

»Nein.«

»Können Sie sich einen Anwalt leisten?«

»Kommt darauf an, was das kostet.«

»Gut. Ich werde zunächst einmal einen Verteidiger für Sie bestellen, der Sie im Gefängnis aufsuchen wird. Wir sehen uns nächste Woche wieder hier. Bis dahin bleiben Sie in Haft, eine Freilassung gegen Kaution ist nicht möglich. Setzen Sie sich.«

Er setzt sich, und ich arbeite mich unauffällig zum Tisch der Verteidigung vor. Ich beuge mich vor und sage ganz leise: »Hallo, Mark, ich bin der Typ, der Sie in der Nacht angerufen hat, als Duke fast hingerichtet worden wäre. Sie erinnern sich doch?«

Er starrt mich wütend an, und da er mit den Handfesseln nicht zuschlagen kann, erwarte ich fast, dass er mich anspuckt.

»Damals habe ich Sie Dreckskerl und Feigling genannt, weil Sie seelenruhig zugesehen hätten, wie ein anderer für etwas stirbt, was Sie getan haben. Wie versprochen sehen wir uns jetzt vor Gericht.«

»Wer sind Sie?«, faucht er.

Ein Gerichtsdiener kommt auf uns zu, und ich trete einen Schritt zurück.

Im Rahmen einer kurzen Zeremonie hängen wir Guardian-Mitarbeiter ein großes Farbfoto von Duke Russell an die Wand mit den Bildern der anderen acht Rehabilitierten. Es ist ein gelungenes Porträt, für das wir bezahlt haben. Unser Mandant posiert draußen vor dem Haus seiner Mutter und lehnt mit einer Angel neben sich an einem weißen Lattenzaun. Er strahlt über das ganze Gesicht. Das zufriedene Gesicht eines Mannes, der frei ist und jung genug, ein neues Leben anzufangen. Ein Leben, das wir ihm geschenkt haben.

Wir nehmen uns die Zeit, uns gegenseitig zu gratulieren, dann gehen wir wieder an die Arbeit.

30

Quincy glaubt, es gehöre zu meinem Job als Anwalt, ständig bei meinen Mandanten vorbeizuschauen. Es ist mein vierter Besuch, und ich bringe ihn auf den neuesten Stand. Natürlich haben wir nichts von Richter Plank gehört, der nur ein paar Kilometer weiter residiert, und Quincy versteht nicht, warum wir nicht Beschwerde einreichen, damit das alte Fossil in die Gänge kommt. Ich beschreibe Zeke Huffeys Auftritt vor Gericht und übermittle seine Entschuldigung dafür, dass er dazu beigetragen hat, Quincy für den Rest seines Lebens ins Gefängnis zu bringen. Quincy lässt das kalt. Wir reden zwei Stunden lang über den immer gleichen Stoff.

Vom Gefängnis aus fahre ich auf einer Landstraße nach Süden, die sehr bald vierspurig und dann sechsspurig wird, während ich mich Orlando nähere. Der ständige Blick in den Rückspiegel ist mir zu einer Gewohnheit geworden, die ich nicht lassen kann, so sehr ich sie hasse. Ich weiß, dass mir niemand folgt. Wenn diese Leute uns abhören und beobachten, dann nicht mit solch antiquierten Methoden. Gut möglich, dass sie sich in Telefone und Computer und dergleichen einhacken, aber sie verschwenden ihre Zeit bestimmt nicht damit, mich in meinem kleinen Ford-SUV zu verfolgen. Ich biege ohne Vorankündigung auf eine verkehrsreiche Durchgangsstraße ab, biege sofort noch einmal ab und rolle auf den enormen Parkplatz eines Vorstadt-Einkaufszentrums. Ich parke zwischen zwei Autos und

gehe wie ein ganz gewöhnlicher Kunde in das Einkaufszentrum, wo ich fast einen Kilometer zu einem riesigen
Nike-Shop marschiere, um mich dann genau um 14.15 Uhr
an einem Ständer mit Herren-Laufhemden zu postieren.
Auf der anderen Seite des Ständers wartet Tyler Townsend.
Er trägt eine Golfkappe von irgendeinem Country Club
und eine Brille mit einer Fassung aus Schildpattimitat.

»Ich hoffe, Sie haben gute Gründe«, sagt er leise, nachdem er einen Blick in die Runde geworfen hat.

Ich befasse mich eingehend mit einem Hemd. »Der Feind
hat sich gezeigt. Und ich finde, Sie sollten das wissen.«

»Ich höre«, sagt er, ohne mich anzublicken.

Ich berichte ihm von der Verhandlung unter dem Vorsitz von Richter Plank, dem Erscheinen von Nash Cooley
und Mickey Mercado und ihren unbeholfenen Versuchen,
sich nicht miteinander erwischen zu lassen. Tyler sagen die
beiden Namen nichts.

Ein Junge mit breitem Lächeln kommt auf uns zu und
fragt, ob er behilflich sein könne. Ich schicke ihn höflich
weg.

Dann erzähle ich Tyler, was wir über Mercados und
Cooleys Hintergrund in Erfahrung gebracht haben und
was uns Len Duckworth über die DEA und das Kartell
mitgeteilt hat.

»Sie hatten den Verdacht, dass Russo ein Informant war,
oder?«, frage ich.

»Er ist ja nicht ohne Grund ermordet worden. Entweder
wollte seine Frau an die Lebensversicherung, was keiner je
ernsthaft geglaubt hat, oder er hat sich zu sehr mit seinen
zwielichtigen Mandanten eingelassen. Für mich sah es von
Anfang an so aus, dass eine Drogengang dahintersteckt.
Das ist ihre Art, mit Informanten umzugehen, wie mit den
beiden Jungen in Belize oder wo auch immer das war, von

denen ich Ihnen erzählt habe. Erinnern Sie sich an das Foto, Post? Ich auf der Seilrutsche?«

»Ich denke die ganze Zeit daran.«

»Ich auch. Wenn Sie unter Beobachtung stehen, Post, ist es mit unserer Freundschaft aus. Ich will nichts mehr von Ihnen hören.« Er tritt einen Schritt zurück und fixiert mich mit durchbohrendem Blick. »Nichts, Post, haben Sie das verstanden? Keinerlei Kontakt.«

Ich nicke. »Verstanden.«

An der Tür lässt er den Blick prüfend über das Einkaufszentrum wandern, als könnten dort bis an die Zähne bewaffnete Auftragskiller lauern, und schlendert dann betont lässig davon. Er beschleunigt das Tempo und ist bald außer Sicht, und mir wird klar, wie sehr ihn die Vergangenheit belastet.

Die Frage ist: Wie beängstigend ist die Gegenwart?

Die Antwort erhalte ich binnen weniger Stunden.

Wir wählen unsere Fälle sehr überlegt aus, und wenn wir uns einmal verpflichtet haben, legen wir bei unseren Ermittlungen und bei der Prozessführung größte Sorgfalt an den Tag. Unser Ziel ist es, die Wahrheit herauszufinden und unsere Mandanten zu rehabilitieren, was uns in den vergangenen zwölf Jahren neunmal gelungen ist. Bisher war mir jedoch nie der Gedanke gekommen, dass ein Mandant für unsere Bemühungen, ihn zu retten, mit dem Leben bezahlen könnte.

Es war eine Gefängnisschlägerei, und alles deutete auf einen Hinterhalt hin, der schwer aufzuklären sein würde. Falls sich in solchen Fällen überhaupt Zeugen melden, sind sie unzuverlässig. Die Wärter sehen oft weg. Die Verwaltung hat jeden Grund, die Sache zu vertuschen und ihre

Version so zurechtzubiegen, dass das Gefängnis dabei möglichst gut wegkommt.

Nicht lange nachdem ich mich am Vormittag von Quincy verabschiedet hatte, wurde er in einem Gang zwischen einer Werkstatt und einem Fitnessraum überfallen. Die Angreifer stachen mit einem selbst gebastelten Messer zu und schlugen mit stumpfen Gegenständen auf ihn ein, bis sie ihn für tot hielten. Schließlich sah ihn ein vorüberkommender Gefängniswärter in seinem Blut liegen und holte Hilfe. Quincy wurde mit dem Krankenwagen ins nächste Krankenhaus und von dort ins Mercy Hospital in Orlando gebracht. Die Untersuchungen ergaben, dass er einen Schädelbruch, eine Hirnschwellung, einen gebrochenen Oberkiefer, eine gesplitterte Schulter und ein gesplittertes Schlüsselbein, mehrere ausgeschlagene Zähne sowie verschiedene andere Verletzungen dieser Art und drei tiefe Stichwunden davongetragen hatte. Er bekam drei Liter Blut und wurde an lebenserhaltende Maschinen gehängt. Als das Gefängnis endlich bei uns in der Kanzlei anrief, wurde Vicki mitgeteilt, sein Zustand sei kritisch, er werde wohl nicht überleben.

Ich war gerade auf der Ringstraße um Jacksonville unterwegs, als sie mich anrief und mir die Neuigkeiten mitteilte. Ich schob all den anderen Müll in meinem Kopf beiseite und machte mich auf den Rückweg. Quincy hat praktisch keine Familie. Im Augenblick braucht er seinen Anwalt.

Ich habe mich mein halbes Berufsleben lang in Gefängnissen herumgetrieben und dabei viel Gewalt erlebt, aber wirklich daran gewöhnt habe ich mich nicht, weil Menschen hinter Gittern immer neue Arten finden, wie sie einander das Leben zur Hölle machen können.

Allerdings ist mir nie der Gedanke gekommen, dass ein Wiederaufnahmeverfahren platzen könnte, weil der Rehabilitierungskandidat im Gefängnis aus dem Weg geräumt wird. Eine brillante Strategie! Wenn Quincy stirbt, legen wir den Fall zu den Akten und machen mit einer anderen Sache weiter. Das ist keine feste Regel von Guardian, weil es noch nie einen solchen Todesfall gegeben hat. Doch angesichts der unbegrenzten Zahl von Fällen, denen wir uns widmen können, wäre eine postume Rehabilitierung nicht zu rechtfertigen. Ich bin mir sicher, sie wissen das. Wer auch immer *sie* sein mögen. In meinen langen Monologen am Lenkrad könnte ich natürlich von der Saltillo-Gang oder etwas Ähnlichem sprechen. Aber *sie* passt besser.

Sie verfolgen also, welche Anträge wir bei Gericht stellen. Vielleicht beobachten sie uns gelegentlich, hacken sich ab und zu bei uns ein und lauschen. Und sie wissen ganz bestimmt von unserem Erfolg in Alabama unlängst. Sie wissen, dass wir uns einen gewissen Ruf erworben haben, dass wir uns auf Prozessführung verstehen, dass wir nicht aufgeben. Sie wissen auch, dass Keith Russo nicht von Quincy ermordet wurde, und wollen verhindern, dass wir die Wahrheit herausfinden. Sie wollen sich uns nicht offen in den Weg stellen, uns Angst einjagen, uns einschüchtern, zumindest jetzt noch nicht, weil das ihre Existenz bestätigen würde und sie wahrscheinlich ein weiteres Verbrechen begehen müssten, was sie gern vermeiden würden. Ein Feuer, eine Bombe oder eine Kugel könnten hohe Wellen schlagen und Spuren hinterlassen.

Quincy aus dem Weg zu räumen ist die einfachste Methode, die Ermittlungen zu torpedieren. Einen Auftragsmord im Gefängnis zu bestellen, wo sie ohnehin Freunde haben oder Leute kennen, die kostengünstig für etwas Bargeld oder Vergünstigungen arbeiten. Morde sind dort an der Tagesordnung. Ich befasse mich nur selten mit dem Verhalten meiner Mandanten im Gefängnis. Da sie unschuldig sind, benehmen sie sich meistens vorbildlich, halten sich von Gangs und Drogen fern, nutzen jede verfügbare Möglichkeit, sich fortzubilden, arbeiten, lesen und helfen anderen Insassen. Quincy hat 1978 die Highschool in Seabrook abgeschlossen, konnte sich aber kein Studium leisten. Im Gefängnis wurden ihm bisher für gutes Verhalten mehr als hundert Stunden gutgeschrieben. Gegen ihn wurden keine Disziplinarmaßnahmen verhängt, die der Rede wert gewesen wären. Er hilft jüngeren Insassen dabei, den Gangs aus dem Weg zu gehen. Ich kann mir nicht vorstellen, dass sich Quincy Feinde gemacht hat. Er trainiert mit Gewichten, hat Karate gelernt und kann generell gut auf sich aufpassen. Selbst ein fitter junger Mann könnte allein nicht viel gegen ihn ausrichten, und ich bin mir sicher, dass seine Angreifer nicht ungeschoren davongekommen sind, auch wenn sie ihn schließlich überwältigen konnten.

Während ich in Orlando im Stau stehe, rufe ich zum vierten Mal im Gefängnis an und verlange den Gefängnisdirektor. Mir ist klar, dass er meinen Anruf nicht annehmen wird, aber er soll wissen, dass ich unterwegs bin. Ich tätige ein Dutzend Anrufe. Vicki ist im Krankenhaus auf der Jagd nach Informationen, ohne großen Erfolg, wie sie berichtet. Ich rufe Frankie an und sage ihm, er solle sich auf den Weg nach Süden machen. Schließlich erwische ich Quincys Bruder Marvis, der auf einer Baustelle in Miami arbeitet und nicht wegkann. Er ist der einzige Angehörige, der Quincy nicht abgeschrieben hat, und hat ihn in den letzten dreiundzwanzig Jahren regelmäßig besucht. Er ist erschüttert und will wissen, wer Quincy so etwas antun würde. Ich habe keine Antwort darauf.

In Krankenhäusern macht der Priesterkragen normalerweise Eindruck, deshalb lege ich ihn auf dem Parkdeck an. Die Intensivstation befindet sich im ersten Stock, und eine viel beschäftigte Krankenschwester fällt auf meinen Bluff herein und lässt mich durch. Zwei unglaublich dicke junge Männer – ein Weißer und ein Schwarzer – sitzen auf Hockern vor einem Zimmer mit Glaswänden. Ihre auffälligen schwarzbraunen Uniformen weisen sie als Gefängniswärter des Garvin Correctional Institute aus. Sie wirken gelangweilt und fehl am Platz. Ich beschließe, nett zu sein, und stelle mich als Quincys Anwalt vor.

Wie nicht anders zu erwarten, wissen sie praktisch nichts. Sie waren nicht dabei und haben das Opfer erst im Krankenwagen zu Gesicht bekommen, nachdem sie angewiesen wurden, dem Transport zu folgen und sicherzustellen, dass der Gefangene nicht entwischt.

Quincy Miller haut bestimmt nicht ab. Er ist auf ein erhöhtes Bett mitten im Zimmer geschnallt und an Schläuche, Monitore, Infusionen und Maschinen angeschlossen. Am Leben gehalten wird er durch ein Beatmungsgerät, das ihm über eine Trachealkanüle summend Sauerstoff in die Luftröhre pumpt. Das Gesicht ist dick mit Gaze eingewickelt, aus der verschiedene Schläuche ragen.

Der weiße Gefängniswärter erzählt mir, dass Quincy in den letzten beiden Stunden dreimal einen Herzstillstand erlitten habe. Das habe jedes Mal für großen Aufruhr gesorgt. Sein schwarzer Kollege bestätigt das und setzt hinzu, für ihn sei es nur noch eine Frage der Zeit.

Uns geht der Gesprächsstoff sehr schnell aus. Die Jungs wissen nicht, ob sie auf dem Fußboden schlafen, sich ein Motel suchen oder zurück ins Gefängnis fahren sollen. Das

Büro im Gefängnis ist geschlossen und ihr Vorgesetzter unauffindbar. Ich weise sie darauf hin, dass der Gefangene hier wohl kaum abhandenkommen wird. Einer der Ärzte kommt vorbei und bemerkt meinen Priesterkragen. Wir gehen ein paar Schritte weiter, um in Ruhe ein paar Worte zu wechseln. Ich versuche, ihm kurz zu erklären, dass der Patient keine Familie hat, dass er seit fast dreiundzwanzig Jahren für ein Verbrechen im Gefängnis sitzt, das er nicht begangen hat, und dass ich als sein Anwalt sozusagen für ihn verantwortlich bin. Er hat es eilig und will das alles gar nicht wissen. Er erklärt mir, der Patient habe zahlreiche schwere Verletzungen erlitten, besonders besorgniserregend sei das schwere Schädel-Hirn-Trauma. Er sei mithilfe von Pentobarbital in ein künstliches Koma versetzt worden, um den Hirndruck zu senken. Falls er überlebe, stünden ihm zahlreiche Operationen bevor. Der Oberkiefer, die Schlüsselbeine und die linke Schulter müssten wieder aufgebaut werden. Die Nase möglicherweise auch. Ein Messerstich habe einen der Lungenflügel perforiert. Das rechte Auge sei möglicherweise schwer geschädigt. Zu diesem frühen Zeitpunkt sei es unmöglich festzustellen, welche dauerhaften Hirnschäden er erlitten habe, wobei die wahrscheinlich gravierend seien – »falls er überlebt«.

Ich kann mich des Eindrucks nicht erwehren, dass der Arzt im Geiste eine Aufzählung von Quincys Verletzungen abhakt und dabei einiges überspringt, weil der sowieso sterben wird. Als ich frage, wie seine Chancen stehen, zuckt der Arzt mit den Schultern. »Eins zu hundert«, lautet die Antwort. Wie beim Glücksspiel in Las Vegas.

Als es dunkel wird, haben meine beiden Kumpel in Uniform zunehmend die Nase voll. Sie haben es satt, nichts zu tun zu haben und ständig im Weg zu sein, sie haben keine Lust mehr auf die genervten Blicke des Pflegepersonals und sehen nicht ein, warum sie einen Gefangenen bewachen sollen, der ganz bestimmt nicht abhauen wird. Außerdem haben sie Hunger, und ihr wohlgerundeter Bauch lässt vermuten, dass sie beim Thema Essen keinen Spaß verstehen. Ich verspreche ihnen, die Nacht im Besucherraum der Station zu verbringen und sie sofort anzurufen, falls sich bei Quincy eine Veränderung ergebe. Ich verabschiede mich mit der Zusicherung, dass der Gefangene während der Nacht sicher verwahrt sein werde.

Auf der Intensivstation gibt es in der Nähe der Betten weder Stühle noch andere Sitzgelegenheiten. Besucher sind unerwünscht. Es ist in Ordnung, einen Blick auf den geliebten Menschen zu werfen oder mit ihm ein paar Worte zu wechseln, wenn er dazu in der Lage ist, aber das Pflegepersonal sorgt mit eiserner Hand dafür, dass die Räume möglichst dunkel und ruhig sind.

Ich mache es mir im Besucherzimmer um die Ecke gemütlich und versuche zu lesen. Mein Abendessen kommt aus einem Automaten, eine Einrichtung, die gemeinhin viel zu wenig geschätzt wird. Ich döse vor mich hin, feure Salven von E-Mails ab, lese wieder. Um Mitternacht schleiche ich mich auf Zehenspitzen zu Quincys Zimmer. Sein EKG ist nicht in Ordnung, und ein ganzes Team steht um sein Bett herum.

Könnte das das Ende sein? In mancher Hinsicht hoffe ich es. Ich will nicht, dass Quincy stirbt, aber ich will auch nicht, dass er nur noch vor sich hin vegetiert. Ich verdränge den Gedanken und spreche ein Gebet für ihn und das Ärzteteam. Aus einer Ecke heraus beobachte ich, wie hinter der Glaswand Ärzte und Pfleger verzweifelt um das Leben eines Mannes kämpfen, den der Staat Florida liebend gern umgebracht hätte. Das Leben eines Unschuldigen, dem ein korruptes System die Freiheit geraubt hat.

Ich ringe mit meinen Emotionen und frage mich, ob Guardian für diese Situation verantwortlich ist. Wäre Quincy hier, wenn wir uns geweigert hätten, seinen Fall zu übernehmen? Nein, wäre er nicht. Sein Traum von der Freiheit und unser Wunsch, ihm zu helfen, haben ihn zur Zielscheibe werden lassen.

Ich vergrabe das Gesicht in den Händen und weine.

31

Im Besucherzimmer in der Intensivstation stehen zwei Sofas, von denen keines als Übernachtungsmöglichkeit für Erwachsene geeignet ist. Auf dem Sofa mir gegenüber versucht eine Mutter zu schlafen, deren Sohn, ein Junge im Teenageralter, bei einem Motorradunfall furchtbare Verletzungen davongetragen hat. Ich habe bereits zweimal mit ihr gebetet. Auf dem anderen Sofa kämpfe ich mit einem harten Kissen und döse immer wieder kurz ein, bis mir um drei Uhr morgens etwas einfällt, woran ich schon längst hätte denken sollen. Ich setze mich in dem dämmrigen Raum auf und würde mich am liebsten selbst ohrfeigen. »Du Volltrottel«, sage ich zu mir selbst. »Wieso bist du nicht vorher darauf gekommen?«

Wenn der Anschlag auf Quincy wirklich von außerhalb in Auftrag gegeben wurde, dann ist er jetzt noch mehr gefährdet als im Gefängnis. Ein Krankenhaus ist frei zugänglich. Um sich Zugang zu Quincys Zimmer zu verschaffen, müsste ein Eindringling nur mit dem Aufzug in den ersten Stock fahren und den Pflegern am Empfang der Station eine plausible Geschichte auftischen.

Ich sehe ein, dass ich allmählich paranoid werde, und beruhige mich wieder. Es sind keine Auftragsmörder unterwegs, weil *sie* überzeugt sind, dass *sie* Quincy ein für alle Mal ausgeschaltet haben. Und *sie* haben guten Grund dazu.

Schlafen ist ein Ding der Unmöglichkeit. Gegen halb sechs kommen ein Arzt und eine Krankenschwester herein, um mit der Mutter zu sprechen. Ihr Sohn ist vor zwanzig Minuten gestorben. Als nächstbester Priester werde ich in das Drama hineingezogen. Die beiden gehen wieder, während ich der Frau die Hand halte und die Familie anrufe. Quincy hält immer noch durch. Die morgendliche Visite beginnt früh, und ich spreche mit einem weiteren Arzt. Es gibt keine Veränderung und kaum Hoffnung. Ich erkläre ihm, dass mein Mandant in Gefahr sein könnte. Der Anschlag auf ihn war keine gewöhnliche Gefängnisschlägerei, und das Krankenhaus muss das wissen. Ich bitte ihn, die Mitarbeiter und den Sicherheitsdienst zu informieren. Er scheint zu verstehen, worauf ich hinauswill, verspricht aber nichts.

Um sieben Uhr rufe ich Susan Ashley vom Central Florida Innocence Project an und berichte ihr, was Quincy zugestoßen ist. Nach einer halben Stunde Brainstorming beschließen wir, das FBI zu informieren. Sie weiß, wen sie kontaktieren muss. Wir überlegen auch, bei einem Bundesgericht Klage gegen den Staat Florida und seine Strafvollzugsbehörde einzureichen. Wir könnten beantragen, den Gefängnisdirektor durch eine Verfügung mit sofortiger Wirkung zu verdonnern, den Anschlag zu untersuchen und uns Einsicht in seine Akten zu gewähren. Ich rufe Mazy an, und das Gespräch verläuft ähnlich. Wie üblich, ist sie vorsichtig, hätte aber kein Problem damit, Klage bei einem Bundesgericht einzureichen. Eine Stunde darauf entscheiden Mazy, Susan Ashley und ich bei einer Telefonkonferenz, noch ein paar Stunden abzuwarten. Wenn Quincy stirbt, wirft das unsere Strategien ohnehin wieder über den Haufen.

Ich stehe gerade im Gang und telefoniere, als ein Arzt mich sieht und zu mir kommt. Ich lege auf und frage, was los sei.

»Das EEG zeigt eine ständige Abnahme der Hirnaktivität«, sagt er sehr ernst. »Die Herzfrequenz ist auf zwanzig Schläge pro Minute abgefallen. Das Ende rückt näher, und wir brauchen einen Ansprechpartner.«

»Sie wollen den Stecker ziehen?«

»Das ist zwar kein medizinischer Fachausdruck, aber so ungefähr. Sie sagen, er hat keine Familie?«

»Er hat einen Bruder, der alles tut, um herzukommen. Die Entscheidung liegt wohl bei ihm.«

»Wenn ich mich nicht irre, befindet sich Mr. Miller in staatlichem Gewahrsam.«

»Er sitzt seit über zwanzig Jahren in einem staatlichen Gefängnis, wenn Sie das meinen. Sagen Sie bloß nicht, der Gefängnisdirektor entscheidet das.«

»Wenn es keine Angehörigen gibt, ja.«

»Unfassbar! Wenn das Gefängnis den Stecker ziehen darf, ist kein Häftling mehr sicher. Lassen Sie uns bitte auf den Bruder warten. Ich hoffe, er ist bis Mittag hier.«

»Von mir aus. Vielleicht können Sie schon einmal mit der letzten Ölung anfangen.«

»Ich bin Priester der Episkopalkirche und nicht katholisch. Bei uns gibt es so etwas nicht.«

»Dann machen Sie eben das, was man so macht, wenn jemand im Sterben liegt.«

»Danke für den Tipp.«

Als er geht, sehe ich die beiden Gefängniswärter von gestern aus dem Aufzug kommen und begrüße sie wie alte Freunde. Noch ein Tag, an dem die beiden nur herumsitzen werden. Gestern fand ich sie noch überflüssig, jetzt freue ich mich, sie zu sehen. Je mehr Uniformen hier herumschwirren, desto besser.

Ich lade sie zum Frühstück in die Cafeteria im Untergeschoss ein, was sich die beiden erwartungsgemäß nicht entgehen lassen. Bei Waffeln und Würstchen können sie über ihre Probleme sogar lachen. Der Gefängnisdirektor hat sie in aller Früh angerufen, um ihnen die Leviten zu lesen. Dass sie den Häftling ohne Erlaubnis sich selbst überlassen haben, hat ihnen gewaltigen Ärger eingebracht. Jetzt haben sie eine Abmahnung in ihrer Personalakte stehen und müssen mit Kündigung rechnen, wenn sie sich in den nächsten dreißig Tagen noch etwas zuschulden kommen lassen.

Was den Überfall betrifft, seien ihnen keine Gerüchte zu Ohren gekommen, sagen sie, und solange sie im Krankenhaus herumsäßen und praktisch nichts täten, werde sich daran auch nichts ändern. Allerdings sei der Bereich, in dem Quincy attackiert wurde, bekanntermaßen einer der wenigen im Gefängnishof, der nicht mit Kameras überwacht werde. Dort habe es schon früher Überfälle gegeben. Der schwarze Gefängniswärter, Mosby, sagt, er kenne Quincy von früher, bevor er vor Jahren in eine andere Abteilung versetzt worden sei. Der Weiße, Crabtree, hat noch nie von ihm gehört, aber in Garvin sitzen auch fast zweitausend Männer ein.

Obwohl sie kaum etwas wissen, genießen sie das Gefühl, zumindest indirekt mit einem solch aufregenden Erlebnis zu tun zu haben. Ich verrate ihnen unter dem Siegel der Verschwiegenheit, der Anschlag sei wohl von außen organisiert worden und Quincy sei solchen Attacken nun erst recht schutzlos ausgeliefert. Er brauche Schutz.

Als wir wieder auf die Intensivstation kommen, haben sich dort zwei Uniformierte vom Sicherheitsdienst des Krankenhauses postiert, die jeden mit finsterer Miene mustern, als hinge der Präsident höchstselbst an den lebenserhaltenden Geräten hinter ihnen. Damit halten nun vier bewaffnete junge Männer bei ihm Wache, die zwar wahrscheinlich keine hundert Meter sprinten könnten, ohne zusammenzubrechen, aber deren Präsenz zumindest beruhigend wirkt. Ich spreche mit einem Arzt, der sagt, es habe sich nichts verändert, und verlasse das Krankenhaus, bevor mich jemand fragen kann, ob Quincys Maschinen abgestellt werden sollen.

Ich suche mir ein billiges Motel, dusche, putze mir die Zähne, wechsle zumindest zum Teil die Kleidung und rase dann nach Garvin. Susan Ashley hat erfolglos versucht, die Sekretärin des Gefängnisdirektors aufzutreiben. Mein Plan, in das Büro des Direktors zu stürmen und Rechenschaft von ihm zu fordern, wird schon am Empfang durchkreuzt, weil ich gar nicht erst hereingelassen werde. Ich warte eine Stunde lang und bedrohe jeden in Reichweite, aber vergeblich. Gefängnisse sind aus den verschiedensten Gründen gut gesichert.

Wieder im Krankenhaus, erzählt mir eine Krankenschwester, mit der ich geflirtet habe, Quincys Vitalfunktionen hätten sich leicht verbessert. Sein Bruder Marvis kann von der Arbeit in Miami nicht weg. Im Gefängnis geht keiner ans Telefon oder ruft zurück.

Als es Mittag wird, werfe ich eine Münze, und Mosby gewinnt. Crabtree, der zurückbleibt, um Quincy zu bewachen, bestellt ein Schinkensandwich. Mosby und ich gehen nach unten in die Cafeteria und beladen unsere Tabletts mit den Resten von Lasagne und Gemüse direkt aus der Dose. Es ist voll, und wir quetschen uns an den letzten freien Tisch, an dem sein Bauch kaum Platz findet. Obwohl er erst dreißig ist, ist er schwer übergewichtig, und ich würde ihn gern fragen, wie dick er in zehn Jahren sein will. Oder in zwanzig. Ob er wohl weiß, dass er mit vierzig Diabetiker sein wird, wenn er so weitermacht? Wie immer verkneife ich mir meine Fragen.

Er interessiert sich sehr für unsere Arbeit und lässt den Priesterkragen kaum aus den Augen. Ich erfreue ihn mit ein wenig ausgeschmückten Geschichten über die Menschen, die wir aus dem Gefängnis geholt haben. Dann erzähle ich von Quincy und erkläre, was alles für dessen Unschuld spricht. Mosby scheint mir zu glauben, obwohl ihm die Sache im Grunde egal ist. Er ist einfach ein Junge vom Land, der für zwölf Dollar die Stunde arbeitet, weil er einen Job braucht. Er hasst das Ganze – die Arbeit hinter Stacheldraht und Zäunen, die gefährlichen Situationen bei der Bewachung von Kriminellen, die ständig Ausbruchspläne schmieden, die Bürokratie und die unzähligen Regeln, die Gewalt, den Gefängnisdirektor, den ständigen Stress und Druck. Alles für zwölf Dollar die Stunde. Seine Frau putzt Büros, während ihre Mutter auf die drei Kinder aufpasst.

Vicki hat drei Zeitungsartikel über korrupte Gefängniswärter in Garvin gefunden. Vor zwei Jahren wurden acht von ihnen gefeuert, weil sie Drogen, Wodka, Pornos und – besonders beliebt – Handys verscherbelten. Bei einem Häftling wurden vier Mobiltelefone gefunden, die er an eigene Kunden weiterverkaufen wollte. Er gab zu, dass sein Cousin draußen sie gestohlen habe, um sie von einem korrupten Wärter in die Haftanstalt schmuggeln zu lassen.

»Von zwölf Dollar die Stunde können wir nicht leben, also müssen wir uns was einfallen lassen«, wurde einer der entlassenen Gefängniswärter zitiert.

»Mosby, ich war schon in mehr als hundert Gefängnissen und kenne mich etwas aus«, sage ich beim Dessert – Schokoladenkuchen für ihn, Kaffee für mich. »Ich bin mir sicher, dass jemand den Anschlag auf Quincy gesehen hat.«

Er nickt. »Höchstwahrscheinlich.«

»Für eine richtig üble Sache, eine Vergewaltigung oder eine Messerstecherei, muss man den Richtigen finden, der bei so etwas wegsieht, stimmt's?«

Er lächelt und nickt wieder.

»Letztes Jahr gab es in Garvin zwei Morde«, hake ich nach. »Hatten Sie bei einem davon Dienst?«

»Nein.«

»Wurden die Schuldigen erwischt?«

»Beim ersten Mord schon. Beim zweiten wurde einem im Schlaf die Kehle durchgeschnitten. Der Fall wurde nie aufgeklärt, und das wird wohl so bleiben.«

»Hören Sie, Mosby, ich muss unbedingt herausfinden, wer den Anschlag auf Quincy verübt hat. Sie wissen so gut wie ich, dass ein oder zwei Wärter in die Sache verwickelt sein müssen. Ich bin mir sicher, dass einer während der Attacke Schmiere gestanden hat. Oder?«

»Kann gut sein.« Er isst ein Stück Kuchen und wendet den Blick ab. »Im Gefängnis gibt es gegen Geld alles«, sagt er, nachdem er hinuntergeschluckt hat. »Das wissen Sie doch.«

»Ich will Namen, Mosby. Die Namen der Männer, die Quincy niedergeschlagen haben. Und? Was wird mich das kosten?«

Er beugt sich vor, wobei ihm sein Bauch im Weg ist. »Ich kenne keine Namen, das schwöre ich Ihnen. Wenn ich sie herausfinden soll, muss ich dafür jemanden bezahlen. Vielleicht muss meine Quelle jemand anderen bezahlen. Sie verstehen, was ich meine. Ich hätte natürlich auch gern ein paar Dollar.«

»Verstehe ich, aber ich möchte Sie daran erinnern, dass wir eine gemeinnützige Organisation sind und kein Geld haben.«

»Haben Sie fünftausend Dollar?«

Ich runzle die Stirn, als hätte er eine Million verlangt, aber fünf ist schon die richtige Zahl. Manche der Informationsquellen sind Häftlinge, denen es um einfache Dinge geht: besseres Essen, Drogen, ein neuer Farbfernseher, Kondome, weicheres Toilettenpapier. Manch ein Wärter wird vielleicht tausend Dollar brauchen, um sein Auto reparieren zu lassen.

»Vielleicht«, sage ich. »Aber es muss schnell gehen.«

»Was wollen Sie mit den Namen anfangen?«, fragt er, während er den letzten Bissen Kuchen verputzt.

»Das kann Ihnen egal sein. Wahrscheinlich waren es Lebenslängliche, die noch ein paar Jahre mehr aufgebrummt bekommen.«

»Kann gut sein«, sagt er mit vollem Mund.

»Sind wir uns einig? Sie fangen an nachzuforschen, und ich treibe das Geld auf.«

»Abgemacht.«

»Und das bleibt unter uns, Mosby. Ich will nicht, dass Crabtree herumschnüffelt. Außerdem will er wahrscheinlich etwas von dem Geld abhaben.«

»Stimmt. Ich weiß nicht, ob man ihm trauen kann.«

»Geht mir genauso.«

Wir kehren zur Intensivstation zurück und geben Crabtree sein Sandwich. Neben ihm sitzt ein Beamter der Polizei von Orlando, der das große Wort führt und uns erzählt, er müsse ein paar Tage hierbleiben. Es wimmelt nur so von Uniformierten, und ich bin einigermaßen beruhigt, was Quincys Sicherheit angeht.

32

Achtundzwanzig Stunden sind seit der Attacke auf Quincy vergangen, und nach fünf oder sechs Herzstillstand-Episoden stabilisieren sich die Kurven auf den Monitoren allmählich. Die Hirnaktivität nimmt leicht zu, obwohl er selbst mit Sicherheit nichts davon merkt, und sein Herz ist wieder etwas kräftiger. Für seine Ärzte ist das alles jedoch kein Grund für Optimismus.

Ich habe das Krankenhaus gründlich satt und will nur noch weg, aber ich muss in der Nähe des Patienten bleiben. Also verbringe ich Stunde um Stunde auf dem Sofa im Besucherzimmer, am Telefon, online, Hauptsache, ich kann die Zeit irgendwie totschlagen. Mazy und ich beschließen, noch einen Tag zu warten, bevor wir das FBI kontaktieren. Die Klage bei einem Bundesgericht können wir auch später einreichen, falls überhaupt. Immer noch kein Wort vom Gefängnisdirektor, kein Kontakt zum Gefängnis.

Mosby und Crabtree haben die Anweisung, um fünf Uhr nachmittags abzuziehen. Sie werden von einem grauhaarigen Veteranen namens Holloway abgelöst, der nicht besonders freundlich ist. Es scheint ihn zu ärgern, dass er abgestellt wird, um einen Gang zu bewachen, und er gibt sich wortkarg. Auch egal. Zumindest schiebt eine bewaffnete Wache Dienst. Ich habe sowieso keine Lust mehr zu reden.

Am frühen Abend trifft Marvis Miller ein, und ich bringe ihn zum Krankenzimmer seines Bruders. Der Anblick nimmt ihn emotional sehr mit, und ich lasse ihm etwas Raum. Er bleibt am Bettende stehen, weil er sich nicht traut, irgendetwas anzufassen, und starrt unverwandt auf die Gazemaske, unter der sich Quincys Gesicht verbirgt. Eine Krankenschwester braucht ein paar Auskünfte von ihm, und ich verziehe mich wieder ins Besucherzimmer, um die Zeit totzuschlagen.

Ich esse mit Marvis zu Abend, meine dritte Cafeteria-Mahlzeit heute. Er ist sechs Jahre jünger als Quincy und hat seinen großen Bruder immer vergöttert. Die beiden haben zwei Schwestern, mit denen sie nicht mehr reden. Die Familie zerbrach nach Quincys Verurteilung, weil die Schwestern meinten, wenn die Geschworenen Quincy für schuldig befunden hätten, werde das schon seine Richtigkeit haben, und keinerlei Kontakt mehr wollten. Darüber hatte sich Marvis sehr aufgeregt, weil er zutiefst davon überzeugt war, dass man seinem Bruder die Sache angehängt hatte und dass die Unterstützung der Familie gerade jetzt besonders wichtig war.

Nachdem wir das Essen hinuntergewürgt haben, bleiben wir sitzen und trinken Kaffee, anstatt uns gleich wieder in das deprimierende Besucherzimmer zu begeben. Ich erkläre ihm, dass ich um Quincys Sicherheit fürchte. Das begründe ich mit meiner ziemlich spekulativen These, dass der Anschlag von jemandem in Auftrag gegeben wurde, der mit seiner Verurteilung zu tun hatte und Angst vor unseren Ermittlungen hat. Ich entschuldige mich halbherzig für die Ereignisse, aber er will nichts davon hören. Er ist dankbar für das, was wir tun, und sagt das immer wieder. Er hat immer davon geträumt, dass sein großer Bruder das Gefängnis eines Tages triumphierend als Unschuldiger verlässt. Marvis ist Quincy sehr ähnlich, lässig, sympathisch, glaubwürdig, ein anständiger Mensch, der versucht, mit schwierigen Umständen zurechtzukommen. Immer wieder bricht Bitterkeit durch, weil ihm das System den Bruder geraubt hat, aber er hat große Hoffnung, dass dieses furchtbare Unrecht eines Tages wiedergutgemacht wird. Schließlich schleppen wir uns nach oben, und ich überlasse ihm mein Sofa. Ich fahre ins Motel, dusche und schlafe dann sofort ein.

Mosby trifft sich mit Frankie Tatum. Ihre erste Begegnung findet in einem zwielichtigen Lokal am Stadtrand von Deltona statt, weit weg von Mosbys Welt. Er sagt, er sei in seiner Jugend zwar mal in der Kneipe gewesen, aber ihn werde bestimmt niemand mehr erkennen. Wie immer erkundet Frankie vor dem Treffen die Gegebenheiten. Es ist Donnerstag und bald Mitternacht. Das ruhige Lokal ist fast leer. Nach ein paar Bier wird die Stimmung gelöster.

Wenn Frankie mit einem schwarzen Bruder in der richtigen Umgebung zwei Bierchen trinkt, läuft die Sache garantiert.

»Ich brauche sechstausend auf die Hand«, sagt Mosby. Sie sitzen an einem Tisch hinten im Lokal in der Nähe eines leeren Billardtischs. Die beiden Männer an der Bar können kein Wort hören.

»Das lässt sich arrangieren«, sagt Frankie. »Was bekommen wir für das Geld?«

»Ich habe einen Zettel mit drei Namen. Die ersten beiden sind verurteilte Mörder, die lebenslänglich haben und erst in ferner Zukunft auf Bewährung entlassen werden könnten – falls überhaupt. Die beiden haben Quincy fertiggemacht. Der dritte ist der Gefängniswärter, der ganz in der Nähe war und angeblich nichts gesehen hat. Vermutlich hat er Schmiere gestanden. Videoaufnahmen gibt es keine. Sie haben sich eine Stelle ausgesucht, die nicht überwacht wird. Ich weiß nicht, warum Quincy überhaupt dort war, die meisten Häftlinge passen besser auf. Vor zwei Monaten ist dort ein Mann vergewaltigt worden. Vielleicht war sich Quincy seiner selbst zu sicher und wurde leichtsinnig. Am besten fragen Sie ihn selbst, wenn Sie können.«

»Was wissen Sie über die beiden Verbrecher?«

»Beide sind weiß, üble Gestalten von einer besonders üblen Gang, den Aryan Deacons. Der eine ist ein Kerl, den ich jeden Tag zu sehen bekam, als ich in seiner Abteilung war. Aus Dade County, macht nichts als Ärger. Den zweiten kenne ich nicht. In Garvin gibt es zweitausend Gefangene, und glücklicherweise kenne ich nicht alle.«

»Kann das ein Bandenkrieg gewesen sein?«

»Glaube ich nicht. Die Gangs bekämpfen sich ständig, aber Quincy hat sich rausgehalten, soweit ich weiß.«

Frankie trinkt einen Schluck aus seiner Flasche und holt einen weißen Umschlag aus der Jackentasche. Er legt ihn auf den Tisch. »Hier sind fünftausend«, sagt er.

»Ich habe sechs gesagt«, erwidert Mosby, ohne nach dem Geld zu greifen.

Aus einer anderen Tasche holt Frankie eine Rolle Banknoten, die er unter dem Tisch hält. Er zählt schnell und gibt Mosby zehn Hundertdollarscheine. »Das macht sechs.«

Mosby reicht ihm mit der einen Hand den Zettel, während er mit der anderen das Bargeld und den Umschlag an sich nimmt. Frankie faltet das Papier auseinander und studiert die drei Namen.

»Noch etwas«, sagt Mosby. »Quincy hat sich gewehrt. Er hat ein paar Treffer gelandet, solange es noch ging. Dem Ersten auf dem Zettel hat er die Nase gebrochen. Er hat sich heute Nachmittag auf der Krankenstation behandeln lassen und gesagt, er war in eine Schlägerei verwickelt. Das kommt ständig vor, und kaum einer stellt Fragen. Sein

Gesicht wird in den nächsten Tagen ziemlich übel aussehen, deshalb würde ich jetzt handeln. Nur zur Bestätigung.«

»Danke. Sonst noch etwas?«

»Ja, ich komme nicht wieder ins Krankenhaus. Die Wachen wechseln sich jetzt ab, und wir haben immer zu wenig Personal. Richten Sie Mr. Post meinen Dank für das Geschäft aus.«

»Wird gemacht. Wir bedanken uns auch.«

Ich nenne Mazy den ersten Namen, Vicki den zweiten, während ich mich mit allen drei befasse. Fünfzehn Minuten nachdem sich Frankie von Mosby verabschiedet hat, durchforsten unsere drei Computer bereits das Internet.

Robert Earl Lane wurde vor siebzehn Jahren in Dade County wegen Mord an seiner Freundin verurteilt. Davor hatte er drei Jahre für einen tätlichen Angriff auf einen Polizeibeamten gesessen. Jon Drummik hat seine Großmutter getötet, für sechzig Dollar in bar, die er für Crack brauchte. Er bekannte sich 1998 in Sarasota schuldig, um der Todesstrafe zu entgehen. Beide sind seit rund zehn Jahren in Garvin, und da die Gefängnisakten vertraulich sind, finden wir nicht viel über sie. Mazy schafft es normalerweise, sich überall einzuhacken, aber wir beschließen, von Gesetzesverstößen abzusehen. Gefängnisgangs wie die Aryan Deacons führen auch keine Bücher, sodass sich ihre Mitgliedschaft nicht überprüfen lässt.

Der Gefängniswärter ist Adam Stone, weiß, vierunddreißig Jahre alt, wohnhaft in einem Provinznest, das eine halbe Stunde vom Gefängnis entfernt ist. Um 2.15 Uhr hat Frankie Stones Wohnhaus ausfindig gemacht und gibt die Kennzeichen seines Autos und seines Pick-ups durch. Um drei Uhr tauscht das Guardian-Team bei einer Telefonkonferenz sämtliche Informationen aus. Wir erarbeiten einen

Plan, der vorsieht, tief in die Vorgeschichte von Lane und Drummik einzudringen und so viel wie möglich über die Aryan Deacons in Florida herauszufinden.

Unsere Arbeitshypothese lautet, dass der versuchte Mord an Quincy von außerhalb des Gefängnisses in Auftrag gegeben und bezahlt wurde. Lane und Drummik hatten nichts mit dem Russo-Mord zu tun. Sie verbüßen bloß langjährige Haftstrafen und hatten nichts dagegen, den Job für ein paar Dollar zu erledigen. Da ihr Opfer schwarz war, machte die Attacke besonders viel Spaß.

Um fünf Uhr morgens fahre ich wieder ins Krankenhaus und finde das Besucherzimmer verlassen vor. Am Empfang der Intensivstation hält mich eine Krankenschwester auf, zumindest schlafen also nicht alle. Ich erkundige mich nach Marvis Miller, und sie deutet mit dem Kopf auf Quincys Zimmer. Marvis schläft auf einem fahrbaren Feldbett, um seinen Bruder zu beschützen. Polizeibeamte oder andere Wachen sind nicht zu sehen. Die Krankenschwester erklärt, dass sich Marvis gegen Mitternacht über die mangelnde Bewachung beschwert und ein Feldbett verlangt habe. Ihr Vorgesetzter sei damit einverstanden gewesen, eine Liege in Quincys Zimmer aufzustellen. Ich bedanke mich für die Auskünfte und erkundige mich nach dem Patienten.

Sie zuckt mit den Schultern. »Er lebt noch.«

Eine Stunde später kommt Marvis herausgestolpert, reibt sich die Augen und freut sich, mich zu sehen. Wir treiben abgestandenen Kaffee auf und sitzen auf Klappstühlen im Gang, wo Pflegepersonal und Ärzte ihre erste Runde drehen. Eine dieser Gruppen bleibt an Quincys Tür stehen und winkt uns heran, um uns mitzuteilen, dass seine Vitalfunktionen weiterhin eine leichte Besserung zeigen. Er soll noch mehrere Tage im künstlichen Koma belassen werden.

Marvis hat Angst davor, seine Arbeit zu verlieren, und muss weg. Wir umarmen uns vor dem Aufzug, und ich verspreche, ihn anzurufen, wenn sich eine Veränderung ergibt. Er verspricht, so bald wie möglich wiederzukommen, aber es sei nun mal eine Fahrt von fast fünf Stunden. Zwei schwer bewaffnete Polizeibeamte der Stadt Orlando tauchen auf, und ich fange ein Gespräch mit ihnen an. Sie wollen etwa eine Stunde bleiben, bis ein Gefängniswärter kommt. Um halb acht erhalte ich eine E-Mail aus dem Gefängnis. Der Direktor kann ein paar Minuten erübrigen und gewährt mir eine Audienz.

Ich treffe fünfundvierzig Minuten vor meinem Zehn-Uhr-Termin in Garvin ein. An der Eingangskontrolle versuche ich, dem Personal zu erklären, dass ich eine Besprechung mit dem Direktor habe, aber ich werde behandelt wie jeder Anwalt, der einen Mandanten besuchen will. Im Gefängnis ist nichts einfach. Die Regeln sind in Stein gemeißelt oder werden spontan geändert – Hauptsache, es dauert alles so lange wie möglich. Schließlich holt mich ein Gefängniswärter mit einem Golfcart ab, und wir fahren zum Verwaltungsgebäude.

Der Direktor ist ein großer Afroamerikaner und hat es sehr wichtig. Vor zwanzig Jahren hat er an der Florida State University Football gespielt und war sogar vorübergehend mal Profi, bevor er sich nach zehn Spielen am Knie verletzte. Sein Büro ist mit Farbfotos von ihm in verschiedenen Trikots, signierten Bällen und aus Helmen gefertigten Tischlampen dekoriert. Offenbar hat er mal für die Green Bay Packers gespielt. Er thront hinter einem massiven Schreibtisch, auf dem sich Akten- und Papierberge türmen, das Reich eines wichtigen Mannes. Links von ihm steht der Syndikus der Haftanstalt mit einem Notizblock und starrt mich an, als wollte er mich unter einem fadenscheinigen Vorwand – oder auch ohne jeden Grund – vor Gericht zerren.

»Ich habe eine Viertelstunde«, beginnt der Direktor in freundlichem Ton. Sein Name ist Odell Herman. An den Wänden hängen mindestens drei gerahmte Trikots in verschiedenen Farben mit dem Namen Herman auf dem Rücken. Man könnte denken, der Mann hätte es in die Hall of Fame geschafft.

»Danke, dass Sie sich Zeit nehmen«, antworte ich gestelzt. »Ich wüsste gern, was meinem Mandanten Quincy Miller zugestoßen ist.«

»Die Ermittlungen laufen noch, daher können wir uns nicht dazu äußern. Nicht wahr, Mr. Burch?«

Mr. Burch bestätigt das mit einem anwaltlichen Nicken.

»Wissen Sie, von wem er überfallen wurde?«, frage ich.

»Es gibt Verdächtige, aber, wie bereits erwähnt, kann ich mich momentan nicht dazu äußern.«

»Wie Sie meinen. Sie brauchen keine Namen zu nennen, aber wissen Sie, wer es war?«

Herman sieht Burch an, der den Kopf schüttelt.

»Nein, diese Informationen liegen uns zum jetzigen Zeitpunkt noch nicht vor.«

Damit ist das Gespräch für mich beendet. Sie wollen die Sache vertuschen und werden mir nichts sagen.

»Okay. Wissen Sie, ob ein Wärter irgendwie an der Attacke beteiligt war?«

»Selbstverständlich nicht«, erwidert Herman irritiert. Wie kann ich es wagen, eine solch unverschämte Anschuldigung zu äußern?

»Heute, drei Tage nach dem Anschlag, wissen Sie also immer noch nicht, wer dafür verantwortlich ist, und behaupten, dass keine Beschäftigten der Haftanstalt beteiligt waren. Ist das richtig?«

»Das habe ich bereits gesagt.«

Ich erhebe mich abrupt und gehe zur Tür. »Mein Mandant wurde von zwei Schwerverbrechern niedergeschlagen. Einer davon ist Robert Earl Lane. Das können Sie gern nachprüfen. Im Augenblick sind seine Augen zugeschwollen und blau verfärbt, weil Quincy Miller ihm die Nase gebrochen hat. Lane wurde wenige Stunden nach dem Anschlag auf ihrer Krankenstation behandelt. Wir werden die Vorlage der Aufzeichnungen unter Strafandrohung verlangen, also passen Sie gut drauf auf.«

Herman öffnet den Mund, bringt aber kein Wort heraus. Anwalt Burch runzelt die Stirn und wirkt völlig verwirrt.

Ich öffne die Tür, bleibe aber noch einmal kurz stehen. »Das ist noch nicht alles. Wir sehen uns am Bundesgericht, und dann wird die ganze Geschichte herauskommen.«

Mit diesen Worten knalle ich die Tür hinter mir zu.

33

In Orlando ist das FBI in einem vierstöckigen Gebäude in Maitland, einem Vorort, untergebracht. Susan Ashley und ich treffen frühzeitig zu unserer Besprechung mit den herrschenden Mächten ein. In den vergangenen beiden Tagen hat sie ihre Kontakte spielen lassen, um uns diesen Termin zu erkämpfen. Eine kurze Zusammenfassung unserer Akte über Quincy Miller hat sie bereits an das FBI geschickt. Wir haben keine Ahnung, mit wem wir reden werden, sind aber zuversichtlich, endlich Gehör zu finden.

Die Beamtin heißt Agnes Nolton, ist Anfang vierzig und steht in der Rangordnung weit genug oben für ein schönes Eckbüro. Auf dem Weg dahin kommen wir an Dutzenden Beamten in winzigen Besenkammern vorbei, Agent Nolton hat also offensichtlich etwas zu sagen. In ihrem Büro schließt sich uns Special Agent Lujewski an, der aussieht, als gehörte er noch an die Uni. Nachdem der Kaffee serviert ist und wir ein paar Höflichkeitsfloskeln ausgetauscht haben, erhalte ich das Wort.

Ich fasse kurz Guardians Arbeit für Quincy Miller zusammen und erkläre, warum wir glauben, dass ihm der Mord von der Drogenmafia angehängt wurde, mit kräftiger Unterstützung des früheren Sheriffs von Ruiz County. Unser Engagement für ein Wiederaufnahmeverfahren habe die Verantwortlichen für den Mord an Keith Russo offenbar nervös werden lassen. Ich nenne Namen: Nash Cooley, Drogenanwalt aus Miami, und Mickey

Mercado, einer seiner Handlanger. Ich spekuliere, dass die beiden zusammen mit bisher unbekannten Komplizen hinter der brillanten Idee stecken, unsere Ermittlungen zu beenden, indem sie unseren Mandanten aus dem Weg räumen.

»Würde das funktionieren?«, fragt Nolton. »Was passiert mit dem Verfahren, wenn Ihr Mandant stirbt?«

»Ja, es würde funktionieren«, erwidere ich. »Unsere Mission ist es, Unschuldige aus dem Gefängnis zu holen. Wir haben weder die Zeit noch die Mittel, postum Prozesse zu führen.«

Sie nickt, und ich fahre fort. Ich beschreibe Quincy und betone immer wieder, dass er nichts mit den Gangs zu tun hatte und die Aryans eigentlich keinen Grund gehabt hätten, ihn sich vorzuknöpfen.

»Wir haben es also mit einem Auftragsmord zu tun?«, fragt sie.

»Ja, bezahlter Mord. Das fällt unter Bundesrecht.«

Zumindest für mich ist offensichtlich, dass sich Nolton für die Sache interessiert. Lujewski hat ein Pokergesicht aufgesetzt, lässt sich aber nichts entgehen. Er klappt einen Laptop auf und hämmert auf die Tasten ein.

»Wir kennen die Namen der beiden Angreifer, beides verurteilte Mörder«, fahre ich fort. »Haben Sie von den Aryan Deacons gehört?«

Nolton lächelt und ist nun erst recht interessiert. Eine Drogengang und auch noch ein mexikanisches Kartell, ein korrupter Sheriff, die Ermordung eines Anwalts an seinem eigenen Schreibtisch, ein Fehlurteil und jetzt ein versuchter Auftragsmord, um eine Rehabilitierung zu verhindern. Kein alltäglicher Fall.

»Natürlich«, sagt sie. »Aber wir haben zu viel damit zu tun, Leute hinter Gitter zu bringen, als dass wir uns damit befassen könnten, was passiert, wenn sie endlich einsitzen. Verraten Sie mir die Namen?«

»Was werden Sie damit anfangen?«

Sie überlegt, trinkt einen Schluck Kaffee und sieht Lujewski an. Er hört auf zu tippen. »Die Aryan Deacons haben sich von der Aryan Brotherhood abgespalten, der größten weißen Gefängnisgang in den USA«, sagt er. »Geschätzt zehntausend Häftlinge gehören den Dekes an, allerdings führt niemand darüber Buch. Typische Bandenkriminalität – Drogen, Essen, Sex, Handys. Die wenigen, die je wieder auf freien Fuß kommen, bleiben Mitglieder und begehen weiter Straftaten. Sehr unangenehme Burschen.«

»Wie gesagt, wir haben schon genug mit denen zu tun, die noch auf freiem Fuß sind«, sagt Nolton zu mir.

»Vermutlich ist ein Gefängniswärter in die Sache verwickelt«, sage ich. »Ein Weißer, der bewusst weggesehen hat. Er könnte das schwächste Glied sein, weil er mehr zu verlieren hat.«

»Mir gefällt, wie Sie denken, Post«, sagt sie. »Wir sind ja praktisch im selben Geschäft. Sie klären Verbrechen auf, um Leute einzusperren. Ich kläre Verbrechen auf, um Leute aus dem Gefängnis zu holen.«

Für Adam Stone war es ein ganz normaler Arbeitstag. Er stempelte um 7.59 Uhr ein und stand eine Viertelstunde mit zwei Kollegen in der Umkleide herum, um Kaffee zu trinken und einen Donut zu essen. Er hatte es nicht eilig, sich in Abteilung E zu seinem stressigen Dienst zu melden, wo er den ganzen Tag Verbrecher bewachte, die ihn liebend gern umgebracht hätten. Manche der Männer waren ihm sympathisch, und er mochte ihre Frotzeleien. Andere verachtete er oder hasste sie sogar. Besonders die Schwarzen. Stone war in einer ländlichen Gegend aufgewachsen, wo kaum Schwarze lebten und auch nicht willkommen waren. Sein Vater war ein eingefleischter Rassist, der alle Minderheiten verabscheute und ihnen die Schuld daran gab, dass aus ihm nichts geworden war. Seine Mutter behauptete, in der Highschool von einem schwarzen Sportler sexuell belästigt worden zu sein, wobei es nie zu einem Verfahren gekommen war. Als Kind hatte Adam gelernt, Schwarzen so weit wie möglich aus dem Weg zu gehen und auf keinen Fall nett zu ihnen zu sein.

Als Gefängniswärter hatte er allerdings keine Wahl. Siebzig Prozent der Insassen von Garvin waren Schwarze oder Farbige – und die meisten Wärter auch. In den sieben Jahren, in denen er hier arbeitete, hatte sich Adams Rassismus noch verstärkt. Er erlebte sie von ihrer schlechtesten Seite – Männer hinter Gittern, die nichts als Diskriminierung und Misshandlung kannten und nun die Herrschaft über ihr Umfeld hatten. Ihre Vergeltung war oft grauenhaft. Um sich zu schützen, brauchten die Weißen eigene Gangs. Insgeheim bewunderte er die Aryans. In der Unterzahl und ständig bedroht, überlebten sie nur, weil sie sich Blutsbrüderschaft schworen. Ihre Gewalttaten ließen einem das Blut in den Adern gefrieren. Vor drei Jahren hatten sie zwei schwarze Wärter mit rasiermesserscharfen Klingen angegriffen und dann versteckt, um sie verbluten zu lassen.

Den Tag über drehte Adam seine Runden, eskortierte Gefangene zur Krankenstation und zurück, verbrachte die vorgeschriebene Stunde damit, die Überwachungskameras im Auge zu behalten, verlängerte seine dreißigminütige Mittagspause eigenmächtig auf eine Stunde und stempelte um 16.30 Uhr aus. Acht Stunden Arbeit, die gewiss nicht schweißtreibend war, zu je zwölf Dollar.

Er hat keine Ahnung, dass unterdessen FBI-Agenten sein ganzes Leben durchforsten.

Zwei von ihnen folgen ihm, als er das Gefängnis verlässt. Er fährt seinen geliebten Ram-Monstertruck mit überdimensionalen Reifen, schwarzen Felgen, blitzblank poliert. Das Auto wird ihn noch auf Jahre hinaus sechshundertfünfzig Dollar pro Monat kosten. Seine Frau fährt eine neue Toyota-Limousine für dreihundert Dollar pro Monat. Ihr Haus ist mit hundertfünfunddreißigtausend Dollar belastet. Ihre Spar- und Girokonten, zu denen sich das FBI mit richterlichem Beschluss Zugang verschafft hat, weisen einen Saldo von fast neuntausend Dollar auf. Kurz gesagt, Adam und seine Frau, die Teilzeit in einer Versicherungsagentur arbeitet, geben viel mehr aus, als es ihre bescheidenen Mittel erlauben.

An einer Tankstelle hält er an, tankt und geht ins Geschäft, um zu zahlen. Als er zurückkommt, warten zwei Herren in Jeans und Sportschuhen auf ihn. Sie nennen kurz ihre Namen, erwähnen das FBI, halten ihm die Marken unter die Nase und sagen, sie wollten mit ihm reden. Obwohl Adam sich für einen harten Burschen hält und in Uniform immer besonders mutig ist, werden ihm die Knie weich. Der Schweiß rinnt ihm über die Stirn.

Er fährt hinter ihnen her zu einem leer stehenden Schulgebäude mit einem verlassenen Schotterparkplatz. Unter einer alten Eiche in der Nähe des ehemaligen Spielplatzes lehnt er sich an die Kante eines hölzernen Picknicktischs und gibt sich betont lässig. »Wie kann ich behilflich sein?«

»Nur ein paar Fragen«, sagt Agent Frost.

»Schießen Sie los«, sagt Adam mit aufgesetztem Lächeln. Er fährt sich mit dem Ärmel über die breite Stirn.

Agent Thagard übernimmt. »Wir wissen, dass Sie als Wärter in Garvin arbeiten. Seit etwa sieben Jahren?«

»Ja. Das kommt ungefähr hin.«

»Kennen Sie einen Häftling namens Quincy Miller?«

Adam runzelt die Stirn und mustert die Äste des Baums, als müsste er gründlich überlegen. Ein Kopfschütteln und ein wenig überzeugendes Nein. »Ich glaube nicht. In Garvin gibt es so viele Häftlinge.«

»Was ist mit Robert Earl Lane und Jon Drummik?«, fragt Frost. »Sind Ihnen die je begegnet?«

Ein rasches Lächeln, um zu zeigen, wie kooperativ er ist. »Natürlich, die sind beide in Abteilung E. Da arbeite ich im Moment.«

»Quincy Miller, ein Schwarzer, wurde vor drei Tagen im Gang zwischen Fitnessraum und Werkstatt, ganz in der Nähe von Abteilung E, bewusstlos geschlagen«, fährt Thagard fort. »Jemand hat mindestens dreimal auf ihn eingestochen und ihn für tot liegen lassen. Sie hatten Dienst, als der Anschlag verübt wurde. Wissen Sie etwas darüber?«

»Kann sein, dass ich davon gehört habe.«

»Selbstverständlich haben Sie davon gehört«, fährt Frost ihn an und tritt einen Schritt auf ihn zu.

»In Garvin gibt es ständig Schlägereien«, verteidigt Adam sich.

»Sie haben nicht gesehen, wie Lane und Drummik Quincy Miller angegriffen haben?«, fragt Thagard.

»Nein.«

»Ein Informant behauptet das Gegenteil. Er sagt, Sie waren dabei und haben nur deshalb nichts gesehen, weil Sie nicht wollten. Weil Sie Schmiere gestanden haben. Der Mann sagt, Sie sind bekanntermaßen einer der bevorzugten Handlanger der Deacons.«

Adam bleibt die Luft weg, als hätte er einen heftigen Schlag in den Magen bekommen. Wieder wischt er sich den Schweiß von der Stirn und versucht vergeblich, ein belustigtes Lächeln aufzusetzen. »Ich doch nicht. Ganz bestimmt nicht.«

»Sparen Sie sich das Geschwafel, Adam«, sagt Thagard. »Wir haben uns Durchsuchungsbeschlüsse ausstellen lassen und uns Ihre finanzielle Situation angesehen. Wir wissen, dass Sie neuntausend Dollar auf der Bank haben, eine beeindruckende Leistung für jemanden, der zwölf Dollar die Stunde verdient und dessen Frau bei ihrem Teilzeitjob zehn Dollar bekommt, einen Mann mit zwei Kindern, der nie auch nur einen Cent von Verwandten geerbt hat, der mindestens zweitausend pro Monat für schicke Autos und ein schönes Haus ausgibt, ganz zu schweigen von Lebensmitteln und Telefonrechnungen. Sie leben weit über Ihre Verhältnisse, Adam, und wir wissen von unserem Informanten, dass Sie sich mit Drogenschmuggel für die Deacons ein Zubrot verdienen. Das könnten wir gleich morgen vor Gericht beweisen.«

Konnten sie nicht, aber das wusste Adam nicht.

Frost macht nahtlos weiter.

»Sie werden angeklagt werden, Adam. Vor einem Bundesgericht. Die Staatsanwaltschaft in Orlando arbeitet in diesem Moment an der Anklage, morgen tritt die Anklagejury zusammen. Aber wir haben es nicht auf die Wärter abgesehen. Die meisten schmuggeln Dinge ins Gefängnis oder heraus und verdienen sich damit etwas dazu. Dem Direktor ist das egal, dem ist es recht, wenn die Häftlinge zugedröhnt sind. Die benehmen sich besser, wenn sie sich kaum noch auf den Beinen halten können. Sie wissen, wie das läuft, Adam. Wer was schmuggelt, ist uns völlig egal. Wir haben Wichtigeres zu tun. Der Anschlag auf Quincy Miller war ein Auftragsmord, den jemand außerhalb des Gefängnisses bestellt hat. Das ist Verabredung zur Begehung von Straftaten, und dafür sind die Bundesgerichte zuständig.«

Adams Augen sind feucht geworden, und er wischt die

Tränen mit dem Unterarm weg. »Ich habe nichts getan. Sie können gegen mich keine Anklage erheben.«

»Das haben schon viele gesagt«, meint Frost.

»Der Staatsanwalt macht Hackfleisch aus Ihnen«, erklärt Thagard. »Sie haben keine Chance. Ihren Job im Gefängnis können Sie vergessen. Das war's dann mit dem Gehalt und mit den Bestechungsgeldern, mit der ganzen Kohle. Als Erstes ist Ihr netter kleiner Monstertruck mit den dicken Reifen und den Ghettofelgen weg, und Ihr Haus ... Ach, Adam, es wird einfach nur furchtbar werden.«

»Alles leere Drohungen«, sagt Adam und bemüht sich, mutig zu klingen, aber seine Stimme bricht. »Das dürfen Sie gar nicht!«

»O doch, Adam, das ist unser tägliches Geschäft«, sagt Frost. »Nach der Anklage müssen Sie bestimmt zwei Jahre auf die Verhandlung warten, vielleicht länger, das kommt auf den Staatsanwalt an. Ihm ist es egal, ob Sie schuldig oder unschuldig sind, er will Sie nur fertigmachen, wenn Sie nicht kooperieren.«

Adam reißt den Kopf hoch, seine Augen werden ganz groß. »Kooperieren?«

Frost und Thagard wechseln bedeutungsschwere Blicke, als wüssten sie nicht, ob sie noch mehr sagen sollen. Thagard beugt sich vor. »Sie sind ein kleiner Fisch, Adam. Das war schon immer so, das wird auch so bleiben. Sie und Ihr erbärmliches kleines Bestechungskomplott interessieren ihn nicht. Er will die Deacons, und er will wissen, wer für den Anschlag auf Quincy Miller bezahlt hat. Wenn Sie uns entgegenkommen, kommen wir Ihnen entgegen.«

»Ich soll die Leute bespitzeln?«

»Nein. Sie sollen als Informant für uns arbeiten. Das ist ein gewaltiger Unterschied. Sammeln Sie bei Ihren Kumpeln Informationen, und geben Sie sie an uns weiter. Wenn

Sie herausfinden, wer den Mord in Auftrag gegeben hat, vergessen wir das mit der Anklage.«

»Die werden mich umbringen!«, sagt er und bricht schließlich doch in Tränen aus. Er schluchzt laut in seine Hände, und Frost und Thagard sehen sich um. Auf der Landstraße fahren Autos vorbei, aber niemand beachtet sie. Nach ein paar Minuten reißt er sich zusammen.

»Die werden Sie nicht umbringen, Adam, weil sie nichts erfahren«, sagt Thagard. »Wir arbeiten ständig mit Informanten, wir beherrschen unseren Job.«

»Wenn es zu gefährlich wird, holen wir Sie raus und besorgen Ihnen einen Job in einem Bundesgefängnis«, sagt Frost. »Doppelt so hohes Gehalt, doppelt so hohe Zusatzleistungen.«

Adam sieht sie aus roten Augen an. »Können wir das diskret behandeln? Niemand darf davon wissen, nicht einmal meine Frau.«

Mit dem Wort *wir* ist der Deal besiegelt. »Natürlich«, sagt Frost. »Denken Sie wirklich, wir liefern unsere geheimen Informanten ans Messer? Bestimmt nicht. Wenn sich jemand mit Informanten auskennt, dann wir.«

Lange Zeit herrscht Schweigen, während Adam auf den Schotter starrt und sich gelegentlich das feuchte Gesicht abwischt. Sie beobachten ihn und empfinden beinahe Mitgefühl. »Kann ich mir das überlegen?«, fragt er. »Geben Sie mir etwas Zeit.«

»Nein«, sagt Frost. »Wir haben keine Zeit. Die Ereignisse überschlagen sich, Adam. Wenn Quincy stirbt, werden Sie wegen Mord vor einem Bundesgericht angeklagt, dann droht Ihnen die Todesstrafe.«

»Und was wird mir vorgeworfen?«

»Versuchter Mord. Verabredung zur Begehung von Straftaten. Die Höchststrafe ist dreißig Jahre, und die

Staatsanwaltschaft wird jeden einzelnen Tag davon einfordern.«

Adam schüttelt den Kopf und sieht aus, als wollte er gleich wieder losheulen. »Und wenn ich kooperiere, wie Sie sagen?«, fragt er mit brüchiger Stimme.

»Keine Anklage. Sie kommen ungeschoren davon, Adam. Seien Sie kein Idiot.«

»Sie haben es in der Hand, wie es mit Ihnen weitergeht«, sagt Frost, um die Sache ein für alle Mal zu klären. »Wenn Sie jetzt die richtige Entscheidung treffen, haben Sie eine Zukunft. Treffen Sie die falsche, landen Sie mit den Bestien, die Sie bewachen, hinter Gittern.«

Adam steht auf und beugt sich vor. Er stößt auf. »Entschuldigung«, sagt er und geht zu dem alten Spielplatz, wo er anfängt zu würgen. Frost und Thagard wenden ihm den Rücken zu und sehen in Richtung Straße. Adam kniet sich hinter einen großen Busch und übergibt sich eine Weile lautstark. Als er fertig ist, schlurft er zurück zum Picknicktisch und setzt sich. Sein Hemd ist durchgeschwitzt, und auf der billigen braunen Krawatte hat er sein Mittagessen verteilt.

»Okay«, sagt er heiser. »Womit fangen wir an?«

Frost zögert keine Sekunde. »Haben Lane oder Drummik ein Handy?«

»Drummik auf jeden Fall. Ich habe ihm eins gebracht.«

»Wo hatten Sie es her?«

Adam zögert kurz, bevor er den Sprung ins kalte Wasser wagt. Wenn er es laut ausspricht, gibt es kein Zurück mehr. »Es gibt da einen gewissen Mayhall, den Vornamen kenne ich nicht, und ich weiß auch nicht, ob Mayhall sein richtiger Name ist, keine Ahnung, wo er wohnt und wo er herkommt. Ich treffe mich ein- oder zweimal im Monat mit ihm. Er bringt Zeug für die Jungs in Garvin. Handys und Rauschgift, normalerweise Pillen und Meth, billige

Drogen. Ich nehme den Stoff an und liefere ihn an die richtigen Leute. Er zahlt mir tausend Dollar im Monat in bar und eine kleine Menge Rauschgift, die ich auf eigene Faust verkaufen kann. Ich bin nicht der einzige Wärter, der das macht. Wenn man zwölf Dollar die Stunde bekommt, reicht das kaum zum Überleben.«

»Ist uns klar«, sagt Thagard. »Wie viele Aryan Deacons sitzen in Garvin ein?«

»Fünfundzwanzig bis dreißig. Die Aryan Brotherhood hat mehr Mitglieder.«

»Wie viele Wärter beliefern die Deacons?«

»Ich bin der einzige, von dem ich weiß. Bestimmte Wärter kümmern sich um bestimmte Gruppen. Ich bezweifle, dass Mayhall noch jemanden dabeihaben will. Von mir bekommt er, was er braucht.«

»Hat er selbst gesessen?«

»Bestimmt. Um bei den Deacons aufgenommen zu werden, muss man im Gefängnis sein.«

»Können Sie uns Drummiks Handy besorgen?«, fragt Frost.

Adam zuckt mit den Schultern und lächelt, als wäre er besonders schlau. »Natürlich. Handys sind heiß begehrt und werden manchmal gestohlen. Ich kann in Drummiks Zelle gehen, wenn er Hofgang hat, und es wie einen Diebstahl aussehen lassen.«

»Wann?«, fragt Thagard.

»Morgen.«

»Okay, dann machen Sie das. Wir zeichnen seine Anrufe auf und geben Ihnen einen Ersatz.«

»Wird dieser Mayhall misstrauisch werden, wenn Drummik ein anderes Handy auftreibt?«, fragt Frost.

Adam überlegt einen Augenblick lang. Ganz genau weiß er das nicht. Dann schüttelt er den Kopf. »Ich bezweifle es.

307

Die Kerle kaufen, verkaufen, handeln, stehlen, tauschen, was auch immer.«

Thagard beugt sich zu ihm herab und reicht ihm die Hand. »Okay, Adam, wir sind uns also einig?«

Widerwillig schüttelt Adam ihm die Hand.

»Ihre Telefone werden übrigens auch abgehört, Adam«, sagt Frost. »Wir überwachen alles, also machen Sie keine Dummheiten.«

Sie lassen ihn an dem Picknicktisch sitzen, wo er in die Ferne starrt und sich fragt, wie sein Leben von einem Augenblick auf den anderen so aus den Fugen geraten konnte.

34

Da das FBI Druck macht, wird Quincy in ein Eckzimmer verlegt, in dem er sicherer ist. Über der Tür werden deutlich sichtbar zwei Überwachungskameras montiert. Das Krankenhauspersonal ist in höchster Alarmbereitschaft, und die Wachen sind deutlich präsenter. Das Gefängnis schickt jeden Tag jemanden, der ein paar Stunden lang den Gang im Auge behält, und die Beamten der Polizei von Orlando kommen gern vorbei, um mit den Krankenschwestern zu flirten.

Quincys Gesundheitszustand bessert sich von Tag zu Tag, und allmählich glauben wir, dass er doch nicht sterben wird. Mittlerweile kenne ich alle Ärzte und das gesamte Pflegepersonal beim Vornamen, und jeder drückt meinem Mandanten die Daumen. Er ist so sicher, wie es nur möglich ist, daher beschließe ich, mich wieder auf den Weg zu machen. Wenn ich noch länger bleibe, werde ich wahnsinnig. Niemand sitzt gern in einem Krankenhaus herum. Savannah ist fünf Stunden entfernt, und ich habe noch nie solches Heimweh gehabt.

Irgendwo in der Gegend von St. Augustine ruft Susan Ashley an und teilt mir mit, dass Jerry Plank, der alte Richter, einen Beschluss erlassen und unseren Antrag auf Wiederaufnahme des Verfahrens abgewiesen hat. Mit dieser Entscheidung haben wir gerechnet, überraschend ist nur, dass er lang genug wach war, überhaupt etwas zu tun. Wir hatten mit einer Wartezeit von mindestens einem Jahr gerechnet, aber er hat die Sache in zwei Monaten erledigt. Für uns ist das eine gute Nachricht, weil wir früher Berufung beim Obersten Gerichtshof in Florida einlegen können. Ich habe keine Lust, anzuhalten und seine Begründung zu lesen. Susan Ashley sagt, er habe sich kurzgefasst. Ein zweiseitiger Beschluss, in dem er behauptet, wir hätten keine neuen Beweise vorgelegt – obwohl Zeke Huffey und Carrie Holland ihre Aussagen widerrufen haben. Wir hatten damit gerechnet, vor dem Bezirksgericht zu verlieren. Ich fluche ein paar Minuten im dichten Verkehr vor mich hin, bis ich mich wieder beruhigt habe. Manchmal, nein oft, empfinde ich nichts als Abscheu für die Richter, insbesondere wenn sie blind und alt und weiß sind, weil sie ihre berufliche Laufbahn dann fast immer als Staatsanwälte begonnen haben und keinerlei Mitgefühl für Menschen aufbringen, die eines Verbrechens angeklagt sind. Für sie ist jeder, der angeklagt wird, schuldig und muss ins Gefängnis. Das System funktioniert hervorragend, und der Gerechtigkeit wird immer Genüge getan.

Als ich genug getobt habe, rufe ich Mazy an, die den Beschluss gerade liest. Wir besprechen die Berufung, und sie wird alles stehen und liegen lassen, um sie vorzubereiten. Als ich spätnachmittags im Büro eintreffe, hat sie schon einen ersten Entwurf vorbereitet. Wir diskutieren ihn bei einem Kaffee mit Vicki, und ich erzähle von den Ereignissen in Orlando.

Adam Stone hat es geschafft, Jon Drummiks Handy auszutauschen, ohne Aufsehen zu erregen. Er hat die Zelle durchwühlt, das alte mitgenommen und Drummik am nächsten Tag ein neues besorgt. Das FBI arbeitet hektisch daran, alte Anrufe zurückzuverfolgen und neue abzuhören. Sie sind zuversichtlich, dass ihnen die Zielpersonen ins Netz gehen werden. Über Mayhall haben sie nichts in Erfahrung gebracht, zumindest nichts, was sie mir erzählen könnten, aber sie wollen ihn genau beobachten, wenn er sich das nächste Mal mit Adam trifft.

Vor dem Anschlag auf Quincy hat Drummik drei Tage hintereinander ein Handy in Delray Beach, nördlich von Boca Raton, angerufen. Am Tag nach dem Anschlag tätigte er nur einen Anruf, bei derselben Nummer. Die Spur verläuft jedoch im Sand. Es war ein Prepaidhandy, ein Wegwerftelefon für dreißig Tage, das in einem Elektronikmarkt bar bezahlt worden war. Sein Eigentümer ist extrem vorsichtig.

Adam hatte nie eine Telefonnummer von Mayhall. Um einen Anruf zurückzuverfolgen, müssen sie warten, bis sich Mayhall meldet, was er schließlich tut. Das FBI erfasst die Nummer des Anrufers auf Adams Handy und verfolgt sie zu einem anderen Handy zurück, ebenfalls in Delray Beach. Die Teile des Puzzles fügen sich zusammen. Das FBI überwacht das Funksignal und spürt Mayhall auf der Interstate 95 auf, wo er in nördlicher Richtung unterwegs ist. Das Auto, das er fährt, ist auf einen gewissen Skip DiLuca aus Delray Beach zugelassen. Weiß, einundfünfzig, vier Vorstrafen wegen schwerer Straftaten, eine davon wegen Totschlag, seine schlimmste Sünde, vor drei Jahren auf Bewährung vorzeitig aus einem Gefängnis in Florida entlassen, führt derzeit einen Handel mit gebrauchten Motorrädern.

DiLuca alias Mayhall verabredet sich mit Adam nach der Arbeit in einem Lokal in Orange City, fünfundvierzig Minuten vom Gefängnis entfernt. Adam zufolge treffen sie sich immer in derselben Kneipe und trinken ein schnelles Bier, während sie das Geschäftliche besprechen. Um keinen Verdacht zu erregen, zieht Adam sich um und erscheint in Zivil. Die für ihn zuständigen Beamten befestigen mit Klebeband ein dünnes Kabel auf seiner Brust. Er trifft zuerst ein, sucht sich einen Tisch aus und testet das Mikrofon, alle Wanzen funktionieren. Ein FBI-Team hinten in einem Transporter, der in der Straße hinter der Bar parkt, hört mit.

Nach ein paar knappen Höflichkeitsfloskeln geht es zur Sache.

DILUCA: Miller lebt noch. Wie konnte das passieren?
ADAM: Mehrere Dinge sind schiefgelaufen. Erst mal ist Miller ein trainierter Kämpfer und hat sich wie wild gewehrt. Robert Earl Lane hat eine gebrochene Nase. Es hat ein paar Minuten gedauert, bis sie ihn unter Kontrolle hatten, das war zu lang. Als sie ihn am Boden hatten, war keine Zeit mehr, ihn fertigzumachen, bevor ein anderer Wärter vorbeikam. Sie haben nicht richtig zugestochen.
DILUCA: Wo warst du?
ADAM: An Ort und Stelle, genau da, wo ich sein sollte. Ich kenne mein Revier. Der Hinterhalt hat perfekt funktioniert, sie sind mit dem Typen nur nicht fertiggeworden.
DILUCA: Auf jeden Fall ist er nicht tot, das hätte nicht passieren dürfen. Wir sind für einen Job bezahlt worden und haben ihn nicht erledigt. Die Leute, mit denen ich zu tun habe, sind überhaupt nicht zufrieden.
ADAM: Nicht meine Schuld. Meinen Teil habe ich erledigt. Kommt ihr im Krankenhaus nicht an ihn ran?
DILUCA: Vielleicht. Wir haben uns schon mal umgesehen, da wimmelt es nur so von Uniformen. Ihm

geht es jeden Tag besser, das heißt, wir haben unseren Teil der Abmachung nicht erfüllt. Wir sollten ihn aus dem Weg räumen. Du kannst Drummik und Lane ausrichten, dass mich diese miese Arbeit echt ankotzt. Sie hatten mir versprochen, dass sie das hinbekommen.

ADAM: Stehst du sehr unter Druck?

DILUCA: Ich werde es überleben.

Das Gespräch ist kurz, und als sie ihr Bier ausgetrunken haben, gehen sie vor die Tür. DiLuca gibt Adam eine braune Einkaufstüte aus Papier mit tausend Dollar in bar, zwei neuen Handys und einem Vorrat an Drogen. Er geht, ohne sich zu verabschieden, und braust davon. Adam wartet, bis er außer Sicht ist, bevor er die Beamten wissen lässt, dass DiLuca weg ist. Er fährt um den Block und trifft sich in einer Seitenstraße mit ihnen.

Technisch, also rechtlich gesehen hat das FBI genug für eine Anklage gegen DiLuca, Adam, Drummik und Lane wegen Auftragsmord oder dem Versuch dazu in der Hand. Allerdings sitzen die beiden Häftlinge bereits im Gefängnis. Adam ist als Informant zu wertvoll. Und DiLuca kann sie zu den Hintermännern führen.

Zwanzig Minuten später und ein paar Kilometer weiter sieht DiLuca Blaulicht im Rückspiegel. Er wirft einen Blick auf den Tacho, obwohl er weiß, dass er nicht zu schnell gefahren ist. Er hat Bewährung und schätzt seine Freiheit, deshalb hält er sich an die Regeln – zumindest an die Straßenverkehrsordnung. Ein Polizeibeamter notiert seine Führerscheindaten und sein Kennzeichen und verbringt eine halbe Stunde damit, sie der Zentrale zu melden. DiLuca wird allmählich unruhig. »Haben Sie getrunken?«, fragt der Beamte brüsk, als er zurückkommt.

»Ein Bier«, antwortet DiLuca wahrheitsgemäß.

»Das sagen alle.«

Ein weiterer Streifenwagen mit eingeschaltetem Blaulicht fährt vor und stellt sich vor DiLucas Auto. Zwei Beamte steigen aus und werfen ihm finstere Blicke zu, als wäre er ein überführter Kindsmörder. Die drei stecken die Köpfe zusammen und schinden noch mehr Zeit, während DiLuca fast explodiert. Schließlich soll er auch noch aussteigen.

»Was soll der Scheiß?«, fragt er, als er die Tür zuschlägt. Das war ein Fehler. Zwei Beamte packen ihn und drücken ihn auf die Motorhaube seines Autos, während ihm der dritte Handschellen anlegt.

»Sie sind Schlangenlinien gefahren«, behauptet der erste Beamte.

»So ein Schwachsinn!«, protestiert DiLuca wütend.

»Maul halten.«

Sie durchsuchen seine Taschen, nehmen ihm Telefon und Brieftasche ab und verfrachten ihn ziemlich grob auf den Rücksitz des ersten Streifenwagens. Während er abtransportiert wird, ruft einer der Beamten den Abschleppdienst und das FBI. Auf dem Polizeirevier wird DiLuca in eine Arrestzelle gesteckt, fotografiert und dann vier Stunden lang sich selbst überlassen.

Ein bereits informierter Bundesrichter erlässt in aller Eile zwei Durchsuchungsbeschlüsse, einen für DiLucas Wohnung, den anderen für sein Auto. FBI-Beamte dringen in DiLucas Apartment in Delray Beach ein und gehen an die Arbeit. Er bewohnt eine Zweizimmerwohnung mit wenigen, billigen Einrichtungsstücken und keinerlei Hinweisen auf eine weibliche Hand. Auf der Arbeitsfläche in der Küche stapelt sich schmutziges Geschirr. Im Gang türmt sich die Schmutzwäsche. Der Kühlschrank enthält nichts außer Bier,

Wasser und Aufschnitt. Auf dem Couchtisch im Wohnzimmer liegen jede Menge Hardcorepornomagazine herum. In einem winzigen Büro wird ein Laptop gefunden und nach draußen zu einem Transporter gebracht, wo ein Techniker die Festplatte kopiert. Zwei Wegwerfhandys werden geöffnet, untersucht, angezapft und wieder auf den Schreibtisch gelegt. Überall in der Wohnung werden Abhörvorrichtungen versteckt. Nach zwei Stunden ist das Team fertig, und normalerweise würde jetzt alles sorgfältig wieder aufgeräumt werden, aber bei einem Chaoten wie DiLuca fällt nicht auf, dass ein Überwachungsteam den ganzen Abend lang seine Wohnung auf den Kopf gestellt hat.

Ein zweites Team durchsucht sein Auto und findet bis auf ein weiteres Wegwerfhandy nichts von Bedeutung. Offenbar hat DiLuca keine feste Mobilnummer. Bei der Untersuchung stößt der Techniker im Adressbuch auf einen interessanten Eintrag. DiLuca hat nur zehn Nummern gespeichert, und eine davon gehört Mickey Mercado, dem Kleinkriminellen, der uns im Gericht bespitzelt hat, als wir unseren Antrag auf Wiederaufnahme des Verfahrens gestellt haben. Unter den letzten Telefonaten finden sich zweiundzwanzig eingehende und abgehende Anrufe von und bei Mercado in den letzten beiden Wochen.

Auf der Innenseite des hinteren Stoßfängers wird ein GPS-Ortungsgerät befestigt, sodass er ständig überwacht werden kann. Um zweiundzwanzig Uhr kommt der Sheriff in die Arrestzelle und entschuldigt sich bei DiLuca. In der Nähe von Naples habe es einen Banküberfall gegeben, und das Fluchtauto habe ausgesehen wie das von DiLuca. Deswegen sei er fälschlich in Verdacht geraten. Er könne jederzeit gehen.

DiLuca ist sehr ungehalten und bricht sofort auf. Er hat Verdacht geschöpft und kehrt nicht nach Delray Beach zurück. Das Wegwerfhandy benutzt er vorsichtshalber auch nicht. Er fährt zwei Stunden bis nach Sarasota, wo er in einem billigen Motel absteigt.

Am folgenden Morgen erlässt derselbe Bundesrichter einen Beschluss, mit dem er die Durchsuchung von Mercados Wohnung und die elektronische Telefonüberwachung genehmigt. Mit einem weiteren Beschluss wird sein Mobiltelefonanbieter angewiesen, die Verbindungsnachweise offenzulegen. Noch bevor alle Wanzen installiert sind, ruft DiLuca Mercado von einem Münzfernsprecher aus an. Dann wird sein Auto auf der Fahrt von Sarasota nach Coral Gables geortet, wo ein FBI-Team übernimmt. Schließlich hält er vor einem afghanischen Kebab-Restaurant in der Dolphin Avenue und geht hinein. Fünfzehn Minuten später schlendert eine junge Beamtin ins Lokal und identifiziert DiLuca, der mit Mickey Mercado beim Essen sitzt.

Dass DiLuca im Gespräch mit Adam geäußert hat, sie hätten sich bei Quincy im Krankenhaus »schon mal umgesehen«, ließ allen das Blut in den Adern gefrieren, und die Sicherheitsmaßnahmen werden verschärft. Quincy wird erneut verlegt, in ein anderes Eckzimmer, und rund um die Uhr bewacht.

Agent Agnes Nolton hält mich über die Entwicklungen auf dem Laufenden, aber alles erfahre ich nicht. Ich rate ihr davon ab, unsere Telefone zu benutzen, und wir verwenden verschlüsselte E-Mails. Sie ist davon überzeugt, dass es ihnen gelingen wird, Quincy zu schützen und Mercado in die Fänge zu bekommen. Ein Problem ist nur, dass er eine doppelte Staatsangehörigkeit besitzt und kommen und gehen kann, wie er will. Wenn er Verdacht schöpft, dann verschwindet er vielleicht auf Nimmerwiedersehen. Nolton glaubt, wenn wir Mercado zu fassen bekommen, wäre das bereits ein großer Erfolg. Seine Hintermänner, die wahren Verantwortlichen, halten sich wahrscheinlich gar nicht in den USA auf und haben damit praktisch keine Strafverfolgung zu befürchten.

Da das FBI nun vorbehaltlos hinter uns steht und unser Mandant noch am Leben ist, können wir uns wieder mit seiner Rehabilitierung befassen.

35

Die Sangria ruft. Glenn Colacurci hat Durst und will sich wieder im Bull in Gainesville treffen. Nachdem ich zwei Tage lang versucht habe, mich in Savannah zu erholen, fahre ich wieder nach Süden, und das Abenteuer geht weiter. Quincy wird langsam aus dem künstlichen Koma geholt und ist mittlerweile ansprechbar. Seine Vitalfunktionen verbessern sich von Tag zu Tag, und seine Ärzte reden davon, ihn von der Intensivstation in ein Einzelzimmer zu verlegen, wo die notwendige operative Behandlung der Knochenbrüche geplant werden kann. Sie versichern mir immer wieder, es seien strenge Sicherheitsvorkehrungen getroffen worden, sodass es keinen Grund für mich gibt, mich noch einmal ins Krankenhaus zu setzen und stundenlang im Gang Däumchen zu drehen.

Als ich kurz nach vier Uhr im Bull eintreffe, ist Glenns riesiges Glas schon halb leer. Seine große, fleischige Nase verfärbt sich passend zu seinem Getränk zunehmend rosig. Ich bestelle dasselbe und sehe mich nach seiner attraktiven Sekretärin Bea um, an die ich öfter denke, als ich sollte. Ich kann sie nirgends entdecken.

Glenn hat von Quincys Problemen gelesen und will Insiderinformationen. Da ich mindestens hundert Kleinstadtanwälte wie ihn kenne, verrate ich ihm nichts Neues. Wie bei den meisten Gewalttätigkeiten im Gefängnis gibt es nur wenige Informationen, und die sind zudem sehr vage. In bedeutungsschwangerem Flüsterton teilt er mir verschwörerisch mit, dass die lokale Wochenzeitung in Ruiz County nunmehr Quincys Fall und unsere Bemühungen um seine Rehabilitierung verfolge. Ich lausche gebannt und verkneife es mir, ihn darauf hinzuweisen, dass Vicki die Hälfte aller Wochen- und Tageszeitungen in Florida im Auge behält. Sie führt über jedes Wort, das über den Fall gedruckt wird, Protokoll. Wir leben im Internet. Glenn geht bestenfalls einmal die Woche online.

Unser Treffen ist kein reines Saufgelage, sondern es hat einen Zweck, und nach einer halben Stunde wird mir klar, dass die Sangria das Gespräch beflügelt. Glenn schmatzt mit den Lippen, wischt sich mit dem Ärmel den Mund ab und kommt endlich zum Thema. »Post, ich muss Ihnen sagen, dass mich die Sache geradezu verfolgt. Der Fall geht mir einfach nicht aus dem Kopf. Das ist alles zu meiner besten Zeit passiert, als ich noch was zu sagen hatte, als ich im Senat saß und die größte Kanzlei im County führte, und ich hätte schwören können, dass mir nichts entgeht. Mir war klar, dass Pfitzner auf beiden Seiten mitmischte, aber jeder blieb in seiner Spur, wenn Sie verstehen, was ich meine. Er machte sein Ding, holte seine Stimmen, und bei mir war es genauso. Als Keith der Schädel weggeblasen und Ihr Mann dafür verurteilt wurde, war ich, sagen wir, zufrieden. Ich wollte die Todesstrafe. Die ganze Stadt war erleichtert. Im Nachhinein ...«

Er sieht den Kellner, winkt ihn heran, trinkt den letzten Schluck aus und bestellt eine neue Runde. In meinem Glas steht die Flüssigkeit noch mindestens fünfzehn Zentimeter hoch. Der Nachmittag ist lang und könnte ganz schön aus dem Ruder laufen.

Er atmet tief durch. »Im Nachhinein passt einiges nicht zusammen. Ich bin mit dem halben County verwandt, und die andere Hälfte hat mich auch in den Senat gewählt. Bei meiner letzten Wiederwahl habe ich nur achtzig Prozent der Stimmen bekommen und war ziemlich sauer über die fehlenden zwanzig Prozent. Ein alter Deputy, der Name tut hier nichts zur Sache, sorgte dafür, dass genügend Fälle bei mir landeten. Ich bezahlte ihn bar auf die Hand und gab ihm eine Provision, wenn es zu einem Vergleich kam. Mit den Krankenwagenfahrern und den Abschleppfirmen hielt ich es genauso. Die standen alle auf meiner Gehaltsliste. Diesen Deputy gibt es noch, er lebt an der Golfküste, und ich habe mit ihm gesprochen. Er ist seit Jahren in Rente, die Gesundheit ist im Eimer, aber er ist auch bald achtzig. Er gehörte zu Pfitzners Leuten und schaffte es, sich nie mit ihm anzulegen. Er übernahm die einfachen Jobs – Verkehr, Footballspiele, Schulveranstaltungen. Ein großartiger Cop war er nicht, aber das wollte er auch nicht sein. Er fühlte sich einfach wohl in der Uniform und war mit dem Gehalt zufrieden. Er sagt, Sie hätten völlig recht. Pfitzner hat sich von den Drogenschmugglern bestechen lassen, und bei der Polizei wusste jeder Bescheid. Pfitzner hatte diese beiden Brüder ...«

»Chip und Dip.«

Er legt eine kleine Pause ein und grinst mich mit seinen gelben Zähnen an. »Sie sind gut, Post.«

»Wir sind gründlich.«

»Auf jeden Fall erledigten Chip und Dip Jobs für Pfitzner und sorgten dafür, dass keiner aus der Reihe tanzt. Der innere Kreis hat das Geld eingestrichen und gedacht, nach außen würde nichts durchsickern. Aber die Stadt ist klein.«

Der Kellner bringt noch zwei Kübel Sangria und gibt mir mit einem Blick auf meinen praktisch unberührten Drink deutlich zu verstehen, dass so was in einer richtigen Kneipe wie dieser nicht durchgeht. Ich setze ein überhebliches Grinsen auf und ziehe ausgiebig an meinem Strohhalm.

Glenn schlürft ebenfalls lautstark. »Der Deputy sagt, Kenny Taft ist nicht zufällig von einer Drogengang getötet worden, weit gefehlt«, erzählt er dann. »Er sagt, manche der Beamten hätten damals Pfitzner in Verdacht gehabt, den Hinterhalt gelegt zu haben, um Taft zum Schweigen zu bringen, weil er was wusste. Er sagt, alles ist nach Plan gelaufen, mit einem kleinen Haken. Ein Mann ist damals wohl angeschossen worden. Offenbar haben Kenny Taft oder Brace Gilmer einen Glückstreffer gelandet und einen der Killer getroffen. Angeblich ist er auf dem Weg ins Krankenhaus verblutet, und die Leiche wurde hinter einer Schwulenbar in Tampa entsorgt. Ein ungeklärter Mord, wie so viele. Zum Glück für Pfitzner war der Mann kein Polizeibeamter und nicht aus Seabrook, sodass nichts auffiel. Kommt Ihnen irgendwas davon bekannt vor, Post?«

Ich schüttle den Kopf. Was Bruce Gilmer mir in Idaho erzählt hat, werde ich für mich behalten.

Noch einen ausgiebigen Schluck, dann hat er genügend Energie gesammelt, um weiterzureden. »Die offensichtliche Frage ist also, warum Pfitzner Kenny Taft loswerden wollte.«

»Das ist das Rätsel«, pflichte ich ihm bei.

»Gerüchten zufolge bekam Kenny Taft Wind von dem Plan, den Schuppen anzustecken, in dem die Polizei Beweismaterial aufbewahrte, und schaffte vor dem Brand mehrere Kartons mit Asservaten beiseite. Natürlich wusste niemand davon, und als er das Zeug einmal in der Hand hatte, traute er sich nicht, es zu verwenden. Wahrscheinlich hat er sich verplappert, und es ist Pfitzner zu Ohren gekommen, der daraufhin den Hinterhalt organisiert hat.«

»Mehrere Kartons?«, frage ich. Mein Mund ist plötzlich wie ausgedörrt, und mein Herz fängt an zu rasen. Ich trinke Sangria, um meine Nerven zu beruhigen.

»So sagen die Gerüchte, Post. Keine Ahnung, was bei dem Brand vernichtet wurde und was Kenny Taft an sich genommen hat. Nur Gerüchte. Wenn ich mich recht erinnere, war eine bestimmte Taschenlampe unauffindbar. Ich habe Ihren Antrag auf Wiederaufnahme gelesen, der letzte Woche abgewiesen wurde, und auf jeden Fall wurde die Taschenlampe angeblich zerstört. Habe ich recht?«

»Das stimmt.«

»Vielleicht gibt es sie ja noch.«

»Das klingt interessant.« Ich schaffe es nur mit Mühe, ruhig zu bleiben. »Wissen die Gerüchte auch, was Kenny mit den Kartons mit den Asservaten gemacht hat?«

»Nein, das wissen sie nicht. Interessanterweise heißt es aber, während Kennys Beerdigung, die einem Fünfsternegeneral alle Ehre gemacht hätte, hätten zwei von Pfitzners Männern sein Haus gründlich durchkämmt und nach den Kartons gesucht. Den Gerüchten zufolge wurden sie nie gefunden.«

»Aber Sie haben eine Ahnung?«

»Nein, aber ich arbeite daran, Post. Ich habe jede Menge Quellen, alte und neue, und ich bin auf der Pirsch. Ich dachte nur, Sie würden das gern wissen.«

»Haben Sie keine Angst?«, frage ich.

»Wovor?«

»Dass Sie auf etwas stoßen, was nicht herauskommen soll. Quincy Miller hat Keith Russo nicht getötet. Der Mord wurde von einer Drogengang mit Pfitzners Segen verübt, und Pfitzner hat ihn vertuscht. Die Bande gibt es noch, und vor zehn Tagen hat sie versucht, Quincy im Gefängnis ermorden zu lassen. Diesen Leuten gefällt es nicht, dass wir in der Vergangenheit herumschnüffeln, und was Sie machen, wird ihnen auch nicht gefallen.«

Er lacht. »Ich bin zu alt, noch Angst zu haben, Post. Außerdem amüsiere ich mich gerade bestens.«

»Und warum verstecken wir uns dann in einer Kneipe in Gainesville?«

»Weil es in Seabrook keine anständigen Lokale gibt, was für jemanden wie mich wahrscheinlich nur gut ist. Außerdem habe ich hier studiert. Mir gefällt es hier. Haben Sie Angst, Post?«

»Sagen wir, ich bin vorsichtig.«

36

Unsere Akte über Mickey Mercado wird dicker. Wir erwirken Gerichtsbeschlüsse, um Zugang zu seinen Steuererklärungen zu erhalten, die wir akribisch durchforsten. Als Tätigkeit gibt er Sicherheitsberater an, Einzelunternehmer, er hat also keine richtige Firma. Seine Geschäftsanschrift ist das Gebäude, in dem Varick & Valencia, Nash Cooleys Kanzlei, ihre Büros hat. Als Bruttoeinkommen für das vergangene Jahr hat er zweihunderttausend Dollar angegeben, von denen Zahlungen für eine Hypothek und ein paar schicke Autos abgehen. Er ist alleinstehend, geschieden, ohne Unterhaltsverpflichtungen. Keinerlei Spenden an Wohltätigkeitsorganisationen.

Das FBI hat kein Interesse daran, seine Zeit mit der Strafverfolgung von Gefängniswärtern, die Drogen verticken, oder sich gegenseitig bekriegenden Gefängnisgangs zu verschwenden. Aber Special Agent Agnes Nolton lässt der Gedanke nicht los, dass ein Gangsterboss die Aryan Deacons für den Mord an einem Unschuldigen engagiert hat, dessen Anwälte für seine Rehabilitierung kämpfen. Sie beschließt, alles auf eine Karte zu setzen und Skip DiLuca unter Druck zu setzen. Es ist eine Alles-oder-nichts-Strategie.

Mit Unterstützung der Staatsanwaltschaft präsentiert sie einer Anklagejury ihre Beweismittel. Gegen Jon Drummik, Robert Earl Lane, Adam Stone und Skip DiLuca wird für den Anschlag auf Quincy Miller Anklage wegen versuchten Auftragsmords und schwerer Körperverletzung erhoben. Die Anklagen werden unter Verschluss gehalten, und das FBI wartet ab.

Ich warte ebenfalls und treibe mich in der Nähe von Quincys neuem Krankenzimmer herum, wobei ich mich bemühe, zu seiner Genesung beizutragen. Unsere Gespräche sind kurz, weil er schnell müde wird. An den Anschlag hat er keinerlei Erinnerung. Sein Kurzzeitgedächtnis ist kaum noch vorhanden.

Adam Stone meldet sich. Mr. Mayhall ist mit Nachschub an Schmuggelware und Bargeld unterwegs. Nachdem er beim letzten Mal fast festgesetzt worden wäre, beschließt Mayhall, den Treffpunkt zu ändern. Er entscheidet sich für ein kleines mexikanisches Restaurant am Nordrand von Sanford, einer Stadt mit fünfzigtausend Einwohnern. Adam erscheint zuerst, in Straßenkleidung, setzt sich an einen Tisch mit Blick auf den Parkplatz und bestellt ein paar Tacos. Das FBI hat ihm gesagt, dass Mayhall, der in Wahrheit DiLuca heißt, jetzt einen neuen silberfarbenen Lexus fährt, den er gerade erst gemietet hat. Adam mampft vor sich hin und hält nach dem Lexus Ausschau. Er trifft mit fünfzehn Minuten Verspätung ein und parkt neben Adams Monstertruck. DiLuca steigt aus und hastet zur Seitentür des Restaurants, aber so weit kommt er nicht. Zwei Beamte in dunklen Anzügen tauchen aus dem Nichts auf und versperren ihm den Weg. Sie halten ihm ihre Marken unter die Nase und deuten auf einen schwarzen SUV, der neben einem Müllcontainer wartet. DiLuca weiß, dass es dumm wäre, Widerstand zu leisten, und hält wohlweislich den Mund. Mit hängendem Kopf lässt er sich abführen. Wieder einmal ist es ihm gelungen, sein Leben in Freiheit zu vermasseln. Wieder einmal spürt er, wie sich das Metall der Handschellen eng um seine Gelenke schließt.

Adam ist der Einzige im Restaurant, der das Drama beobachtet hat. Er ist nicht glücklich über die Entwicklung der Ereignisse. Seine Welt wird schon wieder in den Grundfesten erschüttert. Das FBI hat ihm versprochen, die Anklage gegen ihn fallen zu lassen, wenn er kooperiert. Man hat ihm einen besseren Job zugesagt. Aber wer sorgt dafür, dass die Versprechen eingehalten werden? Soweit er weiß, ist der Plan, DiLuca festzunehmen, bevor der irgendwen verpfeifen kann. Das heißt, die Deacons dürften eigentlich nichts von seiner Verhaftung erfahren und auch nicht ansatzweise ahnen, dass Adam, ihr bevorzugter Laufbursche und Drogenkurier, jetzt ein Informant ist. Aber Adam weiß, dass im Gefängnis die Loyalitäten von einem Tag auf den anderen wechseln und Geheimnisse zu schwer zu bewahren sind. Er fürchtet um sein Leben und will sich versetzen lassen.

Er isst seinen Taco auf und sieht dem davonfahrenden SUV nach. Gleich darauf fährt ein Abschleppwagen vor und lädt den neuen Lexus auf. Als alles zur Normalität zurückgekehrt ist, verputzt Adam seinen letzten Taco und geht zu seinem Truck, wobei ihn die Angst nicht loslässt, dass seine Tage in Freiheit gezählt sind. Oder, schlimmer noch, dass er abgestochen wird und irgendwo liegen bleibt, bis er verblutet ist.

Fast eine Stunde lang sitzt Skip DiLuca mit Handschellen gefesselt auf dem Rücksitz und sagt kein Wort. Der Beamte neben ihm schweigt ebenso eisern. Genau wie die beiden auf den Vordersitzen. Die Seitenfenster sind stark getönt, sodass die Insassen kaum hinaussehen können und von außen überhaupt nicht zu erkennen ist, wer im Auto sitzt.

Der SUV schlängelt sich unermüdlich durch den Verkehr und hält schließlich an der Rückseite des FBI-Gebäudes in Maitland. DiLuca muss zwei Treppen hinaufgehen und wird in einen fensterlosen Raum geführt, wo weitere Beamte warten. Er wird auf einen Stuhl gedrückt, und die Handschellen werden ihm abgenommen. Ganze sechs Beamte sind im Zimmer, ein beeindruckender Aufmarsch. Skip fragt sich, ob diese Machtdemonstration wirklich nötig ist. Falls er tatsächlich einen Fluchtversuch unternehmen sollte – wie weit würde er kommen? Macht mal langsam, Leute.

Eine Frau kommt herein, und die Männer stehen geradezu stramm. Sie setzt sich Skip gegenüber, aber die Männer bleiben stehen, jederzeit bereit einzugreifen. »Mr. DiLuca, ich bin Special Agent Agnes Nolton vom FBI«, sagt sie. »Sie sind wegen des versuchten Auftragsmords an Quincy Miller, schwerer Körperverletzung und ein paar geringfügigerer Straftaten verhaftet. Wir haben gerade Ihr Auto durchsucht und dreihundert Kapseln Crystal Meth gefunden. Der Anklagepunkt wird später noch aufgenommen. Hier ist die Anklageschrift. Sehen Sie sich die bitte an.«

Sie schiebt ihm die Anklageschrift zu, und DiLuca liest in aller Ruhe. Er ist nicht beeindruckt und tut rotzfrech so, als müsste er einen Punkt nach dem anderen abhaken. Als er fertig ist, legt er das Dokument auf den Tisch und setzt ein schmieriges Grinsen auf. Die Frau gibt ihm ein Merkblatt, das ihn über seine Rechte belehrt. Er liest und unterschreibt unten. Das kennt er alles schon.

»Sie kommen gleich in Haft, aber ich möchte vorher gern kurz mit Ihnen reden«, sagt sie. »Möchten Sie einen Anwalt?«

»Nein, ich will zwei Anwälte. Vielleicht drei.«

»Die brauchen Sie auch. Wir können jetzt abbrechen und Ihnen morgen einen Anwalt stellen. Dann können wir uns allerdings jetzt nicht unterhalten, und das wäre für Sie sehr nachteilig.«

»Ich höre«, entgegnet er ungerührt.

»Sie haben zahlreiche Vorstrafen und müssen jetzt unter Berücksichtigung aller Vorwürfe mit noch einmal dreißig Jahren rechnen. Sie sind einundfünfzig und werden also im Gefängnis sterben.«

»Vielen Dank.«

»Keine Ursache. Ehrlich gesagt sind Sie kein lohnendes Ziel, und wir haben Besseres zu tun, als uns mit den Spielchen von Gefängnisgangs herumzuschlagen. Aber ein Auftragsmord ist eine andere Sache. Jemand hat dafür bezahlt. Sie sagen uns, wer, für wie viel, nennen alle Einzelheiten, und wir garantieren Ihnen im Gegenzug ein mildes Urteil. Allerdings nur, wenn Sie nicht wieder in Schwierigkeiten geraten, was mir keineswegs sicher zu sein scheint.«

»Danke.«

»Keine Ursache. Wir bieten Ihnen einen guten Deal an, Mr. DiLuca, und das Angebot gilt noch genau dreiundvierzig Minuten.« Während sie das sagt, wirft sie einen Blick auf die Uhr. »Sie können diesen Raum nicht verlassen und ganz bestimmt niemanden anrufen.«

»Ich verzichte. Ich bin kein Spitzel, kein Verräter.«

»Natürlich nicht, das wollte ich auch gar nicht unterstellen. Aber machen wir uns keine Illusionen. Sie sind auch nicht gerade Präsident eines Rotarier-Clubs. Sehen Sie in den Spiegel, Skip. Stellen Sie sich der Wahrheit. Sie sind ein Betrüger, ein Ganove, ein vorbestrafter Krimineller, Mitglied einer gewalttätigen Bande, ein Rassist, ein Versager, der sein Leben lang das Falsche getan hat. Jetzt haben Sie sich dabei erwischen lassen, wie Sie einen Gefängniswärter bestechen, damit er für andere Deacons Drogen ins Gefängnis schmuggelt. Wie blöd ist das denn, Skip? Warum können Sie nicht einmal in Ihrem Leben schlau sein? Wollen Sie wirklich die nächsten dreißig Jahre mit diesen Bestien zusammengesperrt sein? Und wir sprechen hier von einem Bundesgefängnis, nicht von einem Sommerlager. Denn wir werden dafür sorgen, dass Sie in einem Bundesgefängnis landen.«

»Nicht Ihr Ernst.«

»Ein Bundesgefängnis, Skip, schlimmer geht es nicht. Die nächsten dreißig Jahre. Garvin war ein Ferienlager im Vergleich zu dem, was Ihnen bevorsteht.«

Skip holt tief Luft und studiert die Decke. Er hat keine Angst vor dem Knast, nicht einmal vor einem Bundesgefängnis. Schließlich hat er einen Großteil seines Lebens hinter Gittern verbracht und überlebt, manchmal gar nicht so schlecht. Seine Brüder sind dort, eine verschworene Gemeinschaft, die bei aller Brutalität Schutz bietet. Keine Arbeit, keine Rechnungen, die bezahlt werden müssen. Drei Mahlzeiten pro Tag. Jede Menge Drogen, vor allem wenn man zu einer Gang gehört. Viel Sex, wenn einem das liegt.

Allerdings hat er eine Frau kennengelernt, die er sehr mag, seine erste Beziehung seit vielen Jahren. Sie ist etwas älter, nicht reich, aber finanziell unabhängig, und sie haben davon geredet, zusammenzuziehen und zu verreisen. Skip kann nicht weit weg, weil er noch Bewährung hat, von einem Pass kann er nur träumen. Aber sie hat ihm gezeigt, wie ein anderes Leben aussehen könnte, und deshalb will er absolut nicht wieder ins Gefängnis.

Als erfahrener Krimineller weiß er, wie er seine Karten ausspielen muss. Diese knallharte Verhandlerin hat mit Sicherheit etwas Spielraum. »Wie lange würde ich bekommen?«

»Wie gesagt, dreißig Jahre.«

»Und mit einem Deal.«

»Drei bis fünf.«

»Drei bis fünf Jahre schaffe ich nicht. Die Antwort ist nein.«

»Wenn Sie drei bis fünf Jahre nicht schaffen, wie wollen Sie dann dreißig überstehen?«

»Ich hab das alles schon erlebt. Ich kenne mich aus.«

»Alles klar.« Nolton steht auf und bedenkt ihn mit einem finsteren Blick. »Ich bin in dreißig Minuten wieder da, Skip. Im Augenblick verschwenden Sie nur meine Zeit.«

»Kann ich einen Kaffee haben?«, fragt Skip.

Nolton breitet die Arme aus. »Kaffee? Ich habe keinen Kaffee. Hat hier irgendwer Kaffee?« Die anderen sechs Beamten sehen sich suchend um. Da kein Kaffee in Sicht ist, schütteln sie den Kopf. Sie rauscht aus dem Zimmer, und jemand schließt die Tür. Drei Beamte bleiben im Raum. Der größte lässt sich auf einem schweren Stuhl vor der Tür nieder und fängt an, Nachrichten von seiner Mailbox zu löschen. Die anderen beiden setzen sich zu Skip an den Tisch und müssen sofort etwas Dringendes auf ihren Handys erledigen. Im Raum ist es still, und Skip tut so, als würde er eindösen.

Fünfzehn Minuten später geht die Tür auf, und Nolton kommt herein. Sie setzt sich nicht, sondern blickt auf Skip herunter. »Wir haben eben Mickey Mercado in Coral Gables festgenommen und werden ihm das Angebot seines Lebens machen. Wenn er zuerst annimmt, haben Sie Pech gehabt, und der Deal ist vom Tisch. Überlegen Sie schnell, Skip, wenn Sie dazu in der Lage sind.«

Sie macht auf dem Absatz kehrt und rauscht davon. Skip lässt sich nichts anmerken, obwohl sein Magen rebelliert und ihm übel wird. Er sieht nur noch verschwommen, und ihm dreht sich der Kopf. Sie wissen nicht nur von Mercado, sie haben ihn tatsächlich festgenommen! Das wirft ihn um. Skip sieht sich in der Runde um und stellt fest, dass die beiden Beamten am Tisch jede seiner Bewegungen verfolgen. Das Atmen fällt ihm schwer. Schweiß tritt ihm auf die Stirn. Sie tippen auf ihren Mobiltelefonen herum und verschicken Nachrichten.

Ein Augenblick vergeht, ohne dass er sich übergibt. Er schluckt mühsam, und wieder vergeht ein Augenblick.

Zehn Minuten später ist sie wieder da. Diesmal setzt sie sich, ein klarer Hinweis darauf, dass sie die Daumenschrauben anlegen will. »Sie sind ein Idiot, Skip«, beginnt sie freundlich. »Jeder Kriminelle, der in Ihrer Lage einen solchen Deal nicht annimmt, ist ein Idiot.«

»Danke. Reden wir über Zeugenschutz.«

Sie lächelt nicht, ist aber offenkundig erfreut über diesen großen Schritt in die richtige Richtung. »Wir können darüber reden«, sagt sie. »Aber ich bin mir nicht sicher, ob das in Ihrem Fall funktioniert.«

»Sie können dafür sorgen, dass es funktioniert. Das tun Sie doch ständig.«

»Stimmt. Falls wir – rein hypothetisch – bereit wären, Ihnen eine neue Identität zu besorgen, was bekommen wir im Gegenzug? Jetzt, hier auf den Tisch? Mercado haben wir schon. War er Ihr direkter Ansprechpartner? Hat er einen Hintermann? Wie viele Namen können Sie uns nennen? Wie viel Geld? Wer hat es bekommen?«

DiLuca nickt und sieht sich im Zimmer um. Er hasst es, seine Kumpel ans Messer zu liefern, und hat in seiner Verbrecherlaufbahn Informanten immer wieder brutal zur Rechenschaft gezogen. Aber irgendwann ist sich jeder selbst der Nächste. »Ich sage Ihnen alles, was ich weiß, aber ich will eine schriftliche Vereinbarung«, sagt er. »Jetzt.

Hier auf den Tisch, wie Sie sagen. Ich traue Ihnen nicht, Sie trauen mir nicht.«

»Einverstanden. Wir haben eine vorformulierte Kurzvereinbarung, die wir seit Jahren verwenden. Sie ist von mehreren Anwälten abgesegnet. Wir können ein paar Punkte ausfüllen und sehen, was passiert.«

DiLuca wird in einen anderen Raum gebracht und an einen großen Desktop-PC gesetzt. Er tippt seine eigene Aussage:

Vor sechs Wochen wurde ich von einem Mann angesprochen, der sich als Mickey Mercado aus Miami vorstellte. Er klopfte wortwörtlich an meine Wohnungstür, was merkwürdig war, weil kaum jemand weiß, wer ich bin und wo ich wohne. Wie sich herausstellte, wusste er viel über mich. Wir gingen in ein Bistro um die Ecke, und dort hatten wir unsere erste Besprechung. Er wusste, dass ich zu den Deacons gehöre, und hat selbst mal in Garvin gesessen. Er wusste alles über meine Vorstrafen. Ich war ziemlich geschockt und fing an, ihn auszufragen. Er sagte, er ist Sicherheitsberater. Ich fragte ihn, was das bedeutet, und er sagte, er arbeitet für mehrere Kunden vor allem in der Karibik, alles ziemlich vage. Ich fragte ihn, woher ich wissen soll, dass er kein Cop oder Ermittler oder so was ist, der mir eine Falle stellt. Ich fragte, ob er verkabelt ist. Er lachte und sagte: bestimmt nicht. Auf jeden Fall tauschten wir unsere Telefonnummern aus, und er lud mich in sein Büro ein, um mir sein Geschäft zu zeigen. Er schwor, dass er keinen Dreck am Stecken hätte. Ein paar Tage später fuhr ich ins Zentrum von Miami,

nahm den Aufzug in den 34. Stock und ging zu ihm
ins Büro. Schöner Meerblick. Hat eine Sekretärin
und ein paar Angestellte. Aber kein Name an der
Tür. Wir tranken eine Tasse Kaffee und redeten eine
Stunde lang. Er fragte, ob ich noch Kontakte in Garvin habe. Ich bejahte das. Er fragte, wie schwierig es
wäre, einen Häftling in Garvin erledigen zu lassen.
Ich fragte, ob er einen Auftragsmord meint. Er sagte,
ja, etwas in der Art. Ein Gefangener müsste aus
dem Weg geräumt werden, weil er einem Kunden
von Mercado irgendwie Ärger gemacht hat. Einen
Namen hat er mir nicht genannt, und ich habe auch
nicht zu dem Auftrag eingewilligt. Ich bin dann
gegangen und wieder nach Hause gefahren. In der
Zwischenzeit habe ich im Internet gesucht, aber
nicht viel über Mercado gefunden. Aber ich war mir
fast sicher, dass er kein Cop war. Beim dritten Mal
trafen wir uns in einer Bar in Boca. Da haben wir
uns dann auf den Deal geeinigt. Er hat mich gefragt,
was es kosten würde. Ich habe gesagt, fünfzigtausend,
was ziemlich kräftig hingelangt war, weil man im
Gefängnis jemanden für viel weniger aus dem Weg
räumen lassen kann. Aber das schien ihm nichts auszumachen. Er sagte, die Zielperson ist Quincy Miller, ein Lebenslänglicher. Ich fragte nicht, was Miller
getan hat, und Mercado sagte auch nichts dazu. Für
mich war es ein ganz normales Geschäft. Ich rief Jon
Drummik an, den Anführer der Dekes in Garvin,
und der kümmerte sich um alles. Er wollte Robert
Earl Lane einsetzen, den wohl gefährlichsten Mann
unter den Weißen und Schwarzen dort. Die beiden
sollten fünftausend Dollar Vorschuss bekommen und
noch einmal fünftausend, wenn der Job erledigt war.

Den Rest wollte ich einstecken. Im Gefängnis kann man mit Bargeld nichts anfangen, deshalb musste ich Barzahlungen an Drummiks Sohn und Lanes Bruder organisieren. Bei unserem vierten Treffen gab Mercado mir fünfundzwanzigtausend Dollar in bar. Ich hatte Zweifel, dass ich die andere Hälfte je zu Gesicht bekommen würde, egal wie das mit Quincy Miller ausging. Aber das war mir egal. Fünfundzwanzigtausend ist ziemlich üppig für einen Gefängnismord. Dann traf ich mich mit Adam Stone, unserem Kurier, und plante den Mord. Er überbrachte Drummik und Lane meine Nachrichten. Der Anschlag lief gut, aber sie haben den Job nicht zu Ende gebracht. Stone sagte, ein anderer Wärter ist dazwischengekommen oder etwas in der Art. Mercado war stocksauer, weil das Resultat so schlecht war, und weigerte sich, das restliche Geld zu zahlen. Ich habe fünfzehntausend Dollar in bar behalten.

Mercado hat nie gesagt, wie sein Kunde heißt. Er war mein einziger Ansprechpartner. Ehrlich gesagt habe ich nie nachgefragt, weil ich mir dachte, bei so einem Deal ist es das Beste, so wenig wie möglich zu wissen. Wenn ich gefragt hätte, wäre Mercado bestimmt ausgewichen.

Ein Freund von mir in Miami, ein früherer Schmuggler, sagt, Mercado arbeitet in einer rechtlichen Grauzone und wird von Drogenschmugglern häufig engagiert, um Probleme zu lösen. Ich habe ihn seit dem Anschlag auf Miller zweimal getroffen, aber beide Treffen waren nicht produktiv. Er hat mich gefragt, ob es möglich wäre, Miller im Krankenhaus aus dem Weg zu räumen. Ich habe mich daraufhin dort umgesehen, aber es wäre schwierig. Mercado will, dass ich Miller im Auge behalte und den Job zu Ende bringe, falls er sich erholen sollte.

Skip DiLuca

Da die Verschwörer, die Quincy an den Kragen wollen, nicht aufgegeben haben, liegt es am FBI, eine Entscheidung zu treffen. Die Verantwortlichen beschließen, Mercado im Auge zu behalten und zu hoffen, dass er sie zu seinen Hintermännern führt, wobei DiLuca möglicherweise als Lockvogel eingesetzt werden könnte. Solange Mercado jedoch auf freiem Fuß ist und es auf Quincy abgesehen hat, besteht nach wie vor eine reale Gefahr. Der sicherste Weg ist, Mercado festzunehmen und unter Druck zu setzen, obwohl niemand beim FBI damit rechnet, dass er redet oder kooperiert.

DiLuca verbleibt im Gefängnis, in Einzelhaft und unter ständiger Überwachung, weit weg von allen Kommunikationsmitteln. Er ist ein Berufsverbrecher, dem nicht zu trauen ist. Niemand wäre überrascht, wenn er bei der erstbesten Gelegenheit mit Mercado Kontakt aufnehmen würde. Ganz bestimmt würden Jon Drummik und Robert Earl Lane von ihm erfahren, dass Adam Stone übergelaufen ist.

Agnes Nolton beschließt, Mercado verhaften zu lassen und Adam Stone aus Garvin herauszuholen. Sofort werden Pläne geschmiedet, ihn und seine Familie in eine andere Stadt zu verlegen, in die Nähe eines Bundesgefängnisses, wo ein besserer Job auf ihn wartet. Außerdem ist geplant, DiLuca in einem Gefängniscamp unterzubringen, damit ihm plastische Chirurgen zu einem neuen Aussehen verhelfen und er einen neuen Namen bekommen kann.

Wieder einmal zahlt sich Geduld aus. Mit einem honduranischen Pass auf den Namen Alberto Gómez bucht Mercado einen Flug von Miami nach San Juan und von dort einen Pendlerflug auf die französische Antilleninsel Martinique. Den Beamten vor Ort gelingt es, seine Spur in der Hauptstadt Fort-de-France wiederaufzunehmen, wo er ein Taxi zum Oriole Bay Resort nimmt, einem Luxushotel, das abgeschieden an einem Berghang liegt. Zwei Stunden später landet ein Jet der US-Regierung auf demselben Flughafen, und FBI-Agenten hasten zu den auf sie wartenden Autos. Die Hotelanlage ist jedoch ausgebucht. Sie verfügt nur über fünfundzwanzig exklusive Zimmer, und die sind alle belegt. Die Beamten steigen im nächstgelegenen Hotel ab, das fünf Kilometer entfernt ist.

Mercado lässt es im Hotel gemächlich angehen. Er isst allein am Pool zu Mittag und trinkt in der Ecke einer Poolbar, wo er die Passanten im Auge behalten kann. Die anderen Gäste sind betuchte Europäer, die sich in ihren verschiedenen Sprachen unterhalten und unverdächtig wirken. Am späten Nachmittag geht er einen schmalen Pfad fünfzig Meter den Berg hinauf zu einem weitläufigen Bungalow, wo ihm ein Bediensteter auf der Terrasse einen Drink serviert. Unter ihm erstreckt sich meilenweit die funkelnde blaue Karibik. Er zündet sich eine kubanische Zigarre an und genießt die Aussicht.

Der Hausherr ist ein gewisser Ramón Vásquez, der schließlich auch auf der Terrasse erscheint. Die Dame des Hauses ist seine langjährige Lebensgefährtin Diana, die Mercado allerdings noch nie zu Gesicht bekommen hat. Diana beobachtet sie von einem Schlafzimmerfenster aus.

Ramón zieht einen Stuhl heran. Sie schütteln sich nicht die Hände. »Was ist passiert?«

Mercado zuckt mit den Schultern, als gäbe es keine Probleme. »Ich weiß es nicht. Der Job im Gefängnis wurde nicht richtig erledigt.« Sie sprechen weiches, schnelles Spanisch.

»Offensichtlich. Ist denn geplant, die Arbeit zu Ende zu bringen?«

»Möchten Sie das?«

»Allerdings. Unsere Leute sind gar nicht glücklich und wollen die Sache vom Hals haben. Wir dachten, wir könnten uns bei einer so einfachen Aufgabe auf dich verlassen. Du hast gesagt, das ist alles kein Problem. Das war offensichtlich falsch, und wir wollen, dass der Auftrag zu Ende gebracht wird.«

»Okay. Ich arbeite an einem Plan, aber einfach wird es höchstwahrscheinlich nicht. Nicht diesmal.«

Der Bedienstete bringt Ramón ein Glas Eiswasser. Eine Zigarre lehnt er mit einer Handbewegung ab. Sie unterhalten sich noch eine halbe Stunde, bevor Mercado entlassen ist. Er schlendert zurück zum Hotel, sonnt sich am Pool, verbringt den Abend mit einer jungen Dame und isst allein im eleganten Speisesaal zu Abend.

Am nächsten Tag fliegt Mercado mit einem bolivianischen Reisepass zurück nach San Juan.

37

In Ruiz County gibt es nur zwei größere Orte: Seabrook mit elftausend Einwohnern und das viel kleinere Dillon mit zweitausenddreihundert Einwohnern. Dillon liegt weiter nördlich und tiefer im Landesinnern, ziemlich abgelegen und von der Zeit scheinbar vergessen. Es gibt nur wenige anständige Jobs in Dillon und kaum Geschäfte. Die meisten jungen Leute ziehen weg, weil ihnen keine Wahl bleibt, wenn sie überleben wollen. Wohlhabend wird hier kaum jemand. Diejenigen, die zurückbleiben, die Jungen und die Alten, leben von mageren Löhnen, falls sie Arbeit finden, und von staatlicher Hilfe.

Während das County zu achtzig Prozent weiß ist, ist Dillon halb und halb. Im vergangenen Jahr schlossen einundsechzig Schüler die kleine Highschool ab, von denen dreißig schwarz waren. Kenny Taft beendete hier 1981 die Schule, auf die auch seine beiden älteren Geschwister gegangen waren. Die Familie lebte einige Kilometer außerhalb von Dillon in einem alten Farmhaus, das Kennys Vater vor dessen Geburt bei einer Zwangsversteigerung gekauft hatte.

Vicki hat eine lückenhafte Geschichte der Tafts zusammengestellt. Die Familie ist vom Leid verfolgt. Aus alten Todesanzeigen wissen wir, dass Kennys Vater mit achtundfünfzig starb, Todesursache unbekannt. Der Nächste war Kenny, der im Alter von siebenundzwanzig Jahren ermordet wurde. Ein Jahr später kam sein älterer Bruder bei einem

Autounfall ums Leben. Zwei Jahre danach starb seine ältere Schwester Ramona mit sechsunddreißig Jahren, Todesursache unbekannt. Mrs. Vida Taft, die ihren Ehemann und alle drei Kinder überlebt hatte, wurde 1996 in ein staatliches psychiatrisches Krankenhaus eingewiesen, aber was danach geschah, geht aus den Gerichtsakten nicht eindeutig hervor. Das Verfahren für eine Zwangseinweisung ist in Florida wie in den meisten anderen Bundesstaaten vertraulich. Irgendwann wurde sie wohl entlassen, weil sie »friedlich zu Hause« verstarb, so die Todesanzeige in der Wochenzeitung von Seabrook. Weder nach ihrem Tod noch nach dem ihres Mannes wurde ein Testament eröffnet, es gab also ziemlich sicher keines. Das alte Farmhaus und die dazugehörigen zwei Hektar gehören nun einem Dutzend Enkeln, von denen die meisten die Gegend fluchtartig verlassen haben. Im vergangenen Jahr hat Ruiz County das Haus mit dreiunddreißigtausend Dollar bewertet. Es ist nicht klar, wer die Steuern in Höhe von zweihundertneunzig Dollar bezahlt hat, um eine Zwangsversteigerung zu vermeiden.

Frankie findet das Haus am Ende einer Schotterstraße. Eine Sackgasse. Offenbar steht es schon eine ganze Weile leer. Unkraut wuchert durch die durchhängenden Bretter der Veranda. Einige Fensterläden sind heruntergefallen, andere hängen nur noch an rostigen Nägeln. Ein schweres Vorhängeschloss sichert die Eingangstür, an der Rückseite des Hauses sieht es genauso aus. Alle Fenster sind intakt. Das Wellblechdach wirkt stabil.

Frankie geht einmal um das Haus herum, das genügt ihm. Vorsichtig stapft er durch das Gestrüpp zurück zu seinem Pick-up. Er schnüffelt seit zwei Tagen in Dillon herum und glaubt, einen geeigneten Kandidaten gefunden zu haben.

Riley Taft arbeitet tagsüber als Hausmeister an der Dillon Middleschool, doch seine wahre Berufung ist seine

Gemeinde. Er ist Pastor der Red-Banks-Baptistengemeinde ein paar Kilometer außerhalb der Stadt. Die meisten Tafts liegen dort begraben, manche unter einem schlichten Grabstein, andere ohne. Seine Herde hat keine hundert Mitglieder und kann sich keinen Vollzeitpastor leisten, deswegen die Hausmeisterstelle. Nach einigen Telefonaten erklärt er sich bereit, sich am späten Nachmittag an der Kirche mit Frankie zu treffen.

Riley ist jung, Ende dreißig, stämmig und hat ein herzliches Lächeln. Er führt Frankie durch den Friedhof und zeigt ihm den Teil, wo die Tafts liegen. Sein Vater, das älteste Kind, liegt zwischen Kenny und der Mutter der beiden begraben. Er schildert die Tragödien, die die Familie heimgesucht haben: Sein Großvater sei mit achtundfünfzig an einer mysteriösen Vergiftung gestorben, Kenny sei ermordet worden, sein eigener Vater mit dem Auto tödlich verunglückt, seine Tante mit sechsunddreißig an Leukämie gestorben. Vida Taft sei vor zwölf Jahren im Alter von siebenundsiebzig Jahren gestorben. »Die arme Frau ist verrückt geworden«, sagt Riley mit feuchten Augen. »Sie musste ihre drei Kinder begraben und hat den Verstand verloren. Hoffnungslos.«

»Ihre Großmutter?«

»Ja. Warum interessieren Sie sich für meine Familie?«

Frankie hat ihm alles über Guardian erzählt: über unsere Mission, unsere Erfolge und dass wir Quincy Miller vertreten. »Wir glauben, Kennys Ermordung ist nicht so abgelaufen, wie der Sheriff behauptet.«

Keine Reaktion. Riley deutet mit dem Kopf auf die Rückseite der kleinen Kirche. »Holen wir uns was zu trinken.« Sie gehen an den Grabsteinen und Gedenktafeln anderer Tafts vorbei und lassen den Friedhof hinter sich. Durch eine Hintertür betreten sie den engen Gemeindesaal der Kirche. Riley öffnet den Kühlschrank dort und holt zwei kleine Plastikflaschen mit Limonade heraus.

»Danke«, sagt Frankie, und sie lassen sich auf den Klappstühlen nieder.

»Was ist das für eine neue Annahme?«, fragte Riley.

»Haben Sie noch nie davon gehört?«

»Nein, nie. Als Kenny starb, ist für mich eine Welt zusammengebrochen. Ich war vielleicht fünfzehn oder sechzehn, ich glaube, in der zehnten Klasse, und Kenny war für mich mehr wie ein großer Bruder als wie ein Onkel. Für mich war er ein großes Vorbild. Er war der Stolz der ganzen Familie. Hochintelligent, und wir dachten, er würde es weit bringen. Er war stolz darauf, Polizeibeamter zu sein, aber er wollte weiterkommen. Mein Gott, wie habe ich Kenny geliebt. Das taten wir alle. Jeder mochte ihn. Er hatte eine hübsche Frau, Sybil, ein nettes Mädchen. Und ein Baby. Alles lief bestens für ihn, und dann wird er ermordet. Als ich es erfahren habe, bin ich zusammengebrochen und habe wie ein Kind geflennt. Ich wollte auch sterben. Mit ihm ins Grab gehen. Es war einfach grauenhaft.« Seine Augen glänzen feucht, und er schluckt schwer. »Aber wir dachten immer, er wäre Drogenhändlern in die Quere gekommen und von ihnen erschossen worden. Jetzt, mehr als zwanzig Jahre später, kommen Sie an und sagen, alles war ganz anders. Verstehe ich das richtig?«

»Ja. Wir glauben, dass Kenny von Sheriff Pfitzner in einen Hinterhalt gelockt wurde, weil der Sheriff mit der Drogenmafia unter einer Decke gesteckt hat. Kenny wusste zu viel, und Pfitzner hat Verdacht geschöpft.«

Es dauert ein, zwei Sekunden, bis Riley das verdaut hat. Es ist ein Schock, aber er will unbedingt mehr wissen. »Was hat das mit Quincy Miller zu tun?«

»Pfitzner hat hinter dem Mord an Keith Russo gesteckt. Russo verdiente gutes Geld als Anwalt für die Drogenmafia, wurde von der Rauschgiftfahndung umgedreht und als Informant eingesetzt. Pfitzner kam ihm auf die Schliche, organisierte den Mord und beging das fast perfekte Verbrechen, indem er die Tat Quincy Miller angehängt hat. Kenny wusste etwas über den Mord, das hat ihn das Leben gekostet.«

Riley schüttelt lächelnd den Kopf. »Das ist ja eine wilde Geschichte.«

»Haben Sie nie etwas von dem Gerücht gehört?«

»Nie. Wissen Sie, Mr. Tatum, von hier nach Seabrook sind es nur fünfundzwanzig Kilometer, aber es könnten genauso gut hundert sein. Dillon ist eine eigene Welt. Ein trostloses Kaff, wenn ich ehrlich bin. Die Leute hier kommen so gerade eben über die Runden. Wir haben unsere eigenen Probleme und keine Zeit, uns damit zu befassen, was in Seabrook oder sonst irgendwo passiert.«

»Verstehe«, sagt Frankie und trinkt einen Schluck.

»Und Sie haben vierzehn Jahre für einen Mord gesessen, den Sie nicht begangen hatten?«, fragt Riley ungläubig.

»Ja, vierzehn Jahre, drei Monate, elf Tage. Reverend Post hat mich gerettet. Es ist unerträglich, von aller Welt vergessen im Gefängnis zu sitzen, wenn man unschuldig ist. Deswegen arbeiten wir so hart für Miller und unsere anderen Mandanten. Wie Sie wissen, werden viele unserer Leute für Dinge eingesperrt, die sie gar nicht getan haben, Bruder.«

»Da haben Sie recht.« Sie trinken in brüderlicher Verbundenheit.

Frankie hakt nach. »Es besteht die – wenn auch sehr geringe – Chance, dass Kenny Beweismittel in seinem Besitz hatte, die ursprünglich hinter Pfitzners Büro in Seabrook verwahrt worden waren. Sein früherer Partner hat uns das vor kurzem gesagt. Kenny soll Wind von dem Plan bekommen haben, das Gebäude niederzubrennen, um Beweismaterial zu vernichten, und einiges vor dem Feuer beiseitegeschafft haben. Falls Pfitzner ihn wirklich in einen Hinterhalt gelockt hat, stellt sich die Frage, warum. Kenny wusste etwas. Und er hatte Beweise. Wir zumindest sehen kein anderes Motiv für Pfitzners Verhalten.«

Riley hat Gefallen an der Geschichte gefunden. »Die große Frage ist also, was Kenny mit dem Beweismaterial getan hat. Deswegen sind Sie hier, stimmt's?«

»Genau. Kenny hat das Zeug wahrscheinlich nicht mit nach Hause genommen, um seine Familie nicht in Gefahr zu bringen. Außerdem war das Haus gemietet.«

»Und seiner Frau gefiel es dort nicht. Sie wohnten draußen an der Secretary Road, östlich von Seabrook. Sybil wollte unbedingt umziehen.«

»Wir haben Sybil übrigens in Ocala aufgespürt, aber sie will nicht mit uns reden. Kein Wort.«

»Eine nette Frau, für mich hatte sie auf jeden Fall immer ein Lächeln übrig. Ich habe Sybil seit Jahren nicht mehr gesehen, und ich glaube nicht, dass wir uns je wieder begegnen. Also, Mr. Tatum ...«

»Frankie, bitte.«

»Also, Frankie, Sie denken, Kenny könnte das Zeug in seinem Elternhaus versteckt haben, nicht weit von hier?«

»Die Liste der möglichen Verstecke ist kurz, Riley. Falls Kenny etwas zu verstecken hatte, etwas Wertvolles, hätte er es irgendwo aufbewahrt, wo es in Sicherheit, aber nicht außer Reichweite ist. Klingt logisch, oder? Hat das alte Haus einen Dachboden oder einen Keller?«

Riley schüttelt den Kopf. »Einen Keller gibt es nicht. Ich bin mir nicht sicher, aber einen Dachboden könnte es haben. Betreten habe ich ihn nie.« Er trinkt einen Schluck. »Das klingt alles ziemlich aussichtslos, Frankie.«

Frankie lacht. »Hoffnungslose Fälle sind unsere Spezialität. Wir verschwenden Unmengen von Zeit auf der Suche nach der Nadel im Heuhaufen. Aber manchmal finden wir sie.«

Riley trinkt seine Limonade aus, erhebt sich und geht im Raum auf und ab, als hätte er plötzlich eine schwere Last zu schultern. Er bleibt stehen und sieht auf Frankie hinab. »Sie können nicht in das Haus gehen«, sagt er. »Das wäre zu gefährlich.«

»Dort wohnt seit Jahren niemand mehr.«

»Kein Mensch, aber dafür jede Menge andere Wesen. Geister, Gespenster … Dort spukt es, Frankie. Ich habe es selbst gesehen. Ich bin arm und habe nicht mehr als ein paar Dollar auf der Bank, aber nicht für tausend Dollar bar auf die Hand würde ich das Haus betreten, nicht einmal am helllichten Tag und mit der Waffe in der Hand. Keiner aus meiner Familie würde das tun.«

Rileys Augen werden groß vor Angst, und der Finger, mit dem er auf den völlig verblüfften Frankie deutet, zittert. Riley geht zum Kühlschrank, holt noch einmal zwei Flaschen heraus, gibt eine davon Frankie und setzt sich. Er holt tief Luft und schließt die Augen, wie um Kraft für eine lange Geschichte zu sammeln.

»Meine Großmutter Vida wuchs bei ihrer Großmutter auf«, sagt er schließlich. »In einer Siedlung für Schwarze, vielleicht fünfzehn Kilometer von hier. Die Siedlung gibt es nicht mehr. Vida wurde 1925 geboren. Ihre Großmutter kam in den 1870er-Jahren zur Welt, als viele Menschen noch Verwandte hatten, die als Sklaven geboren worden waren. Ihre Großmutter praktizierte Hexerei und Voodoo, was damals weit verbreitet war. In ihrer Religion mischte

sich das christliche Evangelium mit afrikanischen Geister-
kulten. Sie war Hebamme und kurierte mit ihren selbst
gemachten Salben und Kräutertees als Heilerin so gut wie
alles. Vida war von dieser Frau zutiefst beeinflusst und sah
sich selbst ihr ganzes Leben lang als Geistheilerin, wobei
sie sich hütete, das Wort Hexe zu verwenden. Können Sie
mir folgen, Frankie?«

Das kann er, aber es ist Zeitverschwendung. Trotzdem
nickt Frankie ernsthaft. »Natürlich. Faszinierend.«

»Ich erzähle Ihnen die Kurzfassung. Vidas Geschichte
würde ganze Bände füllen. Sie war eine Furcht einflößende
Frau. Sie liebte ihre Kinder und Enkel und war die Matri-
archin der Familie, aber sie hatte eine dunkle, geheimnisvolle Seite. Ihre Tochter Ramona, meine Tante, starb mit
sechsunddreißig, ihren Grabstein haben Sie ja gesehen. Als
junges Mädchen, sie war vielleicht vierzehn oder so, wurde
Ramona von einem Jungen aus Dillon, einem üblen Typen,
vergewaltigt. Jeder kannte ihn. Die Familie war am Boden
zerstört, wollte sich aber nicht an den Sheriff wenden. Vida
traute der Justiz der Weißen nicht. Sie sagte, sie würde sich
selbst darum kümmern. Kenny überraschte sie eines Nachts,
wie sie um Mitternacht bei Vollmond hinter dem Haus ein
Voodoo-Ritual vollführte. Sie schlug eine kleine Trommel,
hatte sich Kalebassen um den Hals gehängt, die nackten Füße
in Schlangenhäute gewickelt und sang in einer unbekannten Sprache. Später erzählte sie Kenny, sie hätte den Jungen,
der Ramona vergewaltigt hatte, mit einem Zauber belegt.
Das sprach sich herum, und alle in Dillon, also zumindest
die Schwarzen, wussten, dass der Junge verflucht war. Ein
paar Monate später verbrannte er bei einem Autounfall bei
lebendigem Leib, und von da an wollte keiner mehr etwas
mit Vida zu tun haben. Sie war sehr gefürchtet.«

Frankie schluckt das wortlos.

»Im Lauf der Jahre wurde sie immer verrückter, und schließlich blieb uns keine Wahl. Wir haben einen Anwalt aus Seabrook engagiert und sie einweisen lassen. Sie war wütend auf die Familie und drohte uns. Drohte dem Anwalt und dem Richter. Wir hatten panische Angst. In der Anstalt konnten sie nichts für sie tun, und sie schaffte es schließlich, wieder nach Hause geschickt zu werden. Sie sagte, wir sollten uns von ihr und von dem Haus fernhalten, und das taten wir.«

»Der Todesanzeige zufolge ist sie 1998 gestorben«, wirft Frankie ein.

»Das war das Jahr, den Tag kennt niemand. Mein Cousin Wendell hat sich Sorgen gemacht und ist zum Haus gegangen, wo er sie friedlich in ihrem Bett fand, die Decke bis ans Kinn gezogen. Sie war seit Tagen tot. Sie hatte die Anweisung hinterlassen, sie neben ihren Kindern zu begraben, ohne Trauerfeier oder Zeremonie. Außerdem schrieb sie, als letzte Handlung auf dieser Erde habe sie das Haus verflucht. Es ist traurig, aber wir waren erleichtert, als sie starb. Wir begruben sie in aller Eile bei einem Gewitter, ein kurzer Gottesdienst nur für die Familie, und als wir sie in die Erde hinunterließen, schlug der Blitz in einen Baum am Friedhof ein und erschreckte uns alle zu Tode. Ich habe in meinem ganzen Leben noch nicht solche Angst gehabt und war nie so froh, als ein Sarg endlich mit Erde bedeckt war.« Riley nimmt einen großen Schluck und fährt sich mit dem Handrücken über den Mund. »So war meine Großmutter Vida. Wir haben Granny zu ihr gesagt, aber die meisten Kinder hier nannten sie hinter ihrem Rücken Voodoo.«

»Wir müssen uns den Dachboden ansehen«, sagt Frankie mit fester Stimme.

»Sie sind wahnsinnig.«

»Wer hat den Schlüssel?«

»Ich, aber ich war seit Jahren nicht mehr im Haus. Der Strom ist seit einer Ewigkeit abgestellt, aber manchmal sieht man nachts Licht. Lichter, die herumwandern. Wer das Haus betritt, muss schön blöd sein.«

»Ich brauche frische Luft.« Sie gehen nach draußen in die Hitze, zu ihren Autos.

»Wissen Sie, es ist wirklich merkwürdig«, sagt Riley. »Kenny ist seit zwanzig Jahren tot, und niemand außerhalb des Ortes hat sich je für ihn interessiert. Jetzt tauchen Sie auf, um hier herumzuschnüffeln, und vor ein paar Tagen waren zwei andere Männer da.«

»Zwei andere Männer?«

»Zwei Weiße, letzte Woche. Sie haben Fragen über Kenny gestellt. Wo ist er aufgewachsen? Wo hat er gewohnt? Wo ist er begraben? Sie gefielen mir nicht, deswegen habe ich mich dumm gestellt, von mir haben sie nichts erfahren.«

»Woher kamen die Leute?«

»Ich habe nicht gefragt. Ich hatte das Gefühl, sie hätten es mir sowieso nicht gesagt.«

38

Quincys erste Operation ist eine sechsstündige Aktion, bei der eine Schulter und das Schlüsselbein zusammengeflickt werden. Sie verläuft gut, und die Ärzte sind zufrieden. Ich sitze stundenlang bei ihm, während er sich davon erholt. Sein geschundener Körper heilt gut, und sein Gedächtnis kehrt zumindest teilweise zurück, obwohl der Überfall immer noch ein schwarzes Loch ist. Ich sage ihm nicht, was wir über Drummik und Robert Earl Lane, Adam Stone und Skip DiLuca wissen. Er bekommt starke Medikamente und ist noch nicht bereit für den Rest der Geschichte.

Eine Wache sitzt rund um die Uhr vor seiner Tür, manchmal nicht nur eine. Der Sicherheitsdienst des Krankenhauses, Gefängniswärter, Polizeibeamte der Stadt Orlando und das FBI. Sie wechseln sich ab, und ich unterhalte mich gern mit ihnen. So habe ich zumindest etwas Abwechslung. Oft frage ich mich, was das alles kostet. Fünfzigtausend Dollar pro Jahr im Gefängnis, mittlerweile dreiundzwanzig Jahre. Ein Taschengeld im Vergleich dazu, was es den Steuerzahler jetzt kostet, ihn am Leben zu erhalten und wieder zusammenzuflicken. Ganz zu schweigen von den Sicherheitsmaßnahmen. Millionen, die allesamt für einen Unschuldigen ausgegeben werden, der nie im Gefängnis hätte landen dürfen – die totale Verschwendung.

Eines Morgens döse ich auf der fahrbaren Liege in Quincys Zimmer, als mein Telefon klingelt. Agent Nolton fragt, ob ich in der Nähe sei. Sie will mir etwas zeigen. Ich fahre zu ihr ins Büro und gehe mit ihr in einen großen Konferenzraum, wo uns ein Techniker erwartet.

Er dämpft die Beleuchtung, und wir richten den Blick, immer noch im Stehen, auf einen großen Bildschirm. Ein Gesicht erscheint: Lateinamerikaner, um die sechzig, männlich-attraktiv mit feurigen dunklen Augen und grau meliertem Bart.

»Das ist Ramón Vásquez, lange Zeit in der Führungsspitze des Saltillo-Kartells, hat sich mittlerweile weitgehend aus dem aktiven Geschäft zurückgezogen.«

»Der Name kommt mir bekannt vor«, sage ich.

»Einen Augenblick.«

Sie klickt, und ein weiteres Bild erscheint, eine Luftaufnahme einer kleinen Hotelanlage, die sich an einen Berghang schmiegt, der von den blausten Wassern der Welt umgeben ist.

»Die meiste Zeit hält er sich hier auf. Das ist Martinique, eine französische Antilleninsel. Die Anlage nennt sich Oriole Bay Resort und gehört einer der unzähligen gesichtslosen Firmen mit Sitz in Panama.« Sie teilt den Bildschirm, und das Gesicht von Mickey Mercado wird angezeigt. »Vor drei Tagen ist unser Freund hier mit einem honduranischen Pass nach Martinique geflogen, wo er sich in der Anlage mit Vásquez getroffen hat. Wir waren vor Ort, konnten aber keine Zimmer bekommen, was vermutlich auch besser so war. Am nächsten Tag flog Mercado mit einem bolivianischen Pass über San Juan zurück nach Miami.«

Es trifft mich mit voller Wucht. »Vásquez war mit Diana Russo zusammen«, sage ich.

»Das ist er noch. Die beiden sind etwa um die Zeit des frühen Todes ihres Ehemanns zusammengekommen.« Sie klickt wieder. Mercado verschwindet, und der halbe Bildschirm wird schwarz. Die andere Hälfte zeigt immer noch die Insel. »Keine Bilder von Diana. Nach dem, was wir herausfinden konnten, und ich will Sie nicht damit langweilen, wie schwer es ist, in der Karibik an zuverlässige Informationen zu kommen, verbringen die beiden den Großteil ihrer Zeit in ihrer abgeschiedenen Luxus-Hotelanlage. Sie ist eine Art Geschäftsführerin, hält sich aber sehr bedeckt. Außerdem reisen sie viel, weltweit. Die Drogenfahnder sind sich nicht sicher, ob sie Rauschgift schmuggeln oder nur nicht immer auf der Insel herumsitzen wollen. Vásquez hat seine besten Zeiten wohl hinter sich und arbeitet nur noch ab und zu als Berater. Möglicherweise ist der Russo-Mord passiert, während er das Sagen hatte, und deswegen soll er jetzt für Ordnung sorgen. Oder er ist doch noch aktiv im Geschäft. Was immer er tut, er ist extrem vorsichtig.«

Ich lasse mich auf einen Stuhl fallen. »Dann war sie also doch beteiligt«, murmle ich.

»Das wissen wir nicht mit Sicherheit, aber es ist plötzlich sehr viel wahrscheinlicher geworden. Sie hat vor fünfzehn Jahren ihre amerikanische Staatsangehörigkeit aufgegeben und ist nun Bürgerin von Panama mit allen Rechten und Pflichten. Hat sie wahrscheinlich fünfzigtausend Dollar gekostet. Ihr neuer Name ist Diana Sánchez, aber sie hat bestimmt noch andere. Wer weiß, wie viele Pässe sie besitzt. Kein Hinweis darauf, dass sie und Ramón je offiziell geheiratet haben. Offenbar keine Kinder. Reicht Ihnen das?«

»Haben Sie noch mehr?«

»Allerdings.«

Das FBI überwachte Mercado und bereitete seine Verhaftung vor, als ihm ein unerklärlicher Fehler unterlief. Er tätigte einen Anruf mit dem falschen Telefon bei einer nicht nachverfolgbaren Nummer. Das Gespräch wurde aufgezeichnet. Mercado schlug seinem Gesprächspartner für den nächsten Tag ein Treffen zum Mittagessen vor, in einem Lokal, dessen Spezialität Meeresfrüchte waren. Ich war froh, auf derselben Seite wie das FBI zu stehen, als ich sah, wie beeindruckend schnell sich Nolton einen Gerichtsbeschluss besorgte und ihre Beamten noch vor allen anderen vor Ort hatte. Sie fotografierten Mercado auf dem Parkplatz, filmten ihn beim Krebsessen mit seinem Kontaktmann und fotografierten beide, wie sie in ihre Autos stiegen. Der neue Volvo-SUV ist auf Bradley Pfitzner zugelassen.

Auf dem Video sieht er ziemlich fit aus, mit grauem Spitzbart und welligem, grauem Haar. Das Luxusleben im Ruhestand scheint ihm gut zu bekommen. Er ist fast achtzig, bewegt sich aber wie ein viel jüngerer Mann.

»Glückwunsch, Post«, sagt Nolton. »Endlich haben wir die Verbindung.«

Mir hat es die Sprache verschlagen. »Natürlich können wir Pfitzner nicht dafür drankriegen, dass er zu Mittag isst, aber wir besorgen uns Gerichtsbeschlüsse, und in Zukunft kann er nicht mal mehr pinkeln gehen, ohne dass wir es erfahren«, sagt sie.

»Seien Sie vorsichtig«, sage ich. »Der Mann weiß, was er tut.«

»Ja, aber auch die klügsten Verbrecher machen dumme Fehler. Das Treffen mit Mercado ist ein Geschenk für uns.«

»Kein Hinweis auf eine Verbindung zwischen Pfitzner und DiLuca?«, frage ich.

»Nicht der geringste. Ich wette mein Gehalt, dass Pfitzner nicht einmal DiLucas Namen kennt. Mercado bewegt sich in einer Schattenwelt, deshalb wusste er von den Aryans und konnte den Mordanschlag organisieren. Pfitzner hat wahrscheinlich das Geld zur Verfügung gestellt, aber das können wir unmöglich beweisen, solange Mercado nicht singt. Und Leute wie er verpfeifen niemanden.«

Ich bin überwältigt und versuche, meine Gedanken zu ordnen. »Ein Patzer nach dem anderen«, sage ich spontan. »Innerhalb von drei Tagen führt Mercado Sie erst zu Ramón und Diana Russo und dann zu Bradley Pfitzner.«

Agnes nickt zustimmend, stolz auf die erreichten Fortschritte, aber zu professionell, als dass sie damit angeben würde. »Einige Puzzleteile fügen sich zusammen, aber es ist noch ein weiter Weg. Ich muss los. Ich halte Sie auf dem Laufenden.« Sie verschwindet zu einer anderen Besprechung, und der Techniker lässt mich allein im Raum zurück. Lange sitze ich im Dämmerlicht da, starre die Wand an und versuche, die sensationelle Entwicklung zu verarbeiten. Agnes hat recht, wir wissen plötzlich viel mehr über das Komplott zur Ermordung von Keith Russo – aber wie viel davon lässt sich beweisen? Und was davon kann Quincy helfen?

Schließlich fahre ich zurück ins Krankenhaus, wo ich Marvis am Bett seines Bruders vorfinde. Wie er mir berichtet, konnte er seinen Chef überreden, ihm ein paar Tage Urlaub zu geben, und er hat vor, im Krankenhaus zu bleiben. Das ist eine angenehme Überraschung. Ich flitze ins Motel und packe meine Sachen. Als ich auf einer Ausfallstraße im zähfließenden Verkehr stecke, überkommt mich die Eingebung mit solcher Wucht, dass ich am liebsten anhalten und ein paar Schritte gehen würde. Stattdessen fahre ich weiter und spinne dabei an einem einfachen, aber genialen Plan. Dann rufe ich meine neue beste Freundin an, Special Agent Agnes Nolton.

»Was ist los?«, fragt sie kurz angebunden, nachdem ich zehn Minuten in der Leitung gewartet habe.

»Um Pfitzner zu überführen, muss er in das Komplott hineingezogen werden«, sage ich.

»Klingt nach Anstiftung zur Begehung einer Straftat.«

»Nah dran, aber es könnte funktionieren.«

»Ich höre.«

»Haben Sie DiLuca schon in unbekannte Gefilde entschwinden lassen?«

»Nein. Er ist noch hier.«

»Er muss noch einen Job erledigen, bevor er abtaucht.«

An der Hialeah-Park-Pferderennbahn sucht sich DiLuca auf der Tribüne einen Platz weit weg von den anderen Zuschauern. Er hält eine Rennliste in der Hand, als würde er seine Pferdewetten planen. Er ist mit modernster Technik verkabelt, die das Schnauben eines Pferdes noch in dreißig Meter Entfernung erfassen würde. Mercado taucht zwanzig Minuten später auf und setzt sich neben ihn. Sie kaufen bei einem fliegenden Händler zwei Bier und sehen sich das nächste Rennen an.

»Ich habe einen Plan«, sagt DiLuca schließlich. »Miller ist zwischen zwei Operationen wieder verlegt worden. Es geht ihm zwar immer besser, aber er kommt noch lange nicht raus. Die Wachen wechseln sich ab, und es sitzt immer jemand vor seiner Tür. Das Gefängnis schickt ab und zu ein paar Leute. Da setzen wir an. Wir leihen uns von Stone eine Wärteruniform, einer meiner Männer zieht sie an. Er schleicht sich mitten in der Nacht auf die Station. Plötzlich gibt es im Krankenhaus Bombenalarm, vielleicht sprengen wir irgendwas im Keller, keiner wird verletzt. Daraufhin bricht das übliche Chaos aus. Amokalarm und so. In dem Getümmel nimmt sich unser Mann Miller vor. Wir besorgen uns in der Apotheke eine Epi-Pen-Fertigspritze und füllen sie mit Rizin oder Cyanid oder etwas in der Art. Ein Stich ins Bein, und nach fünf Minuten ist alles vorbei. Selbst wenn er wach sein sollte, wird er nicht schnell genug reagieren können, aber meistens ist er sowieso mit Medikamenten vollgepumpt.

Wir machen es mitten in der Nacht, da schläft er wahrscheinlich ohnehin. Unser Mann geht raus, mischt sich unter die Menge und verschwindet.«

Mercado nippt an seinem Bier und runzelt die Stirn. »Ich weiß nicht. Klingt extrem riskant.«

»Ist es, aber ich bin bereit, das Risiko einzugehen. Kostet natürlich was.«

»Ich dachte, überall sind Kameras.«

»Über der Tür, aber nicht im Zimmer. Als Gefängniswärter kommt unser Mann da rein. Wenn er erst im Zimmer ist, dauert die Sache nur ein paar Sekunden, dann stürzt er sich ins allgemeine Chaos. Falls er fotografiert wird, ist das kein Problem. Niemand wird je erfahren, wer er ist. Eine Stunde danach sitzt er schon im Flugzeug.«

»Aber es ist ein Krankenhaus, da sind überall Ärzte.«

»Stimmt, aber bis sie das Gift identifiziert haben, ist er tot. Du kannst dich auf mich verlassen. Ich habe im Gefängnis mal drei Männer vergiftet und das Zeug selbst zusammengemischt.«

»Ich weiß nicht. Das muss ich mir noch überlegen.«

»Du musst gar nichts tun, Mickey. Außer zahlen. Falls unser Mann versagt und erwischt wird, hält er den Mund. Das schwöre ich dir. Falls Miller überlebt, behältst du die zweite Hälfte. Gefängnismorde sind billig. Aber hier geht's nicht um ein Gefängnis.«

»Wie viel?«

»Hunderttausend. Die Hälfte jetzt, die andere Hälfte, wenn er unter der Erde ist. Plus die restlichen fünfundzwanzigtausend vom ersten Mal.«

»Ganz schön teuer.«

»Ich brauche vier Mann, mich und drei andere, einschließlich des Bombenbauers. Es ist viel komplizierter, als einen im Gefängnis abzustechen.«

»Das ist eine Menge Geld.«

»Soll er weg oder nicht?«

»Er hätte schon längst weg sein sollen, aber deine Killer waren zu blöd dafür.«

»Weg oder nicht?«

»Es ist zu teuer.«

»Deine Leute zahlen das doch aus der Portokasse.«

»Ich überlege es mir.«

Auf der anderen Seite der Rennstrecke, in der Nähe der Paddocks, sitzt hinten in einem Transporter ein Team, das jede Bewegung filmt, während die Wanze jedes Wort überträgt.

Pfitzner unternimmt lange Spaziergänge mit seiner zweiten Frau, fährt mit einem Freund auf einer eleganten, zehn Meter langen Grady-White-Jacht zum Angeln hinaus und spielt jeden Montag und Mittwoch mit demselben Vierer Golf. Alles – Kleidung, Haus, Autos, teure Restaurants, Clubs – deutet darauf hin, dass er keine finanziellen Sorgen hat. Sie beobachten ihn, betreten sein Haus aber nicht – zu viele Überwachungskameras. Er hat ein I-Phone für normale Telefonate und mindestens ein Wegwerfhandy für heiklere Gespräche. Elf Tage lang fährt er nicht weiter als zum Golfplatz oder zur Marina.

Am zwölften Tag verlässt er Marathon in nördlicher Richtung auf dem Highway 1. Bis er Key Colony Beach erreicht, ist der Plan aktiviert. Er läuft richtig an, als Mercado aus Coral Gables in Pfitzners Richtung fährt. Mercado kommt zuerst in Key Largo an und stellt sein Auto auf dem Parkplatz von Snook's Bayside Restaurant ab. Zwei Beamte in Shorts und Blumenhemd setzen sich an einen Tisch nah am Wasser, zehn Meter von Mercados Tisch entfernt. Zehn Minuten später fährt Pfitzner in seinem Volvo vor und geht ohne seine Sporttasche ins Restaurant; einer von mehreren Fehlern.

Während sich Mercado und Pfitzner Meeresfrüchtesalate schmecken lassen, wird die Tasche aus dem Volvo geholt. Darin befinden sich fünf Bündel mit Hundertdollarscheinen, die mit Gummibändern zusammengehalten werden. Keine neuen Scheine, sondern Banknoten, die schon seit einiger Zeit irgendwo gelagert wurden. Insgesamt fünfzigtausend Dollar. Zwei Bündel werden durch neuere Scheine ersetzt, deren Seriennummern gespeichert sind. Dann wird die Sporttasche wieder in den hinteren Fußraum des Volvos gestellt. Zwei weitere Beamte treffen ein und komplettieren das nunmehr zehnköpfige Team.

Nach dem Essen bezahlt Pfitzner die Rechnung mit einer American-Express-Karte. Zusammen mit Mercado verlässt er das Restaurant und tritt nach draußen in die Sonne. Am Volvo bleiben sie stehen, während Pfitzner die Tür entriegelt und öffnet, nach der Sporttasche greift und sie, ohne sie zu öffnen und einen Blick ins Innere zu werfen, Mercado hinhält, der so lässig zugreift, dass es bestimmt nicht sein erstes Mal ist. Bevor Mercado auch nur einen Schritt tun kann, brüllt jemand laut: »Keine Bewegung! FBI!«

Bradley Pfitzner wird ohnmächtig und knallt gegen das Auto neben seinem Volvo. Er sackt auf dem Asphalt zusammen, während sich die Beamten auf Mercado stürzen, die Tasche an sich nehmen und den beiden Handschellen anlegen. Pfitzner steht wieder auf, ist aber benommen, und über seinem linken Ohr klafft eine Platzwunde. Ein Beamter tupft sie grob mit einem Küchentuch ab, während die beiden Verdächtigen für die Fahrt nach Miami in ein Auto verfrachtet werden.

39

Am folgenden Tag meldet Agent Nolton telefonisch, dass Skip DiLuca mit einer neuen Identität und der Chance auf ein neues Leben in einer Maschine zum Mars sitzt. Seine Freundin wird ihm später folgen. Agnes gibt mir den neuesten Stand zu Pfitzner und Mercado durch, aber es hat sich nichts verändert. Wie zu erwarten, vertritt Nash Cooleys Kanzlei beide und wird die Strafverfolgung schnell ausbremsen, indem sie ihre Anwälte Sand ins Getriebe des Systems streuen lässt. Die Beschuldigten versuchen, eine Freilassung gegen Kaution zu erreichen, aber der Bundesrichter lässt nicht mit sich reden.

Agnes' Ton ist lockerer als sonst, und sie beendet das Gespräch mit den Worten: »Warum laden Sie mich eigentlich nicht zum Abendessen ein?«

Jedes Zögern wäre fehl am Platz, und ich schalte blitzschnell. »Wollen wir heute Abend essen gehen?« Unbedarft wie immer, wenn es um das andere Geschlecht geht, habe ich noch nicht einmal darauf geachtet, ob sie einen Ehering trägt. Ich schätze ihr Alter auf zweiundvierzig. Wenn ich mich nicht irre, habe ich in ihrem Büro Kinderfotos gesehen.

»Gern«, sagt sie. »Wo treffen wir uns?«

»Es ist Ihre Stadt«, sage ich vorsichtig. In Orlando habe ich bisher nur in der Cafeteria im Keller des Mercy Hospital gegessen. Furchtbarer Fraß, aber billig. Ich versuche verzweifelt, mich zu erinnern, wie der Saldo meiner letzten

Kreditkartenabrechnung aussah. Kann ich es mir leisten, sie in ein gutes Restaurant auszuführen?

»Wo sind Sie untergebracht?«, fragt sie.

»Im Krankenhaus. Ist aber egal. Ich habe ein Auto.« Ich bin in einem billigen Motel in einem zwielichtigen Teil der Stadt abgestiegen, das will ich lieber gar nicht erwähnen. Und mein Auto? Der kleine Ford-SUV hat komplett abgefahrene Reifen und eine Million Kilometer auf dem Buckel.

Dann fällt mir ein, dass Agnes das bestimmt alles weiß. Das FBI hat mich auf jeden Fall überprüft. Wenn sie mein Auto gesehen hat, will sie sich mit Sicherheit lieber im Restaurant treffen, statt sich von mir abholen zu lassen. Die Frau denkt praktisch.

»In der Lee Road gibt es ein schönes Restaurant namens Christner's«, sagt sie. »Treffen wir uns da. Und die Rechnung teilen wir uns.«

Sie gefällt mir immer besser. Ich könnte mich direkt in sie verlieben. »Wenn Ihnen das lieber ist.«

Mit einem Abschluss in Jura und achtzehn Jahren beim FBI verdient sie rund hundertzwanzigtausend Dollar im Jahr, also mehr als ich, Vicki und Mazy zusammen. Vicki und ich beziehen überhaupt kein richtiges Gehalt. Wir zahlen uns jeden Monat zweitausend Dollar aus, um überleben zu können, und zu Weihnachten gibt es einen Bonus — sofern noch Geld auf der Bank ist.

Agnes weiß mit Sicherheit, dass ich in Armut lebe.

Ich ziehe mein einziges sauberes Hemd und die abgetragene Khakihose an. Sie kommt direkt von der Arbeit und ist wie immer sehr elegant gekleidet. Wir trinken ein Glas Wein an der Bar, bevor wir zu unserem Tisch gehen.

»Kein Wort über die Arbeit. Reden wir lieber über Ihre Scheidung.«

Ich lache über ihre Direktheit, obwohl ich das eigentlich schon kenne. »Woher wissen Sie davon?«

»Nur geraten. Sie fangen mit Ihrer an, dann rede ich über meine, und so vermeiden wir das Thema Arbeit.«

Wie gesagt, es ist schon lange her, und ich begebe mich auf einen Ausflug in meine Vergangenheit. Jurastudium, die Beziehung zu Brooke, unsere Ehe, die Stelle im Büro der Pflichtverteidiger, mein Nervenzusammenbruch, der zum Priesterseminar und meinem neuen Beruf führte, die Berufung, Unschuldigen zu helfen.

Der Kellner steht an unserem Tisch herum, und wir bestellen Salate und Nudelgerichte.

Tatsächlich hat sie sogar zwei Scheidungen hinter sich. Eine nicht so wichtige nach einer von vornherein zum Scheitern verurteilten ersten Ehe und eine sehr belastende, die erst vor zwei Jahren rechtskräftig wurde. Er war ein Spitzenmanager, der ständig versetzt wurde. Sie wollte ihre eigene Karriere und nicht ständig umziehen. Es war eine schmerzliche Trennung, weil sie einander liebten. Ihre beiden Teenager sind immer noch nicht darüber hinweg.

Agnes ist fasziniert von meiner Arbeit, und ich rede gern über die Menschen, die wir aus dem Gefängnis geholt haben, und unsere aktuellen Fälle. Wir essen und trinken und reden und genießen die hervorragende Küche. Ich freue mich über das Zusammensein mit einer attraktiven, intelligenten Frau und die Tatsache, dass ich einmal nicht in der Krankenhaus-Cafeteria essen muss. Sie scheint froh zu sein, ausnahmsweise nicht über die Arbeit reden zu müssen.

Bei Tiramisu und Kaffee landen wir doch wieder bei den drängenden Fragen. Wir können Bradley Pfitzners Verhalten nicht nachvollziehen. Jahrelang hat er in sicherer Entfernung von den Orten, wo er seine Verbrechen begangen hat, ein angenehmes Leben geführt. Eine Anklage gegen ihn stand nie zur Debatte. Er wurde verdächtigt, und es gab Ermittlungen, aber er war zu clever und hatte zu viel Glück, als dass er sich hätte erwischen lassen. Er setzte sich mit seinem Geld ab, das er geschickt gewaschen hat. Seine Hände sind sauber. Er ließ Quincy ins Gefängnis wandern und sorgte dafür, dass Kenny nichts mehr verraten konnte, was hervorragend klappte. Warum lässt er sich jetzt in ein Komplott zur Ermordung von Quincy hineinziehen, nur um uns auszubremsen?

Agnes spekuliert, dass er im Auftrag des Kartells gehandelt haben könnte. Vielleicht. Aber wieso sollte es das Kartell – oder Pfitzner – stören, wenn wir Quincy aus dem Gefängnis holen? Wir sind der Identifizierung des Auftragsmörders, der Russo vor dreiundzwanzig Jahren getötet hat, keinen Schritt näher. Und falls wir durch ein Wunder seinen Namen erfahren, brauchen wir drei weitere Wunder, um ihn mit dem Kartell in Verbindung zu bringen. Quincy aus dem Gefängnis zu holen heißt nicht, dass wir den Mord aufklären.

Agnes spekuliert, Pfitzner und das Kartell hätten einen Gefängnismord für unproblematisch gehalten und seien davon ausgegangen, dass niemand die Verbindung zu ihnen herstellen würde. Ein bisschen Geld für ein paar Schwerverbrecher, die langjährige Gefängnisstrafen verbüßen, mehr war für sie nicht dabei. Sobald Quincy unter der Erde gewesen wäre, hätten wir unsere Akten geschlossen und uns einer neuen Aufgabe zugewandt.

Wir sind uns darüber einig, dass Pfitzner im fortgeschrittenen Alter wahrscheinlich Panik bekam, als er merkte, dass jemand ernsthaft in einer Angelegenheit herumschnüffelte, die er für mehr als erledigt gehalten hatte. Ihm muss klar gewesen sein, dass unser Antrag berechtigt war, und er kennt unseren Ruf, weiß also, dass wir nicht aufgeben werden und häufig erfolgreich sind. Wenn Quincy das Gefängnis als freier Mann verlässt, bleiben viele Fragen offen. Wäre er in einem Leichenwagen weggebracht worden, wären diese Fragen mit ihm begraben worden.

Außerdem war es durchaus denkbar, dass Pfitzner sich selbst für unantastbar hielt. Jahrelang war er das Gesetz gewesen. Er operierte über dem Gesetz, unter dem Gesetz, mittendrin und völlig gesetzlos, wie es ihm gefiel, Hauptsache, die Wähler waren zufrieden. Als er in den Ruhestand ging, war er ein vermögender Mann und hielt sich für besonders schlau. Wenn er noch einmal ein Verbrechen begehen musste, um ein für alle Mal Ruhe zu haben, hielt er das für die beste Lösung, vor allem weil es nur um einen Routinejob wie einen Auftragsmord im Gefängnis ging.

Agnes unterhält mich mit Geschichten von den idiotischen Fehlern, die sonst hochintelligenten Kriminellen unterlaufen. Sie sagt, sie könne ein Buch mit solchen Geschichten füllen.

Wir spekulieren und rätseln, reden bis spät in die Nacht über unsere Vergangenheit und genießen das lange Gespräch. Die anderen Gäste gehen nach und nach, was uns kaum auffällt. Erst als der Kellner uns bedeutungsvolle Blicke zuwirft, merken wir, dass das Lokal leer ist. Wir teilen uns die Rechnung, verabschieden uns an der Tür mit Handschlag und sind uns einig, dass wir das wiederholen wollen.

40

Als das FBI seine Fänge in Adam Stone und Skip DiLuca
schlug, wurde mir klar, dass Quincy Miller bombensichere
zivilrechtliche Ansprüche hatte. Da ein Staatsbediensteter,
nämlich Stone, aktive Beihilfe geleistet hatte, waren die
Aussichten auf Schadenersatz viel besser als bei einem all-
täglichen Gefängnisanschlag. Der Staat Florida stand in der
Haftung, daran führte kein Weg vorbei. Ich besprach das
alles ausführlich mit Susan Ashley Gross, unserer Mitver-
teidigerin, die mir aus dem Handgelenk einen Prozessanwalt namens Bill Cannon aus Fort Lauderdale empfahl.

In Florida gibt es jede Menge Staranwälte, die sich auf
Schadenersatzklagen spezialisiert haben. Die Gesetze hier
sind klägerfreundlich. Die Geschworenen sind gebildet
und für ihre Großzügigkeit bekannt. Die meisten Richter,
vor allem in den Städten, sympathisieren mit den Geschä-
digten. Diese Faktoren haben eine aggressive und erfolgreiche Anwaltschaft hervorgebracht. Wenn man sich die
Plakatwände entlang der viel befahrenen Highways in Florida ansieht, wünscht man sich fast, einen Unfall zu haben.
Im Frühstücksfernsehen wird man mit Werbebotschaften
von Rechtsanwälten bombardiert, die einem unbedingt
behilflich sein wollen.

Bill Cannon betreibt keine Werbung, weil er das nicht
nötig hat. Sein spektakulärer Ruf reicht weit über den
Bundesstaat hinaus. Er hat die letzten fünfundzwanzig
Jahre im Gerichtssaal verbracht und Geschworene davon

überzeugt, dass seinen Mandanten Schadenersatz in Milliardenhöhe zusteht. Die Anwälte, die auf Mandantenjagd unter den Unfallopfern durch die Straßen streifen, bringen ihm ihre Fälle. Er siebt die besten heraus.

Ich habe andere Gründe dafür, ihn zu verpflichten. Zunächst einmal glaubt er an unseren Fall und spendet großzügig für Susan Ashleys Innocence Project. Außerdem hält er viel von ehrenamtlicher Arbeit und erwartet von seinen Partnern und angestellten Anwälten, dass sie zehn Prozent ihrer Zeit dem Dienst an weniger glücklichen Mitmenschen widmen. Auch wenn er jetzt in einem Privatjet reist, ist er in ärmlichen Verhältnissen aufgewachsen und hat nicht vergessen, wie es war, als seine Familie zu Unrecht zwangsgeräumt wurde.

Drei Tage nach Mercados und Pfitzners Verhaftung reicht Cannon im Namen von Quincy Miller bei einem Bundesgericht Klage wegen Schadenersatz in Höhe von fünfzig Millionen Dollar gegen die Strafvollzugsbehörde des Staates Florida, Mickey Mercado und Bradley Pfitzner ein. In der Klage werden neben Robert Earl Lane und Jon Drummik als Täter auch Adam Stone und Skip DiLuca genannt, aber das Verfahren gegen sie wird später eingestellt werden. Sofort nach Einreichung der Klage bewegt Cannon einen Bundesrichter dazu, die Bankkonten und anderen Vermögenswerte von Mercado und Pfitzner einzufrieren, bevor das Geld in der Karibik verschwindet.

Mit Durchsuchungsbeschlüssen ausgestattet, nimmt sich das FBI Mercados Luxuseigentumswohnung in Coral Gables vor. Die Beamten finden einige Handfeuerwaffen, Prepaidhandys, eine Geldkassette mit der bescheidenen Summe von fünftausend Dollar und einen Laptop, der nur wenige Informationen von Wert enthält. Mercado war zu sehr auf der Hut, Spuren zu hinterlassen. Zwei Kontoauszüge führen das FBI jedoch zu drei Konten, auf denen insgesamt vierhunderttausend Dollar liegen. Eine Durchsuchung seines Büros ergibt nicht viel mehr. Agnes geht davon aus, dass Mercado sein Vermögen offshore bei zwielichtigen Banken angelegt hat.

Pfitzner war nicht ganz so gewieft. Eine Durchsuchung seines Hauses gerät vorübergehend ins Stocken, weil seine Frau durchdreht und die Tür zu versperren versucht. Sie beruhigt sich erst wieder, als ihr Handschellen angelegt und eine Gefängnisstrafe angedroht werden. Bankunterlagen führen schließlich zu drei Konten in Miami, auf denen der wackere Sheriff fast drei Millionen Dollar deponiert hat. Auf einem Geldmarktkonto liegt etwas über eine Million. Nicht schlecht für einen Kleinstadt-Sheriff.

Agnes glaubt, das sei nicht alles. Cannon ist derselben Meinung. Wenn Pfitzner frech genug war, vier Millionen Dollar schmutziges Geld bei amerikanischen Banken zu verwahren, muss offshore noch viel mehr zu holen sein. Und Cannon weiß, wie man es findet. Während das FBI Druck auf die karibischen Banken ausübt, verpflichtet Cannon eine Firma für forensische Wirtschaftsprüfung, die sich darauf spezialisiert hat, schmutzige Gelder aufzuspüren, die außer Landes geschleust wurden.

So zuversichtlich Cannon auch ist, er lässt sich nicht auf Vorhersagen ein. Allerdings geht er davon aus, dass sein neuer Mandant Schadenersatz in beträchtlicher Höhe erhalten wird, selbstverständlich abzüglich des Honorars von vierzig Prozent, das die Kanzlei gleich einbehält. Ich hoffe insgeheim, dass für Guardian ein paar Dollar abfallen, um die Strom- und Wasserrechnungen zu bezahlen, aber das passiert nur selten.

Quincy denkt im Augenblick jedoch nicht an Geld. Er ist zu beschäftigt damit, wieder gehen zu lernen. Die Ärzte haben ihn an der Schulter, beiden Schlüsselbeinen und dem Oberkiefer operiert, sein Rumpf und ein Handgelenk stecken in dickem Gips. Drei neue Zähne wurden implantiert, und die Nase erhielt einen Stützverband. Er hat ständig Schmerzen, behält das aber tapfer für sich. Schläuche leiten überschüssige Flüssigkeit aus einem der Lungenflügel und einer Hälfte des Gehirns ab. Aufgrund der starken Medikamente, die er bekommt, lässt sich nur schwer sagen, wie sehr sein Gehirn geschädigt ist, aber er ist fest entschlossen, aufzustehen und sich zu bewegen. Er meckert seine Physiotherapeuten an, wenn seine Behandlung zu Ende ist. Er will mehr – mehr gehen, mehr Mobilisierungsübungen, Massagen, Einreibungen, mehr Herausforderungen. Er hat das Krankenhaus satt, weiß aber nicht, wohin. In Garvin gibt es keinerlei Rehabilitationsmöglichkeiten, und die medizinische Versorgung ist völlig unzureichend. Wenn er richtig wach ist, legt er sich mit mir an, weil er will, dass seine Verurteilung endlich aufgehoben wird, damit er nicht nach Garvin zurückmuss.

41

Das Gerücht hat sich in der Familie schnell verbreitet, und manche Tafts finden die Vorstellung gar nicht gut, dass jemand in Vidas Spukhaus herumschnüffelt. Die allgemeine Überzeugung ist, dass sie dort vor ihrem Tod mit ihrer Hexerei böse Geister beschworen hat, die nun im Haus gefangen sind. Jetzt die Türen zu öffnen würde alle möglichen widrigen Kräfte freisetzen, die zuallererst über ihre Nachkommen herfallen würden. Die Zwangseinweisung hat Vida ihrer Familie bis zu ihrem Tod nie verziehen. In ihren letzten Tagen hatte sie völlig den Verstand verloren, aber das hinderte sie nicht daran, die gesamte Familie mit Flüchen zu überziehen. Frankie zufolge geht ein Zweig der afrikanischen Geisterkulte davon aus, dass Flüche mit dem Hexenmeister sterben, während eine andere Richtung glaubt, sie hätten in alle Ewigkeit Bestand. Kein lebender Taft will herausfinden, was davon stimmt.

Frankie und ich fahren in seinem auf Hochglanz polierten Pick-up nach Dillon. Er sitzt am Steuer, ich schreibe SMS. Auf der Konsole zwischen uns liegt eine 9-Millimeter-Glock, die er ordnungsgemäß erworben und auf seinen Namen hat registrieren lassen. Falls wir uns Zutritt zu dem Haus verschaffen, will er sie dabeihaben.

»Du glaubst doch nicht wirklich an den ganzen Hokuspokus, Frankie?«, sage ich.

»Ich weiß nicht recht. Warte, bis du das Haus siehst. Dann hast du es auch nicht mehr so eilig, da reinzukommen.«

»Du hast also Angst vor Trollen und Gespenstern und so Zeug?«

»Lach du nur.« Er berührt mit seiner rechten Hand die Glock. »Du wirst dir noch wünschen, du hättest auch eine.«

»Geister kann man nicht erschießen, oder?«

»Ich hab es noch nie probiert. Nur für den Fall der Fälle.«

»Du gehst zuerst rein, mit der Pistole, dann ich, okay?«

»Darüber reden wir noch. Falls wir so weit kommen.«

Wir passieren Dillon, das trostlose Kaff, und fahren weiter auf das Land hinaus. Am Ende einer Schotterstraße parkt ein alter Pick-up vor dem baufälligen Haus. »Hier ist es«, sagt Frankie, als wir anhalten. »Der Mann rechts ist mein Freund Riley. Den anderen kenne ich nicht, aber ich nehme an, das ist sein Cousin Wendell. Der könnte uns Ärger machen.«

Wendell ist etwa vierzig und trägt Arbeitskleidung, schmutzige Stiefel und Jeans. Er lächelt nicht, als wir uns begrüßen und die Hände schütteln, und Riley auch nicht. Uns wird sofort klar, dass beide ausführlich über die Sache gesprochen und ihre Zweifel haben. »Was ist der Plan?«, fragt Riley nach einer Minute Small Talk. »Was haben Sie vor?«

»Wir würden uns gern im Haus umsehen«, sage ich. »Sie wissen, dass wir deswegen hier sind.«

»Hören Sie, Mr. Post«, beginnt Wendell respektvoll. »Ich kenne das Haus in- und auswendig. Als Kind habe ich hier zeitweise gelebt. Ich habe Vida nach ihrem Tod gefunden. Und nicht lange danach habe ich versucht, mit meiner Frau und den Kindern hier zu wohnen. Es ging einfach nicht. In dem Haus spukt es. Vida hat gesagt, sie hat es verflucht, und das hat sie, das können Sie mir glauben. Jetzt suchen Sie irgendwelche Kartons, aber ich kann mir nicht vorstellen, dass Sie was finden. Ich glaube, es gibt einen kleinen

Dachboden, aber ich war nie oben. Dafür hatten wir zu viel Angst.«

»Ich schlage vor, wir sehen einfach nach«, sage ich so zuversichtlich wie möglich. »Sie bleiben hier, und Frankie und ich stöbern im Haus herum.«

Riley und Wendell wechseln einen unnachgiebigen Blick. »So einfach ist das nicht, Mr. Post«, sagt Riley. »Niemand will, dass die Türen geöffnet werden.«

»Niemand?«, sage ich. »Wer ist niemand?«

»Die Familie«, sagt Wendell scharf. »Wir haben mehrere Cousins hier am Ort und andere, die weggezogen sind, aber keiner von uns will, dass hier was angefasst wird. Sie haben Vida nie kennengelernt, aber ich sage Ihnen, sie ist noch da, und mit ihr legt man sich lieber nicht an.« Seine Stimme bebt.

»Ich respektiere das«, sage ich mit gespielter Aufrichtigkeit.

Ein plötzlicher Windhauch fährt durch die Weide, deren Äste über das Haus reichen. Wie auf Kommando knarrt und quietscht etwas hinten am Dach, und ich bekomme schlagartig Gänsehaut an den Armen. Alle vier starren wir das Haus an und holen erst einmal tief Luft.

Das Gespräch darf nicht ins Stocken geraten. »Sehen Sie, es ist eine Suche nach der Nadel im Heuhaufen«, fahre ich fort. »Niemand weiß mit Sicherheit, ob Kenny Taft vor dem Brand wirklich Beweismaterial an sich genommen hat. Wenn ja, ist völlig unklar, was er damit getan hat. Es könnte hier auf dem Dachboden liegen, aber es kann gut sein, dass es schon vor Jahren abhandengekommen ist. Wahrscheinlich ist das alles Zeitverschwendung, aber wir gehen jeder Spur nach. Wir wollen uns nur umsehen, dann gehen wir wieder. Versprochen.«

»Und wenn Sie etwas finden?«, fragt Wendell.

»Dann rufen wir den Sheriff und händigen ihm das Zeug aus. Vielleicht hilft es uns. Auf jeden Fall hat es für die Familie keinen Wert.« Der Gedanke, dass bei diesen bettelarmen Leuten Familienschmuck auf dem Dachboden versteckt liegt, ist lächerlich.

Wendell tritt einen Schritt zurück, geht auf und ab, als müsste er eingehend nachdenken. Er lehnt sich an die Stoßstange des Pick-ups, spuckt aus und verschränkt die Arme vor der Brust. »Das wird nichts«, verkündet er.

»Wendell hat hier das Sagen, nicht ich«, erklärt Riley. »Wenn er dagegen ist, gilt das.«

Ich breite die Hände aus. »Eine Stunde. Geben Sie uns nur eine Stunde, und Sie sehen uns nie wieder.«

Wendell schüttelt den Kopf. Riley beobachtet ihn und sagt dann zu Frankie: »Tut mir leid.«

Ich sehe die beiden entnervt an. Höchstwahrscheinlich wollen sie Geld, also rede ich nicht lange herum. »Von mir aus«, sage ich. »Der Wert der Immobilie wurde vom County mit dreiunddreißigtausend Dollar angesetzt. Das entspricht ungefähr hundert Dollar pro Tag für das ganze Jahr. Wir von Guardian Ministries mieten Haus und Grundstück für einen Tag für zweihundert Dollar. Von neun Uhr morgen früh bis fünf Uhr abends. Mit der Option, zum selben Preis um einen Tag zu verlängern. Was halten Sie davon?«

Die Tafts lassen das sacken und kratzen sich am Kinn. »Klingt nach wenig«, sagt Wendell.

»Was ist mit fünfhundert pro Tag?«, sagt Riley. »Ich glaube, das wäre für uns in Ordnung.«

»Was soll das, Riley? Wir sind eine gemeinnützige Organisation und haben kein Geld. Wir können nicht einfach Bares herzaubern. Dreihundert.«

»Vierhundert, letztes Angebot.«

»Okay. Abgemacht. Nach dem Recht des Staates Florida muss jedes Grundstücksgeschäft schriftlich vereinbart werden. Ich setze einen einseitigen Mietvertrag auf, und wir treffen uns morgen um neun Uhr wieder. Einverstanden?« Riley wirkt zufrieden. Wendell nickt nur. Ja.

Wir verschwinden so schnell wie möglich aus Dillon, müssen unterwegs aber schon wieder über die Sache lachen. Frankie setzt mich in der Nähe meines Autos in der Main Street von Seabrook ab und fährt in östlicher Richtung weiter. Er ist in einem Motel irgendwo zwischen hier und Gainesville abgestiegen, aber wie immer weiß ich keine Einzelheiten.

Als ich ein paar Minuten nach fünf die Kanzlei von Glenn Colacurci betrete, höre ich ihn irgendwo hinten ins Telefon brüllen. Schließlich erscheint Bea, seine charmante Assistentin, und schenkt mir ein bezauberndes Lächeln. Ich folge ihr nach hinten und finde Glenn an seinem Schreibtisch vor, auf und neben dem sich die Papierstapel türmen. Er springt auf, reicht mir die Hand und begrüßt mich, als wäre ich sein verlorener Sohn. Blitzschnell wirft er einen Blick auf die Uhr und tut überrascht. »Na so was, es ist doch tatsächlich schon fünf Uhr – Zeit für einen Drink. Was nehmen Sie?«

»Bloß ein Bier.« Ich bleibe lieber bei etwas Leichtem.

»Ein Bier und einen Doppelten«, sagt er zu Bea, die wieder entschwebt. »Kommen Sie, kommen Sie«, sagt er und deutet auf sein Sofa. Er watschelt auf seinen Stock gestützt zu einem uralten, verstaubten Lederungetüm. Ich setze mich auf das durchhängende Sofa und schiebe die Decke zur Seite. Wahrscheinlich hält er hier jeden Nachmittag ein Nickerchen, um sich von seinem flüssigen Mittagessen zu erholen. Mit beiden Händen am Knauf seines Stocks legt er das Kinn auf die Knöchel und grinst verschmitzt. »Kaum zu glauben, dass Pfitzner wirklich im Gefängnis sitzt.«

»Ich kann es auch kaum fassen. Geradezu ein Geschenk.«

»Kann man wohl sagen.«

Da ich davon ausgehe, dass alles, was ich sage, am nächsten Morgen im Diner wiederholt wird, präsentiere ich ihm die Kurzversion der hervorragenden Arbeit des FBI, aufgrund deren ein ungenannter Gefängniswärter und sein ungenannter Verbindungsmann zu einer Gefängnisgang gefasst worden seien. Diese Aktion habe zu einem Handlanger der Drogenmafia geführt und der wiederum zu Pfitzner, der naiv wie ein kleiner Ladendieb in die Falle getappt sei. Nun drohten ihm dreißig Jahre.

Bea bringt unsere Getränke, und wir prosten uns zu. Sein Glas enthält eine braune Flüssigkeit und nicht viel Eis. Er schmatzt mit den Lippen, als wäre er am Verdursten und sagt dann: »Und was führt Sie her?«

»Ich würde gern mit Wink Castle, dem Sheriff, sprechen. Morgen, wenn das klappt. Wir überlegen, die Ermittlungen wiederaufzunehmen, besonders jetzt, wo wir wissen, dass Pfitzner versucht hat, Quincy umbringen zu lassen.« Das kommt der Wahrheit ziemlich nah und erklärt, warum ich in der Stadt bin. »Außerdem bin ich neugierig, was sich bei Ihnen ergeben hat. Als wir uns zuletzt getroffen haben, haben Sie ziemlich erfolgreich in dem Fall herumgewühlt. Irgendwelche weiteren Überraschungen?«

»Eigentlich nicht, ich war anderweitig beschäftigt.« Er wedelt mit dem Arm in Richtung des Haufens auf seinem Schreibtisch, als würde er jeden Tag achtzehn Stunden lang rackern. »Hatten Sie mit dem Kenny-Taft-Ansatz Erfolg?«

»Wie man's nimmt. Ich benötige Ihre Dienste als Anwalt.«

»Vaterschaftsklage, Alkohol am Steuer, Scheidung, Mord? Hier sind Sie immer richtig.« Er lacht brüllend über seinen

Scherz, und ich lache mit. Den Witz hat er schon seit fünfzig Jahren auf Lager.

Ich werde ernst und erkläre unsere Kontakte zur Familie Taft und unsere Pläne, das Haus zu durchsuchen. Ich überrede ihn dazu, einen Hundertdollarschein anzunehmen. Jetzt ist er mein Anwalt, und wir geben uns die Hand darauf. Ab sofort ist alles vertraulich oder sollte es zumindest sein. Ich brauche einen einfachen, einseitigen Mietvertrag, der die Familie Taft beeindruckt, und einen Scheck, der auf Glenns Treuhandkonto gezogen ist. Die Familie hätte bestimmt lieber Bares, aber ich will Papiere in der Hand haben. Falls im Haus Beweismittel gefunden werden, wird die Beweismittelkette ohnehin hoffnungslos kompliziert sein, daher muss unbedingt alles dokumentiert werden. Während Glenn und ich unsere Getränke schlürfen, erörtern wir als erfahrene Anwälte das einzigartige Problem, vor dem wir stehen. Er kennt sich ziemlich gut aus und sieht eine Reihe potenzieller Schwierigkeiten, an die ich gar nicht gedacht habe. Nachdem er sein Glas geleert hat, lässt er von Bea eine neue Runde bringen. Kaum sind die Getränke da, diktiert er ihr ins Stenogramm, wie in alten Zeiten. Wir halten das Grundgerüst fest, und sie kehrt an ihren Schreibtisch zurück.

»Sie starren ihr auf die Beine«, stellt er fest.

»Schuldig. Ist das ein Verbrechen?«

»Ganz und gar nicht. Sie ist eine tolle Frau. Ihre Mutter, Mae Lee, führt mir den Haushalt, und jeden Donnerstagabend gibt es die besten Frühlingsrollen, die Sie je gegessen haben. Heute ist Ihr Glückstag.«

Ich lächle und nicke. »Ich habe nichts anderes vor.«

»Mein alter Freund Archie kommt auch. Vielleicht habe ich ihn schon erwähnt. Wenn ich es recht bedenke, bin ich wohl bei der Sangria im Bull auf ihn zu sprechen gekommen.

Wir sind im gleichen Alter und waren jahrzehntelang beide hier als Anwälte tätig. Dann starb seine Frau und hinterließ ihm etwas Geld, da hat er aufgehört, ein schwerer Fehler. Er langweilt sich seit zehn Jahren, lebt allein und hat nicht viel zu tun. Rentner zu sein macht keinen Spaß, Post. Ich glaube, er hat eine Schwäche für Mae Lee. Auf jeden Fall liebt Archie Frühlingsrollen und ist ein guter Geschichtenerzähler. Und er ist ein Weinkenner mit einem großen Keller. Er bringt ein paar gute Flaschen mit. Verstehen Sie was von Wein?«

»Eigentlich nicht.« Wenn er wüsste, wie es auf meinem Konto aussieht!

Von seinem letzten Eiswürfel ist nur noch ein Splitter übrig, den er im Glas klirren lässt, bereit für die nächste Runde. Bea kommt mit zwei Kopien einer Rohfassung zurück. Wir nehmen ein paar Änderungen vor, und sie geht, um den endgültigen Entwurf auszudrucken.

Glenn wohnt in einer baumbestandenen Straße ein paar Hundert Meter von der Main Street entfernt. Ich fahre einige Minuten herum, um die Zeit totzuschlagen, dann parke ich in der Einfahrt hinter einem alten Mercedes, der vermutlich Archie gehört. Von der Rückseite des Hauses ist Gelächter zu hören, und ich gehe in den Garten. Sie sitzen auf der Veranda und haben es sich in gepolsterten Korbschaukelstühlen gemütlich gemacht, über denen sich zwei antike Deckenventilatoren drehen. Archie bleibt sitzen, als wir vorgestellt werden. Er ist mindestens so alt wie Glenn und nicht gerade die Gesundheit in Person. Beide haben langes Zottelhaar, das irgendwann einmal als cool oder rebellisch gegolten haben mag. Beide tragen Seersuckeranzüge, die schon bessere Zeiten gesehen haben, keine Krawatte. Ihre Füße stecken in Gesundheitsschuhen. Zumindest braucht Archie keinen Gehstock. Seine Liebe zum Wein hat ihm eine dauerhaft rote Nase eingetragen. Glenn bleibt beim Bourbon, während Archie und ich einen Sancerre probieren, den er mitgebracht hat. Mae Lee, die genauso hübsch wie ihre Tochter ist, serviert uns die Getränke.

Bald hält Archie es nicht mehr aus. »Sie haben also dafür gesorgt, dass Pfitzner im Gefängnis landet, Post?«, fragt er.

Ich erzähle die Geschichte bescheiden aus der Sicht eines unbeteiligten Beobachters, der die Entwicklung verfolgt, und würze sie mit ein paar Insiderinformationen vom FBI. Offenbar ist Archie zu seiner Zeit häufig mit Pfitzner aneinandergeraten und hat für den Mann rein gar nichts übrig. Er kann es kaum fassen, dass der Ganove nach all den Jahren doch noch hinter Gittern gelandet ist.

Dann erzählt Archie die Geschichte eines Mandanten, der mit seinem Auto in Seabrook liegen geblieben war. Die Polizisten fanden unter dem Vordersitz eine Schusswaffe und kamen aus unerfindlichen Gründen zu dem Schluss, der junge Mann sei ein Polizistenmörder. Pfitzner schaltete sich ein und stellte sich hinter seine Leute. Archie untersagte Pfitzner, den Jungen im Gefängnis zu vernehmen, aber er wurde trotzdem befragt. Die Beamten prügelten ein Geständnis aus ihm heraus, und er saß fünf Jahre lang im Gefängnis. Nur weil er eine Autopanne hatte. Archie spuckt praktisch Gift gegen Pfitzner, als er mit seiner Erzählung am Ende ist.

Eine Geschichte jagt die andere, und die beiden alten Haudegen geben Storys zum Besten, die sie schon viele Male erzählt haben. Ich höre meistens zu, aber als Juristen interessieren sie sich auch für die Arbeit von Guardian, daher schildere ich ihnen einige Fälle, allerdings nur kurz. Die Familie Taft und der wahre Grund für meinen Besuch in der Stadt werden mit keinem Wort erwähnt. Mein hoch bezahlter Anwalt wahrt unsere Geheimnisse. Archie öffnet eine zweite Flasche Sancerre. Mae Lee deckt einen einladenden Tisch auf der Veranda, über dem an Spalieren Glyzinien und Verbenen ranken. Ein weiterer Ventilator quirlt die warme Luft. Archie meint, ein Chablis würde besser passen, und holt eine Flasche. Glenn, der gar nichts mehr schmecken dürfte, steigt auf Wein um.

Die Frühlingsrollen sind wirklich köstlich. Es gibt eine große Platte davon, und der Alkohol und der Mangel an gutem Essen in letzter Zeit haben mich hungrig gemacht, daher schlage ich zu. Archie schenkt ständig nach, und als Glenn merkt, wie ich vergeblich versuche, mich zurückzuhalten, greift er ein. »Trinken Sie schon. Sie können hier übernachten. Ich habe jede Menge Betten. Archie bleibt immer hier. Wer will schon, dass der alte Säufer um diese nachtschlafende Zeit auf den Straßen unterwegs ist?«

»Eine Gefahr für die Öffentlichkeit«, stimmt Archie zu.

Zum Dessert bringt Mae Lee eine Platte süße Hefeklößchen, die mit einer Eigelb-Zucker-Creme gefüllt sind. Archie hat für diesen Gang einen Sauternes und schwafelt endlos darüber, wie gut er dazu passe. Er und Glenn schenken sich den Kaffee, in erster Linie weil er keinen Alkohol enthält, und bald erscheint auf dem Tisch ein kleiner Humidor. Sie wühlen darin herum wie Kinder in einem Süßwarenladen. Ich kann mich nicht an meine letzte Zigarre erinnern, weiß aber noch, dass ich nach ein paar Zügen grün im Gesicht wurde. Trotzdem stelle ich mich der Herausforderung. Ich bitte um etwas Leichtes, und Glenn gibt mir irgendeine Cohiba, garantiert echt kubanisch. Wir torkeln mühsam zu unseren Schaukelstühlen zurück und blasen Rauch in den Garten.

Archie war einer der wenigen Anwälte, die gut mit Diana Russo auskamen. Er habe sich nicht vorstellen können, dass sie etwas mit dem Mord an ihrem Mann zu tun haben könnte. Ich lausche aufmerksam, sage aber nichts. Wie jeder in Seabrook sei er davon ausgegangen, dass Quincy der Mörder war, und erleichtert gewesen, dass er verurteilt wurde. Als es immer später und das Gespräch immer zäher wird, fragen sich beide, wie sie sich so hatten täuschen können. Es fällt ihnen schwer zu glauben, dass Bradley Pfitzner im Gefängnis sitzt und keine Aussicht hat freizukommen.

Sehr befriedigend, ja. Aber Quincy gilt immer noch als verurteilter Mörder, und vor uns liegt noch ein weiter Weg.

Bei meinem letzten Blick auf die Uhr ist es fast Mitternacht. Aber ich will mich nicht von der Stelle rühren, solange die beiden durchhalten. Sie sind mindestens fünfundzwanzig Jahre älter als ich und vertragen eine Menge. Ich halte tapfer durch, bis Archie auf Brandy umsteigt, und nehme auch einen. Glücklicherweise fängt Glenn an zu schnarchen, und irgendwann nicke ich ein.

42

Natürlich schlägt das Wetter um. Es hat in Nordflorida seit zwei Wochen nicht geregnet, es ist sogar von einer Dürre die Rede, aber der Tag beginnt düster und turbulent, als wir im Morgengrauen durch Dillon fahren. Frankie sitzt am Steuer, ich beiße die Zähne zusammen und schlucke immer wieder mühsam.

»Geht's dir wirklich gut, Boss?«, fragt er mindestens zum dritten Mal.

»Was willst du hören, Frankie?«, fahre ich ihn an. »Ich habe doch schon gestanden. Ich habe eine lange Nacht hinter mir, zu viel getrunken, zu viel gegessen, eine ziemlich eklige Zigarre gepafft und wie ein Toter auf der Veranda geschlafen, bis mir um drei Uhr früh eine riesige Katze auf die Brust gesprungen ist und mich zu Tode erschreckt hat. Woher hätte ich wissen sollen, dass es ihr Schaukelstuhl war? Danach konnte keiner von uns mehr schlafen. Ja, ich gebe es zu, ich habe einen Kater. Meine Augen brennen. Ich bin voller Katzenhaare. Und ich fühle mich hundeelend. Zufrieden?«

»Ist dir übel?«

»Noch nicht. Aber ich sage dir rechtzeitig Bescheid. Was ist mit dir? Freust du dich auf unseren Besuch in einem Spukhaus, das eine Voodoo-Hexenmeisterin verflucht hat?«

»Ich kann es kaum erwarten.« Er berührt seine Glock und grinst, während ich leide.

Riley und Wendell warten am Haus. Der Wind heult, und der Regen wird nicht lange auf sich warten lassen. Ich gebe jedem ein Exemplar des Mietvertrags und gehe rasch die wichtigsten Punkte durch. Die beiden interessieren sich jedoch mehr für das Geld, also reiche ich ihnen den Scheck, der auf beide ausgestellt und auf das Treuhandkonto von Colacurcis Kanzlei gezogen ist.

»Was ist mit Bargeld?«, fragt Wendell mit einem kritischen Blick auf den Scheck.

Ich setze mein Anwaltsgesicht auf. »Barzahlung ist bei Immobiliengeschäften nicht erlaubt.« Ich bin mir nicht sicher, ob das in Florida gilt, spreche aber im Brustton der Überzeugung.

Frankie holt die zweieinhalb Meter lange Leiter und die funkelnagelneue Brechstange, die er gestern erstanden hat, von der Ladefläche seines Pick-ups. Ich halte zwei Taschenlampen und eine Sprühdose mit Insektenabwehrmittel in den Händen. Wir arbeiten uns durch das Gestrüpp zu den Überresten der vorderen Treppe vor und betrachten das Haus. Wendell deutet mit dem Finger darauf. »In jedem Stockwerk zwei Zimmer, unten das Wohnzimmer und ein Schlafzimmer. Treppe rechts im Wohnzimmer. Oben zwei Schlafzimmer. Darüber finden Sie vielleicht einen Dachboden, vielleicht aber auch nicht. Wie gesagt, ich war nie da oben und hatte auch nie das Bedürfnis. Tatsächlich habe ich nie danach gefragt. An der Rückseite gibt es einen Anbau, der ist später dazugekommen. Da sind die Küche und das Bad, darüber ist nichts. Nur zu.«

Fest entschlossen, mir nicht die geringsten Zweifel anmerken zu lassen, sprühe ich Arme und Beine mit Insektenabwehrmittel ein. Ich nehme an, im Haus wimmelt es nur so von Zecken, Spinnen und hässlichen kleinen Viechern, von denen ich noch nie gehört habe. Ich gebe die

Dose Frankie, der sich ebenfalls einsprüht. Er stellt die Leiter erst einmal neben der Tür ab. Wir wissen noch nicht, ob wir sie brauchen werden.

Mit offen zur Schau getragenem Widerwillen, der auf mich übertrieben dramatisch wirkt, aber wahrscheinlich nicht gespielt ist, tritt Riley mit einem Schlüssel vor und dreht ihn in dem schweren Vorhängeschloss. Es springt mit einem Klicken auf. Hastig tritt er zurück. Die beiden Tafts sehen aus, als würden sie am liebsten weglaufen. Ganz in der Nähe schlägt der Blitz ein, und wir zucken zusammen. Donner grollt, und am Himmel brauen sich dunkle Wolken zusammen. Um meinen Mut unter Beweis zu stellen, gebe ich der Tür einen Fußtritt, und sie öffnet sich knarrend. Wir halten die Luft an und sind erleichtert, dass nichts Unheilvolles herausquillt. Ich drehe mich zu Riley und Wendell um. »Wir sehen uns gleich«, sage ich.

Plötzlich knallt die Tür zu. Frankie stößt einen lauten Fluch aus, und ich zucke zusammen. Die beiden Tafts treten mit aufgerissenen Augen und offenem Mund den Rückzug an. Ich lache gekünstelt, als wäre alles ein großer Witz, trete vor und öffne die Tür wieder.

Wir warten. Nichts kommt heraus. Niemand knallt die Tür wieder zu. Ich schalte die Taschenlampe ein, und Frankie folgt meinem Beispiel. Er hält seine in der linken Hand, die Brechstange in der rechten, die Glock steckt in einer Hüfttasche. Ein Blick auf sein Gesicht verrät, dass er panische Angst hat. Ein Mann, der vierzehn Jahre im Gefängnis überstanden hat. Ich drücke die Tür auf, und wir gehen hinein. Vida ist vor dreizehn Jahren gestorben, und das Haus war angeblich tabu, aber irgendwer hat den Großteil der Einrichtung ausgeräumt. Es riecht gar nicht so schlecht, nur abgestanden und modrig. Die Holzböden sind mit Stockflecken und Schimmel bedeckt, und ich spüre geradezu, wie ich jede Menge tödliche Bakterien einatme. Wir richten unsere Taschenlampen auf das Schlafzimmer auf der linken Seite. Die Matratze dort ist mit einer dicken Staub- und Schmutzschicht überzogen. Ich nehme an, dass Vida hier gestorben ist. Der verdreckte Boden ist mit kaputten Lampenschirmen, alten Kleidungsstücken, Büchern und Zeitungen bedeckt. Wir wagen uns ein paar Schritte ins Wohnzimmer vor und leuchten es mit unseren Taschenlampen aus. Ein Fernseher aus den Sechzigerjahren mit gesprungenem Bildschirm. Tapeten, die sich von der Wand lösen. Schichten von Staub und Dreck und überall Spinnweben.

Als wir unsere Taschenlampen auf die enge Treppe richten und nach oben gehen wollen, prasselt heftiger Regen auf das Wellblechdach, und der Lärm ist ohrenbetäubend. Der Wind wird stärker und rüttelt an den Wänden.

Ich gehe drei Stufen hinauf, dicht gefolgt von Frankie. Plötzlich fällt die Tür wieder mit einem Knall zu. Wir sind eingeschlossen, mit all den Geistern, die Vida hier zurückgelassen haben mag. Ich zögere, aber nur eine Sekunde lang. Ich bin der Leiter dieser Expedition, der Tapfere, und darf keine Angst zeigen, auch wenn mein ohnehin arg mitgenommener Magen Purzelbäume schlägt und mein Herz rast.

Vicki und Mazy werden sich köstlich amüsieren, wenn ich ihnen von diesem Tag erzähle.

Wieder ein Erlebnis, auf das uns im Jurastudium niemand vorbereitet hat.

Wir arbeiten uns bis zum oberen Ende der Treppe hoch, und die Hitze schlägt uns ins Gesicht wie in einer Sauna, ein heißer, zäher Nebel, den wir wahrscheinlich sehen könnten, wenn es nicht so dunkel wäre. Regen und Wind hämmern gegen Dach und Fenster und veranstalten einen Höllenlärm. Wir gehen in das Schlafzimmer rechts von uns, einen kleinen Raum, der kaum größer als zwei Quadratmeter ist und eine Matratze, einen kaputten Stuhl und einen zerlumpten Läufer enthält. Wir leuchten an die Decke auf der Suche nach einer Tür oder einem Zugang zum Dachboden, sehen aber nichts. Alles ist aus Kiefernholz, das einmal weiß gestrichen war, aber die Farbe blättert überall ab. In einer Ecke bewegt sich etwas und wirft ein Marmeladenglas um. Ich leuchte mit meiner Taschenlampe hin. »Vorsicht! Das ist eine Schlange!« Eine lange, dicke, schwarze Schlange, wahrscheinlich nicht giftig, aber das ist mir im Augenblick egal. Sie windet sich, ist nicht zusammengerollt, bewegt sich aber nicht in unsere Richtung, wahrscheinlich ist sie nur durch die Störung verwirrt.

Ich lege mich nicht mit Schlangen an, aber ich habe auch keine panische Angst vor ihnen. Frankie schon. Er zückt die Glock.

»Nicht schießen«, sage ich laut genug, dass ich den Lärm übertöne. Lange Zeit halten wir unsere Taschenlampen auf die Schlange gerichtet, während unsere Hemden anfangen am Rücken zu kleben und uns das Atmen immer schwerer fällt. Langsam gleitet sie unter den Läufer, wo wir sie nicht mehr sehen können.

Der Regen lässt nach, und wir sammeln uns wieder. »Hast du eigentlich Angst vor Spinnen?«, frage ich über die Schulter.

»Halt bloß die Klappe!«

»Vorsicht, die sind hier überall.«

Als wir rückwärts aus dem Zimmer gehen, wobei wir den Boden ständig nach Schlangen oder anderem Getier absuchen, schlägt ganz in der Nähe mit einem gewaltigen Krachen ein Blitz ein, und in diesem Augenblick bin ich fest davon überzeugt, dass ich, wenn ich nicht bösen

Geistern oder giftigen Tieren zum Opfer falle, an einem Herzstillstand sterben werde. Der Schweiß tropft mir von den Augenbrauen. Unsere Hemden sind völlig durchnässt. Im anderen Schlafzimmer steht eine kleine Liege mit einer zusammengeknüllten grünen Decke, die aus Militärbeständen stammen könnte. Keine anderen Möbel oder Einrichtungsgegenstände. Die Tapeten hängen von den Wänden. Ich werfe einen Blick aus dem Fenster und kann im strömenden Regen gerade noch Riley und Wendell sehen, die in ihrem Pick-up Zuflucht vor dem Sturm gesucht haben und hinter den sich hin- und herbewegenden Scheibenwischern zum Haus spähen, bestimmt mit abgeschlossenen Türen, um sich vor den bösen Geistern zu schützen.

Wir räumen mit dem Fuß Müll aus dem Weg, um etwaige Schlangen aufzuscheuchen, und wenden uns dann der Decke zu. Auch hier kein Hinweis auf einen Zugang zu einem Dachboden. Kenny Taft könnte seine Kartons natürlich dort versteckt und die Öffnung für alle Zeiten verschlossen haben – oder zumindest, bis er sie brauchte. Woher soll ich wissen, was er getan hat?

Frankie fällt ein Keramikknauf an einer kleineren Tür auf, die wahrscheinlich zu einem Wandschrank gehört. Er deutet darauf, um meine Aufmerksamkeit zu erregen, will aber offensichtlich, dass ich sie öffne. Ich greife danach, rüttle daran, ziehe kräftig, und als die Tür auffliegt, stehe ich plötzlich einem menschlichen Skelett gegenüber. Frankie wird halb ohnmächtig und sinkt auf ein Knie. Ich weiche zurück und übergebe mich – endlich.

Eine ganze Böensalve fällt noch heftiger über das Haus her, und lange Zeit lauschen wir nur auf das Toben des Sturms. Ich fühle mich etwas besser, nachdem ich Frühlingsrollen, Bier, Wein, Brandy und alles andere losgeworden bin. Frankie reißt sich zusammen, und wir richten unsere Lampen vorsichtig wieder auf den Wandschrank. Das Skelett hängt an einer Art Plastikschnur, und die Zehen berühren kaum den Boden. Darunter hat sich eine Lache mit einer schwarzen, öligen Pampe gebildet. Wahrscheinlich ist das alles, was nach vielen Jahren Fäulnis von Blut und Organen übrig ist. Erhängt hat sich der Mensch wohl nicht. Die Schnur verläuft um die Brust und unter den Armen, nicht um den Hals, sodass der Schädel nach links hängt und die leeren Augenhöhlen nach unten gerichtet sind, als würden sie Eindringlinge für alle Zeiten ignorieren.

Das hat Ruiz County gerade noch gefehlt – noch ein ungelöster alter Fall. Ein Spukhaus, dessen Eigentümer Angst haben, es zu betreten, ist das ideale Versteck für das Opfer eines Verbrechens. Vielleicht war es ja auch Selbstmord. Den Fall werden wir gern Sheriff Castle und seinen Leuten überlassen. Das ist einmal nicht unser Problem.

Ich schließe die Tür und drehe den Knauf so fest wie möglich zu.

Wir haben zwei Möglichkeiten. Wir können in dem Schlafzimmer mit der lebenden Schlange loslegen oder hier bei dem eindeutig toten Menschen im Schrank. Wir entscheiden uns für die zweite Option. Frankie schafft es, die Brechstange hinter ein Deckenbrett zu schieben und es herauszureißen. Unser Mietvertrag gibt uns nicht das Recht, das Haus zu beschädigen, aber es wird sich wohl keiner beschweren. Zwei der Eigentümer sitzen draußen in einem Pick-up, weil sie sich nicht hereintrauen. Wir haben einen Job zu erledigen, und ich bin jetzt schon müde. Während Frankie ein zweites Brett herausreißt, tapse ich vorsichtig die Treppe hinunter und öffne die Eingangstür. Ich nicke Riley und Wendell zu, obwohl der Regen zu dicht für einen Blickkontakt ist. Dann greife ich mir die Leiter und bringe sie nach oben.

Als Frankie das vierte Brett herunterreißt, kracht eine Kiste mit alten Obstgläsern herunter und zerschellt vor unseren Füßen. »Fantastisch!«, brülle ich. »Da oben ist Stauraum.« Mit frischer Kraft macht sich Frankie über die Deckenbretter her, und bald ist ein Drittel der Schlafzimmerdecke in kleine Stücke zerlegt, die ich in die Ecke werfe. Wir kommen nicht wieder, und mir ist es egal, wie das Haus hinterher aussieht.

Ich setze die Leiter an, und wir klettern vorsichtig durch die Öffnung in der Decke. Als ich bis zur Taille im Dachboden stehe, leuchte ich mit meiner Taschenlampe. Der Raum ist fensterlos, stockdunkel, eng und modrig, höchstens 1,20 Meter hoch. Für einen alten Dachboden gibt es erstaunlich wenig Gerümpel, ein Beweis dafür, dass die Eigentümer nur das Nötigste besaßen, und ein Hinweis darauf, dass Kenny ihn vor über zwanzig Jahren dauerhaft verschlossen haben könnte.

Da wir nicht aufrecht stehen können, kriechen Frankie und ich vorsichtig auf allen vieren. Nur wenige Zentimeter über uns prasselt der Regen auf das Wellblechdach. Wir müssen schreien, um uns zu verständigen. Er nimmt die eine Richtung, ich die andere, sehr langsam. Kriechend kämpfen wir uns durch dichte Spinnweben und suchen jeden Quadratzentimeter nach Schlangen ab. Ich komme an einem ordentlichen Stapel von drei Zentimeter breiten und fünfzehn Zentimeter langen Kiefernholzbrettern vorbei, die wahrscheinlich noch aus der Bauzeit vor hundert Jahren stammen. Alte Zeitungen sind zu einem Stapel aufgeschichtet, die oberste stammt aus dem März 1965.

Frankie ruft nach mir, und ich husche auf allen vieren wie eine Ratte zu ihm. Meine Jeans ist an den Knien ohnehin bereits völlig vom Staub verdreckt.

Er hat eine zerfetzte Decke so weit zurückgezogen, dass drei identische Kartons sichtbar werden. Er richtet seine Lampe auf das Etikett an einem davon, und ich beuge mich vor, um es mir aus einer Entfernung von wenigen Zentimetern anzusehen. Die verblichenen Buchstaben sind mit Tinte von Hand geschrieben, aber der Text ist eindeutig: *Sheriff Department Ruiz County – Asservate Aktenzeichen* QM *14.* Alle drei Kartons sind mit dickem, braunem Paketband verschlossen.

Mit meinem Mobiltelefon mache ich ein Dutzend unterbelichtete Fotos von den drei Kartons, bevor sie auch nur einen Zentimeter bewegt werden. Kenny hat sie klugerweise auf drei fünf mal zehn Zentimeter große Bretter gestellt, damit sie nicht direkt auf dem Boden stehen, falls Regen einsickert. Der Dachboden scheint jedoch erstaunlich dicht zu sein, und wenn er bei einer Sintflut wie der jetzigen trocken bleibt, ist das Dach völlig in Ordnung.

Die Kartons sind nicht schwer. Wir schieben sie vorsichtig zur Öffnung. Ich klettere zuerst hinunter, und Frankie reicht sie mir. Als sie im Schlafzimmer stehen, mache ich noch mehr Fotos. Der Gedanke an Schlangen und Skelette beschleunigt unseren Abgang. Die Veranda vor dem Haus ist vermodert und nass vom Regen, deshalb lassen wir die Kartons direkt hinter der Eingangstür stehen und warten, bis der Regen nachlässt.

43

Ruiz County bildet gemeinsam mit zwei anderen Countys den 22. Gerichtsbezirk des Staates Florida. Gegenwärtig ist der gewählte Staatsanwalt ein gewisser Patrick McCutcheon, ein Jurist aus Seabrook, der im Gerichtsgebäude seine Büros hat. Vor achtzehn Jahren fing McCutcheon direkt nach dem Jurastudium als angestellter Anwalt in der viel beschäftigten Kanzlei eines gewissen Glenn Colacurci an. Als er sich für eine Laufbahn als politischer Beamter entschied, trennten sie sich freundschaftlich.

»Ich kann mit dem Jungen reden«, versichert Glenn mir.

Das kann und tut er. Und während er McCutcheon informiert, telefoniere ich hinter Sheriff Castle her, der wie immer viel zu tun hat. Als es mir schließlich gelingt, ihn davon zu überzeugen, dass ich meine Abenteuer vom Vormittag nicht erfunden habe und dass sich drei Kartons mit alten Asservaten in meinem Besitz befinden, die Bradley Pfitzner verschwinden lassen wollte, wird er sehr hellhörig.

Glenn, dem nichts von den Exzessen des Vorabends anzumerken ist, wirft sich mit Elan ins Getümmel und übernimmt. Um zwei Uhr nachmittags versammeln wir uns in seinem Büro: ich, Frankie Tatum, Patrick McCutcheon, Sheriff Castle und Bea, die in einer Ecke sitzt und sich Notizen macht.

Mein Kontakt mit McCutcheon war ausschließlich schriftlich und immer freundlich. Vor fast einem Jahr stellte ich routinemäßig den Antrag, Quincys Verfahren wiederaufzunehmen, und er lehnte höflich ab, was mich nicht überraschte. Castle bat ich ebenfalls, die Ermittlungen wiederaufzunehmen, aber er zeigte wenig Interesse. Seit damals habe ich beiden Zusammenfassungen der neuesten Entwicklungen geschickt, sie sind also auf dem Laufenden. Oder sollten es sein. Ich gehe davon aus, dass sie sich mein Material angesehen haben. Ich gehe allerdings auch davon aus, dass sie dafür viel zu beschäftigt waren, bis Pfitzner verhaftet wurde. Diese überraschende Entwicklung erregte schlagartig ihre Aufmerksamkeit.

Jetzt sind sie fasziniert. Ihr plötzliches Interesse wird durch die Entdeckung der drei verloren geglaubten Kartons mit Asservaten noch beflügelt.

Ich brauche einen Augenblick, um klarzustellen, wer das Sagen hat, was einigermaßen peinlich ist. Glenn würde liebend gern Hof halten, aber ich schiebe ihn höflich beiseite. Ohne zu erklären, wie und warum wir anfingen, uns für Kenny Taft zu interessieren, schildere ich unseren Kontakt mit der Familie, den Mietvertrag, die Zahlung und unsere morgendlichen Abenteuer in dem alten Haus. Bea hat die Fotos der Kartons auf dem Dachboden ausgedruckt, und ich gebe sie herum.

»Wurden sie geöffnet?«, fragt der Sheriff.

»Nein«, erwidere ich. »Sie sind noch fest verschlossen.«

»Wo sind sie?«

»Dazu möchte ich mich im Augenblick nicht äußern. Zunächst einmal müssen wir uns einigen, wie wir vorgehen. Keine Vereinbarung, keine Asservate.«

»Die Kartons fallen aber in die Zuständigkeit meiner Behörde«, sagt Castle.

»Da bin ich mir nicht so sicher«, gebe ich zurück. »Vielleicht, vielleicht auch nicht. Bis vor zwei Stunden wussten

Sie und Ihre Behörde nichts davon. Es gibt keine laufenden Ermittlungen, weil Sie sich nicht einschalten wollten, wenn Sie sich recht erinnern.«

McCutcheon will sein Revier abstecken. »Ich schließe mich der Meinung des Sheriffs an«, sagt er. »Wenn die Beweismittel seiner Behörde gestohlen wurden, ganz gleich wann, dann hat er allen Anspruch darauf.«

Glenn will sein Revier ebenfalls abstecken und tadelt seinen früheren Angestellten. »Patrick, seine Behörde hat vor zwanzig Jahren versucht, das Material zu vernichten. Gott sei Dank hat Post es gefunden. Dieses Hin und Her bringt uns nicht weiter. Wir müssen uns einigen und gemeinsam handeln. Ich vertrete Mr. Post und seine Organisation und bitte um Verständnis, wenn er die Beweismittel nicht einfach so aus der Hand geben will. Es könnte etwas darunter sein, was seinen Mandanten entlastet. Angesichts der früheren Ereignisse hier in Seabrook ist er zu Recht vorsichtig. Am besten beruhigen wir uns alle erst einmal.«

Das tun wir, dann ergreife ich das Wort. »Ich schlage vor, wir einigen uns auf einen Plan und öffnen die Kartons dann gemeinsam, selbstverständlich alles mit Videoaufzeichnung. Wenn die Taschenlampe dort ist, meine Herren, möchte ich sie behalten und von unseren Experten, Dr. Kyle Benderschmidt und Dr. Tobias Black, untersuchen lassen. Ich gehe davon aus, dass Ihnen Kopien ihrer Gutachten vorliegen. Wenn sie mit ihrer Untersuchung fertig sind, übergebe ich Ihnen die Taschenlampe, und Sie können sie im staatlichen kriminaltechnischen Labor untersuchen lassen.«

»Wollen Sie damit sagen, Ihre Experten sind besser als die der Staatsanwaltschaft?«, fragt Castle.

»Und ob ich das sagen will. Wenn Sie sich recht erinnern, hat die Staatsanwaltschaft einen Scharlatan namens Paul Norwood in den Zeugenstand gerufen. Seine Arbeit ist in den vergangenen zehn Jahren komplett widerlegt worden, aber Quincy hat er damit noch in die Tinte geritten. Mittlerweile ist er nicht mehr im Geschäft. Tut mir leid, aber in der Frage habe ich keinerlei Vertrauen in den Staat.«

»Ich bin mir sicher, dass unser kriminaltechnisches Labor der Sache durchaus gewachsen ist«, sagt McCutcheon. »Norwood hat damals nicht für den Staat gearbeitet.«

Immer wenn McCutcheon spricht, schießt Glenn zurück. »Sie haben nicht zugehört, Patrick. Mein Mandant hat alle Trümpfe in der Hand. Wenn Sie nicht zustimmen, bekommen Sie das Beweismaterial gar nicht zu sehen. Er nimmt es mit, und Plan B kommt zur Anwendung.«

»Und der wäre?«

»Wir haben noch nicht alle Einzelheiten geklärt, aber Plan B sieht auf jeden Fall vor, das Mr. Post mit den Kartons die Stadt verlässt und das Beweismaterial von unabhängigen Sachverständigen untersuchen lässt. Dann sind Sie außen vor. Wollen Sie das?«

Ich stehe auf und bedenke Castle und McCutcheon mit einem empörten Blick. »Ich bin nicht hier, um zu verhandeln. Mir gefällt Ihr Ton nicht. Mir gefällt Ihre Einstellung nicht. Die Kartons sind in Sicherheit, in einem neuen Versteck, und ich werde sie holen, wenn ich so weit bin.« Ich gehe zur Tür und öffne sie, als McCutcheon »warten Sie!« sagt.

Die Kartons wurden zwar vom Staub befreit, aber man kann ihnen ihr Alter ansehen. Sie stehen nebeneinander mitten auf dem langen Tisch in Glenns Konferenzraum. Eine Videokamera auf einem Stativ ist auf sie gerichtet. Wir drängen uns um den Tisch und starren sie an. Ich berühre den ersten Karton. »Ich gehe davon aus, dass QM für Quincy Miller steht«, sage ich zum Sheriff und gebe ihm ein kleines Taschenmesser. »Wollen Sie mir die Ehre erweisen?« Außerdem reiche ich ihm ein Paar Latexhandschuhe, die er bereitwillig überzieht. Bea schaltet die Videokamera ein, während Frankie anfängt, mit seinem Smartphone zu filmen.

Castle nimmt das Messer und durchtrennt mit der Klinge das Paketband, zuerst an der Oberseite, dann an den Seiten. Als er den Karton aufklappt, warten wir wie gebannt darauf, was zum Vorschein kommt. Der erste Gegenstand ist eine durchsichtige Plastiktüte, die ein offenbar blutgetränktes weißes Hemd enthält. Ohne sie zu öffnen, hält Castle sie in die Kamera und liest vor, was auf dem Anhänger steht: »Tatort Russo, 16. Februar 1988.«

Er legt sie auf den Tisch. Das Hemd in der Tüte scheint an einigen Stellen zerrissen zu sein. Das Blut ist nach dreiundzwanzig Jahren fast schwarz.

Dann folgt ein weiterer durchsichtiger Plastikbeutel mit etwas, was wie eine zusammengeknüllte und in die Tüte gestopfte Anzughose aussieht. Schwarze Flecken sind zu erkennen. Castle liest den Anhänger – dieselben Angaben.

Es folgt ein Karton von der Länge und Breite eines Briefbogens, der in einen schwarzen Müllsack eingewickelt ist. Castle entfernt vorsichtig die Plastikhülle, stellt den Karton auf den Tisch und öffnet ihn. Er entnimmt ihm ein Blatt verschmiertes Kopierpapier nach dem anderen, einen Schreibblock, Karteikarten sowie vier billige Kugelschreiber und zwei unbenutzte Bleistifte. Laut Anhänger stammt das Material von Russos Schreibtisch. Alles ist voller Blut.

Nacheinander holt er vier Gesetzbücher heraus, die allesamt voller Flecken sind. Dem Anhänger zufolge stammen sie aus Keith Russos Regalen.

Dann kommt ein quadratischer Pappkarton, der rund dreißig mal dreißig Zentimeter misst. Er sitzt fest in einem Gefrierbeutel, der wiederum in einem anderen Schiebever-

schlussbeutel steckt. Castle entfernt vorsichtig die Plastik-
verpackung. Als wüssten wir bereits, was kommt, wartet
er einen Augenblick, während wir auf den braunen Karton starren. Er ist nicht verklebt, sondern mit einer Falt-
lasche verschlossen. Langsam öffnet er diese und holt einen
weiteren Schiebeverschlussbeutel heraus. Er legt ihn auf
den Tisch. Im Inneren befindet sich eine kleine, schwarze
Taschenlampe, etwa dreißig Zentimeter lang mit einer
Fünf-Zentimeter-Linse.

»Das sollten wir erst mal lieber nicht öffnen«, sage ich.
Mir schlägt das Herz bis zum Hals.

Castle nickt zustimmend.

Glenn übernimmt wieder den Befehl über sein Büro.
»Meine Herrschaften, ich würde sagen, wir setzen uns alle
und überlegen, wo wir stehen.«

Wir begeben uns an ein Ende des Tisches und nehmen
Platz. Frankie setzt sich ans andere Ende und steckt sein
Handy ein. »Ich zeichne immer noch auf«, sagt Bea.

»Lassen Sie die Kamera weiterlaufen«, sage ich. Ich will,
dass jedes Wort festgehalten wird.

Mehrere Minuten lang sitzen wir vier irgendwie herum
und bemühen uns, unsere Gedanken zu ordnen. Ich sehe
die Taschenlampe an, wende den Blick ab und kann immer
noch nicht fassen, dass sie wirklich da ist. Ich tue mich
schwer zu verstehen, was das bedeuten könnte.

»Ich habe eine Frage, Post«, sagt McCutcheon schließlich.

»Nur zu.«

»Sie befassen sich seit fast einem Jahr mit dem Fall. Wir
nicht. Was glauben Sie, warum Pfitzner das Beweisstück
vernichten wollte?«

»Ich glaube, dafür gibt es nur eine Erklärung«, sage ich.
»Kyle Benderschmidt hat mir dabei auf die Sprünge geholfen«. »Wie er meinte, war hier jemand Hochintelligentes

am Werk, der sich mit dem Gesetz auskannte und mit allen Wassern gewaschen war. Die Taschenlampe wurde von Pfitzner im Kofferraum deponiert und eingehend fotografiert. Sie haben die Bilder ja gesehen. Pfitzner wusste, dass er einen Scharlatan wie Paul Norwood finden würde, der sie, ohne sie je in der Hand gehalten zu haben, analysieren und den Geschworenen die These der Staatsanwaltschaft verkaufen würde, der zufolge sie vom Mörder, also Quincy, benutzt worden sei, damit er in der Dunkelheit schießen konnte. Der Grund, warum Pfitzner die Taschenlampe verschwinden lassen wollte, war, dass er Angst hatte, ein anderer Sachverständiger, jemand, der kompetenter war als Norwood, könnte sie für die Verteidigung untersuchen und die Wahrheit herausfinden. Pfitzner wusste auch, dass für einen Schwarzen in einer weißen Stadt viel leichter eine Verurteilung zu erreichen war.«

Daran haben sie lange zu kauen. Wieder bricht McCutcheon das Schweigen. »Was haben Sie jetzt vor, Post?«

»Ich habe nicht mit so viel Blut gerechnet«, erwidere ich. »Das ist geradezu ein Geschenk. Aber idealerweise möchte ich die Taschenlampe zunächst von Benderschmidt untersuchen lassen. Das kann er nicht hier tun, weil er sein großes Labor an der Virginia Commonwealth University hat.«

»Wenn das Blut auf der Taschenlampe mit dem Blut auf der Kleidung übereinstimmt, hatte Quincy Miller mit dem Verbrechen zu tun, richtig?«, sagt McCutcheon.

»Möglicherweise, aber das wird keinesfalls passieren. Die Taschenlampe stammt von Pfitzner und war ursprünglich nicht am Tatort. Das garantiere ich Ihnen.«

Glenn muss offenbar unbedingt seinen Senf dazugeben. »So wie ich das sehe, haben wir hier zwei Aspekte«, sagt er zu McCutcheon. »Zum einen geht es darum, einen Unschuldigen aus dem Gefängnis zu holen, zum anderen darum, den wahren Mörder zu überführen. Ersteres ist ein Muss, Letzteres wird vielleicht nie geschehen. Auch wenn Pfitzner im Gefängnis sitzt, wird es schwer werden, ihn des Mordes zu überführen. Stimmen Sie mir zu, Post?«

»Ja, und im Augenblick befasse ich mich damit gar nicht. Er hat uns dieses Geschenk hinterlassen und wird eine langjährige Haftstrafe bekommen. Ich will Quincy Miller so schnell wie irgend möglich aus dem Gefängnis holen, und ich will, dass Sie mich dabei unterstützen. Ich habe das alles schon durchgemacht, und wenn ich die Staatsanwaltschaft auf meiner Seite habe, geht es bedeutend schneller.«

»Geben Sie sich einen Ruck, Patrick«, drängt Glenn. »Es ist doch offensichtlich. Dem Jungen ist vor dreiundzwanzig Jahren vom County übel mitgespielt worden. Es ist an der Zeit, das in Ordnung zu bringen.«

Sheriff Castle lächelt. »Ich bin Ihrer Meinung. Sobald die Testergebnisse vorliegen, nehmen wir die Ermittlungen wieder auf.«

Am liebsten würde ich über den Tisch springen und ihm um den Hals fallen.

»Einverstanden«, sagt McCutcheon. »Ich habe nur die Bitte, dass alles fotografiert, gefilmt und sorgfältig verwahrt wird. Möglicherweise brauche ich es eines Tages für einen anderen Prozess.«

»Selbstverständlich«, sage ich.

»Nun zu den anderen beiden Kartons«, sagt Castle.

Glenn stemmt seinen Gehstock auf den Boden und springt auf. »Sehen wir uns die Sache an. Vielleicht enthalten sie ja Beweise gegen mich.«

Wir lachen nervös und stehen auf. Frankie räuspert sich. »Boss, vergiss bitte den Wandschrank nicht.«

Der war mir völlig entfallen. Ich sehe den Sheriff an. »Tut mir leid, dass ich noch mit einer zusätzlichen Komplikation daherkomme, Sheriff, aber im Taft-Haus sind wir über noch etwas gestolpert, in einem Wandschrank im Obergeschoss. Ich weiß nicht, ob man von einer Leiche sprechen kann, weil nur das Skelett übrig ist. Bloß noch Knochen. Liegt wahrscheinlich schon seit Jahren dort.«

Castle sieht nicht glücklich aus. »Toll. Das hat mir gerade noch gefehlt.«

»Wir haben nichts angefasst, aber uns sind keine Einschusslöcher im Schädel aufgefallen. Könnte also Selbstmord sein.«

»Der Gedanke gefällt mir, Post.«

»Und es war kein einziges Kleidungsstück zu sehen. Auf jeden Fall haben wir den Tafts nichts gesagt. Sie können es also halten, wie Sie wollen.«

»Sehr großzügig von Ihnen.«

44

Glenn lädt Frankie und mich zu einer weiteren Runde chinesischem Essen auf der Veranda ein, aber wir lehnen dankend ab. Ich verlasse Seabrook am späten Nachmittag, mit Frankie mir dicht auf den Fersen, als wollte er mir helfen, meine wertvolle Fracht zu bewachen. Sie steht auf dem Sitz neben mir, wo ich sie im Auge behalten kann. Ein kleiner Karton mit der Taschenlampe, die seit Jahrzehnten niemand in der Hand gehalten hat, und eine Plastiktüte mit einem blutigen Hemd. Wir fahren drei Stunden ohne Pause und erreichen Savannah kurz nach Einbruch der Dunkelheit. Ich sperre die Beweismittel für die Nacht oben in meiner Wohnung ein, damit ich daneben schlafen kann. Vicki grillt ein Hühnchen, Frankie und ich sind nämlich am Verhungern.

Beim Abendessen diskutieren wir, ob wir nach Richmond fahren oder fliegen sollen. Ich will nicht fliegen, weil mir der Gedanke nicht gefällt, dass unsere Beweismittel am Flughafen durch die Sicherheitskontrolle müssen. Ein gelangweilter Beamter könnte mit unserem blutgetränkten Hemd viel Spaß haben. Der Gedanke, dass noch jemand an der Taschenlampe herumfummelt, ist furchterregend.

Also fahren wir um fünf Uhr morgens los, in Frankies geräumigem und viel zuverlässigerem Pick-up, mit ihm am Steuer, während ich versuche, während des ersten Teils der Strecke zu schlafen. Direkt hinter der Grenze zu South Carolina fängt er an einzudösen, und ich übernehme. Wir finden im Radio einen R-&-B-Sender aus Florence und singen zu Marvin Gaye. Zum Frühstück holen wir uns am Drive-in-Schalter eines Fast-Food-Restaurants Donuts und Kaffee, die wir während der Fahrt essen. Mittlerweile können wir über unsere Abenteuer vom Vortag lachen. Um diese Zeit standen wir auf dem Dachboden und schlotterten vor Angst vor bösen Geistern. Als Frankie einfällt, wie ich mich übergeben musste, als das Skelett aus dem Schrank sprang, muss er so lachen, dass er nicht essen kann. Ich erinnere ihn, dass er fast in Ohnmacht gefallen wäre. Er gibt zu, dass ihm ein Bein weggeknickt sei und dass er tatsächlich nach der Glock gegriffen habe.

Es ist fast vier Uhr nachmittags, als wir im Zentrum von Richmond eintreffen. Kyle Benderschmidt ist vorbereitet, sein Team erwartet uns. Wir folgen ihm in dem Laborkomplex zu einem großen Raum. Er stellt uns zwei Kollegen und zwei Technikern vor, und alle fünf ziehen Latexhandschuhe an. Zwei Videokameras, eine direkt über dem Tisch, die andere an einem Ende des Tisches montiert, sind eingeschaltet. Frankie und ich treten einen Schritt zurück. Die Bilder von der Deckenkamera werden simultan auf einen HD-Bildschirm an der Wand vor uns übertragen, sodass wir nichts verpassen werden.

Benderschmidt spricht in die Kamera am Tischende und nennt die Namen aller Anwesenden sowie Datum, Ort und Zweck der Untersuchung. Beiläufig beschreibt er, was er tut, während er den Karton aus der Plastiktüte holt, ihn langsam öffnet und die kleinere Tüte mit der Taschenlampe herausholt. Er öffnet sie und legt das wertvolle Stück auf ein ein mal ein Meter großes, weißes Keramikbrett. Mit einem Lineal misst er die Länge – achtundzwanzig Zentimeter. Er erklärt seinem Publikum, dass das schwarze Gehäuse aus einem Leichtmetall besteht, vermutlich Aluminium, mit einer strukturierten Oberfläche, also nicht glatt. Das werde es erschweren, Fingerabdrücke zu finden. Einen Augenblick lang doziert er und erklärt, latente Fingerabdrücke könnten auf einer glatten Oberfläche jahrzehntelang erhalten bleiben, wenn diese entsprechend geschützt sei. Sie könnten aber auch sehr schnell verschwinden, wenn die Oberfläche den Elementen ausgesetzt sei. Er fängt an, die Taschenlampe aufzuschrauben, um die Batterien herauszuholen, und Rost bröselt aus den Rillen. Dann schüttelt er sie leicht, und schließlich lösen sich zwei Batterien und fallen heraus. Er fasst sie nicht an, sagt aber, auf Batterien seien häufig Fingerabdrücke zu finden. Intelligente Einbrecher und andere Kriminelle würden fast immer ihre Taschenlampen abwischen, häufig aber die Batterien vergessen.

Darauf wäre ich nie gekommen. Frankie und ich wechseln einen Blick. Da lernt man richtig was.

Benderschmidt stellt uns einen Kollegen namens Max vor, seinen Experten für Fingerabdrücke. Max übernimmt die Berichterstattung, während er sich über die beiden Batterien beugt und erklärt, da die Farbe vor allem schwarz sei, werde er ein feines weißes Pulver verwenden, das so ähnlich wie Talkumpuder aussehe. Mit einem kleinen Pinsel trägt er das Pulver geschickt auf die Batterien auf und sagt, es werde an dem auf der Haut vorhandenen Fett haften, falls es solche Spuren gebe. Zunächst gar nichts. Er dreht die Batterien vorsichtig um und trägt wieder Pulver auf. »Volltreffer«, sagt er. »Sieht aus wie ein Daumenabdruck.«

Mir werden die Knie weich, und ich würde mich gern setzen. Das geht aber nicht, weil sich alle Blicke auf mich richten. »Was machen wir damit?«, fragt Benderschmidt. »Wahrscheinlich ist es keine gute Idee, den Fingerabdruck weiter zu untersuchen, oder?«

Ich versuche, meine Gedanken zu ordnen. Ich habe mich selbst vor Monaten davon überzeugt, dass wir den Mörder nie finden werden. Könnte es sein, dass wir gerade auf seinen Fingerabdruck gestoßen sind?

»Ja, lassen wir das mit dem Fingerabdruck. Wahrscheinlich wird er vor Gericht als Beweismittel verwendet werden, und mir wäre es lieber, wenn ihn das kriminaltechnische Labor des Staates Florida abnimmt.«

»Einverstanden«, sagt Benderschmidt. Max nickt ebenfalls. Diese Leute sind Profis und wissen, wie man Beweise sichert.

Ich habe eine Idee. »Können wir den Abdruck fotografieren und gleich losschicken?«

»Klar.« Benderschmidt zuckt mit den Schultern und nickt einem Techniker zu. Dann sieht er mich an. »Ich nehme an, Sie möchten unbedingt jemanden identifizieren?«

»Das stimmt, falls möglich.«

Der Techniker rollt ein Gerät herein, das als hochauflösende Kamera mit einem unaussprechlichen Namen vorgestellt wird, und in den nächsten dreißig Minuten werden Großaufnahmen von dem Daumenabdruck gemacht. Ich rufe Wink Castle in Seabrook an und lasse mir den Namen seines Ansprechpartners im staatlichen Kriminallabor geben. Er will wissen, ob wir Fortschritte machen, und ich sage, bisher leider keine.

Als die Kamera weg ist, legt Benderschmidt die Batterien in Plastikbehälter und wendet sich der Linse zu. Ich habe mir die Fotos tausendmal angesehen und weiß, dass dort acht Flecken sind, bei denen es sich angeblich um Russos Blut handelt. Drei sind etwas größer als die anderen und haben einen Durchmesser von knapp drei Millimetern. Kyle will den größten entfernen und damit eine Reihe von Tests durchführen. Da das Blut fast dreiundzwanzig Jahre lang eingetrocknet ist, wird es nicht einfach zu extrahieren sein. Minutiös wie Neurochirurgen nehmen er und Max den Verschluss ab und legen die Linse in eine große, durchsichtige Petrischale. Benderschmidt beschreibt dabei ständig, was sie tun. Mit einer kleinen Spritze bringt er einen Tropfen destilliertes Wasser direkt auf den größten Blutfleck auf. Frankie und ich beobachten das auf dem Bildschirm.

Das Wasser vermischt sich gut, und ein Tropfen rosafarbener Flüssigkeit läuft von der Linse in die Petrischale. Benderschmidt und Max nicken sich zu. Sie sind mit der Probe zufrieden. Sie ziehen die Latexhandschuhe aus, während ein Techniker die Schale wegbringt.

»Wir nehmen eine kleine Probe von dem Blut auf dem Hemd und vergleichen beide«, sagt Benderschmidt zu mir. »Dann führen wir einige Tests und Diagnoseverfahren durch. Das dauert eine Weile. Wir arbeiten die Nacht durch.«

Was soll ich sagen? Ich hätte gern sofort Ergebnisse in unserem Sinne gehabt, aber ich bedanke mich bei ihm und Max.

Frankie und ich suchen uns im Zentrum von Richmond ein Lokal. Bei Eistee und Sandwiches versuchen wir, über ein anderes Thema als über Blut zu reden, aber das gelingt uns nicht. Falls die Probe von der Taschenlampe mit den Blutflecken auf dem Hemd übereinstimmt, bringt uns das bei der Wahrheitsfindung nicht weiter, und viele Fragen bleiben offen.

Stammen die Proben aber aus verschiedenen Quellen, kommt Quincy auf freien Fuß. Falls er seine Füße benutzen kann.

Und der Daumenabdruck? Er wird nicht automatisch zu der Person führen, die den Abzug betätigt hat, sofern nicht bewiesen werden kann, dass die Taschenlampe am Tatort war. Wenn die Proben nicht übereinstimmen, war die Taschenlampe nicht dort, sondern wurde von Pfitzner in Quincys Kofferraum versteckt. So zumindest unsere Spekulation.

Während der langen Fahrt von Savannah nach Richmond haben Frankie und ich diskutiert, ob wir die Tafts darüber informieren sollen, dass in ihrem Haus ein Skelett im Wandschrank ist. Einerseits könnte ein Verwandter vor Jahren verschwunden sein, und das Rätsel könnte nun aufgeklärt werden. Andererseits ist ihnen das Haus so unheimlich, dass sie wahrscheinlich nichts von einem weiteren mysteriösen Todesfall wissen wollen.

Beim Kaffee beschließen wir, dass die Geschichte zu wichtig ist, als dass wir sie für uns behalten könnten. Frankie sucht Riley Tafts Nummer heraus und ruft ihn an. Riley kommt gerade von der Arbeit in der Schule und ist überrascht zu hören, dass wir mit den Beweismitteln schon so weit sind. Frankie erklärt, dass die meisten beim Sheriff liegen, dass wir aber alles an uns genommen haben, was wir brauchen. Er fragt, ob in der Familie noch mehr Leute verschwunden seien, in den letzten zehn Jahren oder so.

Riley will wissen, warum das wichtig ist.

Grinsend berichtet Frankie von dem Fund, den wir am vergangenen Vormittag im Haus gemacht haben, und seine Augen funkeln verschmitzt. Im Wandschrank im Schlafzimmer an der Ostseite stecke ein Skelett, vollständig erhalten und mit einer Plastikschnur um den Brustkorb, sodass es nicht umfallen könne. Wahrscheinlich kein Selbstmord. Möglicherweise ein Mord, aber nicht durch Erhängen, wobei auch das nicht sicher sei.

Riley ist so entsetzt, dass Frankie fast lachen muss. Es geht hin und her, weil Riley denkt, Frankie wolle ihn veräppeln. Das lässt Frankie nicht auf sich sitzen und sagt, das sei leicht zu überprüfen. Sie sollten einfach nachsehen. Und außerdem solle er mit Wendell das Skelett so schnell wie möglich aus dem Haus holen und anständig begraben.

Riley platzt der Kragen, und er schimpft wie ein Rohrspatz. Als er sich wieder beruhigt hat, entschuldigt sich Frankie dafür, dass er ihnen die schlechte Nachricht habe mitteilen müssen, aber es sei schließlich wichtig. Möglicherweise werde der Sheriff bald vorstellig werden, um sich umzusehen.

Frankie lauscht und grinst. »Nein, nein, Riley, an Ihrer Stelle würde ich das Haus nicht abbrennen.«

Riley lässt eine weitere Schimpftirade los, und irgendwann hält Frankie das Telefon auf Abstand von seinem Ohr. »Jetzt beruhigen Sie sich mal, Riley«, sagt er immer wieder. »Bitte fackeln Sie das Haus nicht ab.«

Als er auflegt, ist er fest davon überzeugt, dass die Eigentümer das Haus umgehend in Brand stecken werden.

45

Wir müssen bis kurz vor elf Uhr warten, bis Dr. Benderschmidt mit seinen Lehrveranstaltungen fertig ist und in
sein Büro zurückkehrt, wo Frankie und ich ihn bereits
erwarten, bis an die Nasenspitze voll mit Koffein. Er
kommt uns strahlend entgegen. »Sie haben gewonnen.« Er
lässt sich auf seinen Stuhl sinken, zupft die Fliege zurecht
und freut sich augenscheinlich darauf, uns die gute Nachricht zu überbringen. »Keine Übereinstimmung – es ist
nicht einmal menschliches Blut! Dabei haben wir jede
Menge menschliches Blut auf Russos Hemd, Gruppe null,
die fünfzig Prozent aller Menschen haben. Das ist aber
auch schon alles, was wir wissen, da wir, wie gesagt, kein
Genlabor sind. Zum Glück brauchen Sie aber keine DNA-
Analyse. Das Blut auf der Taschenlampe stammt eindeutig
von einem Tier, höchstwahrscheinlich von einem Kaninchen oder einem anderen Kleinsäuger. Heute nur so viel
dazu – ich muss in zwei Stunden am Flughafen sein und
bin ein bisschen spät dran, weil ich die ganze Nacht an
der Sache gearbeitet habe. Aber mein Gutachten enthält
eine ausführliche Erläuterung zu den wissenschaftlichen
Zusammenhängen.« An mich gewandt, fährt er fort: »Sie
sehen nicht überrascht aus, Mr. Post.«

»Ich bin auch nicht überrascht, Doc. Nur erleichtert,
endlich die Wahrheit zu kennen.«

»Er wird freikommen, nicht wahr?«

»Wenn es nur so einfach wäre. Sie wissen ja, wie das läuft.

Es wird ein monatelanges Hauen und Stechen vor Gericht geben, bis es so weit ist. Aber wir werden gewinnen. Dank Ihnen.«

»Sie haben die Drecksarbeit gemacht, Mr. Post. Ich bin nur ein Wissenschaftler.«

»Und der Daumenabdruck?«

»Die gute Nachricht ist, dass er nicht von Quincy stammt. Die schlechte ist, dass er auch nicht von Pfitzner ist. Bislang kann er nicht zugeordnet werden, aber das Labor in Florida ist dran. Sie haben ihn gestern Abend durchs System gejagt, ohne Ergebnis. Was vermutlich heißt, dass die Person, die die Batterien in der Hand hatte, nicht erkennungstechnisch erfasst ist. Es könnte also jeder gewesen sein. Pfitzners Frau, seine Haushälterin, einer seiner Deputys. Oder jemand, von dem man noch nie gehört hat und den man nie finden wird.«

»Aber das spielt auch keine Rolle, oder?«, fragt Frankie. »Wenn die Taschenlampe nicht vom Tatort stammt, hat der wahre Mörder sie auch nicht benutzt.«

»Exakt«, bestätigt Dr. Benderschmidt. »Wie ist es also wirklich abgelaufen? Höchstwahrscheinlich hat Pfitzner ein Kaninchen getötet und mit dessen Blut die Taschenlampe präpariert. Ich an seiner Stelle hätte eine handelsübliche Spritze verwendet und aus rund einem Meter fünfzig auf die Linse gezielt, um überzeugende Blutspritzer zu erzeugen. Anschließend hat er das fingierte Beweisstück trocknen lassen, mit Handschuhen in seine Jacke gesteckt, sich einen Durchsuchungsbeschluss für Quincys Wagen besorgt und es in dessen Kofferraum versteckt. Dann musste er nur noch dafür sorgen, dass Paul Norwood von der Staatsanwaltschaft als Prozesssachverständiger beauftragt wird. Norwood war einer, der für Geld alles gesagt hätte. Er kam, protzte mit seiner langen Referenzliste und überzeugte die, sagen wir mal, bildungsfernen Geschworenen. Überwiegend Weiße, wenn ich mich recht entsinne.«

»Mit elf zu einer Stimme«, ergänze ich.

»Was für ein Fall. Ein spektakulärer Mord, dazu der perfekte Verdächtige mitsamt Motiv, eine raffiniert inszenierte Indizienfalle. Quincy entrinnt nur mit knapper Not der Todesstrafe und muss für den Rest seines Lebens hinter Gitter. Dreiundzwanzig Jahre später kommt die Wahrheit ans Licht, und die Gerechtigkeit obsiegt. Dank Ihnen, Mr. Post. Sie verdienen einen Orden.«

»Danke, Doc, uns geht's nicht um Ehrungen. Wir wollen schlicht Unschuldigen zur Freiheit verhelfen.«

»War mir eine echte Freude. Wirklich ein fantastischer Fall. Sollten Sie mich noch mal brauchen, bin ich jederzeit für Sie da.«

Auf dem Weg aus Richmond hinaus rufe ich meine Lieblingskrankenschwester an, die Quincy das Telefon weiterreicht. In knappen Worten erläutere ich ihm, dass wir nun ausreichend Beweismittel für eine Rehabilitierung beisammenhaben. Es könne allerdings dauern, bis er tatsächlich freikomme. In den kommenden Monaten werde es viel juristisches Gezerre geben. Er ist glücklich, dankbar und bedrückt gleichermaßen.

Es ist dreizehn Wochen her, seit Quincy zusammengeschlagen wurde, und er macht jeden Tag Fortschritte. Er versteht immer mehr, die Worte kommen rascher, sein Wortschatz erweitert sich. Unser Hauptproblem zurzeit ist, dass er nicht begreift, wie wichtig es ist, dass seine Genesung so langsam wie möglich fortschreitet. Sobald es ihm gut genug geht, dass er entlassen werden kann, muss er zurück ins Gefängnis. Ich habe mehrfach versucht, seinem Pflegepersonal klarzumachen, wie wichtig es ist, dass sie sich Zeit lassen. Nur dass der Patient am Ende seiner Geduld ist. Er hat das Krankenhaus satt, die Operationen, Schläuche und Kanülen. Er will aufstehen und loslaufen.

Während Frankie uns nach Süden steuert, führe ich lange Telefonate mit Mazy, Susan Ashley und Bill Cannon. Die Ideen überschlagen sich, bis Mazy eine Konferenzschaltung organisiert und das ganze Team gemeinsam eine Stunde lang Brainstorming macht. Mazy kommt schließlich mit einem genialen Vorschlag. Der Trick gehe ihr schon länger im Kopf herum. Laut Gesetz des Bundesstaates Florida müssten Wiederaufnahmeanträge im County gestellt werden, wo der Häftling untergebracht sei. Somit sei Richter Plank zuständig, denn das Garvin Correctional Institute befinde sich im ländlichen Poinsett County, also in seinem Bezirk. Der Riesenberg an Papierkram würde den alten Mann jedoch so überfordern, dass von seiner Seite kaum mit Sympathie zu rechnen sei. Zudem würde er neue Beweise nicht einmal erkennen, wenn sie ihn in den Hintern bissen.

Zurzeit befindet sich Quincy jedoch gar nicht in Garvin. Er liegt im Krankenhaus im Zentrum von Orlando, das 1,5 Millionen Einwohner und dreiundvierzig Bezirksrichter hat. Wenn wir in Orange County einen neuen Antrag stellen, wird die Anklage zwar sofort behaupten, wir würden versuchen, uns einen Vorteil zu verschaffen, indem wir einen uns genehmen Bezirk aussuchten. Aber wir haben nichts zu verlieren. Wenn wir mit unserer Strategie Erfolg haben, werden wir unsere neuen Beweise einem neuen Richter vorlegen können, einem Richter aus einer Großstadt, in der eine gewisse Diversität herrscht. Wenn nicht, versuchen wir's eben noch einmal bei Richter Plank. Zunächst aber müssen wir unseren Antrag gegen Planks abschlägigen Bescheid zurückziehen, der jetzt seit drei

Monaten unbeachtet beim Obersten Gerichtshof des Staates Florida in Tallahassee liegt.

Mazy und ich verbringen die folgenden zwei Tage damit, einen neuen Antrag zu formulieren und unseren ursprünglichen Antrag zurückzuziehen. Wir erhalten die erfreuliche Nachricht, dass das kriminaltechnische Labor des Staates Florida die gleichen Schlüsse gezogen hat wie Dr. Benderschmidt.

Von den Tafts und ihrem Skelett im Wandschrank gibt es nichts Neues.

Wenn wir im Büro Champagner hätten, wäre jetzt Anlass, eine Flasche zu köpfen.

Dann meldet sich auch noch meine Lieblingskrankenschwester aus Orlando und teilt mit, dass sich erstens eine von Quincys Messerverletzungen am Knie entzündet habe und dass zweitens sein Kiefer nicht richtig verheile und noch einmal operiert werden müsse.

Ich beende das Gespräch mit den Worten: »Bitte entlassen Sie ihn nicht.«

Wir stellen unseren Antrag beim Bezirksgericht von Orange County, in Susan Ashleys Revier. Das Gericht hält sich bedeckt, wie die Fälle unter den Richtern zugeteilt werden, wir wissen also nicht, wen wir bekommen werden. Der Staat Florida braucht zwei Wochen, um zu reagieren, und schickt schließlich einen lapidaren, beinahe lustlos klingenden Antrag auf Klageabweisung.

Susan Ashley bittet um ein beschleunigtes Verfahren, und man teilt uns mit, dass unseren Prozess ein Richter Ansh Kumar leiten werde, achtunddreißig Jahre alt, Amerikaner der zweiten Generation, Sohn indischer Einwanderer. Wir haben uns Diversität gewünscht, wir haben sie bekommen. Richter Kumar gibt unserem Antrag auf ein Eilverfahren statt, ein gutes Zeichen. Ich mache mich schnellstens auf den Weg nach Orlando. Frankie nimmt mich in seinem Pick-up mit, weil er findet, dass mein alter Ford nicht mehr verkehrssicher ist, schon gar nicht, wenn ich ins Handy brülle und dabei Schlangenlinien fahre. Also übernimmt er das Steuer, und ich versuche, mich am Telefon zurückzuhalten.

Frankie ist derzeit in vielerlei Hinsicht unersetzlich. Wenig überraschend, hat er sich mit Quincy angefreundet und verbringt lange Stunden an dessen Krankenbett. Sie schauen zusammen Sportübertragungen im Fernsehen, essen Fast Food und treiben die Pflegekräfte in den Wahnsinn. Die Krankenschwestern wissen, dass beide langjährige Haftstrafen für Verbrechen verbüßt haben, die sie nicht begangen haben, und lassen ihnen ein gewisses Maß an gutmütigen Zweideutigkeiten durchgehen. Frankie zufolge können einige der Frauen auch ganz gut austeilen.

Erneut schickt der Staat Florida Carmen Hidalgo in den Ring. Als eine von tausend Anwälten und Anwältinnen des Justizministeriums hat sie abermals den Kürzeren gezogen. Potenzielle Justizirrtümer sind bei den Vertretern der Anklage nicht beliebt.

Ein erster kurzer Termin findet in einem modernen Sitzungssaal im zweiten Obergeschoss eines Hochhauses im Stadtzentrum statt, dem neuen Justizpalast, auf den Orange County ziemlich stolz ist. Richter Kumar begrüßt uns mit einem warmherzigen Lächeln und fordert uns auf, gleich zur Sache zu kommen.

Carmen Hidalgo spricht als Erste und argumentiert erwartungsgemäß, dass laut Gesetz des Bundesstaates sämtliche Wiederaufnahmeanträge in dem County einzureichen seien, wo der Gefangene einsitze. Susan Ashley hält dagegen, dass unser Mandant zwar in Garvin registriert sei, sich aber nicht dort aufhalte. In den vergangenen fünfzehn Wochen habe er in Orlando im Krankenhaus gelegen, eine Entlassung sei nicht in Sicht. Beide Seiten haben diesen Punkt vorab in Schriftsätzen formuliert, und es wird rasch klar, dass Richter Kumar nicht nur die Schriftsätze, sondern auch unseren vielseitigen Antrag gelesen hat.

Geduldig hört er zu.

»Ms. Hidalgo, mir scheint, der Angeklagte hat da ein bemerkenswertes rechtliches Schlupfloch entdeckt«, sagt er dann. »Das Gesetz sagt nichts darüber aus, wo der Antrag einzureichen ist, wenn der Angeklagte sich vorübergehend nicht in der Strafanstalt aufhält, in der er registriert ist. Da haben Sie leider Pech gehabt.«

»Aber, Euer Ehren …«

Richter Kumar hebt langsam beide Hände und lächelt freundlich. »Bitte nehmen Sie Platz, Ms. Hidalgo. Vielen Dank.« Er fährt fort: »Ich werde den Fall aus mehreren Gründen hierbehalten. Erstens besteht meiner Ansicht nach keine gesetzliche Verpflichtung dafür, den Antrag in Poinsett County einzureichen. Zweitens finde ich die Fakten spannend, zumal im Lichte der jüngsten Entwicklungen. Ich habe sämtliche Schriftsätze gelesen – den ersten und zweiten Antrag des Angeklagten, die jeweiligen Erwiderungen der Staatsanwaltschaft, die Klage gegen den ehemaligen Sheriff von Ruiz County, die Anklagen in der Sache des mutmaßlichen Auftragsmordes im Gefängnis. Drittens kann es sehr wohl sein, dass Quincy Miller die letzten dreiundzwanzig Jahre für die Tat eines anderen im Gefängnis gesessen hat. Seien Sie versichert, ich habe mir noch keine Meinung gebildet. Aber ich freue mich auf ein umfassendes Beweisaufnahmeverfahren. Ms. Gross, wann sind Sie bereit für die Beweisaufnahme?«

Ohne aufzustehen, erwidert Susan Ashley: »Morgen.«

»Ms. Hidalgo?«

»Euer Ehren, bitte, wir haben noch nicht einmal unsere Erwiderung eingereicht.«

»Ms. Hidalgo, Sie haben doch eine auf den vorherigen Antrag eingereicht. Die ist ja noch in Ihrem Computer. Formulieren Sie sie ein bisschen um, und reichen Sie sie so schnell wie möglich erneut ein. Die Beweisaufnahme beginnt heute in drei Wochen, hier in diesem Saal.«

Am nächsten Tag flitzt Carmen Hidalgo zum Obersten Gerichtshof Floridas, um eine sofortige Beschwerde gegen Richter Kumars Verfügung einzureichen. Eine Woche später erlassen die Obersten Richter einen aus zwei dürren Sätzen bestehenden Bescheid zu unseren Gunsten. Wir stehen vor einem großen Showdown. Diesmal sieht es so aus, dass wir einen Richter haben, der zuhört.

46

Bill Cannon macht uns ein überraschendes Angebot: Er möchte im Namen der Verteidigung den Wiederaufnahmeantrag vortragen. Für ihn wäre das eine hervorragende Einstimmung auf das in den nächsten Monaten anstehende große zivilrechtliche Verfahren. Er brenne darauf, schon mal die Messer zu wetzen, und würde die Zeugenaussagen gern live erleben. Susan Ashley ist erst dreiunddreißig und hat begrenzte Erfahrung vor Gericht, auch wenn sie clever, schlagfertig und richtig gut in ihrem Job ist. Cannon aber spielt in einer anderen Liga. Susan Ashley fühlt sich geehrt und hat kein Problem damit, ihm den Vortritt zu lassen. Da ich potenzieller Zeuge bin, verzichte ich ohne schlechtes Gewissen auf meine Rolle als Anwalt im Prozess. Einen Platz in der ersten Reihe werde ich trotzdem haben.

In Vorahnung auf einen Heimsieg nehmen sich Vicki und Mazy ein paar Tage frei und kommen ebenfalls nach Orlando. Frankie sitzt mit ihnen in der vordersten Reihe. Das gesamte Team von Guardian Ministries ist anwesend, und wir sind nicht die einzigen Zuschauer. Luther Hodges ist aus Savannah angereist, um uns bei der Arbeit zuzusehen. Er hat den Fall von dem Tag an verfolgt, wo wir uns eingeschaltet haben, und viele Stunden im Gebet für Quincy verbracht. Glenn Colacurci erscheint im rosafarbenen Seersuckeranzug, die hübsche Bea an seiner Seite. Ich nehme an, er hat weniger gebetet. Neben ihm sitzt Patrick McCutcheon, der Colacurci zufolge schon beschlossen hat,

Quincy nicht noch einmal vor Gericht zu bringen, falls wir mit unserem Antrag Erfolg haben.

Susan Ashley hat die Presse bearbeitet, der Fall rückt zunehmend in den Fokus der öffentlichen Aufmerksamkeit. Die Geschichte ist einfach zu gut: Ein korrupter Sheriff bringt einen Unschuldigen hinter Gitter und will ihn dort über zwanzig Jahre später kaltblütig ermorden lassen. Dass der Mann den Mordversuch überlebt hat und jetzt hartnäckig um seine Freiheit kämpft, während derselbe Sheriff in einer Zelle schmort, gibt dem Ganzen eine zusätzliche Pointe. Über den Saal verteilt sitzen Reporter, insgesamt sind rund zwanzig Zuschauer da. Gerichtssäle, ganz gleich wie groß sie sind oder wo sie sich befinden, haben immer ihre Stammgäste, Schaulustige, die kommen, weil sie nichts Besseres zu tun haben.

Ohne großes Tamtam nimmt Richter Kumar seinen Platz am Richtertisch ein und heißt alle willkommen. Er blickt sich um, vermisst den Gefangenen. Vor zwei Tagen hat er unserer Bitte stattgegeben, Quincy dem Prozess beiwohnen zu lassen. Bislang hat der Richter uns alles gewährt, worum wir ihn gebeten haben.

»Holen Sie ihn herein«, fordert er den Gerichtsdiener auf. Neben der Bank der Geschworenen öffnet sich eine Tür, ein Deputy tritt herein. Hinter ihm folgt Quincy, mit Krückstock, ohne Handschellen. Er trägt ein weißes Hemd und eine beige Hose, die ich ihm am Tag zuvor besorgt habe. Er wollte zum ersten Mal seit dreiundzwanzig Jahren eine Krawatte anziehen, aber ich habe ihm davon abgeraten. Es sei keine Jury anwesend, nur der Richter, und der trüge vermutlich unter seiner schwarzen Robe auch keine. Quincy hat bestimmt zwanzig Kilo abgenommen, seine motorischen Fähigkeiten sind nicht ganz wiederhergestellt, trotzdem sieht er verdammt gut aus. Er blickt sich um, verwirrt und unsicher – wer könnte ihm das verdenken. Erst als er mich entdeckt, lächelt er. Dem Deputy folgend, schlurft er auf uns zu, um dann zwischen Susan Ashley und Bill Cannon Platz zu nehmen. Ich habe mich hinter sie gesetzt, gleich neben die Schranke.

Ich klopfe Quincy auf die Schulter und sage ihm, wie toll er aussehe. Er dreht sich um und blickt mich aus tränenfeuchten Augen an. Schon dieser kleine Ausflug in die Freiheit ist fast zu viel für ihn.

Derzeit führen wir einen zähen Kampf mit der Strafvollzugsbehörde in Tallahassee über die Frage, was mit ihm geschehen soll. Seine Reha ist jetzt so weit, dass er entlassen werden könnte, was bedeutet, dass er nach Garvin zurückmüsste. Susan Ashley hat seine Verlegung aus dem Hochsicherheitsgefängnis in eine normale Strafvollzugsanstalt mit Reha-Abteilung in der Nähe von Fort Myers beantragt. Seine Ärzte haben gern schriftlich bestätigt, dass er unbedingt weiterhin Physiotherapie benötige. Wir argumentieren mit Nachdruck, dass Garvin für alle Häftlinge ein gefährlicher Ort sei, für Quincy jedoch in besonderem Maße. Bill Cannon macht den Beamten ordentlich Dampf. Da er sie zurzeit allerdings mit seiner Fünfzig-Millionen-Dollar-Klage in der Zange hat, sind sie nicht sonderlich entgegenkommend. Odell Herman, der Gefängnisdirektor von Garvin, hat angeboten, Quincy in Schutzhaft zu nehmen, als wäre das ein Akt besonderer Großzügigkeit. In Wahrheit ist Schutzhaft nichts anderes als Isolationshaft.

Das Beste, was Quincy jetzt passieren könnte, wäre eine weitere Infektion. Da ihn die letzte aber fast das Leben gekostet hat, behalte ich den Gedanken lieber für mich. Er liegt seit neunzehn Wochen im Krankenhaus. In letzter Zeit hat er mehrmals zu Frankie gesagt, dass ihm das Gefängnis inzwischen fast lieber wäre.

Uns wäre nichts lieber als Quincys Freilassung, und sie wird auch kommen. Es steht nur noch nicht fest, wann.

Bill Cannon erhebt sich und tritt nach vorn, um sich an das Gericht zu wenden. Vierundfünfzig Jahre alt, dichtes, graues, modisch geschnittenes Haar, schwarzer Anzug – er strahlt das Selbstvertrauen eines Prozesshaudegens aus, der Geschworene und Richter jederzeit um den Finger wickeln kann. Er spricht mit sonorer Baritonstimme, die er sich zu Beginn seiner Karriere antrainiert haben muss. Sein Vortrag ist perfekt. Heute sei der Tag der Wahrheit, beginnt er, die Wahrheit sei das Fundament des besten Rechtssystems der Welt. Heute würden wir erfahren, wer Keith Russo wirklich getötet habe – und wer nicht. Die Wahrheit sei vor langer Zeit in einer korrupten Kleinstadt im Norden Floridas begraben worden, von Menschen ohne Gewissen. Erst nachdem ein Unschuldiger dreiundzwanzig Jahre im Gefängnis verbracht habe, komme sie nun endlich ans Licht.

Cannon muss sich nicht unterbrechen, um Gekritzel auf seinem Block zu entziffern, er braucht keine Notizen. Es gibt keine Pausen, kein Gestammel, keine unvollendeten Sätze. Der Mann spricht druckreif, und das aus dem Stegreif. Außerdem beherrscht er eine Kunst, die nur wenige Anwälte beherrschen, oft nicht einmal die Besten der Besten: Er fasst sich kurz und wiederholt sich nicht. Er schildert unseren Fall und erklärt Richter Kumar, was wir zu beweisen beabsichtigen. In weniger als zehn Minuten gibt er die Richtung vor, und er lässt wenig Zweifel daran, dass er es ernst meint und sich nicht abspeisen lassen wird.

Carmen Hidalgo eröffnet ihren Vortrag mit dem Hinweis, dass in diesem Fall bereits eine Jury entschieden habe. Quincy Miller habe vor vielen Jahren einen fairen Prozess bekommen, die Geschworenen hätten ihn einstimmig für schuldig befunden. Zu einem Todesurteil habe nur eine

Stimme gefehlt. Warum also den alten Fall wiederaufnehmen? Das System sei auch so schon völlig überlastet und
nicht dafür geschaffen, sich jahrzehntelang mit Fällen zu
beschäftigen. Wenn man es allen verurteilten Mördern
ermögliche, mit neuen Fakten und Beweisen daherzukom-
men, wozu sei dann der ursprüngliche Prozess gut?

Sie ist noch schneller fertig als Cannon.

Cannon hat beschlossen, fulminant einzusteigen, und
ruft Wink Castle, den derzeitigen Sheriff von Ruiz County,
in den Zeugenstand. Castle hat einen kleinen Pappkarton
dabei. Nach der Vereidigung lässt Cannon ihn schildern,
was sich in dem Karton befindet. Eine transparente Plastiktüte mit der Taschenlampe wird auf den Tisch neben
die Stenografin gelegt. Castle beschreibt, wie das Asservat
in seinen Besitz gelangt ist. Cannon zeigt das Video von
uns in Glenn Colacurcis Büro beim Öffnen der Kartons.
Es ist eine spannende Geschichte, alle folgen aufmerksam,
ganz besonders der Richter. Der Sheriff berichtet, was er
über die Hintergründe weiß, einschließlich des mysteriösen Brandes. Stolz erklärt er dem Gericht, dass sich Ruiz
County unter seiner Führung grundlegend verändert habe.

Anders ausgedrückt, die Drogendealer sind weg. Wir
sind jetzt clean!

Im Kreuzverhör punktet Carmen Hidalgo nur, als sie
Castle dazu bringt, zuzugeben, dass die Kartons mit den
Beweisen jahrelang verschwunden waren und es dadurch
zu einer massiven Lücke in der Beweisführung kam. Dieser
Umstand könnte interessant werden, sollte die Taschenlampe in einem anschließenden Strafverfahren als Beweismittel eingesetzt werden. Doch hier und jetzt ist er nicht
von Belang. Als sie fertig ist, hat Richter Kumar selbst eine
Frage an Castle. »Ist die Taschenlampe vom kriminaltechnischen Labor untersucht worden?«

Der Sheriff bejaht die Frage.

»Haben Sie eine Kopie des Untersuchungsberichts?«

»Nein, Sir. Noch nicht.«

»Wissen Sie, wer für die Untersuchung dieses Beweisstückes zuständig war?«

»Ja, Sir.«

»Gut. Dann rufen Sie diese Person jetzt an und sagen ihr, dass ich sie morgen früh hier erwarte.«

»Wird gemacht, Sir.«

Ich werde als zweiter Zeuge aufgerufen und vereidigt. Es ist das vierte Mal in meiner Laufbahn, dass ich als Zeuge vor Gericht aussage. Vom Zeugenstand aus sieht ein Gerichtssaal ganz anders aus. Alle Augen liegen auf einem, während man versucht, sich zu konzentrieren und zu entspannen. Das Herz schlägt wie verrückt. Man wagt kaum zu sprechen, weil man fürchtet, etwas Falsches zu sagen. Stets bei der Wahrheit bleiben. Mit Überzeugung sprechen. Sich klar und deutlich ausdrücken. All die Ratschläge, die ich meinen Zeugen sonst gebe, sind jetzt nichts als graue Theorie. Zum Glück habe ich einen brillanten Prozessanwalt an meiner Seite. Wir haben meinen kleinen Auftritt geprobt. Unvorstellbar, hier zu sitzen und ins Blaue hinein zu reden, während womöglich jemand wie Bill Cannon mich zu demontieren versucht.

Ich erzähle eine umfassend präparierte Geschichte vom Auffinden der Taschenlampe, bei der ich große Teile unterschlage. Kein Wort über Tyler Townsend in Nassau oder Bruce Gilmer in Idaho; nichts über E-Mails, die sich binnen fünf Minuten selbst löschen; nichts über Voodoo oder ein Skelett in einem Wandschrank. Meine Aussage basiert voll und ganz darauf, dass mir ein Rechtsanwalt ein altes Gerücht zugetragen habe, nach dem Kenny Taft umgebracht worden sei, weil er möglicherweise zu viel gewusst habe. Um dem

Gerücht auf den Grund zu gehen, hätte ich mich an Kennys Familie gewandt und zum Glück ins Schwarze getroffen. Cannon projiziert Fotos auf eine Leinwand, man sieht das verfallene Haus, den Dachboden im Dunkeln. Ein Videoclip zeigt Frankie, wie er die Kartons aus dem Spukhaus schleppt. Ich berichte, wie wir die Beweismittel nach Richmond gebracht und Dr. Benderschmidt aufgesucht haben.

Carmen Hidalgos Fragen im Kreuzverhör zielen darauf ab, die Beweiskette in Zweifel zu ziehen. Nein, ich weiß nicht, wie lange die Kartons auf dem Dachboden standen oder wer sie dort abgestellt hat. Ich weiß auch nicht mit Gewissheit, ob Kenny Taft derjenige war, der sie vor dem Brand gerettet hat, oder ob ihm dabei jemand geholfen hat. Ich weiß auch nicht, ob er sie geöffnet und die Beweismittel möglicherweise manipuliert hat. Meine Antworten sind höflich und professionell. Carmen Hidalgo tut nur ihre Arbeit und will im Grunde nicht hier sein.

Auf das Gerücht um Kenny Taft hat sie es besonders abgesehen, aber ich betone, dass ich meine Quellen schützen muss. Ich weiß in der Tat mehr, als ich sage, aber ich berufe mich darauf, dass ich als Anwalt an meine Schweigepflicht gebunden bin. Sie bittet den Richter, er möge mich anweisen, ihre Fragen zu beantworten. Cannon erhebt Einspruch und doziert über die Unantastbarkeit anwaltlicher Tätigkeit. Richter Kumar lehnt ihre Bitte ab, und ich kehre an meinen Platz hinter Quincy zurück.

Dr. Benderschmidt sitzt unter den Zuschauern, und ich weiß, dass er es eilig hat, den Saal zu verlassen. Bill Cannon ruft ihn als nächsten Zeugen auf und befragt ihn zunächst ausführlich zu seinem Werdegang. Nach ein paar Minuten blickt Richter Kumar zu Carmen Hidalgo hinüber. »Wollen Sie wirklich die Qualifikation des Sachverständigen infrage stellen?«

»Nein, Euer Ehren. Die Anklage akzeptiert die Referenzen des Zeugen.«

»Danke.« Kumar hat keine Eile. Er scheint es zu genießen, das Sagen zu haben. Obwohl er erst seit drei Jahren im Amt ist, wirkt er souverän und selbstbewusst.

Bill Cannon erwähnt den stümperhaften Vortrag gar nicht, den Paul Norwood seinerzeit den Geschworenen präsentiert hat – davon ist immerhin in Mazys Schriftsätzen ausführlich die Rede –, sondern konzentriert sich ganz auf die echten Beweise. Nun, da wir die Taschenlampe mitsamt den Spritzern hätten, müssten wir nicht länger spekulieren. Dr. Benderschmidt zeigt Fotos, die er jüngst davon gemacht hat, und stellt sie denen gegenüber, die dem Gericht vor dreiundzwanzig Jahren vorgelegt wurden. Die Flecken seien inzwischen verblasst, obwohl die Taschenlampe offenbar lichtgeschützt gelagert gewesen sei. Zur Veranschaulichung deutet er auf die drei größten und vergleicht sie auf beiden Fotos. Es folgen weitere Bilder und jede Menge forensische Fachbegriffe. Benderschmidts Aussage ist nichts anderes als ein anstrengender wissenschaftlicher Vortrag. Vielleicht kommt es mir auch nur so vor, weil ich mit Mathe und Naturwissenschaften noch nie viel anfangen konnte. Doch ob sich Cullen Post langweilt oder nicht, spielt hier keine Rolle. Hauptsache, der Richter lauscht gebannt.

Dr. Benderschmidt beginnt mit einer allgemeinen Einführung: Menschliche Blutzellen unterschieden sich von tierischen. Zwei große Abbildungen erscheinen auf der Leinwand, und Benderschmidt geht in den Vorlesungsmodus über. Links sei eine stark vergrößerte rote Blutzelle aus dem Blut von der Taschenlampenlinse zu sehen, rechts eine – sehr ähnlich aussehende – Blutzelle von einem Kaninchen, einem Kleinsäuger. Rote Blutzellen von Säugetieren besäßen keinen Zellkern, also auch nicht die von Menschen, da wir ebenfalls Säugetiere seien. Reptilien und Vögel besäßen dagegen kernhaltige rote Blutzellen. Der Professor tippt auf seinen Laptop, das Bild wechselt, wir tauchen in die Welt der roten Blutkörperchen ein. Der Zellkern sei klein und rund und bilde die Kommandozentrale der Zelle. Er bestimme Wachstum und Teilungsverhalten der Zelle. Er sei von einer Membrane umgeben. Und so geht es weiter.

Unserem Antrag lag Dr. Benderschmidts vollständiges Gutachten bei, seitenlange zähe Ausführungen über Blut und Zellen. Ich gebe zu, dass ich den Text nur überflogen habe, aber mein Gefühl sagt mir, dass Richter Kumar ihn ganz gelesen hat.

Fazit von Benderschmidts Aussage ist, dass sich tierische Blutzellen je nach Spezies stark unterscheiden. Er sei sich annähernd sicher, dass das Blut auf der Taschenlampe, die Bradley Pfitzner in Quincy Millers Wagen gefunden haben will, von einem Kleinsäuger stamme. In einem sei er sich aber hundertprozentig sicher: Es sei kein menschliches Blut.

Wir haben darauf verzichtet, die beiden Blutproben genetisch untersuchen zu lassen. Wozu auch? Wir wissen, dass das Blut auf Keith Russos Hemd sein eigenes ist. Und wir wissen, dass das Blut auf der Taschenlampe nicht von ihm stammt. Das genügt.

Cannon und Benderschmidt bewegen sich auf dem Gerichtsparkett wie Tänzer in einem präzise choreografierten Pas de deux. Dabei kannten sich die beiden bis gestern nicht einmal. Wenn ich die Fünfzig-Millionen-Dollar-Klage am Hals hätte, würde ich schleunigst einen Vergleich ins Spiel bringen.

Um kurz vor dreizehn Uhr schließlich hat Dr. Benderschmidt auch Carmen Hidalgos zähe Routinefragen alle beantwortet.

Seiner ausgemergelten Statur nach zu urteilen, legt Richter Kumar keinen großen Wert auf ein Mittagessen, aber alle anderen kommen um vor Hunger. Wir machen anderthalb Stunden Pause. Frankie und ich chauffieren Dr. Benderschmidt zum Flughafen und besorgen uns auf dem Weg Hamburger bei einem Drive-in. Benderschmidt möchte sofort informiert werden, sobald das Gericht entschieden hat. Er liebe seinen Job, finde diesen Fall unglaublich spannend und erwarte nichts anderes als eine Rehabilitierung. Quincy sei durch wissenschaftlichen Dilettantismus verurteilt worden, er wolle das wiedergutmachen.

In den letzten zehn Monaten hat Zeke Huffey seine Freiheit sehr genossen, und es ist ihm tatsächlich gelungen, sich nicht wieder festnehmen zu lassen. Er ist in Arkansas auf Bewährung frei und darf den Bundesstaat nicht ohne Erlaubnis der Behörden verlassen. Er behauptet, er sei trocken und clean und fest entschlossen, das auch zu bleiben. Eine Wohltätigkeitsorganisation habe ihm tausend Dollar als Startkapital geliehen, er arbeite bei einer Autowaschanlage, in einem Hamburger-Restaurant und bei einem Rasenpflegeservice. Er komme ganz gut zurecht und habe bereits die Hälfte seines Darlehens getilgt. Guardian Ministries hat ihm das Flugticket bezahlt. Im Zeugenstand sieht er braun gebrannt und gesund aus.

Sein Auftritt vor dem alten Richter Plank sei ein Highlight seiner Spitzeltätigkeit gewesen. Er habe seine Lügen vollkommen glaubwürdig vorgebracht. Gewiss seien auch Sheriff Pfitzner und das miserable Rechtssystem nicht ganz unschuldig gewesen, aber er habe genau gewusst, was er tue. Er sei als Knastspitzel eingeschleust worden und habe hervorragende Arbeit geleistet. Heute allerdings bedaure er seine Falschaussage zutiefst. In einem ergreifenden

Moment, für uns alle völlig unerwartet, blickt Zeke zu Quincy hinüber und sagt: »Ich hab's getan, Quincy … Ich hab's getan, um meine Haut zu retten, und ich wünschte, ich hätte es nicht getan. Ich habe gelogen, um mich selbst zu retten und Sie hinter Gitter zu bringen. Es tut mir so leid, Quincy. Ich bitte Sie nicht um Verzeihung. Wenn ich an Ihrer Stelle wäre, könnte ich nicht verzeihen. Aber ich möchte mich bei Ihnen entschuldigen.«

Quincy nickt stumm. Später wird er mir erzählen, dass er etwas sagen wollte, dass er Zeke verzeihen wollte, aber es nicht wagte, ohne Erlaubnis zu sprechen.

Im Kreuzverhör nimmt Carmen Hidalgo Zeke gehörig in die Zange und quetscht ihn über seine schillernde Vergangenheit als Gefängnisspitzel aus. Wann er mit dem Lügen aufgehört habe? Habe er überhaupt damit aufgehört? Warum solle man ihm jetzt glauben? Zeke hat dergleichen schon öfter erlebt und schlägt sich wacker. »Ich gestehe, dass ich früher gelogen habe, aber jetzt lüge ich nicht«, versichert er ihr wiederholt. »Das schwöre ich.«

Unsere nächste Zeugin ist Carrie Holland Pruitt. Es war nicht einfach, Carrie und Buck dazu zu bewegen, die lange Strecke nach Orlando auf sich zu nehmen. Erst als Guardian Ministries ein Familienticket für Disney World springen ließ, waren sie einverstanden. Eigentlich können wir uns solche Geschenke nicht leisten, doch irgendwie hat Vicki das Geld aufgetrieben, wie immer.

Unter Bill Cannons enger Führung rekapituliert Carrie ihre traurige Beteiligung an Quincy Millers Prozess. Sie habe keinen Schwarzen mit einem Stock oder etwas Ähnlichem in der Hand vom Tatort weglaufen sehen. In Wahrheit habe sie weder etwas gesehen noch etwas gehört. Sie sei von Sheriff Pfitzner und Forrest Burkhead, dem damaligen Staatsanwalt, zur Falschaussage vor Gericht angestiftet worden. Am Tag danach habe ihr Sheriff Pfitzner tausend Dollar in die Hand gedrückt und gesagt, sie solle den nächsten Bus nehmen. Sollte sie jemals wieder einen Fuß nach Florida setzen, werde er sie wegen Meineid einbuchten lassen.

Nach den ersten beiden Sätzen werden ihre Augen feucht. Bald darauf beginnt ihre Stimme brüchig zu werden. Als sie etwa die Hälfte geschafft hat, ist sie in Tränen aufgelöst. Sie bekennt sich zu ihren Lügen und bittet um Verzeihung. Sie sei noch ein halbes Kind gewesen, völlig orientierungslos. Sie habe Drogen genommen und einen schlimmen Freund gehabt, einen Polizisten. Sie habe das Geld gebraucht. Inzwischen sei sie seit fünfzehn Jahren drogenfrei und habe noch nicht einen Tag bei der Arbeit gefehlt. An Quincy habe sie oft gedacht. Sie schluchzt, und wir warten, bis sie sich wieder gefangen hat. Buck sitzt in der vordersten Reihe und wischt sich ebenfalls über die Wangen.

Kumar verkündet eine Pause, wir unterbrechen für eine Stunde. Seine Assistentin entschuldigt ihn damit, dass er eine dringende Angelegenheit im Büro zu erledigen habe. Marvis Miller kommt hinzu und drückt seinen Bruder an sich, während eine Wache aus einiger Entfernung zusieht. Ich sitze mit Mazy und Vicki zusammen, wir analysieren die bisherigen Zeugenaussagen. Ein Reporter will mit mir sprechen, aber ich lehne ab.

Um 16.30 Uhr treten wir wieder zusammen, Bill Cannon ruft den letzten Zeugen des Tages auf. Ich habe Quincy vorgewarnt, um den Schock abzumildern, doch als Cannon den Namen *June Walker* aufruft, dreht er den Kopf und starrt mich an. Ich lächle ihm beruhigend zu.

Frankie lässt nicht so leicht locker, vor allem nicht bei Farbigen, die mit uns kooperieren sollen. Im Verlauf der letzten Monate hat er sich mit Otis Walker in Tallahassee angefreundet und auf diese Weise June kennengelernt. Zunächst stellten sich die beiden stur; sie waren empört, weil Quincys Anwälte seine erste Frau in so schlechtem Licht darstellten. Doch mit der Zeit gelang es Frankie, June und Otis davon zu überzeugen, dass alte Lügen aus der Welt geschafft gehören, wenn sich die Chance dazu bietet. Quincy habe niemanden umgebracht, aber June habe mit den wahren Mördern – lauter Weißen – gemeinsame Sache gemacht.

June Walker erhebt sich aus der dritten Reihe und schreitet entschlossen nach vorn zum Zeugenstand, wo sie vereidigt wird. Ich habe mich im Vorfeld des Prozesses mit ihr zusammengesetzt und ihr erklärt, dass es nicht leicht für sie sein wird, vor Gericht einen Meineid zu gestehen. Ich habe ihr aber auch versichert, dass sie keine strafrechtliche Verfolgung mehr fürchten muss.

Sie nickt Quincy zu und beißt die Zähne zusammen. Auf in den Kampf. Sie nennt ihren Namen und ihre Adresse und fügt an, dass Quincy Miller ihr erster Ehemann gewesen sei. Sie hätten drei Kinder zusammen bekommen, aber die Ehe habe in einer bitteren Scheidung geendet. Sie sagt für uns aus, Bill Cannon wird ihr mit Respekt begegnen. Er nimmt ein paar Blätter von seinem Tisch und beginnt mit der Vernehmung.

»Mrs. Walker, lassen Sie uns viele Jahre zurückgehen und über den Mordprozess gegen Ihren Exmann Quincy Miller sprechen. In dem Prozess haben Sie zugunsten der Anklage ausgesagt und dabei eine Reihe von Behauptungen aufgestellt. Ich würde diese gern mit Ihnen durchgehen. Sind Sie damit einverstanden?«

Sie nickt. »Ja, Sir«, sagt sie leise.

Cannon rückt seine Lesebrille zurecht und blickt auf das Verhandlungsprotokoll. »Der Staatsanwalt hat Sie damals

gefragt: Besaß der Angeklagte Quincy Miller eine Schrotflinte Kaliber zwölf? Ihre Antwort lautete: Ich glaube
schon. Er hatte ein paar Pistolen. Ich verstehe nicht viel
von Waffen, aber ja, Quincy besaß eine große Schrotflinte.
Mrs. Walker, entsprach diese Antwort der Wahrheit?«

»Nein, Sir. Ich habe in unserem Haus nie eine Schrotflinte gesehen. Nach meinem Wissen hat Quincy nie eine
besessen.«

»Okay. Zweite Behauptung. Der Staatsanwalt hat Sie
gefragt: Ist der Angeklagte gern auf die Jagd oder zum
Angeln gegangen? Ihre Antwort: Ja, Sir, nicht oft, aber ab
und zu war er mit seinen Freunden im Wald, um Vögel
und Kaninchen zu schießen. Mrs. Walker, entsprach diese
Antwort der Wahrheit?«

»Nein. Nach meinem Wissen ist Quincy nie auf die Jagd
gegangen. Er war manchmal mit seinem Onkel angeln,
aber gejagt hat er nicht.«

»Okay, dritte Behauptung. Der Staatsanwalt hat Ihnen
das Foto einer Taschenlampe gezeigt und Sie gefragt, ob Sie
Quincy jemals mit einer Taschenlampe dieser Art gesehen
hätten. Ihre Antwort: Ja, Sir, so eine hat er in seinem Wagen.
Mrs. Walker, entsprach Ihre Antwort der Wahrheit?«

»Nein. Ich habe nie so eine Taschenlampe gesehen,
jedenfalls kann ich mich nicht erinnern. Ganz gewiss habe
ich Quincy nie mit einer gesehen.«

»Danke, Mrs. Walker. Letzte Frage. Im Prozess hat der
Staatsanwalt Sie gefragt, ob sich Quincy an dem Abend,
als Keith Russo ermordet wurde, in der Nähe von Seabrook aufhielt. Ihre Antwort: Ich glaube schon. Jemand
meinte, er hätte ihn draußen im Pounder's Store gesehen.
Mrs. Walker, entsprach Ihre Antwort der Wahrheit?«

Sie setzt zum Sprechen an, aber ihre Stimme versagt.
Sie schluckt mühevoll, blickt ihren Exmann an und beißt

die Zähne aufeinander. »Nein, Sir. Ich habe nie jemanden sagen hören, dass Quincy an dem Abend in der Gegend gewesen ist.«

»Danke.« Cannon lässt den Stapel Papier auf seinen Tisch fallen. Carmen Hidalgo erhebt sich langsam, als wüsste sie nicht recht, wie sie weiter verfahren soll. Zögernd mustert sie die Zeugin, während ihr dämmert, dass sie keine Chance hat, hier zu punkten. Frustriert winkt sie ab. »Die Anklage hat keine Fragen.«

Richter Kumar wendet sich an die Zeugin. »Danke, Mrs. Walker. Sie sind entlassen.«

June beeilt sich, den Zeugenstand zu verlassen. Plötzlich rückt Quincy vor mir seinen Stuhl zurück und steht auf. Ohne Krückstock schiebt er sich hinter Bill Cannon vorbei und hinkt auf June zu. Sie verzögert erschrocken, eine Sekunde lang erstarren wir alle im Angesicht des drohenden Desasters. Dann reißt Quincy die Arme auseinander, June geht auf ihn zu. Er hält sie fest umschlungen, beide brechen in Tränen aus. Zwei Menschen, die drei Kinder miteinander gezeugt haben, ehe sie lernten, einander zu hassen, halten sich vor den Augen Fremder in den Armen.

»Es tut mir so leid«, flüstert sie immer wieder.

»Ist schon gut«, flüstert er zurück. »Ist schon gut.«

47

Vicki und Mazy sind äußerst gespannt darauf, Quincy kennenzulernen. Obwohl sie schon so lange mit seinem Fall
zu tun haben und alles Mögliche über ihn und sein Leben
wissen, hatten sie noch keine Gelegenheit, ihm persönlich
zu begegnen. Wir verlassen das Gerichtsgebäude und fahren zum Mercy Hospital, wo er immer noch Patient und
Gefangener gleichermaßen ist. Inzwischen wurde er in
einen neuen Anbau verlegt, in dem auch die Reha-Abteilung untergebracht ist, aber wir treffen ihn in der Cafeteria
im Untergeschoss. Bewacht wird er von einem Polizeibeamten aus Orlando, der in einiger Entfernung sitzt und
sich offensichtlich langweilt.

Nach dreiundzwanzig Jahren Gefängnisfraß kann sich
Quincy über die schlechte Küche der Krankenhaus-Cafeteria nicht beklagen. Er möchte ein Sandwich mit Pommes
frites, was ich ihm besorge, während er mit Vicki und Mazy
angeregt über die heutigen Ereignisse im Gericht plaudert.
Frankie sitzt neben ihm, stets bereit, helfend einzugreifen. Luther ist ebenfalls gekommen, genießt den Moment
und freut sich, mit von der Partie sein zu dürfen. Quincy
möchte, dass wir zum Abendessen wiederkommen, aber
wir haben andere Pläne.

Quincy ist immer noch ganz erschüttert von seiner
Begegnung mit June. Er hat sie so lange mit solcher Lei-
denschaft gehasst, dass er nicht fassen kann, wie leicht es
war, ihr zu vergeben. Als er da saß und hörte, wie sie ihre

Lügen gestand, habe ihn etwas überkommen, vielleicht der Heilige Geist, und er habe einfach nicht mehr hassen können. Er habe die Augen geschlossen und Gott gebeten, den Hass von ihm zu nehmen, und mit einem Schlag habe sich eine schwere Bürde von seinen Schultern gelöst. Er habe die Erleichterung förmlich beim Ausatmen gefühlt. Er habe Zeke Huffey vergeben und Carrie Holland, und es fühle sich wundervoll an, so erleichtert zu sein, von aller Last befreit.

Der Reverend lächelt und nickt. Diese Botschaft hört er gern.

Quincy knabbert an seinem Sandwich, nimmt ein paar Pommes frites und erklärt, sein Appetit müsse wohl erst wieder zurückkommen. Gestern habe er 64,5 Kilogramm gewogen, das sei weit unter seinem Kampfgewicht von knapp zweiundachtzig Kilo. Er will wissen, was beim morgigen Termin passieren wird, aber ich lasse mich nicht zu Spekulationen hinreißen. Ich nehme an, Richter Kumar wird die Zeugenvernehmungen abschließen, sich zur Beratung zurückziehen und in ein paar Wochen oder Monaten seinen Beschluss verkünden. Er wirkt durch und durch sympathisch, aber ich habe im Laufe der Jahre gelernt, stets mit dem Schlimmsten zu rechnen – und dass die Mühlen der Justiz langsam mahlen.

Nach einer Stunde ausführlichem Geplauder unterbricht uns der Wache schiebende Polizist und sagt, dass unsere Zeit vorbei sei. Wir umarmen Quincy und versichern, dass wir uns am nächsten Morgen sehen würden.

Bill Cannons Kanzlei besitzt Niederlassungen in den sechs größten Städten Floridas. Der Partner, der das Büro in Orlando leitet, Cordell Jollie, ist eine berühmt-berüchtigte Koryphäe auf dem Gebiet der ärztlichen Kunstfehler.

Allein sein Name löst unter Quacksalbern Panik aus. Viele von ihnen hat er in den Ruin getrieben, und er ist noch lange nicht am Ende mit seiner Mission. Seine Urteile und Vergleiche haben ihm eine Villa in einem noblen Viertel von Orlando ermöglicht, das mit Toreinfahrten abgeschirmt ist und dessen schattige Alleen von imposanten Anwesen gesäumt sind. Wir biegen in eine Auffahrt ein, in der ein Bentley, ein Porsche und ein Mercedes-Coupé parken. Jollies Fuhrpark ist mehr wert, als unser gesamtes Jahresbudget hoch ist. Daneben steht stolz ein alter VW Käfer, mit Sicherheit Susan Ashley Gross' Wagen. Sie ist also schon hier.

Normalerweise würden wir als Guardian-Ministries-Mitarbeiter niemals so eine Einladung zum Abendessen annehmen, aber es ist praktisch unmöglich, Bill Cannon etwas abzuschlagen. Außerdem interessiert uns, wie eine Luxusbehausung aussieht, die wir sonst nur aus Hochglanzmagazinen kennen. Am Eingang werden wir von einem Typen im Frack begrüßt – mein erster waschechter Butler. Wir folgen ihm durch einen riesigen Salon mit Gewölbedecken, der größer als ein durchschnittliches Einfamilienhaus ist. Mit einem Mal fühlen wir uns unpassend gekleidet.

Frankie war geistesgegenwärtig genug, sich für heute Abend etwas anderes vorzunehmen. Er will mit Quincy und Luther ein Baseballspiel im Fernsehen anschauen.

Unsere Bedenken hinsichtlich des Dresscodes sind vergessen, als aus einem Nebenraum Cordell Jollie in fleckigen Golfshorts, T-Shirt und Flipflops hereinrauscht. Er hat eine Flasche Bier in der Hand und schüttelt uns überschwänglich die Hände. Bill Cannon tritt hinzu, ebenfalls in kurzen Hosen, und wir folgen den beiden durch weitläufige Räume zu einer Terrasse mit Blick auf einen

Pool, der so groß ist, dass man mit Booten Rennen darauf fahren könnte. Im Poolhaus am gegenüberliegenden Ende können mindestens fünfzehn Personen übernachten. Ein Gentleman in Weiß nimmt unsere Getränkebestellungen auf, und wir werden zu einer schattigen Sitzgruppe unter knarrenden Ventilatoren geleitet, wo uns Susan Ashley mit einem Glas Weißwein in der Hand erwartet.

»Ich würde Sie gern meiner Frau vorstellen, aber die ist letzten Monat ausgezogen«, dröhnt Jollie und lässt sich in einen Korbstuhl sinken. »Meine dritte Scheidung.«

»Ich dachte, Ihre vierte«, sagt Cannon und meint das wohl in vollem Ernst.

»Kann auch sein. Ich glaube, mir reicht's allmählich.« Man bekommt rasch den Eindruck, dass mit Cordell Jollie nicht zu spaßen ist. Er arbeitet hart, feiert wild und nimmt kein Blatt vor den Mund. »Sie will das Haus, allerdings hat sie kurz vor der Hochzeit einen kleinen Ehevertrag unterschrieben.«

»Können wir nicht über etwas anderes sprechen?«, sagt Cannon. »Meine Kanzlei zittert schon vor Ihrer nächsten Scheidung.«

Mir fällt in diesem Moment nur ein Thema ein. »Wir hatten einen guten Tag bei Gericht«, sage ich. »Dank Bill Cannon.« Vicki, Mazy und Susan Ashley sitzen mit großen Augen da und trauen sich ganz offensichtlich nicht, etwas zu sagen.

»Es hilft immer, wenn man die Fakten auf seiner Seite hat«, sagt Cannon.

»Allerdings«, stimmt Jollie zu. »Ich finde den Fall großartig. Ich bin Mitglied im Prozesskomitee der Kanzlei; von dem Moment an, wo Bill den Fall an Land gezogen hat, war ich Feuer und Flamme.«

»Was ist ein Prozesskomitee?«, frage ich. Jollie ist auf

unserer Seite, und er hat eine große Klappe. Wir können viel von ihm lernen.

»Jeder potenzielle Fall wird bei uns von einem Komitee geprüft, das aus den geschäftsführenden Partnern der sechs Niederlassungen besteht«, sagt er. »Wir bekommen viel Mist zu sehen, aber auch viele gute Fälle, die entweder nicht zu gewinnen oder zu teuer sind. Damit wir einen Fall übernehmen, müssen beim Prozess mindestens zehn Millionen Dollar herausspringen. So einfach ist das. Wenn nicht mindestens diese Summe zu erwarten ist, lehnen wir ab. Bei Quincy ist sogar weitaus mehr drin. Dabei kommt uns der Staat Florida entgegen, weil er Schadenersatz nicht deckelt. Allein auf dem eingefrorenen Konto des Sheriffs liegen vier Millionen und auf Offshorekonten mit Sicherheit noch viel mehr. Dann ist da noch das Kartell.«

»Das Kartell?«, sage ich.

Der Gentleman in Weiß kehrt mit einem Silbertablett zurück und serviert unsere Getränke. Bier für mich, Weißwein für Mazy und Vicki, die wahrscheinlich in der ganzen Zeit, die ich sie kenne, erst zum zweiten Mal nicht abgelehnt hat.

»Die Strategie ist nicht neu«, sagt Bill Cannon. »Aber wir haben dergleichen noch nicht ausprobiert. Wir haben uns mit einer Kanzlei in Mexico City zusammengetan, die das Vermögen von Drogenhändlern auskundschaftet. Das Ganze ist nicht ungefährlich, wie Sie sich vielleicht denken können, aber es wurden bereits erfolgreich Konten und Liegenschaften eingefroren. Im Saltillo-Kartell gibt es ein paar neue Gesichter, hauptsächlich weil die Vorgänger kaltgemacht wurden, aber ein paar von den alten Bossen sind noch da. Unser Plan ist es, hier ein Urteil mit Signalwirkung zu erzielen, das wir überall einsetzen können, wo wir Aktivposten finden.«

»Könnte mir vorstellen, dass es durchaus riskant ist, ein Kartell zu verklagen«, sage ich.

Jollie lacht. »Vermutlich nicht riskanter als bei Tabak-, Waffen- oder Pharmakonzernen. Ganz zu schweigen von korrupten Ärzten und Versicherungen.«

»Wollen Sie damit sagen, dass Quincy Miller mindestens zehn Millionen Dollar bekommen wird?«, fragt Mazy. Sie spricht langsam, als könnte sie es nicht glauben.

Cannon lacht. »Wir geben natürlich keine Garantie. Da kann zu viel schiefgehen. Vor Gericht ist immer alles möglich. Die Anklage wird sich vergleichen wollen, Pfitzner nicht. Er wird bis zum Äußersten gehen, um sein Geld zu schützen. Er hat gute Anwälte, aber er muss vom Gefängnis aus kämpfen. Ich sage nur, dass Quincys Fall so viel Potenzial hat, und natürlich gehen unsere Gebühren davon ab.«

»Hört, hört«, sagt Cordell Jollie und lehrt seine Bierflasche.

»Wie lange wird es dauern?«, fragt Vicki.

Bill Cannon und Jollie tauschen achselzuckend einen Blick. Dann sagt Bill: »Zwei, vielleicht drei Jahre. Nash Cooleys Kanzlei kennt sich mit Prozessführung aus. Es wird ein fairer Kampf.«

Ich beobachte Susan Ashley, die dem Gespräch aufmerksam folgt. Wie Guardian Ministries darf sich ihre gemeinnützige Organisation Honorare nicht mit regulären Kanzleien teilen. Andererseits hat sie mir unter dem Siegel der Verschwiegenheit verraten, dass Bill Cannon ihr versprochen habe, zehn Prozent der Anwaltsgebühren an das Central Florida Innocence Project zu spenden. Sie wiederum hat mir die Hälfte aller Spendeneinnahmen zugesagt. Einen Moment lang geht die Fantasie mit mir durch, und ich male mir aus, wie unsere Kollegen in Mexiko karibische Bankkonten mit astronomischen Summen pfänden, das Geld großflächig verteilen und am Ende immerhin noch ein paar Tausend Dollar für Guardian Ministries abfallen.

Es besteht ein direkter Zusammenhang zwischen der Höhe der Spendengelder, die wir einnehmen, und der Anzahl an Justizopfern, die wir aus dem Gefängnis holen. Im Falle eines Geldregens würden wir vermutlich unsere Organisation umstrukturieren und zusätzliches Personal einstellen. Vielleicht könnte ich mir auch einen neuen Satz Reifen leisten oder, noch besser, einen neuen Gebrauchtwagen.

Der Alkohol hilft uns zu entspannen, und während unsere Gläser nachgefüllt werden und die Vorbereitungen fürs Abendessen laufen, vergessen wir unsere Geldnöte. Beschwipste Prozessanwälte lieben es, alte Heldengeschichten zum Besten zu geben. Cordell Jollie unterhält uns mit einer Anekdote über einen ehemaligen CIA-Spion, den er bei einer Versicherung eingeschleust habe, damit er dort in Sachen ärztlicher Kunstfehler ermittelt. Der Mann habe drei wegweisende Urteile erwirkt und sei in Rente gegangen, ohne erwischt zu werden.

Bill Cannon berichtet von seinem ersten Eine-Million-Dollar-Urteil im Alter von achtundzwanzig, mit dem er in Florida immer noch den Rekord halte.

Jollie fällt sein erster Flugzeugabsturz ein.

Als der Gentleman in Weiß zum Essen ruft, siedeln wir erleichtert in einen der Speisesäle um, wo es bedeutend kühler ist.

48

Lächelnd wie immer nimmt Richter Ansh Kumar seinen Platz am Richtertisch ein und wünscht allen einen guten Morgen. Wir sitzen bereits ungeduldig auf unseren zugewiesenen Plätzen und warten gespannt darauf, was als Nächstes passieren wird. Der Richter sieht auf Bill Cannon hinunter. »Nach der gestrigen Sitzung habe ich das kriminaltechnische Labor des Staates Florida in Tallahassee angerufen und mit dem Leiter gesprochen. Er hat mir zugesagt, dass der zuständige Labormitarbeiter, ein Mr. Tasca, um zehn Uhr hier sein werde. Mr. Cannon, haben Sie weitere Zeugen?«

Bill Cannon erhebt sich. »Unter Umständen ja, Euer Ehren. Agnes Nolton ist Special Agent des FBI hier in Orlando. Sie leitet die Ermittlungen zu dem brutalen Mordanschlag auf Quincy Miller vor knapp fünf Monaten. Sie ist bereit, über ihre Ermittlungen auszusagen, und inwieweit sie für unseren Fall relevant sind.«

Ich habe mich heute Morgen mit Agnes zum Frühstück getroffen und weiß, dass sie uns helfen will, wo sie kann. Allerdings steht zu bezweifeln, dass Richter Kumar ihre Aussage überhaupt für nötig hält, hat die Gefängnisattacke doch nur indirekt mit unserem Fall zu tun.

Der Richter hat schon geahnt, dass etwas kommt, weil ich ihn gestern in einer Sitzungspause darauf angesprochen habe. Er denkt lange nach, bis Carmen Hidalgo langsam aufsteht. »Euer Ehren, mit Verlaub, ich verstehe nicht recht, was diese Aussage hier beitragen kann. Das FBI ist weder an den Ermittlungen zum Mord an Keith Russo noch an Quincy Millers Fall beteiligt. Ich halte das für Zeitverschwendung.«

»Ich neige dazu, dem zuzustimmen. Da ich die Schriftsätze und Presseberichte gelesen habe, weiß ich genug über das Mordkomplott gegen Mr. Miller. Besten Dank Ihnen, Mrs. Nolton, dass Sie sich zur Verfügung stellen, aber wir haben keinen Bedarf an Ihrer Aussage.«

Ich drehe mich zu Agnes um. Sie lächelt.

Der Richter lässt den Hammer aufschlagen und verkündet eine Sitzungspause bis zehn Uhr.

Mr. Tasca untersucht seit einunddreißig Jahren Blut für den Staat Florida. Beide Seiten verlangen, dass er seine Qualifikation nachweist. Carmen Hidalgo tut das, weil er als ihr Sachverständiger auftritt. Wir tun es, weil wir auf sein Gutachten scharf sind. Die Staatsanwältin verzichtet darauf, ihren Zeugen zunächst selbst zu vernehmen, mit dem Argument, es sei unser Wiederaufnahmeantrag, nicht ihrer. Kein Problem, erwidert Bill Cannon und springt von seinem Stuhl auf.

Die Vernehmung dauert dann auch nur wenige Minuten. »Mr. Tasca, Sie haben das Blut vom Hemd des Opfers sowie das Blut von der Taschenlampe untersucht, richtig?«, sagt Bill Cannon.

»Ja.«

»Haben Sie auch das Gutachten von Dr. Kyle Benderschmidt gelesen?«

»Ja.«

»Kennen Sie Dr. Benderschmidt?«

»Ja. Er ist in unserem Fachgebiet ziemlich bekannt.«

»Teilen Sie seine Schlussfolgerung, dass das Blut am

Hemd menschlich ist, das Blut auf der Taschenlampe dagegen von einem Tier stammt?«

»Ja. Daran besteht kein Zweifel.«

Jetzt passiert etwas, was ich in einem Gerichtssaal noch nie erlebt habe. Cannon bricht in Gelächter aus. Er lacht über die Absurdität des Prozesses, über die löchrige Beweislage gegen unseren Mandanten, über den Staat Florida und dessen groteske Bemühungen, unbeirrt an dem Justizirrtum festzuhalten. »Was soll das alles, Euer Ehren?« Er macht eine ausholende Geste mit seinem Arm. »Das einzige Beweisstück, das unseren Mandanten mit dem Verbrechen verbindet, ist diese Taschenlampe. Inzwischen wissen wir, dass sie nie am Tatort war, dass sie nicht unserem Mandanten gehörte und dass sie nicht am Tatort sichergestellt wurde.«

»Haben Sie weitere Zeugen, Mr. Cannon?«, fragt der Richter.

Immer noch belustigt, schüttelt Bill Cannon den Kopf und macht sich auf den Weg zurück zu seinem Platz.

Der Richter wendet sich an die Staatsanwältin. »Ms. Hidalgo, weitere Zeugen?«

Sie winkt ab und sieht aus, als wollte sie am liebsten durch die nächstgelegene Tür Reißaus nehmen.

»Hat die Verteidigung abschließend etwas zu sagen?«

Bill Cannon bleibt an unserem Tisch stehen. »Nein, Euer Ehren. Wir glauben, es wurde genug geredet, und wir ersuchen das Gericht dringend, rasch zu einer Entscheidung zu kommen. Quincy Miller wurde von seinen Ärzten entlassen und soll morgen ins Gefängnis zurückkehren. Eine Farce! Er hat nichts hinter Gittern verloren, jetzt genauso wenig wie in den letzten dreiundzwanzig Jahren. Er wurde vom Staat Florida zu Unrecht verurteilt und sollte sofort in die Freiheit entlassen werden. Rechtsprechung zu verzögern heißt, Recht zu verweigern.«

Wie oft habe ich diesen Spruch schon gehört? Dabei muss man in unserem Geschäft immer damit rechnen, zu warten. So viele Fälle von unschuldig Verurteilten werden bis zum Sankt-Nimmerleins-Tag verschleppt. So oft habe ich mir gewünscht, borniert Richter für ein Wochenende hinter Gitter schicken zu dürfen. Zwei bis drei Nächte in einer Zelle würden ihre Arbeitsmoral bestimmt signifikant verbessern.

»Wir vertagen uns auf dreizehn Uhr«, beschließt Richter Kumar mit einem Lächeln.

Bill Cannon springt in eine Limousine und lässt sich zum Flughafen fahren, wo bereits sein Privatjet wartet, um ihn zu Vergleichsverhandlungen nach Houston zu bringen. Zusammen mit Kollegen wird er dort einen Pharmakonzern zerpflücken, den sie beim Mauscheln in Forschung und Entwicklung erwischt haben. Vor lauter Vorfreude ist er ganz zappelig.

Wir setzen uns in einer Cafeteria irgendwo in den Tiefen des Gerichtsgebäudes zusammen. Luther gesellt sich für eine Runde Kaffee zu uns. Eine große Wanduhr zeigt 10.40 Uhr an. Es ist, als wären die Zeiger eingefroren. Eine Reporterin tritt zu uns und will wissen, ob Quincy ein paar Fragen beantworten würde. Ich verneine, gehe dann aber mit ihr nach draußen auf den Flur, um mich kurz mit ihr zu unterhalten.

Bei der zweiten Runde Kaffee fragt Mazy: »Kann jetzt noch etwas schiefgehen?«

O ja, alles Mögliche. Wir gehen zwar fest davon aus, dass Richter Kumar Urteil und Strafe aufheben wird. Es gibt keinen anderen Grund, die Sitzung um dreizehn Uhr fortzusetzen. Wenn er im Sinn hätte, gegen Quincy zu entscheiden, könnte er einfach ein paar Tage abwarten und seine Entscheidung per Post zustellen lassen. Die Sitzung verlief eindeutig zu unseren Gunsten. Die Beweislage spricht für uns. Der Richter scheint uns gewogen zu sein, zumindest bislang. Die Staatsanwältin ist kurz davor, das Handtuch zu werfen. Ich habe den Verdacht, dass Kumar ein wenig Glanz und Gloria abbekommen will.

Gleichwohl könnte er Quincy einstweilen zurück ins Gefängnis schicken. Oder den Fall zurück nach Ruiz County verweisen und anordnen, dass Quincy dort verbleibt, bis die Zuständigen vor Ort erneut alles vermasseln. Er könnte Quincy in ein Gefängnis in Orlando schicken, während die Anklageseite Rechtsmittel einlegt. Ich rechne jedenfalls nicht damit, dass Quincy das Gericht vor laufenden Kameras als freier Mann verlässt.

Die Uhrzeiger rücken unmerklich vor, ich vermeide es hinzusehen. Um zwölf Uhr bestellen wir Sandwiches, an denen wir herumnagen, um die Zeit totzuschlagen. Um 12.45 Uhr kehren wir in den Gerichtssaal zurück und warten weiter.

Um 13.15 Uhr nimmt Richter Kumar seinen Platz wieder ein und ruft den Saal zur Ordnung. Er nickt der Stenografin zu und fragt in die Runde: »Haben die Parteien noch etwas zu sagen?«

Susan Ashley schüttelt den Kopf, ebenso wie Carmen Hidalgo.

Der Richter liest vor: »Wir sind hier auf Antrag des Angeklagten Quincy Miller, der dieses Gericht gemäß Artikel 3.850 Strafgesetzbuch des Staates Florida um Wiederaufnahme seines Falles ersucht hat sowie um Aufhebung seiner Verurteilung wegen Mord vor vielen Jahren im 22. Gerichtsbezirk. Das Gesetz des Staates Florida ist darin eindeutig, dass eine Wiederaufnahme nur stattfinden kann, wenn dem Gericht neues Beweismaterial vorliegt, das im ursprünglichen Verfahren bei aller gebührenden Sorgfalt nicht beschafft werden konnte. Es genügt nicht, lediglich vorzubringen, dass neue Beweise vorhanden seien, es muss darüber hinaus nachgewiesen werden, dass die neuen Beweise den Ausgang des Verfahrens beeinflusst haben. Neue Beweise können zum Beispiel Widerrufe von Zeugenaussagen sein, Entlastungsbeweise oder neue Zeugen, die zur Zeit des Prozesses nicht bekannt waren.

Im vorliegenden Fall beweisen die Widerrufe dreier Zeugen – Zeke Huffey, Carrie Holland Pruitt und June Walker – eindeutig, dass ihre Aussagen im Prozess falsch und manipuliert waren. Das Gericht sieht sie heute als glaubwürdig an. Das einzige Beweisstück, das Quincy Miller mutmaßlich mit dem Tatort in Verbindung bringt, ist die Taschenlampe, und diese stand im Prozess nicht zur Verfügung. Das Team der Verteidigung hat beim Aufstöbern des Beweises bemerkenswerte Arbeit geleistet. Experten beider Seiten haben die Blutspritzer untersucht und übereinstimmend festgestellt, dass die Taschenlampe nicht vom Tatort stammt, sondern wahrscheinlich im Kofferraum von Mr. Millers Fahrzeug versteckt wurde, um sie ihm unterzuschieben. Die Taschenlampe ist somit der entscheidende Entlastungsbeweis.

Infolgedessen wird das Urteil hinsichtlich Mordes aufgehoben und die Strafe mit sofortiger Wirkung erlassen. Es wäre wohl möglich, dass Mr. Miller in Ruiz County erneut vor Gericht gestellt wird, doch das halte ich für unwahrscheinlich. Das wäre dann ein neuer Prozess, der uns heute nicht kümmern soll. Mr. Miller, darf ich Sie und Ihre Anwälte bitten, sich zu erheben?«

Quincy vergisst völlig, dass er am Stock geht, und springt auf. Ich stütze ihn am linken, Susan Ashley am rechten Ellbogen. »Mr. Miller, diejenigen, die für Ihr Fehlurteil von vor über zwanzig Jahren verantwortlich sind, befinden sich heute nicht in diesem Saal«, fährt der Richter fort. »Einige sollen bereits verstorben sein. Andere sind nicht mehr auffindbar. Ich bezweifle, dass sie jemals für diesen Justizirrtum zur Rechenschaft gezogen werden. Es liegt nicht in meiner Macht, sie strafrechtlich zu verfolgen. Ehe Sie aber gehen, Mr. Miller, möchte ich eines klar zum Ausdruck bringen: Unser Rechtssystem hat Ihnen übel mitgespielt. Da ich ein Teil davon bin, möchte ich mich hiermit formell bei Ihnen entschuldigen. Ich werde mein Möglichstes tun, Sie bei Ihrer vollumfänglichen Rehabilitierung zu unterstützten, einschließlich der Entschädigungsfrage. Viel Glück Ihnen, Sir. Sie sind ein freier Mann.«

Quincy nickt und murmelt: »Danke.«

Seine Knie sind weich geworden, er setzt sich wieder und verbirgt sein Gesicht in den Händen. Wir versammeln uns um ihn herum – Susan Ashley, Marvis, Mazy, Vicki, Frankie –, und eine ganze Zeitlang wird wenig gesprochen. Alle weinen, außer Frankie, der nicht einmal bei seiner eigenen Entlassung nach vierzehn Jahren Gefängnis eine Träne vergossen hat.

Richter Kumar kommt ohne Robe zu uns herüber, wir bedanken uns überschwänglich. Er hätte ebenso gut einen Monat warten können oder auch sechs Monate oder mehrere Jahre, um anschließend gegen Quincy zu entscheiden und uns in den Orbit der Revisionsinstanzen zu schicken, wo nichts gewiss ist und die Zeit keine Rolle spielt. Es ist sehr unwahrscheinlich, dass er in seiner Laufbahn noch einmal die Chance bekommt, einen Unschuldigen nach zwei Jahrzehnten Haft auf freien Fuß zu setzen, und er genießt den Moment. Quincy erhebt sich für eine Umarmung. Sobald das Umarmen einmal begonnen hat, ist es geradezu ansteckend.

Es ist unsere zehnte Rehabilitierung, die zweite in einem Jahr, und wie jedes Mal, wenn ich Reportern und Kameras entgegenblicke, weiß ich nicht, was ich sagen soll. Quincy ergreift als Erster das Wort und spricht von Dankbarkeit. Er sagt, er habe keine Pläne, habe gar keine Zeit gehabt, welche zu schmieden, er wolle jetzt nur Spareribs und ein Bier. Ich beschließe, gute Miene zum bösen Spiel zu machen und auf Schuldzuweisungen zu verzichten. Ich danke Richter Kumar für seinen Mut, richtig und gerecht zu handeln. Da ich aber gelernt habe, dass sich mit jeder neuen Frage das Risiko erhöht, alles zu versauen, bedanke ich mich nach zehn Minuten, und wir brechen auf.

Frankie hat seinen Pick-up in einer Seitenstraße geparkt. Ich gebe Vicki und Mazy Bescheid, dass wir uns in ein paar Stunden in Savannah treffen, und klettere auf den Beifahrersitz. Quincy rutscht auf die Rücksitzbank. »Was ist das für ein Auto?«, fragt er ungläubig.

»Neueste Modellreihe«, sagt Frankie im Anfahren.

»Der letzte Schrei, jedenfalls unter weißen Proleten«, werfe ich ein.

»Ich kenne Leute, die so was fahren«, verteidigt sich Frankie.

»Fahr einfach, Mann.« Quincy genießt die Freiheit.

»Sollen wir einen Umweg über Garvin machen, damit Sie Ihre Sachen holen können?«, frage ich Quincy.

Beide lachen. »Ich glaube, ich brauche einen neuen Anwalt, Post«, sagt Quincy.

»Nur zu. Einen billigeren als mich werden Sie nicht finden.«

Quincy beugt sich vor. »Sagen Sie, Post, wir haben noch gar nicht darüber gesprochen. Wie viel bekomme ich denn vom Staat, Sie wissen schon, als Entschädigung?«

»Fünfzigtausend für jedes Jahr, das Sie abgesessen haben. Über eine Million Dollar.«

»Wann bekomme ich das Geld?«

»Das wird ein paar Monate dauern.«

»Aber es kommt garantiert, oder?«

»Spricht nichts dagegen.«

»Wie hoch ist Ihr Anteil?«

»Null.«

»Im Ernst jetzt.«

»Nein, das stimmt«, sagt Frankie. »Georgia hat mir damals einen Haufen Geld bezahlt, aber Post wollte nichts davon haben.«

Mir wird bewusst, dass ich mit zwei schwarzen Millionären im Auto sitze, die auf wahrhaft haarsträubende Weise zu ihrem Reichtum gekommen sind.

Quincy lehnt sich zurück, atmet tief durch und lacht. »Es ist nicht zu fassen. Als ich heute Morgen aufgewacht bin, war ich völlig ahnungslos. Ich dachte, die würden mich zurück ins Gefängnis bringen. Wohin fahren wir, Post?«

»Wir verlassen Florida, ehe es sich ein gewisser Jemand anders überlegen kann. Fragen Sie lieber nicht, wer. Ich weiß nicht, wer, wie und warum, auf jeden Fall ist es besser, ein paar Tage in Savannah in Deckung zu gehen.«

»Sie meinen, jemand sucht nach mir?«

»Ich glaube nicht, aber gehen wir lieber auf Nummer sicher.«

»Was ist mit Marvis?«

»Ich habe ihm gesagt, dass wir uns heute in Savannah treffen. Heute Abend gibt es Spareribs. Ich kenne genau das richtige Restaurant dafür.«

»Ich will Spareribs, ein Bier und eine Frau.«

»Die ersten beiden Wünsche kann ich Ihnen erfüllen«,

sage ich. Frankie sieht mich aus verengten Augen an, als hätte er so eine Idee für den dritten.

Nach einer halben Stunde in Freiheit hat Quincy genug vom dichten Verkehr auf dem Highway und möchte an einem Hamburger-Restaurant halten. Wir gehen hinein, und ich kaufe uns Getränke und Pommes frites. Er wählt einen Tisch in der Nähe der vorderen Fenster und versucht zu erklären, wie es ist, sich einfach wie ein normaler Mensch zum Essen hinzusetzen. Frei entscheiden zu können, wann man kommt und geht. Was man bestellen will. Zur Toilette gehen zu können, ohne um Erlaubnis zu fragen oder damit rechnen zu müssen, dass einem dort etwas zustößt. Der arme Kerl ist emotional völlig am Ende und ständig den Tränen nahe.

Zurück im Wagen, fädeln wir wieder auf die Interstate 95 ein und zockeln die Ostküste entlang nach Norden. Quincy darf die Musik aussuchen. Er mag den frühen Motown-Sound. Ich habe nichts dagegen. Er ist fasziniert von Frankies Geschichte und will wissen, wie er die ersten Monate in Freiheit überstanden hat. Frankie warnt ihn, dass das viele Geld höchstwahrscheinlich jede Menge neue Freunde anziehen wird. Dann nickt Quincy ein, und wir hören nur noch Musik. Auf der Höhe von Jacksonville, rund dreißig Kilometer vor der Grenze zu Georgia, murmelt Frankie: »Verdammt.«

Ich drehe mich um. Blaulicht. Mir stockt leicht der Atem, als Quincy aufwacht und das Blinken sieht. »Bist du zu schnell gefahren?«, frage ich Frankie.

»Sieht so aus. Hab wohl nicht aufgepasst.«

Ein zweiter Wagen mit Blaulicht hält hinter dem ersten, aber die Beamten steigen nicht aus. Das verheißt nichts Gutes. Ich greife in meinen Aktenkoffer und hole den weißen Kragen heraus.

»Aha, jetzt sind Sie wieder Prediger, was?«, sagt Quincy. »Dann fangen Sie am besten schon mal an zu beten.«

»Hast du noch so einen?«, fragt Frankie.

»Klar.« Ich reiche ihm den zweiten Priesterkragen. Er hat noch nie einen getragen. Ich helfe ihm beim Anziehen und Zurechtzupfen.

Schließlich steigt der Polizist aus dem ersten Wagen aus und tritt an die Fahrerseite unseres Pick-ups. Er ist schwarz, trägt eine Pilotenbrille und den typischen braunen Filzhut, das volle Programm. Schlank, durchtrainiert, strenge Miene, ein knallharter Typ. Als Frankie sein Fenster herunterfährt, zeigt sein Gesicht hinter der Brille einen Ausdruck von Überraschung.

»Wieso fahren Sie so was?«, will er wissen.

Frankie zuckt wortlos mit den Schultern.

»In der Karre hätte ich einen weißen Bauernkopf erwartet. Jetzt sitzt da ein schwarzer Reverend.« Er sieht mich an, bemerkt den Priesterkragen. »Und ein weißer.«

Er blickt in den Fond, wo Quincy mit geschlossenen Augen ins Gebet versunken ist.

»Fahrzeugpapiere und Führerschein, bitte.« Frankie reicht beides durch das Fenster, und der Beamte kehrt zu seinem Wagen zurück. Minuten verstreichen. Wir reden kein Wort. Als er zurückkommt, fährt Frankie wieder das Fenster herunter, und der Beamte reicht ihm die Dokumente.

»Gott hat mir aufgetragen, Sie ziehen zu lassen.«

»Gelobt sei Gott«, lässt sich Quincy von der Rückbank vernehmen.

»Ein schwarzer Reverend rast am Steuer eines dicken Pick-ups mit einem weißen Kollegen über die Interstate. Da gibt's doch bestimmt eine Geschichte dazu.«

Ich halte ihm meine Visitenkarte hin und deute auf Quincy. »Dieser Mann hier ist gerade nach dreiundzwanzig Jahren aus dem Gefängnis entlassen worden. Wir haben in Orlando seine Unschuld nachgewiesen, und der Richter hat ihn auf freien Fuß gesetzt. Jetzt bringen wir ihn für ein paar Tage nach Savannah.«

»Dreiundzwanzig Jahre!«

»Ich habe vierzehn Jahre in Georgia abgesessen«, wirft Frankie ein. »Für einen Mord, den ein anderer begangen hat.«

Der Beamte sieht mich an. »Und Sie?«

»Ich bin noch nicht überführt worden.«

Er reicht mir die Karte zurück. »Folgen Sie mir bitte.« Er steigt in sein Polizeifahrzeug, startet den Motor, fährt vor. Im nächsten Moment rasen wir, alle Tempolimits ignorierend, unter Eskorte über den Highway.

Anmerkung des Autors

Meine Inspiration für diesen Roman geht auf zwei Quellen zurück – eine Person und eine Fallgeschichte.

Zunächst zur Person. Vor rund fünfzehn Jahren recherchierte ich für einen Fall in Oklahoma, als ich auf einen Karton voller Dokumente stieß, der die Aufschrift *Centurion Ministries* trug. Ich wusste nicht viel über die Arbeit gemeinnütziger Organisationen, die Justizirrtümer aufklären. Von Centurion Ministries hatte ich noch nie gehört. Dass sie in Princeton, New Jersey, ansässig sind, war nicht schwer herauszufinden.

James McCloskey gründete die Organisation im Jahr 1980 während seines Theologiestudiums. Als Gefängnisseelsorger lernte er einen Häftling kennen, der hartnäckig seine Unschuld beteuerte. Irgendwann kam McCloskey zu der Überzeugung, dass der Mann die Wahrheit sagte, und machte sich daran, seine Unschuld zu beweisen. Die erfolgreiche Aufklärung dieses ersten Falles motivierte ihn dazu, weiterzumachen. Fast vierzig Jahre lang reiste er kreuz und quer durch die USA, meist allein, auf der Suche nach verlorenen Hinweisen und flüchtigen Zeugen, um der Wahrheit auf den Grund zu gehen.

Bislang verdanken dreiundsechzig Männer und Frauen McCloskey und dem aufopfernden Team von Centurion Ministries ihre Freiheit.

Wenn Sie mehr über die Arbeit der Organisation wissen möchten, besuchen Sie ihre Website. Centurion freut sich auch immer über Spenden. Je mehr Spendengelder eingehen, umso mehr Menschen kann zu Recht und Freiheit verholfen werden.

Der Plot von *Die Wächter* basiert auf der wahren Geschichte von Joe Bryan, der bis zum heutigen Tag in einem texanischen Gefängnis einsitzt. Vor dreißig Jahren wurde Joe zu Unrecht verurteilt, seine Frau ermordet zu haben. Das grausige Verbrechen ereignete sich, während Joe zwei Stunden entfernt von zu Hause in einem Hotel übernachtete. Die Ermittlungen wurden von Beginn an dilettantisch geführt. Der wahre Mörder wurde nie identifiziert, die Beweislage deutet mit hoher Wahrscheinlichkeit auf einen ehemaligen Polizisten hin, der im Jahr 1996 Selbstmord beging.

Die Anklage konnte kein Motiv dafür finden, weshalb Joe seine Frau hätte ermorden sollen, denn es gab keines. Die Ehe lief gut. Das einzige Beweisstück, das ihn mit dem Verbrechen in Verbindung brachte, war eine geheimnisvolle Taschenlampe, die im Kofferraum seines Wagens gefunden worden war. Ein Sachverständiger erläuterte den Geschworenen, dass es sich bei den winzigen Flecken auf dem Glas um Rückwärtsspritzer handle und das Blut vom Opfer stamme. Daraus schloss er, dass die Taschenlampe am Tatort gewesen sein müsse, obwohl sie nicht dort sichergestellt worden war.

Die Aussage des Sachverständigen war hochgradig spekulativ und entbehrte jeglicher wissenschaftlichen Grundlage. Er dichtete außerdem hinzu, dass Joe höchstwahrscheinlich nach dem Mord geduscht habe, um Blutspuren abzuwaschen. Beweise dafür konnte er nicht liefern. Inzwischen hat sich der Mann von seiner Aussage distanziert.

Joe hätte schon vor Jahren rehabilitiert und aus der Haft entlassen werden müssen, aber er wartet immer noch darauf. Sein Fall ist am Texas Court of Criminal Appeals, dem höchsten Gericht des Bundesstaates für Strafsachen, zum Stillstand gekommen. Joe ist jetzt neunundsiebzig Jahre alt und hat gesundheitlich stark abgebaut. Am 4. April 2019 wurde seine Entlassung zum siebten Mal abgelehnt.

Im Mai 2018 veröffentlichte das *New York Times Magazine* in Zusammenarbeit mit der Pro-Publica-Stiftung einen zweiteiligen Artikel über Joes Fall. Die Journalistin Pamela Colloff hat das Verbrechen, den Prozess und das Versagen des Rechtssystems minutiös untersucht und dabei hervorragende Arbeit geleistet. Das ist investigativer Journalismus vom Feinsten.

Mein Dank geht an James McCloskey und Joe Bryan für ihre Geschichten. Ein Jammer, dass McCloskey nicht die Chance hatte, vor dreißig Jahren auf Joes Fall aufmerksam zu werden. Dank an Pamela Colloff für ihren großartig recherchierten Artikel, der die Geschichte einem breiteren Publikum zugänglich gemacht hat.

Dank auch an Paul Casteleiro, Kate Germond, Bryan Stephenson, Mark Mesler, Maddy deLone und Deirdre Enright.